Zu diesem Buch

Das erste Buch der Tetralogie vom «Weltlicht» schreibt Halldór Laxness, die «willkommene Arbeitsmöglichkeit» nutzend, an Bord der «Highland Brigade» auf einer Seereise von London nach Buenos Aires, in spanischen und portugiesischen Häfen, auf den Kanarischen Inseln, in São Paulo, Rio de Janeiro, Montevideo und während des mehrwöchigen Aufenthalts in der argentinischen Hauptstadt; vollendet wird es, von der täglichen Anstrengung «völlig erschöpft», auf der Rückreise nach London. «Weltlicht» erscheint 1937 in Reykjavik; die Fortsetzungen – «Das Schloß im Sommerland», «Das Haus des Dichters» und «Die Schönheit des Himmels» – entstehen zwischen 1938 und 1940.

Über den Helden des Romans notiert Laxness in einem Werkstattbericht: «Auf der Suche nach dem großen, des Geheimrätlichen entkleideten Weltpoeten Goethe, nach dem Dichter in *puris naturalibus*, entdeckte ich den Lichtviking Olafur Karason, von dem unwissende Ausländer glauben, er sei nur ein isländischer Heimatdichter. Was sein Alter betrifft, hätte er, wie auch James Joyce und Marcel Proust, der Generation meines Vaters angehören können: Er starb, als ich noch im Konfirmationsalter war. Dieser Dichter, oder richtiger: sein aus dem Leben gegriffenes Modell, hatte in einem Tagebuch präzise Rechenschaft über sein Leben abgelegt, von Jugend an bis zum Tag seines Todes.»

Das Urbild des Olafur Karason ist Magnus Hjaltason. 1935 beginnt Laxness, Material über ihn zu sammeln. Er besucht die Orte in den Westfjorden, an denen er gelebt hat, den Friedhof und das Zuchthaus in Reykjavik, besteigt den Eyjafjalla-Gletscher, wo «mein Dichter in einem Schneesturm mit der Luft verschmolzen war», und befragt Menschen, «die ihn geprägt haben und die er beeinflußte». Aus einer Skizze entwickelt sich der Roman: Getragen von der Kraft der Sagas, unerschöpflich in seiner Phantasie und sprachlich von großer Anmut ist «Weltlicht» das Heldenepos eines armseligen und verachteten Lebens, in dem Laxness beißende Kritik übt an der isländischen Gesellschaft der dreißiger Jahre.

Von den Eltern verstoßen, wächst Olafur Karason auf einem Bauernhof im einsamen Nordwesten Islands als Gemeindekind heran. Sein Leben besteht aus härtester Arbeit, aus Hunger, Angst und körperlichen Züchtigungen. Um diese Höllenqualen ertragen zu können, flieht er ins Reich der Träume und beginnt heimlich Gedichte zu schreiben. In einem Fischerdorf, unter sonderbaren Gestalten, findet er einen Gönner, der ihm ein verkommenes Haus überläßt. Weltfremd und den Mächtigen wehrlos ausgeliefert, verbringt er mehrere Hungerjahre mit einer epileptischen Frau, die älter ist als er und von der er sich vergeblich zu trennen versucht. Da wird er angeklagt, eine Minderjährige vergewaltigt zu haben, und zu einer Zuchthausstrafe verurteilt, die er widerspruchslos hinnimmt. Als er, aus dem Zuchthaus entlassen, noch einmal das Glück einer Liebe erfährt, lebt er nur noch nach innen, auf der Suche nach der reinen Schönheit, dem Weltlicht, das allein herrschen wird.

«Wie von selbst und ohne mein Zutun habe ich schnell immer dieselben menschlichen Urgestalten unter den Händen, eine Art menschlichen Grundbestand.» HALLDÓR LAXNESS

Rowohlt Jahrhundert

Herausgegeben von Bernd Jentzsch
Band 22

Halldór Laxness

WELTLICHT

Roman

Aus dem Isländischen
übersetzt von
Ernst Harthern

Rowohlt

Titel der isländischen Originalausgabe:
Ljós heimsins

Veröffentlicht im Rowohlt Taschenbuch Verlag GmbH,
Reinbek bei Hamburg, Dezember 1987

Umschlaggestaltung Peter Wippermann
(Foto des Autors: Ulrich Mack)
Satz Garamond (Linotron 202)
Gesamtherstellung Clausen & Bosse, Leck
Printed in Germany
2580-ISBN 3 499 40022 7

Er hatte geglaubt, hier allein zu sein. Doch vielleicht ist man nie allein. Vielleicht geht es keinem so elend, ohne daß nicht irgend jemand, sichtbar oder unsichtbar, neben einem weint. Es war eine Frau.

Erstes Buch

Weltlicht

I

Er steht zusammen mit Strandelstern und Regenpfeifern auf dem Uferstreifen unten, vor dem Gehöft, und betrachtet die Wellen, wie sie am Strand saugen, aufwärts und abwärts. Vielleicht hat er sich vor der Arbeit gedrückt. Er ist ein Gemeindekind. Darum ist das Leben in seiner Brust eine Welt für sich, sein Blut anders. Es ist oft leer um ihn, und schon seit langer Zeit sehnt er sich nach einem unerklärlichen Trost. Diese schmale Bucht mit leichten Wellen über dem Sand, kleinen blauen Muscheln und Klippen auf der einen Seite und einer grünen Landzunge auf der anderen, sie ist sein Freund. Ljosavik hieß sie.

War er denn ganz verlassen? Gab es außer dieser kleinen Bucht niemanden, der gut zu ihm war? Nein, niemanden. Doch so böse war auch niemand zu ihm, daß er für sein Leben hätte Angst haben müssen. Das kam erst später. Hänselte man ihn, war es meistens nicht ernst gemeint. Nur ist es nicht so leicht, alles ruhig hinzunehmen. Bekam er Prügel, so geschah es aus Notwendigkeit. Es war die Gerechtigkeit. Aber es gab auch vieles, das ihn kalt ließ. Gott sei Dank. So zum Beispiel, als der ältere Bruder Nasi, Besitzer von Schafen und Eigner eines Fischkutters, seiner Mutter, Frau Kamarilla, der Hausmutter auf dem Hof, eines Abends, wie sie die Treppe hinunterging, eine volle Schüssel nachschmiß. Das ließ ihn kalt. Aber wenn der jüngere Bruder Just, der auch Besitzer von Schafen war und Anteil am Kutter hatte, sich damit belustigte, ihm die Ohren lang zu ziehen, weil es drollig war, zu sehen, wieviel der Knirps aushalten konnte, so ließ ihn das nicht kalt. Leider.

Im Frühjahr gruben sie sich Kuhlen am Flußrand, um Lachsforellen zu greifen, und manchmal, wenn er nichts Böses ahnend in der Nähe herumtrottelte, schmissen sie einen zappelnden Fisch nach ihm und riefen: «Er beißt!» Dann bekam er große Angst. Und sie machten sich über ihn lustig.

Eines Abends legten sie eine armselige Forelle in einen alten hölzernen Eimer, dicht neben sein Bett. Er glaubte, der Teufel sei darin. Und halbtot vor Angst wollte er nach unten schleichen, um bei seiner Pflegemutter Schutz zu suchen. Da sagten sie: «Jetzt hüpft die Forelle aus dem Eimer und beißt dich.»

«Sie treiben Narrenpossen mit dir», sagte die Witwe Karitas, die Mutter des Mädchens Kristjana.

Da wußte der Junge nicht, was er glauben sollte. Er konnte sich nie darauf verlassen, was die beiden sagten. Sie hatten sehr hervorstehende Augen. Einmal vergaß er, daß er ein Pferd holen sollte. Er hatte über Gott gegrübelt und zwei Vögel betrachtet, die im Sand herumwateten. Es braucht nicht besonders erwähnt zu werden, daß er Prügel bekam, weil er gefaulenzt hatte. Während seine Pflegemutter die Rute unter dem Kopfkissen hervorholte, mußte die Witwe Karitas durchaus sagen: «Das geschieht ihm ganz recht, diesem Taugenichts.» Und die Tochter Jana fügte hinzu: «Ja, er drückt sich immer vor der Arbeit.»

Wenn er Prügel bekam, so nie viele Schläge, sondern nur wenige, weil Gottes Gerechtigkeit unumgänglich ist. Gott straft alle, die faulenzen. War sie fertig mit der Abstrafung, zog er die Hose wieder hoch, trocknete sich die Augen und keuchte etwas. Und seine Pflegemutter ging nach unten, um das Abendessen aufzutischen.

Dann kam die Witwe Karitas, streichelte ihm die Wange und sagte: «Pah, Gott ist das ganz einerlei, armer Tropf. Wie könnte er Zeit finden, sich um so etwas zu kümmern.» Die junge Jana griff unter ihr Mieder und holte ein lauwarmes, halb aufgelöstes Stück Kandiszucker heraus, das sie am Morgen in der Speisekammer gestohlen hatte. «Schnell», sagte sie, «knabbere es auf und hinunter damit. Und petzt du, so schlage ich dich tot!»

So gut und so lieb und so vernünftig waren sie, weil sie gesehen hatten, daß er gezüchtigt worden war. Und wenn sie gut zu ihm waren, fand er, daß sie gar nicht so hervorstehende Augen hatten. Sie waren nie richtig böse zu ihm – wenn es niemand hörte.

Magnina, die Tochter der Bäuerin, brachte ihm das Lesen bei. Es gab im Haus ein paar zerfetzte Blätter aus einer Fibel. Sie überwachte ihn wie ein Tyrann, dieser Dickwanst, und zeigte mit einer Stricknadel auf die Buchstaben. Hatte er dreimal hintereinander einen Buchstaben falsch gelesen, gab sie ihm eine Backpfeife, aber nie hart und nie wütend, und immer wie geistesabwesend. Er machte sich nichts daraus.

Sie war feist und hart und bläulich im Gesicht, und der Hund nieste, wenn er sie beschnupperte. Immer trug sie zwei Paar dicke Strümpfe, denn sie litt an kalten Füßen. Die äußeren Strümpfe hingen stets herab, oft auch die anderen. Sie spielte ihm nie einen Schabernack, log ihn nie an, denn das machte ihn traurig, ließ es ihn nie entgelten, wenn sie übler Laune war, und verwünschte ihn auch niemals. Aber sie stand ihm auch niemals bei, wenn andere ihn zum besten hatten oder wenn er unverschuldet Prügel bekam; sie nahm nie für ihn Partei, wenn jemand ihn anlog, und sie war nie gut aufgelegt. Hingegen konnte es vorkommen, daß sie ihm aus Zerstreutheit Gutes erwies.

Mittags gab es eingesalzenen Fisch, abends Zusammengekochtes und saure Molken, mit Lungenstückchen; manchmal gab es abends weiter nichts als Molken und Milch. Doch die Tage waren sehr lang, und der Himmel über der See war nie klar. Die Berge auf der anderen Seite des Fjords hatten noch Schnee. Sie war allein mit dem Jungen oben in der Wohn- und Schlafstube. Das Leben schien ohne Ende zu sein und keine Wendung zum Besseren nehmen zu wollen. Zwischendurch ging sie nach unten in die Speisekammer, holte etwas Kalbssülze, eine Scheibe Pökelbrust und Widderbeutel. Sabbelte der Junge in sein Abc-Buch, so gab sie ihm eine Ohrfeige und fragte, ob er ins Buch gespuckt hätte. Dann bekam er einen Bissen Pökelbrust von ihr, ganz von allein, ohne eine Spur von Menschenfreundlichkeit, als wäre nichts natürlicher. Und für eine kurze Zeit fühlte er im Mund und in der Kehle und im ganzen Leib ein großes Wohlbehagen.

Mit acht Jahren las er Volkssagen, Bischof Pjeturs kurze Erzählungen und das Lukas-Evangelium, über das er Tränen vergoß, weil Jesus Christus so hilflos war. Die Postille dagegen kam ihm nie wie ein richtiges Buch vor. Er sehnte sich danach, mehr zu lesen, aber es gab keine anderen Bücher außer einem einzigen. Das waren die *Geschichten von der Insel Felsenburg*. Dieses Buch hatte die Haustochter Magnina von ihrem Vater geerbt. Nur sie durfte darin lesen, es war ein Buch voller Geheimnisse. Er hatte eine unbändige Lust, dieses Buch zu lesen; überhaupt alle Bücher in der Welt; nur nicht die Postille.

«Sprichst du noch einmal von den Felsenburggeschichten, so verprügle ich dich», sagte die Haustochter.

Er ahnte früh, daß nur in Büchern, und vor allem in den Felsenburggeschichten, der Trost zu finden sei, nach dem er sich sehnte, für den er jedoch keinen Namen hatte.

Einmal schrieb Magnina ihm Buchstaben vor, dann nie wieder. Sie hatte keine Zeit. Es fiel ihr auch sehr schwer, Buchstaben zu schreiben. Außerdem gab es kein Papier. Und wenn es Papier gab, durfte man es nicht vergeuden. Darum kritzelte er heimlich mit einem Stock Buchstaben in den Sand oder in den Schnee. Das wurde ihm mit der Begründung verboten, daß er sich so dem Teufel verschreiben könne. Die Hausmutter Kamarilla haßte alles, was mit Büchern zu tun hatte. Als es an den Tag kam, welch verwünschtes Gelüst der Junge hatte, über Buchstaben zu grübeln, erzählte sie ihm als abschreckendes Beispiel die Geschichte von G. Grimsson Grunnvikingur:

«Der schrieb sich nicht, wie andere Menschen es tun, Gudmundur Grimsson, sondern hatte seinen Namen verkürzt und verlängert, um den Vornehmen zu gleichen. Eine ganz gräßliche Sache. G. Grimsson Grunnvikingur war ein Lump von einem Dichter. Hundert Bücher hat er geschrieben, dieser schlechte Mensch. Als er jung war, wollte er nicht heiraten, hatte aber dreißig Kinder. Die Menschen haßte er und schrieb über sie. Einen Haufen Bücher hat er über unschuldige Menschen geschrieben, die ihm nie etwas zuleide getan haben. Kein Mensch wollte mit ihm zu tun haben, nur schlechte Weiber, die er sich in seinem Alter aufhalste. Kommen die Leute in die Jahre, so kriegen sie das, was sie verdient haben. So geht es einem, wenn man an Bücher denkt. Ja, ich habe ihn einst gut gekannt, diesen Gvendur. Immer lag er über Büchern. Er wollte nie arbeiten, um sich sein Brot zu verdienen, weder für sich noch für andere. Ein Schuft war er, und ich war damals nur ein rotznäsiges Ding. Jetzt haust er allein in einer baufälligen Hütte auf der anderen Seite des Gebirges, an einem anderen Fjord. Und Gott straft ihn, zum Beispiel damit, daß sein Dach immer undicht ist, und mit anderen Sachen. Er sitzt in seiner elenden Hütte in einem Lederwams, und es tröpfelt auf ihn nieder, immerzu. Ein Tropfen nach dem anderen, und immer auf seinen kahlen Schädel. Weil er nicht für sich und nicht für andere arbeiten wollte. Zwei Tropfen und wieder zwei Tropfen. Und sie sickern seinen Hals hinab. Er hat nur über seinen Büchern gelegen. Darum bekam er diese Strafe von Gott. Aber sein Herz war verstockt und wußte nichts von Demut. Und er schrieb im trüben Schein eines Talglichts hundert Bücher, zweihundert Bücher. Und stirbt er, so weiß man, wohin es mit ihm geht. Denn Gott will nicht, daß Menschen über Menschen Bücher schreiben. Nur Gott allein darf über Menschen Gericht halten. Außerdem hat ja Gott selber die Bibel geschrieben, das Buch, darin alles steht, was aufgeschrieben werden mußte. Alle, die an andere Bücher denken, sitzen im Alter einsam und verarmt bei einem Talglicht, und Satan und seine Teufel werden sie heimsuchen.»

Aber diese Geschichte hatte eine gegenteilige Wirkung.

Statt den Knaben mit ihrem Gleichnis zu erbauen, ergriff es ihn als heimliche Mahnung, weil alles Verbotene lockt. Von nun an kreiste sein Sinnen und Trachten mit doppelter Kraft um nichts anderes als Bücher, jetzt, wo er von der Strafe dieses einsamen Weisen und seinen hundert Büchern gehört hatte. Und oftmals wurde der Knabe von einer unbändigen Lust überfallen, in hundert Büchern alles, was er sah, und alles, was Menschen sagten, niederzuschreiben, in zweihundert Büchern, dick wie Postillen, wie Bibeln, ganze Kisten voll.

Er hieß Olafur Karason, genannt Ole oder Lafi. Er stand vor der Bucht. Dort waren auch Strandelstern und Regenpfeifer. Sie hüpften einige Handbreit den Sand hinauf, um den Wellen aus dem Weg zu gehen, deren Gischt an ihren dünnen Beinen hing. Olafur Karason ging immer im abgelegten Zeug der Brüder, die erwachsene Männer waren. Der Hosenboden hing bis zu den Kniekehlen, und jedes Hosenbein war wohl zehnmal umgekrempelt. Die Ärmel der gestrickten Jacke reichten weit über die Finger. Er mußte sie immer wieder hochschieben. Er trug einen grünen Filzhut, der vor Jahren ein Sonntagshut war, ehe die Ratten ihn annagten. Der ging ihm weit über seine Ohren, und die Krempe war breiter als seine Schultern.

Er beschloß, sich O. Karason Ljosvikingur zu nennen. Er redete sich selbst mit diesem Namen an und hielt oft Selbstgespräche.

«O. Karason Ljosvikingur, da stehst du», sagte er. Ja, da stand er.

Seine Pflegemutter suchte in ihrer Plunderkiste etwas, das sie verloren hatte, und der Junge stand dicht hinter ihr, als aus dem Wirrwarr ein zerfetztes Buch zum Vorschein kam.

«Kann ich das bekommen?» fragte O. Karason Ljosvikingur.

«Nein», sagte die Hausmutter Kamarilla, «so ein Dreck!»

Aber es glückte ihm, ohne daß die Pflegemutter es bemerkte, das Buch zu stibitzen. Er steckte es unter die Jacke, verbarg es auf seiner Brust nahe bei seinem Herzen. Heimlich versuchte er darin zu lesen, aber es hatte gotische Buchstaben, und das Titelblatt fehlte. Und jedesmal, wenn er glaubte, daß er auf dem Weg sei, das Buch zu verstehen, kam einer, so daß er es schnell unter die Jacke stecken mußte; mehrmals wäre er beinahe mit dem Buch entdeckt worden. Was mochte wohl in seinem Buch stehen? Er verbarg sein eigenes Buch auf seinem eigenen Herzen, und wußte nicht, was darin stand. Er war fest entschlossen, es so lange zu verbergen, bis er groß geworden. Aber da begann ein Blatt nach dem andern sich aus dem Einband zu lösen, und es wurde schwerer und schwerer, darin zu lesen, denn das Buch scheuerte gegen seinen nackten Leib, und es schien, als sei es in Fett gefallen. Oft fühlte er unter dem Buch auf seinem nackten Leib ein Jucken, aber das machte nichts. Es war ein Geheimnis, solch ein Buch zu besitzen. In Wirklichkeit war es eine Art Zuflucht, auch wenn man nicht wußte, was in dem Buch stand. Er war fest überzeugt davon, daß es ein gutes Buch sei. Es war herrlich, ein Geheimnis zu besitzen. Tagsüber gibt es genug, woran man denken muß, und nachts träumt man davon. Aber am ersten Sommertag wurde es entdeckt. Die Hausmutter Kamarilla wollte ihm nach dem Winter neues Unterzeug anziehen. Das geschah oben in der Wohn- und Schlafstube mitten am Tag, und er war nicht darauf vorbereitet. Ein Stück nach dem anderen zog er aus, sein Herz pochte gewaltig, und schließlich stieg er aus dem Hemd. Da konnte er das Buch nicht länger verbergen. Es fiel auf den Fußboden.

«Das ist denn doch zuviel», sagte die Pflegemutter. «Der Herr sei mir gnädig! Was für ein Satanszeug hat dieser Bengel auf dem nackten Leib? Komm her, Magnina, und sieh dir das mal an!»

Der Junge stand vor ihnen, splitternackt, voller Angst, und sie untersuchten das Buch gründlich.

«Wer hat dir das Buch gegeben?» fragte die Pflegemutter.

«Eigentlich ha-habe ich es ge-gefunden», stotterte er.

«Ja, das kann ich mir denken. Nicht genug damit, daß man mit einem Buch herumrennt, man stiehlt es obendrein noch. Magnina, bring das Teufelszeug sofort in die Küche und schmeiß es ins Feuer.»

Da weinte er. Das war der erste große Kummer, an den er sich erinnern konnte. Es stand für ihn fest, daß er noch nie so bitterlich geweint hatte, seitdem ihn seine Mutter weggeschickt hatte, in einem Sack, an einem Wintertag, ehe er denken konnte. Sicher hätte er das Buch nicht verstanden. Aber das war einerlei. Es war sein Geheimnis und sein Traum und seine Zuflucht, und darauf kam es an. Kurz gesagt: Es war sein Buch. Die allerbittersten Tränen weinen Kinder, wenn ihnen von Stärkeren Unrecht zugefügt wird. Das sind die bittersten Tränen auf Erden. So ging es mit seinem Buch: es wurde ihm weggenommen und verbrannt. Und er stand da, nackt und ohne Buch, am ersten Sommertag.

2

Andere Kinder hatten Vater und Mutter und ehrten sie, und es ging ihnen gut, und sie durften lange im Land leben, er aber grollte seinem Vater und seiner Mutter oft und verwünschte sie in seinem Herzen. Seine Mutter hatte ein zweites Kind von einem anderen Mann bekommen, der nicht sein Vater war, und sein Vater hatte die Mutter und beide ihr Kind im Stich gelassen. Sein einziger Trost war, daß er einen Vater im Himmel hatte. Und doch, es wäre besser gewesen, einen Vater auf der Erde zu haben.

Den Winter hindurch, bis zum Frühling, wurde über den Vater im Himmel vorgelesen, abends aus erbaulichen Betrachtungen, sonntags aus der Postille. Seine Pflegemutter, die anfangs das Vorlesen besorgte, machte dabei immer ein feierliches, eisiges Gesicht, und sie las schleppend wie bei einer Messe, es hörte sich an, als würden Saiten mitten im Spielen schlaff und könnten keinen Ton mehr von sich geben. Das erinnerte an eine Melodie, die in Jammern ausklingt; und so ging es in einem fort, bis die Hausandacht zu Ende war. Das hatte nichts mit dem Alltag zu tun, und im übrigen schien niemand auf dem Hof Gott zu lieben oder etwas von ihm zu erwarten, mit Ausnahme von O. Karason Ljosvikingur. Die Brüder legten sich während der Andacht aufs Bett, gaben sich mitunter gegenseitig Fußtritte und fluchten leise zwischen den Zähnen, denn jeder von beiden fand, daß der andere im Weg sei; die Weiber starrten mit großen Augen in die Luft, als ob das viele Gerede von Gott sie nicht berührte. Doch die Augen der Pflegemutter Kamarilla begannen schwächer zu werden, deshalb mußte der kleine Ole, obgleich er noch nicht einmal zehn Jahre war, werktags und an den gewöhnlichen Feiertagen das Vorlesen besorgen. «Hol der Teufel diesen Quatsch, den das Hornvieh von einem Bengel da zusammenstottert», sagten die Brüder mitten in der Hausandacht, als wäre er für das verantwortlich, was der Mann in der Postille geschrieben hatte. Dagegen stimmte es, daß er nie die schleppende Stimme seiner Pflegemutter beim Vorlesen nachahmen konnte und noch weniger ihren sonderbaren Gesichtsausdruck.

Aber er verstand Gott, und außer ihm verstand niemand auf dem Hof Gott. Und wenn die erbaulichen Betrachtungen langweilig waren und die Postille noch mehr, so machte das nichts, O. Karason Ljosvikingur empfand Gott weder aus den erbaulichen Betrachtungen noch aus der Postille, sondern auf eine andere und ungewöhnliche Weise.

Denn ehe er neun Jahre alt war, hatte er bereits seine ersten seelischen Erlebnisse.

Er steht vielleicht unten vor der kleinen Bucht, und das Frühjahr hat gerade begonnen, oben auf der Landzunge westlich der Bucht, dort ist eine Anhöhe, und auf der Anhöhe ein Fleck mit üppig grünem Hundsgras; oder vielleicht oben im

Gebirge über dem Gehöft; das Gras um das Gehöft steht hoch, und die Zeit der Heuernte ist nahe.

Da ist ihm plötzlich, als ob Gottes Antlitz sich aufgetan habe. Er fühlt, wie sich die Gottheit in der Natur in einem unbegreiflichen Klang offenbart; das ist der Offenbarungsklang der göttlichen Allmacht.

Ehe er es fassen kann, ist er selber eine bebende Stimme im herrlichen Klang der Allmacht. Ihm ist, als wollte seine Seele aufwallen, über seinen Körper hinausschäumen – wie kochende Milch über den Rand einer Schüssel –, als sollte sich seine Seele in das grenzenlose Meer eines höheren Lebens ergießen, das höher als Worte ist, jenseits des Gefühls. Den Leib durchströmt eine Lichtflut, strahlender als jegliches Licht. Seufzend wird er der eigenen Winzigkeit inne, umschlossen von diesem unermeßlich herrlichen Klingen und Leuchten. Sein Bewußtsein löst sich auf in ein heiliges, tränenreiches Sehnen: nicht mehr ein Teil des eigenen Ichs zu sein, eins zu werden mit dem Höchsten.

Lange lag er im Sand oder im Gras und weinte. Und er weinte tief und innig und war beseligt von dem Unaussprechlichen. «Gott, Gott, Gott», sprach er zitternd vor Liebe und Ehrfurcht und küßte die Erde und grub die Finger tief in das Gras.

Als er wieder zu sich zurückgefunden hatte, war er noch lange von dem Wohlgefühl erfüllt. Er blieb liegen, und eine stille Verzückung war über ihn gekommen. Und er wähnte, daß von nun an nichts mehr einen Schatten auf sein Leben werfen könne, daß alles Mißgeschick zu Staub werden müsse, daß nichts ihm etwas anhaben könne, daß alles gut sei. Er hatte das Eine vernommen: Sein Vater im Himmel hatte ihn zu sich emporgehoben, an sein Herz genommen, hier am Rand des äußersten Meeres im Norden.

Niemand auf dem Hof ahnte es, daß der Knabe mit der Gottheit in unmittelbarer Beziehung stand, und niemand auf dem Hof hätte es begriffen. Sie alle hörten weiter Gottes Wort aus einem Buch. Er allein wußte, mochten diese Menschen auch tausend Jahre Gottes Wort hören, sie würden Gott nie verstehen, und ebensowenig könnte Gott wohl darauf verfallen, sie zu sich an sein Herz zu nehmen. Der Knabe las weiter aus der Postille vor, und die Leute glotzten und kratzten sich und schliefen halb und hegten nicht den geringsten Verdacht gegen ihn. Sie glaubten, er wisse nicht mehr von Gott als sie selbst.

Man hatte es sich zur Gewohnheit gemacht, ihm mehr Arbeit aufzubürden, als er mit seinen Kräften leisten konnte. Im Winter, als er zehn Jahre alt war, mußte er Wasser für die Kühe in den Kuhstall schleppen. Er war für sein Alter klein, schwächlich und blaß; er hatte große blaue Augen und sein Haar einen rötlich-metallischen Glanz. Selten bekam er ausreichend zu essen, doch ihm fehlte der Mut, aus der Speisekammer zu stehlen wie Jana. Sie konnte sich allerhand erlauben, denn sie besaß eine Mutter und begann bereits, den Brüdern heimlich verliebte Blicke zuzuwerfen. O. Karason Ljosvikingur war sehr ehrlich, denn er hatte keinen Menschen, der ihm beistand. Oft durfte er erst essen, wenn die anderen damit fertig waren und das Haus verlassen hatten. Er besaß keine Eltern. Aber alle wissen aus ihrer Kindheit, wie hart es ist, warten zu müssen, bis die anderen gegessen haben, und niemals etwas sagen zu dürfen. Er durfte nie etwas sagen, denn er stand ganz allein. Manchmal kam es wohl vor, daß die Haustochter Magnina ihm etwas zusteckte, was die anderen übriggelassen hatten. Dann lag ein guter Bissen verborgen in seiner Schüssel. Wie sie das fertiggebracht hatte, war von niemandem bemerkt worden. Übrigens aßen auch die Leute, denen der Hof gehörte, meist etwas heimlich, zwischen den Mahlzeiten.

Wasser schleppen: schon nach den ersten Eimern ist der Junge sehr müde. Doch das ist erst der Anfang. Er schleppt und schleppt. Er muß zwei Tonnen füllen, außerdem ein paar Eimer für die Schafböcke. Nach kurzer Zeit fängt er an zu wanken, Knie und Arme zittern vor Ermattung. Häufig ist schlechtes Wetter, Schneegestöber, Regen und Sturm. Der Wind rüttelt an den Eimern. Es ist, als sollte er mit den Eimern hoch in die Luft fliegen. Aber er fliegt nicht. Er stellt die Eimer auf die Erde, bis der Windstoß vorüber ist, und versucht mit seinen kalten Fingern den schäbigen grünen Hut besser unter dem Kinn festzubinden. Aber die Finger sind vom Wasserschleppen so kraftlos geworden. Er bittet Gott, ihm Kraft zu geben. Gott gibt ihm keine Kraft. Weiter, weiter. Zwanzigmal müssen die Eimer noch gefüllt und geschleppt werden. Das Wasser schwappt über seine Füße, bis zu den Knien. Er ist naß geworden, bei Frostwetter. Er fällt auf den glatten Boden, und das Wasser fließt aus beiden Eimern. Es rinnt unter ihm und fließt über ihn. Er muß weinen, aber er weint, ohne daß ihn jemand hört. Keiner kümmert sich darum, was ihm geschieht, es ist ihm, als ob die Welt sich für etwas rächen wolle, das er nicht getan hat, vielleicht dafür, daß seine Mutter ein uneheliches Kind geboren hat oder daß sein Vater seine Mutter im Stich gelassen hat.

Da kommt zwischen dem Stall und dem Wohnhaus der eine Bruder hervor und ruft: «Hast du dich schlafen gelegt?» Er steht auf, durchnäßt in der eisigen Kälte, und versucht, den grünen Hut, der beim Fall verrutscht ist, wieder ordentlich aufzusetzen.

Jeder Tag übersteigt seine Kräfte. Morgens erwacht er mit Angst in der Brust und Übelkeit im Hals. Der Schlaf ist von ihm gewichen, und der Tag wartet auf ihn mit neuem Wasserschleppen, mit Unwetter, Hunger, Zittern vor Müdigkeit, Erschöpfung, mit Hetzen, Fluchen, Püffen, Tritten und Prügel. Seine Kindheit war eine dauernde Kraftprobe, wie in den alten Sagen, wo Menschen mit Drachen, Riesen und Teufeln kämpfen.

Ganz plötzlich fiel ihm manchmal ein, wie ein tieferes Begreifen des Daseins, daß er eine Mutter hatte. Ihm stockte der Atem, sein Herz wollte sich nicht mehr rühren, Schwindel erfaßte ihn. Am liebsten hätte er alles, was er gerade in Händen hielt, hingeworfen und wäre davongelaufen, fort, fort, über Berge und Einöden, Fjorde und Täler, durch das ganze Land, an allem vorbei, wo Menschen wohnten, und weiter, weiter, bis er sie gefunden hätte. Aber sein Fuß war wie gefesselt. Er mußte sich damit begnügen, den Kopf an Gottes Brust zu lehnen. Und völlig unerwartet konnte es vorkommen, daß Magnina ihm einen halben Fladen mit Butter darauf schenkte. Zuweilen, wenn er sich draußen abrackerte und sie oben in der warmen Wohnstube saß, feist und wohlig, konnte es ihm plötzlich einfallen, zu ihr hinaufzugehen, um sich an ihre Brust zu schmiegen und zu weinen. Doch wenn er allein bei ihr oben in der Stube war, hatte er alle Lust dazu verloren. Dann zweifelte er daran, daß sie eine menschliche Brust habe. Sie hatte keinen Körper, noch weniger einen Leib. Sie war dick und rund wie eine Tonne, und ein durchdringender Geruch ging von ihr aus. Wie ein unbegreiflich starker Zaun aus drei Lagen Plankenwerk kam sie ihm vor. Er betrachtete sie und dachte: Ist es wirklich möglich, daß sich dahinter eine Seele verbirgt?

Wenn die Zeit des Fischfangs kam, segelten die Brüder nach den nahen Bänken vor der Küste und legten ihre Netze aus; bald einzeln, bald gemeinsam. Dann blieben sie eine Zeitlang dort draußen. Sonst gab es Streit und Hader. Sie lagen sich ständig in den Haaren. Jeder wollte den Herrn auf dem Hof spielen. Die Knechte kamen und gingen, einige im Sommer, andere im Frühjahr. Aber niemand wußte, wer der Bauer auf dem Hof war. Just fand, Jonas, der ältere, meist Nasi genannt, habe nicht genug Verstand, um einen Hof zu verwalten, und Jonas meinte, Just sei viel zu jung als Bauer. Was der eine Bruder den Leuten befahl, verbot der andere. Wenn andere in der Nähe waren, kam es jedoch zwischen beiden selten zu ernsten Schlägereien. Aber sie bedrohten einander fast ohne Unterlaß mit Worten, bösen Blicken. Mit der christlichen Bruderliebe war es nicht weit her. Sollte die Mutter zwischen ihnen schlichten, so kam sie mit Ausflüchten. Seit dem Tod ihres Mannes lebte sie als die alleinige Erbin des Hofs. Häufig liefen die Leute aus dem Dienst. Nur die Witwe Karitas und ihre Tochter, die als Mägde auf dem Hof waren, verstanden es, mit den beiden Söhnen auszukommen.

In dem Winter, als der Knabe zehn Jahre alt wurde, sollte er einmal frühmorgens die Pferde in die Hürde treiben. Da sprang der Hund ein Pferd von hinten an und biß es in den Hinterfuß. Das Pferd schlug aus, und der Junge wurde vom Huf an den Kopf getroffen, oberhalb der Schläfe. Es war ein heftiger Schlag. Der Junge fiel ohnmächtig zu Boden. Ein Mann, der vorüberkam, sah den Bewußtlosen auf dem Eis liegen. Er hielt ihn für tot und trug ihn heim. Leider war er es nicht, er kam wieder zu sich. Aber er war lange wirr im Kopf. Gedächtnis und Denken lagen wie in einem Nebel. Kopfschmerzen plagten ihn. Er konnte nicht essen. Sein Körper war wie gelähmt. Er mußte im Bett liegenbleiben. Für eine Zeitlang war niemand richtig böse mit ihm. Mehr als eine Woche verging, ohne daß die Brüder ihn zum Teufel wünschten. Die Pflegemutter nannte ihn «armes Kerlchen». Eines Tages gab Magnina ihm einen frischgebackenen Fladen mit Butter, so selbstverständlich wie früher. Dann setzte sie sich zu ihm und las aus einem Buch vor, das sie irgendwo geliehen hatte. Gedichte. Er verstand nichts davon, doch das war einerlei. Viel wichtiger schien ihm zu sein, daß er jetzt dahintergekommen war, wie es im Innersten dieses dicken, schwerfälligen Mädchens aussah.

Aber bald ging alles wieder seinen gewohnten Gang, und die Leute äußerten ohne Hehl, was sie über dieses Gemeindekind dachten, das hier herumlag und sich einbildete krank zu sein, während andere sich für den Bengel schinden mußten. Die Hausmutter Kamarilla schrieb an den Vater des Jungen einen Brief nach einem kleinen, entlegenen Handelsort, er müsse den Unterhaltungsbeitrag erhöhen.

Dann kam der Junge wieder auf die Beine und begann aufs neue mit dem Wasserschleppen. Oftmals plagten ihn unerträgliche Kopfschmerzen, aber niemand hörte auf sein Gefasel. Das Frühjahr stand vor der Tür, und es gab viel zu tun. Die Schafställe waren auszumisten, der Dünger mußte hinausgeschafft und auf den Hofplatz gestreut werden. Er konnte sich kaum noch seinem Gott hingeben.

Da hatte Magnina Geburtstag, und O. Karason Ljosvikingur wollte ihr danken, weil sie im Winter so gut zu ihm gewesen war. Er dichtete sie an. Er nahm sich bekannte Verse zum Vorbild und versuchte das Gedicht mit schönen, bildlichen Ausdrücken und mit kunstvollen Reimen auszustatten. Unter anderem standen folgende Zeilen darin:

Rein und sanft im Paradeis,
Tugendhügels schönstes Reis.

Als er das Gedicht verfaßt hatte, fühlte er sich so glücklich, daß ihm nichts mehr zwischen Himmel und Erde unmöglich schien. Er war fest davon überzeugt, daß sich in seinem Poem ein tiefer, dichterischer Sinn verberge, wenn er auch nicht leicht verständlich sei. Beklommenen Herzens näherte er sich Magnina, die mit ihrer Misthacke auf dem Hofplatz stand. Er fragte sie hastig mit niedergeschlagenen Augen, wobei ihm der Speichel in der Kehle stecken blieb, ob sie ein Geburtstagsgedicht hören wolle. Sie hielt mit dem Misthacken inne und sah ihn verwundert an. «Ein Geburtstagsgedicht?»

«Ja.» Und er las es langsam vor. «Lies es noch einmal», sagte sie dann. Er tat es. Sie schnaufte, drehte sich weg und hackte weiter Mist. Sie hatte ihm nicht einmal gedankt. Er wollte schon gehen. «Hör», sagte sie, «lies es noch einmal.» Er las es zum drittenmal.

«Du bist wohl nicht ganz bei Trost», sagte sie da. «Wer ist Tugendhügels schönstes Reis? Soll ich das sein?»

Man konnte ihr ansehen, daß sie nichts von Dichtkunst verstand, diese Tonne. Wahrscheinlich hatte sie damals im Winter nur zu ihrem eigenen Vergnügen laut vorgelesen. Vielleicht hatte sie ihm nur deshalb den Rest des Fladens mit Butter gegeben, weil sie nicht mehr herunterschlingen konnte.

«Eigentlich hast du eine Tracht Prügel verdient», sagte sie. «Glaubst, daß du dichten kannst und weißt nicht einmal, was dein Gefasel bedeutet. Wer weiß, ob du nicht eine Verwünschung über mich gedichtet hast.»

Er begann zu weinen und stammelte: «Erzähl es bloß nicht der Pflegemutter.»

«Pfui, schäm dich», sagte sie.

Er wurde puterrot vor Scham und es war ihm, als könne er nie wieder im Leben einem Menschen in die Augen sehen. Er hätte sie längst kennen müssen. Man brauchte sie nur anzusehen, wie sie da auf dem Hofplatz stand: mit dem Kopftuch hinter den Ohren, ihren blauroten, schwitzigen Hängebacken, aufgeschürzt, mit herabbaumelnden Strümpfen. Und der kleine Hund nieste, wenn er in ihre Nähe kam. Wie konnte ihm nur einfallen, sie «Tugendhügels schönstes Reis» zu nennen?

Abends hatten alle das Gedicht gehört. Und sie fielen über den Dichter her, jeder auf seine Weise.

«Seht euch den rotznäsigen Bengel an! Beginnt schon, unanständiges Zeug von sich zu geben», sagten die Brüder.

«Ja, und obendrein Gotteslästerungen», sagte die Witwe Karitas. «Wahrhaftig, solche Unglücksraben fangen früh an.»

«Und er will uns weismachen, daß er das gedichtet hat», sagte das Mädchen Jana. «Sicher hat er es irgendwo aufgeschnappt und gestohlen.»

«Bekomme ich noch einmal zu hören, daß du dich hier in meinem Haus mit Reimereien abgibst, so kriegst du die Rute zu schmecken», sagte seine Pflegemutter. «Und von heute an gibt es für dich abends nur Grütze die ganze Woche hindurch, damit du lernst, daß alle Dichter Schufte und Faulpelze sind – mit Ausnahme vom seligen Hallgrimur Pjetursson.»

Nur Magnina sagte nichts. Sie war zufrieden, daß sie das Gedicht schon auswendig konnte und ihm dies alles eingebrockt hatte.

Am Abend, es war bereits recht dunkel, wollte Jana nach unten zum Melken gehen. Der Knabe hockte mit seiner Grütze oben neben der Treppe, als sie an ihm vorbeiging. Die Pflegemutter saß in der Stube am Fenster und strickte. Plötzlich blieb Jana auf der obersten Stufe stehen und beugte sich zu ihm nieder.

«Hör, Lafi», flüsterte das Mädchen vertraulich, «willst du nicht ein Gedicht für mich machen?»

Er antwortete nicht.

«Was?» sagte sie. «Nicht einmal eins?»

Er bückte sich über seine Schüssel und schwieg.

«Nur ein ganz kleines?» flüsterte sie und drängte sich an ihn, als wollte sie in ihn hinein. Sie hatte hervorstehende Augen.

«Schweig», sagte er und begann zu weinen.

Da richtete sie sich auf und sagte so laut, daß seine Pflegemutter es hören mußte:

«Ja, so ein verwünschtes Bürschchen, führt schon lose und gotteslästerliche Reden und stiehlt anderer Leute Verse und tut, als hätte er sie selber geschrieben, und obendrein für ein erwachsenes Mädchen. Ja, aus dem wird noch etwas Nettes werden. Wahrhaftig, die fangen früh an, solche Liederjane.»

3

So verlief ein Jahr nach dem anderen für den Jungen in gewohnter Weise. Das ihm aufgebürdete Tagwerk stand in keinem Verhältnis zu seinem Alter und seinen Kräften. Im Sommer wurde er um vier oder um fünf Uhr des Morgens geweckt – wie die Erwachsenen, und er mußte so lange wie die Knechte arbeiten. Oft klagte er über heftige Schmerzen im Kopf, aber man fertigte ihn kurz ab: man kenne die Kniffe von Drückebergern allzu genau. Die Brüder erteilten ihm abwechselnd entgegengesetzte Aufträge. Hieß es bei dem einen, er werde ihn umbringen, wenn der Befehl nicht sofort ausgeführt würde, so sagte der andere, das Freundchen wisse wohl, was ihn erwarte, wenn es dem Bruder da gehorche. Und das Mädchen Jana lachte. Dann beschimpften sich die beiden Brüder und nannten einander Lügner, Dieb, Schürzenjäger. Jana lachte und lachte. Oft endete es damit, daß die Brüder, anstatt den Knaben umzubringen, aufeinander losschlugen. Danach ging es für eine kurze Zeit friedlich zu. Im Winter wurde er nach dem Verschwinden des Siebengestirns unter dem Himmelsrand geweckt, um im Viehstall zu arbeiten. Dort vertrödelte er den Vormittag. Er hatte einen unüberwindlichen Ekel vor Kuhmist. Weder mit den Händen noch mit seinem Zeug, so zerlumpt es auch war, wagte er damit in Berührung zu kommen. Unablässig sann er über neue Möglichkeiten nach, sich sauber halten zu können. Das verzögerte die Arbeit. Er hatte zum Beispiel versucht, mit einem alten Eimer an einem Ziehtau, das unter dem Dachgebälk befestigt war, den Dung hinauszuschaffen. Manchmal aber verhaspelte sich das Tau oben. Dann mußte er seinen Verstand anstrengen, den Eimer wieder hinunterzubekommen. Manchmal zerriß das Tau, und der mit Mist gefüllte Eimer plumpste in die Dungrinne oder auf eine unschuldige Kuh, oft auf den Erfinder selbst. Diese Unglücksfälle blieben den Brüdern nicht immer verborgen. Und man beschimpfte ihn, nannte seine Arbeit im Stall Unfug und warf ihm Müßiggang vor.

Immer seltener gab die Haustochter Magnina ihm etwas Sülze oder eine Scheibe Pökelfleisch, von einem Stück Fladen mit Butter gar nicht zu reden. Er war kein Kind mehr. Ein erwachsenes Mädchen kann dies und jenes für ein Kind und vielleicht auch ein bißchen für einen erwachsenen Mann tun. Aber so ein armseliger Grünschnabel ist doch wahrhaftig nicht zu bedauern, daß er wie andere fremde Leute von abgerahmter Milch, Zusammengekochtem, gesäuerten Lungenstückchen und herrlichem Fisch leben konnte. Als er fast vierzehn Jahre alt war, hörte seine Pflegemutter zudem auf, ihn zu prügeln, was bewies, daß auch sie sich nichts mehr aus ihm machte. Und er wünschte oft, sie möge ihn wie früher verprügeln, damit sie auch wieder ein bißchen gut zu ihm sein konnte.

Vor Verlassenheit, körperlicher Schwäche, Demütigung durch die Erwachsenen und Hunger nach Liebe wäre er beinahe umgekommen, hätte nicht die göttliche Allmacht ihn angerufen, sobald sie Zeit dazu hatte, und ihn gebeten, sich mit dem Klang der himmlischen und der irdischen Herrlichkeit zu vereinen. So oft es nur möglich war, versuchte er, diesem Ruf zu folgen, seine Seele damit zu trösten, daß er sich in eine höhere Welt, fern von allem Ungemach des täglichen Lebens, verlor. Er dichtete heimlich, denn seine erste Erfahrung hatte ihn weise gemacht. Er war entschlossen, sich als Dichter erst dann zu bekennen, wenn er erwachsen sei und in die Gesellschaft hochherziger Menschen käme. Diese, so glaubte er fest, müßten irgendwo zu finden sein. Aber deswegen hörte er mit dem Dichten nicht auf. Nur dichtete er jetzt für sich allein. Mitunter schrieb er eine ganze Strophe mit seinem Stachelstab aufs Eis. Alles, was er an Gedichten hörte, prägte er sich ins Gedächtnis, wie er auch alles das in sich einsog, was mit Kenntnissen und Wissen zu tun hatte. Und er beschloß, alles miteinander einmal in Bücher zu schreiben, denn er dachte, es gäbe zu wenige Bücher in der Welt, und irgendwo auf der Erde hungerten Menschen danach, daß mehr Bücher geschrieben würden.

Es war an der Zeit, daß er konfirmiert werden mußte. Darum gab man ihm den Katechismus und ließ ihn das Buch auswendig lernen; er mußte sich an den Tisch vor dem Giebelfenster der Stube setzen und das Buch aufgeschlagen vor sich legen. Auf der anderen Seite des Tischs saß die Pflegemutter und ließ ihn nicht aus den Augen. Sie achtete darauf, daß er weder nach rechts noch nach links, weder nach oben noch nach unten, sondern genau vor sich auf die Buchstaben sah. Drehte er nur ein wenig den Hals, weil er sich steif im Genick fühlte, oder wiegte er ein bißchen den Kopf, denn er konnte vor Kopfschmerzen kaum seine Gedanken zusammenhalten, dann hieß es sofort, er sähe wie ein Idiot aus; oder man fragte, warum er mit den Augen rolle; oder man höhnte, er sei geistig genauso ein Schwächling wie körperlich.

Der Gott des Katechismus, das war nicht sein Gott der Verzückung und Offenbarung, sondern der alte Bekannte aus der Postille. Es fiel dem Knaben schwer, diesen Katechismusgott zu begreifen und etwas für ihn zu fühlen. Magnina hörte ihn ab. Er mußte alles auswendig herunterleiern. Ließ er nur ein Wörtchen aus, so schien Gott in Gefahr, ein Loch zu bekommen. Wegen Gott durfte nicht gefragt werden. Gott duldet kein Geplapper. «Ich bin dein Gott», sagt Gott, «was wollt ihr noch mehr?»

An einer Stelle im Katechismus stand: «111* Behandlung von Tieren kann von einem grausamen und gottlosen Herzen zeugen.» Und er leierte herunter: «111 Behandlung von Tieren kann von einem grausamen und gottlosen Herzen zeugen.» Er stockte einen Augenblick.

«Na weiter», sagte Magnina.

«Soll das nicht die hundertelfte Behandlung von Tieren sein?» fragte er.

«Ja», sagte sie, «die hundertelfte Behandlung von Tieren. Das hast du doch eben gesagt. Also weiter.»

«Wie ist denn die hundertelfte Behandlung von Tieren?» fragte er.

«Was?» sagte sie. «Wie oft hat man dir nicht gesagt, daß man wegen Gott nicht fragen darf. Die hundertelfte Behandlung von Tieren! Also. Nun weiter.»

Aber dann kam ihr dieser Satz doch verdächtig vor. Sie runzelte die Stirn, guckte ins Buch und las. Und sie fühlte sich nicht mehr ganz sicher, scherte sich auch nicht darum, daß er schon wieder herunterleierte, sondern unterbrach ihn: «Die hundertelfte Behandlung von Tieren ist natürlich eine grausame und gottlose Behandlung. Das hättest du dir selber sagen können.»

«Was für eine Behandlung ist denn das?» fragte er sie.

«Darauf brauche ich dir keine Antwort zu geben. Weiter.»

* Das isländische Wort «schlecht» (Ill) sieht wie die Zahl 111 (hundertelf) aus.

Er begann wieder mit seinem Geleier und fuhr lange damit fort; sie kümmerte sich nicht darum. Schließlich unterbrach sie ihn und sagte: «Die hundertelfte Behandlung zum Beispiel ist, wenn man vergißt, dem Hund sein Fressen zu geben.»

Die Kirche lag unten am Fjord. Im Frühjahr kamen aus zwei Richtungen Kinder zum Pastor in die Konfirmationsstunde, von der Landzunge auf der anderen Seite des Fjords und aus dem Tal.

Er litt an Kopfschmerzen und häufig an Unterleibsbeschwerden. Er war blaß und abgespannt. Wenn die Kinder um ihn herum plapperten, wußte er nicht, wovon sie sprachen. Es gab auch Kinder, die ebenso einfältig waren wie er, und die, welche schneller von Begriff waren, lachten oft über die Minderbegabten. Das wirkte auf den Knaben wie ein plötzlicher, schmerzvoller Stich. Die aufgeweckteren Kinder hielten zusammen und verstanden einander. Die Bleichen und Einfältigen, die kränklich aussahen, hielten nicht zusammen und verstanden einander auch nicht. Einige waren groß und kräftig mit frischen Gesichtern, sie wußten allerlei und schwätzten viel. Darauf verstand er sich gar nicht. Sie lachten. Er war ängstlich. Er konnte auch nicht mit ihnen spielen und kannte keine Kunststücke. Sie dagegen kannten viele Kunststücke. War er aber allein, so glaubte er, alles und noch mehr als die anderen zu können. Sobald er jedoch mit den anderen zusammen war, schien ihm alles im Nebel zu liegen. Nur wenn er allein war, erschien ihm alles licht.

Er wurde vom Pastor über den Abschnitt verhört, darin von der Behandlung der Tiere die Rede ist.

«Hundertelfte Behandlung der Tiere zeugt von einem grausamen und gottlosen Herzen», sagte er.

«Wie?» fragte der Pastor. «Was meinst du?»

«Wenn man vergißt, dem Hund sein Fressen zu geben.»

Da mußte selbst der Pastor lachen, und die Kinder lachten auch. Und während des Restes der Konfirmationsstunde wurde weiter gelacht.

Es war ein krampfhaftes Gekicher, das kein Ende nehmen wollte, und er saß gedemütigt, naß von Schweiß und rot vor Scham, wie in einem weißen Nebel. Was waren alle Prügel der Kindheit im Vergleich zu dieser Erniedrigung? Er fing an zu weinen. Das machte die anderen Kinder stutzig, und einige hörten auf zu kichern. Der Pastor ging zu ihm, streichelte ihn und sagte, daß es jedem so ergehen könne, Fragen über Gottes Wort falsch zu beantworten; das sei nicht schlimm, und er selber wüßte oftmals auch nicht, wie er Gottes Wort erklären solle.

Es war spät am Nachmittag, als die Kinder sich auf den Heimweg machten. Draußen, vor dem Pfarrhaus, gingen einige zu ihm und wollten es wiedergutmachen, daß sie über ihn gelacht hatten. Andere kamen und fragten, was es denn mit der hundertelften Behandlung von Tieren für eine Bewandtnis habe. Er wickelte den Katechismus in sein Sacktuch, setzte sich den alten Hut auf und begann heimwärts zu laufen. Da lachten die Kinder wieder, liefen ihm nach und verspotteten ihn. Es ist lustig, andere, die empfindlich und einsam sind, zu necken.

Auf der Sandhöhe östlich vom Pfarrhaus holten sie ihn ein. Nein, sie konnten ihn nicht in Frieden lassen, sie mußten mit ihm sprechen, einige zum Spaß, andere aus Neugier. Denn er war so komisch und hatte das Christentum falsch verstanden. Er setzte sich auf einen Steinblock und hielt das Sacktuch fest um seinen Katechismus. Da rief eine Stimme: «Kinder, schämt ihr euch denn nicht? Laßt ihn in Ruhe. Er hat euch doch nichts getan. Geht weiter, damit er Frieden bekommt.»

Da gingen die anderen Kinder ihres Weges, und als sie schon ein Stück weiter ins Tal gekommen waren, stand er auf und trödelte allein hinter ihnen her. Plötzlich bemerkte er zwei Mädchen aus der Konfirmationsstunde, die vor ihm gingen. Sie hatten sich eingehakt und schienen keine Eile zu haben. Er wünschte, daß sie schneller gehen sollten, denn er wollte sie um keinen Preis der Welt einholen. Schließlich blieben sie stehen, blickten sich um und warteten auf ihn. Er sah nur die eine von ihnen, Gudrun von Gränholl. Sie war es, die vorhin die anderen Kinder fortgejagt hatte. Zögernd erreichte er sie, wagte kaum aufzublicken, wollte weitergehen. Da bemerkte er, daß die eine ihn ansah. Gudrun.

«Das macht nichts», sagte sie.

«Was?» fragte er.

«Ich meine, daß du beim Pastor verkehrt geantwortet hast. Viele antworten verkehrt. Aber das macht wirklich nichts.»

Sie wohnte nicht weit vom Fjord. Sie war bald zu Hause. Trotz allem gibt es in der Welt Menschen, die anderen helfen wollen, ganz ohne Grund, nur, weil sie selber gut sind. Er konnte nichts sagen. Aber ihm war, als würden alle seine Kümmernisse vor der Güte ihrer Augen verschwinden.

«Wo wohnt dein Vater?» fragte sie.

«Das weiß ich nicht», antwortete er.

«Hast du denn auch keine Mutter?» fragte sie.

Bei dieser Frage wäre er beinahe wieder in Tränen ausgebrochen. Er konnte es noch nicht glauben, daß sich jemand darüber Gedanken machte, ob der Pflegling bei den Bauern auf dem Hof Fotur unter Fotarfotur Mutter und Vater habe. Als sie sah, daß seine Augen feucht wurden, sagte sie schnell: «Willst du nach Gränholl mitkommen, so werde ich Mutter bitten, daß sie dir Kaffee gibt.»

Er war ihr sehr dankbar, aber er wagte nicht, ohne weiteres ja zu sagen. Er durfte doch auch nicht lange fortbleiben.

«Ich weiß, es ist schrecklich, einsam und verlassen zu sein», sagte sie, «aber Lauga und ich halten zu dir. Nicht wahr, Lauga? Wollen wir ihm nicht beistehen?»

«Doch», sagte das andere Mädchen.

«Wir werden allzeit zu dir halten, wenn die übrigen Kinder dich necken. Nicht wahr, Lauga?»

«Doch», sagte Lauga.

«Du brauchst es uns nur zu sagen», fuhr sie fort, «wenn

dich jemand neckt. Ich werde mit den Jungens schon fertig werden, wer von ihnen es auch sein mag.»

Dann gaben sie ihm die Hand zum Abschied, verließen den Weg und gingen an einem Bach entlang. Ihre Höfe lagen oben am Berg.

Doch sie hatte vergessen, ihn noch einmal zu fragen, ob er bei ihnen Kaffee trinken wolle.

Er folgte ihr mit den Augen, wie sie dahinschritt: hoch von Wuchs und hell, barhäuptig und mit frischen Wangen, so sicher wie ein erwachsenes Mädchen. Sie schaute sich nicht nach ihm um.

Als sie ihn nicht mehr sehen konnte, warf er sich am Ufer des Bachs auf die Erde und rief Gott an. «Gott, Gott, Gott», stammelte er.

Fortan, wenn er an sie dachte, sah er sie und rieselndes Wasser.

Und lange Zeit dachte er an keinen anderen Menschen mehr. Beim Pastor oder in der Kirche hatte er für keine anderen Menschen mehr Augen. Alle anderen waren Rauch. Er bemerkte, wenn sie sich rührte, auch wenn er ihr den Rücken zukehrte. Er sah sie am hellichten Tag, als sie über einen Bach sprang. Sie. Und das klare, rieselnde Wasser zwischen erstem Grün im Frühling. Sonnenschein. Ein anderes Mal spielten sie am steilen Ufer eines Flusses. Alle Kinder. Die himmelhohen Berge über den Höfen; der Fjord auf der anderen Seite; Abend. Sie war heiß und rot wie ein erwachsenes Mädchen. Ein Knopf ihrer Jacke stand offen. Ihre hellblonden Flechten hingen über ihrer Brust; eine Flechte war aufgegangen; ihre Augen strahlten.

Man rief den Kindern zu, daß es Zeit sei, heimzugehen. Er ging einsam nach Hause. Gewiß war es die Wahrheit, daß er der Abschaum der menschlichen Gesellschaft und unter dem Sklavenjoch stand. Ein Gemeindekind, das allein in der Welt stand und das Christentum falsch begriff. Aber was bedeutete das? Mochten sie ihn schlagen und verhöhnen. Gott hatte ihm so vieles offenbart. Keiner hatte ihn so mächtig vernommen wie er. Gudrun von Gränholl. Dann wurden sie konfirmiert. Einige von ihnen trafen einander erst nach zwanzig, dreißig Jahren wieder. Andere nie. Sie hat nie wieder mit ihm gesprochen. Nur dieses eine Mal.

4

EINMAL IM VIERTEN WINTERMONAT ZOG EIN SCHNEEsturm heran. Ebbe. Die Schafe waren am Strand, im Seetang und auf Klippen.

Er wurde ausgeschickt, die Tiere zu sammeln. Gewiß war es nicht das erste Mal, daß er im Tang naß wurde, und auch nicht das erste Mal, daß die schneidende Kälte ihm durch das verschlissene, fadenscheinige Wams drang. Aber an diesem Tag war der Sturm ungewöhnlich heftig und der Frost grimmiger als sonst. Zudem war er seit Anfang des Winters erkältet und oft so heiser, daß er kein Wort hervorbringen konnte. Als er abends nach Hause kam, war er krank. Wenigstens sagte er das. Er erklärte, er habe Stechen im Rücken, dazu Hitze im Leib, abwechselnd Schüttelfrost.

«Das sind Wachstumsschmerzen», sagte seine Pflegemutter Kamarilla.

«Was sich das süße Freundchen nicht alles einbilden kann», höhnte Bruder Just.

In der Nacht sagte der Knabe, daß er jetzt auch noch in der Brust Stechen habe und kaum atmen könne und wie in Schweiß gebadet sei, und er flehte laut zu Gott.

«Wie schön das geliebte Herzenskind nachts singen kann», höhnte der Bruder wieder.

Am Morgen, als beide Brüder aufstanden, sagte der ältere, das sei doch die neueste Art, sich von der Arbeit im Kuhstall zu drücken, um nicht mit Kuhmist in Berührung zu kommen. «Hinaus aus dem Bett mit dir, du Satan», schimpfte er, «hier wird nicht krank gespielt.» Aber die Pflegemutter Kamarilla legte die Hand auf die Stirn des Knaben und fühlte, daß sie sehr heiß war. Sie fand, es sei am besten, den armen Tropf noch etwas liegen zu lassen.

So lag er da und schwebte zwischen Leben und Tod.

Und die Zeit ging, oder richtiger gesagt, die Zeit hörte auf zu gehen, sie stand still. Tag und Nacht, Alltag und Sonntag lösten einander nicht mehr ab im Einklang mit dem Kalender, den der Verlag der isländischen Nationalfreunde herausgab; die Grenze zwischen eins und zwei war verschwunden, das Schmale wurde breit, das Lange kurz, und zwar von ganz allein und ohne triftige Gründe. Nichts stand in Beziehung zu irgend etwas, Leben und Empfinden wurden in einen anderen Bereich gedrängt, in dem alle zeitlichen Maße und irdischen Begriffe ausgewischt waren, in dem niemand wußte, was er war oder gewesen war, was er werden sollte oder was einmal geschehen werde. Man war ein Gemisch aus den größten Gegensätzen des Seins: Gott, Ewigkeit, glühendes Funkenstieben und lustiges Klingen, man war Bach oder Fluß oder ein Mädchen. Man war Bucht am Meer, und dort gab es Vögel, man war ein Teil vom Zaun um den Hofplatz hoch oben am Berghang. Das Geschehen überstürzte sich in seiner Vielfalt, immer Neues traf ein, ohne jegliche Gesetzmäßigkeit. Manchmal wurde er an den Strand der Wirklichkeit gespült, aber nur für einen Augenblick, so daß er gerade Zeit hatte, sich zu verwundern, wie still und bar allen Geschehens es in der Wirklichkeit war. Er faßte es nicht, wie Menschen ein ganzes Leben in dieser langweiligen Sphäre des Bewußtseins verbringen konnten, die Wirklichkeit heißt, wo eins das andere nach sich zieht, die Nacht sich vom Tage scheidet, alles nach Gesetzen verläuft, ein Ding so ist und das andere ihm folgt. Aber glücklicherweise glitt er schon wieder in den Bereich der Unwirklichkeit, wo niemand wußte, was folgt, nichts dem anderen entsprach, alles möglich war, vor allem das Unwahrscheinliche und Unfaßbare. Und unversehens war sein Wesen wieder ein schwebender Sinnentrug und Trost und Funken und Gott und Erlösung von der Wirklichkeit und dem Kampf der Menschen ums Dasein, von der menschlichen Vernunft, vom Leben und Tod.

Aber eines Tages öffnete er die Augen, und es war zu Ende. Es war wie ein gewöhnliches Erwachen, der Tag war wie andere Tage, und ein winzig kleiner Sonnenfleck war an der Schrägwand über ihm.

Magnina steht, den Rücken ihm zugewandt, vor einem Waschbecken, wäscht und kämmt sich, die äußeren Strümpfe reichen nur bis zu den Knien, sie haben kein Strumpfband und hängen herab. Er denkt daran, sich aufzurichten, wie er es sonst getan hat, aber er ist zu schwach. Er kann nicht einmal den Arm rühren. Bloß einen Finger zu bewegen, schon das macht ihm unglaubliche Mühe. Am besten, sich überhaupt nicht zu rühren. Nur diesen winzigen freundlichen Sonnenstrahl an der Schrägwand anzuschauen!

Aber er glaubte, er müsse etwas sagen. Er erinnerte sich matt, daß etwas geschehen war. Er wußte nur nicht recht, was er sagen sollte. Im Grunde hatte er gar keine Lust, daran zu denken. Er war so müde, und alles war so schön. Was war denn geschehen? Am besten, man wartet. Also wartete er.

Endlich war sie mit dem Waschen fertig. Nun mußte sie sich wohl umdrehen. Sie drehte sich um. Sie war gerade dabei, sich den anderen Zopf zu flechten. Sie sah zu ihm hinüber und bemerkte, daß er die Augen aufgeschlagen hatte.

«Bist du denn wach?» fragte sie und flocht ruhig weiter.

«Ja», flüsterte er.

«So? Bist du wieder gesund?» fragte sie, steckte ein Ende des Zopfes in den Mund, flocht weiter.

«Ja», sagte er.

Er wollte sie gern etwas fragen, aber er konnte nicht darauf kommen, was er fragen wollte, und so sagte er gar nichts, aus Furcht, etwas Verkehrtes zu fragen.

«Was für ein Glück, daß du nicht bei uns gestorben bist», sagte sie.

«Was?» fragte er. «Sterbe ich nicht?»

«Nein», sagte sie.

«Ich glaubte es nämlich», sagte er, sich entschuldigend. Also hatte er nun doch verkehrt gefragt. Er war betrübt.

«Wir haben geglaubt, du würdest sterben, aber jetzt kann ich es deinen Augen ansehen, daß du lebst», sagte das Mädchen.

Er sagte nichts mehr. Er war nicht besonders gerührt darüber, daß er nicht sterben mußte. Er war enttäuscht, trotz des Sonnenflecks an der Wand. Wie arm war doch die wahrnehmbare Welt im Vergleich mit der Welt des fernen, wirren Traums.

«Vielleicht hast du Lust, eine Tasse Milch zu trinken?» fragte das Mädchen. «Schrecklich, wie mager du geworden bist.»

Sie holte lauwarme Milch und beugte sich über ihn, hob seinen Kopf vom Kissen. Der Geruch, der oben aus ihrem Kleid strömte, glich dem Geruch von früher. Ja, es tat ihm leid, daß er nicht gestorben war.

Er begann wieder gesund zu werden. Aber die Genesung machte nur langsame Fortschritte. Er aß wenig und schlief viel; wachte er, so war sein Denken ganz klar. Er war wieder auf dem Weg zurück zum Leben, um noch eine Weile darin zu bleiben, ebenso einsam wie früher, auf demselben Fleck Erde, am äußersten Meer. Eine Zeitlang, während er allmählich etwas zu Kräften kam, hatte er Frieden. Niemand drohte ihm mit Schlägen. Wenn er den Sonnenstrahl oben an der Schrägwand betrachtete, empfand er manchmal eine maßlose Zuversicht. Diese segensreiche Sonne, dachte er dann und fand, es sei doch wert zu leben. Und er war Gott dankbar dafür, daß er die Sonne erschaffen hatte, damit sie die Menschen bescheine.

Die Tage wurden länger. Er setzte sich im Bett auf und betrachtete voller Entzücken den Sonnenstrahl des Lebens. In seiner Seele rührten sich die Klänge von einst, dieses Klingen, das er vernommen hatte, als er noch klein war: die Harfe der Allmacht. Er starrte lange vor sich hin, und schließlich verschwand alles andere um ihn: seine Seele nahm teil an Gottes

Konzert in überschwellender Dankbarkeit, höher als Worte. Und plötzlich fühlte er Gottes Liebe, Gott selber, und alles war vollkommen und gut. Dreimal mußte Magnina seinen Namen rufen, ehe er wieder zu sich kam.

«Sollst du einen Anfall bekommen?» fragte sie.

«Nein», flüsterte er.

Er legte sich zurück und zog seine armselige Decke über die Augen.

So vergingen einige Tage, und wenn er allein war mit dem Lichtstrahl an der Schrägwand, hörte er den Klang der Gottheit und vernahm in seiner Seele die Offenbarung der göttlichen Kraft. Er bekam köstliche Vollmilch, manchmal sogar frischgebackenen Fladen mit Butter. Niemand sagte: «Hinaus mit dir!» und «Tu dies oder jenes!», wenn auch schlechtes Wetter war; kein Bruder ordnete das Gegenteil vom anderen Bruder an. Niemand sagte: «Du wirst keinen heilen Knochen in deinem Leibe behalten, wenn du dich vor der Arbeit drückst!» Und er hoffte, nicht allzu schnell wieder gesund zu werden.

Aber nicht alle Tage waren voller Sonnenschein. Ach nein. Es kamen auch Tage, die ohne Sonne waren, ohne Gesang der Gottheit, ohne Verzückung, ohne tröstende Erinnerung, ohne versöhnende Hoffnung. Tage, an denen es weiter nichts als farblose, alltägliche Sinneswahrnehmung gab, ein schales Bewußtsein, das sich niemals so fürchtete, wie bei dem Gedanken an das ewige Leben; ein stummes Sehnen, das einem drückenden Schmerz glich, nach etwas, das ihn vor der fürchterlichen Unsterblichkeit der Seele retten könnte; vor dieser entsetzlichen Unsterblichkeit, die sich vor ihm auftat.

Er hatte längst die wenigen Bücher gelesen, die es im Haus gab; ein neues Buch hatte man nicht. Er kannte sie alle. Ein einziges Buch gab es nur noch, das er nicht einmal zu erwähnen wagte, aus Furcht vor Prügel: das Buch mit den Geschichten von der Insel Felsenburg. Dieses Buch wurde in der Kleidertruhe der Haustochter heimlich verwahrt, und er konnte leicht die seltenen Male aufzählen, an denen man ihm erlaubt hatte, einen Blick auf den Einband des Buches zu werfen. Aber niemals durfte er das Buch aufschlagen. Es war ein geheimnisvolles Buch; er hatte gehört, wie die Hausmutter Kamarilla ihre Tochter schalt, als sie in der Nacht darüber hockte.

«Ich habe so große Lust, ein Buch zu lesen», sagte er.

«Du kennst alle, die es hier gibt», sagte Magnina, «alle, die zum Lesen da sind.»

«Aber die Felsenburggeschichten?» sagte er fragend, hoffend, sie würde einen armen Kranken, der obendrein konfirmiert war, nicht in seinem Bett verprügeln.

Da nahm sie eine feierliche Miene an, legte den Kopf schief, kniff die Lippen zusammen und blickte streng auf ihre Flickarbeit nieder. «So, die Felsenburggeschichten», sagte sie feierlich. «Laß dir bloß von mir gesagt sein, daß das kein Unterhaltungsbuch ist. Das ist ein christliches Buch.»

«Das tut nichts», sagte er.

«Tut das nichts? Gewiß tut es was. Das ist ein Buch vom Leben der Menschen auf Erden. Du mit deinen jungen Jahren könntest dich versündigen.»

«Ich bin konfirmiert», sagte er.

«Konfirmieren kann man leicht jeden Naseweis», sagte sie. «Aber ob das Verständnis für Jesus im Menschenleben ebenso leicht wächst? Weiß ich, welche Sünden ich begangen haben würde, wenn ich ein Buch wie das mit den Felsenburggeschichten gelesen hätte, ehe mein Verstand dafür reif war? Wenn du größer geworden bist, dann kannst du so ein Buch vielleicht lesen. Vielleicht.»

Trotzdem kam sie am nächsten Tag mit den Geschichten von der Insel Felsenburg. Als niemand sonst in der Stube war, mitten am Tag. Die Erwartung in seinen Augen war so grenzenlos wie das Meer. Sie lächelte ein bißchen über seine aufgerissenen Augen, setzte sich auf seine Bettkante, öffnete das Buch. Nein, er durfte das Buch nicht berühren. An der Dickleibigkeit des Buches sah man, daß es ein überaus christliches Buch war, und trotzdem strömte von dem Buch eine Luft aus, die das Herz mit Unruhe erfüllte, so daß man glaubte, man sei auf die Folter gespannt worden.

«Ich, Eberhard Julius, erblickte das Licht dieser Welt am 12. Mai 1706, während der großen Sonnenfinsternis, die dazumal eingetreten war, und die meinen Vater, einen reichen Kaufherrn, wie andere in großen Schrecken versetzte.»

Von unten hörte man Schritte, und sie brach ab. Sie hatte dicke Pausbacken und ihre Augen immer einen phlegmatischen Ausdruck; sie war eine ohne Eigenleben, eine von denen, die nur ab und zu einen winzigen Versuch machen, zu denken, etwas zu wagen. Aber in der Seele dieses Mädchens hockte verborgen ein Tyrann, der barsch Einhalt gebot und jeden Entschluß im voraus zuschanden machte. Dumpfe Gleichgültigkeit bemächtigte sich tagein, tagaus hoffnungslos aufs neue des Fleisches.

«Gott steh mir bei! Ich glaube, ich bin nicht richtig bei Troste», sagte sie, klappte das Buch zu und blickte entsetzt einen Augenblick auf den Buchdeckel, wie auf ein Zauberbuch. Sie versteckte es hastig unter ihrer Schürze und latschte hinaus.

Als er am nächsten Tag das Buch zögernd erwähnte, wurde sie wütend:

«Schweig! Sonst erzähle ich der Mutter, daß du von dem Buch gesprochen hast.»

Er wußte nicht, was er angestellt hatte; er zweifelte jedoch nicht daran, daß es etwas Schlimmes sei, und wurde ängstlich. Bald mußte er an etwas anderes denken: die Pflegemutter gab ihm am nächsten Tag seinen verschlissenen, frisch gewaschenen Anzug und seine gestopften Strümpfe. Beim Ankleiden fiel er in Ohnmacht; da legte sie einen kalten, nassen Lappen über seine Stirn und richtete ihn wieder auf. Die Brüder waren zum Fischen hinausgefahren. Darum war es nicht mehr möglich, daß der Junge im Bett blieb. Ein paar Tage später begann man ihn wieder früh am Morgen zu wecken. Er mußte aufs neue im Kuhstall arbeiten. Auch das Wasserschleppen begann aufs neue. Zu Ostern gab es schlimmes Wetter. Jana und Karitas erzählten seiner Pflegemutter, er würde sich oft vor der Arbeit drücken. Manchmal aber gab Jana ihm ein lauwarmes Stück Kandis, das sie auf ihrer Brust getragen hatte.

Magnina sprach lange Zeit kein Wort mit ihm.

5

Der Winter ging nun zur Neige. Wochentags waren die Brüder nicht daheim, so daß der Junge weder übermäßig viel Schelte noch Prügel bekam. Aber an den Samstagabenden kamen sie manchmal nach Hause, besonders wenn das Wetter schlecht war, und dann gar nicht so selten betrunken. Darum blieb der Junge so lange wie möglich im Kuhstall. Des Sonntags lagen die Brüder morgens lange, jeder in seinem Bett, rechts und links neben der Wohnstube, und unterhielten sich auf ihre grobe Art; dabei wurde viel gelacht. Ihr Lachen schien tief aus der Kehle zu kommen, vielleicht von noch tiefer her. Jana machte während dieser sonderbaren Morgenandacht der Brüder oft einen Abstecher hinauf in die Stube. Ging das Mädchen an ihren Betten vorbei, streckten die Brüder die Beine aus dem Bett, um ihr den Weg zu verlegen. Dann schrie Jana so laut, als sei sie in Lebensgefahr. Das machte den Brüdern Spaß. War der Junge nebenan, ergriff er heimlich Partei für das Mädchen, obwohl es ihm nur selten beistand. Trotz ihres Geschreis war Jana in Wirklichkeit gar nicht bange, sondern packte die Beine von Just oder von Nasi, siegte oder erlitt Niederlagen, um danach mit puterrotem Gesicht die Treppe hinunterzuflitzen. Aber bald war sie wieder oben, um irgend etwas Wichtiges zu holen.

So auch an einem Sonntagmorgen. Just hatte dem Mädchen seine Füße unter den Rock gesteckt, der Rock wurde über ihre Knie gehoben. Jana schrie entsetzlich. Da rief Nasi: «Was haben deine Latschen unter Janas Knie zu suchen?»

«Was fragst du», schrie Just belustigt.

«Weg mit deinen Pfoten unter Janas Rock», schrie Nasi erbost.

Jana kreischte weiter, wie bei einem Unwetter auf dem Meer. Da stieg der ältere Bruder aus seinem Bett, zog die Unterhose hoch und rettete das Unschuldslamm. In dem Augenblick sprang Just aus dem Bett, warf sich auf Nasi, und ein wilder Ringkampf begann. Das kam nicht oft vor, schlugen sie aber aufeinander los, so ging es hart zu. Beide waren nur leicht bekleidet. Das Mädchen flüchtete die halbe Treppe hinunter, blieb dann stehen, folgte mit aufgerissenen Augen der Balgerei. Sie klatschte in die Hände, wenn es aussah, als ob der eine den anderen unterkriegen würde, und sie schrie vor Jubel und vor Angst zugleich, wie eine geile Stute auf der Weide. Je mehr die Unterhosen der Brüder im Kampf über ihre Hintern rutschten, stieg Jana eine Stufe nach der anderen zögernd hinab; aber ihre Blicke glühten, und anstatt zu kreischen, schnappte sie nach Luft. Schließlich war sie unter der Treppenluke verschwunden, nur ihre Augen nicht.

Olafur hatte drinnen in der Stube gesessen und wollte gerade, nach getaner Arbeit im Kuhstall, seine saure Molken hinunterlöffeln. Die Tür zum Schlafraum der Brüder stand offen. Als er hörte, was dort vor sich ging, blickte er fort, starrte auf seine Schüssel nieder, voller Angst, man könnte ihn in Verbindung mit der Schlägerei bringen und deswegen bestrafen, kroch schließlich zitternd in eine Bettecke und versuchte angestrengt, nur auf sein Morgenmahl zu blicken.

Schließlich lag der jüngere Bruder auf dem Boden und konnte nicht wieder hochkommen: der ältere Bruder saß rittlings, den Hintern nach oben, über dem Besiegten.

«Hätte ich jetzt ein Messer für diesen verdammten Schürzenjäger», zischte Nasi, wobei er knurrend und eindeutig hinzufügte, daß er den Bruder entmannen würde.

Olafur zog die Beine an und rollte sich förmlich zusammen, vergaß die Scheibe Blutwurst neben seiner Schüssel in den Mund zu stecken und wollte die Augen schließen. In diesem Augenblick schrie Nasi:

«Lafi, her mit dem Messer dort unterm Dachsparren, oder ich bringe dich um.»

Dem Knaben blieb keine Zeit für moralische oder andere Überlegungen. Die Pflicht zu gehorchen saß tiefer in ihm als jedes andere Gefühl. Er zuckte zusammen, schob seine Schüssel weit von sich und holte das Messer vom Dachsparren. Es war ein Fleischermesser.

Gerade als er Nasi das Fleischermesser geben wollte, geschah das unerwartete: Jana, zu Jesus schreiend, kam wieder zum Vorschein. Ihr Gesicht war vor Entsetzen verzerrt, sie stürzte auf Nasi los, denn sie begriff, trotz ihrer Jugend, was der Ältere dem Jüngeren antun wollte. Und voller Verständnis dafür, daß der Sieger richten dürfe, fällte die junge Jana blitzschnell das salomonische Urteil. Tränen quollen aus ihren Augen, und zwischen den Brüdern auf dem Boden kniend, schlang sie den Arm um Nasi und flehte:

«Mein herzgeliebter Nasi, ich beschwöre dich beim Allerheiligsten im Himmel, nimm lieber mich.»

Da ließ der Siegreiche den jüngeren Bruder los, schmiß das Fleischermesser auf den Boden, zog die Unterhose hoch, legte das Mädchen auf sein Bett, umarmte sie und breitete die Bettdecke über sie und sich.

Was wäre jetzt natürlicher und selbstverständlicher gewesen, als daß Just das Messer aufgenommen und sich auf Jana und Nasi im Bett gestürzt hätte? Aber das tat er nicht. Gewiß, er erhob sich vom Boden und griff nach dem Messer, tat aber, als sähe er nicht, was zwischen den beiden im Bett vor sich ging. Dann wandte er sich gegen Olafur. Er ließ sich Zeit, überstürzte nichts, zog gelassen die Unterhose hoch und schritt, mit gemessenen Bewegungen und beherrscht, in die Wohnstube, bis vor den Knaben.

«Jetzt soll dein Kopf ab, Freundchen», sagte er in jenem warmherzigen Ton, den man anwendet, wenn man einen

Feind in seiner Gewalt hat. Todesangst beschlich den Jungen, zuerst das Rückenmark entlang, dann in andere Nervenstränge, in alle Gliedmaßen, bis hinauf in die Fingerspitzen: nun wußte er, daß sein letztes Stündchen geschlagen hatte und er nie wieder an der Bucht stehen und zusehen könne, wie die Wellen sich brechen.

Gott der Herr hatte ihn verlassen.

Das ist er also, der Lohn dafür, wenn man sich unparteiisch in der menschlichen Gesellschaft verhält.

Bruder Just ergriff ihn ruhig mit der einen Hand, legte seinen Kopf auf die Bettkante und machte Anstalten, ihn zu schlachten.

Da aber stellte sich zur rechten Zeit, wie von Gottes Barmherzigkeit herbeigerufen, die Pflegemutter Kamarilla in der Wohnstube ein. Sie sah augenblicklich, was für Dinge sich vorbereiteten, packte ihren Sohn Just bei den Schultern, nahm ihm das Messer ab, legte es würdevoll wieder unter den Dachsparren, ging durch die offene Tür nach nebenan, riß die Bettdecke von ihrem Ältesten und warf das Mädchen aus dem Bett. Verdattert stand Jana da, strich hastig ihren Rock mit der einen Hand nach unten, bedeckte mit der anderen das Gesicht und verschwand weinend durch die Stiegenluke.

Dann sagte die Hausmutter einige wohlgewählte Worte über die jungen Menschen von heute und befahl ihren Söhnen, sich anzuziehen und nach unten zu gehen.

Und sie ging wieder die Treppe hinunter, rief die Leute auf dem Gehöft zur Sonntagmorgenandacht in der guten Stube zusammen, betrat mit Würde die gute Stube und setzte sich. Als sich alle eingefunden hatten, nahm sie die Postille und las in gewohnter Weise den Text des Tages vor.

6

Wie bitter ist es doch, jung zu sein, voller Sehnsucht nach Gott und dem Guten, und zu wissen, daß Gott überall um einen gegenwärtig ist; aber niemals Zeit zu haben, all das genießen zu dürfen, sondern ständig ein kummervolles, unfreies Dasein zu führen mit entsetzlichen Krankheiten in der Brust, im Rücken, im Magen und im Kopf.

Mitten in diesem verzweifelten und finsteren Menschenleben erfährt er, daß seine Mutter als Näherin nach Adalfjord gezogen ist. In vielen Augen gilt das, unausgesprochen, als die nicht geringe Hoffart einer unwissenden Frau: sich in der größten Stadt des Landesteils anzusiedeln, während andere Leute sich darein finden müssen, ihr tägliches Brot auf gewöhnliche Weise zu erarbeiten. Der Versuch, sich über seinen Stand zu erheben, hat nie zu etwas Gutem geführt.

Der Knabe hatte oft mit Bitternis an seine Mutter gedacht, weil sie ihn, mitten im Winter, in einem Sack weggeschickt hatte, damit er bei fremden Menschen aufwachse. Nach mehr als zehn Jahren seit der Trennung von ihr hatte er auch erfahren, er habe damals so viel geweint, daß alle meinten, er würde sterben. An jenem Tag war Nordoststurm. Wie konnte seine Mutter es über sich bringen, ihn bei Nordoststurm fortzuschicken, er hatte sie doch so heiß geliebt? Viel, viel später erst, als er die Hartherzigkeit seiner Mutter noch klarer erkannte, gelobte er sich, sie niemals aufzusuchen, wie schlimm es ihm auch im Leben ergehen möge.

Einmal half er den Brüdern beim Torfstechen. Als er die scharfen Sodemesser in ihren Händen sah, fühlte er so große Angst, daß er entschlossen war, trotz allem zu ihr zu reisen. Und er vergaß, daß seine Mutter ihn als kleines Kind weggegeben hatte. Er stellte sich vor, sie wohne in einem schönen Haus: mit einer Tür vorn und je einem Fenster rechts und links von der Tür; und das Haus hat ein hohes rotes Dach und einen Schornstein. In dem Haus gibt es eine gute Stube mit einem Diwan, und die Fenster haben Gardinen, wie beim Pastor, und an der Wand hängt ein Bild und sicher auch ein Kalender. Er ist zu ihr gekommen, über Berge und durch Einöden. Sie empfängt ihn lachend und preßt ihn an sich und weint und bereut, was sie ihm als Kind angetan hat. Und sie sagt, daß er jetzt für ewig bei ihr bleiben soll. Er vergibt ihr und weint auch. Wie herrlich, wieder bei ihr zu sein! Im Dunkeln, gerade vor dem Einschlafen, war der Weg zu ihr so leicht zu finden, und er war nicht länger als ein Steinwurf. Wenn er aber des Morgens hinauskam, war der Himmel grau und die Luft war kalt, arm an Verlockungen, ohne Aufmunterung; alle Entfernungen waren wieder Wirklichkeit; das Gebirge hatte wie zuvor steile Abhänge und hohe Gipfel. Auf der anderen Seite des Fjords gab es ebenso schroffe Berge. Und der Weg zu seiner Mutter führte über hohe Berge und steile Pässe, durch tiefe Täler, zwischen denen viele breite Fjorde voller Schären lagen.

Im Sommer waren die Brüder stets uneinig wegen der Arbeitseinteilung auf dem Hof; auch zankten sie miteinander, wer von ihnen das Recht habe, mit Jana zu schäkern, ehe man sich nach dem Mittagessen zum Ausruhen ins Gras legte. Jana wollte diese heikle Frage dann so lösen, daß sie beide Brüder einlud, während des Mittagsschläfchens den Kopf auf einen ihrer Schenkel zu legen; so könne der eine den rechten und der andere den linken als Kopfkissen bekommen. Aber den Brüdern gefiel dieser gutgemeinte Vorschlag durchaus nicht.

Gegen Ende des Sommers wurden die Abende dunkler, die Vögel sangen nicht mehr, und die heimlichen Versprechungen, die der Frühsommerhimmel vorgaukelt, die leichten weißen Wölkchen, die sich oft über den blauen Berghöhen zusammengedrängt hatten, weich und frisch wie leckere Buttermilch, wo waren sie geblieben? Spätsommerliches Regengewölk breitete sich über den grauen, drückenden Himmel. Der Sommer war bald dahin, und draußen lag noch viel Heu. Zwischendurch gab es trockenes Wetter, meist nur zwei Tage lang. Dann verfinsterte sich abends wieder der Himmel. Bald danach regnete es. Das Heu wurde aufgeschobert. Und die Brüder arbeiteten wie von Sinnen. An solchen Abenden ging es bei der Ernte hoch her, die Arbeitswut tobte sich bis zur Verrücktheit aus. Die dunkle Jahreszeit war im Anzug.

Eines Tages hatte man nach langem Hin und Her vereinbart, daß Nasi auf dem einen Teil des Graslandes zusammen mit einer Erntearbeiterin und Just mit Jana auf einem anderen Teil des Graslandes das Heu bündeln sollten. Als die Abenddämmerung kam, rief der ältere Bruder Olafur heran und trug ihm auf, Just und Jana bei der Arbeit zu helfen.

Just hörte von weitem den Befehl, aber anstatt dem Bruder eine Abfuhr zu erteilen, ging er auf den Knaben zu und bat das «liebe Freundchen», sich hinauf nach dem Berg, hinter das Gehöft, zu begeben und die Pferde zu holen, die dort weideten; damit sie das Heu unter Dach bringen könnten, bevor es zu regnen anfangen würde.

Da stand der Junge und hatte auf jeder Seite einen, der sein Herr war. Und der eine Herr befahl ihm zu bleiben, und der andere befahl ihm zu gehen. Bald würde der Regen da sein, nicht einen Augenblick durfte man mit der Arbeit säumen.

«Du bleibst hier unten, du Jammerlappen», schrie Nasi.

«Du gehst auf den Berg, liebes Freundchen», sagte Just.

Jana lachte.

Nun war Nasi gewiß der Ältere und Stärkere, und man wußte von früher, daß er den jüngeren Bruder lang hinlegen konnte, wenn es hart auf hart ging, so daß man nach dem Recht des Stärkeren ihm hätte gehorchen müssen. Andererseits aber galt Just als der geriebenere, und es war schwer, im voraus zu erraten, welche Maßregeln er nach einer Niederlage ergreifen würde. Mit lächelnder Miene nannte er ihn «liebes Freundchen», um ihm gleichzeitig den Hals durchzuschneiden. Legte man also Wert auf sein Leben, so war es am besten, man gehorchte dem jüngeren Bruder, auch dann, wenn er unrecht hatte.

«Hinauf auf den Berg, liebes Freundchen», sagte Just sanft und ging dicht an den Knaben heran.

«Hier unten geblieben», schrie Nasi und näherte sich ebenfalls dem Jungen.

«Du gehorchst mir», flüsterte Just.

«Du hast mir zu gehorchen», brüllte Nasi.

Jetzt war es wieder so weit, daß Jana anfing, an der Sache Gefallen zu finden. Sie klatschte in die Hände und schrie vor Vergnügen.

Auch die Tagelöhner drehten sich einen Augenblick um, obwohl es auf jede Sekunde bei der Erntearbeit ankam. Aber jetzt hatte der Streit um die Seele des Knaben jenen Punkt erreicht, wo die Ehre beider Brüder auf dem Spiel stand.

War Olafur vor einem Augenblick auch noch bereit gewesen, zu laufen, so vermochte er plötzlich kein Glied mehr zu rühren. Er blieb, wo er stand. Er rührte sich nicht vom Fleck. Aber wenn er auch stillstand, so tat er dies nicht, um Just den Gehorsam zu verweigern oder Nasis Befehl zu trotzen, sondern er blieb wie festgewurzelt stehen, weil in seiner Brust das Entsetzen über alle anderen Kräfte, innere und äußere, Übermacht bekommen hatte. Das Blut in seinen Adern schien erstarrt zu sein. Er war gelähmt. Eine Ewigkeit lang, so glaubte er. Und dabei hatte alles, von Anfang bis Ende, nur ein paar Atemzüge gedauert.

An das, was geschehen war, konnte er sich später nie deutlich erinnern.

Wer will und möchte denn sich später solch einen Augenblick wieder ins Gedächtnis zurückrufen?

Er sah nur Fäuste in der Luft.

7

Schreckliche Erinnerungen und noch schrecklichere Ahnungen wirrten durch sein Bewußtsein, als er wieder zu sich kam. Nacht, ein mattes Talglicht glomm, Regen trommelte gegen das Fenster. Er hörte sich wie einen fremden, fernen Menschen stöhnen. Da beugte sich das Mädchen über ihn, und er fand plötzlich heraus, wie sie roch: nach Grünspan. Aber als sie versuchte, ihn aufzurichten und ihm kaltes Wasser zu trinken zu geben, da begann er Gesichter vor sich zu sehen, die bösen Hunden glichen; blutunterlaufene Augen, Raubtierzähne. Sie wollten ihn zerreißen und ihn töten.

Dann zerrissen sie ihn und töteten ihn.

Auf solche Weise kam er wieder und immer wieder zu sich und verlor danach immer wieder das Bewußtsein. Schließlich aber gelang es ihm, sich zu erinnern, wo er war und wer er war: Fotur unter Fotarfotur; die Wohnstube war soundso viele Ellen groß; Magnina war Magnina; und so weiter. Kurz ausgedrückt: dies war die Welt. Doch leider hatte er schon vergessen, was für ein Geruch es war, der von ihr kam.

Wenn die Kopfschmerzen einmal für einen Augenblick verschwanden, so nur, um anderen Krankheiten in seinem Körper Platz zu machen: Stechen in den Lenden, Magenschmerzen, Schmerzen im Rücken. Er erlebte keinen Augenblick ohne Schmerzen. Die Frauen versuchten, ihr Bestes zu tun, um ihm beizustehen. Magnina gab ihm sogar einmal kleine, warme Schmalzkuchen. Die beiden Allgewaltigen, der ältere und jüngere Bruder, ließen ihn lange in Frieden, weil er bald tot wäre. Anstatt sich täglich achtzehn Stunden hindurch abzuschinden, lag er nun und dachte an das Kreuz, das er tragen mußte. Manchmal geschah es, daß er frei von Schmerzen war, dann versuchte er Verse und Strophen zusammenzufügen, die hauptsächlich christlichen Inhalts waren, aber hin und wieder auch im Stil alter, volkstümlicher Weisen, die alle kannten. Sonst lag er wie eine gleichgültige

Hülle, ein Obdach für menschliche Ohnmacht; und er starrte die Schrägwand hinauf.

Doch als es Herbst werden sollte, begann die Ehrerbietung der Leute vor seiner Krankheit geringer zu werden, die christliche Gesinnung schwand mehr und mehr, dagegen ließ man in seiner Gegenwart des öfteren das Wort «die Gemeinde» fallen. Man gab ihm zu verstehen, daß der Gemeinderat in Svidinsvik davon unterrichtet worden sei, daß er wiederum krankgeworden und man dort, in Svidinsvik, für seinen Unterhalt aufkommen müsse.

Und dann, während der herben Herbsttage, als diesem Kreuzträger keine andere Aussicht blieb, als lebenslänglich der Gemeinde zur Last zu fallen, fand er Trost in der Erinnerung an Gudrun von Gränholl: wie er sie im festlichen Frühlingsgrün bei einem breiten, stillen Bach kurz vorm Sonnenscheiden gleich einer überirdischen Erscheinung gesehen hatte, den obersten Knopf ihres Mieders offenstehend. Und er war entschlossen, ihr zu Ehren ein Gedicht zu ersinnen, damit kommende Geschlechter sie nicht vergessen sollten. Er suchte nach Vorbildern in der Poesie, die er kannte, und versuchte, sie in verschiedenen Versarten anzudichten; er fand, daß sie zu erhaben für alle wäre, ob Psalme oder Reime. Schließlich glaubte er zu wissen, daß sie nur in Volksliedern daheim sei. Und als er das herausgefunden hatte, konnte er so dichten, daß es ihrer würdig war. Eines Abends kritzelte er sein Gedicht auf ein Stückchen Papier:

Beim stillen Bach aufs Hüttendach
die Sonne floß nieder.
Da hörte er jach Mädchengelach
aus offenem Mieder.
Mein ist dein. Hier bist du geborgen
und ewig fern sind all deine Sorgen.
Ihr Blick so blank wie frischer Trank
scheucht Müh und Not.
Sie sprach – es klang wie ein Gesang

im Abendrot –
und gab ihr Wort zum sichern Hort
ins Herz fürs Leben.
Nun bleibt es dort, bis beide fort
zu Gott einst schweben.
Mein ist dein. Hier bist du geborgen,
und ewig fern sind all deine Sorgen.

Am Tag darauf konnte er das Gedicht nirgends finden, dabei wußte er genau, daß er es abends unter sein Kopfkissen gelegt hatte. Als die Geschwister jedoch oben bei ihrem Frühstück saßen, konnte er durch seine Bettdecke aus ihren Worten wittern, daß sich auf dem Hof ein Unglück ereignet hatte.

«Na, dies Stück Abschaum, das sich da im Bett auf Kosten einer fremden und armen Gemeinde herumrekelt und stöhnt, scheint ein nettes Eingeweide zu haben. Aber ich möchte gern wissen, was für ein Weibsbild hier im Kirchspiel es ist, das sich mit offener Jacke in seinem Beisein hat sehen lassen.»

«Wenn ich es bin, die du fragst, Bruder Jonas, so meine ich, daß alle groben Worte und dein unzüchtiges Gerede unter meiner Würde liegen und mich darum nichts angehen», sagte Magnina. «In dieser Sache halte ich es für das Vernünftigste, sich nach dem Sprichwort der Alten zu richten: Geschwätz von Toren läßt einen ungeschoren.»

«Aus offenem Mieder – ja, so liederliche Worte habe ich denn doch nie zuvor in einem Gedicht um ein unschuldiges Mädchen gelesen», sagte der ältere Bruder. «Ja, und es ist ein wahres Glück Gottes, daß sie nicht auch noch ein offenes Hemd anhatte, wer sie nun sein mag.»

«Soll das Geschwätz hier während des gesegneten Essens weitergehn, so geh ich hinunter in die Küche und rufe Mutter.»

«Ja, ich spreche nur für mich, weil ich der Älteste und Erfahrenste von uns Geschwistern hier im Haus bin, daß ich in Zukunft die Rute schwingen werde, wenn man hier auf dem Hof offen unzüchtige Rede führen will. Und es ist mir gleich, was die anderen dazu sagen.»

Jetzt ergriff der jüngere Bruder Just, der sich bisher nicht eingemischt hatte, das Wort:

«Ich will euch eine ganz kleine Geschichte erzählen, die euch, denk ich, vielleicht recht drollig vorkommen wird, obgleich sie ganz wahr ist. Ich habe sie von einem zuverlässigen Mann vom Westland erzählt bekommen, der mit mir letzten Winter im selben Kutter war; und der hat sie von einer alten Frau erfahren, die sich noch sehr gut daran erinnert, wie sich die Sache zugetragen hat. Es gab einmal ein Armenkind auf Säbol in Adalvik, und, ob ihr es nun glaubt oder nicht, das begann auf dem Gehöft, wo es seinen Lebensunterhalt hatte, ganz offen unzüchtige und gotteslästerliche Reden zu führen. Es kam auf den Einfall, einige Reimereien zusammenzuschmieren, und zwar von solcher Beschaffenheit, daß, wenn ich sie auswendig könnte, es mir nie im Leben in den Sinn kommen würde, sie in den Mund zu nehmen. Und was glaubt ihr wohl, wie es die Leute auf Säbol fertigbrachten, ihn loszuwerden? Sie verkloppten das Freundchen als Fischköder an einen ausländischen Fischkutter, wenn ich euch sagen soll, wie es wirklich war. Und die Leute auf dem Kutter banden das Freundchen lebendigen Leibes an den Mast und schnitten von ihm winzig kleine Stücke nach und nach ab. Nein, keine Rede davon, daß man dort auf dem Kutter Leute geradezu ums Leben brachte. Aber sechs Tage lang soll man sein Geschrei auf dem Land gehört haben, indes sie dort vor der Küste auf den Fischgründen fischten. Am siebten Tag, da hörte man ihn nicht mehr; es wird denn auch erzählt, daß sie da genug gefangen hätten und in See gestochen wären. Im Westland meint man, die Leute auf dem Kutter hätten ihm schließlich das Herz aus dem Leib geschnitten. Ja, solchermaßen machten die an den Fjorden es mit ihren Armenkindern, wenn sie sich nicht anständig genug aufführten.»

Danach lag der Kranke den ganzen Tag und schrie jämmerlich, und Magnina wagte nicht, von ihm zu gehen; sie saß noch bei ihm und gab ihm kaltes Wasser zu trinken, als die anderen schon längst wieder draußen waren. Seine Plagen nahmen sie so furchtbar mit, daß sie geradezu verhindert wurde, ihren Ekel und ihre Empörung ausreichend zur Schau zu tragen, die sie wegen seiner liederlichen Reimereien empfand, und durch die alle ihre feineren Nerven erschüttert, wenn nicht gar zerrissen worden waren.

«Ich kann mir nicht helfen, aber wir werden gezwungen sein, einen Krankheitsbericht niederzuschreiben und den an den Doktor zu schicken», sagte sie am Abend.

«Könnte das nicht gefährlich sein?» ächzte er.

«Gefährlich?» wiederholte sie. «Sich gesund machen zu lassen? Was ist das für ein Schnack!»

«Ich meine, wenn die Heilung zu schnell bewerkstelligt wird», sagte er.

«Zu schnell?»

«Ja, nämlich, daß ich einen Rückfall bekäme. Ein so armes Geschöpf wie ich kann ja überhaupt nie wieder ganz gesund werden, es sei denn nach langer Zeit.»

Einige Tage später kam sie wieder in die Stube und fand den Knaben jämmerlich wehklagend liegen. Er stöhnte lange und schwer. Aber inzwischen hatte sie begonnen, sich daran zu gewöhnen, und es ging ihr nicht mehr sehr nahe. Schließlich sagte er: «Ich muß dich wohl doch bitten, den Krankheitsbericht aufzuschreiben, wovon du neulich gesprochen hast.»

Aber Magnina hatte gar keine große Lust mehr zu der Schreiberei. Erst nach einigen Tagen fand sie den Mut dazu und kam mit einer Feder und einem Blatt Papier. Sie setzte sich ans Fenster, starrte dumpf ins Blaue, legte bekümmert den Kopf schief und ächzte schwer. Wie sie so saß, mit der Feder und dem Papier vor sich, sah es aus, als leide sie Seelenqualen. Und er fühlte fast Mitleid mit ihr.

«Ich weiß nämlich überhaupt nicht, was ich schreiben soll», sagte sie.

«Du mußt schreiben, daß ich krank bin», sagte er.

«Es ist gar nicht leicht, so was zu schreiben», sagte sie und dachte lange darüber nach. «Wo bist du krank?»

«Im ganzen Leib», sagte er. «Aber besonders und vor allem im Kopf, in der Brust, im Rücken und im Magen. Du kannst ruhig sagen, daß es mir in den Händen und Füßen einigermaßen geht. Aber du mußt sagen, daß die ärgsten Schmerzen im Kopf sitzen und daß die Schmerzen so sind, als wenn etwas im Kopf entzweigegangen wäre.»

«Wie kannst du glauben, daß ich all das aufschreiben kann, wenn du so schnell redest? Und falls du vorhast, anzudeuten, daß etwas in deinem Kopf hier bei uns auf dem Hof entzweigegangen sei, wo alle gut zu dir sind, so will ich dir bloß sagen, daß es nicht unsere Sache ist, solch einen Krankheitsbericht zu schreiben.»

«Nein, das war ja auch gar nicht meine Meinung, Magnina. Wie kannst du so schlimm von mir denken? Hier auf dem Hof, wo alle so gut sind. – Ich meinte nur, daß es sich im Kopf so anfühlt, als sei das Gehirn dabei, ins eine Ohr hineinzuwachsen. Aber gefällt es dir nicht, daß wir vom Kopf reden, so laß uns einfach nur bei der Brust und den anderen Teilen bleiben.»

«Ich habe nichts dagegen, auch vom Kopf zu schreiben», sagte sie trocken, «bloß will ich nicht viel Wesens davon machen. Ich kann sagen, daß das Gehirn angefangen hat, an einer Stelle ins Ohr hineinzuwachsen, es ist nämlich wie alles andere, das von innen kommt, und so kann es kein Mißverständnis geben. Aber ich glaube trotzdem, daß es für alle Teile am besten ist, wenn wir bei der Brust bleiben.»

«Ja, du kannst selber fühlen, wie mein Brustbein herauszuschwellen beginnt», sagte er.

Sie fühlte etwas auf seiner Brust herum und merkte sofort, daß das Brustbein heraustrat.

«Eigentlich fühle ich solche Schmerzen, als ob unter dem Brustbein ein Geschwür sitzt», sagte er, «und ich möchte sogar annehmen, daß die ganze Sache ein zusammengewachsener Klumpen ist: das Geschwür, die Leber, die Lunge und der Herzbeutel. Wenigstens sitzt das Geschwür an einer schrecklichen Stelle. Aber besonders was die Lungen betrifft, so ist es keine Übertreibung, wenn man sagt, daß man von weitem schon das Rasseln der Tuberkeln hören kann.»

Nachdem die Krankheiten der Brust so sorgfältig wie möglich einzeln notiert worden waren, kamen die Krankheiten in der Bauchhöhle an die Reihe. Es wurde eine lange und umständliche Sache. Die Niederschrift des Krankheitsberichts dauerte fast einen ganzen Tag. Dann wurde der Bericht bei der ersten Gelegenheit an den Doktor in Svidinsvik geschickt. Man bat, Medizin zu schicken, sobald es möglich sei.

Als Antwort darauf schickte der Doktor in Svidinsvik einen Brief, darin stand, gegen Krankheiten solcher Art gäbe es überhaupt keine Medizin in des Wortes gewöhnlicher Bedeutung: wolle man Krankheiten solcher Art kurieren, so bleibe einem nichts anderes übrig, als eine ganze Apotheke im Wert von 2000 Kronen zu verspeisen. Wer aber könnte sich dergleichen bei den herrschenden schlechten Zeiten leisten? Weiter hieß es, er habe nie zuvor von einem solchen Menschen vernommen, ob Frau oder Mann, der so krank gewesen sei wie dieser Jüngling. Wenn er seine aufrichtige Meinung äußern dürfe, so müsse er gestehen: für diesen jungen Menschen gäbe es wohl gar keine Hoffnung mehr. Am liebsten hätte er Lust, so schloß er, das Experiment zu machen und den Jüngling zu obduzieren.

8

Als Olafur Karason so für ständig bettlägerig geworden war und die Gemeinde begonnen hatte, für ihn zu zahlen, und der Winter kam, mußte man sich nach irgendeinem anderen Schwachkopf umsehen, der den Kuhstall besorgte, Wasser schleppte und die Schafe am Strand hütete. An einem Wintertag wurde darum ein alter, alleinstehender

Mann auf den Hof gebracht, der Josep hieß. Er war auch ein Gemeindearmer. Er hatte rote, entzündete Augen, eine dünne Nase, einen weißen Bartkranz und weiße Locken, die an den Ohren niederhingen; sein Zeug war aus Segeltuch, spiegelblank, besonders an den Ellbogen und den Knien. Er hatte einige Habseligkeiten in einem Sacktuch mit, die flach waren. Er legte sie auf seine Knie, als er sich setzte, und zitterte etwas. Er hatte guten Tag gewünscht, aber er wurde nicht nach Neuigkeiten gefragt, wie es sonst Sitte war. Er bekam Molken in einer Schale und steckte sein Bündel unter die Knie, während er das Essen hinunterlöffelte. Seine Hände zitterten unaufhörlich. Ob er ein zweites Paar Strümpfe hätte? «Ich habe zwei Paar Strümpfe an», sagte er entschuldigend. Ob er keine Überkleider hätte? «Och, ich habe keine Überkleider nötig», sagte er höflich, «mein Zeug ist wind- und wasserdicht, ich habe es mehr als zehn Jahre getragen, und man kann noch keinen Fehler daran sehen.»

«Das da kann ich kein Zeug nennen», sagte die Hausmutter Kamarilla, «und ich glaubte, ich hätte etwas anderes vom Gemeindevorsteher verdient, als solch einen nackten Armenhäusler ins Haus geschickt zu bekommen.»

«Das ist nicht seine Schuld. Dafür kann niemand. Es ist mein Zeug, und kein anderer als ich braucht es zu tragen.»

Er schien der Ansicht zu sein, daß es unerschütterlich bestimmt sei, für ihn solle es keine anderen Kleider geben als dieses Segeltuchzeug; mit anderen Worten: der Lenker des Weltalls hatte wohl, was die Bekleidung betraf, ganz besonders Rücksicht auf ihn genommen.

Dann wurde ihm befohlen, Wasser zu holen, denn im Kuhstall gab es kein Wasser und in der Küchentonne waren nur noch ein paar Tropfen. Am besten, sich etwas zu sputen, denn es sei schon spät am Tag.

Er erhob sich mühselig, mit krummen Knien und gekrümmtem Rücken, wie es gichtbrüchige Leute zu tun pflegen, hielt sein Bündel unschlüssig in den knotigen Händen und wandte die Augen nach dem Kranken hin, fragend.

«Was ist in dem Bündel?» sagte die Pflegemutter.

«Och, eigentlich gar nichts», sagte er.

«Ich will es für dich aufbewahren», sagte die Pflegemutter.

«Och, das ist es nicht wert, gesegnete Frau», sagte er, steckte das Bündel unter seine Jacke und barg es auf der Brust. Er war sehr wortkarg und so reinlich, daß man nie ein Stäubchen an ihm sehen konnte. Wenn er des Abends in die Stube kam, setzte er sich auf sein Bett, dem Kranken gegenüber, klaubte Moos von seinen Strümpfen und zerpflückte es zwischen seinen zitternden Fingern. Er war ein Greis. Man gab ihm eine Spindel zum Garnwickeln, damit er nicht die Hände in den Schoß legte. Er war nicht besonders behende beim Garnwickeln, und sein Knäuel verhaspelte sich oft. Keiner forderte ihn auf, das feuchte Zeug auszuziehen. Er sagte nichts. Dann wurde es Schlafenszeit. Er zog sein Bündel von der Brust und legte es vorsichtig unter das Kopfkissen. Er blickte den Kranken an, und der Kranke blickte ihn an. Sie sprachen nicht miteinander. Es war nicht Sitte auf dem Hof, einander gute Nacht zu wünschen. Bald danach löschte die Pflegemutter das Licht.

Das erste Mal sprachen sie am Sonntag früh zusammen, vor dem Frühstück. Sie waren allein. Da sagte der Alte, ohne ihn anzusehen, vor sich hin: «Ach, deine jungen Jahre sind nicht sonderlich munter, du Ärmster.»

«Nein», sagte Olafur Karason. «Ich bin weiter nichts als ein Kreuzträger des Herrn; meist kann ich es vor Schmerzen nicht aushalten.»

«Weiß ich», sagte der Alte. «Ich war auch krank, als ich jung war.»

«Du verstehst dich also auf Krankheiten?» sagte der Knabe.

«Gewöhnlich geht es einem eine Zeitlang etwas besser, wenn man nicht jung stirbt», sagte der Alte. «Am besten ist es, jung zu sterben.»

«Ich bin bereit, zu sterben, wenn Gott ruft», sagte der Junge.

«Es ist gar nicht sicher, daß er dich ruft», sagte Josep. «Als ich so jung war wie du, war ich auch zum Sterben bereit. Aber es kann einem so vorkommen, daß er sich nichts daraus macht, die zu sich zu nehmen, die bereit sind, von hinnen zu gehen. Es sieht so aus, als wären die anderen eher dran.»

Dann schwiegen beide eine Weile, und der Alte beugte sich vor, wo er saß, und zupfte Moosstückchen auseinander, die er von seinen Strümpfen geklaubt hatte.

«Ich möchte glauben, daß dir einmal etwas widerfahren ist, Josep», sagte der Junge.

«Nein», sagte Josep und betrachtete den Knaben mißtrauisch, «nicht, daß ich wüßte. Ich weiß wirklich nicht, was mir widerfahren sein sollte.»

«Ach, ich meinte es nur so», sagte der Knabe.

Dann wurde es wieder still.

«Bist du vielleicht nicht ganz gescheit, du Ärmster?» sagte der Alte nun.

«Was?»

«Ich meine, daß dein Geist vielleicht etwas gestört ist – du kannst vielleicht nicht lesen oder dergleichen?»

«Warum glaubst du das?»

«Och, es fiel mir nur ein, weil du just so fragtest, ob mir etwas widerfahren wäre.»

«Der Pastor meinte, ich könnte lesen», sagte der Junge. «Und ich weiß auch ganz bestimmt, daß ich viel gesünder würde, hätte ich nur ein Buch.»

«Oh, das ist nicht so sicher», sagte der Alte. «Nur mit einem Buch ist es nicht getan. Es gehört Verstand dazu, ein Buch zu lesen.»

«Ich habe ein bißchen Verstand», sagte der Knabe. «Und wenn ich es vor Schmerzen nur aushalten kann, denke ich viel an Dichtung und so etwas.»

«Ja», sagte der Alte, «man denkt an mancherlei, wenn man krank ist, und das kommt daher, weil man nicht weiß, woran man denken soll. Kannst du bereits etwas von Umschreibungen verstehen?»

«Das kann ich behaupten, ausgenommen die allereinfachsten, zum Beispiel ‹des Ringes Brücke›.»

«Ja, das ist eine einfache Umschreibung», sagte Josep. «Aber was sagst du zu ‹Fjalars Stroms Stamm›?»

Sein zerfaltetes und wetterhartes Gesicht leuchtete einen Augenblick auf. Es war, als käme es von innen, und erinnerte an Lächeln.

«Eine solch seltsame Umschreibung habe ich noch nie gehört», sagte der Knabe verwundert.

«Und was sagst du zu ‹Harbarts Hüfte Hornbeugung›? – Irre ich nicht, so stammen beide Umschreibungen vom ehrwürdigen Pastor Snorri», sagte der alte Mann.

Der Knabe war verstummt.

«Jetzt werde ich dir eine ganze Strophe von Pastor Snorri zum Lernen hersagen», sagte der Greis, «damit du eine ganze Woche darüber nachsinnen kannst:

Fjölnirs Sahne ich rinnen lasse
durch Rögnirs Sieb in Bodns Bütte.
Friggs herrlicher Stoß-Stab buttert
Berlings Butter für Suttungs Koch.»

Da schloß die Unterhaltung zwischen den beiden, denn man hörte Leute die Stiege heraufkommen. Aber Olafur Karason Ljosvikingur war stolz darauf, in seinem Herzen das Glück zu haben und einen Mann zu kennen, der sich auf die Verbildlichung der Dichtkunst verstand. Er beschloß, keine Gelegenheit mehr zum Lernen zu versäumen; jetzt, da er endlich einen Lehrer gefunden hatte. Doch sie waren nur selten allein, und höhere, geistige Gespräche standen auf dem Hof in gar keinem Ansehen. Seit Urzeiten hat das isländische Volk mit Männern, die sich Dichter nennen und nicht für ihren Lebensunterhalt arbeiten wollen, in Streit gelegen. – Außerdem war der Alte mit der Preisgabe seines Wissens sparsam und geizte mit Erklärungen. Vielleicht hatte er für seine geringen Kenntnisse einen hohen Preis zahlen müssen. Und vielleicht hatte er auch einen Grund, mißtrauisch zu sein – vielleicht war er in seinem Leben enttäuscht worden, selbst wenn ihm auch nichts unmittelbar widerfahren sein mochte. Er fürchtete sich auch vor Spott, wie alle alten Menschen, und glaubte nicht recht daran, daß sich ihm jemand ohne Hintergedanken nähern könne. Es dauerte lange, ehe er sich überzeugt hatte, daß der Wissensdurst des Knaben kein heimlicher Versuch war, mit ihm Possen zu treiben. Aber schließlich kam es dahin, daß er sein Bündelchen von der Brust nahm und den Knaben bat, es tagsüber für ihn aufzubewahren. Abends nahm er es dann wieder und versteckte es unter seinem eigenen Kopfkissen. O. Karason Ljosvikingur war bisher niemals eines Menschen Vertrauter gewesen, und nun war er plötzlich eine Art Sparkasse geworden; es war nicht zu verwundern, daß er es als eine große Aufgabe ansah, so Tag für Tag das ganze zusammengesparte Vermögen eines Siebzigjährigen anvertraut zu bekommen.

In seinem Sacktuch steckten einige Buchfetzen mit geschriebenen Reimen; die Handschrift war besonders schön, und jede Seite hatte einen gezeichneten Rahmen; er reichte dem Knaben jedes Buch einzeln, aber er ließ es ihm nicht lange in der Hand.

«Dies ist mit Gudmundur Grunnvikings Schriftzügen», sagte er feierlich und strich mit seiner Hand vorsichtig über die Bücher, als wolle er nicht vorhandene Falten glätten.

Außerdem gab es im Bündel eine große Sammlung Gedichte, die er aufgeschrieben hatte: sonderbare Gedichte und Strophen in kunstvollem Versbau, während eines langen Lebens zusammengetragen. Aber bereits seit einigen Jahren war das Buch vollgeschrieben. In diesem Buch gab es auch ein paar Gedichte von ihm selber; denn, um bei der Wahrheit zu bleiben, er hatte in seinen jüngeren Jahren Hang zum Dichten gehabt. Er war auch schließlich im Armenhaus gelandet. Gewiß, es war ihm nie eingefallen, sich zu den Poeten zu zählen; dagegen hatte er in seinem Leben die Bekanntschaft von Dichtern gemacht, gleichgültig, ob Gott ihn deshalb nun mit

Armut bestraft hatte oder nicht. Wie dem auch sein mochte, so bereute er es nicht, daß er Dichter kennengelernt hatte. Einige werden reich und haben Glück mit ihren Kindern, und sie können sich auf ihre alten Tage in Ruhe von der Arbeit zurückziehen; aber solche Leute haben niemals die Bekanntschaft von Dichtern gemacht. Was hatte ihr Leben für einen Wert? – «Vor meinen Augen habe ich meine sieben Kinder verloren: einige auf dem Land, andere auf dem Meer; welche waren erwachsen, ein paar verunglückten plötzlich. Ich habe ihre Mutter verloren, ich habe alle meine nächsten Anverwandten verloren, ich selber mußte meinen Hof verlassen, auf dem ich in meiner kleinen Hütte vierzig Jahre gewohnt habe, und kam ins Armenhaus. Doch was macht das? Gudmundur Grimsson Grunnvikingur ist mein Freund gewesen. Ohne mich zu bedenken, an welchem Tag auch immer, würde ich gern meine letzte Kuh vor meinen Kindern aus dem Stall ziehen; seinetwegen, wenn es nötig sein sollte. Sollte es möglich sein, mein Leben noch einmal zu leben und sieben Kinder am Leben zu behalten, aber dafür nicht Gudmundur Grimsson Grunnvikingur kennenzulernen – ich würde das Angebot abschlagen. Gudmundur Grimsson Grunnvikingur war ein Meister und ein Weiser. Er ist ganz gewiß der größte Meister und Weise, der heute im Norden lebt. Er hat über zweihundert Bücher geschrieben, darunter die Geschichte von drei Landkreisen; ein Werk über die wichtigsten Geschehnisse in der Vorzeit in sieben Bänden; Dutzende von Geschlechterbüchern; Reime; hundertundfünfzig kleinere Geschichten; Volkssagen; die Geschichte der Einwohner von China und andere gelehrte Abhandlungen; dazu viertausend Gedichte – nicht zu vergessen das großartige, aufschlußreiche Werk über die Volkssprache der Gascogner im 17. Jahrhundert. Dieses Werk ist unter Benutzung von alten, verschimmelten Folianten entstanden, die er bei einer alten Frau in Kvifjaryndisdal aufgestöbert hat, als er noch jung an Jahren war. Und alle Jahre seines Lebens hat er dazu hergegeben, um diese Sprache gründlich zu erlernen. Der Hardesvogt sah das Werk bei ihm und schickte es an einen weltberühmten Gelehrten in Dänemark; und man meint, daß er einmal einen Preis dafür bekommt, vielleicht eine goldene Medaille. Er hat dafür bereits vom Hardesvogt 5 Kronen bekommen.»

Als O. Karason Ljosvikingur Joseps Literatur kennengelernt und den Schlüssel dazu erhalten hatte, änderte er von Grund auf die Richtung seiner eigenen literarischen Betätigung. Eine Zeitlang hatte er der Psalmendichtungsart den Vorzug gegeben, einmal, weil sein Geschick in Gottes Hand lag, aber vor allem deshalb, weil dieser Stil am leichtesten für jene nachzuahmen ist, die sich nicht recht auf Umschreibungen verstehen. Doch obwohl er es als unweigerlich notwendig ansah, die Gnade des Herrn zu besingen, während er am schwersten von Krankheiten heimgesucht war, und es als Pflicht der Unglücklichen betrachtete, sein Kreuz in Geduld zu tragen, so hegte er doch ständig die Überzeugung, daß es keine wirkliche Poesie ohne Umschreibungen gäbe. Und jetzt entdeckte er zu seiner größten Verwunderung, daß man in den Reimen nicht nur Umschreibungen, Gleichnisse anwandte, sondern daß die Helden der alten Dichtungen ihre Feinde allein dadurch besiegten, daß sie bis zum Äußersten kämpften. Diese Erkenntnis verursachte ihm arges Kopfzerbrechen. Nein, er getraute sich nicht zu kämpfen. Er war durch seine Krankheit und sein Elend an Gott gefesselt; er lebte sein Leben im Schatten einer anderen Welt. Aber er bewunderte die Heldengesänge; mit ihren Kämpen, ihren Königstöchtern, ihren Fehden und ihren Wikingerfahrten bedeuteten sie für ihn die Welt, die ihm zu genießen verwehrt war – die Welt.

Er zog die Bettdecke über den Kopf.

9

PLÖTZLICH, WIE EINE STRAHLENDE SONNE, STEHT DIE Erinnerung an Gudrun von Gränholl über seinem Sinnen: klares Wasser fließt dicht hinter ihr, ihre Wangen sind rot vom Wandern; er meint, es ist frühmorgens. Nein, noch eher nachts, mitten im Sonnensommermonat, wo nichts wirklich ist, Hügel und Gebirge sich in blaue Unwirklichkeit auflösen, alles Stoffliche in dieser zauberischen Zeit gleichsam durchsichtig wird; kein Tag und keine Nacht, und das Empfinden beim Betrachten dieses erhabenen Seins ist weder wach noch schläft es. Und inmitten dieser Landschaft offenbart sich das Mädchen wie ein Luftgebilde; von ihrem Haar glänzt es. Er sieht, daß ihre Lippen sich rühren, er hört den Klang ihrer Stimme. Er zuckt zusammen und erhebt sich fragend in seinem Bett: wie war es möglich, daß dies hat geschehen können? War sie wirklich?

An diesem Tag lag er lange und dachte, berauscht von Seligkeit, an die Erscheinung, diese Offenbarung. Doch still und unmerklich verging seine Freude. Am Abend war er bedrückt und traurig, die Not der Welt lastete auf ihm, und er fühlte, daß er sich von diesem Schweren nie wieder werde befreien können. Schier unerträgliche Schmerzen plagten seinen Kopf. In der Nacht konnte er nicht schlafen, denn die lähmende Angst des Lebens hielt sein Herz in ihren Klauen. Er konnte kein tröstendes Bild mehr in seinen Gedanken hervorlocken. Er fühlt: Gott will ihn für etwas Fürchterliches, das er begangen, strafen. Und wieder sucht ihn das zertrümmernde Entsetzen vor der Unsterblichkeit der Seele heim. Und er bittet Gott, ihn für immer und alle Ewigkeit auszulöschen.

Eigentlich aber waren die Tage ohne Gemütserregungen seine glücklichsten, jene Tage voll gesunder, natürlicher Langeweile. Dann floh ihn der Schlaf nicht am Abend, er kam als Freund und machte allem ein Ende. An solchen Tagen griff er mit der Neugier eines Untätigen dankbar nach der geringsten Bedeutungslosigkeit, die sich in seiner Nähe zutrug.

Er folgte genau den Bewegungen der Katze, von dem Augenblick an, da sie sich zum erstenmal leckte, mit der Pfote hinterm Ohr wischte, bis sie mit ihrer Toilette fertig war, sich lang ausstreckte und einschlief. Er beobachtete den Sonnenstrahl, der langsam vom Fußboden aufwärts glitt, quer über sein Bett, hinauf zur Schrägwand.

Es war Abend; das Sonnenlicht war tief rot geworden. Alles, was er sprechen hört, fordert ihn zum Lauschen auf. Er glaubte, daß es ihn anginge; er wollte gern alles wissen, und jedes Wort, das er auffing, zwang ihn zum Nachsinnen. Vieles, das ihm nicht aufgefallen, solange er gesund war, regte sein Denken an und verursachte ihm Kopfzerbrechen. Er lauschte auf Neuigkeiten: so ausgehungert waren seine Sinne, und so sehr dürstete alles in ihm nach einem Inhalt.

Das waren die Alltage der Seele. Magnina schlurrte den größten Teil des Tages in der Wohnstube herum, und am Abend, wenn es zu dunkeln begann, schien es, daß das Dunkel bei ihr begann und allmählich, von ihr aus, um sich griff. Sie sprach nicht mit ihm, aber er sah ihr zu, wenn sie durch die Stube schlurrte oder wenn sie stillstand; und er spürte ihren Geruch. Sie beschäftigte sich oft mit Strickarbeiten; es waren niemals geradezu grobe Sachen, sie war die Haustochter, aber es waren auch nie richtig feine Sachen, trotz der Haustochter. Er versuchte oftmals in ihr Gesicht zu blicken, aber er sah darin weder Freude noch Kummer. Immer hatte sie schlechte Laune; manchmal sah er sie leise vor sich hin mummeln, pusten oder schnauben. Es war, als würde sie abwechselnd ihren eigenen Geruch einsaugen und ihn wieder ausblasen. Hätte er zu ihr gesprochen, so würde sie es als Anzeichen dafür betrachtet haben, daß er gesund sei. Er sagte nichts zu ihr.

Der Sommer kam, und alle waren draußen, die Pflegemutter ausgenommen. Sie kochte das Essen und kam selten in die Wohnstube hinauf, nur dann, wenn sie ein Mittagsschläfchen halten wollte.

Im Hochsommer waren die Tage sehr still. Von fern hörte er leise das Gezwitscher der Vögel durch die geschlossenen Fenster. Es war nicht möglich, ein Fenster zu öffnen. Fühlte er sich ganz sicher, so versuchte er trotz der kaum zu ertragenden Qualen aus dem Bett bis zum Fenster zu schleichen. Dann starrte er hinaus auf den stillen Fjord, auf das Gebirge drüben hinter dem anderen Fjordufer, und er sah, wie sich das Gebirge im Wasser spiegelte. Es blitzte von den weißen Schwingen der Vögel über Ljosavik. Schwärme von Seeschwalben. Wie still und feierlich das Leben im Hochsommer ist, dachte er, wie sich alles darin voller Würde und Ruhe bewegt! Wie der Hochsommer, so müßte die ewige Seligkeit sein, dachte er. Falls es die überhaupt gibt. Dann war der Sommer vorüber. Die Abende wurden wieder dunkel.

Aber als es Herbst wurde, kam es oft vor, daß der Alte schlecht gestimmt war. Er bürstete sich mürrisch die Erde von seinem Zeug oder klaubte, Moosfasern von seinen Strümpfen und brummte in seinen Bart hinein, während die Brüder, die etwas abseits in der Stube beim Abendessen saßen, ihm spöttische Worte zuriefen. Die Ursache seiner schlechten Laune war, daß gerade um diese Zeit der Alte aufgehört hatte, ihnen zu gehorchen, und anfing zu tun, was ihm gefiel; besonders, weil er keine Lust mehr hatte, von zwei Seiten immer entgegengesetzte Befehle zu erhalten.

An einem Tag, um die Zeit, als die Herden von den Bergwiesen niedergetrieben worden waren, herrschte fürchterliches Regenwetter mit dunklen Wolken und viel Matsch. Der junge Olafur Karason lag im Bett, in der Einförmigkeit seines Lebens; er betrachtete die Schrägwand. Vielleicht dachte er auch, daß an solch einem Herbsttag mit finsterem Gewölk, Sturzregen und grundlosen Wegen jemand deshalb nicht zu bedauern sei, weil er abseits vom Erdenleben stand. In diesem Augenblick kam der Alte unversehens die Stiege herauf. Er war völlig durchnäßt und hatte seinen alten Hut verloren. Aber dieser Mann, der sonst so überaus sauber anzusehen war und immer an seinem Segeltuchzeug herumwischte, daran kein Stäubchen hing, der nicht ertrug, daß ein Faserchen Moos seine Strümpfe verunzierte, wie in aller Welt sah er aus! An der einen Seite, bis hinauf zum Gesicht, war er ganz mit Schlamm beschmutzt. So auch seine silberweißen Locken, sein Schmuck, seine Ehre. Und er weinte.

Wer jemals einen alten Menschen weinen hörte, wird es nie mehr vergessen, und O. Karason Ljosvikingur, der vor einem Augenblick noch abseits vom Erdenleben gestanden hatte, befand sich plötzlich mitten darin. Versteinert lauschte er auf diese schluchzende, leise, schwache Stimme. Er hatte sich eingebildet, alte Leute könnten nicht weinen. Von Stund an aber wußte er: niemand weint so bitter; das Weinen alter Menschen ist das einzig wahre Weinen. Er erhob sich etwas im Bett, um es zu sehen.

«Was ist dir, Josep?» fragte er schließlich.

Der Alte antwortete mitten im Weinen. Er hatte noch nicht wieder zu sich gefunden und sich vom Schmutz gereinigt.

«Ich bin geschlagen worden», sagte er. «Ich bin gepufft worden.»

Ein kleines Kind würde von den anderen Kindern gesagt haben: «Sie haben mich geschlagen, sie haben mich gepufft», und hätte Namen genannt. Da man ein mißratener Dichter war, vierzig Jahre auf einem winzigen Weiler gewohnt, sieben Kinder auf dem Land und auf dem Meer verloren hatte, sagte er nur: «Ich bin geschlagen worden, ich bin gepufft worden.» Er beschuldigte niemanden. Die Macht, die sein Leben lenkte, war unpersönlich.

Ja, er war, wie gesagt, vor dem Kuhstall in den Dreck geschlagen worden, dieser reinliche Mann, dieser alte Dichter. Der Knabe zog seinen Fetzen von Decke über den Kopf und zitterte. Er fühlte sofort, daß er nicht die Kraft besaß, die nötig war, um diesen alten Mann zu trösten. Es ist möglich, Grausamkeiten gegen Kinder zu verüben und sich vor sich selbst und vor Gott und den Menschen zu rechtfertigen; das Leben rechtfertigt nämlich alles, es versöhnt die Jugend mit allem. Aber es gibt nichts, das all das Unrecht je wiedergutmachen könnte, das auf Island an alten Menschen begangen wird.

Als der Knabe wieder aus seinem Bett aufsah, war der Alte gegangen. Er war gekommen, um sein Bündel zu holen.

Am Abend hörte der Knabe, daß man in der Wohnstube über das Verschwinden des Alten sprach; die Brüder stießen wütende Verwünschungen über den Weggelaufenen aus, aber die Pflegemutter Kamarilla sagte: man hätte ebensogut ihre beste Kuh aus dem Stall schleppen und das Tier im tiefen Meer ertränken können, wie den einzigen Menschen vom Hof zu jagen, der für den Haushalt gehörig viel Geld eingebracht hatte. Magnina war sehr zornig, pustete und schnaufte abwechselnd, bis sie laut sagte, es wäre wahrhaftig gescheiter gewesen, diejenigen vom Hof zu treiben, die als unnütze Gäste der Speisekammer zur Last fielen, als den alten Mann. «Gewisse Leute», sagte sie. Und bald nahm die Unterhaltung einen Ton an, den man hier auf dem Hof gewöhnt war.

Am nächsten Morgen waren die Berge bis hinunter nach der See weiß. Ein feuchtkalter Sturm mit Schneeböen. An diesem Tag kam der Gemeindevorsteher zu Besuch. Er brachte den alten Josep mit, auf einer Mähre hockend, die vom Gemeindevorsteher am Zügel geführt wurde. Der Alte hatte am vorigen Abend beim Gemeindevorsteher Zuflucht gesucht und ihn gebeten, eine andere Arbeitsstelle ausfindig zu machen; aber leider war dem Gemeindevorsteher keine bessere Stelle eingefallen als die, auf der er den Alten untergebracht hatte. Wohl hatte er den greisen Gast eingeladen, bei ihm zu übernachten, ihn aber morgens auf ein Pferd gesetzt und nun nach dem richtigen Arbeitsplatz zurückgebracht. Die Pflegemutter Kamarilla hatte etwas Branntwein im Haus. Der Gemeindevorsteher sagte, daß ihm einige tüchtige Leute für ein Schiff im Winter fehlten. Magnina wusch und kämmte sich, um dem Gast aufzuwarten. Von unten aus der guten Stube hörte man die Heiterkeit der Gäste.

Der Alte schleppte sich mühsam die Stiege hinauf und legte sich in sein Bett. Am vorhergehenden Tag war er warm von der Flucht zu dem Gemeindevorsteher gekommen, aber das Bettzeug der Obrigkeit wärmt nur wenig. Er hatte sich erkältet. Wenn jemand sich darüber wunderte, daß der Gemeindevorsteher den Gaul mit dem Alten am Zügel geführt hatte, so war ihm gesagt worden: Der Alte habe den Zügel vor Schüttelfrost nicht halten können.

Man mußte die Witwe Karitas rufen, damit sie dem Alten half, aus dem Segeltuchzeug zu kommen. Dann zog er die Bettdecke über sich und drehte sich gegen die Wand. Alte, kranke Leute machen nicht viel Wesens von sich: sie sterben, ohne sich zu rühren. Niemand auf Erden ist im Grunde so hilflos wie ein Greis. Es nützt wenig, sich viel mit alten, kranken Menschen abzugeben oder zu versuchen, ihnen beizustehen. Darin gleichen alte Menschen den Tieren: sie sterben ebenso verlassen wie diese. Er, der alte, reinliche Mann, mit einigen Büchern in seinem Sacktuch und sieben Kindern in der Erde und im Meer, der gedacht hatte, ein Dichter zu werden – wie hilflos starb er doch. Nichts wurde in den letzten Tagen, ehe er starb, für ihn getan. Und dabei war es eigentlich schade, daß er starb, denn kein Tier auf dem Hof brachte soviel bares Geld wie er ein. Mehr als 100 Kronen bar im Jahr hatte er eingebracht.

Nun könnte man vielleicht meinen, daß alles wie von allein vor sich ging und daß der alte Mann sofort starb. Aber so verhielt es sich nicht; er starb nicht sofort, sondern er lebte noch viele Tage; wenn er auch nicht mehr sehr häufig Gedichte und kunstfertige Gleichnisse zum besten gab. Doch wie unglaublich still lag er in den letzten Tagen, ehe er starb. Und wie unglaublich wenig wurde doch für ihn in den letzten Tagen getan, ehe er starb. Nur O. Karason Ljosvikingur erhob sich ab und zu in seinem Bett und sah zu ihm hin.

Manchmal geschah es, daß auch der Alte sich im Bett aufzurichten versuchte und irre redete. Dann fragte er gewöhnlich, ob Gudmundur Grimsson Grunnvikingur nicht etwas aus seinem Werk über die Einwohner von China oder irgendein kleines Nachrufgedicht vorlesen wolle, weil das Wetter so schön sei.

«Willst du nicht einen Schluck kaltes Wasser, lieber Josep?» sagte O. Karason Ljosvikingur.

Lange danach versuchte der Alte den Kopf zu heben und sagte: «Hör, lieber Gudmundur, ich will gern statt deiner in den Kuhstall gehen, damit du ungestört an deiner Geschichte von den sieben Weisen weiterschreiben kannst.»

«Denk lieber an dein seliges Weib und deine seligen Kinder, mein Josep, anstatt über den Satan von Gvend zu reden, der zu träge war, um für sich oder andere zu arbeiten», sagte die Pflegemutter Kamarilla.

Aber der Alte meinte wahrscheinlich, daß die Menschen, von denen die Hausmutter sprach, allein für sich sorgen könnten; er war zu seinem Gudmundur gekommen und legte sich wieder nieder.

Sonntag. Der alte Josep hatte seit zwei Tagen dagelegen, beinahe ohne sich zu rühren, und so gut wie nichts gesprochen.

Die Pflegemutter nahm die Postille und las den Text des Sonntags vor: «In jenen Tagen sprach Jesus zu seinen Jüngern...»

Bald war sie mit dem Abschnitt zu Ende gekommen. Und nachdem der letzte Psalm gesummt worden und die Andacht vorbei war, versuchte der alte Josep noch einmal, sich im Bett aufzurichten. Sein Gesicht hatte den Ausdruck eines Sterbenden, verklärt und strahlend; die Sonne der anderen Welt begann über ihm aufzugehen. Seine Zunge, während der letzten Tage in seinem Mund gebunden, hatte sich wieder gelöst; seine Stimme, die kaum verständlich gewesen war, klang wieder so klar, daß man leicht verstehen konnte, was er sagte.

«Ein großer Dichter ist Gudmundur Grimsson Grunnvikingur», sagte er.

Dann nichts mehr. Es waren seine letzten Worte. Kurz danach war er tot. Die Pflegemutter Kamarilla stand neben dem Bett und sah den Mann sterben, ohne Einspruch zu erheben.

«Er hat seine letzten Worte gesagt, ja», sagte die Pflegemutter, «wir sollen alle einmal unsere letzten Worte sagen.» Sie schloß schnell die Augen des Mannes. Heute ist schönes Wetter und kein Regen. Und sie hob, wie es sich gehörte, einen Zipfel ihrer Schürze empor zu den Augen.

Nun hatte O. Karason Ljosvikingur im Bett neben seinem Bett den Tod als Nachbarn. Es kamen Augenblicke, da der kranke Knabe Grauen vor dem Tod empfand. Jetzt aber war er voller Verwunderung darüber, wie ruhig dieser Gast dalag, wie natürlich und gelassen; es sah aus, als sei nichts geschehen. So gesittet war alles vor sich gegangen. Die letzten Worte des alten Josep klangen unablässig in den Gedanken des Knaben: «Gudmundur Grimsson Grunnvikingur.» So vornehm war dieser Gast, daß man unwillkürlich in dem Augenblick, in dem er sich einem nahte, das Teuerste, das man kannte, mit Namen nennen mußte. In seinem ganzen künftigen Leben konnte der Knabe den sterbenden Greis und neben seinem Bett die Pflegemutter Kamarilla sehen und Gudmundur Grimsson Grunnvikingur, den gehaßten und geliebten Namen, wie einen Klang in der Luft um sie hören. So hat man seit Urzeiten um Islands Dichter gestritten: Einige verfluchten sie während ihres ganzen Lebens; andere starben mit ihren Namen auf den Lippen.

In der Nacht konnte der Knabe nicht schlafen. Es war eine Herbstnacht mit heulendem Sturm. Im anderen Bett, neben ihm, lag eine Leiche. Ja, als Kind hatte er den gewaltigen Klang der Kraft des sich offenbarenden Gottes vernommen. Während seiner Kindheit lauschte all sein Verlangen ohne Unterlaß auf das Tönen eines einzigen Klanges. Damals hatte er im Frühling an grünen Hängen gelegen und den Einen angerufen. Josep war krank gewesen; aber dann war er gesundet – für eine Zeit. Da gründete er ein Heim und bekam mit seinem Weib sieben Kinder. Doch alle waren verschwunden, sie lagen in der Erde und im Meer, ehe er wieder ins Armenhaus kam. Nein, ihm war niemals etwas zugestoßen. Wer das meinte, der konnte nur eine kranke Seele haben. Gudmundur

Grimsson Grunnvikingur war sein Leben gewesen. Nun war er eine Leiche. Was? – Wer war eine Leiche?

Vor Entsetzen fuhr der Knabe mitten in der Nacht im Bett hoch; er glaubte, jemand flüstere: «Olafur Karason Ljosvikingur ist eine Leiche.» Ihm war, als läge er selber nun endlich tot im Bett nebenan nach diesem sinnlosen Leben; und kein Traum hatte sich erfüllt. In seinem Bewußtsein war das so wirklich, daß er nicht anders konnte, als laut zu widersprechen: «Gott, du Allbarmherziger, nein, nein, nein!»

So schrie er wieder und wieder, gellend, mitten in der Nacht.

Jemand weiter fort, auf dem Boden, rührte sich. Und der Knabe duckte sich mit hämmerndem Herzen und kroch unter seine Decke. Viele hundert Male flehte er zu Gott. So fürchterlich fühlte er es, wie man den alten Mann geschlagen und in den Kot geschmissen hatte. Und nun war er tot, ohne Dichter geworden zu sein.

Langsam beruhigte er sich. Nein, er war nicht tot. Sicher werde ich einmal gesunden, dachte er. Sicher – einmal. – Steh auf, dachte er. Werde ein großer Dichter!

Und er versuchte diese Herbstnacht zu vergessen, voller Hoffnung auf den Tag, an dem er aufstehen würde: Eines Morgens will er früh erwachen. An diesem Morgen wird er plötzlich ganz gesund sein. Er wird sich ankleiden, alles ist überstanden. Und unbekümmert wird er hinaus in den Frühlingsmorgen gehen: stille, klare Luft über Erde und Meer. Glanz auf den Wassern. Sammetweiche Schatten an der Küste. Vogelgezwitscher ohne Ende. Eine Drossel im Gebirge. Auf der Wiese vor dem Hof sind die Blumen aufgesprungen. Und niemand außer ihm ist aufgestanden. So jungfräulich ist dieser Morgen. Kein Fuß hat den Tau dieses Morgens berührt. Nur sein Fuß. Die herrlichen Weiten breiten für ihn allein ihre Arme aus. Und lächelnd geht er der Schönheit dieses Tages entgegen.

Ja, an einem Frühlingsmorgen wollte er früh erwachen.

10

Leute aus einer anderen Gegend, die sich über den Fjord hatten rudern lassen, brachten einen Brief und ein Paket für die tote Seele, die so geduldig in einer Ecke unter der Schrägwand lag.

«Mein lieber Sohn» – es war sein Vater, der von einem fernen Fjord an ihn schrieb. Trotz allem war es ja sein Vater, der sich seiner erinnerte, wenn er auch von seiner Mutter weggelaufen war. Sein Vater schrieb, er solle guten Mutes bleiben. Leider könne er nicht kommen und ihn besuchen, doch bitte er Gott, ihn zu beschirmen. Weiter schrieb sein Vater, daß er selber ein schweres Leben führe, in Armut und Krankheit, und ebenfalls gezwungen sei, öffentliche Unterstützung in Anspruch zu nehmen. Aber Gott stehe ihm dennoch bei. Deshalb habe er auch seines Sohnes gedacht.

Aber seine Mutter, die doch eine angesehene Person in Adalfjord war, dachte nicht an ihn. Und deshalb war er seiner Mutter gram und wünschte sich eine andere Mutter – später. Und er konnte noch weinen, wenn er daran dachte, daß seine eigene Mutter ihn an einem Wintertag in einem Sack von sich geschickt hatte.

In dem Paket lagen drei Bücher. Das eine waren Gedichte seines Vaters mit dem Titel *Neue Poesien*, ein kleines Buch, und alles darin gereimte Verse: ein Gedicht zum Preis von Schiffsführern; Geburtstagsgedichte für Kaufleute und Pastoren; ein Poem, darin der Tabak verherrlicht wurde; wieder andere gereimte Wetterbeschreibungen, eine historische Dichtung über eine merkwürdige und noch nicht dagewesene Schlägerei von betrunkenen Leuten in Adalfjord vor mehreren Jahren, wobei ein Mann einen Vorderzahn eingebüßt hatte; und so weiter. Dann ein Buch von Sigurdur Breidfjörd: *Numa-Reime* in gotischen Druckbuchstaben. Schließlich ein unbeschriebenes Buch von hundert Seiten. Außerdem enthielt das Paket einen Federhalter, drei Stahlfedern und ein

Fläschchen Tinte. Beim ersten Anblick war das Schreibmaterial das köstlichste von allen Geschenken. Dadurch wurde es ihm endlich möglich, ein Mann des Geistes zu werden und seine Worte unsterblich zu machen. Später, nach seinem Tod, so stellte er es sich vor, würden seine Gedichte auf geheimnisvolle Weise gedruckt werden, und das Volk würde sie zu seiner Erbauung und Tröstung im Unglück lesen, genauso wie die Werke anderer Dichter vor ihm. Sein höchster Wunsch war, seine Gedichte möchten den Menschen Geduld und Ausdauer schenken, jenen, denen es ebenso schlecht wie ihm ging. Sie sollten sagen: «Er hat erhabene Psalmengedichte mit Gleichnissen hinterlassen, damit wir den Heiligen Geist empfinden können.» – Vielleicht würde seine Mutter ihn dann liebgewinnen, doch zu spät.

Erst als er angefangen hatte, in den *Numa-Reimen* zu lesen, begann er an dem Wert seines eigenen, ungeschriebenen Buches zu zweifeln. Und doch – nachdem er Breidfjörds Dichtung kennengelernt hatte, brach für ihn ein neuer Tag an, lichter als die vergangenen. Alle die verschnörkelten Gleichnisse, wie prachtvoll sie sich auch in *Johannas Prüfungen* und in anderen von Husafell-Snorris Meisterwerken ausnahmen, und wiewohl sie dem seligen Josep am besten zugesprochen hatten, kamen ihm bald arm und traurig neben Breidfjörds reinem Edda-Stil und seinen leichtverständlichen poetischen Vorwürfen vor. Aber noch mehr im Vergleich mit dieses Dichters hinreißender Sprache, die in jedem Herzen ein unauslöschbares Gefühl von Schönheit und Schmerz zurückließ. Bisher hatte er geglaubt, daß alle Dichter Lob verdienten und alle Gedichte gleichen Wert besäßen, wenn es nur darin um Heldentaten ging oder um das Erlösungswerk Jesu und sie entweder auf hinlänglich kunstvolle oder genügend rechtgläubige Weise vorgetragen würden. «Mutterland, wo wir geboren» – er entdeckte, daß es zwischen Dichtern einen Unterschied gibt. Aber worin besteht dieser Unterschied? Vor allem darin, daß andere Dichter nur dunkel den Weg ahnen, der zum Herzen führt, während Sigurdur Breidfjörd ganz unwillkürlich diesen geheimnisvollen Weg fand, ohne jedoch Wegweiser für andere Dichter aufzustellen. Ja, Sigurdur Breidfjörd, er fand den Weg zu jedem Herzen und berührte alle Herzen mit Wissen um Schönheit und Schmerz.

Sobald außer ihm kein Mensch in der Wohnstube war, richtete sich der Knabe hastig auf, zog die *Numa-Verse* unter dem Kopfkissen hervor und verschlang gierig einige Strophen. Vergessen war für einen Augenblick alles, was ihn plagte.

Hörte er Schritte auf der Stiege, so steckte er das Buch eiligst wieder unter das Kissen und legte sich nieder. Die schöne Kunst der Poesie aber blieb in seinem Denken wach und sang und klang weiter darin; auch wenn jemand in die Stube kam.

Gegen Ende des Winters konnte er alle Gedichte von Sigurdur Breidfjörds *Numa-Reimen* auswendig. Sigurdur Breidfjörd herrschte in der Seele des Knaben. Sigurdur Breidfjörd war ihm Zuflucht in seinem Leid.

Und da geschah es, daß an einem der ersten sonnigen Tage im Februar der Dichter von dem kleinen Sonnenstrahl an der Schrägwand niederstieg wie aus einem goldenen Himmelswagen und mit frischem Gesicht den Knaben aus blauen Augen anblickte, seine milde Meisterhand Olafur Karason Ljosvikingur auf den gequälten Kopf legte und sprach:

«Du bist das Weltlicht.»

Es war einer von jenen Träumen, die den Träumer zu einem glücklichen Menschen machen, so daß er frohen Sinns alles das tragen kann, was da kommt.

Wenn Schmerzen ihn bedrängten, dachte der Knabe unermüdlich an den Dichter und seinen Wagen aus purem Gold.

So große Heilkraft kann in einem einzigen Traum sein.

An einem Tag dieses dunklen Winters, mitten in der Welt voller Trübsal, die so feindlich gegen ein verwundbares Herz ist, war der große Meister in seinem Wagen aus purem Gold zu ihm gekommen und hatte ihn durch das Licht getauft.

Lieg ich da mit meinen Plagen,
für die Menschen nichts als Hohn,

kommt in seinem Flammenwagen
Sigurd' Breidfjörd, Himmels Sohn.

Gütig seine Blicke leuchten
wie ein Strahl von Sonnenschein,
so wie einstens, will mir's deuchten,
meiner Freundin Aug mocht sein.

In des Stalles trübem Dunkel
jauchz' ich, ist's auch Lallen nur,
denn er lud mich zum Gefunkel
seiner sternbesäten Flur.

II

Seit der Armenpflegling begonnen hatte, an den Sonntagen eigene Gedichte in ein Buch zu schreiben, zog er sich oft scheele Blicke der Dienstherrschaft zu.

«Dafür hat er genug Kräfte, dieser verfluchte Heuchler», sagte der ältere Bruder Nasi.

«Wer weiß, ob die alte Schwarte nicht kaputtgehen kann, ehe unser Freundchen es überhaupt ahnt», sagte der jüngere Bruder Just.

Sahen sie ihm beim Schreiben zu, so war ihre Erbitterung mit Furcht gemischt, wie wenn ein Hund eine Katze erblickt. Manchmal meinte der Knabe sogar, daß die Furcht, die ihnen die Buchstaben einflößten, noch stärker als der Haß sei, den sie gegen den Menschen hegten.

Das Unglück wollte es, daß der kleine Zettel mit dem Gedicht zu Ehren Sigurdur Breidfjörds durch die Stiegenluke hinuntergeweht wurde und den Leuten in die Hände geriet.

«Eine solche Schweinerei habe ich denn doch mein Lebtag nicht gesehen noch gehört», sagte die Pflegemutter Kamarilla, «und am allerwenigsten hätte ich erwartet, daß ich so eine Schlange am Busen nähren würde! Du unterstehst dich, uns zu beschuldigen, daß wir dich verhöhnen und im trüben Stall kampieren lassen, und was da sonst noch von Lügen drinsteht, die ich und die Meinen leicht mit Zeugen und Eid widerlegen können, falls du vorhaben solltest, solche Lappen unter die Leute draußen kommen zu lassen. Aber was du über uns schreibst, ist doch nichts im Vergleich dazu, wie du die Gottheit lästerst. Und das sollst du wissen, wenn du es noch nicht gewußt hast, daß ich Gotteslästerungen in meinem Haus nicht zulasse, unter meinem eigenen Dach, das der Herr lange Zeiten hindurch gesegnet hat. Und das muß ich sagen: von solch verdorbenen Gedanken bei einem Bengel habe ich doch noch nie gehört. Sigurdur Breidfjörds Namen gleichzeitig mit dem Himmel in den Mund zu nehmen! Denn hat es jemals auf Island einen Trunkenbold und Schürzenjäger und diebischen Kerl gegeben, so war er es, der sich nicht damit begnügte, sich zu 27 Stockschlägen wegen Unzucht mit Weibern verurteilen zu lassen, sondern obendrein auch noch seine Ehefrau für einen Hund an einen Dänen auf den Vestmannainseln verkaufte. Und was für ein Ende nahm es dann mit ihm? Du kannst es mir glauben: krepiert ist er wie ein Köter und wurde dort in Reykjavik wie ein Köter verscharrt; bei Nacht, ohne daß es jemand merkte.»

Olafur Karason war jedoch fest davon überzeugt, daß diese traurige Geschichte weniger darum berichtet worden war, weil sie mit der Wahrheit übereinstimmte, sondern vielmehr, um den Zuhörer zu bessern. Denn er hatte aus Erfahrung den unerschütterlichen Glauben, daß Sigurdur Breidfjörd im goldenen Wagen auf himmlischen Wegen zu ihm gekommen war. Bedeutend schlimmer dünkte ihn, was gut zu begreifen war, daß er an diesem Abend nicht sein Essen erhielt, sondern daß Magnina, anstatt ihm Essen zu bringen, sich einmal übers andere in der Wohnstube zu schaffen machte und dabei schnüffelte, als spüre sie üblen Geruch. Und sie stieß Verfluchungen aus über die Abscheu erregende Liederlichkeit und

Hurerei, die gewisse Leute betrieben, insbesondere Jämmerlinge und armselige Tröpfe, die nicht einmal ihre Notdurft ohne die Hilfe anderer verrichten könnten. Als er sich schließlich ein Herz faßte und bemerkte: man habe vergessen, ihm sein Abendessen zu geben, sagte sie:

«Wäre es nicht am besten, daß Eure Freundin im Goldwagen Euch Eure Molken brächte? Warum soll ich mich da aufdrängeln. Ich habe keine Augen, die wie Sonnenschein leuchten.»

Am Abend aber kamen die Brüder herauf, setzten sich und aßen, vor seinen Augen. Und sie schmatzten laut und sogen noch lange, als sie mit dem Essen fertig waren, die Reste zwischen ihren Zähnen aus.

«Was soll man eigentlich mit solch einem verworfenen Gotteslästerer anfangen?» sagte der ältere Bruder. «Hol mich der Teufel, ob man so einen im Haus weiter dulden kann.»

«Wär's nicht das beste, das geliebte Freundchen im Stall mit dem trüben Dunkel unterzubringen?» sagte sanftmütig der jüngere Bruder.

Drei Tage lang bekam er nur Sticheleien zu hören, und man sprach ausschließlich in der dritten Person über ihn. – «Sonderbare Käuze. Sind für andere nur Hohn und wollen trotzdem nicht aufstehen und mit ihren Plagen dorthin gehen, wo man sie besser behandelt. Unbegreiflich, von christlichen Leuten verpflegt zu werden und nicht gelernt zu haben, was Scham ist. Nicht zu fassen, wie gewisse Schwächlinge den Hang haben, Spottgedichte über ihre Wohltäter zusammenzuschmieren. Nicht genug, daß sie Quatsch und Blödsinn zusammenbrauen, nein, sie müssen obendrein mit versteckten Unverschämtheiten und Gotteslästerungen kommen.»

Abendessen gab es überhaupt nicht mehr für ihn. Man hoffte, ihm auf solche Weise beizubringen, wie man Gedichte macht, die sich für Christenmenschen ziemen. Alle mieden ihn wie einen Aussätzigen. Abends war es um ihn in der Stube menschenleer. Licht wurde nicht gemacht. Er sollte zu fühlen bekommen, wie schlecht er war. Er sollte buchstäblich erfahren, was es heißt, im trüben Dunkel zu liegen.

Und so lag er da im Finstern, ausgehungert, mit unerträglichen Schmerzen im Kopf und zitternd vor Seelenangst.

Eines Abends kommt der ältere Bruder herauf, steckt ein Talglicht an, macht sich bei seinem eigenen Bett zu schaffen, nimmt seine Barbiersachen und beginnt, das Barbiermesser zu wetzen.

Den Knaben ergreift eiskalter Schrecken. Immer, wenn er hört, daß jemand ein Messer wetzt, ist er auf das Allerschlimmste gefaßt. Aber Bruder Nasi hat diesmal nicht vor, jemanden zu stechen, er will sich nur rasieren. Was jedoch nur ein halber Trost für den Knaben ist. Er weiß aus Erfahrung, daß das Barbieren der Brüder stets auf grausamste Weise und von fürchterlichsten Flüchen begleitet vor sich geht, wobei man unwillkürlich an das Schlachten von großen Tieren denken muß, wenn nicht gar an blutige Untaten.

Nein, er fühlte sich nicht außer Gefahr, solange diese grausame Prozedur sich in seiner Nähe abspielte.

Ein schwerer Stein fiel ihm vom Herzen, als der Held endlich sein grimmiges Schneideeisen in die Scheide steckte. Er hoffte zu Gott, daß der Bruder nach Beendigung des Barbierens wieder fortgehen würde. Und er kroch im Bett zusammen, zog die Decke über den Kopf, tat, als schlafe er.

Außer ihnen war niemand in der Stube. Aber der Bruder wollte nicht weggehen, sondern fuhr damit fort, sich vor dem Spiegel weiter zu verschönern; er schnitt entsetzliche Grimassen und brummte unablässig Flüche vor sich hin. Endlich legte er den Spiegel auf ein Bord. Aber er ging nicht hinaus. Er begann in die Richtung, wo der Gemeindepflegling lag, Blicke zu werfen, er räusperte sich und spuckte dorthin, als wolle er die Aufmerksamkeit des Knaben auf sich lenken. Schließlich schlenderte er zum Bett des Jungen. Der merkte schon am Geruch, durch die Decke, was vor sich ging. Jetzt stand der Bruder vor seinem Bett. Er lehnte sich über das

Bett, um das Gesicht des Knaben zu sehen. Er legte seine fürchterliche Faust auf die Schulter des Knaben, und im Nu war der Junge fest davon überzeugt, daß der Bruder in der anderen Hand ein entblößtes Messer hielt. Und er stieß einen Schrei aus.

«Warum schreist du?» sagte der Bruder. «Hier gibt es keinen Grund zu schreien.»

«Liebster Nasi», flehte der Knabe, fast weinend. «Laß mich leben. Tu mir nichts. Ich bin so schrecklich krank. In Jesu Namen!»

«Glaub's der Satan! Du bist keine Spur krank. Liegst da und dichtest liederliches Zeug und Gotteslästerungen.»

«Ich will es nie mehr tun, liebster Nasi», sagte der Dichter. «Aber es ist, als ob es mir etwas hilft, wenn ich an Buchstaben denke.»

«Ist mir wurst», sagte Nasi. «Ich zahle ja nicht. Die Gemeinde zahlt. Und ich habe dich nie geschlagen. Oder wagst du zu behaupten, daß ich dich jemals geschlagen habe?»

«Nein, das weiß Gott der Allmächtige im Himmel, lieber Nasi. Nie hast du mich geschlagen.»

«Nein – jedenfalls nicht viel.»

«Niemals, lieber Nasi», sagte der Knabe.

«Jedenfalls nie so viel, daß du zu liegen kamst.»

«Ich rufe Jesus zum Zeugen an, daß du mich nie geschlagen hast, lieber Nasi», sagte der Knabe.

«Na also», sagte Nasi, «weshalb kannst du denn nicht deine verdammte Fresse halten? Weshalb machst du Spottverse über uns hier im Haus und klagst uns an und lügst alles mögliche zusammen, daß wir dich schlecht behandeln? Wir, die dich so nett behandeln, daß es keinen Menschen im ganzen Kirchspiel gibt, der solch ein Schlaraffenleben führt wie du.»

«Willst du, daß ich ein Loblied für dich mache, lieber Nasi?» fragte der Dichter.

«Hör mal, bist du nicht ein ganz erbärmlicher Versager?» fragte Nasi.

«Ja», sagte der Dichter. «Aber wenn man sowohl am Leib als auch an der Seele krank ist, da wird man ganz unfreiwillig Dichter. Man kann nichts dafür.»

«Ja, du bist eben ein armes Luder.»

Dann gab es eine kleine Pause in der Unterhaltung, bis Nasi geradeheraus, zur größten Verwunderung des Jungen, fragte: «Hast du jemals in deinen Lebtagen eine beschissenere Reimerei gehört als den Vers hier:

Nie wollt deine Liebe ich
durch ein Wort gewinnen.
Schweigend kann man sicherlich
ehrlichweis auch minnen...»

Der Knabe wußte sofort, daß die Strophen aus Sigurdur Breidfjörds *Numa-Reimen* stammten, wagte jedoch nicht, seine Ansicht zu äußern, weil er begriff: Nasi hatte etwas gegen diese Strophen.

«Kannst du nicht deine Fresse aufreißen und antworten, oder willst du, daß ich dich einmal vornehme? Wenn du nicht augenblicklich sagst, ob das gut oder schlecht gedichtet ist, werde ich dir zeigen, was es kostet.»

«Gut», flüsterte der Knabe mit zitternder Stimme.

«Nein, zur Hölle mit dir! So laß ich mich nicht behandeln, hier in meinem eigenen Haus, und jetzt hättest du eigentlich eine Tracht Prügel verdient, daß du nicht einen einzigen Knochen im Leibe heil behieltest! Zu behaupten, solch ein jämmerliches Machwerk voll von Gemeinheiten über ein ehrbares Mädchen, das, hol mich der Teufel, dich überhaupt nichts angeht, sei gut gedichtet! Und obendrein von dem Schürzenjäger und Taugenichts Just, der nie im Leben auf diesem Hof das Regiment zu führen bekommt.»

Da sagte der Knabe:

«Diese Strophen sind nämlich von Sigurdur Breidfjörd. Ich habe sie gedruckt in den *Numa-Reimen*.»

Jetzt vergaß der Bruder für einige Augenblicke alles Fluchen, und sein Gesicht verlor jeden Ausdruck. So stark hatte diese Neuigkeit ihn erschüttert. Schließlich antwortete er mit matter Stimme:

«Nein, nun lügst du.»

«So wahr ich lebe», sagte der Knabe.

«So was hab ich denn doch noch nie gehört! Solch ein Schuft und Auswurf von einem Menschen. Und das soll gar der Bruder von einem sein? Stiehlt Verse von einem toten Mann, der in seinem Grab liegt, um sich bei ihr einzuschleichen. Sie hatte nämlich versprochen, mit dem zu schlafen, der zuerst ein Gedicht über sie schreiben könnte. Das ist der Unterschied zwischen uns Brüdern: ich bin ehrlich, und er ist ein Dieb. Und wenn das nicht ein Verbrechen gegen das Gesetz ist, Gedichte von einem toten Mann zu stehlen, so weiß ich nicht, was Diebstahl ist. Übrigens ist Diebstahl nicht das richtige Wort dafür. Eher Leichenfledderei. Und welch ein Schwachkopf ich gewesen bin! Das da hätte ich ja ebensogut selber machen können.»

Als der ältere Bruder sich so eine Weile über seine eigene Dummheit blau und grün geärgert hatte, griff er in die Tasche und holte Kautabak heraus, biß ein Stück davon ab und gab Karason den Priem.

«Ich befehle dir, ein Stück davon abzubeißen», sagte er, und der Junge wagte nicht zu widersprechen.

«Hör mal», flüsterte er dann, den Mund voller Kautabak, über den Kranken gelehnt, «hast du schon mal versucht, einen Freierbrief an ein Weibsbild zu dichten?»

Olafur Karason wurde sehr verlegen und antwortete so leise, daß man es nicht hören konnte.

«Nein, man kann ja nicht erwarten, daß du zu so was genug Grips im Kopf hast», sagte der Bruder. «Du bist natürlich nie scharf, genauso wie andere Waschlappen. Aber hol mich der Teufel, wie schwer so etwas sein kann, ein Gedicht für ein Frauenzimmer zusammenzuschustern, daß es sich reimt, selbst wenn man von Natur so scharf ist wie ich. Selbst wenn sie einem sozusagen versprochen hat, bei einem zu schlafen.

Daß es sich ordentlich reimt, Mensch, darauf kommt es nämlich an; und das ist das schwerste in der Dichtkunst. Und noch dazu, wenn es in einem so kribbelt. Und fängt man auch früh am Morgen an, sofort beim Aufstehen, und geht herum und versucht es den ganzen Tag hindurch und liegt die halbe Nacht wieder wach. Lieber will ich meinem ärgsten Feind 25 Aurar zahlen, als mich selber damit abgeben und abrackern zu müssen.»

«Ich will herzlich gern ein Gedicht an sie für dich machen, wenn du es haben willst, lieber Nasi», sagte der Dichter. «Und obendrein soll es nichts kosten. Ich bin dir mehr als das schuldig, weil du immer so gut zu mir gewesen bist.»

«Ausgeschlossen, ich will dafür bezahlen», sagte Nasi. «Ich bin ein Mann von Ehre. Ich bin kein Leichenfledderer. Jedenfalls werde ich meiner Schwester Magnina befehlen, dir wie allen anderen Fremden auf dem Hof schon von morgen an zu essen zu geben. Aber schreibst du unanständiges Zeug ins Gedicht, dann schlag ich dich tot. Schreib es so, daß es jeder verstehen kann. Und vergiß nicht, ihren Namen irgendwie ins Gedicht hineinzuflechten, und auch meinen: Jonas Bjarnason, Besitzer von Schafherden und Miteigner eines Kutters auf Fotur unter Fotarfotur hier im Kirchspiel, damit sie merken kann, daß ich das Gedicht für sie selbst gemacht habe und daß mein Gedicht nicht von einem toten Mann aus seinem Grab gestohlen ist wie das Gedicht von meinem Bruder Just, hörst du?»

«Verzeih bitte, wie heißt das Mädchen?» fragte der Dichter.

«Was schert das dich, du Rindvieh? Ich mache das Gedicht und nicht du. Ich bin nämlich der Dichter und nicht der Satan von meinem Bruder Just. Und du mußt auch sehen, mit ins Gedicht hineinzubringen, daß Just sowohl ein Erzreaktionär und Dieb wie ein Landesverräter und Aufrührer gegen mich ist und gegen seine Mutter ebenfalls und daß es ihm nie glücken wird, Herr auf dem Hof hier zu werden. Und schreib auch ins Gedicht, daß er den Hof durch seine Verschwendungssucht und Unordnung nur zugrunde richten würde, falls er hier das Regiment bekäme. Und daß sie es bezahlt kriegen soll, wenn sie Bruder Just alles Vergnügen an sich kosten läßt, gerade vor der Nase ihrer eigenen Mutter, wie sie es letzte Nacht gemacht hat. Noch dazu für ein paar Strophen, die er von einem toten Mann geklaut hat! Um Gottes willen vergiß auch nicht, im Gedicht zu erwähnen, daß sie eine verdammte Vettel ist, läufig von morgens bis abends, seit sie mannbar wurde; und daß sie keinen ehrlichen Christenmenschen in Frieden lassen kann und beißt und schlägt; und daß Bruder Just anderthalb Jahre jünger ist als ich; und daß ich der rechtmäßige Bauer auf diesem Hof bin; und daß sie genug Feigenschleckerei von mir kriegen kann und auch Branntwein, aber nie so übermäßig viel draußen in der Scheune, daß sie beinahe stirbt, wie Bruder Just ihr gegeben hat, der sicher einmal ins Armenhaus kommt. Und sag auch noch, daß sie es sich selber zuzuschreiben hat, wenn sie sich von ihm in den Dreck ziehen läßt; und du mußt sagen, daß ich ihr das Genick brechen will, so wahr ich lebe und bei Gesundheit bleibe. Hörst du?!»

Als Bruder Nasi gegangen war, dichtete Olafur Karason Ljosvikingur im Dunkeln das Gedicht an die Heißgeliebte:

Ein Mägdlein kenn ich auf Islands Erde,
ein wildes Füllen im Rudel der Pferde
mit blauen Augen, und Blondhaar es trägt
und wiehert brünstig, und mit Hufen schlägt
das Füllen.
Christliche Liebesblumen umhüllen sittlich
dies und das, wie's schicklich.

Viele wollen das Füllen gern fangen,
ist aber keinem in die Koppel gegangen.
Doch nun es einen haben kann,
der Schafe hat und Reedersmann
und fromm ist.

Christliche Liebesblumen umhüllen sittlich
dies und das, wie's schicklich.

Mit Branntwein will er sie gern beschenken,
dazu auch an Feigenschleckwerk noch denken.
So sie sich nicht zu arg bezecht,
bekommt sie auch Fotarfot als Hof gerecht
samt Schafen.
Christliche Liebesblumen umhüllen sittlich
dies und das, wie's schicklich.

Am folgenden Tag bekam der Armenpflegling zu essen wie andere Menschen.

12

Nach Neujahr hatten die Brüder das Kampffeld daheim verlassen und waren nach fernen Fischplätzen aufgebrochen. Vorher war nicht viel von ihrer Reise gesprochen worden. Nur die Pflegemutter hatte die Siebensachen der Söhne in Ordnung gebracht. Und dann waren sie verschwunden. Die Frauen und der Dichter blieben zurück.

Die älteren Frauen und Jana besorgten abwechselnd den Viehstall und das Ausmisten, während Magnina das Essen auf dem Hof zu kochen hatte. Der Dichter lag unter dem Schrägdach und wartete auf den Sonnenstrahl. Wenn Magnina allein im Haus war, so saß sie des öfteren in der Stube auf dem weichen Bett ihrer Mutter, betrachtete die Eisblumen auf der Fensterscheibe, gähnte, schnaufte und untersuchte, wie viele Paar Strümpfe sie besaß, wechselte vielleicht ihre Strümpfe oder zog noch ein Paar über die Strümpfe, die sie anhatte. Oft knabberte oder lutschte sie etwas. An einigen Tagen wusch sie sich im Gesicht bis hinauf zu den Ohren. Dann zog sie die Beine oben auf das Bett und legte sich auf die andere Seite. Sie schlief und vergaß die Grütze auf dem Herd unten und erwachte erst wieder von dem brenzligen Geruch, der aus der Küche bis hinauf in die Wohnstube drang, dann war die Grütze angebrannt.

Oftmals, wenn sie sich mitten am Tag in der Wohnstube ein bißchen kämmte und verschönerte, überlegte sich der Junge, ob er so dreist sein solle, zu ihr zu sprechen, um etwas Zeitvertreib zu bekommen. Er sehnte sich so sehr nach einer lebenden Seele. Am liebsten wollte er vom Licht und vom Geiste sprechen. Er blickte sie heimlich von der Seite an und versuchte, sie vom Gesichtspunkt des Lichts und des Geistes einzuschätzen. Und er fragte sich: Kann sich in diesem dumpfen Stück Fleisch irgendwo eine heimliche, klingende Saite verborgen halten?

Seitdem die Brüder fort waren, kam sie beinahe immer regelmäßig zur Schlafenszeit in die Wohnstube und setzte sich zu ihrer Mutter aufs Bett. Dann sprachen sie leise miteinander. Aber der Kranke war neugierig und hatte scharfe Ohren, wie alle, die abseits von der Welt stehen. Anfangs handelte es sich bei diesem Getuschel meist nur um verhältnismäßig belanglose Sticheleien der Tochter über «gewisse Leute», wahrscheinlich, weil sie nie richtig mit sich selbst zufrieden war. Eines Abends aber hatte die Pfeife einen anderen Ton bekommen. Es war etwas vorgefallen. Der Junge schnappte Fetzen von einer wahren Verbrechergeschichte auf; tiefes, schweres, fettes Atemholen war zu hören und mehrmaliges Anrufen von Jesus im Himmel, der weiß, daß alles miteinander wahr ist. Die Mutter versuchte lange mit Beschwichtigungen zu kommen, aber zum Schluß schwieg sie. So erdrückend waren die Gegengründe.

Da sagte die Tochter:

«Hab ich es im Herbst nicht immer schon gesagt, daß es so gehen muß, wenn du die Schlampe im Hause behältst?»

Die Pflegemutter schwieg.

«Habe ich dich nicht vor ihren Hurenaugen gewarnt?»

Und als die Pflegemutter noch immer stumm blieb, wurde die Tochter ungeduldig und sagte laut: «Nun sagst du gar nichts.»

«Lohnt es sich denn noch, soviel Worte zu machen», sagte da die Pflegemutter.

«Das weiß ich», sagte das Mädchen. «Über gewisse Leute sagt man nicht viel. Gewisse Leute dürfen sich alles erlauben. Ganz anders mit anderen Leuten. Anständige Menschen dürfen sich nie etwas erlauben. Anständige Menschen müssen wie angebundene Tiere im Stall leben und sterben.»

«Wer von den Jungens kann es nur sein?» sagte die Pflegemutter verzagt.

«Wer? Als ob es nur einer sein könnte! Nein, wäre es nur der eine, so wollte ich nichts sagen. Aber glaubst du, daß solche Vetteln zufrieden sind, ehe sie nicht alle Mannsleute in ihrer Nähe in Schmach gebracht haben? Jesus im Himmel, wie hab ich das nur verdient?»

Da sagte die Mutter des Mädchens:

«Ach, so geht es nun einmal im Leben zu, liebe Magna, und da heißt es eben, bei Vernunft zu bleiben.»

«Ja, ja», sagte das Mädchen, «geht es so im Leben zu, ist es das beste, daß die Unzucht hierbleibt. Aber eins ist dann sicher und gewiß: dann gehe ich aus dem Haus.»

«Mir gefällt es nicht, die beiden Frauensleute auf und davon zu jagen, jetzt, in der Fischzeit, wo man keine andere Arbeitskraft auf dem Hof hat als den Armenpflegling da hinten in der Ecke.»

«Das kann ich mir denken. So seid Ihr immer schon gewesen. Aus liederlichen Schlampen und unnützen Armenhäuslern, aus denen macht Ihr Euch was. Aber Eure eigenen Kinder, denen Ihr beigebracht habt, ein Leben zu führen, wie es sich für gute Christen ziemt, die jagt Ihr mitten im strengsten Winter in Eis und Kälte hinaus. Euch anständige Mannsleute mit guten Sitten auf den Hof zu verschaffen, die mit dem Vieh umgehen können und treu ihre Arbeit verrichten und andere

Menschen in Frieden lassen, das geht über Euren Verstand. Mitleid mit mir, der sogenannten armen Schwester, davon ist überhaupt keine Rede! Ich habe zu kochen und Essen zu schleppen für so eine, die über meine Brüder Schmach und Schande gebracht hat. Ja, und obendrein muß ich mit anhören, daß die eigene Mutter sie in Schutz nimmt, diese da, schwanger auch noch, während man andere Leute in ihrem eigenen Vaterhaus verkommen läßt wie Geächtete.»

Jetzt hatte die Haustochter Magnina wieder ihr Prusten und Schnaufen bekommen, fürchterlicher denn je, und bald würde sie zu weinen anfangen.

Der Knabe hörte sie durch ihr Schluchzen immer wieder jammern:

«Ja, ich bin nur ein armes, einsames Geschöpf.»

Um keinen Preis der Welt wagte er, sich im Bett aufzurichten und hinzugucken, wenn er auch furchtbar gern gesehen hätte, wie dieses große, dicke Mädchen sich beim Weinen benahm. Als er sie so weinen hörte, fühlte er sein Herz heftiger pochen. Sein Herz war so wunderlich empfindsam, wenn er jemand weinen hörte. Aus irgendeinem unerklärlichen Grund hatte er die Menschen gern, die weinten, besonders und vor allem aber solche, die weinten, weil sie einsam waren. Er glaubte, alle einsamen Menschen seien mit dem Herzen in seiner Brust verwandt, und plötzlich, ehe er sich noch darüber im klaren war, hatte er die Haustochter Magnina gern. Es ist ein erhabenes Erlebnis, wenn ein Mensch, den wir nicht lieben, sich uns unversehens in einem neuen Licht offenbart. Er hatte in Wirklichkeit dieses Mädchen nie gekannt. Jetzt kannte er es. Er hatte nicht verstanden. Jetzt verstand er. Plötzlich wußte er: er und Magnina, sie gehörten zusammen, zwei einsame Menschen. Und gleichzeitig begriff er, daß nicht nur Unterernährung, Mutterlosigkeit, Dichtung, Armenhaus und Kreuz die Menschen einsam machen, sondern ebenso zu dicke Beine, Zucker, Gepökeltes, gesäuerte Widderbeutel, Rinderbrust, Mutterliebe, Aussicht auf Erbe und Lebensglück.

Der Mensch ist von Natur einsam, und man soll mit ihm fühlen und ihn lieben und zusammen mit ihm traurig sein. Sicher würden die Menschen einander besser verstehen und mehr lieben, wenn sie sich eingestehen wollten, wie einsam sie sind, wie traurig in ihrer verhärmten, ängstlichen Sehnsucht und ihrem schwachen Hoffen. Magnina müßte auch Trost im Geist finden können, dieser guten Zuflucht für alle, die elend und einsam sind, aber nicht den Mut haben, einsam zu sein.

13

EINES MORGENS SITZT SIE OBEN IN DER STUBE: ungewaschen, ungekämmt, starrt bedrückt auf die Eisblumen des Winters; die Augen etwas gerötet, als ob sie schlecht geschlafen hätte, aber sie gähnt nicht, sie bewegt nur dann und wann die Lippen ein bißchen, als wolle sie sprechen. Die graue Mieze kommt, macht einen Buckel, hält den Schwanz steif aufrecht, schnurrt und will sich an ihrer Wade reiben, da zuckt sie zusammen, weiß nicht, was es ist – und da ist es die verdammte Katze.

«Raus mit dir, du Scheusal», sagt sie.

Die Katze wird scheu, starrt mit blinzelnden Augen die Haustochter an und reibt sich an einem Bettpfosten. Das Mädchen stampft auf den Boden. Da springt die Mieze mit einem Satz zu ihr hinauf ins Bett. Die Tochter ist wütend, schlecht aufgelegt heute, die arme Seele, will kein Tier in ihrer Nähe dulden. Sie greift die Katze, packt sie im Nacken und schmeißt sie die Stiegenluke hinunter.

Dann setzt sie sich wieder, und er sieht ihren Nacken und ihre breiten, fetten Schultern.

«Es ist traurig, einsam zu sein.»

Ganz unbewußt hatte er das gesagt. Und es war nicht mehr zu ändern. Es war, wie wenn man im Traum von einem hohen Felsblock springt – man weiß nicht, wo man landet.

Ein langes Schweigen folgte, und er hatte das Gefühl, immer noch in der Luft zu schweben. Schließlich drehte sie sich um und fragte kurz angebunden:

«Was?»

Das war alles.

«Ich sagte bloß, es sei traurig, einsam zu sein», sagte er und seufzte ganz natürlich.

«Och, davon wissen die wohl am wenigsten, die keine anderen Sorgen haben, als sich im Bett herumzurekeln und andere für sich schinden lassen», sagte sie.

«Das tut wohl keiner zu seinem Vergnügen, liebe Magnina», sagte er. «Gewisse Leute brauchen gewisse andere Leute kaum zu beneiden.»

«Gewisse Leute» – da drehte sie sich um, wo sie saß, und sah ihn groß an. Gewisse Leute – das war ihre eigene Sprache, die sie verstand.

«Gewisse Leute meinen, daß du nicht so krank bist, wie du dich anstellst», sagte sie. «Aber was kümmert uns das, solange wir für dich bezahlt kriegen.»

«Es ist bitter», sagte er, dem Weinen nahe, «Sklave sein zu müssen, weil man arm ist; und noch bitterer ist es, krank an Leib und Seele zu sein und nie einen frohen Tag zu erleben. Ja, Magnina. Und doch, es ist am allerbittersten, vom ganzen Volk mißverstanden zu werden.»

«Mißverstanden – vom Volk?» sagte sie. «Du? Ein Kind?»

«Kind oder nicht, so habe ich doch eine Seele, das weiß Gott Jesus, und das wird sich am Jüngsten Tag zeigen», sagte er.

«Wie alt bist du denn eigentlich jetzt?» fragte sie.

«Ich bin siebzehn Jahre.»

«Ja, das ist wahr, du bist siebzehn Jahre alt geworden», sagte sie und hatte angefangen, mit ihm zu sprechen. Dann fuhr sie seufzend fort:

«Ja, es ist bitter, jung zu sein. Aber wieviel schwerer ist es, bald alt zu sein!»

«Ach was, du bist doch nicht alt, Magnina», sagte er tröstend. «Es gibt viele, die ebenso alt sind wie du. Und älter.»

«Niemand außer mir selber weiß, wie alt ich bin», sagte sie. «Ich bin so furchtbar alt geworden. Und wenn alles gründlich untersucht würde, so wäre ich sicher ebenso krank wie du, ja, sogar noch viel kränker! Aber ich lasse es mir nie anmerken. Nein, es gibt keinen Arzt, der mich versteht, verstanden hat oder mich jemals verstehen wird. Nein.»

«Was bedeutet es, krank zu sein, wenn man zu jemandem seine Zuflucht nehmen kann! Hat man einen solchen Menschen, ist man nicht krank. Krank ist man, wenn man einsam ist – allein steht. Magnina, ich habe keinen Menschen.»

«Habe ich vielleicht einen Menschen?» fragte sie. «Zu wem könnte ich wohl meine Zuflucht nehmen? Ich nenne das nicht eine Zuflucht haben, wenn man ein Anrecht auf sein Essen und Trinken hat. Du kriegst ja auch dein Essen und Trinken.»

Im Grunde verstand sie ihn überhaupt nicht. Das merkte er, als sie plötzlich wieder schnaufte.

«Du verstehst mich nicht», sagte er.

«Ich weiß eigentlich gar nicht, was Leute denken, wenn sie klagen», sagte sie. «Ich klage nicht.»

Sie ging nach unten, und er wußte nicht, ob sie gut oder böse war. Die Stiege knarrte. Ihr Geruch blieb in der Stube.

Bald kam sie wieder, die Katze auf dem Arm. In der einen Hand hatte sie ein großes Stück Kandiszucker. Sie gab ihm einen ordentlichen Bissen davon und sagte:

«Mit Zucker darf man nicht verschwenderisch umgehen.»

Am Ende hatte sie ihn doch wohl verstanden – ein wenig –, auf ihre Weise.

14

Am nächsten Morgen war sie wieder allein bei ihm; aber nicht im geringsten niedergedrückt; sie hatte ihre gewöhnliche Laune. Sie sah ihre Strümpfe durch. Niemand war geduldiger mit Strümpfen als sie, beim Stricken und beim Stopfen. Dagegen wußte sie nicht, wozu man Strumpfbänder hatte; das ganze Jahr hindurch hingen ihr die Strümpfe an den Beinen herunter.

Es wurde nichts gesprochen. Sie schnaufte in großen Abständen, und er zählte für sich im stillen von 1 bis 573. Dann schob sie die Strümpfe beiseite, starrte ins Blaue. Ein- oder zweimal, so glaubte er, wollte sie in seine Richtung blicken.

«Sprachst du gestern von etwas, Olafur?» sagte sie schließlich.

«Nein», sagte er. «Eigentlich von nichts.»

«Doch», sagte sie. «Bestimmt hast du von was gesprochen.»

«Nein», sagte er. «Nur davon, wie schlecht es mir geht. Aber das macht nichts.»

«Soviel ich noch weiß, sagtest du, du bist so allein, und niemand macht sich was aus dir.»

«Das tut nichts», sagte er.

«Merkwürdig», sagte sie. «Warum bittest du mich nicht mehr wie früher darum, daß ich dir aus den Felsenburggeschichten vorlese?»

«Das wolltest du doch nicht.» Aber wie sein Herz hämmerte beim Namen dieses Buches! Einstmals hatte er geglaubt, in diesem Buch sei jener unfaßbare Trost verborgen, nach dem der Mensch sich von Kind an sehnt. Seit langer Zeit hatte er sich jede Hoffnung auf dieses Buch aus der Brust gerissen. Doch wie schnell meldet sich ein Herz wieder, hört man nur leise und unverhofft ein altes, fast vergessenes Wort. Ob sie ihm wirklich seinen Wunsch erfüllen will?

«Du sagtest doch, ich dürfte nicht –»

«Das habe ich nie gesagt», sagte sie. «Du mußt die Wahrheit sprechen. Hier im Haus sprechen wir stets die Wahrheit. Ich sagte nur, du seist zu jung – damals. Da hattest du noch nicht genug Gottesfurcht und Erfahrung, um solch ein Buch verstehen zu können.»

«Kriege ich es jetzt zu hören?» fragte er und konnte kaum seine Freude unterdrücken.

«So meinte ich es nicht», sagte sie. «Jedenfalls nicht heute. Und nicht morgen. Auch nicht übermorgen. Vielleicht nie. Ich meine, du wirst nicht viel Nutzen davon haben, denn du bist so krank. Ich will aber daran denken, wenn das Frühjahr da ist und die Tage länger werden.»

Der Knabe hatte die Bohlen des Fußbodens und alle Bretter an der Schrägwand und sämtliche Fugen dazwischen mehr als tausendmal gezählt und festgestellt, daß einige Bretter hell und andere dunkler waren. Er kannte jeden Knorren im Holz an der Schrägwand und im Fußbodenbelag, jeden Nagel darin, und wie der Rost davon ins Holz drang und immer mehr um sich griff. Er kannte die Decken und Überzüge aller Betten in der Stube in- und auswendig. Er hatte während seiner Plagen alle ihre Streifen und Vierecke gezählt. Es gibt nur wenige Gedanken, die so entsetzlich sind wie der Gedanke von der Unsterblichkeit der Seele. Diese Lehre ist wohl das Grauenvollste von allem Grauenvollen. So hatte er da im Bett gelegen: tagaus, tagein, einen Monat nach dem andern, ein Christenmensch, für den es keinen Trost gab. Nicht einmal den Tod. Denn es gibt diesen letzten Trost nicht, wie das Christentum lehrt. Wie oft hatte er nicht mit gespannter Neugier bei jedem Besuch aufgehorcht, mochte der Gast auch noch so gering sein, in der schwachen Hoffnung, vielleicht eine winzige Andeutung von dem zu vernehmen, wonach die Seele lechzt: nach Wahrheit, dem heißersehnten Trost, dieser allerwichtigsten Nachricht. Und jetzt, ganz unerwartet, tauchte etwas anderes auf. Dieses Buch, nach dem er sich gesehnt hatte, solange er denken konnte, sollte er nun vielleicht wieder zu sehen bekommen.

Schon am nächsten Tag begann er genau aufzupassen, ob

der dünne Sonnenstrahl des Nordens sich vielleicht nicht etwas früher an der Schrägwand über ihm einstellen würde. Es war schon fast 10 Uhr, kein Schimmer von Sonnenstrahl zu sehen, und die Fensterscheiben blau vom Rauhreif. Sein Kopf war entsetzlich krank, und er fürchtete wieder, das Leben könnte ohne Ende sein. Da kam unversehens die Haustochter Magnina nach oben, zog ein zerfetztes Buch unter der Schürze hervor und setzte sich auf seine Bettkante.

«Am besten, ich fange wieder von vorn an», sagte sie.

Er hatte die größte Lust, das Buch an sich zu pressen und seine hellsten Tränen darüber zu vergießen. Als sie jedoch seine ausgestreckten Hände sah, sagte sie, es sei ihr Buch; sie hätte es von ihrem seligen Vater geerbt; und sie selber hätte zu bestimmen, wer ihr Buch anrühren dürfe. «Es kann entzweigehen. Kein anderer als ich versteht sich darauf, richtig mit dem Buch umzugehen. Es ist nämlich ein ganz besonderes Buch. Du solltest mir lieber danken, daß ich dir aus meinem eigenen Buch vorlesen will.»

«Ja, Magnina», sagte er gerührt. «Gott sei gelobt.»

Dann erhob sie ihre Stimme und begann feierlich die Einleitungsworte dieses alten, christlichen Dichtwerkes vorzulesen:

«Ich, Eberhard Julius, erblickte das Licht dieser Welt am 12. Mai 1706, während der großen Sonnenfinsternis, die dazumalen eingetreten war...»

Bei diesen Worten wurde der Knabe sogleich in seinem tiefsten Gemüt von einer wunderlichen Mischung von Geheimnisvollem und Heiligem ergriffen, denn unbegreiflicherweise erinnerten sie ihn an die ersten Sätze der Heiligen Schrift. Es lag etwas Geheimnisvolles und Innerliches, wenn nicht gar Offenbarungshaftes darin, das Licht der Welt just an einem so seltenen Tag zu erblicken, da das Licht der Welt sowohl für Gott als auch die Menschen unsichtbar war; der Herrgott mußte etwas ganz Besonderes im Sinn gehabt haben, daß dieser Mann geboren wurde. Wenn sie nur weiterlesen würde und nicht, wie einstmals, nach dem Lesen dieser feierlichen Einleitung ihr Buch zuklappen!

Sie las weiter.

Wenn auch das Buch vornehmlich christlich und eine Gottesschrift war und sich sein Stil und Inhalt vollends wie ein Stück aus der Bibel ausnahm, so dauerte es doch nicht lange, bis der Junge merken konnte, daß es gleichzeitig Eigenschaften hatte, die man nie oder doch nur selten in frommen Schriften antrifft, wenn man sich auch nach dergleichen am allermeisten sehnt. Diese Eigenschaften offenbarten sich in dem Brief des Schiffskapitäns Wolfgang an Eberhard Julius, darin er diesen gottesfürchtigen Sohn der Sonnenfinsternis bat, ihn in Hamburg aufzusuchen, und noch deutlicher kamen sie in Eberhards unablässigem Spähen nach Wolfgang zum Ausdruck. Völlig aber kamen sie in dem Augenblick zu ihrem Recht, in dem sich die Erzählung den ehrbaren Abenteuern dieses rechtgläubigen Schiffsführers zuwendete; seinen mustergültigen, enthaltsamen und lutherischen Reisen nach den fernen, kaffeegesegneten Weltgegenden des Südens. Kurz, hier befand sich Olafur Karason Ljosvikingur zum erstenmal in den zauberischen Gefilden der Romankunst. Und es dauerte auch nicht lange, bis er nähere Bekanntschaft mit jenem Überfluß von jungen Damen und deren ansprechendem Benehmen machte, die bekanntlich nirgendwo so gewissenhaft behandelt werden wie in vorerwähnter Kunstgattung. Als gar der Schiffskapitän Wolfgang heimlich in der Laube auf dem Kap der Guten Hoffnung lag und die tanzende Schöne betrachtete, nicht weniger, als er sich neben sie gesetzt und beider geistreiche, freimütige und nach Wahrheit suchende Unterhaltung ihren Anfang genommen hatte, da konnte es kaum anders sein, als daß der verträumte Armenpflegling, der in Jesu Namen in der Ecke unterm Schrägdach hier am äußersten Meer des Nordens zusammengekrochen lag, sich seltsam berührt fühlen mußte. Dies war ein wichtiges inneres Erlebnis.

«Ihr sagt, daß Ihr große Zuneigung für mich empfindet,

sagte die Schöne, und Ihr küßt mich nicht einmal, obschon Ihr allein mit mir seid und keine Angst zu haben braucht?»

Nach diesen Worten faßte sich der Kapitän ein Herz und küßte die Schöne; sie erwiderte diese Liebkosung mit zehn oder zwölf Küssen. Die tanzende Schöne war nämlich eine Königstochter aus Java, die ein sechzigjähriger Adelsmann und Statthalter hierher entführt und bei einer alten Frau verborgen hatte. Die Alte war eine ehrbare und tugendhafte Person, das Gegenteil dieses Adelsmannes, und die Alte vermochte Wolfgang gegenüber kein Hehl daraus zu machen, wie sündhaft es sei, diesem bedauernswerten, unschuldigen Kind jeglichen Verkehr mit anderen Männern zu verbieten.

Atemlos lauschte Olafur Karason der überschwenglichen, andachtsvollen Weihnachtspostillenstimme der Haustochter. Mochte auch die Bemerkung wegen des sündhaften Männermangels zu unklare Vorstellungen im Gemüt des armen Kindes berührt haben, um rundheraus behaupten zu dürfen, daß er wirklich deswegen Verständnis und Sympathie für die Schöne empfunden habe, so wurde er doch andererseits von heftiger Entrüstung und tiefer Trauer ergriffen, als er von der schnöden Behandlung hörte, der die tanzende Schöne durch den Sechzigjährigen ausgesetzt war. Er verband damit den aufrichtigen Wunsch, daß sich in ihrer Umgebung gefühlvolle Männer mit poetischer Begabung finden möchten, die einem vornehmen Mädchen kein Leid zufügten, sondern zu ihrer Verherrlichung in der Herstellung kunstvoller Gedichte, wenn nicht gar geistlicher Gesänge, wetteiferten.

Olafur Karason Ljosvikingurs Verwunderung über das Edle in der Natur des weiblichen Geschlechts oder den Zauber, den alle Dichtkunst ausströmt, wurde auch nicht beeinträchtigt, als die tanzende Schöne tags darauf dem Kapitän Wolfgang einen mit Goldzechinen gespickten Geldbeutel ohne Umschweife als Dank für die Küsse aushändigte, die sie von ihm in der Laube empfangen hatte. Es gibt nicht viel auf dieser Welt, das herrlicher sein kann, als von einer schönen Jungfrau ungezählte Goldmünzen als Belohnung für einige unschuldige Küsse zu erhalten, die man ihr in einer Laube verabreicht hat; und sicher vermag nichts die Phantasie eines jungen Dichters glühender zu entflammen als solch ein Erlebnis. Als Kapitän Wolfgang das Geld eingesteckt hatte, freute sich die tanzende Schöne innig über seine Bescheidenheit, überhäufte ihn mit den süßesten Liebesbezeigungen und schwor bei dem heiligen christlichen Glauben und ihrem Götzen Tommi, daß sie eine brennende Liebe für den rechtschaffenen Schiffskapitän empfinde. Aber zu diesem Zeitpunkt war der Kapitän bereits etwas wankelmütig geworden, denn, wie er selbst berichtete, «schreckte ich etwas zurück, als ich länger darüber nachdachte, daß ich in ein heidnisches Mädchen verliebt war». Wie sollte aber Kapitän Wolfgang mit dieser schwierigen Lage fertig werden? Glücklicherweise verschwanden die Kümmernisse so schnell wie Tau vor der Sonne, «als ich durch gründlich vorgenommene Rückfrage in Erfahrung brachte, daß sie großes Verlangen nach dem christlichen Glauben hegte».

Am nächsten Tag fand sich Magnina wieder mit dem Buch ein, setzte sich ohne weiteres zu dem Kranken auf die Bettkante und begann zu lesen. Dieses herrliche, zauberische Buch! Reine und wahrhafte Liebe zur Lehre Luthers ging Hand in Hand mit erbauendem und aufrichtigem Abscheu vor der liederlichen Lebensführung, die ein Kennzeichen für böse Menschen ist.

Nun wandte sich die Erzählung Wolfgangs edlen und über alle Maßen erhabenen Abenteuern mit der Tochter des Statthalters in Hispaniola zu. Diese Jungfrau hieß Donna Salome und zählte zwischen siebzehn und achtzehn Lenzen. Beider Abenteuer war wohl nicht in gleichem Maße wunderbar und verlockend wie das vorige in der Laube auf dem Kap der Guten Hoffnung, dagegen noch christlicher, noch erbauender, will sagen, noch tiefer erfüllt von wahrhaftigem Glaubenseifer, was besonders dadurch zum Ausdruck kam, daß Wolfgang sich sofort und ausdrücklich mit Donna Salome verheiratete. Die Ehe war denn auch in jeder Hinsicht fleckenlos und unantastbar, obwohl es nicht gänzlich geleugnet werden kann, daß Donna Salome anfänglich eine Neigung für den katholischen Glauben in sich fühlte. Bedauerlicherweise aber starb Donna Salome schmerzlos und selig im Kindbett, neun Monate nach der Hochzeit. Wie bitter der Verlust auch war, so fand Wolfgang doch einen Lebenstrost: Donna Salome hatte einige Wochen vor ihrem Hingang «ein Zwiegespräch religiösen Inhalts mit dem Pfarrer, dadurch die Hauptthesen von Luthers Lehre in ihrem Herzen Wurzeln schlugen».

15

Was bisher selten, fast nie der Fall gewesen, geschah jetzt von einem zum anderen Mal: er öffnete seine Augen jeden Morgen in froher Erwartung des neuen Tages. Gespannt wartete er darauf, daß die anderen aus dem Haus verschwanden und an ihre Arbeit gingen. Sobald sie gegangen waren, fand sich Magnina bei ihm ein, holte das Buch unter der Schürze hervor und begann zu lesen. Sie machte keine Einleitung. War sie mit dem Lesen fertig, so ging sie, ohne ein Wort zu verlieren. Meinte sie manchmal, unten Schritte zu hören, hielt sie sogleich mit dem Lesen inne, blickte verstohlen die Stiege hinunter und stellte fest, daß sie sich geirrt hatte. Während des Vorlesens sah sie ihn niemals an. Alles las sie im gleichen salbungsvollen Hausandachtston vor, mochte es sich nun um Lemelies sittenloses Treiben oder um Concordias tugendhaften Lebenswandel handeln. Alles machte denselben gottesfürchtigen, geheimnisvollen Eindruck auf sie. Oftmals dünkte es ihm, daß sie doch in erster Linie für sich selber vorlas. Sie fragte ihn nie, ob ihm das Buch gefalle. Im Gegenteil, sie schien stets etwas übler Laune zu sein, und er grübelte darüber nach, was er ihr eigentlich getan habe. Es war, als habe irgendeine feindliche Macht sie gegen ihren Willen gezwungen, ihm vorzulesen. Seit dem Tag, an dem sie mit dem Vorlesen begonnen hatte, sprach sie nie ein Wort mit ihm. Manchmal vergaß sie beim Lesen, daß die Zeit verging. Man hörte von unten Stimmen, die Frauen waren von ihrer Arbeit heimgekehrt; sie hatte vergessen, das Essen anzurichten. Dann stockte sie, mitten im Satz, steckte das Buch unter die Schürze und verschwand. Wer hätte sich vorstellen können, daß dieses Mädchen sich so schnell zu rühren vermochte!

Da war ein Mann, der Leuven hieß, ein vortrefflicher Mann. Sein Eheweib war die gute Concordia, die jedermann kannte, denn sie war nicht nur eine schöne Frau, sondern auch mit allen Tugenden ausgestattet, die eine Frau zieren. Und ihr Name wird darum auch leben, solange die Erde von Menschen bewohnt ist. Auf einer Seereise befand sich in der Gesellschaft dieses Ehepaars der hoffnungsvolle Jüngling Albertus Julius. Das Schiff ging vor der menschenleeren Insel Felsenburg unter. Die vierte Person, die auch mit dem Leben davonkam, war der Unhold Lemelie. Dieser Schuft benutzte die erste sich bietende Gelegenheit, um den vortrefflichen Biedermann Leuven aus dem Weg zu räumen, in der Absicht, später die Gunst Concordias zu gewinnen. Glücklicherweise geschah es einige Tage nach der Untat, daß dieser Lemelie von einem Bajonett aufgespießt wurde, das sich in der Hand des vielversprechenden Jünglings Albertus Julius befand. Ehe Lemelie starb, hielt er es für geraten, seine Missetaten der Witwe Concordia und Albertus Julius zu beichten. In diesem Sündenregister gab es kaum ein Verbrechen, das, kurz gesagt, geringer als Notzucht, Blutschande und Kindermord war. Als erzählt wurde, daß Lemelie seine beiden Hurenkinder «in einem Schmelztiegel» verbrannt hatte, unterbrach die Haustochter Magnina das Vorlesen. Sie legte das Buch in ihren Schoß und starrte ein wenig bedenklich vor sich hin. Auch Olafur Karason war verwirrt. Er war jetzt fest davon überzeugt, daß ihr Herz gemartert wurde von all der Schlechtigkeit, die es in der Welt gab, und er meinte sie trösten zu müssen, damit sie sich die Sache nicht zu nahe gehen ließ.

«Liebe Magnina», sagte er mitleidsvoll, «ob das nun nicht doch etwas übertrieben sein dürfte?»

Aber er hatte sich verrechnet, wie so oft.

«Glaubst du etwa, daß ich hier sitze und dir Lügengeschichten vorlese?» fragte sie und blickte ihn erzürnt an.

«Nein, so war es nicht gemeint», sagte er, «ich fand nur, daß gewisse Leute glauben, gewisse Sachen könnten übertrieben sein, selbst wenn sie in einem Buch stehen.»

«Nein, Ihr verdient wahrhaftig nicht, daß man Euch aus dem eigenen Buch vorliest, was ich mir übrigens selbst hätte sagen müssen. Solche armseligen Tröpfe, die darauf versessen sind, unanständiges Zeug zusammenzudichten, obgleich sie noch Kinder sind und auch hinterher davon nicht ablassen, haben wenig Nutzen davon, wenn man ihnen aus einem so wunderbaren und wahrhaftig lutherischen Buch vorliest, das die Schlechtigkeit der Männer schildert, wie sie in Wirklichkeit ist.»

Damit klappte sie das Buch zu, steckte es unter ihre Schürze, erhob sich und ging schnell die Stiege hinunter.

«Wie ihnen das ähnlich sieht, diesen armseligen Tröpfen, nicht die Wahrheit über sich hören zu wollen», murmelte sie auf der Stiege so laut, daß er es hören mußte.

An diesem Tag litt er unter starken Gewissensbissen, wohl wissend, daß mit der Anwendung des Plurals wie «Ihr» und «Euch» und «Männer» er gemeint war; und alle Verfehlungen dieses unglückseligen Geschlechts seit Anfang der Welt bedrückten ihn auf eine mystische Weise, brachten ihn um seinen Seelenfrieden. In dieser Nacht schlief er sehr schlecht und fürchtete sich vor irgendeiner entsetzlichen Strafe. Kein Wunder, daß er sich am nächsten Morgen erleichtert fühlte, als Magnina oben in die Stube kam und ihm weiter aus diesem Buch vorlas, das für ihn viel zu gut wäre, wie sie ihn deutlich hatte verstehen lassen.

Mit Lemelies fürchterlicher Beichte wurde fortgefahren, aber diesmal ließ sie sich davon nicht anfechten, schob nur, als sie eine Weile vorgelesen hatte, die Warnung ein: «Ich will dir nur sagen, daß ich das letzte Mal vorgelesen habe, wenn du wieder vorhast, mich zu unterbrechen. Dieses Buch ist gegen die Sünde, und es ist mein eigenes Buch. Ich will nicht, daß auch nur ein einziges Wort gesagt wird, solange ich vorlese.»

Schwitzend und mit bebendem Herzen hörte sich der Junge Lemelies Beichte an und wagte nicht, einen Mucks von sich zu geben. Darauf starb Lemelie. Nun kehrte die Erzählung wieder zu Albertus Julius und der Witwe Concordia zurück, die ganz allein auf der wüsten Insel Felsenburg lebten.

Jene Liebe, die nichts als Schönheit begehrt und sich mit selbstloser Anbetung begnügt, wie damals, als er inmitten der Landschaft Gudrun von Gränholl erblickt hatte, das ist die Liebe, die allen Enttäuschungen standhält, vielleicht auch dem Tod, wenn es ihn überhaupt gibt. Von solch einer Liebe berichtete die Erzählung in dem Abschnitt, darin vom jungen Albert und der holden, tugendsamen Witwe die Rede war.

In dieser Liebesgeschichte, so empfand er es, erlebte er aufs neue den Ursprung der eigenen Seele, nach langem Verstummen den Klang der sich offenbarenden höchsten Kraft, von dem so selten in Büchern zu lesen ist, weil man ihn allein in der Natur zu finden vermag, wenn man lauschen kann. Er lauschte.

Albertus Julius lebte in selbstloser Anbetung dieser holden, tugendsamen Frau. Mit gerührtem Herzen betrachtete er ihre edle Schönheit, ohne ein Wort zu sagen, wie sehr es ihn auch zu ihr drängte. Aber eines Tages, als er Concordia weit fort wähnte, konnte er nicht widerstehen, das märchenhaft schöne Kind der Witwe in seine Arme zu schließen. Er küßte das Kind viele Male und sprach in seiner Verwirrung diese Worte:

«Ach, du lieblichstes, süßes Kind! Wärst du doch schon fünfzehn Jahre älter, vielleicht fände dann meine heftige Liebe bei dir mehr Begünstigung als bei deiner Mutter. Gerechter

Gott, schenk mir genug Stärke, damit ich für immer das Verlangen nach Vereinigung, das sich ja in allen Menschen regt, ersticken kann. Du kennst mein Herz und weißt, daß meine Liebe keinem unzüchtigen Verlangen entsprungen.»

Doch in der Nähe lag Concordia verborgen, sie hatte alles mitangehört, was Albertus zu ihrer lieblichen Tochter gesprochen; und am folgenden Tag erhielt der Jüngling einen Brief von Concordia, versehen mit dem Datum: 7. Januar 1648, der so lautete:

Liebster Herzensfreund!

Ich habe fast alles mitangehört, was Ihr gestern auf dem Nordfelsen in Gesellschaft meiner kleinen Tochter oft wiederholt gesungen und geredet habt. Euer Verlangen ist dem Triebe der Natur, der Vernunft, auch den göttlichen und menschlichen Gesetzen gemäß; ich dagegen bin eine Witwe, welcher der Himmel ein hartes Schicksal auferlegt hat. Allein ich weiß, daß Glück und Unglück von der Hand des Herrn kommt, welche ich bei allen Fällen in Demut küsse. Ungeachtet ich nun wieder frei und mein eigen bin, so würde ich mich doch schwerlich zu einer anderweitigen Ehe entschlossen haben, wenn nicht Eure reine und herzliche Liebe mein Herz aufs neue empfänglich gemacht und Euer bisheriger tugendhafter Lebenswandel mich bewogen hätte, mich selbst zu Eurer künftigen Gemahlin anzutragen. Es stehet daher ganz in Eurem Gefallen, ob wir sogleich morgen an Eurem Geburtstage uns, in Ermangelung eines Priesters und anderer Zeugen, in Gottes und der heiligen Engel erbetenen Gegenwart, selbst zusammen trauen und hinfort einander als christliche Eheleute beiwohnen wollen. Eure Frömmigkeit, Tugend und Aufrichtigkeit sind mir Bürge, daß Ihr mir diesen selbsteigenen Antrag meiner Hand und Person nicht als leichtfertige Zudringlichkeit auslegen werdet... Nehmet demnach die von Euch so geliebte Witwe des seligen von Leuvens und lebet Eurem Versprechen gemäß mit derselben hinfort ohne Haß und Zwietracht. Gott sei stets mit uns. Nach Lesung dieser Zeilen werdet Ihr mich bei dem Damme des Flusses ziemlich beschämt antreffen.

Concordia von Leuven.

Die Stimme des Mädchens stand in keiner Beziehung zu ihrem Gefühlsleben, und sie veränderte sich auch nicht im geringsten beim Lesen dieses rührenden Briefs. Doch als sie den Brief gelesen hatte, schwieg sie. Sie saß lange stumm da. Auch Olafur Karason war stumm. Und eine wundersame Musik schwang in dem Schweigen. Schließlich schloß das Mädchen das Buch, seufzte und sagte: «Ja, das mag dort geschehen sein. Weit, weit weg. Und vor vielen, vielen Jahren.»

Er wollte sie gern trösten und sagte: «Ich bin ganz sicher, Magnina, daß wahre Liebe in jedem Christenherzen wohnen kann; sogar heutigentags, wenn einem das Glück hold ist.»

«Nein, so was ist hier nicht möglich», sagte sie wie ein Mensch, der aus dem Schlaf antwortet, und starrte vor sich ins Leere, unbeweglich. «Hier sind so viele um einen. Hier denkt jeder nur Böses vom anderen. Zwei Menschen auf einer öden Insel, wo es sonst niemanden gibt, das ist was anderes. So hat Gott es sich wohl im Anfang gedacht, als er zwei Menschen erschuf und die beiden allein mit sich ließ.»

Aber nichts konnte diesen glücklichen Augenblick, dem Buch verdankt, in der Seele des jungen Menschen trüben. Es war ein neuer Tag. Das Gute lag nicht mehr wie früher in unerreichbarer Ferne. Gudrun von Gränholl, dachte er, sie war wie eine schillernde Wolke bei Sonnenaufgang am Lenzhimmel, Traumbild am Ufer eines rinnenden Bachs, so jung und schön und unerschrocken – eigentlich unwirklich –, und war es dennoch wirklich, so konnte es nur halbwegs wahr sein, vielleicht gar nicht wahr, sondern nur Erscheinung und

Offenbarung. Wann sollte er Manns genug sein, Erscheinung und Offenbarung zu erreichen? Die einzige Frau, auf die er hoffen konnte, war jene reife Concordia der Wirklichkeit, von Leuvens Witwe, die ihm mütterliches Mitgefühl schenken und ihm beistehen würde, wenn er allen Mut verlor; allzeit bereit, seine Tugenden anzuerkennen und ihn zu beschirmen. – «Ich glaube», flüsterte er, «daß die lebendige Concordia in meinem Leben siegen wird.»

Seine eigenen Worte schreckten ihn wie aus einer Betäubung auf, und er war sicher, daß lange Schweigen geherrscht hatte. Sie saß noch da, auf seiner Bettkante zusammengesunken, schlaff, mit ihrem fetten Rücken, das Buch lag verloren auf ihrem Schoß. Doch was ihn am meisten verwunderte, das waren die Tränen, die über die Wangen des Mädchens flossen: ein eigentümliches Tropfenfallen, ohne Unterlaß und ohne daß sie eigentlich weinte. Lange betrachtete er sie und fragte sich, woher das wohl kommen könne. War es weiter nichts als gewöhnliches Wasser, das auf gewöhnliche Weise rann? Oder war es Gefühl? Verstand sie, was Geist ist? Verstanden sie vielleicht dennoch einander? Hatten ihre Seelen einander endlich gefunden in der Bewunderung der wahren Kunst, die selbstlose Liebe höher setzt als alle anderen menschlichen Werte, ausgenommen die christliche Ehe?

So weinte sie noch lange und ließ ihre Tränen strömen wie in einer wohltuenden, süßen Verwirrung. Schließlich stand sie auf, schlaff, strich demütig ihre Schürze um die Hüften glatt – und war verschwunden. Später kam sie wieder herauf und gab ihm ein Stück Fladen mit Butter; seit der Kindheit hatte sie ihm kein Butterbrot mehr zwischen den Mahlzeiten gegeben.

Ja, die Dichtkunst bringt des Menschenherzens erstarrte Liebesquellen zum Auftauen. Und er dankte Gott, daß Er in seiner Gnade das Herz dieses dicken Mädchens endlich dem Höheren erschlossen hatte.

16

Nun kam die Karwoche mit ihren langen Hausandachten, dem vorösterlichen Großreinemachen und dem naßkalten Westwind. Von Büchern wurde nicht gesprochen, auch nicht von dem, was das Herz anging, nur von der Leidensgeschichte des Herrn. Sie, die ihm neulich ein Stück Fladen mit Butter gegeben hatte, weil sie beide das Höhere zu verstehen begannen, kümmerte sich seit Tagen nicht mehr um ihn und tat, als sei er überhaupt nicht vorhanden. Er wußte nicht, was er davon halten sollte.

Am Ostermorgen war schönes Wetter mit Rauhreif. Die Frauen wollten in die Kirche und beeilten sich mit der Arbeit. Im Stall gab es aber nur ein Reitpferd. Wer sollte reiten? Die Hausmutter oder die Haustochter? Beide waren zu dick zum Laufen. Schließlich entschied man, daß die Pflegemutter nach der Kirche reiten sollte. Sie hatte mancherlei zu erledigen, war sie doch Herrin auf dem Hof, und es gab nur selten Gelegenheit, mit anderen zusammenzutreffen.

So begaben sich alle auf den Kirchweg; nur Magnina blieb allein auf dem Hof bei dem Kreuzträger des Herrn. Sie sagte, sie wäre sowieso ihr ganzes Leben hindurch benachteiligt worden. Alle bekämen im Leben ihre Wünsche erfüllt, nur sie nicht. Kein Mensch habe sie je gefragt, wozu sie Lust verspüre; keiner konnte begreifen, daß auch sie Kurzweil daran finden würde, christliche Menschen zu treffen, wenigstens an den hohen Festtagen, ebensogut wie gewisse Leute. Eigentlich wisse sie gar nicht, wozu sie Festtagskleider habe, ihr Festtagszeug verschimmele in der Truhe. Doch gewisse Leute, die nicht einmal wert wären, Festtagszeug zu besitzen, hätten Gelegenheit, es anzuziehen. Sie hätte wirklich Lust, sagte sie, gewisse Leute wegen ihres sittlichen Lebenswandels anzuspucken, der so beschaffen sei, daß sie in eine nette Lage kämen, wenn sie dem Pastor Rede und Antwort wegen ihres Zustands stehen müßten! Hingegen bekämen ehrbare Menschen nicht einmal Gelegenheit, Gottes Haus am gesegneten Auferstehungstag unseres Erlösers zu besuchen.

Als die anderen aufgebrochen waren, saß sie mürrisch am Fenster und schnaufte; sie machte sich nicht fein, wusch sich nicht mal am gesegneten Osterfest. Sie wäre überhaupt nie für einen Menschen angesehen worden. «Na», sagte sie plötzlich, nachdem sie lange untätig dagesessen hatte, «es ist wohl am besten, daß ich Andacht halte; es ist heute nun mal Feiertag.»

«Tu das, Magnina», sagte der Junge, entzückt, daß Magnina sich etwas vornehmen wollte und wenigstens den Mund geöffnet hatte.

«Tu das?» wiederholte sie hochnäsig und sah ihn an. «Das Befehlen besorge ich. Andere haben zu gehorchen.»

«Ich dachte ja nicht daran, dir etwas zu befehlen, liebe Magnina», sagte er. «Ich meinte nur, es sei richtig und verständig, in Jesu Namen heute am Ostertag eine Andacht abzuhalten.»

«In Jesu Namen?» wiederholte sie. «Hör einer! Fängt dieses Menschenkind nun auch schon an, Jesu Namen auf den Lippen zu führen? Faß das bloß nicht verkehrt auf. Es wäre nämlich nicht mehr als billig, wenn ich dir den Text vorlesen würde. Das ist doch jedenfalls das einzige, was man für solch einen lebenslänglichen Schwächling tun kann, der nie gesund wird.»

Nun wagte er nicht mehr von der Andacht zu sprechen, denn er wußte nicht, ob er davon als Segen oder als Strafe sprechen könne, um einigermaßen mit Magnina einig zu sein. Schließlich sagte er kläglich:

«Wollte doch nur irgendeine Menschenseele in der Welt gut zu mir sein und etwas freundlich, wenn auch bloß an einem Tag im Jahr, so glaube ich bestimmt, daß es nicht so langsam mit dem Gesundwerden gehen würde.»

«Ja, das will ich meinen! Sich von allen bedienen lassen – das ist das einzige, was dir fehlt.»

«Ich habe solche Sehnsucht, Gott im Menschen zu begegnen», sagte der Dichter. «Das ist das einzige, wonach ich verlange. Und ich weiß genau, wenn sich dieses Verlangen erfüllt, werde ich an demselben Tag gesund sein.»

«Na ja, es ist das beste, daß ich die Postille hole», sagte sie, um das ungewöhnliche und etwas gereizte Gespräch abzubrechen; sie fühlte sich ihm darin unterlegen.

Magnina setzte sich langsam in Bewegung und kam nach geraumer Zeit mit einem Buch zurück. Aber es war nicht die Postille, mit der sie gedroht hatte, sondern das Buch mit den Felsenburggeschichten. In der anderen Hand hielt sie einen frischen Fladen mit frisch duftender Butter und einen Klumpen Kandiszucker. Sie legte beides vor ihn hin und sagte:

«Nun solltest du eigentlich gesund werden können. Jetzt weiß ich doch, daß man gut zu dir ist.»

Da füllten sich seine Augen mit Tränen, und er konnte nicht an sich halten, sondern mußte ihr ohne Umschweife mit tränenerstickter Stimme bekennen, daß er es schon lange gewußt habe: sie sei der einzige Mensch hier auf dem Hof, der nachsichtig mit den Elenden wäre. Gerade darin aber läge das Übernatürliche; und er begann sich durch den Fladen zu arbeiten.

Sie kratzte sich ein wenig da und dort, setzte sich auf seine Bettkante und blätterte im Buch. Er betrachtete sie von der Seite, während sie die Stelle suchte, wo sie aufgehört hatte. Ihr speckiger Rücken: schon oben, bei den Halswirbeln, sah man die Wölbung, die sich wie ein Schild über die Schultern bis hinunter nach den Oberarmen und noch weiter bis über die breiten Hüften legte, so daß die Taille in Wirklichkeit nur theoretisch vorhanden war. Sie schnaufte noch einmal und suchte lange, bis sie die Stelle im Buch gefunden hatte.

«Ja, er fand sie an dem von ihr bezeichneten Ort, recht verschämt, unten am Flußufer – soweit waren wir das letzte Mal gekommen.»

Und damit war Alberts und Concordias Liebesgeschichte eigentlich zu Ende. Kurz darauf heirateten sie. Und bald fing sie an, Kinder zu kriegen, was leider so oft den Abschluß von Liebesgeschichten bildet. So verging geraume Zeit, und es gab keine Träume mehr im Leben, nur noch langweiligen ehelichen Frieden, ohne Spannung, ohne Neugierde, geistloses Glück im trauten Heim, Hungerkost für jede Phantasie.

Als die Kinder größer geworden waren, meldete sich jedoch ein Problem, das das Interesse der Leser wieder wachrütteln konnte: wie es anzufangen wäre, den gutgearteten und sittenreinen Kindern christliche Ehepartner zu verschaffen, um zu verhindern, daß «sie nicht Blutschande begingen und sich untereinander verheirateten, sobald der natürliche Fortpflanzungstrieb sich ihrer bemächtigte und Vernunft wie Sitte beiseite schob», wie sich dieses Buch streng christlich mit seinem aufrichtigen Mangel an Nachsicht gegenüber Sünde und Satan ausdrückte.

Doch eines schönen Tages – die Kinder waren bereits heiratsfähig – ereignete sich glücklicherweise wieder ein Schiffbruch vor der Insel, und neue Schiffbrüchige wurden auf den Strand gespült, darunter zwei ebenfalls heiratsfähige Jungfrauen aus Mittelburg in Zeeland, die sich schnellstens mit Alberts und Concordias beiden Söhnen verheirateten.

Kein Wunder, daß man sich jetzt fragen muß: Wie soll diese christliche Erzählung fortgesetzt werden, da doch der Gipfelpunkt aller Abenteuer, dazu das Ziel aller Sittsamkeit, die Ehe ist? Da kam es nun an den Tag, daß die Jungfrauen vor kurzem mit dem leibhaftigen Teufel in einen Ringkampf geraten und ihn siegreich bestanden hatten; ja, es war der Teufel selber, wie er sich dem unverehelichten Menschen zu nähern pflegt – außerhalb dieses Zustands scheint sich nichts von Interesse innerhalb der Christenheit zu ereignen. Einige verkappte Mädchenverführer hatten sie im Einverständnis mit ihrem gottlosen Bruder auf das Schiff gelockt, unter dem Vorwand, daß dort ein sittsames Tanzfest gefeiert werden würde. Aber anstatt die Mädchen nach dem Fest von Bord heimzugeleiten, betranken sich die Unholde im Laufe des Abends, lichteten den Anker und stachen mit den Schwestern in See, nahmen Kurs auf die Banda-Inseln und die Molukken. An Bord befanden sich außer den Schürzenjägern zwei unbekannte französische Damen von angenehmem Aussehen und artigem Benehmen, doch sollte man noch deutlich genug erfahren, was das für Damen waren. Nur allzubald merkten die Schwestern, daß die Höflichkeit an Bord nach der Abfahrt des Schiffs beträchtlich nachließ. Kurz: spät am Abend verlangten die beiden Unholde, nunmehr sinnlos betrunken, von den züchtigen Schwestern, sich ihnen auf der Stelle hinzugeben. Was aber taten die Mädchen? Sie ergriffen Brotmesser zu ihrer Verteidigung! Über den Verlauf des nun folgenden Handgemenges erfuhr man leider nur, daß die Schelme es für geraten hielten, sich eiligst in ihre Kojen zurückzuziehen. Allein der Kampf um die Jungfernschaft der Schwestern war damit nicht zu Ende. Im Gegenteil: er hatte erst begonnen. Je weiter sich das Schiff vom Festland entfernte, desto mehr nahmen die vornehmen Herrschaften an Bord die Gelegenheit wahr, ihren wirklichen Charakter zu zeigen – auch die beiden französischen Damen von angenehmem Äußeren und, wenigstens anfangs, so artigem Benehmen, ebenso ein wirklich schmucker französischer Herr von Adel. «Wir Schwestern ließen uns überreden, in den Schiffssalon hinunterzugehen. Aber welch ein Anblick bot sich unseren Blicken! Zwischen den beiden – wie es sich nun zeigte – von Grund auf verderbten französischen Weibern befand sich der schmucke französische Herr von Adel splitternackt und in einer so abscheulichen Positur, daß wir uns die Augen bedeckten und mit lauten Angstschreien in die äußerste Ecke des Salons flüchteten.»

Bei dieser Stelle zuckte Magnina schaudernd zusammen, sie mußte ihr Vorlesen unterbrechen. Sie stand auf, schloß sorgfältig die Stiegenluke wegen der Zugluft, suchte verwirrt ein Paar Strümpfe, die sie schließlich fand und dann über das Paar zog, das sie anhatte. Den Knaben blickte sie nicht an. Darauf setzte sie sich wieder auf die Bettkante und begann zu lesen.

Sie las lange von dem lehrreichen und nachahmenswerten Kampf dieser edlen Jungfrauen aus Zeeland, ihre Jungfernschaft zu retten, in dieser Gesellschaft lasterhafter Menschen, die auf offenem Meer die Keuschheit und noch mehr die Ehe verachteten. Die Pupillen des Zuhörers wurden immer größer, seine Stirn bedeckte Schweiß, sein Herz hämmerte.

«Schließlich ließ sich die gierige Brunst dieser aus der Art geschlagenen Kerle nicht mehr bändigen, wuchs zu wilden Flammen: nachts brachen drei der Unholde bei uns ein, um uns zu vergewaltigen. Doch wir beide hatten stets ein geöffnetes Taschenmesser unterm Kopfkissen versteckt...»

Der Schauder, der jetzt die Haustochter schüttelte, wollte nicht mehr von ihr weichen. Zuerst hatte sie gebebt, nicht wie Espenlaub, sondern wie ein Berg. Sie stierte mit leeren, entgeisterten Augen vor sich hin, wie man es oft bei zitternden Menschen sieht. Sie versuchte, die Zähne mit Gewalt zusammenzubeißen, was zur Folge hatte, daß sie noch wilder klapperten.

«Frierst du, Magnina?» fragte der Junge. «Ich weiß nicht warum, aber ich friere auch.»

«Verstehe nicht», sagte das Mädchen, «dabei habe ich es so oft allein gelesen. Es ist auch zu gräßlich, anderen etwas von so gottlosen Menschen vorzulesen. Kann nicht begreifen, wie ich so was überhaupt einer lebenden Seele vorlesen kann. Jesus im Himmel, verhüte, daß so was anderen passiert. Ich könnt es nicht aushalten.»

Mit bebender Stimme und mit klappernden Backenzähnen machte sie noch einen verzweifelten Versuch.

«Aber die abscheuliche Komödie verwandelte sich plötzlich in ein blutiges Trauerspiel. Sobald wir wieder Atem schöpfen konnten, stießen wir unsere Messer, die wir jetzt in den Händen hielten, fast zu gleicher Zeit diesen verfluchten Hurenhengsten in die Brust, wobei unsere Kleider von ihrem Blut ganz bespritzt wurden.»

Nun konnte sie nicht mehr. Das Buch klappte von allein zu, rutschte auf ihren Schoß und fiel auf den Fußboden. «Du großer Gott, hab ich das wirklich laut gelesen? Und noch dazu einem Menschen vorgelesen... Ich bin nicht bei Trost. Ich muß mich etwas wärmen. Sonst bekomme ich noch Lungenentzündung.»

Sie machte keine Umstände, schlüpfte aus den Schuhen, hob seine dünne Decke und lag im Bett. Das Gestell krachte, als sollten alle Bretter zerbrechen. Sie war wie ein großer

Haufen Fleisch. Er hatte fast keinen Platz. Obwohl nur eine Hälfte von ihr auf ihm lag, meinte er, er liege unter einem Volkshaufen. Sie keuchte und schnappte nach Luft. Es war schrecklich, wie das Heulen eines Ertrinkenden. Und sie tat ihm von Herzen leid. Er hoffte inbrünstig, daß ihr Schlottern und Stöhnen bald aufhören und sie wieder gesund würde. So lag sie da, das große, schwere Menschenkind, hob sich und sank auf ihn nieder, wie der Wogenschlag einer Brandung. Als er sie berührte, spürte er, daß sie über den Knien nackt war; und da begriff er endlich, daß die vielen Strümpfe keinen Halt hatten. Armes Mädchen, kein Wunder, daß sie an den mächtigen Schenkeln fror. Doch je dichter er sich an die Wand preßte, um so näher drängte sie sich, er konnte ihr nicht ausweichen. Sie war überall um ihn, ihr Geruch war über ihm und war in ihm, die eine Hälfte seines Gesichts war naß von ihren Lippen. Tatsächlich, sie war wie die ganze Welt: überall, um einen und sogar in einem. Sie erschien ihm nicht mehr als das Einzelwesen Magnina, nein, wie die Lufthülle um ihn, wie die Wirklichkeit selbst; er war weiter nichts als ein Teil von ihr, so wie Fische ein Teil des Meeres sind. Und er erlebte sie plötzlich, ohne Willen, wie Fische das Meer erleben, nichts war selbstverständlicher: das war das natürliche Leben. Bisher hatte er in seinen Tagträumen, wenn er allein in der Stube war, Gudrun von Gränholl und Concordia von der Insel Felsenburg geliebt. Das war die Liebe, die in der Seele beginnt und allmählich nach außen drängt und eigentlich nie vollkommen natürlich ist. Doch diesmal begann die Liebe im Fleisch und breitete sich in ihm aus, so daß es ihm plötzlich schien, als sei dieses dicke Mädchen das, was die Seele begehrte – alles das, was er entbehren mußte, die Welt selber. Endlich war er nicht mehr allein. Doch es währte nicht länger als ein Lichtfunke, der mitten in der Schwermut seiner Seele aufleuchtete und wieder erlosch, und sie umklammerte ihn wie ein dreifacher Plankenzaun. Sie erdrosselte ihn fast, ihr Geruch war stärker als je zuvor; sie tat ihm weh. Er ächzte, und sie stützte sich auf ihren Ellbogen, das Gesicht voller

Schweiß, das Haar zerzaust, blickte ihn wütend an und sagte: «Na, na!»

«Ich konnte nichts dafür», sagte er kümmerlich, drehte sich gegen die Wand und zog die Decke übers Gesicht.

«Das konnte man sich natürlich denken», sagte sie. «Das hätte ich mir im voraus sagen können. Solch ein Lump und Feigling und Armenhäusler.»

Dann stieg sie aus dem Bett und schnaubte und zitterte nicht länger, ihr war heiß und ihr Haar hing in Strähnen.

«Gott sei Dank, ich hab mich bisher gehütet, mich zu Mannsleuten ins Bett zu legen! Und mich hat auch noch kein Kerl berührt. Und ich hoffe zu Gott, daß es auch in Zukunft nicht geschieht.»

«Ich konnte nichts dafür», sagte der Junge unter der Decke.

«Nein, hat man so was gehört! War es meine Schuld, daß mir schlecht wurde und ich mich nicht mehr auf den Beinen halten konnte, mich ein paar Augenblicke hinlegen mußte? War es vielleicht meine Schuld, daß du mich nicht in Frieden lassen konntest? Nein, was konnte man auch anderes erwarten. Nie können sie einen in Frieden lassen, diese Kerle, wie jämmerlich sie auch sein mögen. Aber das kannst du dir gesagt sein lassen, wenn du mich noch ein einziges Mal anrührst, so erzähle ich es meiner Mutter.»

«Ich konnte nichts dafür», wiederholte der Junge fast weinend. «Ich hab es nicht gewollt. Ich hatte keine Schuld.»

«Oh, ich wünschte, daß alle Schufte und Lumpen dreißig Ellen unter der Erde lägen. Nicht mal am heiligen Auferstehungstag des Heilands können sie einen in Frieden lassen», sagte sie, biß sich in die Lippen, verzog das Gesicht und fauchte.

Sie hatte Eile, die Schuhe anzubekommen, nahm ihr Buch vom Boden auf und verschwand durch die Stiegenluke.

Am Abend und am nächsten Tag war sie krank.

17

Im Grunde verstand die Haustochter Magnina doch nicht, was Geist ist, oder richtiger ausgedrückt, sie verstand nicht das Wesentliche des Geistes. Sie las keine weltberühmten Bücher, die die Seele frei in den höheren Gefilden spielen lassen, was doch, wie der arme Gemeindepflegling glaubte, die schönste Form allen Lebens ist. Sie las, um einen dicken und stark riechenden Körper zu beruhigen oder zu erregen. Gewiß, er wußte, sie war schuldlos, solch einen Körper zu besitzen. Sie hatte sich diesen Körper nicht gegeben. Sie hatte ihn von anderen bekommen. Eigentlich gehörte er anderen Menschen, und sie wollte ihn gern loswerden, wäre es nur möglich gewesen. Er war ihr auch nicht böse; er war nur betrübt über das Leben. Die christliche Lehre und die Literatur, beides waren vor allem leibliche Bedürfnisse, über welche Organe unter dem Zwerchfell ihr Jüngstes Gericht hielten. Wie konnte er, in Magninas Augen ein gebrechlicher Armenpflegling, jemals ein ordentlicher Christ und ein Dichter werden? Nie hatte sie ihn so verachtet wie seit Ostern. Mußte sie oben in der Stube etwas besorgen, so ließ sie hämische Worte fallen, die dem «Jämmerling in der Bettdecke» galten, dem, der sich jahraus, jahrein rekelte und tat, als sei er krank, dem, der unschuldige Menschen in einem fernen Kirchspiel für seinen Lebensunterhalt sorgen ließ, während andere gute, wahrheitsliebende und rechtschaffene Leute Essen zu ihm und den Nachttopf von ihm schleppen mußten. Solche Nichtsnutze zählt jeder christliche Mensch mit Selbstachtung zu Dieben, Lügnern und anderem Gesindel, das, Gott sei gedankt, früher oder später im Zuchthaus endet.

Solches und ähnliches mußte er über sich ergehen lassen, trotz seiner unerträglichen Schmerzen im Kopf, seiner heißen Sehnsucht nach Erlösung von sich selbst und seiner eigenen Wertlosigkeit. So hartherzig war die Magnina, die am Auferstehungstag unseres Heilands unbefriedigt aus seinem Bett stieg, entschlossen, ihm nie wieder aus ihrem Buch vorzulesen. Manchmal in der Nacht, wenn er ohne Schlaf lag, zitternd vor Angst über sich und vor dem Leben, fragte er still: «Ist es denn nicht wahr, daß Gott die Menschen erschaffen hat und sie erlösen will?»

Ach, es ist schwer, ein Dichter am äußersten Nordmeer zu sein.

Eines Abends in der Dämmerung, er lag allein mit seinen Schmerzen, vernahm er plötzlich Geflüster. Er hatte nicht gehört, daß jemand in die Stube gekommen war, und schreckte zusammen.

«Ich bin's. Will dir bloß ein Stück Zucker geben. Als Dank. Du weißt schon, wofür. Nun ist alles klar, wie es sein soll.»

«Aber Jana, es ist doch nicht richtig, daß du mir soviel Zucker gibst», sagte der Dichter. «Das hab ich ja gar nicht verdient.»

«Doch», sagte sie, «es ist richtig. Und bald gehört mir aller Zucker im Haus. Und Magna wird mich schön bitten müssen, wenn sie was haben will. Heute habe ich nämlich einen Brief von ihm bekommen. Bald wird geheiratet. Herzlichen Dank für das Gedicht. Darf ich dich küssen? Nie im Leben hab ich solch ein schönes Gedicht gehört. Doch ich wollte dir erst danken, wenn ich wußte, daß er es ernst meint. Und nun meint er es ernst. Und ich weiß genau, daß du der beste Dichter hier in unserer ganzen Gegend bist. Mir ist es gleich, wenn die anderen auch sagen, du seist übergeschnappt und ein Trauerkloß. Alles gelogen, sage ich, wo du doch solche Gedichte machen kannst.»

«Dafür danke ich dir, liebe Jana. Ich hab ja immer gewußt, daß du ein feines Mädchen bist und weißt, was Geist ist», sagte der Dichter.

«Hör, sag nun aufrichtig, bin ich wirklich so, wie es im Gedicht steht?»

Sie hatte sich über ihn gebeugt und tat sehr zutraulich, so daß er wirklich meinte, im Gedicht kein Wort zuviel gesagt zu haben. Er versicherte ihr hoch und heilig, sie sei bestimmt so, wie es im Gedicht stände.

«Jetzt darf ich dich küssen», sagte sie und küßte ihn leicht. «Ich glaube nämlich felsenfest, wärst du nicht so krank und wären nicht alle so schlimm zu dir, du hättest gut tanzen lernen können! Und du wärst ein feiner Mann – du hast so schöne blaue Augen und seidiges Haar und bist so weiß und rein und hast nur einige Sommersprossen. Doch das macht nichts. Ich werd dich nie im Leben vergessen.»

Dann küßte sie ihn noch einmal, und ihre Lippen waren süß vom Zucker.

«Ich weiß, ob ein Gedicht gut oder schlecht ist. Und als ich es gehört hatte, da stand es bei mir fest, daß ich Nasi haben wollte. Und der Teufelskerl von Just machte ja nicht ernst, mich zu freien. Jetzt wird nicht mit Zucker gespart, und jetzt soll Magna es zu fühlen kriegen. Einerlei, ob Nasi etwas dumm ist oder nicht, so ist er doch tausendmal besser als Just. Im Grunde habe ich Just nie richtig geliebt, und es geschieht ihm nur recht, daß er mich nicht bekommt – er ließ sich zu lange Zeit, um mich zu freien.»

Sie pfropfte dem Dichter so viel Zucker in den Mund, daß er nicht mehr sprechen konnte. Aber das machte nichts. Sie besorgte das Sprechen. Heute war ihr Tag.

«Sowie wir verheiratet sind, nehmen wir dich mit; und du bleibst bei uns, so lange du willst – kannst den ganzen Tag im Bett liegen. Und es könnte mir nie einfallen, auch nur einen Aurar von der Gemeinde für dich zu nehmen. Du kannst so viel Papier und Bücher von mir kriegen, wie du willst. Und wenn mein Mann Nasi nicht daheim ist, sollst du mein Schatz sein. Ich hab es immer schon gewußt, du allein verstehst mich. Ja, und soll es mich das eigene Leben kosten: ich will dich belohnen für dein schönes Gedicht. Das weiß Gott und Jesus Christus.»

Eigentlich war er es, der in diesem verzwickten und weitschweifigen Liebeshandel hier auf dem Hof gesiegt hatte. Mitten in seiner Hoffnungslosigkeit und im Zweifel über sich wurde ihm die erhebende Genugtuung zuteil, daß sein Gedicht das richtige Herz zu bekehren vermocht hatte. Das war eine große Aufmunterung, und er fand, daß er lange von diesem Sieg zehren könne. Am Ende gab es doch eine Gerechtigkeit in der Welt und gesunde Vernunft im Leben. Auch wenn Magnina ihrer Mutter versicherte, daß Just der Vater des Kindes sei, und er seinem Schöpfer dankte, mit heiler Haut davongekommen zu sein, so ging das niemanden etwas an; die Hauptsache war, daß Olafurs Gedicht den entscheidenden Sieg davongetragen und ein Herz bekehrt hatte – nur darauf kommt es an, gleichgültig, wer in Wirklichkeit der Vater des Kindes ist. Schon möglich, daß Just mit Hilfe der gestohlenen *Numa-Reime* unter ihren Rock kommen konnte. Aber Nasi war es, der sie schließlich bekam, sich mit ihr auf christliche Art verheiratete, und das alles mit Hilfe eines eigenhändig gemachten Gedichts von Olafur Karason Ljosvikingur.

18

Mitten im Frühjahr heirateten sie, die Vögel waren schon da. Gäste strömten aus allen Richtungen herbei; Hofplatz und Haus waren voll; Hunde kläfften auf dem Hof und auf den Weiden.

Die Leute redeten feierlich miteinander, in der guten Stube, im Hausgang, auf den Treppen; und die Frauen sprachen über alles mögliche ihre Segenswünsche. Auch nach oben, in die Wohnstube zum Armenpflegling, kamen viele Leute, und ein Mann fragte, ob er nicht eine Prise Tabak haben wolle; er nahm etwas und nieste.

Eine beleibte Frau kam und sagte fast weinend, daß Gott die, welche er am liebsten hat, am härtesten heimsuche, und Olafur Karason wäre beinahe in Tränen ausgebrochen, glaubend, diese Frau verstünde ihn. Schon war sie verschwunden. Und dann sagte man, jetzt würde die Trauung anfangen. Alle gingen hinunter in die gute Stube. Eigentlich hatte sich niemand beim Sprechen mit dem Armenpflegling etwas Besonderes gedacht. Niemand machte sich etwas aus ihm. Man kam nicht einmal auf den Gedanken, ihn hinunterzutragen, damit er die Trauung sehen könne wie die anderen Menschen. Nein, ihm wurde nicht gestattet, die Trauung zu sehen, die er erst mit seiner Dichtkunst ermöglicht hatte. Das ist des Dichters Los. Er hörte nur das Brausen des Gesangs.

Der Fjord dort draußen vor dem Fenster blaute im Sonnenschein, und auf der anderen Seite sah er die grünen Abhänge, Vögel flogen ohne Unterlaß am Fenster vorbei, und er mußte mit Bitternis an Jana denken, die gesagt hatte, sie wäre bereit, ihr Leben für ihn zu opfern. Nun hatte sie ihn vergessen, sie ließ ihn nicht nach unten tragen. Und sie würde in einer anderen Gegend ihr Heim gründen.

Aber er war gar nicht allein. Denn als sie unten mit dem Singen anfingen, hörte er jemanden weinen. Er hatte geglaubt, hier allein zu sein. Doch vielleicht ist man nie allein. Vielleicht geht es keinem so elend, ohne daß nicht irgend jemand, sichtbar oder unsichtbar, neben einem weint. Es war eine Frau. Sie saß reglos, ihm schräg gegenüber, als die anderen zum Singen nach unten gegangen waren. Er hatte sie gar nicht bemerkt. Selbst jetzt, wo er sie bemerkt hatte, mußte er sie genau anschauen, um sich darüber klarzuwerden, wie sie überhaupt aussah. Die Jugend auf ihren Wangen war verblüht. Ihre Augen hatten ein unbestimmtes Braun, und sie waren feucht wie Tang; sie fing gleich bei den ersten Versen zu weinen an, offenbar, weil alles, was hier auf Erden geschah, ihrem Herzen naheging, oder vielleicht, weil ihr das Leben so teuer war. Für den, der weint, hat das Leben etwas Wert. Sie trug eine Troddelmütze, aber vom Haar konnte man eigentlich nichts sehen. Sie hatte einen alten Kleiderrock mit Falten an, doch keine Jacke, die dazu paßte; auch kein seidenes Halstuch, nur ein altes Werktagswams, geflickt. Aber der

Flicken am linken Ellbogen war hübsch, und sie trug ein neues, gestricktes Umschlagtuch, sicherlich war es für sonntags und feiertags bestimmt. Dagegen hatte sie kein Schnupftuch, um sich die Tränen abwischen zu können. Sie mußte in ihre blaue Festtagsschürze weinen, und es war ihm sofort klar, daß sie zu jenen Menschen gehörte, die Gott am allerinnigsten liebte. Sie weinte immer weiter. Als der letzte Vers verklungen war, weinte sie nicht länger; der Pastor begann mit dem Gebet; die Vögel flogen an dem Fenster vorbei, als wären sie neugierig. Und sie sah ihrem Flug zu, blieb lange so sitzen und starrte zum Fenster hinaus. Als die Vögel längst fortgeflogen waren, sagte sie fast lautlos zu sich selber:

«Die armen, gesegneten Vögel.»

«Wie heißt du?» fragte er leise.

Ihr Gesicht war rot und verjüngt vom Weinen. Aber sie wagte nicht, ihn anzusehen: sie schämte sich, daß er gesehen hatte, wie ihr alles zu Herzen ging, was auf Erden geschah, und sie das Leben der Tränen für wert hielt. Nach einer kleinen Weile sagte sie dennoch ihren Namen und wo sie wohnte. Es war Jarthrudur aus Gil. Sie war auch krank, seit ihrer Kindheit, aber Gott war allzeit gut zu ihr gewesen.

«So sind wir beide Kreuzträger des Herrn», sagte er dankbar.

«Ja, aber du sollst allzeit so geduldig sein», sagte sie. «Du bist Vorbild für alle, die im Elend sind. Was bin ich dagegen? Ich habe nichts als meine Sünden.»

Und sie wollte schon wieder weinen, weil sie überzeugt war, eine der größten Sünderinnen unserer Zeit zu sein.

Sie sagte:

«Ganz bestimmt gibt es keinen Menschen, der solch eine Sündenlast trägt wie ich.»

«Verlier nicht den Mut, liebe Jarthrudur», sagte er. «Ich kann es dir ansehen, daß du einer von den Menschen bist, die Gott ganz besonders liebt.»

«Glaubst du das?» sagte sie und sah ihn mit den großen, fernen Augen, braun wie Tang, an, sie strahlten vor Dankbarkeit. «Oh, wie gut das tut, dich so sprechen zu hören. Alle sagen, daß du ein Dichter unseres Volkes bist, wie unser seliger Hallgrimur Pjetursson, der aussätzig war. Jetzt weiß ich, daß ich viele Tage froh sein werde. Bin ich auch der böseste Mensch im Land, so weiß ich doch, daß Jesus gut ist. Vergib mir, daß ich mich erdreistet habe, mit dir zu sprechen, und so diesen gesegneten, feierlichen Augenblick entweiht habe.»

«Wie kann uns jemand verbieten, zusammen von der Gottheit zu sprechen? Nimmermehr», sagte der Dichter. «Vielleicht werden wir nie wieder miteinander sprechen können.»

«Nein, sag das bitte nicht», bat sie und wollte beinahe wieder weinen. «Sag lieber etwas, das ich jede Nacht in meinem Herzen verborgen bei mir haben kann. Du bist ein so großer Dichter.»

«Ob es nun das letzte Mal ist, daß wir zusammen sprechen oder nicht», sagte er und fühlte, daß seine Kräfte mit jedem Wort in ihm wuchsen, «so ist das eine gewiß: die Vorsehung läßt schließlich jene zueinander finden, die im Elend sind und darum etwas haben, worüber sie miteinander sprechen können. Wer weiß, vielleicht werden wir einander nur dieses eine Mal sehen, vielleicht nur einen einzigen Tag, ehe wir sterben. Die schönsten Blumen auf Erden blühen auch nicht länger als einen Tag. Ich meine, es ist gut, daß die Menschen blühen, wenn auch nur einen Tag in ihrem Leben. Wie viele gibt es denn, denen Gott die Gabe verlieh zu fühlen und die im Elend waren, die nie miteinander sprachen, so daß ihr Leben nicht blühte, nicht einmal einen einzigen Tag.»

«Ja», flüsterte sie, «nun mag Gottes weise Allmachtshand mich getrost für ewig niederschlagen.»

«Seit zwei Jahren habe ich meinen Kopf nicht von diesem Kissen erhoben», sagte er, wenn es auch nicht ganz wahr war.

«Aber du bist so jung», sagte sie, «der Herr kann dich gesunden lassen, ehe du es ahnst. Du weißt nicht, was er noch einmal mit dir vorhat. Ich dagegen – wie alt bin ich doch! Ich schäme mich, davon zu sprechen. Ich bin so fürchterlich alt. Ich könnte deine Mutter sein.»

«Ich bin siebzehn», sagte er.

Da hob sie wieder ihre Schürze vor die Augen und schluchzte:

«Ich war auch einmal siebzehn Jahre alt.»

Sie lugte hinter ihrer Schürze hervor und konnte sich nicht fassen:

«Nein, ich kann es nicht begreifen, daß du mit mir, die so alt ist, sprechen magst. Nein, du darfst mich nicht ansehen, auch nicht diese Kleider, denn es sind nicht meine Kleider. Meine Hausmutter hat mir diesen alten Faltenrock geliehen. Er gehörte ihrer seligen Schwiegermutter.»

«Ich sehe nicht auf dein Zeug, Jarthrudur», sagte der Dichter, «ich sehe in deine Augen.»

Da nahm sie die Schürze von den Augen und sah ihn lange in fassungsloser Verwunderung an. Aber als sie sich genug gewundert hatte und nun zu glauben begann, daß sie richtig gesehen hatte, da wurde sie scheu und fragte erregt:

«Aber wenn du einmal gesund sein wirst, dann willst du wohl nie wieder mit mir sprechen? Nicht?»

Er sagte: «Nur die Einsamen und die, die im Elend sind, verstehen den Geist; und du bist der erste Mensch, der mich verstanden hat.»

Auf solche Weise sprachen sie klug und gottesfürchtig während der Trauung miteinander: vom Geist und von Jesus, sowie von denen, die ein schweres Leben hatten und die Gott mehr als alle anderen liebte. Sie wußte Verschiedenes, von dem er nie gehört, und sie hatte über 25 Jahre hindurch das ganze Gesangbuch von vorn und von hinten gelesen. Das Gesangbuch war nicht nur ihr einziger Besitz hier auf Erden, sondern auch ihr Trost und ihre Hoffnung; nicht allein das beste aller Bücher, sondern auch das Kostbarste von allem, was Gott erschaffen hatte. Wenn es ihr am allerschlimmsten ging, dann legte sie Gottes Gesangbuch auf ihre kranke und beladene Brust; das linderte die Qualen des Lebens und des Leibes – «ja, bald sind sie überstanden», sagte sie einfältig lächelnd.

Da ungefähr war der Pastor mit seiner Predigt zu Ende, und als der letzte Choral gesungen wurde, war sie so dankbar und so verzückt, daß sie sagte, ihr sei, als wäre sie wirklich und wahrhaftig seine Mutter geworden. Sie setzte sich zu ihm auf die Bettkante und weinte auch nicht mehr beim Singen des letzten Chorals; sagte, daß sie sich schon immer ein Kind gewünscht habe, unter heißen Tränen darum Jesus angefleht; doch von nun an wolle sie sich kein anderes Kind mehr wünschen als Olaf Karason. Er antwortete, wenn sie ein andermal in Ruh und Frieden hierher kommen werde, so solle sie alles das zu hören bekommen, was er gedichtet habe; diesmal zeigte er ihr das Buch mit seinen Gedichten nur von außen. Sie durfte es ein wenig mit ihren gekrümmten Händen anfassen; einige Finger waren vom Stricken nach innen gebogen. Sie betrachtete das Buch von beiden Seiten, dann sah sie in stiller Bewunderung den Dichter an, und er gestand ihr, daß er in Wirklichkeit Olafur Karason Ljosvikingur heiße. Da begann sie aufs neue zu schluchzen und schüttelte voller Verzweiflung den Kopf: nun könne sie doch nicht glauben, seine Mutter zu sein, wenn er ein so großer Mann sei. Er tröstete sie und sagte: «Aber gewiß doch!»

«Ich will den ganzen Sommer über, jeden Tag, am Morgen und am Abend, Gott anflehen, daß er deinen Geist stärkt und dich gesund werden läßt.»

Aber dann wurde sie noch einmal von Kummer niedergeschlagen und sagte:

«Bist du erst wieder gesund, so wirst du dein Buch gleich einer anderen Frau zeigen.» – Und sie gab alle Hoffnung auf.

Aber er gelobte ihr hoch und heilig, daß er es nie einem anderen Menschen zeigen werde; sie sei der einzige Mensch auf Erden, der ihn verstehe; der einzige Mensch auf Erden, der den Geist hochschätze. Von nun an wolle er sie als seine Mutter betrachten, nicht zum wenigsten deshalb, weil seine wirkliche Mutter sich als feine Näherin in einem berühmten Handelsort angesiedelt und nicht ein einziges Mal jemandem aufgetragen habe, ihm von ihr einen Gruß auszurichten. Dabei sei es ihm so schlecht gegangen, und sie habe ihn zur Winterszeit in einem Sack weggeschickt. Sie, die Beladenen, können solche seligen Augenblicke erleben. Keiner so wie sie.

Da war die Trauung vorbei.

19

Gudrun von Gränholl war mit ihren Eltern nach einem anderen, besseren Kirchspiel gezogen. Er wußte, er würde sie nie wiedersehen. Die Haustochter Magnina, die ihm eine Zeitlang Fladen mit Butter geschenkt und ihm aus dem Buch mit den Felsenburggeschichten vorgelesen hatte – sie las schon seit langem nicht mehr. Und er bekam nie den Schluß dieser ergreifenden Geschichten von jener entlegenen Insel zu hören. Übrigens hatte er gar keine Lust mehr, den Schluß zu erfahren, wie unglaublich das auch klingen mag. Im Gegenteil, sobald er nur an das Buch dachte, fühlte er Furcht und Schuldbewußtsein. Die Jungfrau Jana, die an einem Abend zu ihm gekommen war, um für das Gedicht zu danken, die ihn zu sich eingeladen hatte, sobald sie verheiratet wäre, die ihm gelobt hatte, alles für ihn zu tun, ihm sogar ihr Leben aufzuopfern: ach, sie war als verheiratete Frau vom Hof weggereist, ohne ihm auch nur Lebewohl zu sagen.

Es sah aus, als sollte sich sein Leben nie mehr erhellen. Unter endlosen Plagen an Leib und Seele verstrichen die Tage. Unerträgliche Kopfschmerzen von einstigen Schlägen und Tritten der Menschen und Tiere. Stechen in der Brust, Verdauungsbeschwerden. Angstvolle Nächte ohne Schlaf, in denen er mit sich selber Abrechnung hielt wegen seines jämmerlichen Daseins. Ohne Unterlaß fragte er: «Wie soll es mit mir enden?»

Oft glaubte er, nicht mehr viele Tage leben zu können.

Dann griff er, mitten in seinen Schmerzen, zu dem Buch mit seinen Gedichten, wollte nur ein kleines Gedicht noch hinzufügen, ehe er starb. Sein größter Kummer war, daß er so wenige Gedichte hinterließ, die anderen Menschen nach seinem Tod Freude bereiten könnten. Plötzlich fühlte er bei einem Gedicht, daß er es vor Kraftlosigkeit nicht zu Ende dichten könne, und bat Gott aus tiefstem Herzen, ihn doch leben zu lassen, bis er das kleine Gedicht fertig hätte; dann wolle er gern sterben und Gott nie wieder um etwas bitten. Oft wunderte er sich, daß er nicht längst tot war. So schlecht ging es ihm. Er fragte in seiner Verlassenheit: «Gibt es denn keine Grenzen für die Qual der Menschen?»

Neues Gesinde war auf den Hof gekommen. Er kannte niemanden davon. Kein Mensch machte sich etwas aus ihm. Fremde Hände stellten ihm zu den Mahlzeiten sein Essen hin. Versuchte er ab und zu, sich aus dem Bett ans Fenster zu schleppen, um den grünen Tun* und das blaue Meer zu sehen, so brach er ohnmächtig zusammen. Am besten war es, still zu liegen. Er starrte die schiefe Decke an und dachte an die Zeit der Kindheit, als Gott sich ihm in einem wunderbaren Klang offenbart hatte. Die Seelenkraft der Kindheit – auch sie war verschwunden.

Hatten denn alle dem armen Menschenkind in der Ecke unter der Schrägwand den Rücken gekehrt? Hatten denn alle diese lebende Leiche vergessen? Gab es denn nirgendwo ein Herz, das ihm die einzige Gnade, die es auf Erden und im Himmel gibt, schenken wollte: ein Wort der Liebe? Doch, es gab solch ein Herz.

* «Tun», ein altgermanisches Wort, in sämtlichen skandinavischen Sprachen, vor allem aber in der isländischen, erhalten, bedeutet auf Island eingezäuntes Land, meist in unmittelbarer Nähe von den Gebäuden des Hofs, nur zum Graswuchs bestimmt. In Norddeutschland versteht man unter «Tun» dagegen nur den Zaun um ein Stück Land. Auf Wunsch des Autors wird dieses Wort in der deutschen Übersetzung häufig beibehalten.

Eines Tages kam ein Paket aus dem Kirchspiel jenseits des Gebirges. Es war ein kleines, viereckiges Paket, darauf geschrieben stand: «An Herrn Dichter Olafur Karason Ljosvikingur zu Fotur unter Fotafotur.» Niemand auf dem Hof kannte einen Ljosvikingur, denn er hatte niemandem sein Geheimnis anvertraut; aber einer kam auf den Gedanken, daß in der Giebelstube auf einem armseligen Lager ein erbärmlicher Versemacher faulenze. So kam das Paket schließlich in die richtigen Hände. Es war ein zerfetztes Gesangbuch. Ein zerknittertes Exemplar von einem Gesangbuch, daraus eine ungewöhnlich große Sünderin sich täglich während ihres Lebens Trost vorgesungen, es mit ihren Augen zerpflückt hatte, in der Hoffnung, daß zwischen den Zeilen noch etwas viel Wunderbareres verborgen sein könnte. Wahrscheinlich hatte sie Gott nie gefunden. Leider lag kein Brief in dem Paket; sie verstand sich nicht auf die Kunst des Schreibens, irgendein hilfsbereiter Mensch hatte für sie die Adresse geschrieben. Aber sie konnte nichts Besseres tun – sie schickte ihm alles, das ein sündiges Geschöpf in dieser Welt als Trost besaß. Es gibt nicht viele, die solch ein Geschenk machen.

War es nicht wunderlich, daß er diese einzige Seele, die ihn ganz verstand, fast vergessen hatte? Wie konnte es nur geschehen, daß er beinahe verzweifelt wäre, obgleich er solch einen Freund besaß?

Er schämte sich wegen seiner Undankbarkeit gegen den Schöpfer. Zu glauben, daß man einsam ist, wenn es auf der anderen Seite des Gebirges ein lebendes Herz gibt, das ihn liebt und ihm alles schenkt, was es an Reichtum besitzt? Und er war fest davon überzeugt, daß ihre Liebe ihn nie im Stich lassen würde, denn sie war krank und lebte von der Gemeinde wie er.

Man nannte sie die fallsüchtige Jarthrudur.

Er schrieb ihr einen Brief und verbrauchte für ihn alles Papier, das er hatte. Er schrieb: ihre reine Freundschaft, die sie mit dem Gesangbuchgeschenk bewiesen habe, sei die Stärke, durch die es ihm möglich gemacht würde, das Kreuz des

Menschenlebens und aller Leiden für immer auf sich zu nehmen. Er sagte, daß ihn selten so grenzenlose Finsternis eingehüllt habe wie in den letzten Wochen nach der Hochzeit. Für andere Menschen beginne der Sommer. Für ihn nicht. Doch jetzt wolle er auf diesen Sommer wie auf alle Sommer des Erdenlebens mit Freuden verzichten: ihr Geschenk tröste ihn wie die milde Hand eines Arztes, und er sei bereit, das Kreuz der Menschheit bis an sein Ende mit Geduld zu tragen. Und er fragte, ob er sie von nun an als seine geliebte Freundin ansehen dürfe. Er sagte, er könne ihr zwar nichts anderes als sein Herz dafür anbieten, aber er sei davon überzeugt: wenn sie ihm erlauben würde, sie zu lieben, und sie ihm ihr Herz schenken wolle, so würde die Zeit kommen und beide gesund werden. Denn Gott ist die Liebe, und die Liebe heilet alles; sie überwindet alles. Und vielleicht könnten sie mit der Zeit ein kleines Heim auf einem leicht zu bestellenden Hof in der Nähe einer kleinen Stadt gründen.

In Wirklichkeit, so sagte er, sähe er die Sache so an, daß sie auf eine geheimnisvolle und übernatürliche Weise bereits verheiratet wären; Gott selber habe sie neulich in Geist und Wahrheit getraut. Ihre Bekanntschaft sei gleichsam eine einzige Hochzeit, und als Bekräftigung dafür wolle er ihr zu der Melodie des Hochzeitschorals, der ihre Herzen zusammengeführt habe, folgendes Gedicht senden:

Wie trüb ist's in mir, so ganz vereist!
Aus ewgem Dunkel ich rufe im Leide,
und keiner hier erkennet den Geist,
und keiner versteht mich, christliche Maide.
Zu leicht befunden.
Mein Weg verschwunden.
Ich lieg gebunden,
Du Goldumwunden,
im tiefen Grab,
im tiefen Grab.

Islands Concordia, Holde und rein,
himmlische Fraue, du Stern unter Sternen,
kann nie mein Herz mehr einsam sein,
wo Du mir nah trotz Schluchten und Fernen.
Glanz ist Seele
Dein, ohn Fehle,
Blum' ohn Hehle,
Gott dich empfehle
am Jüngsten Tag,
am Jüngsten Tag!

Außen auf den Brief schrieb er ihren Namen und Wohnort, klebte ihn zu und bat, den Brief einem mitzugeben, der auf der anderen Seite des Gebirges etwas zu besorgen hätte. Und seine Seele war froh, daß er diesen Brief geschrieben hatte; es ist das beste Heilmittel, wenn man sich mit einem liebenden Herzen vereint weiß. In der kommenden Nacht hatte er milde Träume, und jedesmal, wenn er aus dem Schlummer erwachte, fühlte er sich dem geliebten Herzen nahe. Als er am Morgen die Augen öffnete, war sie sein erster Gedanke.

Wie es nun auch gekommen sein mochte, dieser junge Mensch hatte die Vorstellung, Briefe seien unantastbar, wer sie auch schrieb und wohin sie auch gingen. Aber darin irrte er, wie früher in anderen Dingen. Am folgenden Tag kam die Pflegemutter Kamarilla mit seinem Brief in der Hand in die Giebelstube. Er sah, daß der Brief aufgerissen war.

«Du schreibst Briefe?» sagte sie.

«Nur einen.»

«Du, ein elender Armenpflegling!»

«Ich glaubte, wenn ich auch ein Armenpflegling bin, so hätte ich wie jeder andere eine Seele», sagte er und schnappte nach Luft.

«Ich habe keine Lust, solche Seelen unter meinem Dach zu halten», sagte die Pflegemutter. «Das soll dein letzter Brief hier in meinem Haus gewesen sein. Wenn du also vorhast, um Weibsleute zu freien, die mit Schaum vorm Mund auf der

Erde liegen, und dich außerdem unzüchtig gegen meine Tochter benommen hast – noch dazu am Ostertag! – während andere Leute nach Gottes Haus unterwegs waren, und du weiter schändliche Reimereien mit Schimpfworten gegen uns, die hier auf dem Hof das Befehlen haben, zusammenschmierst, so will ich dir heute ein für allemal sagen: wir hier im Haus haben keine Lust mehr, solch eine Schlange an unserm Busen zu nähren. Ich habe es auch satt, dich wegen deiner Schmähgedichte, deiner liederlichen Verse und Gotteslästerungen mit Hunger zu strafen. Es nützt ja doch nichts. Das hat sich jedesmal gezeigt. Aber wenn du nun gar im Sinn hast, in meinem Haus offen Hurerei zu treiben, außerdem mich und mein Heim ‹ewiges Dunkel› nennst und obendrein dies hier nach einem anderen Kirchspiel schicken willst, so sage ich: nun kann's genug sein! Ich will für dich keine Verantwortung mehr übernehmen, weder vor der Geistlichkeit noch vor der Svidinsvikgemeinde.»

Nach diesen Worten riß sie vor seinen Augen den Brief in kleine Stücke und schmiß die Fetzen durch die Stiegenluke. Dann war sie verschwunden.

Er blieb allein. Nie zuvor hatte man die geheimsten Winkel seines Gefühls auf so schändliche Weise durchstöbert. Seine heiligsten, eigensten Empfindungen, denen er Ausdruck zu geben versucht hatte, waren beschimpft und als Verbrechen gebrandmarkt worden. Man hatte seine zartesten Herzblumen ausgerissen und sie ihm hingehalten, als wären es abscheuliche Giftpilze.

Es dauerte lange, bis ihm klar zum Bewußtsein kam: es gab wirklich so große Ungerechtigkeit in der Welt; bis er es fassen konnte, wie wehrlos er war, und daß er auch nicht das Geringste besaß, das ihn schützen konnte. Er war jedermann rettungslos preisgegeben. Als er das begriffen hatte, mußte er laut weinen. Seit seiner Kindheit hatte er nicht mehr laut geweint. Jetzt konnte er den Laut seines eigenen Weinens nicht mehr wiedererkennen. Er war tief und rauh, hatte einen fremden Ton bekommen, und er empfand vor seinem eigenen

Weinen Angst, wie vor einer unbekannten Naturkraft. Er wunderte sich auch, wie weh es im Hals beim Weinen tat. Als Kind, so glaubte er sich erinnern zu können, hatte er beim Weinen nie Schmerz im Hals verspürt. Dann hörte er allmählich auf zu weinen.

Lange lag er still, unbeweglich, erschöpft. Seine letzte Hoffnung war vernichtet. Wieder überfiel ihn der Gedanke an die Unsterblichkeit der Seele in seiner ganzen erbarmungslosen Grausamkeit; und die Hoffnung auf einen endgültigen Tod war der einzige Trost seiner Seele, den er sich vorstellen konnte. Schließlich kamen ihm die Kopfschmerzen zu Hilfe und ließen ihn alles vergessen.

So ging auch dieser Tag hin, und es wurde Abend. Sein Schlaf war zu Ende, und er öffnete die Augen. Er war glücklich, geschlafen zu haben. Wie versöhnt doch der Bruder des Todes! Unter Schmerzen war er eingeschlafen, und jetzt erwachte er voller Dankbarkeit. In seiner Seele war es nicht mehr finster. Der Abendsonnenstrahl lag neben ihm auf dem Bett. Schon beim Öffnen der Augen hatte er gefühlt, daß er nicht mehr allein war. Das war kein flüchtiger Gedanke, sondern untrügliche Gewißheit. Dieser Sonnenstrahl hatte Körper und Form. Er konnte ihn berühren wie jedes andere Ding.

Sein alter Bekannter, der goldene Wagen! Er war wieder zu ihm gekommen. Mitten im Dunkel der schwärzesten Verzweiflung, wenn alle Wege verschüttet sind, der Mensch seiner letzten Hoffnung beraubt und er getrennt ist von dem einzigen Herzen, das ihn geliebt hat, dann ist der Wagen bei ihm. Und aus dem Wagen steigt der unsichtbare Freund, er, den keine Macht der Welt uns entreißen kann, solange wir Kraft haben, die Leiden des Menschendaseins auf uns zu nehmen und die Ungerechtigkeit der Welt gelassen zu erdulden. Einst war es der gewaltige Klang der sich offenbarenden göttlichen Allmacht. Dann Sigurdur Breidfjörd. Heute fragte er überhaupt nicht, was oder wer es sei. Ihm genügte, seine Nähe zu fühlen – den unsichtbaren Freund.

Mag kommen, was da will, so fühlte der junge Mensch,

keine Ungerechtigkeit in meinem Leben wird mich besiegen. Nie wollte er den Freund vergessen, immer wollte er daran denken, daß er ihm nahe sei, auch dann, wenn er nicht einen einzigen frohen Tag mehr erleben sollte. Und er war felsenfest entschlossen, sein Leben, sein ganzes Leben zu einem Widerhall von dem zu machen, was er als Kind vernommen hatte. Mit seinen Liedern wollte er andere Menschen das lehren, was er durch Kummer gelernt hatte.

Gewiß, dieser Junge war von den Menschen enttäuscht worden, weil er in seiner Ahnungslosigkeit geglaubt hatte, sie wären in Wirklichkeit vollkommener; als Kind hat man immer diesen Glauben. Gewiß, die Menschen hatten ihm den Rücken gekehrt und ihn der Einsamkeit preisgegeben. Man konnte auch mit gutem Recht behaupten, sie hätten seine Krankheit an Leib und Seele, überhaupt sein ganzes Unglück, verursacht. Und dennoch war er den Menschen nicht gram, hegte keinen Haß gegen sie, fand ihr Betragen nicht niedrig, ihre Begierden nicht abstoßend; nein, er empfand gegen niemanden Abneigung. Er achtete alle, ohne Grund sogar, und er wollte gegen jedermann wohlgefällig sein. Er dankte Gott für alle die lieben Menschen, die er in seinem Leben, von der Kindheit bis auf den heutigen Tag, kennengelernt hatte. Und wenn diese Menschen, die ihm den Rücken gekehrt und ihn noch gestern verachtet hatten, heute zu ihm kämen – er wollte ihnen vertrauen wie früher, wollte glauben, daß sie ihn verstünden und den Geist begriffen, wenn sie sich auch nur für einen Augenblick zu ihm auf die Bettkante setzen würden. Wer den unsichtbaren Freund getroffen hat, der kann in keinem Menschen mehr Böses sehen. Und sollten sie ihm auch alles nehmen, die geringste Freude, die schwächste Hoffnung, es würde nichts bedeuten; er würde sogar alles tun, um sie reicher zu machen, ihre Freuden zu vergrößern, ihre Hoffnungen zu stärken, ihr Leben zu verschönen. Mochten sie seine Worte liederlich und gotteslästerlich nennen, das, was ihm teuer war, verbrecherisch und unzüchtig schelten; mochten sie ihn hungern lassen, ihn vom Hof jagen, krank und hilflos – sei es drum –, er wollte nie und nimmer aufhören, diesen Menschen das Teuerste, was er besaß, zu widmen.

Ja, es ist ein hartes Los, Dichter am äußersten Nordmeer zu sein und Gott und die Menschen zu lieben. Wer dieses Los erwählt hat, dem soll nie Gewinn zuteil werden, kein Lohn für und für, nicht ein froher Tag, kein Augenblick des Trostes oder der Rast. Aber der unsichtbare Freund wird ihm helfen, das Leid der Menschheit zu tragen, und ihn davor bewahren, daß er sich niemals von der Ungerechtigkeit überwältigen lassen wird.

20

Junimorgen. Selten hatte die gesegnete Sommersonne über diesen nördlichen Küsten und Klippen mit größerer Meisterschaft geleuchtet. Er wußte seit langem, daß er an einem Frühlingsmorgen zeitig aufwachen würde, aber dennoch überraschte ihn kein Tag so sehr wie dieser Tag.

Am Abend zuvor hatte er geahnt, daß ein Schlafgast eingetroffen war, er hatte sein frohes Lachen unten im Haus gehört und auch, daß die griesgrämigen Leute in diesem Haus in das Lachen einstimmten. Aber erst am Morgen, bei Tagesanbruch, kam die Pflegemutter Kamarilla herauf, um Olafur Karason zu erzählen, mit welchem Auftrag der Gast gekommen sei. Er war vom Gemeinderat in Svidinsvik hergeschickt worden, um ihn zu holen.

«Und jetzt will ich dir ein paar Plünnen anziehen, armer Teufel.»

Er sagte nichts und konnte nicht denken. Er bemerkte bloß, daß die Pflegemutter sich abrackerte, seine Beine in Strümpfe zu stecken. Aber als man ihn aus dem Bett hob und hinstellen wollte, wurde er ohnmächtig.

Als er wieder zu sich kam stand Reimar, der Fuhrmann, über ihn gebeugt, begrüßte ihn mit Kuß und Handschlag und betrachtete ihn forschend mit dem Blick, womit erfahrene Fuhrleute zerbrechliche Waren ansehen, die man mit Vorsicht behandeln muß. Er lachte.

«Eine leichte Sache, ihn zu befördern», sagte Reimar der Fuhrmann, um einen zuversichtlichen Eindruck wegen seines Vorhabens zu erwecken.

Er war ein rotbäckiger, lustiger Mann mit wasserblauen Augen, geradezu in seinem Wesen. Er hatte zwei Pferde mitgebracht, und Bruder Just half ihm, eine Pferdebahre festzuzurren.

Die Reise sollte quer übers Gebirge gehen. Die Sonne schien auf die blaue Bucht, den saftiggrünen Tun und die Butterblumen vor dem Hof. Gewimmel von Vögeln über dem Schlick der Furten und Schären.

Als man dem Jungen einige merkwürdige Kleidungsstücke angezogen hatte, die von «wer weiß woher» stammten, wurde er hinausgetragen und auf der Bahre festgebunden, die auf dem Rücken des einen Pferdes lag. Unter ihn legte man einen Sack, mit Strandgras gefüllt, und einen mit Heu als Kopfkissen; schließlich wickelte man ihn in eine Filzdecke. Er war fest davon überzeugt, spätestens in einer Stunde tot zu sein. Denn er war so schwach, daß er keinen Blick für den blauen Ewigkeitshimmel übrig hatte, und traurig, weil man ihm nicht einmal Zeit gelassen, seinem alten Knorren im Holz der Schrägwand Lebewohl zu sagen.

«Na, nun kann's bald losgehen», sagte Reimar der Fuhrmann, als man den Jungen gehörig festgeschnürt hatte, und lachte.

Die Familie war draußen auf dem Hofplatz versammelt, um von dem Armenpflegling Abschied zu nehmen: die Pflegemutter Kamarilla gab ihm noch schnell ein Stück Kandiszucker – es war übrigens das erste und das letzte Mal, daß sie sich eine solche Freigebigkeit gegen ihn erlaubte –, dann hob sie ihre Schürze und wischte sich eine richtige Träne aus dem einen Auge, reckte sich hoch und küßte ihn, wie er da auf der Bahre festgeschnürt lag, gleichzeitig Gottes Heiligen Geist bittend, diesen Kreuzträger des Herrn zu segnen. Nun fühlte er, daß mehrere ihrer Tränen über sein Gesicht flossen, und es begann ihn davon zu jucken.

«Lebe wohl», sagte die Haustochter Magnina, mit ihrer fetten Hand schlaff seine Hand haltend, schnaufte und wandte das Gesicht ab. Dann drehte sie sich noch einmal zu ihm um und wünschte gute Reise. Sie hielt etwas unter ihrer Schürze verborgen.

«Ja, ja, mein Freundchen», sagte Bruder Just, der jetzt nicht nur Besitzer von Schafen und einem Kutter war, sondern dazu vollgültiger Hofbauer mit unbeschränkter Gewalt über alles, was auf dem Land und auf dem Wasser zum Hof gehörte, «solltest du wirklich einmal etwas zu Kräften kommen, dann wirst du uns herzlich willkommen sein, zum Beispiel als Erntearbeiter oder als Knecht im Winter. Jetzt gibt es hier keinen, der dir befiehlt, unten zu bleiben, wenn du auf den Berg laufen sollst. Und du weißt aus eigener Erfahrung, daß noch keiner behaupten konnte, wir hier auf Fotur behandelten unsere Leute schlechter als andere Menschen.»

Reimar der Fuhrmann küßte sie alle zum Abschied und führte dann das Pferd, auf dem der Junge lag, am Zügel neben seinem Reitpferd, das er bestiegen hatte, zum Hof hinaus. Die Bahre, eine Art Liegestuhl, aus rohen Latten zusammengefügt, dessen Kopfende auf dem Hals des Pferdes lag, knarrte. Sie waren schon auf dem Tun. Da rief Magnina und bat Reimar, noch einen Augenblick die Pferde anzuhalten, sie wolle nur die Decke um den Jungen besser in Ordnung bringen. Sie kam und tat es, dabei holte sie unter ihrer Schürze ein Buch hervor, das in einen Zeuglappen gewickelt war, und steckte es ihm unter die Matte.

«Es sind bloß die Felsenburggeschichten», sagte sie. «Mir gefallen sie nicht mehr. Du sollst das Buch haben. Du kannst ja die Geschichten so gut leiden.»

«Ich danke dir vielmals», sagte er, freudig überrascht.

«Du brauchst gar nicht zu danken», entgegnete sie leise.

Sie ging einige Schritte neben dem Tragpferd, als Reimar sich mit den Tieren wieder in Bewegung gesetzt hatte. Sie blickte zu Boden und sagte etwas befangen:

«Ich meine bloß, daß ich es wohl ebensogut verdient habe, einen Brief von dir zu kriegen, wie gewisse andere Leute. Und dazu ein kleines Gedicht.»

Sie konnte nicht länger mit den Pferden Schritt halten, sie war so schlecht zu Fuß. Mitten auf dem Tun blieb sie stehen, hielt einen Zipfel ihrer Schürze zwischen den Händen und starrte ihrem Pflegling lange nach.

21

Der Weg führte hinunter zum Fjord; von dort, ins Gebirge hinauf, wand er sich in unzähligen Krümmungen um eine Schlucht. Ringsum Sommer. Freude des blauen Himmels über der ganzen Welt bis zu dem äußersten Meer. Ein Schillern in den silberweißen Brustgefiedern der Vögel unten auf dem Strand, in den Kelchen der wilden Blumen am Gebirgspfad, in Moos und Gestein. Der Morgentau schwand, und Rauch von den Gehöften ringelte sich in der Luft. Butterblumen auf jedem Tun. Trächtige Schafe. Ein isländischer Frühlingsmorgen.

Gerade so hatte sich der Jüngling in seinen sehnsüchtigen Träumen während der harten Winternächte des Todes die höchste Glückseligkeit vorgestellt. Aber jetzt, wo sie Wirklichkeit geworden war, wurde er sich ihrer kaum bewußt. Er hatte Angst. Er meinte, die Pferdebahre müßte bei jeder Krümmung des Weges umkippen; und die Schlucht unter ihnen war so tief, daß der Fluß in der Sohle des Tals wie ein winziger, schmaler Bach aussah, und die Schafe auf den Hügeln glichen Spielzeugtieren, aus Schellfischgeräten geformt. Das Ächzen der Bahre und das Rumoren in den Eingeweiden der Pferde dröhnte in seinen Ohren wie das Krachen bei Naturkatastrophen. Denn zwei Jahre unter einer Schrägwand hatten ihn vergessen lassen, was Lärm und Bewegung waren. Die geringste Unebenheit auf dem Weg dünkte ihn Verderben. Dazu flatterten Raben über ihm, bereit, ihm die Augen auszuhacken. Er war überzeugt, zu sterben, ehe sie das Hochland erreichen würden.

Der Fuhrmann Reimar schien nicht die geringste Ahnung vom Todeskampf seines Reisegefährten zu haben, denn er schwätzte, was ihm gerade einfiel, munter darauf los während des ganzen Aufstiegs; zwischendurch trieb er die Gäule an. Er hatte nämlich gehört, daß der Kranke natürliche Anlage zur Dichtkunst habe, und wenn die Bahre sehr wippte, deklamierte er Preislieder über frische Kuchen, fette Weiber, kalte Buttermilch oder Reitpferde und fragte den Kranken, ob er diese Verse schon gehört hätte. Als sie den Gebirgskamm erreichten, hatte er so viele Proben von hinreißender Dichtkunst zum besten gegeben, daß Olafur Karason überhaupt nicht mehr an seinen bevorstehenden Tod und an das Knarren der Bahre dachte.

«Bist du auch Dichter?» fragte er schließlich.

«Na klar! Kein anderer Dichter ist beim Volk so beliebt wie ich, mein Lieber», antwortete der Dichter Reimar. «Frag die Weibsleute in Svidinsvik! Vier dicke Gedichtsammlungen habe ich verbrochen, wenn du erlaubst, mein Lieber: Gedichte über Memrok und Kalibab, über Nagel und Apagitta, über Eingilrad, Samsös Königin, über Roquefort und Camembert, gar nicht zu reden von all den Gelegenheitsgedichten! Zum Beispiel mehr als zwanzig Hochzeitslieder, fünfzig Gedenkverse – das Stück für mindestens dreiviertel Krone –, fast zweihundert Liebesgedichte auf Bestellung für Mädchen und Jünglinge. Dabei habe ich noch nicht einmal meine privaten Gedichte mitgerechnet, die ich aus eigenem Interesse gemacht habe; zum Beispiel über Untreue in Svidinsvik, bei

Unglücksfällen, wegen persönlichen Tabakmangels, in betrunkenem Zustand und so weiter. Schließlich – und das sind nicht die schlechtesten – will ich mit deiner Erlaubnis, mein Lieber, dir Gedichte nennen zum Preise von Pferden, Festgesänge, Seefahrtslieder, Spottweisen, Wiegenlieder, unanständige Gedichte, dann welche für Frauen, Lieder zum Rückwärtslesen und Improvisationen. Ja, ich kann ruhig behaupten, daß ich die Jungfrau Muse gründlich umarmt habe, mein Lieber.»

In all den Jahren unter der Schrägwand hatte Olafur Karason nicht soviel von Dichtkunst zu hören bekommen wie heute im Gebirge vom frühen Morgen bis zum Mittag: bat er den Dichter Reimar, ihm doch einmal den ersten Vers der Gedichte über Memrok und Kalibab zu deklamieren, so gab der dazu noch die Gedichte über Roquefort und Camembert zum besten! Dabei mußte er die ganze Zeit gegen den Wind sprechen. Während einer kleinen Pause in der Deklamation benutzte der junge Dichter die Gelegenheit zu fragen:

«Findest du nicht, Reimar, daß es furchtbar schwer ist, Dichter zu sein?»

Diese Frage konnte Reimar, der Fuhrmann und Dichter, nicht sofort beantworten. Sie überrumpelte ihn. Er war verblüfft.

«Schwer? Für mich? Dichter zu sein?» sagte er. «Frag nur die Weibsleute danach, mein Lieber, ob es für unseren Reimar schwer ist, Dichter zu sein. Erst gestern früh, länger ist es nicht her, ritt ich über den Hofplatz von einem unserer besten Gehöfte hier, die Haustochter stand lächelnd draußen, da schüttelte ich einfach ein dreifach gereimtes Gedicht aus dem Ärmel, das mir gerade einfiel, als ich mich im Sattel tief verbeugte, um sie zu grüßen. Nein, es ist nicht schwer, Dichter zu sein, mein Lieber; es ist lustig, Dichter zu sein. Eine Gabe, siehst du.»

«Was braucht man denn nach deiner Meinung, um ein guter Dichter zu sein?» fragte der Jüngling.

«Was man braucht?» wiederholte der andere und lachte. «Danach mußt du die Weibsleute fragen.»

Aber hinterher dachte er doch etwas darüber nach, er hatte sich über diese Seite der Sache wirklich nie Kopfzerbrechen gemacht.

«Eigentlich sind dazu nur zwei Sachen erforderlich», sagte er, als er genug darüber nachgedacht hatte. «Die Stabreime und die Endreime müssen ihre Richtigkeit haben. Das ist das Wichtigste bei der ganzen Dichtkunst! Wer das kann, der kann zu jeder Zeit jederlei für jedermann dichten. Einfach drauflosplappern, das können alle, aber reimen, das können nur Dichter. Das ist Begabung, wenn du erlaubst; das mußt du wissen. Je kunstvoller, um so besser. Natürlich können zu verwickelt gereimte Gedichte nicht so leicht verständlich sein, das will ich nicht bestreiten, und nur wenige Mädchen von heute finden daran Gefallen. Aber eines ist sicher, nämlich, daß man nie genug Reime in der Mitte der Zeilen verwenden kann. Natürlich schadet es auch nichts, bildliche Ausdrücke richtig anwenden zu können. Aber ich habe es mir zur Regel gemacht, keinen Überfluß mit Umschreibungen zu treiben. Ich benutze nur bei drei Sachen Umschreibungen: für Frau, Mann, Schiff. Überhaupt, heutzutage hat man in Island keinen Gebrauch mehr für Umschreibungen.»

«Aber was sagst du dazu, Reimar, wenn der Dichter sich in seinen Gedanken mit der Seele und dem Geistigen beschäftigt?»

«Mit dem Geistigen? Mit der Seele?» fragte Reimar der Dichter. «Meinst du Gedenkverse für Tote und dergleichen?»

«Nein, ich meine Geist», sagte der junge Dichter, «und die Seele.»

«Was für einen Blödsinn willst du mir über die Seele einreden, Kerl! Die Seele gehört den Pastoren. Mädchen wollen von der Sache nichts hören. Und du wirst schon einmal merken, mein Junge, daß alle, die von der Seele reden, im Grunde heimlich etwas ganz anderes meinen. Sie wagen nur nicht, es laut zu sagen. Auf gut alt Isländisch bedeutet Seele ein Sack, kann ich dir verraten. Und glaubst du nicht, daß diejenigen, die am liebsten von der Seele sprechen, vor allem darauf erpicht sind, daß du etwas in ihren Sack steckst, mein Junge? Das möchte ich glauben.»

Da hörte Olafur mit seinen Fragen auf. Er dachte an die Offenbarung der göttlichen Kraft, an Sigurdur Breidfjörd und den unsichtbaren Freund. Und er bezweifelte, daß Reimar als Mann des Geistes ebenso groß war wie als berühmter Dichter.

22

SIE WAREN SCHON WEIT INS HOCHLAND GEKOMMEN. Die letzten Gehöfte lagen längst unter ihnen, die Täler waren versunken, die Fjorde in die Berge gekrochen; die Berge hatten sich miteinander vermengt, nur ihre höchsten Grate lagen nebeneinander wie niedrige Hügelketten im Tiefland; am äußersten Horizont sah man das Meer. Die Luft hier oben war wie die Zweitausend-Kronen-Apotheke, nach der Olafur sich sein ganzes Leben hindurch gesehnt hatte, aber zu arm war, sie zu kaufen. Sie war kühlend und herzerfrischend zugleich und drang in berauschenden Wogen durch seinen Körper; er war nicht mehr bange. Die Schrägwand, unter der er zwei Jahre zusammengekrochen gelegen, die Ecke, aus der man ihn vor wenigen Stunden herausgeholt hatte, das alles war nur noch wie eine alte Saga, die ihn nichts anging. Er war nicht mehr das jämmerlichste Geschöpf auf Erden, nein, jetzt war er ein lebendiger Kumpan an der Tafel der himmlischen Freude des Hochlands. Er fürchtete sich nicht mehr, nicht einmal vor der Unsterblichkeit der Seele.

«Hier ist die Grenze des Kirchspiels, und jetzt wollen wir essen.»

Reimar der Dichter führte die Pferde etwas abseits in eine Mulde mit einem kleinen Bach, oben im Hochgebirge. Er hob den Jungen von der Bahre und legte ihn auf das Moos nieder;

da lag der Junge auf dem weichen Boden und blickte empor zu dem klaren blauen Ewigkeitshimmel, der nun endlich wieder sein Freund war.

Reimar der Dichter öffnete den Proviantsack mit einladendem, eßlusterregendem Gesicht, und der Duft von Brot, Fisch und kaltem Kaffee drang lieblich in ihre Nasen. Der ältere Dichter gab dem jüngeren ein großes Stück Stockfisch und sagte dazu: «Hör mal! Jetzt fällt mir gerade ein, ob wir bei dieser Gelegenheit nicht versuchen sollten, dich hier unterwegs zu kurieren?»

«Ach, das ist leichter gesagt als getan, lieber Reimar, so was wie mich kurieren», sagte der junge Dichter.

«In der Kruke ist massenhaft Butter», sagte Reimar.

«Ich habe eine Krankheit, auf die sich nicht einmal Ärzte verstehen.»

«Hier haben wir einen ordentlichen Happen Pökelbrust. Fetter findest du's nicht einmal an unserer geliebten Magnina. Ja, das muß man schon zugeben: knausrig sind die beiden Weibsleute in Fotur heute morgen wirklich nicht gewesen.»

«Ach, das kann man gut begreifen», sagte der Jüngling. «Die Ärmsten, welch fürchterliches Kreuz bin ich ihnen in all den Jahren gewesen!»

Sie aßen beide mit riesigem Appetit. Die Pferde dagegen schienen mit dem Gras unten in der Mulde wenig zufrieden zu sein. Sie prusteten. Hoch oben in der Luft krächzte unheilverkündend eine Mantelmöwe; das war der einzige Laut in der etwas unheimlichen Stille des Hochlandes. Dann waren sie satt, und Reimar bot seinem Schutzbefohlenen eine Prise. Aber der Jüngling dankte, weil er von Schnupftabak Kopfschmerzen bekäme. Der große Dichter wischte sein Taschenmesser am Hosenbein sauber und steckte es in die Tasche.

«Nein, heutzutage ist es keine große Kunst, eine Krankheit zu heilen; das kann ich dir verraten, mein Lieber», sagte er.

Der Kranke entgegnete darauf, daß es sich bei ihm nicht nur um eine Krankheit handle. Bei ihm sei es ein Geflecht von vielen Krankheiten: dreimal sei ihm der Kopf zuschanden geschlagen worden, von Tieren und von Menschen; sein Gehirn sei an einer Stelle ins Ohr hineingequollen, und daher stammten seine beinahe unerträglichen Kopfschmerzen; sein Brustbein sei durchs Fleisch gewachsen; und unter der Brust habe er eine Geschwulst. Die reinste Verwesung! Beule, Leber und Herzsack hätten sich geradezu ineinander verfilzt; dazu kämen verschiedene Magenübel. Und er könne wohl behaupten, daß er in den letzten beiden Jahren nicht einen einzigen Bissen verdaut habe.

«Was du nicht sagst! Das ist wirklich nicht wenig», gestand Reimar der Dichter.

Der junge Dichter fuhr fort und sagte, daß der Kreisarzt nie von einem Menschen vernommen habe, der so krank sei. Der Doktor habe dazu ausrichten lassen, der einzige Rat, den er bei einem Menschen mit so vielen Krankheiten geben könne, sei der, ihn zu obduzieren.

«Donnerkiel», sagte Reimar der Dichter. «Hast du Glück, daß er deinen Leib nicht in die Finger kriegte. Denn er ist ein Schlächter und Menschenhasser. Am liebsten will er sich überhaupt nicht mit einem Menschen abgeben, wenn er ihn nicht zerteilen darf. Ich habe mit meinen eigenen Augen gesehen, wie er eine Frau lebendigen Leibes abhäutete.

Aber nun sollst du was anderes zu hören kriegen, mein Jüngelchen», fuhr Reimar fort. «Auf der anderen Seite von der Gebirgsheide gibt es einen anderen Fjord. Das ist kein langweiliger Fjord, wie der drüben auf der Ostseite. Es ist ein lustiger Fjord! Wie die ganze Gegend. Dort wohnen keine gewöhnlichen Menschen: auf einigen Höfen gibt es Holdamenschen – Elfen, weißt du. Es nützt nichts, große Augen zu machen, mein Jüngelchen. Ich bin ja nicht schuld daran. Und warum in Teufels Namen soll es denn keine Elfen geben? Ich habe noch nie gehört, daß Elfen einem etwas getan haben. Im Gegenteil. Aber ganz gleich, ob es Elfen gibt oder nicht, ich kennen keinen Fjord und kein Tal, wo es bessere Weibsleute gibt als gerade hier auf der Westseite dieses Gebirges, in dem wir uns jetzt aufhalten. Oder hast du nichts von der Gesundbeterei in Kambar gehört?»

Der Jüngling mußte zu seiner Schande gestehen, nie etwas von alldem gehört zu haben, was auf der Westseite des Gebirges vor sich gehe.

«Nein, da schlage doch einer lang hin! Erzählt einem, daß er krank ist und 'ne Seele hat und was sonst noch alles, und hat dabei nichts von Torunn auf Kambar gehört, dem einzigen Menschenkind im weiten Umkreis hier, das Krebs und Bauchfellentzündung und Teufel und Satanszeug vertreibt, ebenso fix und leicht, wie ich hier diese Fischhaut zusammenknülle und ins Geröll runterschmeiße. Wie sie das macht? Ja, du weißt wirklich nicht viel, muß ich schon sagen, mein Kleiner. Sie fängt das so an, kann ich dir verraten: im letzten Herbst, mußt du wissen, als es abends schon dunkler zu werden begann, stand sie draußen auf dem Tun und traf unter einer Klippe einen Elf, mein Lieber. Du brauchst deshalb keinen roten Kopf zu kriegen! Das war nun keine Bekanntschaft der Art, die nach Einbildung von Krethi und Plethi die einzig richtige Bekanntschaft zwischen Menschen in dieser Welt und der anderen ist. Nein, der hier war ein feiner Mann, ein Meister in seiner Rede und lauter in seinem Wandel, etwas anders als so einer wie ich und meinesgleichen, mein Lieber. Hier ist nämlich von Fridrik die Rede, dem Elfendoktor. Seit jenem Abend hat sie ihn den ganzen Winter und Frühling hindurch jeden Tag getroffen und dabei von ihm unfehlbare Heilmedizin bekommen. Manche sagen, daß er seine Elfenkunst auf der Schule in Paris gelernt habe, wo einem die Schwarze Kunst beigebracht wird. Andere behaupten sogar, daß er ein Geist sei. Das will ich nun doch nicht glauben. Eines ist aber sicher, daß durch Torunn Leute geheilt werden. Und von jemandem müssen die doch wohl geheilt werden, ganz gleich, von wem. Sie selber sagt, daß er einem französischen Schiffskapitän ähnle, der vor Jahren öfter unsere Fjorde besucht hat. Damals war sie noch ein Kind. Man behauptet, er sei mit vielen Leuten gut Freund gewesen. Sie aber sagt, daß Fridrik ehrbar christlich, und ihre Mutter sogar, daß er vielleicht Jesus Christus sei. Doch darauf will ich nicht näher eingehen, mein Lieber.»

Je länger er von den Kambar-Mädchen sprach, desto mehr konnte Reimar der Dichter von ihrem Ruhm und Preis berichten, namentlich, was Torunn und ihren Doktor betraf. Reimar der Dichter hatte, sage und schreibe, sechs gereimte Freierbriefe an diese Jungfrau für angesehene und hübsche junge Männer aus sechs verschiedenen Kirchspielen geschrieben, und «was ich darin gedichtet habe, war wahrhaftigen Gotts nicht nur leere Schaumschlägerei, mein Lieber, wenn ich es auch selber sagen muß. Aber ich weiß, daß du mich nicht falsch verstehst, wie wir hier oben im Bergland sitzen, denn ich bin unten in Svidinsvik ein verheirateter Mann und Vater von sechs Kindern. Torunn gab aber allen sechs einen Korb, und über einige weiß ich genau Bescheid, denn ich selber habe für sie den abschlägigen Bescheid gedichtet. Da wählt man nicht immer die feinsten Redewendungen, kann ich dir anvertrauen, mein Lieber; und ich kenne einen, der durch ihre Schuld drei Jahre zu Bett liegen mußte, weil er seinen Verstand verloren hatte. Ja, das ist ein herrliches Mädchen.»

Er garantierte dem Jungen völlige Heilung durch ihren Fridrik, ein langes, glückliches Leben, Kinder und ein gutes Auskommen. Aber der Junge war doch etwas ängstlich, zu einem so herrlichen Menschen gebracht zu werden. Er meinte, zu elend und zu gering zu sein. Außerdem kamen ihm Bedenken religiöser Art. In tiefster Seele hatte er nämlich sehr, sehr große Furcht, sich mit den übernatürlichen Mächten auf der Westseite des Gebirges in Verbindung bringen zu lassen. Er kannte jene, die östlich vom Gebirge regierten. Dort war er aufgewachsen, dort hatte er hauptsächlich an Gott den Herrn und Jesus geglaubt, zwei verwandte überirdische Mächte, die ihm aus der Postille und dem Gesangbuch und derlei gut bekannt waren. Auf der Westseite herrschten offenbar andere übernatürliche Wesen, Machthaber, die er leider bisher bei keiner Gelegenheit kennengelernt hatte. Schließlich, und das kam noch hinzu, wagte er nicht mehr, blind an die Unfehlbarkeit des Dichters Reimar zu glauben, seit der den Geist wie ein hoffnungslos krankes Schaf abgeschlachtet hatte. Auf jeden Fall mußte er sich sehr ernsthaft die Frage stellen, ob es denn vernünftig wäre, alle Hoffnung auf die altbekannten, zuverlässigen Mächte, unter deren Herrschaft er östlich vom Gebirge aufgewachsen war, zugunsten der ihm unbekannten, unsicheren Mächte westlich vom Gebirge aufzugeben. War es zu glauben, daß Gott der Herr im Himmel und Jesus es stillschweigend zulassen würden, wenn er sich Fridrik und Torunn zuwenden wollte? Dieser junge Mensch wollte nirgendwo Anstoß erregen.

Hier, bei der Kirchspielgrenze, wurde er wieder von jener ratlosen Angst überfallen, die ihn bereits vor seiner Krankheit heimgesucht hatte, aber nie so schlimm wie in den letzten beiden Jahren unter der Schrägwand: jene verzweifelte Angst, welcher der beiden auf Fotur regierenden Mächte er gehorchen sollte, Nasi oder Just; für welche dieser im höchsten Maße handgreiflichen Gottheiten er sich entscheiden sollte, wenn die eine sagt: du läufst, und die andere: du bleibst; die eine: Ebene, die andere: Berg. Welche Strafe würde Just ihn erdulden lassen, wenn er Nasi gehorchte, und Nasi, wenn er Just gehorchte? Wer von beiden war der richtige, wer der falsche Gott? Wer gut, wer böse? So überfiel es ihn jetzt, ob der Elfendoktor Fridrik nicht vielleicht der leibhafte Teufel sei und jeder Schritt, mit dem er sich Fridrik näherte, die Seligkeit seiner Seele aufs Spiel setzen könne. Aber Fragen dieser Art wagte er nicht mit einem Menschen zu besprechen, dem Verständnis für das Geistige fehlte, wie dem Dichter Reimar. Am Ende konnte niemand wissen, ob nicht die neuentdeckten, verborgenen Mächte westlich vom Gebirge mächtiger waren als die wohlbekannten Mächte östlich vom Gebirge. In Wirklichkeit weiß man nie, welcher Macht der Sieg schließlich zufallen wird, so daß es wahrscheinlich am gescheitesten ist, an sie alle zugleich zu glauben, oder jedenfalls ihnen allen ungefähr die gleiche Höflichkeit zu erweisen, hoffend, daß eine von ihnen siegen und den Neutralen und Höflichen belohnen würde. Nach diesen Überlegungen stimmte der Jüngling leise zu, sein Geschick in Fridriks und Torunns Hände zu legen, in der Hoffnung, es sei Gottes Wille, daß er in Jesu Namen geheilt werde. Tatsächlich war es nichts anderes als der Versuch, Ost und West zu vereinen, Tiefland in Hochland zu verwandeln und alle Hardegrenzen auszuwischen. Er hoffte, mit einer so vagen Erklärung niemanden zu kränken.

Darauf antwortete Reimar, daß Gott gar keinen Willen habe und daß es Gott völlig einerlei sei. Gott habe überhaupt keine Meinung, und Gott sei gerade darum Gott! Wie könnte Gott sonst überhaupt Gott sein, wenn man die heutigen Zustände im Ausland betrachte – falls es einen Gott geben sollte, was, wie er sagte, noch nicht einmal die berühmtesten Gelehrten des Auslandes hätten beweisen können. «Ja, mein Lieber, glotz mich nur an soviel du willst, ich bin nicht daran schuld. Was könnte ich wohl dagegen einzuwenden haben, daß es einen Gott gibt oder nicht? Die Hauptsache ist doch, daß du selber etwas willst. Und wenn du etwas willst, dann heißt es, den Verstand gebrauchen, um die Kniffe herauszukriegen, die nötig sind, damit du erreichst, was du willst. Das ist der Witz, siehst du. Und jetzt halftere ich dich zum letztenmal an die Latten hier. Morgen sollst du im Grünen herumhopsen wie ein Kalb im Frühjahr. Nein, heutigentags ist es keine Kunst mehr, das Satanszeugs von Krankheiten zu heilen; das kann ich dir sagen, mein Junge. Und nachts wird gefeiert – mit den Kambar-Mädchen.»

23

Der Tag hatte schon viel längere Schatten bekommen, als sie sich unten am Fuß des Gebirges befanden. Gegen Mitternacht kamen sie in ein enges Tal, von wilden Felsabhängen umgeben. Da und dort sah man Hütten mit grasbewachsenen Dächern. Der Hof Kambar lag unter Klippen am Meer.

«Von der Landungsstelle, die wir dort sehen, segeln die Kambar-Mädchen in ihrem Boot nach Svidinsvik, um auf Bällen zu tanzen. Ja, die scheren sich nicht darum, wie das Wetter wird, wenn sie irgendwohin wollen, die machen sich nichts daraus, ob die See etwas hoch geht, mein Lieber. Sind wetterfest, die Deerns.»

Als sie sich dem Hof näherten, verließ Reimar die gebahnten Pfade und schlug die gerade Richtung nach dem Kambar-Gehöft ein. So froh war er.

«Nichts wie geradeaus, mein Lieber!» Er führte die Pferde über Stock und Stein, so schnell es ging, quer durch sumpfigen Boden, wo sie bis zum Bauch einsanken. Die Bahre wäre beinahe zerbrochen.

Auf dem kleinen Tun um das Gehöft wimmelte es von Mutterschafen und ihren Lämmern. Niemand hinderte die Tiere daran, dort zu weiden. Dagegen rannten vier wütende Hunde mit wildem Gekläff den Gästen entgegen. Zwei baufällige Holzgiebel hatten Seeaussicht. Im übrigen aber glich das Gehöft einem Kunterbunt von Ställen und Scheunen.

Eine Frau in schäbigem braunem Zeug kam zufällig über den Hofplatz, hielt eine Hand beschattend über die Augen und sah, daß Fremde von der Moorwiese heraufkamen. Sie rief in die offenstehende Haustür hinein, und eine zweite, eine dritte kamen zum Vorschein. Alle drei blieben eine Weile auf dem Hofplatz, sahen ärmlich und farblos aus, verschwanden dann wieder im Haus und verschlossen die Tür hinter sich.

«Sie haben uns gesehen», sagte Reimar zutraulich und blinzelte dem Kranken zu.

Als sie den Hofplatz erreicht hatten, war kein Mensch zu sehen und die Haustür verschlossen. Nur die Hunde rannten wie rasend kläffend um sie herum.

Reimar führte seine Pferde ans Haus heran und pochte an die Tür. Niemand antwortete. Er bollerte noch eine Weile, und als das erfolglos blieb, ging er zu einem Fenster und schrie: «Grüß Gott.» Als auch das keinen Erfolg hatte, kletterte er auf das Dach und schrie in Gottes Namen seinen Gruß durch den Schornstein. Doch alles vergeblich. Das Haus war wie ausgestorben. So verstrich eine gute Zeit; der Hof wurde belagert. Reimar dachte nicht im entferntesten daran, die Belagerung aufzugeben. Da sah man plötzlich im Spalt der Haustür das Auge des Bauern. Er fragte, was das Satansbollern zu bedeuten habe oder wer diesen Unfug veranstalte.

«Zwei Burschen», sagte der Dichter Reimar.

Der Bauer kam etwas in der Tür zum Vorschein, hielt aber den Türdrücker fest und mit der anderen Hand seine Hose hoch. Er hatte bereits zu Bett gelegen und begrüßte jetzt, wenn auch ein wenig kühl, den Dichter Reimar. Der jedoch eilte auf ihn zu, umarmte und küßte ihn und wünschte mit wohlgefügter Rede den himmlischen Segen auf ihn herab.

«Was zum Teufel bringst du auf dem Packpferd mit?» fragte der Bauer. «Bauholz?»

«Einen Kranken», sagte Reimar.

«Ich bin all meine Tage krank gewesen, und keiner hat mich auf einer Bahre zu anderen Menschen geschleppt», sagte der Bauer.

«Ja, aber bei dem hier handelt es sich nur noch darum, daß er seinen Geist aufgeben kann, wenn du erlaubst, mein Lieber.»

«Teufel auch. Was fehlt ihm denn?»

«Ach, eine Unmenge, kann ich dir verraten, sowohl am Leib als auch an der Seele.»

«Nein, nun kann es genug sein, alter Kumpan», sagte der Bauer, «das hier geht zu weit. Es kommt nichts dabei heraus. Ich spreche frei von der Leber weg. Ich glaube, es ist am besten, daß der Satan von Doktor aus ihm Hackfleisch macht.»

Als er aber den jungen Menschen zu sehen bekam, fühlte er Mitleid und sagte:

«Ja, ein armer Bursch. Wo gehört der denn hin?»

«Ich soll ihn für einen Mann in Svidinsvik hierhin bringen. Eigentlich gehört er der Gemeinde. Da fiel mir unterwegs ein, ob man nicht Fridrik bewegen könnte, sich ihn mal anzusehen.»

«Ich weiß nichts von dem vermaledeiten Fridrik», sagte der Bauer und benahm sich sehr unwirsch. «Wie oft habe ich dem Mädchen nicht gesagt, daß sie die Hand von dem weglassen soll, womit sie nichts zu schaffen hat. So was nimmt immer ein schlimmes Ende. Übergeschnappte Menschen haben mich den ganzen Winter überlaufen. Und was hab ich davon? Weiter nichts als Pfändungen und Anzeigen.»

«Falls Torunnchen sich seiner annehmen würde, könnte sie der Gemeinde sehr viel Geld sparen, und man wird sie dafür bestimmt belohnen – wenn ich selber auch leider keinen Auftrag habe, ihr etwas zu versprechen. Solche Menschen sind ja für alle ein Kreuz, nicht zum wenigsten für die Gemeinde.»

«Wie lange hat er schon gelegen?»

«Vier Jahre.»

«Vier Jahre. Nein, nun flunkerst du. Hat er es denn nicht bloß im Oberstübchen?»

Der Bauer kam ganz aus dem Haus heraus, um sich diesen geplagten Menschen genauer anzusehen, und er reichte ihm die Hand, wenn auch nicht allzu freundlich. «Wie gesagt, wir können keinen einladen; meine Frau ist gemütskrank, und wir haben keinen Platz für Fremde übrig; ich selber bin inwendig auch nicht in Ordnung. Es ist also das beste, Euch nicht länger aufzuhalten.»

Dem Bauern klapperten die Zähne, er kratzte sich bald da, bald dort, sah nach dem Wetter und gähnte.

«Was hältst du vom Wetter?» fragte Reimar.

«Och, man könnte wohl sagen, daß es zu etwas gut ist», sagte der Bauer. «Aber glücklicherweise führt es zu nichts. Alles nimmt ja sowieso seinen höllischen Gang.»

Reimar dachte jedoch nicht daran, sich einschüchtern zu lassen. Er zog die Unterhaltung in die Länge, voller Zuversicht, daß sich noch alles zum Besten wenden werde, wobei er heimlich das Fenster im Auge behielt. Währenddessen lag der Jüngling auf der Bahre: hoch zu Pferd, mit knurrendem Magen, am ganzen Körper wund, mit heftigen Kopfschmerzen und ohne den mindesten Glauben, hier könne sich ein Mirakel ereignen. Die ausgehungerten Pferde waren nach der zwanzig Stunden langen Reise unruhig.

«Ja, so stehen die Sachen, alter Bursche», sagte der Bauer und zählte noch mehr Heimsuchungen auf. «Natürlich macht es einem keinen Spaß, euch Leuten Herberge zu verweigern, obendrein, wenn es Nacht ist und der eine auf einer Pferdebahre liegt. Aber was soll man machen? Wie komme ich dazu, mein Haus gratis als Hospital für das Volk herzugeben? Ich sage gratis, denn was bedeutet es schon, wenn manchmal einer zwei Kronen für Torunnchen übrig hat oder meiner Alten ein Stück Butter mitbringt? Das ist genauso, wie wenn man sich auf die Schuhe pißt, damit einem die kalten Füße warm werden sollen. Sie bleiben trotzdem kalt. Nein, eins kommt zum andern: Krankheiten unter den Schafen, kein ordentliches Gras auf dem Tun, die Kuh am Samstag schon wieder geil nach dem Bullen, nicht einen Stert aus der See, gestern Pfändung, unaufhörlich von der Obrigkeit mit Anzeigen und Klagen verfolgt, die Alte krank und die Torunn nur Mirakel im Kopf. Die hohen Herren in Svidinsvik verwehren einem auf seinen ehrlichen Namen sogar das bißchen Tabak. Kann man so etwas Leben nennen?»

24

In demselben Augenblick, als die Unterhaltung zwischen Gast und Bauern dieses Kapitel der Jeremiade erreicht, wird plötzlich die Haustür sperrangelweit aufgestoßen. Auf der Steinschwelle stehen drei anmutige Mädchen in farbenprächtigen Sommerkleidern. Fröhlich gehen sie auf den großen Dichter zu, heißen ihn herzlich willkommen, bitten ihn einzutreten und zu bleiben.

Und der Bauer ist – als habe die Erde ihn lebendigen Leibes verschlungen – verduftet.

Nie hat sich Olafur Karason Ljosvikingur auch nur im Traum vorgestellt, daß aus einem so armseligen Haus drei so liebreizende Wesen heraustreten können. Die eine in Rot, die andere in Blau, die dritte in Grün. Das späte Abendrot der hellen Frühlingsnacht glänzt noch festlicher, als sie winkend daherkommen, mit einem Lächeln, das auch nicht vom geringsten Schatten befleckt ist. Gewiß ist der kranke Jüngling auf der Pferdebahre viel zu schwach, als daß er sich von den Mädchen ein klares Bild machen kann. Sie wirken auf ihn wie ein unfaßbarer Überfluß an blühender Weiblichkeit, gestaltlos und formlos, fast fließend wie eine Sonne, in die man blickt, ohne auch nur einen einzigen Sonnenstrahl sehen zu können.

Doch Reimar der Dichter, das war der Mann, der solchem Zauber galant begegnen konnte. Er ließ die Zügel seiner Pferde los, ging den Schönen entgegen, fiel jeder von ihnen um den Hals und küßte sie der Reihe nach ab, wobei sie unter hellem Gekreisch die verschiedensten Segenswünsche, frommen Seufzer und Gottesworte zum besten gaben.

«Bei Jesus», riefen sie, kaum wieder zu Atem gekommen, «du hast doch keinen Toten bei dir?»

«Nein», sagte Reimar, «tot ist er nicht, aber höllisch mitgenommen, der arme Teufel. Ein Mann östlich vom Gebirge bat mich, ihn zu holen. Er hat nämlich fast acht Jahre auf Kosten der Gemeinde das Bett hüten müssen. Doch da hatte das

Kerlchen neulich den vermaledeiten Einfall, kann ich euch verraten, meine Lieben, einem Frauensbild einen Heiratsantrag zu machen; und danach wollten die Leute, die ihn verpflegten, bei der Geistlichkeit nicht mehr die Verantwortung für ihn tragen. Sie meldeten es der Gemeinde. Sonst ist es ein ganz begabter junger Bursche. Was meinst du, liebes Torunnchen? Selten war es so vonnöten, der Gemeinde eine drückende Last abzunehmen.»

«Tritt mal ein», sagte die eine.

«Bleib mal über Nacht», sagte die andere.

«Erzähl uns mal etwas Nettes», sagte die dritte.

Aber Olafur Karason glaubte zu hören, daß eine von ihnen wegwerfend hinzufügte, als sei es nicht der Rede wert: «Einen Kranken heilen? Das wird schnell gehen.»

«Am liebsten möchte ich meine Pferde außerhalb vom Tun anbringen, jetzt, kurz vor der Heumahd», sagte Reimar.

«Ach was», riefen sie lachend durcheinander, «laß deine Klepper nur ruhig auf dem Tun bleiben, alter Freund, wo es ja sowieso von allem möglichen Getier wimmelt. Vater kann sie morgen früh hinaustreiben. Und herein mit der Leiche!» Die letzten Worte rief Torunn und dazu: «Ich werde sie schon bald auf die Beine bringen. Und jetzt soll es Pfannkuchen in Kambar geben!»

Danach wurden die Pferde auf dem Tun losgebunden. Und als dies geschehen war, trug Reimar den Kranken ins Haus. Er wurde auf eine Bank gelegt.

Es war eine Stube mit blaubemalten Wänden. Daran hingen ein Bild der britischen Königin; ein Spruch: «Der Herr segne dieses Haus»; und ein Öldruck: Jungfrau Maria mit bloßgelegtem Herzen. Irgendwo gab es auch einen Porzellanhund. Die Mädchen beugten sich über Olafur Karason nieder, eines nach dem anderen, und untersuchten ihn ehrbar, ohne Neugierde; sein Haar berührten sie vorsichtig, weil es einen rötlichen Metallglanz hatte und sich wie Seide anfühlte.

Dann unterhielten sie sich eine Weile lachend mit Reimar. Komische Abenteuer von gleichgültigen Menschen, die entweder liebeskrank oder betrunken waren, wurden aufgetischt, Reimar gab darüber die neuesten Gedichte zum besten. Svidinsvik war der Ort der Handlung. Er war dunkelrot vor Lachen. Olafur hatte sich nie träumen lassen, daß es soviel Jubel auf der Erde gäbe.

«Nun laßt es genug sein! Hinaus mit euch Mädchen. Und nehmt Reimar mit hin, wo er am liebsten sein mag!» befahl Torunn den Schwestern.

Jetzt war es völlig still geworden. Der Kranke allein in der blauen Stube – zusammen mit Torunn von Kambar, mit Maria, der britischen Königin, und mit dem wunderschönen Porzellanhund.

Sie stand am Fenster und starrte hinaus in die unwirkliche Landschaft der Frühlingsnacht, plötzlich ganz ernst. Er fühlte, daß sie nur ihn sah, wenn sie auch hinausblickte. Sie sagte nichts. Er war so seltsam. Keiner in der Gegend hier glich ihm. Auch keiner in Svidinsvik. Ja, es gibt die seltsamsten Menschen in Island. Seine Hose war über und über gestopft und geflickt. Seit mehr als zweihundert Jahren, so sollte man glauben, war sie von einem Armenpflegling zum anderen fortgeerbt worden. Er hatte eine uralte Düffeljacke an, darunter ein grobes Wolltuch, um den Hals einen unförmigen Wickel gegen Unwetter. Welch unfaßbarer Gegensatz zwischen dieser groben Kleidung und dem Menschen, der sie trug. Unverkennbar, daß nicht er, sondern anderer Menschen Denkart und Herz sich durch diese Kleidung verriet. Er war so fein und strahlend wie eine zarte Pflanze. Jede Linie seines Körpers offenbarte persönliches Leben, jede Bewegung Ausdruck, jedes Ebenmaß Anmut. Seine Haut war weich und hell. Man mochte glauben, wenn man sie berührte, würde sie Flecken und Narben zeigen. Die Züge seines Gesichts fein gemeißelt und regelmäßig! Das metallisch schimmernde Haar floß in großen Locken um Wangen und Ohren, mit einem Glanz, daß das Blau seiner Augen unergründlich schien: tief und rein, ernst und fragend.

Sie blickte immer noch zum Fenster hinaus. Es wurde

nichts gesprochen. Als sie ihn endlich ansah, glaubte er, in ihrem Blick Widerwillen zu spüren. Aber je länger sie ihn betrachtete, um so milder wurde der Ausdruck ihres Gesichts. Er lächelte sie an, unumwunden, dankbar, aufrichtig wie ein Kind. In diesem plötzlichen Lächeln erschloß sich ihr seine ganze Seele, wie ein Blitz in der Nacht eine Landschaft sichtbar macht, so daß man genau weiß, wo man sich befindet.

«So, du bist zu mir gekommen.»

«Ja», flüsterte er.

«Warum?» fragte sie.

«Damit du mich heilen kannst.»

«Glaubst du, daß ich dich heilen kann?»

«Ja.»

«Ich allein?»

«Nein.»

«Wer noch?»

«Fridrik.»

«Glaubst du das mit deinem ganzen Herzen?»

«Ja.»

«Mit deiner ganzen Seele?»

«Ja.»

«Und deinem ganzen Körper?»

«Ja, wenn ein Körper glauben kann.»

«Warum bist du nicht früher gekommen?»

«Ich wußte es nicht früher als heute, oben auf dem Gebirge hat es Reimar der Dichter mir erzählt.»

«So, der hat es dir erzählt», entgegnete sie, und es klang etwas unwirsch. «Ich kann mir fast denken, was er glaubt, dieser höllische Kerl. Glaub nie, was Reimar dir über mich erzählt. Willst du mir das geloben?»

«Ja», flüsterte der Sieche.

«Nun weißt du, was du glauben sollst», sagte sie. «Und was du nicht zu glauben hast.»

Sie hatte etwas Zwiespältiges in der Stimme, die mehr fesselte, als reine Stimmen es vermögen; wie eine Pflanze im

Frühling, die ihre Wurzel in unreiner Erde hat, und eine Blume, die nach reiner Luft verlangt. In ihrer Nähe empfand er am klarsten, daß alle Wahrheiten östlich vom Gebirge ungültig geworden und neue Wahrheiten gekommen waren. Sie hatte leuchtende Augen, darin rote oder grüne Funken, wenn sie gegen das Licht blickte. Sah man aber von nahem in sie, so waren sie weder rot noch grün. Man konnte sie am ehesten mit weißglühendem Eisen bei Tageslicht vergleichen. Um ihre Mundwinkel, ihr Lächeln lag etwas völlig Unpersönliches und dennoch etwas ganz Seltsames, was man sowohl bei Menschen als auch bei Tieren und bei sich selber sehen kann und das keinen sonst angeht. Es kam und verschwand in einem Augenblick wie ein Hauch.

Bald sprach sie nicht mehr mit ihm. Sie schien nachzusinnen, summte ein Tanzlied, war weit fort; stand wieder am Fenster, schaute hinaus, tief in sich versunken. In ihr wohnte wohl ein Geist, der in zwei Welten zu Hause war. Als sie sich dann umwandte, das Fenster verließ und nicht mehr summte, fiel er ihr wieder ein. Sie lächelte, trat zu ihm und drückte seine Hand zum Zeichen, daß sie gekommen war.

«Wir müssen reif sein», sagte sie, als sei es eine Fortsetzung ihres Gesumms, «seelisch reif. Was ist seelisch reif sein? Das ist, empfänglich zu sein für die Ströme, die überall um uns sind von guten, hilfreichen Freunden. Wir müssen einander lieben wie unsichtbare Wesen im Weltraum. Gott ist Liebe. Du mußt für Island beten.»

«Ja», sagte er.

«Alle Luft um uns ist voll von Strömen», sagte sie. «Daran mußt du glauben.»

«Ja.»

«Eines tut not. Weißt du was?»

«Nein.»

«Den richtigen Strom finden. Den Strom der Liebe. Den Strom der Seelenreife. Den Strom der Vollkommenheit, der alles Niedrige und alles, was mit der Erde und dem Leib zu schaffen hat, ausrottet. Das ist der ewige Liebesstrom. Er hat

Sonne und Sterne erschaffen und hält das Himmelsgewölbe, damit es nicht einstürzt. Ich sehe Licht.»

Sie war wieder am Fenster, schaute hinaus in die Nacht; sie vergaß sich selbst wie vorher und summte, in sich versunken, das Tanzlied. Dann kehrte sie wieder zu sich zurück, lachte mit dunkler Stimme und fragte:

«Ist es wahr, daß du um eine Frau gefreit hast? Pfui, das ist häßlich.»

Er errötete heftig bei dieser Frage, eine andere Antwort bekam sie nicht, denn seine Zunge lag wie verschüttet in seinem Mund. Sie berührte sein rötlich schimmerndes Haar und fragte:

«Wie alt bist du?»

«Neulich siebzehn Jahre alt geworden.»

«Ganz gleich, es ist häßlich. Wir müssen seelisch reif sein, damit wir mit den richtigen Strömen in Verbindung kommen können. Wir müssen arbeiten, damit das Gute siegen kann. Alles müssen wir opfern, um unsere Seele edler zu machen. Wir müssen beten. Wir müssen das Licht sehen. Sag, was hat Reimar sonst noch heute oben auf dem Gebirge über mich erzählt?»

«Daß du sechs Freierbriefe von Männern bekommen hast.»

«Oh, das lügt er, dieser Satan von Hengst. Und dabei kriegt er von der Gemeinde in Svidinsvik viele Male Unterstützung für Frau und Kinder. Seine unehelichen Kinder rechne ich noch nicht einmal mit. Kein anderer als er selber hat alle Briefe geschrieben, und zwar auf eigene Rechnung. Aber aus dem Zeug kann er sich keinen Mantel machen, mag er sonst auch ganz lustig sein und kann er auch ein paar Verse zusammennieten. Da muß man schon ein viel größerer Dichter sein, um bei mir, der kleinen Torunn von Kambar, sein Glück machen zu können.»

Und sie summte wieder ihr Tanzlied vor sich hin, unterbrach sich und fuhr fort:

«Übrigens reise ich bald südwärts – zusammen mit Fridrik, wo wir uns ein Haus kaufen.»

Sie schaute hinaus in den Frühling und sprach zu ihm wie aus Träumen, dann und wann etwas von ihrem Tanzlied summend:

«Von überall im Land kriege ich Geld von Menschen, die im Sterben liegen. Sie schicken mir einfach einen Brief und bitten mich, ihnen Fridrik zu senden. Sie schildern mir ihr Haus und erklären genau, wo es liegt, damit Fridrik in kein verkehrtes Haus geht. Und sie schicken mir haufenweise Geld: Papiergeld, Silber, Mensch, sogar Gold. Willst du zu mir in mein Haus im Südland kommen?» Und sie strich wieder über sein Haar.

«Ich danke dir von Herzen», sagte er und wünschte nur, sie möge weitersingen und -sprechen und bei ihm sitzen. Ja, so zu leben, das war herrlich – nur lauschen und eine Hand halten, sie fühlen, wenn sie sein Haar berührt, und den richtigen Strom finden und sehen, wie sich in ihren Augen das Haus im Südland widerspiegelt. In keines Menschen Nähe hatte er je solche Befreiung gefunden.

«Weißt du, warum ich dein Haar streichle?» fragte sie.

«Nein», sagte er.

«Goldstaub liegt auf deinem Haar.»

«Goldstaub?» fragte er verwundert und errötete tief.

Ihr Herz wurde warm, als sie ihn erröten sah, und sie lachte beinahe und sagte: «Soll ich dir die Geschichte vom Goldstaub und der Blume erzählen?»

«Ja», flüsterte er.

«Es war im Winter um Weihnachten, ungefähr drei Monate später, nachdem Fridrik das erste Mirakel durch mich getan hatte. Da war im Nordland eine Frau, eine reiche Frau und ein prachtvoller Mensch; sie war so krank, daß ihr nur noch der Tod bevorstand. Sie litt an irgendeiner schlimmen und seltsamen Krankheit. Viele Jahre hatte sie das Bett hüten müssen und bei den berühmtesten Ärzten Hilfe gesucht; alle mehr oder minder bekannten Ärzte im Land hatten sie untersucht, und keiner wußte, was ihr fehlte. Und alle erdenklichen Heiltränke von vielen Apotheken mußten kommen.

Aber diese gottergebene Frau wurde nur kränker und kränker, und schließlich hatten die Ärzte sie aufgegeben. Sogar das Gesundheitsministerium von Island stellte ihr eine schriftliche Erklärung aus, daß sie vielleicht noch drei Monate lang leben könne und nicht einen Tag länger. Nun hatte sie nur noch einen Monat von ihrem Leben übrig. Stell dir das einmal vor, wenn du es kannst. Einen einzigen Monat! Da geschah es, daß sie durch Zufall meinen Namen, Torunn von Kambar, und den Namen meines Freundes Fridrik, des Arztes, zu hören bekam. Und sie sagte sich, nachdem sie nun alles andere versucht hatte, könne sie es auch noch mit uns versuchen, wir könnten ihr ja nichts Schlimmeres antun als sie umbringen. Und so rafft sie sich zusammen und läßt eine genaue Beschreibung von dem Hof, wo sie wohnt, anfertigen; obendrein eine gründliche Beschreibung der Gegend, wo ihr Hof liegt, und eine Zeichnung von den höchsten Bergen dort, damit Fridrik sich zurechtfinden und nicht irregehen kann. Ich habe leider die Beschreibung verloren. Aber dort im Nordland muß es sehr schön sein mit den großen und reichen Gehöften, wo die Menschen viel gelernt haben und es allen gutgeht. Auf ihrem Gehöft gab es sogar ein ganz neues Haus mit Röhren für reines Wasser und mit anderen für schmutziges Wasser, so daß man sich nicht mit Wasserschleppen abschinden muß, schon gar nicht mit dem Spülwasser. Und außerdem gab es dort einen neumodischen Kochherd. Und was, glaubst du wohl, lag im Brief? Ein Geldschein, Mensch! Ja, sogar zwei mächtige Geldscheine, so wahr ich lebe und hier sitze. Ja, du kannst Gift darauf nehmen, daß ich mich schleunigst zu Fridrik auf den Weg machte, um ihm den Hof und die ganze Gegend, wo sie wohnte, zu beschreiben. Die Frau schlief oben unterm Dach in einer großen Stube, und die Stubentür lag auf der rechten Seite, wenn ich mich nicht irre – ein Dachfenster war auf der Westseite, falls er lieber übers Dach hineinkommen wollte. Fridrik bat, daß ich an die Frau schreiben und sie von ihm grüßen sollte, dann wurde die Nacht angegeben, wann er zu ihr kommen wollte. Er verlangte, daß das Haus offen und das Fenster nicht zugehakt wäre. Natürlich hatte Fridrik schnell herausgefunden, was der Frau fehlte: sie litt an Krebs und an Schwindsucht. Weil aber beide Krankheiten so weit fortgeschritten waren, daß jede für sich nicht mehr geheilt werden konnte, so sagte Fridrik, daß er keinen anderen Ausweg sähe, als einen schwierigen Stromversuch bei der Frau zu machen. Die Schwindsucht sollte auf das Krebsleiden überführt werden, und er hoffte so, das Krebsleiden durch die Schwindsucht totzuschlagen. Diese Heilung führte er in der Nacht zum 28. Dezember vorigen Jahres aus, halb vier Uhr nach Mitternacht. Wie es vor sich gegangen ist, weiß niemand außer der Frau. Die sagt, sie sei plötzlich durch einen merkwürdigen Strom erwacht, der durch ihren Körper ging, und dann habe sie am ganzen Körper zu zittern angefangen. Ihr sei gewesen, als geschähe etwas Seltsames in ihr, einmal übers andere, aber sie habe keinen Menschen sehen können. Niemand darf nämlich Fridrik sehen, nur ich allein. – Aber ich kann dir doch erzählen, weil du es bist, daß er schwarze Augen und eine Sportmütze und einen dunklen, aufwärts gedrehten Schnurrbart hat und immer einen blauen Cheviotanzug und geputzte Schuhe trägt; ja, und einen Ring mit einem Edelstein zu 1000 Kronen am Zeigefinger. – Die Frau kann sich an nichts mehr erinnern, glaubt nur, daß sie eingeschlafen sei. Aber als am 28. Dezember die Leute morgens aufstanden, um Kaffee zu machen, da herrschte ein Schneesturm, und zwar so fürchterlich, wie man ihn nur im Nordland kennt, und bitterste Kälte – hör genau zu –, und die todgeweihte Frau, was war mit ihr geschehen? Sie saß halbaufgerichtet in ihrem Bett, ganz gesund, ein seliges Lächeln um die Lippen und in der Hand eine herrlich duftende, frisch aufgeblühte Frühlingsblume. Und auf der Blumenkrone lag Goldstaub.»

Torunn von Kambar schloß die Augen. Ihr Kopf lag zurückgelehnt. Sie faltete ihre Hände, hob sie an die Brust, und sie wiederholte flüsternd:

«Auf der Blumenkrone lag Goldstaub.»

So saß sie eine Weile in stummer Verzückung mit geschlossenen Augen und gefalteten Händen, bis sie die Augen aufschlug, ihn anblickte und sagte:

«Mein Freund, warte nun wenige Augenblicke. Ich gehe jetzt hinaus und spreche mit ihm.»

Er liegt allein in der Stube, dem wunderschönen Porzellanhund gegenüber. Sein Leben ist in die Waagschale geworfen, dem Willen verborgener Mächte preisgegeben. Aber ein köstlicher Duft von Frischgebackenem und fröhliches Lachen dringt aus der Küche.

Nach kurzer Zeit kam sie zurück. Sie trug ein Servierbrett, darauf dampfende Pfannkuchen und eine Dreiviertel-Liter-Flasche mit einigen Tropfen Medizin, aber weder Kaffee noch Milch.

Mit Würde setzte sie das Brett auf den Tisch, sah den Jüngling mit ihrem zweideutigen, glasäugigen Lächeln an, das an den Widerschein zerstreuten Lichts erinnerte, und sagte zuversichtlich:

«Du brauchst vor nichts mehr Angst zu haben. Deine Tragbahre soll hierbleiben. Er meint, es sei überflüssig, daß er selber kommt; er sagt, du sollst diese Medizin nehmen. Er hat mir dazu Strom für dich gegeben.»

Sie nahm die große Medizinflasche, hielt sie behutsam und ließ in einen Teelöffel Tropfen fallen, wobei sie die Tropfen genau zählte. Die Flasche trug ein Etikett, auf dem mit großen Druckbuchstaben das Wort «Borwasser» stand. Dann ging sie lächelnd zu ihm und gab ihm die Medizin.

«Leg dich nun wieder nieder, bis sie wirkt», sagte sie. «Dann gebe ich dir den Strom.»

Kaum hatte er getrunken, als sich auch schon die Wirkung der Medizin bemerkbar machte. Nie zuvor gefühlte Stärke durchströmte ihn, flutete in Wogen durch seinen Körper, in die tiefsten Fasern seines Herzens und bis in die empfindsamsten Hautnerven. Und seine Seele ward angefüllt mit seltsamer Freude.

Das Mädchen saß wieder bei ihm, mit geschlossenen Augen, den Kopf zurückgelehnt, ihre Fingerspitzen auf seinen Schläfen. Mit jedem Atemzug wurde ihm leichter. Eine fremde Kraft schien von seinem irdischen Körper Besitz zu ergreifen und ihn zu durchflammen.

«Spürst du den Strom?» flüsterte Torunn von Kambar, und ihre Finger begannen auf seinen Schläfen zu vibrieren. «Sieh, nun ist es bald soweit. Spürst du nicht, wie es in dir bebt?»

Er spürte deutlich den Strom von ihren zitternden Fingern. Und der Strom wuchs an Stärke, bis ihr ganzer Körper ein einziges Beben war und sie die Herrschaft über ihre Hände verlor. Da ergriff das Beben auch seinen Leib. Und nun bebten beide wie Laub in einem Sturm, und zwischen ihnen war plötzlich eine Anziehungskraft, daß es aussah, als könnten sie nicht mehr voneinanderkommen. Seine Sinne umnebelten sich, und alles in ihm drohte sich im sinnlosen Beben aufzulösen.

Als er wieder zu sich kam, war der Strom verschwunden und mit ihm das Beben. Sie beugte sich über ihn und rief ängstlich seinen Namen. Aber glücklicherweise war er nicht tot. Er hatte nur einen Augenblick das Bewußtsein verloren. Sie träufelte etwas von der Wundermedizin auf seine Stirn.

«So», sagte sie, «nun ist es überstanden. Nimm bitte von den Pfannkuchen.»

In seinem ganzen Leben hatte er nichts gegessen, das sich auch nur entfernt mit diesen Pfannkuchen vergleichen konnte, und auch in seinem späteren Leben bekam er nie wieder etwas so Köstliches zu essen. Er verschlang einen Pfannkuchen nach dem andern, es waren wahre Meisterwerke der Kochkunst. Und Torunn von Kambar sah ihm lächelnd zu und strich hin und wieder mit der Hand über sein rötlich schimmerndes Haar, das an die Blume mit dem Goldstaub erinnerte. Dann waren alle Pfannkuchen verzehrt, und sie reichte ihm die Hand und sagte:

«Nun gehen wir hinaus in die Frühlingsnacht.»

Sie nahm ihn am Arm, und beide standen auf und gingen

hinaus: Seite an Seite, durch den Hausgang, über den Hofplatz, hinaus auf den Tun. Die Nacht war ein durchsichtiger Schleier, wie ihre Augen, lichtblau und kühl. Stille, glühende Wolken im Osten. Friedlich weidende Lämmer. Schlafende Hunde. Das Tal voll dampfender Nebel. Schwaden an den Berghängen bis hinauf zu den höchsten Felsgraten. Über dem Fjord Dunst vom Meer. Seeschwalben.

So stehen sie auf dem Tun zwischen den klugen Schafen, starrend, wie aufgelöst; fast keine Wirklichkeit mehr, nur der traumhafte Zustand der Frühjahrsnacht, weit vom Schlaf entfernt: über alles Wachen, alle Welt, alles Bewußtsein erhoben.

Er hatte das Gesicht an ihre Schulter gelehnt.

«Gott», flüsterte er, denn er vernahm wieder die Offenbarung der göttlichen Allmacht. «Ich bin es nicht wert.»

Sie strich mit ihrer Hand sanft über seine goldenen Locken.

«Gott», stöhnte er, «ja, ich habe es immer gewußt.»

Ihm war, als stünde er jetzt, nach langem Irren, an der Quelle des Lebens und brauchte sich in Ewigkeit vor nichts mehr zu fürchten.

25

Am Morgen bekamen sie kalte Pfannkuchen von der Bäuerin. Die Töchter schliefen noch. Als Bezahlung für das Obdach schenkten sie dem Bauern die Latten der Bahre. Dann ritten sie fort.

Weiter mildes Wetter. Gibt es auf Island zwei Tage hintereinander gutes Wetter, so scheinen alle Sorgen des Lebens für immer verschwunden zu sein. Die Luft war gesättigt mit dem Geruch von Erde und Meer. Die Stimmen der Seevögel klangen wie ein unendliches Liebeslied. Im Sonnenschein wohnte ein ruhiges, mütterliches, alles vergessendes Glück. Es schien, als könnte das üppige Grün auf jedem Tun und das gute Riedgras der Moores nie wieder welk werden. Das Meer war so still und so spiegelblank, daß es unvorstellbar war, wie solch ein Meer je wieder unruhig werden könnte. Und dieser strahlend blaue, geliebte Himmel, wie könnte er je wieder Tummelplatz für erbarmungslose Stürme sein!

Sie hatten keine Eile. Sollten die Pferde doch so langsam dahintraben, wie sie mochten. Es waren Packpferde, unten am Fjord gemietet.

Reimar der Dichter war heute gar nicht mehr so munter wie am vergangenen Tag. Er schwieg zumeist. Und Olafur Karason konnte nicht begreifen, daß Reimar, nach seinen vielen großen Worten von gestern, heute überhaupt nicht die geringste Bemerkung wegen der geistigen Blitzkur mit Borsäure und dem Mirakel durch Strom und Beben machte. Sie ritten am Strand entlang; dort war es voll von Seeschwalben. Aber Reimar, diesem ungeistigen Dichter, imponierte das Übernatürliche eben nicht mehr, als wenn eine Seeschwalbe etwas auf seinen Kopf fallen ließ.

Wie anders war es um den Jüngling bestellt! Unaufhörlich kreisten seine Gedanken um das betörende Erlebnis der letzten Nacht, als sein Kopf an der Brust des übernatürlichen Mädchens geruht und er von ihr den lebensspendenden Feentrunk erhalten hatte. Sie sollte hinfort sein Leben und seine Wahrheit sein, sein Heilquell und seine Auferstehung. Sie zu kennen, das war Freude wie das Blühen, sie zu verlassen, das war schön wie unheilbarer Kummer.

Aber wie unglaublich auch, er war außerstande, an diesem seligen Frühlingsmorgen nach jener unwirklichen Nacht ihr Bild in sich zu beschwören. Nicht einmal ihrer Hände vermochte er sich zu erinnern, wie wundertätig sie auch gewesen waren. Ihr Bild mußte schemenhaftes Gaukelwerk gewesen sein, ein Hauch des Widerscheins zerstreuten Lichts in einem durchsichtigen Gefäß während einer blauklaren Frühlingsnacht, und alles Land ringsum war verschwunden in Dunst.

«Wer kann es begreifen», fragte er, «daß ich mich nicht zu

erinnern vermag, wie die Mädchen in Kambar ausgesehen haben?»

«Wahrhaftig ganz gleich, wie diese Satanspetzen aussehen», sagte Reimar der Dichter. «Die älteste mit ihrem zweijährigen Wurm ist vor aller Welt eine Gefallene, die mittlere mannstoll und die dritte eine ganz gewöhnliche Hexe, wenn ich es reinheraus sagen soll, mein Junge. Ja, und sie hat mit sechsen, die ich kenne, geschlafen, und weiß ich, mit wie vielen sonst noch.»

Olafur Karason sah seinen Begleiter wie ein Blöder an, öffnete den Mund und schloß ihn wieder.

«Ha, ich kenne die kleine Torunn im Kambar gründlich», fuhr Reimar fort. «Von mir aus können solche Hexen auf Besenstielen und Butterschlägeln reiten, wenn's Nacht wird. Ich falle nicht auf sie herein.»

Glücklicherweise hatte Olafur Karason noch behalten, was Torunn in Kambar die letzte Nacht zu ihm gesagt hatte: diesem Dichter solle er nicht ein Wort glauben, was er über sie sagte. Und deshalb trübte auch nicht ein Schatten die strahlende, wie durch Glas flimmernde Erinnerung an das Mädchen, die in ihm wohnte.

Nein, nein, nein! Nichts konnte die Erinnerung an diesen glückseligen Tag trüben.

Das Wunderbarste von allem war jedoch die Gewißheit in ihm, einst ein schöpferischer Mensch zu werden und lebende und künftige Geschlechter mit unsterblichen Meisterwerken zu bereichern wie Sigurdur Breidfjörd. Von nun an brauchte er Gott nicht mehr anzubetteln, ihn am Leben zu lassen, bis er mit einem Gedicht zu Ende gekommen sei. Jetzt war er kerngesund und Manns genug, um sogleich für das Volk ein Buch mit Gedichten zu schreiben. Das Volk wartete wieder auf bedeutende Taten in der Dichtkunst. Ja, er fühlte die Kraft in sich, die Geschichte eines ganzen Landesteils zu verfassen, sollte man es von ihm verlangen, und zwar seit der ersten Besiedlung Islands bis auf den heutigen Tag.

Aber Reimar der Dichter, der ein Weib und sechs Kinder in

Svidinsvik besaß, hatte es heute nicht eilig. Er verließ nicht ein einziges Mal den sich tausendfältig windenden schmalen Reitpfad, nannte es «Eile mit Weile», wollte bei allen Gehöften am Weg einkehren, um endlich einmal wieder mit ehrbaren Menschen Unterhaltung zu pflegen. Den jüngeren Dichter jedoch betrübte es tief, daß der ältere Dichter während der Besuche mit keinem Wort erwähnte, einen Mann bei sich zu haben, der am Abend zuvor durch ein Wunder geheilt worden war. Er sprach von ihrem Aufenthalt in Kambar überhaupt nicht, sagte nur, sie hätten irgendwo länger am Fjord übernachtet.

Unterwegs sagte Reimar plötzlich: «Jetzt wollen wir beim alten Gvendur hineingucken und uns seine Münze ansehen.»

Gudmundur Grimsson Grunnvikingurs kleines Gehöft lag am Meer, seine windschiefe Hütte nach der steinigen Strandkante hinaus. Über der Tür war ins Holz der Name der Wohnung der Götter geschnitzt: Gimli.

Drei verhutzelte alte Weiber, in zerlumpten Kleidern und mit Kopftüchern, die bis zur Nase herunterhingen, fragten einander, für welche Hingefahrenen wohl Gedenkverse zu dichten seien; dazu sagten sie, es sei höchste Zeit, dem Gemeindevorstand zur Hölle heimzuleuchten.

Da wurde Reimar der Dichter witzig und entgegnete, bedauerlicherweise habe er keinen Toten mitgebracht, hingegen aber einen Mann, der frisch von den Toten auferstanden sei; und er bat für sie beide, eintreten zu dürfen. Das konnten die alten Weibsen jedoch nicht ohne ausdrückliche Erlaubnis ihres guten Hausherrn zulassen, zumal also niemand gestorben und darum keine Verdienstmöglichkeit durch die Gäste zu erwarten war; sie versprachen aber zu fragen und verschwanden, eine nach der anderen, in die Hütte.

Die beiden Ankömmlinge blieben solange draußen und blickten die schroffe Felswand mit engen Klippenspalten gerade über der Hütte empor. Zwanzig Klippenspalten übereinander. Flaches Erdreich zwischen Fels und Strand gab es in Wirklichkeit nicht, nur in der Phantasie.

«Seltsam, daß diese baufällige Hütte vom Schneegeröll nicht längst ins Meer gefegt worden ist», meinte Reimar, «oder von niederstürzenden Felsblöcken zu Grütze verwandelt. Sieh nur mal von hier aufs Seeufer nieder: wie glatt und schief die ewige Brandung die mächtigen Klippen genagt hat – bis vor die Türschwelle der Hütte. Und mehr als fünfzig Jahre lang hockt er schon bei seinen Schwarten an seinem Schreibpult.»

Aber Olafur fand es gar nicht seltsam, daß diese kleine Hütte hatte stehenbleiben dürfen. Denn er, der gestern nacht auf übernatürliche Weise von unheilbarem Siechtum erlöst wurde und gesundete, er war fest davon überzeugt, daß die Götter, deren Wohnungsnamen über der Tür hier eingeschnitzt war, ihre schützende Hand ganz besonders über Islands Dichtkunst hielten und daß sie eines schönen Tages die Welt erlösen würden.

Gudmundur Grimsson Grunnvikingur saß in seiner Hütte, umgeben von einer vielfachen Mauer aus Büchern. Sein gewaltiges Haupt mit buschigen Brauen, mächtigem Jochbein, Adlernase und zusammengebissenen Lippen überragte die Bücherstapel, furchteinflößend, als hätten die schroffen Klippen mit ihren Spalten, die über dem äußersten Meer der Welt aufragten, ihr Abbild in diesem Menschenantlitz gefunden.

Die meisten Bücher stammten aus der Vorzeit; viele in Einbänden aus Holz, mit Tierhaut überzogen, aus Erz ihre Kanten und Spangen. Andere waren mit ungegerbten Schaffellen umwickelt und mit Lederriemen und Sehnen verschnürt. Wieder andere lagen verschlossen in Truhen, die mit Seehundsfell überzogen waren.

Als sie ihn baten, in seine Bücher hineinschauen zu dürfen, sprach er, niemand dürfe in seine Bücher hineinschauen. Islands Jahrhunderte seien in ihnen aufbewahrt. Dergleichen könne man nicht besehen; denn es dauere ein langes Menschenleben, zumindest achtzig Jahre, um sich in Islands Dichtkunst einzuleben, um dann am Ende zu erfahren, wie wenig man davon lernen und wieviel weniger man davon begreifen könne.

Da er sie nicht zu seinen Büchern lassen wollte, fragte Reimar, ob er ihnen seine Goldmünze, die er vom Ausland erhalten habe, einmal zeigen und die Geschichte der Goldmünze berichten wolle.

Und so berichtete er ihnen, daß er 230 Bücher geschrieben, hierzulande aber niemals irgendwelche Anerkennung gefunden hätte. Das habe seinen Grund darin, daß er gegen die moderne Kultur sei. Außerdem habe er nie einen Buchstaben geschrieben, um sich selber Ruhm zu verschaffen; was er geschrieben habe, sei geschehen, um sich selber zu ermuntern, um verschiedene aufschlußreiche Funde ans Licht zu bringen und dichterische Stoffe vor dem Untergang zu bewahren. Ein einziges Mal habe er jedoch zu seinem eigenen Vergnügen ein Lehrbuch verfaßt, und zwar über die Sprache der Gascogner, wie sie vor gut 200 Jahren in den Pyrenäen gesprochen wurde. Dazu habe er einige Aufzeichnungen benutzt, die ein alter Pastor niedergeschrieben, der im vorigen Jahrhundert einige Schiffbrüchige aus der Gascogne einen ganzen Winter hindurch beherbergt hatte. Der Gemeindevorsteher habe ihm sein Lehrbuch als Handschrift abgekauft und diese später nach Kopenhagen geschickt, von wo sie dann nach Frankreich geschickt worden sei. Dort sei sein Werk als Buch erschienen. Ein weitberühmter Gelehrter in jenem Land habe danach eine Doktorarbeit darüber verfaßt. Nach einiger Zeit sei es dann geschehen, daß die Französische Akademie der Wissenschaften ihm, Gudmundur Grimsson Grunnvikingur, als besondere Ehrung eine Goldmedaille habe zukommen lassen. Auf solche Weise habe er in seinen ledigen Stunden für ein fremdes Land wertvolles Wissen gerettet, ohne sich etwas Besonderes dabei zu denken. Er knöpfte sein Wams auf, langte unter sein Hemd und holte eine Gedenkmünze hervor. Auf der einen Seite der Münze sah man das Bildnis der Göttin der Weisheit, an die sie in Frankreich glaubten, und auf der anderen Seite der Münze war eine lateinische Inschrift angebracht.

Olafur Karason hatte oft von Gold sprechen hören. Er hatte von Gold geträumt und obendrein in seinen Gedichten oftmals Gold erwähnt. Aber heute sah er zum erstenmal Gold.

Der strahlende Glanz berauschte ihn, erfüllte ihn mit stummer Seligkeit. Niemals hatte er auch nur geahnt, daß Gold so herrlich sei. Er wünschte, dieser Augenblick möge ohne Ende sein. Und da war dieser Augenblick schon zu Ende. Der Greis steckte die Münze wieder zu sich, ohne daß ein anderer sie auch nur hatte berühren dürfen, und knöpfte mit blauen Fingern sein Lederwams wieder zu. Der Jüngling glaubte, der Greis würde bei jedem Atemzug größer und größer.

Gudmundur Grimsson Grunnvikingur hatte das Alter erreicht, in dem es für ihn ohne Gewinn war, neue Menschen kennenzulernen. Er war es seit langem müde geworden, mit neuen Menschen von seinen Büchern zu sprechen. Neue Menschen waren für ihn weiter nichts als eine Wiederholung von tausend anderen Menschen, die er früher gekannt hatte. Und die meisten sprachen auf gleiche Weise von den Büchern, die sein Leben waren in tausend Jahren. Es konnte wohl sein, daß er in seinen jungen Tagen der menschlichste aller Menschen gewesen, ja, nichts ist wahrscheinlicher. Niemand konnte wissen, an welche Freunde er dachte, wenn nachts die Tropfen vom Dach fielen. Einer und einer. Zwei und zwei.

Er hatte vor langer Zeit aufgehört, Mensch zu sein. Der hier war der Deuter der Jahrhunderte, der Gestalter, den keine Drohung der Naturkräfte zwingen konnte, Buch und Feder von sich zu legen. Dieses gewaltige Antlitz, es war Islands unüberwindliches Antlitz. Und Olafur Karason empfand in diesem Augenblick, daß es sich verlohnen konnte, alles zu ertragen, nun, wo es ihm vergönnt gewesen, dieses Antlitz zu sehen. Siechtum an Leib und Seele, Hunger, Mißhandlung, Verleumdung, falsche Anschuldigung, Irrtum, Lüge, Verrat – all das nur Nichtigkeiten.

Als sie wieder im Freien standen, zitterte der Jüngling, und er war so erschöpft, daß Reimar glaubte, er sei wieder krank geworden. Aber er war nicht krank. Er hatte den größten Mann und Weisen gesehen, den es im Norden gab.

«Jetzt liefern wir die Mähren wieder ab, wo sie hingehören», sagte Reimar, «und sehen, daß wir mit einem Boot nach Svidinsvik kommen.»

Als sie von Land stießen, lag Abendröte über dem grünen Tun, über den Klippen und dem stillen Wasser. Zwei fremde Männer saßen bei den Rudern, Reimar der Dichter am Steuer und Olafur Karason Ljosvikingur achtern. Dann steuerte das Boot mit schön geschweiftem Bug in den Fjord hinaus. Der Jüngling betrachtete das Spiel der Strahlenbänder, die vom Abendrot leuchteten, auf der weißen, wie Sahne weichen Wasserfläche. Und er war zuversichtlich und mutig wie Islands erste Männer der Vorzeit, ohne Erfahrung, neu.

Es war ein breiter Fjord. Der andere Strand fern. Er war tot gewesen und nun zum ewigen Leben erweckt, so dachte er. Und jetzt fuhr er nach dem unbekannten Land auf der anderen Seite.

Die Sonne war untergegangen. Aus den Tälern des Landes hinter ihm stiegen helle Nebel empor und schmiegten sich an die grünen Abhänge des Gebirges. Es war, als wollte das Land sich in eine einzige phantastische Zauberei ohne Wirklichkeit auflösen; Festes und Fließendes schmolz zusammen, der Himmel sank nieder, die Erde wuchs empor; eine traumhafte Gaukelei von unendlich ferner Zukunft oder Vergangenheit über allem, eine andere Zeit in der Welt. Sogar die Männer vor ihm im Boot schienen sich aufzulösen in ein Farbenspiel von Blau und Gelb. Ihre gleichmäßigen Bewegungen bei den Rudern gehorchten Gesetzen einer anderen Welt, Gesetzen höherer Seefahrt.

Da war das Land hinter ihm in Nebeln verschwunden, nur die höchsten Gipfel des Gebirges waren noch undeutlich zu sehen, hoch unterm Himmel, die Wohnstätte von Riesentrollen, die wir hinter uns gelassen haben und die uns nichts mehr angeht.

Nach und nach näherten sie sich der Küste auf der anderen

Seite. Man konnte allmählich am Strand des unbekannten Landes ein Leuchten von Schlössern schimmern sehen. Er schaute lange auf diese Paläste, die durch den leichten Nebel funkelten. Er mochte kaum seinen Augen trauen. Aber schließlich konnte er nicht mehr daran zweifeln: Alle diese Paläste waren aus reinem Gold, und sie strahlten mit dem gleichen Glanz wie die Goldmünze des Meisters. Hingerissen sah der junge Dichter das Abendrot von diesem gewaltigen Gold hinter den weißen, geliebten Nebeln flammen.

So gleitet das Boot weiter, dem Unbekannten entgegen.

Zweites Buch

Das Schloss im Sommerland

I

ALS DER DICHTER AM MORGEN DIE AUGEN ÖFFNETE, sah er neben sich einen Mann mit einem Stock in der Hand, der auf ihn einschlug. «Ich will keine Schafe in meinem Tun haben», schimpfte der Greis in einem fort. Aber der Alte hatte keine Kräfte, und seine Streiche waren gelinde.

Es war eine Gesindestube mit Holzwänden und schräger Decke. Vor der einen Wand stand ein kleiner Ofen, daneben eine halbhohe Bretterwand, die bis in die Mitte der Stube ging und an einen Verschlag in einem Stall erinnerte.

«Mein Tun», keifte der Alte und ließ den Stock auf den Jüngling niederfahren.

Der Jüngling war noch nicht richtig wach und konnte sich gar nicht mehr darauf besinnen, daß er auf übernatürliche Weise geheilt und durch ein Mirakel nunmehr gesund war. Er glaubte noch immer von tödlichen inneren Krankheiten befallen zu sein, weshalb er in seinem alten, wehleidigen Ton antwortete, daß er vor schier unerträglichen Schmerzen überhaupt nicht aufstehen könne.

Gegenüber saß vollkommen nackt in einem Bett ein Mann: rotbäckig und wohlbeleibt, mit Backen, die bis auf die Schultern hingen. Er sabberte aus einem Mundwinkel und lallte unaufhörlich vor sich hin: «Wawwa-wawwa.»

«Darf ich dir nicht die Hand reichen und guten Tag sagen», sprach der Jüngling begütigend zu dem Greis, hielt ihm die Hand hin, hoffend, der Alte werde mit dem Klapsen aufhören und sich eines friedlicheren Betragens befleißigen. Aber der Greis schien überhaupt nichts von Sanftmut und Feingefühl zu ahnen und über jede Höflichkeit erhaben zu sein.

«Ist mein Tun. Mein Tun. Der Etatsrat und ich waren gleich alt. Es ist gar nicht wahr, daß er Butter gestohlen hat. Ich will keine Schafe in meinem Tun haben. Jag sie weg aus meinem Tun – sofort», sagte er und dachte nicht daran, jemandem die Hand zu geben, weder zum Gruß noch zur Versöhnung. Der Alte hatte einen dünnen, borstigen Backenbart, das eine Auge war geschlossen, das andere geöffnet; und in diesem Auge wohnte eine verbissene Blödigkeit, die den Jüngling nicht wenig verwirrte. Die rechte Hand des Greises war welk. Schließlich gab er es auf, den jungen Menschen aus dem Bett zu treiben, stapfte zu seinem eigenen Bett hinüber und setzte sich.

Der Jüngling wollte sich gern mit allen im Haus gut stehen und in ihnen eine christliche Gesinnung wecken. Er verlor auch nicht allen Mut, hatte er auch diesmal bei dem Alten kein Glück gehabt; so grüßte und nickte er artig dem nackten Dickwanst zu, der, in seinem Bett hockend, einem mißgestalteten Riesensäugling glich und nach dem in der Nacht gekommenen Gast scheel lugte, ohne sein eintöniges Selbstgespräch aufzugeben: Wawwa-wawwa. Als der Gast ihm aber einen guten Tag gewünscht hatte, war der Mann so verblüfft, daß er sofort mit seinem Wawwa-wawwa aufhörte.

«Guten Tag», sagte der Jüngling noch einmal, und zwar mit erhobener Stimme, um dadurch anzudeuten, daß es ernst gemeint sei. Einige Augenblicke vergingen, dann begann der Dickwanst plötzlich glucksend zu kichern.

«Das ist Jon Einarsson, der Heide», sagte der alte Mann zur Erklärung. «Scher dich nicht um ihn. Er kann sich nicht einmal bekreuzigen, aber steh nun schnell auf, denn in meinem Tun sind Schafe.»

Die schräge Decke war schwarz von Feuchtigkeit und da und dort schimmelig, wie Kleckse von sauren Molken. Die Luft in der Stube war stickig.

«Ich will versuchen aufzustehen», sagte der Jüngling, und er versuchte auf die Beine zu kommen. In den beiden letzten Jahren war er so gewachsen, daß er gar nicht übersehen konnte, wieviel Raum und Zeit jede Bewegung beansprucht; er war gar nicht mehr gewohnt, auch nur ein Glied zu rühren, und hatte völlig vergessen, wie man sich allein anzieht.

Der alte Mann aber wiederholte hartnäckig, daß sein Tun voller Schafe sei. Endlich war der Jüngling aus dem Bett gekommen. Er sah zum Fenster hinaus. Dort war ein Weg; auf der anderen Seite sah er ein kleines Haus mit Torfdach, Holzgiebel und einer offenen Tür und ein Mädchen, das sich an den Türpfosten lehnte. Da und dort andere kleine Häuser, jedes mit einem kleinen Tun. Ein großer Tun erstreckte sich bis zum Abhang des Gebirges.

«Wo ist dein Tun?» fragte der Jüngling.

«Mir gehören alle; alle gehören mir. Jeder Tun, auch der große Tun dort oben. Niemand darf Schafe auf meinen Tun treiben», sagte der alte Mann. «Ich bin zusammen mit dem Etatsrat konfirmiert.»

«Was?» sagte der Jüngling.

«Tun», sagte der alte Mann. «Mein Tun.»

«Wawwa-wawwa», sagte der Heide, der jetzt plötzlich laut sprach und sich an der Unterhaltung beteiligen wollte.

«Aber auf keinem Tun gibt es Schafe», sagte der Jüngling.

«Das soll vor den Kreisrichter», sagte der alte Mann.

«Ja, aber da sind gar keine Schafe», sagte der Jüngling und sprach wieder mit lauter Stimme. «Du glaubst vielleicht, daß du Schafe siehst, aber es sind keine Schafe. Es sind Butterblumen. Weiter nichts als Butterblumen. Haufenweise.»

«Jag sie weg», sagte der alte Mann. «Ich und der Etatsrat.»

«Es sind Butterblumen», rief der Jüngling, der jetzt überzeugt war, daß der alte Mann nicht nur blind, sondern auch taub sein mußte.

«Wawwa-wawwa», schrie der Heide, der nun ebenfalls wütend geworden war und sich an der Erregung der anderen durchaus beteiligen wollte.

In dem Augenblick, da es offensichtlich wurde, daß diese Menschen einander immer weniger verstanden, je länger sie redeten, geschah etwas Unerwartetes, und alle verstummten. Hinter ihnen brüllte und fauchte heiser etwas, wie ein unbekanntes Tier, und das neue Mitglied des Hauswesens, Olafur Karason, fuhr zusammen und bekam Angst. Als er sich umwandte, sah er hinter der niedrigen Bretterwand ein Gesicht hervorlugen: bleich, mit eingefallenen Wangen, schwarzen Haaren, schwarzen Augen, schwarzen Zähnen. Voll blöder Bosheit stierte das Gesicht unbeweglich in die Stube und gab laute Schreie von sich, einer fürchterlicher als der andere.

«Scher dich nicht um sie, eine Hexe», sagte der alte Mann, der mit aller Gewalt von seinem Tun weitersprechen wollte.

Aber der Jüngling konnte seine Augen nicht von diesem unheimlichen Wesen losreißen, das aus dem Koben hinter der niedrigen Wand herauskroch. Zuerst kam eine Schulter zum Vorschein, dann zur Hälfte ein zusammengekrümmtes Weib, schließlich ein fast nacktes Geschöpf, auf allen vieren sich auf dem Fußboden hinschleppend, zusammengekauert wie ein Fleischklumpen. Dem Jüngling schien es, als krauche der Klumpen gerade auf ihn zu.

Aber Olafur Karason war nicht der einzige, der Angst bekommen hatte. Der Heide kicherte nicht mehr, schrie nicht mehr, sondern hatte sich wieder niedergelegt und winselte jetzt kläglich. Der alte Mann aber ließ sich von alldem nicht anfechten. Während Olafur Karason es ebenfalls für geraten hielt, aufs neue in seinem Bett Zuflucht zu suchen, stand der Greis auf und fuchtelte mit seinem Stock drohend gegen das zusammengekauerte, vierfüßige Geschöpf. Der Mensch, der nie seinen Fuß in dieses Haus gesetzt hatte, konnte sich glücklich preisen.

Aber ehe noch der erste kraftlose Hieb des Alten die Hexe getroffen hatte, wurde die Tür aufgerissen, und herein kam eine alte Frau mit winzigem, eingefallenem Gesicht und spitzer Nase, die unter ihrer Haube hervorstach. In der Hand hielt sie einen rötlich schimmernden kleinen Fisch.

«Ihr Armen», quarrte die Alte – es hörte sich an, als würde Wind durch ihren Mund blasen – nicht ohne Mitgefühl, so wie man zu Hühnern spricht. Sie legte den Fisch auf einen Tisch, ging zu dem gottserbärmlichen Geschöpf und sagte: «Du gesegnetes Wesen.» Sie dachte nicht daran, es zu schlagen, sondern trug es liebevoll hinter die Scheidewand und half, daß es sich dort niederlegen konnte. Kaum war sie damit fertig, hatte der Heide wieder Mut bekommen, hockte aufrecht im Bett und führte sein eintöniges Selbstgespräch, das er vorhin unterbrochen hatte, weiter. Der Alte dagegen hatte alle Streitlust verloren, er setzte sich mit seinem Stock auf die Bettkante und starrte mit grimmig blinzelnden Augen voll greisenhafter Bosheit auf alles und gar nichts. Olafur Karason war wieder aus dem Bett gestiegen.

Da sagte die alte Frau zu ihm: «Was? Bist du schon auf, mein armes Kerlchen? Was soll das bedeuten?»

Der Jüngling zeigte auf den alten Mann und sagte, daß er ihm befohlen habe, Schafe aus dem Tun zu jagen, aber auf dem Tun seien nur Butterblumen, weiter nichts. «Das ist seine Schrulle», sagte die alte Frau. «Kümmre dich nicht darum. Leg dich wieder ins Bett und deck dich ordentlich zu.»

Aber der Jüngling hatte keine Lust mehr, sich ins Bett zu legen und sich ordentlich zuzudecken. Davon hatte er nun genug. Gewiß, er wäre von Gott zu Boden geschlagen worden, aber gleichzeitig habe ihm der Herr die besondere Gnade erwiesen, nur zwei Jahre auf Fotur unter Fotarfotur krank zu Bett liegen zu dürfen. Ja, es sei ein glückseliges und schönes Leben gewesen, das er dort geführt habe, sogar geradezu großartig mitunter und prachtvoll. Zu Fotur unter Fotarfotur wären die Leute wie die meisten Leute überall. Aber hier in diesem unbegreiflichen Haus müßte doch selbst ein toter Mann vor Wut aufstehen und davonlaufen.

«Ich bin gesund», sagte Olafur Karason Ljosvikingur.

«Nein», quiekte die alte Frau, «du bist krank. Sogar schwer krank. Die Leute vom Gemeinderat irren sich in solchen Sachen nicht.»

«So wahr ich lebe», sagte der Jüngling, «ich bin auf übernatürliche Weise geheilt worden, durch ein Wunderwerk. Es war der Elfendoktor Fridrik.»

«Ja, der Satan hatte im Anfang auch die Gabe, Kranke zu heilen», sagte die alte Frau, «aber was für Freude hat man davon, auf solche Weise geheilt zu werden? Leg dich fix wieder hin und deck dich gehörig zu, denn eh du es ahnst, kriegst du einen Rückfall. Gleich sollt ihr alle einen Schluck warmes Wasser, jeder eine Tasse voll, bekommen, ihr gesegneten Armen.»

«Aber ich kann aufrecht stehen», versicherte der Jüngling kreischend vor Eifer, fast tränenerstickt, und die alte Frau starrte ihn ungläubig an. Sie begriff nicht, wie er sich aufrecht halten konnte, und wollte kaum ihren Augen trauen.

«Nein», sagte sie schließlich, «jetzt glaube ich nicht mal mehr an die Leute vom Gemeinderat. Überhaupt an keine Leute mehr.»

«Ja, ich kann nichts dafür», sagte der Jüngling, sich entschuldigend. «Aber keiner liegt länger, als der Wille der Allmacht es bestimmt.»

Sie starrte den Jüngling noch einige Augenblicke kopfschüttelnd an, wie er da aufrecht vor ihr stand. Dann sah sie nach dem Feuer im Ofen.

«Erst vor drei Tagen hat man mir meinen allerliebsten, gottgesegneten Ärmsten von der Pritsche, auf der du in der letzten Nacht geschlafen hast, hinausgetragen», sagte sie in einem kalten, klagenden und salbungsvollen Ton – jetzt klang es, als würde der Wind durch einen Schuppen pfeifen, in dem Stockfisch getrocknet wird –, «und das war wahrlich ein beschwerlicher, armer, lieber Schlucker. Kann man sich da wundern, daß ich still zu Gott hoffte, nach ihm einen umgänglicheren, lieben Armen zu kriegen? Ungefähr so einen, wie mein gottgesegneter Heide ist; am liebsten einen Armen, der mich überleben könnte, denn am Ende kann man wirklich müde werden, immer mitansehen zu müssen, wie sie einem wegsterben. Und da schickt mir der Gemeinderat einen kerngesunden Menschen.»

«Oh, daran ist doch der Gemeinderat nicht schuld», sagte

der Jüngling in seinem unwiderstehlichen Drang, alle zu verteidigen, die nichts verschuldet hatten oder unrechtmäßig beschuldigt würden. In diesem Fall nützten weder Worte noch Entschuldigungen, die alte Frau konnte dem Gemeinderat nicht vergeben, aber sie versuchte, alles mit Heldenmut zu ertragen, und sagte: «Ich klage nicht. Ich habe meine Kinder, die Gott mir gegeben hat, hier bei mir und liebe sie gleichermaßen, selbst wenn der Gemeinderat mir einen kerngesunden Menschen schickt. Alle, die leiden, sind meine Kinder. Ich bin allzeit ein glücklicher Mensch gewesen.»

«Mir gehört der ganze Platz», verwahrte sich der alte Mann verdrießlich und hob drohend die linke Faust hoch.

«Ja, lieber Gisli», sagte die alte Frau freundlich, «dir gehört der Platz.» Dann fügte sie zur Erklärung für den Jüngling hinzu: «Der alte Gisli ist nämlich Großgrundbesitzer.»

«Gehört ihm auch der große Tun am Fuß des Gebirges?» fragte der Jüngling.

«Ich und der Etatsrat, wir sind gleichaltrig», sagte der Großgrundbesitzer Gisli. «Der Tun da oben gehört mir auch.»

«Ja», sagte die alte Frau, «lieber Gisli, der Tun da oben gehört dir ebenfalls. Warum sollte dir nicht alles gehören, genau so gut wie einem anderen, da ja niemandem mehr etwas gehört.»

«Gehört niemandem mehr etwas?» fragte der Dichter.

«Nein. Niemandem gehört mehr etwas. Aus dem Dasein hier ist jegliche Lebensmöglichkeit verschwunden. Als unser Etatsrat verschwand, da verschwand alles. Die Wiederaufbaugesellschaft, das ist der Tod.»

Je länger die Unterhaltung dauerte, desto mehr unbekannte Größen tauchten darin auf. «Verzeih mir, daß ich frage», sagte der Dichter, «ich habe nämlich lange krank gelegen, wenn ich jetzt auch wieder gesund bin, und man hat mir so wenig erzählt. Deshalb gibt es so viele Sachen, die ich nicht begreife. Was ist das: Etatsrat? Und warum ist der Etatsrat verschwunden? Was bedeutet Wiederaufbaugesellschaft?

Und worin besteht der Unterschied zwischen diesen beiden?»

«Der Unterschied?» fragte die alte Frau verblüfft über soviel Unwissenheit. «Wohl ungefähr wie zwischen einem wolligen Filzhut und einem kahlen Glatzkopf! Was die Wiederaufbaugesellschaft ist? Das ist Pjetur Dreiroß, um nichts Schlimmeres zu sagen. Aber der Etatsrat, das war ein Mann, ja, sogar ein richtiger Mann. Er war nach dem Herrgott für uns alle das Leben, und in seinen Tagen brauchte niemand hier am Hungertuch zu nagen, niemand hier Wasser zu trinken. Damals gab es hier im Ort junge und frohe und tüchtige Leute. Er gab allen Essen, Wohnung und Arbeit, und er ließ selber Geld münzen, zu seiner Zeit hatten alle hier im Ort genug Geld. Ja, und eine Zeitlang ließ er sogar für uns Honig aus dem Ausland kommen. Die glücklichsten von allen Leuten waren vielleicht die Menschen, die mit seinen Schiffen ertrinken durften; jedenfalls waren sie glücklicher als ihre Hinterbliebenen. Warum der Etatsrat verschwand, fragst du? Der Etatsrat verschwand, als er genug Geld verdient hatte, denn er war natürlich keinem Menschen hier verpflichtet, und der Fisch war vor ihm schon verschwunden. Aber ganz gleich, wo der Etatsrat auch sein mag: Gott wird dem Etatsrat beistehen, wo er auch ist; und Er wird den Etatsrat belohnen, wie Er mir meine Sünden vergeben wird.»

«Aber ich kann mir nicht denken, daß es hier viel Glück gegeben hat, wenn es besser war zu ertrinken», sagte der Jüngling nach reiflicher Überlegung.

«Ich will keine Ratten in meinem Kutter haben», sagte der Großgrundbesitzer Gisli.

Hingegen beschuldigte die alte Frau den Dichter, unbegabt zu sein, und behauptete fest, es sei ein Glück, zu ertrinken. «Es ist süß, das Ertrinken», betonte sie aufs neue. «Und alle Leute, denen es vergönnt ist, ihre Lieben auf dem Meer zu verlieren, können Gott danken – verglichen mit den Menschen, die mitansehen müssen, wie das junge Volk auf dem Festland dahinsiecht. Meine Tochter zum Beispiel, die hat drei schwindsüchtige Kinder. Ich habe meine drei Söhne auf dem Meer verloren, tapfere Männer, echte Wikinger alle drei. Dabei habe ich nie zu den Leuten gehört, die behaupten, die Schiffe des Etatsrats wären mehr leck gewesen als andere Schiffe, die sich über Wasser halten konnten. Soviel ich weiß ist der Kutter ‹Juliana›, den die Wiederaufbaugesellschaft bekommen hatte – die alles über Wasser halten könne, wie es damals hieß –, mit meinem seligen Schwiegersohn Jon untergegangen, und Frau und sieben Kinder hat er hinterlassen. Nein, ich bin wahrhaftig nicht unglücklicher als viele andere Frauen hier im Ort; im Gegenteil, alles hat sich für mich zum besten gewandt: Gott hat mir für alle, die ich verloren habe, drei, zuweilen sogar vier Arme gegeben. Dich kann ich aber nicht hierbehalten, weil du dich ja allein anziehen kannst, und die Gemeinde ist nicht verpflichtet, Leute am Leben zu halten, die nicht bettlägerig oder wenigstens auf einer Seite gelähmt sind.»

«Dafür danke ich Euch herzlich», sagte der Dichter, den Mund noch voller Wasser. Er konnte seine Freude kaum verbergen. Was die alte Frau auch sagen mochte, wie hoch sie auch ihr Glück pries, er hörte nur eine Stimme, die entsetzt rief: Fort! Fort! Er zog sein kleines Bündel unter dem Kopfende der Pritsche hervor und reichte der alten Frau die Hand. Aber als er ihr Lebewohl gesagt hatte, fehlte ihm der Mut, den anderen Mitgliedern des Hausstands die Hand zu geben. Fort von diesen Gesichtern; fort aus dieser stickigen Luft. Fort! Gesichter gibt es, die selbst die schauerlichsten Götzen unglaubhaft erscheinen lassen, wieviel mehr noch einen schönen Gott. Sie erzwingen sich den Ehrenplatz in der Seele des Menschen, beherrschen in grausamster Willkür sein Denken, solange er lebt. Ihre verzerrten Fratzen drängen sich überall hervor, selbst im erhabensten Augenblick. Seine schönsten Gedanken bei Tag und bei Nacht vergiften sie mit ihrer ätzenden Galle. Fort! Auf der Flucht stieß er an Wände und Türpfosten des Hauses, wie einer, der im Traum sein Leben retten will.

2

Er steht unter Gottes nacktem Himmel, frei. Aber Freiheit ist kein Ziel an sich, und er weiß nicht, wohin er gehen soll. Er fragt sich: gibt es denn Wege? Allmählich beruhigt sich nach vollbrachter Flucht das Herzklopfen, aber er bleibt auf dem Weg stehen, mit seinem Bündel unter dem Arm, und starrt ziellos ins Blaue.

Da fragte jemand von der anderen Seite des Wegs: «Wer bist du?» Es war das Mädchen, das in der Tür stand, noch immer gegen den einen Türpfosten gelehnt, die Füße gegen den andern gestemmt.

Seine Zunge rührte sich nicht. Wer ist er? Ein unerforschtes Wort. Einmal ist er etwas gewesen: eine Ecke in einer Giebelstube, eine Schrägwand, ein Sonnenstrahl, ein Gedicht von Sigurdur Breidfjörd. Aber jetzt? Er wußte es nicht, kein Mensch wußte es.

«Ich heiße Olafur Karason», sagte er, um nicht wie ein blöder Mensch dazustehen. Zugleich regten sich Zweifel in ihm, und dann fühlte er Gewissensbisse, denn er meinte, er habe überhaupt gar kein Recht, «ich» oder ein Wort ähnlicher Art zu sagen. Sich Ljosvikingur zu nennen, nein, das hätte ihn zum Gespött vor Gott und den Menschen gemacht. Der Gedanke fiel ihm kaum ein.

«Wo kommst du her?» fragte sie.

«Ich soll hier im Kirchspiel geboren sein», sagte er. «Im übrigen bin ich aus Fotur unter Fotafotur.»

«Hahaha», sagte das Mädchen lachend, «Fotafotur, nein, so was Verrücktes habe ich noch nie gehört. Hahaha.»

«Ich bin krank gewesen und bin ein armer Kerl», sagte er in der Hoffnung, sie werde mit dem Lachen aufhören.

Sie hörte mit dem Lachen auf. «Willst du hier zum Doktor gehen?» fragte sie.

«Nein», sagte er, «ich bin hierher gebracht worden.»

Er wagte nicht recht, solch einem albernen Mädchen die

Geschichte des Mirakels in Kambar anzuvertrauen, was ist denn ein Mirakel? Die alte Frau im Haus hinter ihm hatte das Wunderwerk mit dem Teufel in Verbindung gebracht; aber jetzt, als er dieses frohe und ungekünstelte Mädchen da in der Tür betrachtete, ahnte er plötzlich, daß ein Wunderwerk sowohl etwas Lächerliches als auch etwas Schimpfliches ist. Und er wurde schamrot.

«Hat man dich hierher gebracht?» fragte sie. «Wer hat dich hierher gebracht? Bist du vielleicht ein Gemeindepflegling?»

«Ja», sagte er niedergeschlagen, «ja. Leider.»

Er schämte sich nicht wenig, so etwas einem jungen, hübschen Mädchen gestehen zu müssen, aber sie fand es gar nicht so schlimm. Im Gegenteil, sie wollte ihn sogar trösten. «Fast alle Menschen leben von Gemeindeunterstützung», sagte sie. «Hast du viele Geschwister?»

«Ich weiß es nicht», sagte er.

«Hahaha, weiß nicht, wie viele Geschwister er hat», sagte sie. «Ich habe neun Geschwister; einige haben viel mehr und obendrein nicht einmal eine Mutter. Hast du eine Mutter?»

«Ja», sagte er kalt und bestimmt.

«Meine Mutter ist tot», sagte das Mädchen. «Sie starb vor einem Jahr, hahaha.»

Der Jüngling wußte nicht recht, wie er sich bei dieser unerwarteten Todesnachricht benehmen sollte. Vielleicht hätte er sagen können, wie es sich verhielt, daß er eigentlich auch keine Mutter hatte. Aber das Mädchen dachte viel schneller als er und hatte bereits eine neue Frage an ihn gerichtet; wirklich, ein freundliches Mädchen und offenbar auch ein sehr guter Mensch.

«Was hast du da unterm Arm?» fragte sie.

Er sagte: «Das sind meine Sachen.»

«Hast du Schuhe darin?»

«Nein. Ich habe keine anderen Schuhe als die abgetragenen da an meinen Füßen.»

«Ich habe auch keine heilen Schuhe», sagte sie und schlenkerte die Beine abwechselnd hoch, um ihre schlechten Schuhe zu zeigen. Es stimmte, ihre Schuhe waren alt und entzwei, obgleich sie einmal ordentliche Schuhe gewesen waren, wie man sie in einem Laden kauft; aber ihre Waden waren jung, wenn auch etwas x-beinig, und er hatte nie zuvor soviel von Mädchenbeinen gesehen – und trotz der schlechten Schuhe auch keine so schönen Mädchenbeine. Und er schaute ihr entzückt zu, wie sie ihre Beine hoch durch die Luft schlenkern ließ.

«Hoffentlich glückt es, das ganze Eigentum zum Sommer zu verkaufen», sagte sie, als sie ihren Rock wieder glattgestrichen hatte.

«Welches Eigentum?» fragte er hastig und preßte unwillkürlich sein Bündel fester an sich.

«Das Eigentum», sagte sie.

«Gibt es denn nicht viele solche?» fragte er.

«Ich meine, eben diesen Ort, verstehst du, hier unseren Platz», sagte sie. «Einige glauben, wenn etwas aus dem Verkauf wird, so würde es mit allem hier wieder besser gehen.»

«Geht hier denn etwas schlecht? Was geht hier denn schlecht?»

«Sieh einmal dort draußen auf dem Ankerplatz den verrosteten Kasten. Das ist ‹Numa›, unser Fischdampfer. Als er hinausfahren sollte, wurde er selbstverständlich von der Wiederaufbaugesellschaft gepfändet. Und nun kann er in diesem Jahr ebensowenig Essen in die Häuser bringen wie vorher. Und der Motorkutter ‹Juliana› ist im vergangenen Jahr abgesackt, was alle hier wissen. Der Etatsrat war schon lange vorher nach Dänemark gefahren, und der Fisch hat sich nicht mehr sehen lassen. Solange ich denken kann, hat es vor unserer Küste keinen Hering mehr gegeben. Und die Wiederaufbaugesellschaft ist weiter nichts als Wind im Gedärm von Pjetur Dreiroß, um mich nicht schlimmer einem wildfremden Menschen gegenüber auszudrücken. Hier gibt es keine andere Arbeit mehr als im Frühjahr das bißchen Arbeit bei den Regierungssteinen. Viele möchten gern diese Arbeit haben, aber nur wenige können sie kriegen.»

«Regierungssteine», wiederholte der Jüngling kopfschüttelnd, denn er begriff nicht ein Wort von dem, was das Mädchen gesagt hatte.

«Ja, man nennt es Regierungssteine», sagte das Mädchen. «Seit drei Jahren sind sie damit im Gange. Männer, die für die Regierung Steine schleppen.»

«Was für eine Regierung ist das?» fragte der Jüngling.

«Ach, es ist weiter nichts als dies verdammte Regierungspack», sagte das Mädchen. «Es ist dieselbe alte Regierung, wie sie immer gewesen ist – die Regierung der großen Leute, der feinen Leute. Die Regierung für die da unten in der Hauptstadt, die auf ihren Geldsäcken sitzen. Du bist doch wohl nicht so ahnungslos, daß du von ihr nichts gehört hast. Aber eines weiß ich genau: die Steine heißen Regierungssteine, und sie liegen hier unten, vorn am Strand, nicht weit vom Ankerplatz. Mein Vater darf dort Steine tragen, um Schulden für Lebensmittel bei der Wiederaufbaugesellschaft abzuzahlen. Einige sagen, daß von den Steinen schließlich irgendwo ein Hafen gebaut werden soll, aber ich kann mir denken, daß die Schiffe, für die der Hafen sein soll, genausoweit wegliegen wie meine neuen Schuhe, die ich für den Kirchhofsball im Herbst bekommen soll. Hahaha, ich glaube eher, daß sie sich in einen Zaun um ein Stückchen Land mit Kohl verwandeln! Kannst du tanzen?»

«Nein», sagte er. «Leider nicht.»

«Du mußt unbedingt tanzen lernen», sagte sie. «Es gibt überhaupt nichts in der Welt, das so lustig ist wie Tanzen. Oh, im vorigen Jahr auf dem Kirchhofsball habe ich ein ganz wunderschönes Tanzlied gelernt.»

Und sie sang:

«Groa hat wohl feine Schuh,
hat feine Schuh, hat feine Schuh,
und Mitgift kriegt sie auch dazu
und Hof mit Schaf und Kuh.
Hat feine Schuh, hat feine Schuh,
Groa hat wohl feine Schuh,

und Mitgift kriegt sie auch dazu
und Hof mit trallalla.

Nein, kommt da nicht der Satan von Gemeindevorsteher, wie er leibt und lebt?» – und flugs ist sie ins Haus gesprungen, hat die Tür hinter sich ins Schloß geworfen und ist verschwunden. Der Jüngling steht allein auf dem Weg, ohne sich zu rühren.

«Wer bist du und was hast du hier zu glotzen?» fragt der Gemeindevorsteher.

Es war ein vierschrötiger, mißtrauischer Mann mit watschelndem Gang, der sommersprossige, behaarte Hände und ein störrisches Gesicht hatte, dazu kurz angebunden war. Olafur Karason sagte, wer er war. Und sofort kam es an den Tag, daß der Gemeindevorsteher nicht nur von seiner übernatürlichen Heilung gehört hatte, sondern auch über seine Person und seine Charaktereigenschaften auf spezielle Weise Bescheid wußte. Er sagte, man könne leicht erraten, wie es um seine Krankheit bestellt gewesen sei, wo es weiter nichts bedurft habe als etwas Strom und Gezitter bei der Hexe in Kambar, um ihn wieder auf die Beine zu bringen. «Und für solche Bengels sollen ehrenwerte Männer hier in Svidinsvik Blut schwitzen, während so ein Lümmel sich im Bett herumflegelt und du und deinesgleichen sich in fernen Gemeinden einen Bauch anmästen. Nein, es ist höchste Zeit, daß du Steine trägst.»

Und er watschelte mit dem Jüngling sofort los zu den Steinen; aber der Junge konnte nicht so schnell gehen, seine Beine waren zu sehr gewachsen, außerdem mußten sie wohl ohne jeden Zweifel verschieden lang sein, das eine wurde abwechselnd länger als das andere, wenn er zu einem Schritt ausholte. Auch schien er keine Richtung halten zu können, so daß er ganz gegen seinen Willen und unbeabsichtigt mehrmals beinahe in den Graben neben dem Weg gelandet wäre; hinzu kam, daß er sich schwindlig fühlte, als habe er die Drehkrankheit bekommen.

«Was ist denn das, Schlingel», sagte der Gemeindevorsteher, «bist du betrunken?»

«Nein», sagte der Jüngling. «Meine Beine sind bloß zu sehr gewachsen.»

«Nun lügst du», sagte der Gemeindevorsteher.

Kinder, die unten im Graben am Weg gespielt oder sich an den Stacheldrahtzäunen herumgetrieben hatten, kamen jetzt rottenweis zu ihnen und stießen den jungen Menschen, weil er so lang war und ein Halstuch umhatte. Sie heulten und brüllten wie Tiere, die in Not geraten sind.

Das Wetter konnte gar nicht herrlicher sein. Die Sonne leuchtete aus klarem Himmel, liebliche Bläue über dem Meer, jeder Tun grün wie lauter Glück. Immer mehr Kinder sprangen um sie herum. Dem Jüngling wurde es schwarz vor den Augen, er stieß mit dem Fuß gegen einen Stein und glitt aus. Da schrien die Kinder noch wilder und überfielen ihn mit einem Hagel von Schimpfworten. Einige ergötzten sich damit, ihm auf die Füße zu treten, um ihn aufs neue ausgleiten zu sehen. Wer weiß, ob es nicht ein böses Ende genommen hätte, wäre den Kindern nicht plötzlich etwas zu Gesicht gekommen, woran sie noch besser ihren Übermut austoben konnten. Eine alte, fast blinde Frau stapfte um eine Hausecke und tastete sich mit einem Stock vorwärts. Im Nu rannten die meisten Kinder auf sie los und johlten: «Gudda mit der Schelle – Gudda mit der Schelle!» Einige liefen zu zwei betrunkenen Männern, die mitten auf dem Weg standen und einander fortwährend die Hände drückten wie Brautleute; das Kreischen und Fluchen der Kinder wurde noch ärger.

Unten, am Strand, waren zwischen zwanzig bis dreißig Männer dabei, Steine zu schleppen. Andere hockten auf großen Blöcken, in die sie Eisenkeile trieben. Aber oben auf dem abschüssigen Felsufer dehnten sich mit duftendem Heidekraut bewachsene Hügelwellen; weiter fort klemmte sich ein saftig-grünes Tal mit Mooren und Grasflächen zwischen Berghänge. Das Steineschleppen ging unter düsterem Schweigen wie bei einer Beerdigung vor sich: welch krasser

Gegensatz zu dem jubelnden Gezwitscher der Sommervögel über Hügel und Moor! In den Gesichtern dieser fronenden Menschen herrschten Kälte und Niedergeschlagenheit, als ahnten sie nichts von dem Flug der frohen Vogelkehlen und der lachenden Frühlingswelt, von dem sanften Wehen der stillen, träumenden See und den moosgrünen Hängen des Gebirges. Diese Männer sahen aus, als hätten sie für furchtbare Verbrechen Strafen zu verbüßen, Verbrechen, die sie irgendwann begangen hatten. In ihren unschönen, verwilderten Gesichtern schien ein Fluch zu wohnen, den kein Freispruch aufzuheben, kein Ehrlichmachen auszulöschen vermochte. Hier hatten Ergebung und Hoffnungslosigkeit ihre bleibende Stätte gefunden, der Mensch sich in sein Schicksal ergeben, nachdem er ein vollständiges Geständnis abgelegt, in der Erkenntnis: es gibt keinen Milderungsgrund für seine Untat, nur uneingeschränkte Unterwürfigkeit und Sich-ergeben kann ihn mit der vernichtenden Schmach aussöhnen. Diese Menschen erwarteten kein Erbarmen. Was hatten denn die Armen verbrochen? Welch ein Verbrechen hatte diese grausame Strafe über sie gebracht, die ihnen, den vom Schicksal Ausgestoßenen, auf der Stirn geschrieben stand? Diese fahlen grauen, abgestumpften, erniedrigten Ebenbilder Gottes in Lumpen von Kleidern hatte eine gnadenlos richtende Gewalt und Allmacht mit einer Strafe behängt, den ausgemergelten, gekrümmten, halb verhungerten Gestalten der Steinträger zum Spott.

Weiter unten am Fjord ritt ein Mann mit zwei störrischen Pferden auf und ab; Staubwolken standen wie dichter Nebel im windstillen Wetter über dem ausgedörrten Boden.

«Verflucht, ist der Kerl toll geworden?» fragte der Gemeindevorsteher.

«Er ist beim Einreiten», sagten die Männer.

Der Gemeindevorsteher nahm den Armenpflegling mit zu dem Reitsteg hinauf, und dort warteten sie eine Weile auf den Reiter. Als er herangebraust kam, hätte er sie fast umgeritten. Er trug ein Jackett, einen runden, steifen Hut, Gummikragen und Pincenez und hatte falsche Zähne; seine jungen, feurigen Pferde waren schweißgebadet und schnauften außer Atem.

«Was willst du, mein Lieber?» fragte der Reiter.

«Was ich will?» antwortete der Gemeindevorsteher. «Ich weiß schon, was ich will.»

Der Reiter stieg ab, bestaubt und mit Pferdehaaren bedeckt, streichelte seine Pferde und sprach kameradschaftlich zu ihnen, kümmerte sich jedoch nicht im geringsten um den Gemeindevorsteher.

«Nimm mir den Mann da ab und laß ihn Steine tragen», sagte der Gemeindevorsteher.

«Für wen hältst du mich eigentlich?» sagte der Reiter. Er rollte beim Sprechen das R, als hätte er einen Kiesel in der Kehle sitzen.

«Oh, sei bloß froh, solange man dir keinen schlimmeren Namen gibt, mein lieber Pjetur Dreiroß», sagte der Gemeindevorsteher.

«Bist du des Teufels?» sagte der Reiter und wollte wieder sein Pferd besteigen und wegreiten, aber der Gemeindevorsteher hielt das Pferd bei der Trense fest.

«Bin ich hier im Ort der Gemeindevorsteher oder nicht?» fragte der Gemeindevorsteher.

«Bin ich der Direktor der Wiederaufbaugesellschaft oder nicht?» fragte der Reiter.

«Was du bist, das bist du im Auftrag des Gemeinderats und der Einwohnerschaft, und dieser Lümmel hier ist schon viel zu lange eine schlimme Belastung für die Steuerzahler gewesen. Ich erkläre, daß es einfache Pflicht der Wiederaufbaugesellschaft ist, unter solchen Umständen der Gemeinde beizuspringen.»

«Mit deinen verdammten Gemeindepfleglingen hast du selber fertig zu werden, mein Lieber. Solange ich die Leitung habe, sollen in erster Linie solche Leute Steine tragen, die bei der Wiederaufbaugesellschaft in der Kreide stehen», sagte der Direktor.

«Was, sollen wohlbestallten Leuten Vergünstigungen und

Nebeneinnahmen zugeschanzt werden, anstatt der Gemeindekasse beizustehen?»

«Zuerst kommt das Interesse der Wiederaufbaugesellschaft, denn sonst gibt es nämlich keine Wiederaufbaugesellschaft», sagte der Direktor.

«Zuerst kommt die Gemeinde, denn sonst gibt es nämlich keine Gemeinde», sagte der Gemeindevorsteher.

«Ich reite Pferde ein», sagte der Direktor der Wiederaufbaugesellschaft und wollte dem überflüssigen Geschwätz ein Ende machen und wieder aufsitzen.

«Noch ein Wörtchen», sagte der Gemeindevorsteher. «Ich weiß nicht, ob dir bekannt ist, daß hier im Ort gemunkelt wird, es könnte vielleicht nichts schaden, wenn man sich wegen einiger Kleinigkeiten die Geschäftsführung der Wiederaufbaugesellschaft etwas genauer ansehen würde.»

«Es dürfte kaum lange dauern», antwortete der Direktor schlagfertig, «daß vor Gericht bescheinigt wird, du hättest dir Gelder zugeschanzt von Mitteln, die die Gemeinde beim Kreisamt herausgequetscht hat, und zwar für die Armenfürsorge, indem ein gewisser Mann zu große Rechnungen für Beerdigung von Armenpfleglingen, für Bekleidung und Schuhzeug von – seit Jahr und Tag – bettlägrigen Geisteskranken und obendrein noch für Kaffee ausgestellt hat.»

«Man soll nicht pusten, wenn man Mehl im Mund hat, lieber Pjetur», sagte der Gemeindevorsteher und grinste hämisch. «Wer war es denn, der sein Leben damit begann, daß er ein und dasselbe Pferd bei drei Männern gleichzeitig verpfändete? Und wenn du glaubst, die Wiederaufbaugesellschaft sei dein Privatunternehmen, wo du Schundwaren und Waren, die überhaupt nie vorhanden gewesen sind, anbringen und alle Abrechnungen fälschen und alle Hilfsgelder, die der Staat für den Bau eines eigenen Hafens hergibt, in die eigene Tasche wandern lassen darfst, dann könnte es ja passieren, mein Lieber.»

«Nein, mein Lieber», fiel der Direktor ihm ins Wort und lächelte, «wenn wir schon besprechen wollen, wer von uns beiden als Nummer Eins die Ehre haben soll, die Bekanntschaft mit einem Stübchen mit vergitterten Fenstern in einem gewissen Haus zu machen, so könnte mancherlei zur Sprache kommen, was den Gemeindepfleglingen beim Zuhören Spaß macht.»

Da blickte der Gemeindevorsteher den Direktor warnend an und gab ihm einen Wink, Schluß zu machen.

«Wie du willst. Lassen wir die Sache liegen», sagte der Direktor und lächelte.

«Ich kann nicht leiden, daß die Jugend solch ungehöriges Gerede mit anhört», sagte der Gemeindevorsteher, steckte die Hand in die Hose, holte eine Rolle Kautabak heraus, biß sich einen gehörigen Priem ab und bot dann dem Wiederaufbaudirektor von dem Kautabak an.

«Das gefällt mir schon besser», sagte Pjetur Dreiroß, griff in die Brusttasche, aus der er eine Flasche Branntwein zog, genehmigte sich einen Schluck und reichte die Flasche dem Gemeindevorsteher mit diesen Worten voll milden Vorwurfs: «Was mir an dir am wenigsten gefällt, lieber Gunsi, ist, daß du nicht lernen kannst, wie ein gebildeter Mann zu denken.»

Nach dem Schnaps verklärte sich das Gesicht des Gemeindevorstehers, und er wischte sich mit dem haarigen Handrücken den Mund.

«Ja, ja, Pjetur», sagte er, «was gibst du mir im Herbst für meinen Fisch?»

«Die Zeiten sind schwer», lachte der Direktor.

«Ja, das habe ich schon früher gehört», sagte der Gemeindevorsteher.

«Du bekommst deinen Fisch ordentlich bezahlt, wenn du ihn mir frisch vom Schiff gibst», sagte der Direktor da.

«Nein, mein Lieber, da bist du schief gewickelt. Frisch vom Schiff kriegst du ihn nicht», sagte der Gemeindevorsteher. «Ich habe genug Halbidioten und Halbarbeitsfähige, die ihn mir im Sommer für freie Kost ausnehmen, Leute, die sonst Armenunterstützung nehmen müßten.»

«Meinst du etwa, ich hätte nicht ebenfalls in Hülle und

Fülle Gratisarbeitskraft zum Ausnehmen von all dem Fisch, den ich kaufen will?» entgegnete der Direktor.

So zankten sie sich noch eine Weile wegen ihrer Geschäfte hin und her, und der Jüngling stand derweil immer noch sich selbst überlassen auf dem Steg und ahnte nicht, was das Schicksal mit ihm vorhatte. Er war allzusehr in die Höhe geschossen, ihm war immer noch nicht recht wohl zumute, wenn er lange Zeit aufrecht stehen mußte, und so fand er den Ausweg, sich zwischen zwei Grasbüscheln hinzulegen. Er ließ die beiden Männer sich ruhig weiter aussprechen. Die beiden hatten zuviel auf dem Herzen, um sofort zu merken, daß er der Länge nach auf der Erde lag. Die Gedanken des Dichters waren sogleich auf und davon ins Weite geflogen. Schließlich aber entdeckten sie, daß er sich hingelegt hatte.

«Nein, beim Teufel», sagte der Gemeindevorsteher, «der Bengel hat sich hingefläzt. Hier können wir ihn nicht liegen lassen. Hör nun, lieber Pjetur, mein bester, gepriesener Freund, tu mir den Gefallen und steh mir bei. Nimm mir diesen Lumpen zum Steinetragen ab.»

«Eine ganz andere Sache, was ich für dich als Christenmensch und Isländer tue, mein Lieber», sagte der Direktor der Wiederaufbaugesellschaft. «Nicht zum wenigsten, wenn es sich um einen Armen handelt.»

Dann rief der Direktor den Jüngling und sagte, die Vorsehung habe voller Gnade zu ihm niedergeblickt und ihm aus besonderen Gründn erlaubt, ein bißchen Regierungssteine zu tragen, obwohl er keinen Anspruch darauf habe. Er sagte, er solle auf dem Strand dem Werkmeister seinen Namen angeben, damit er ihn aufschreiben könne.

Die beiden mächtigen Herren des Orts blieben jeder auf seinem Grasbüschel sitzen und besprachen weiter ihre Geschäfte, während der Jüngling zum Strand hinunterging. Also war es am Ende doch nicht, wie es zuerst schien, eine Strafe und Verdammnis, mitten in der üppigen Herrlichkeit des Frühlings Steine auf dem Strand hin und her tragen zu sollen, sondern eine Auszeichnung und Gnade, es zu dürfen.

3

Wenn auch die Gnade von oben kommt, ist damit nicht gesagt, daß der Mensch die Fähigkeit besitzt, sie zu empfangen, wie zum Beispiel dieser junge Dichter; als es darauf ankam, war der nicht der Mann dafür, Steine tragen zu können. Die Vorsehung hatte es vielleicht gut gemeint – wer will es leugnen –, aber was nützt das, wenn der Mensch solcher Gnade nicht würdig ist. Die Steinträger sahen mit traurigem Grinsen, wie ihm die Knie schlotterten, einige lachten sogar kaltherzig. Vielleicht war es die einzige Freude, die diese Männer seit langem erlebt hatten. Hahaha, der Mann konnte keine Steine schleppen! Wie wenig man auch in die Kiepe lud, wie er unter Aufbietung seiner ganzen Willenskraft auch die Zähne zusammenbiß, er knickte ein wie ein Nagel, den man in einen Stein schlagen will. Sie trugen ihm auf, im Boden Steine zu lockern. Aber damit ging es auch nicht besser, weil sein Oberkörper so unbegreiflich schwer geworden war. Er fiel kopfüber zu Boden.

«Hast du die Drehkrankheit?» sagten sie.

«Ja», sagte er.

Hier wurde jeder Mann danach eingeschätzt, wieviel er tragen konnte. Und Olafur Karason Ljosvikingur konnte nichts tragen, er verbrauchte alle seine Kräfte dafür, sich aufrecht halten zu können, und, was noch schlimmer war, er wußte nicht mehr, was er war. Zwischen diesen ungeheuerlichen, toten Steinen war sein Gehirn stumpf und leer geworden. Der Werkmeister kam und sagte: «Es ist das beste, du gehst nach Hause.»

«Nach Hause?» fragte Olafur Karason verwundert.

«Ja», sagte der Werkmeister, «nach Hause.»

Mittagspause. Kinder und Frauen kamen und brachten den Männern gekochten Fisch in Holzschalen, in Socken Flaschen voll Kaffee.

«Willst du nicht essen?» fragten sie.

«Nein», sagte er.

«Warum nicht?» fragten sie.

«Weil ich kein Essen habe», sagte er.

«Was hast du in deinem Bündel?» fragten sie.

«Das sind meine Sachen», sagte er.

«Was sind das für Sachen?» fragten sie.

«Was ich besitze», sagte er, «einige Bücher.»

«Bücher», sagten sie, «was für Bücher?»

«Einige Bücher mit Gedichten», sagte er. «Und dann die Felsenburggeschichten.»

«Bücher mit Gedichten? Und Felsenburggeschichten?» sagten sie und blickten einander sprachlos vor Verwunderung an.

Ein Mann machte ein Ende mit der Fragerei und sagte: «Könnt ihr nicht mit dem Ausfragen aufhören? Ihr seht dem Jungen doch an, daß in seinem Kopf eine Schraube los ist. Er ist ja etwas verstört. Der Reimar hat ihn auf einer Pferdebahre aus einem Fjordtal im Osten geholt und sollte ihn bei der alten Thurid in Skalholt unterbringen. Jeder von uns kann etwas von seinem Essen nehmen und es ihm geben.»

So bekam der Verstörte von zwanzig verschiedenen Männern Essen, aus zwanzig Flaschen Kaffee. Aber im übrigen kümmerten sich die Männer nicht mehr um ihn als um einen herumstrolchenden herrenlosen Köter. Er fühlte sich jedoch zwischen den vielen Menschen nicht wohl. Darum stahl er sich unauffällig mit seinem Bündel davon, als er satt war, überglücklich, nicht mehr arbeiten zu müssen.

Er schlich das steile Strandufer hinauf. Bald waren die Männer außer Sicht. Die beiden mächtigen Herren saßen nicht mehr auf ihren Grasbüscheln, sie waren wohl ihrer Wege gezogen. Der kleine Ort lag ein gut Stück fort. Olafur Karason nahm die Beine in die Hand und lief; seine Beine waren plötzlich von gleicher Länge, und fiel er, so kam er schnell wieder hoch. Er ließ den Ort hinter sich, lief über große Hügel, einen Moorgrund, durch Gestrüpp, einen Bergrücken hinauf, bis an den Rand des Gebirges. Nun konnte ihn kein Mensch mehr sehen. In einer Mulde machte er halt und schöpfte Luft. Wie befreit fühlte er sich, den Augen der Menschen entronnen zu sein. Die letzten Tage und Nächte waren voller Abenteuer gewesen; er hatte sein eigenes Ich verloren, aber jetzt war er sicher, es wiederzufinden, wie ein Toter, der sich allmählich im Jenseits wiederfindet. Wie dem auch sein mochte, und selbst wenn er in Wirklichkeit ein neugeborenes Wesen in dieser neuen Welt war – es ist herrlich, ein neuer Mensch zu sein und seinen Anteil an der Sonne zu haben, genau wie alle anderen, nicht mehr auf einen Sonnenstrahl warten zu müssen wie einst, vielleicht ein halbes Jahr. Er lehnte sein Gesicht zurück, damit er die Sonne über sich hatte, ein Liebender. Es gab nichts mehr, das sie beide trennte. Ja, er war tatsächlich etwas Neues, nicht mehr von irgend etwas abhängig; vielleicht war er es sogar, dem die Welt gehörte. Diese Welt, um die sich alle stritten, weil jeder von ihnen behauptete, sie gehöre ihm. Unvergleichliches Gefühl, jung zu sein und sich die Sonne ins Gesicht scheinen zu lassen. Er streckte jubelnd die Arme zum Himmel, wie damals, als er noch ein Knabe war, erhoben über alle Menschen.

Ja, er war neugeboren. Er stand auf und ging dahin. Und die Schafe mit ihren Lämmern auf den Berghängen sahen ihn voller Wohlgefallen an.

Nein, es ist wohl unmöglich, daß etwas, das erschaffen ist, aufhören, vergehen kann. Er hatte keine Angst mehr vor der Unsterblichkeit der Seele, dieser Lehre, die ihm einmal als das Schauerlichste von allen menschlichen Grausamkeiten erschienen war. Heute sind es die vielen Wohnungen des Schöpfers, die das Herz aufjauchzen lassen. Da ist eine kleine, reine und klare Quelle, wie alle anderen Quellen. Sie entspringt weit fort, im tiefen Tal, sie rieselt dahin in leiser, fast andächtiger Freude, ein Hauch aus anderen, höheren, schöneren Welten. Ihre Freude ist wie des Dichters Freude; die Quelle und der Dichter, sie lieben. Die Sonne leuchtet auf sie nieder, es gibt keinen Tod.

Er ging lange neben dem Quellbach, fern von den Menschen. Das Tal endete in einer Schlucht mit steilen Felswänden und einer Mulde mit schroffen Klippen hoch darüber, aber im Talgrund lag ein kleiner, grasbewachsener Schafstall auf einem Hügelchen, grün wie ein Tun; hier setzte sich der Jüngling schließlich, freudetrunken, zwischen Löwenzahn und Butterblumen; auch Enzian gab es, weiß und blau.

Als er so zwischen den Blumen auf dem grünen Tun vor dem kleinen Stall liegt und zum blauen Himmel hinaufsieht, die Bäche plätschern rundum und die Vögel zwitschern glückselig und leise im Mittag; das Lamm schläft lächelnd im Mittagsschweigen; weit fort, hinter dem anderen Ufer des glitzernden Fjords, erhebt sich verschleiert von geheimnisvoll blauschimmerndem Dunst das Gebirge; da versteht er, daß die Natur eine liebende Mutter ist. Er und alles, was lebt, eine Seele und nichts mehr häßlich und nichts böse. Er nimmt das Buch mit seinen Gedichten aus dem Bündel und beginnt zu dichten von dem, was seine Augen sehen, dieses erhabene Bild, diese traumhafte Offenbarung. Er vergißt die Edda wie alles, was er damals im Winkel unterm Schrägdach sich zusammengelesen, alle schwülstigen Worte und Selbstbespiegelung – der Bach unten im Tal flüstert ihm zu. Nicht er, das Blau über ihm und rings um ihn das Grün mit ihrer ahnungslosen Freude dichteten:

Der stille Morgen.
Vom Tau die Gräser ihr Geschmeide borgen!
O grünes Lebens Land!
O Lebens grünes Land, wie sanft bei dir sich's ruht.
Hilf mir, und ich bin immer rein und gut.

Welch buntes Blühen.
Im Quell am Moos trinkt's Vöglein sonder Mühen.
O teures Lebens Land!
O Lebens teures Land, wo nah der Bruder wohnt
und jedes Vögelein, von Mutters Traum belohnt.

So dichtete er weiter, den ganzen Tag. Und er las seine Gedichte laut der Natur vor und lag auf dem Rücken im Gras und liebte den Himmel. Als es Abend werden wollte, trank er Wasser aus dem Bach. Er war überzeugt davon, daß die Vögel des Himmels ihm mit ihren Schnäbeln Leckerbissen zutragen würden, wenn er Hunger bekäme. Er war überzeugt davon, daß die Natur, Inbegriff des Schönen und Erhabenen, auch der Inbegriff von Edelmut und Menschenliebe sein müsse, zumal er gerade zu ihrem Preis ein Gedicht gemacht hatte. Nein, er konnte es sich nicht denken, daß sie einen jungen und liebenden Dichter hinfort an irgend etwas Mangel leiden lassen könnte.

So verging der Tag in der Freude, endlich mit dem Ewigen und Unaussprechlichen wieder vereint zu sein. Die Sonne sank tiefer gen Westen, die Schatten des Gebirges wurden länger, die vertrauensseligen Augenlider auf eine gesunde und natürliche Weise schwerer, bis er sich plötzlich vor Kälte schüttelte und auffuhr und merkte, daß er geschlafen hatte. Die Nacht war zwar ganz hell, aber über dem Land lagen Nebel, so daß er nicht einmal einen Schimmer des fernen Gebirges sehen konnte. Sein Wams war von dem glitzernden Gespinst des Nachttaus fast weiß geworden. Und das Singen des Bachs klang nicht mehr so fröhlich wie vorher, ehe er in Schlaf gesunken war. Kein Vogelgezwitscher. Er kroch in den kleinen Schafstall zu den Pilzen, nahm sich etwas altes Heu von einem Haufen, breitete es auf dem Boden aus, legte sich darauf und schlief weiter.

Als er wieder erwachte, hatten die Vögel wohl zu zwitschern begonnen, aber es klang nicht besonders begeistert. Ein feiner Sprühregen fiel. Ihm tat der Hals etwas weh, als sollte er morgen eine Erkältung bekommen. Die Herrlichkeit der Natur, die vor dem Einschlafen seine Seele entzückt hatte, war verschwunden. Er mußte eine Ewigkeit geschlafen haben. Er fuhr sich übers Kinn, um sich zu vergewissern, ob ihm vielleicht im Schlaf ein langer Bart gewachsen wäre. Eines stand jedoch fest: war er früher gesonnen, alles, was er zum

Leben brauchte, von der göttlichen Mutter Natur zu beziehen, so drängte es ihn jetzt nicht minder, zu den Menschen seine Zuflucht zu nehmen, obwohl sich niemand klarer darüber war als er, wie kläglich es bei diesen vielgespriesenen Wesen mit Großmut und Hochherzigkeit bestellt war, von Schönheit überhaupt gar nicht zu reden. Er zuckelte denselben Weg zurück, den er gekommen war, bedrückt und fröstelnd nach der Nacht im feuchten Schafstall auf muffigem Heu zwischen Pilzen.

Er versuchte sich den Kopf darüber zu zerbrechen, wo er hingehen sollte, wo um Hilfe bitten; aber wie sehr er auch hin und her überlegte, er kam doch stets zu demselben Ergebnis: auf keinen Fall das Gelichter in Skalholt aufzusuchen, den Großgrundbesitzer, den nackten Heiden, das schauerliche Wesen und die glückliche alte Frau. Alles, alles – nur das nicht. Aber diese Feststellung war ebenso unvernünftig wie aussichtslos. Es gab keine Lösung. Seine Gedanken flatterten zum Gemeindevorsteher in der Hoffnung, daß, obwohl es mit dem Steinetragen schiefgegangen war, dieser mächtige Mann vielleicht doch Erbarmen mit ihm haben und ihm Brot und Kaffee geben würde.

Als er in den Ort kam, war alles wie ausgestorben und verödet. Kein Mensch zu sehen. Sogar die Kinder, die den Platz mit ihrem Gejohle erfüllt hatten, waren verschwunden. Hier mußte etwas vorgefallen sein: entweder das Jüngste Gericht oder der Türke. Und nun war dieser berühmte Ort verlassen und verwüstet, konnte nicht mehr verkauft werden, damit die Leute Honig und neue Schiffe kriegten; nirgendwo Rauch aus einem Schornstein, Reif in den nassen Spuren des Weges; die Weltgeschichte war zu Ende. Es ist seltsam, in einem menschenleeren Ort aufzuwachen und nicht zu wissen, woher man gekommen ist oder wohin man gehen will; nicht zu wissen, wer man ist. Er setzte sich an den Wegrand, hilflos in diesem leeren Weltall, die Hand unterm Kinn, vor Kälte fröstelnd, und er fand, daß Gott ihn zum besten gehabt hatte. Als er eine Weile so gesessen hatte, ohne sich zu rühren, stand er auf und trottete weiter durch die menschenleere Ewigkeit. Da – dem Himmel sei Dank! – eine Seeschwalbe war übrig geblieben, sie schwebte nicht weit von ihm über einem Stückchen Gemüseland. Dann fiel sein Blick auf einen niedrigen, formlosen Klumpen, der nur wenige Schritte von ihm quer auf dem Weg lag. Zuerst glaubte er, es sei ein Sack; als er aber dicht davorstand, sah er, daß es ein Mensch war. Es war ein Mensch, der wie er am Tag nach dem Jüngsten Gericht allein im Weltall übriggeblieben war, am Ende aller Tage, nach dem geheimnisvollen Zerstörungswerk durch die Türken.* Ein Mensch, den man im Lärm der Ragnarök ** vergessen hatte; er, der sich nicht rechtzeitig erhoben beim Schall der Lure, liegt hier quer auf dem öffentlichen Weg, nachdem der Herrgott Gericht über die Welt gehalten hat, und ist tot; wenigstens schläft er. Der Dichter beugt sich zu ihm nieder, um zu sehen, wie tot er ist. Ein kleiner Mann mit Schnauzbart, Blut und Schlamm im Gesicht. Er lag buchstäblich quer im Matsch des feuchten Weges, eine geradezu sträfliche, unbegreifliche Aufforderung, von Pferden zerstampft, von Wagen überfahren, von Menschen getreten und von Hunden als Eckstein benutzt zu werden. Er hatte einen verschlissenen Schuh an einem Fuß, am andern nur einen löcherigen Strumpf, und alles war besudelt. Olafur Karason beschloß, die Leiche vom Weg fortzuschleppen und sie ordentlich hinzulegen; er schleifte sie hinunter auf die Böschung zwischen Graben und Wegrand. Als er beinahe damit fertig war, die Hände des Toten kreuzweise über die stumme Brust zu legen, da richtete sich die Leiche plötzlich auf. Sie öffnete ihre toten, erloschenen, blutunterlaufenen Augen und begann sich umzublicken.

«Bist du lebendig?» fragte Olafur Karason Ljosvikingur.

* Die Türken, d. h. Piraten aus Algier, hatten im Jahre 1627 Island geplündert und dort große Zerstörungen angerichtet, von denen das isländische Volk noch heute spricht.

** altisld. Weltuntergang, eigentlich: Götterschicksal.

Die Leiche wußte keine Antwort, sondern tastete an sich herum und fand eine Flasche, zog den Korken heraus und nahm sogleich die Wiederbelebung in Angriff, wobei ein unaussprechlich widerlicher Gestank von Medizin den Dichter fast betäubte. Als die Leiche ordentlich von der Medizin getrunken hatte, bekam sie wieder Leben, was man an den wunderlichen Zuckungen da und dort an ihr feststellen konnte, besonders im Gesicht, an den Gliedmaßen und Fingern. Zugleich verzog sich der Mund mit dem Schnauzbart auf ganz merkwürdige Weise, und plötzlich war der Mann aufgesprungen, als habe jemand auf einen Knopf gedrückt. Ein stämmiger Dickwanst, sein Gleichgewicht war eine kurze Zeit aus dem Lot gewesen; im übrigen schien er zu jener Sorte Menschen zu gehören, die meistens auf zwei Beinen stehen. Er begrüßte den Dichter mit einem langen, krampfhaften Händedrücken, zwinkerte mit den Augen und grinste, gab aber fürs erste keinen Laut von sich. Olafur Karason achtete genau darauf, wie der Mann vom Tod auferstand. Hosianna, dies hier war sicher eines von den Mirakeln! Allmählich stieß der Mann Töne aus. Er redete eine fremde Sprache, jedoch ganz undeutlich, wenn man zwischendurch auch richtige Worte heraushören konnte, die gleich Unterwasserschären aus dieser seltsamen Brandung von unbegreiflicher Engelssprache, Grimassen, Blinzeln, schlenkernden Armen und zappelnden Händen auftauchten.

«Wie heißt du?» fragte der Jüngling.

Der Mann grinste in einem fort und mummelte dabei; aber wie angespannt der Dichter auch zuhörte, er konnte aus dem Gemummel nur ein Wort ganz klar heraushören: Jesus.

«Wo wohnst du?» fragte der Jüngling.

Der Mann hatte so viel auf dem Herzen, daß er ganz aus dem Häuschen geraten war. Doch wie er sich auch abquälte, es gelang ihm nicht, eine andere Antwort zu geben, als mit Fingern und Armen in der Luft herumzuzappeln und zu sagen: «Hiev up.»

Der Jüngling grübelte lange über diese unbegreifliche Antwort, aber schließlich gab er es auf. «Nein, ich verstehe dich leider nicht», sagte er und schüttelte traurig den Kopf.

Der Unbekannte schien ebenso unglücklich zu sein, daß ihre Seelen nicht zueinander finden konnten, und dem Jüngling kam es mehrmals so vor, als ob der Auferstandene in Tränen ausbrechen wollte. Bis er schließlich die Flasche mit dem Heiltrank nahm, sie verzweifelt dem Jüngling hinhielt und, ihn bei der Hand fassend, sagte: «Mein Bruder!»

Olafur Karason war es nicht möglich, von dem Heiltrank auch nur einen Tropfen anzunehmen, er hatte sein Lebtag keinen so abscheulichen Gestank gerochen, erlaubte jedoch dem Unbekannten, seiner Ehrerbietung und Zuneigung freien Lauf zu lassen. Langdauerndes Händeschütteln, Betasten mit zitternden Fingern, inbrünstige Umarmung unter Tränen. Das nahm eine geraume Zeit in Anspruch. Mit gemischten Gefühlen dachte der Dichter an seine Zukunft; hier in diesem Dasein, mit diesem einen Menschen, den es gab, nachdem alle anderen Menschen verschwunden waren. Aber da sah er plötzlich Rauch aus einem Schornstein, dann aus einem zweiten, einem dritten. Wie dieser Anblick ihn froh machte! Der Platz war also doch nicht ausgestorben, hatte nur geschlafen, war erwacht. Jesus, mein Bruder, hiev up.

«Ob ich doch wohl bitten kann, mir den Gefallen zu tun und mir zu zeigen, wo der Gemeindevorsteher wohnt?» fragte der Jüngling.

Der Unbekannte führte den Dichter zu einer Gitterpforte und zeigte auf einen Tun, ein Stückchen Gemüseland und ein Haus, aus dem Hammerschlag zu hören war. Der Unbekannte wurde noch einmal vom Unglück heimgesucht, denn der Dichter weigerte sich nach wie vor, von dem Heiltrank zu kosten. Wäre es nach dem Unbekannten gegangen, so hätte der Abschiedshändedruck den ganzen Tag bis zum Abend gedauert. Schließlich aber zog der Dichter seine Hand aus dem zitternden Griff des Unbekannten und gab ihm zu verstehen, daß er sich nicht länger aufhalten lassen könne. Das Leben ruft, ihre Wege müssen sich trennen: ein schwerer Augenblick. Der Unbekannte umarmte weinend zum Abschied den Dichter, vor der Gitterpforte des Gemeindevorstehers. Jesus, mein Bruder, hiev up.

4

Als er mehrmals angeklopft hatte, zeigte sich hinter der Türspalte eine Weibsperson und fragte, was denn solch ein Teufelslärm zu bedeuten habe? Er sagte guten Tag, aber sie scherte sich nicht darum. Darauf fragte er, ob es möglich sei, mit dem Gemeindevorsteher zu sprechen.

«Das weiß ich nicht», sagte sie. «Ich mische mich nicht in so was.»

«Vielleicht ist er nicht zu Hause?» fragte der Jüngling.

«Ich hab ihn nicht unter meinen Röcken», sagte sie und schlug die Tür vor der Nase des Jünglings zu.

Die Hammerschläge kamen aus einem Schuppen neben dem Haus. Dorthin ging der Jüngling, und er sah den Gemeindevorsteher bei der Arbeit, Sägemehl über den Augenbrauen und Hobelspäne im Haar.

«Was beim Satan willst du hier?» fragte der Gemeindevorsteher.

Der Dichter wurde stets konfus, wenn man ihn anfuhr. Gewöhnlich begann er dann bei sich nach einer ganz besonders milden und christlichen Antwort zu suchen, aber zuweilen war es schwer, eine zu finden.

«Nanu? Kannst du nicht die Klappe aufkriegen?» fragte der Gemeindevorsteher.

«Ich habe letzte Nacht draußen liegen müssen», sagte der Jüngling und hoffte dadurch dieses kalte Herz mitleidig zu stimmen. Aber der Gemeindevorsteher antwortete: «Das tut dir nur gut.»

«Ich dachte – ich wollte dich bitten –, mir auf irgendeine Weise beizustehen», sagte der Dichter.

«Beistehen. Ja, wahrhaftig, ich werde dir beistehen! Arbeite nur. Hinaus mit dir und trag Steine. Du bist völlig gesund. Ich habe nichts mit dir zu schaffen.»

Eine andere Antwort bekam der Dichter nicht, und ihm fehlte auch die nötige innere Kraft, das Gespräch mit dieser Übermacht fortzusetzen. Aber er blieb noch eine Weile in der Tür stehen, obgleich der Gemeindevorsteher wieder an seine Arbeit gegangen war. Nein, keinen Kaffee, kein Brot. So war es seit Urzeiten allen Hilfesuchenden ergangen. Sie standen hier hinter ihm, unsichtbar und dennoch wirklicher als alles Sichtbare: Tausendmillionen hungernder Menschen in nassen Fetzen, im Freien hatten sie nächtigen müssen, leider aber waren sie nicht halbverrückt, lagen nicht im Sterben, hatten keine welke Hand. Ihm war fast ein wenig rührselig zumute, als er an alle diese Menschen dachte. Dann zuckelte er weiter.

Die Kinder waren bereits auf den Beinen und grölten wieder aus den Gräben und an den Drahtzäunen. Nein, er hatte kein bestimmtes Ziel mehr. Der einzige Ort, wo man ihm möglicherweise Einlaß gewähren würde, war das furchtbare Haus in Skalholt, und dabei ging es ihm noch nicht einmal so schlecht, daß er von der glücklichen alten Frau Kind genannt werden konnte.

Wie dem auch sei, unversehens steht er an derselben Stelle, wo er gestern früh gestanden hat. Und das Mädchen im kleinen Haus auf der anderen Seite des Weges steht auch dort, genau so, wie er sie gestern früh gesehen hat; gegen den einen Türpfosten gelehnt, die Füße gegen den anderen Türpfosten gestemmt. Sie starrt auf den Weg, mit ungekämmtem Haar, jungen, blühenden Wangen, prallem Busen und Löchern in den Strümpfen. Es macht nichts, daß sie schlechte Schuhe trägt, sie ist reich und schön, wie sie da in ihrer Tür steht. Er hat Herzklopfen und vergißt sein Elend; sie aber sieht ihn nicht an, sieht ihn heute nicht, starrt weit fort auf den Weg.

«Guten Tag», sagt er.

Sie antwortet nicht, starrt nur unentwegt auf den Weg, und als er seinen Gruß wiederholt, schaut sie ihn von der Seite an, sehr mißtrauisch.

«Es regnet heute ein bißchen», sagt der Jüngling leichthin.

Sie antwortet überhaupt nicht.

«Aber wenn es auch nur ein bißchen ist, wird man doch allmählich ganz durchnäßt», sagt er und hüstelt etwas, als sollte er bald Lungenentzündung bekommen.

Schweigen.

Wie er sich danach sehnt, das Eis um die Seele dieses jungen Mädchens auftauen zu können, damit sie ihm etwas warmen Kaffee gibt, aber sie will wohl nichts mehr von ihm wissen. Sie steht in ihrer Tür mit vereistem Herzen mitten im Frühling, diese frische, erblühte Blume. Und er sagte, so hart er konnte:

«Es ist bitter, auf der ganzen Welt nichts zu haben, zu dem man seine Zuflucht nehmen kann.»

Sie schaut ihn aus unendlicher Ferne an und fragt:

«Was nicht zu haben?»

«Ein Heim», sagt er.

«Ach», sagt sie. «Wirklich? Warum?»

Ein schwieriges Ferngespräch, zwischen zwei entfernten Landesenden.

«Menschen, die kein Heim haben», sagt er, «haben in Wirklichkeit bereits ihre Seele verloren.»

«Was, ihre Seele verloren? Nein, so etwas Verrücktes hab ich mein Lebtag noch nicht gehört. Kannst du denn nicht bei der alten Thurid in Skalholt, drüben auf der anderen Seite vom Weg, bleiben?»

«Nein, ich habe nämlich nicht mehr das Glück, im Bett liegen zu müssen. Ich bin nicht einmal halb gelähmt», sagt er, und seine Stimme ist noch bitterer geworden.

«Gräßlich, wie du da redest, Mensch», sagt sie. «Es stimmt also doch, was man von dir erzählt.»

«Was?»

«Daß du verstört bist.»

«Wer sagt das?»

«Alle. Du siehst ja auch aus wie ein Verstörter. Wie kommt es sonst, daß du so lang bist?»

«Das kommt daher, weil ich so viele Jahre zu Bett gelegen habe.»

«Und wie kommt es, daß dein Haar so wunderlich ist? Und warum hast du unter deinem Wams ein Wolltuch? Und wie kommt es, daß du so lange, schmale Hände hast? Du bist ganz sicher verstört.»

Er hat keine Kraft, diese Vorwürfe, wie berechtigt sie auch sind, zurückzuweisen, sondern bleibt still auf dem Weg stehen, schlaff und fröstelnd, mit seinen Büchern unterm Arm.

«Ach was», sagt sie, denn ihr schlägt das Gewissen, weil sie unfreundlich gegen einen Unglücklichen gewesen ist, «ich glaube, ich will dich doch zum Kaffeetrinken einladen; das heißt, wenn wir Kaffee haben. Ja, auch wenn wir keinen haben, hahaha.»

«Danke», sagt er.

«Ich glaube zwar nicht, daß du Geld für Kringel hast», sagt sie.

«Nein, ich habe noch nie im Leben Geld besessen.»

«Nie Geld? Nein, nun flunkerst du.»

«So wahr ich lebe», sagt er. «Ich weiß überhaupt nicht richtig, was Geld ist. Ich habe nur ein einziges Geldstück gesehen. Und das war eine Goldmünze.»

«Eine Goldmünze? Bist du übergeschnappt?»

«Das sind solche Münzen, wie sie große Dichter und Gelehrte aus Ländern im Süden bekommen, wenn sie alt geworden sind», sagt er.

«Klar, daß du verstört bist», sagt sie.

Es war ein kleines Haus mit der Küche vorn und der Stube nach hinten hinaus. Sie bat ihn, so gut zu sein, sich auf eine Kiste neben dem Herd zu setzen. Im Kessel war heißes Wasser, und in der Küche war es schön warm, zumal nach einer Nacht im Freien. Hier schien es keine Sorgen zu geben, nur Ruhe und Trost für ein obdachloses Herz.

«Gäste einladen ist nicht so einfach», sagte sie. «Ich habe nur ein halbes Päckchen Zusatz. Aber das macht nichts. Kaffee von Zusatz ist, weiß Gott, gut genug für arme Schlucker wie wir. Hahaha, zu gut, wenn wir ihn nicht trinken wollen. Aber Schwarzbrot kann ich dir geben, und Schwarzbrot ist Schwarzbrot. Da ist auch noch ranzige Margarine, wenn du etwas aufs Brot gestrichen haben willst.»

«Für solche Herzensgüte gegen einen fremden Menschen gibt es gar keine Worte, die schön genug sind», sagte er. «Und du brauchst nicht mit Entschuldigungen zu kommen, denn es kommt auf Herzensgüte an, nicht auf Kaffee oder Zusatz.»

Dann erzählte er ihr alle seine Kümmernisse seit gestern früh, als sie einander zum erstenmal gesehen hatten: erzählte, daß er zum Steinetragen untauglich gewesen, erzählte von der Nacht unter freiem Himmel und erzählte, daß er heute früh einen Toten wieder zum Leben erweckt und danach den Gemeindevorsteher besucht habe, von dem er barsch abgewiesen worden sei. Zu alldem komme, daß sich in ihm Zweifel zu regen begännen, ob Gott etwas damit meine, die auf die Probe zu stellen, die er liebe.

Sie hörte ihm zu und war verwundert über seine Augen, blau und tief, über sein reines, offenes Gesicht. Und dann dieses eigentümliche Haar. Sie wollte versuchen, ihn von seinen Schwierigkeiten zu befreien und ihm eine Zukunft zu verschaffen; und sie sagte, daß er allzeit herzlich willkommen sei, bei ihr gesalzenen Fisch mitzuessen, wenn er sonst nichts zu essen habe. Er fragte sie nach ihrem Namen. Sie hieß Vegmey Hansdottir, genannt Meya auf Brekka, und das Haus hieß Fagrabrekka, die Kuh hieß Skjalda, hahaha. Er sah sie verzückt an und fragte:

«Verzeihung – bist du versprochen?»

«Warum fragst du danach?» sagte sie und blickte unwillkürlich an sich nieder, als glaubte sie, man könne ihr etwas ansehen.

«Weil ich kaum glauben kann, daß solch ein freigebiges Mädchen noch nicht versprochen ist», sagte er.

«Nein, hat man so was schon mal gehört», sagte sie. «Und du, der noch nicht mal Steine tragen kann.»

«Ich könnte vielleicht über dich ein Gedicht machen», sagte er.

Da stellte sie sich vor ihn hin, schaute ihn froh und erstaunt an, klatschte in die Hände und sagte: «Bist du Dichter?»

«Ja», sagte er ernst und stolz.

«Da muß ich denn doch nebenan zu der Frau laufen und etwas Bohnen und Kringel von ihr borgen, wenn sie kann», sagte das Mädchen und war schon fort.

Während sie Kaffeebohnen und Kringel besorgen wollte, dichtete er für sie etwas Hübsches; als sie zurückkam, war das Gedicht fertig. Darin nannte er sie «Flammende Meerfrau» und «Goldene Flur». Sie hatte in ihrem ganzen Leben kein so schönes Gedicht gehört. Eine Handvoll Bohnen hatte sie bekommen, die sie in die Kaffeemühle schüttete und sogleich mahlte. Es duftete herrlich.

«Nun weiß ich endlich, was du werden sollst», sagte sie. «Du sollst Pastor werden.»

Nachdem er eine Weile darüber nachgedacht hatte, sagte er: «Ich zweifle, daß ich dafür gläubig genug bin; und auch, daß ich dafür gut genug bin. An mir ist ein Wunderwerk geschehen, und dennoch meine ich, daß in Wirklichkeit nichts geschehen ist. Ich empfinde nicht einmal so etwas wie richtige Dankbarkeit. Es kommt mir sogar manchmal so vor, als ob ich am Sieg des Guten zweifle.»

«Och, das macht gar nichts», sagte das Mädchen. «So was läßt sich bei gutem Willen schon ordnen, ganz gleich, was die Pastoren glauben. Es gibt sogar viele, die sagen, daß sie überhaupt nichts glauben. Die Hauptsache ist, daß du ein feiner Mann und einer von den Vornehmen wirst, denn das sollst du werden; das sage ich. Warum beim Satan wollen sie auch einen Mann mit deinen Händen und deinen Augen Steine tragen lassen? Sie sollten sich schämen! Nein, ich will dir sagen, was du zu tun hast, wenn du mit dem Kaffeetrinken fertig bist: du gehst sofort zu Ehrwürden Brandur, der gehörig alt ist und bald sterben wird, und sagst zu ihm, daß du in die Pfarrerlehre kommen willst, damit du sein Nachfolger werden kannst, wenn er tot ist.»

So warmherzig nahm sie Anteil an seinem Schicksal. Sie war entschlossen, ihn vorwärts zu bringen. Er hatte nie im Leben so guten Kaffee bekommen wie bei ihr, und sie hatte vergessen, daß sie ihn jemals für einen Verstörten gehalten hatte.

«Spute dich mit dem Kringel, bevor die Gören hier sind», sagte sie.

«Danke», sagte er.

«Und dann gehst du zum Pastor.»

Er war entschlossen, alles zu tun, was sie sagte. Als er aufgestanden war und sich bedankt hatte, blieb er zögernd bei der Tür stehen, konnte seine Augen nicht von ihr losreißen. Sie kam zu ihm und sah in seine Augen.

«Wenn du es also durchaus wissen willst», sagte sie, «– ich bin nicht verlobt. Aber ich war im Winter ein ganz klein bißchen mit einem Mann verlobt. Er wollte es nun einmal, ich konnte nichts dafür. Dann reiste er fort, und als er weg war, sagte ich Gott Lob. Mag ihn der Teufel holen. Aus lauter Langeweile hatte ich mich mit ihm verlobt, hahaha. Jetzt habe ich dir mehr erzählt als meinem Vater, und nur, weil du so blaue Augen hast und so rötliches Haar. Du solltest dich was schämen.»

Sie stand jetzt ganz dicht bei ihm, und als sie die Tür öffnete, um ihn hinauszulassen, konnte er sie einen Atemzug lang fühlen. Und er sah in ihren Augen das heiße, stumme Traumland, das man zuweilen in jungen Mädchenaugen findet, wenn sie einen Mann anblicken.

Da hatte sie die Tür hinter ihm geschlossen, und er stand draußen vor ihrer Tür, starrte verzückt das Haus an, als sei es eine überirdische Erscheinung, und liebte das Haus. Es war vielleicht eine der schönsten Morgenstunden des Lebens.

5

Der ganze Ort war jetzt aufgestanden, und draußen war es heute nicht weniger belebt als gestern, alle Kinder liefen hinter dem fremden Wandersmann her, nannten ihn einen Verstörten und gaben ihm noch viel ärgere Spottnamen; sie verhöhnten ihn wegen seines hohen Wuchses und seiner Kleidung. Sie kannten viele seltene Schimpfworte und die merkwürdigsten Verwünschungen. Burschen lümmelten sich hinter Zäunen und vor den Häusern, die Hände in den Hosentaschen, und baten einander abwechselnd, doch zur Hölle zu fahren; sie lästerten über Vorübergehende, heulten und johlten aus Leibeskräften.

«Wandelst du in Christi Spur, mein Guter?» sagte der Pastor, indem er sich etwas aus der Nase herausklaubte und gleichzeitig prustete.

Der Jüngling fand sofort den richtigen Ton und antwortete unverzüglich, er hoffe mit Gottes Beistand in Christi Spur zu wandeln, so es der Wille des Heiligen Geistes sei.

«Na, na», sagte der Pastor und wurde sogleich ein bißchen vorsichtig. «Und wie heißen deine Angehörigen?»

Wohl erwähnte Olafur Karason seinen Vater und seine Mutter mit Namen, beeilte sich jedoch hinzuzufügen, daß seiner Meinung nach vor allem Gott und gute Männer seine Angehörigen seien.

Nach dieser Antwort nahm der Pastor plötzlich eine eisige Miene an, räusperte sich dreimal hintereinander und sagte: «Hö, hö, hö, aus welchem Anlaß suchst du mich auf, junger Mann?»

Der Jüngling erzählte dem Pastor die Geschichte seines Lebens, wobei er alle gottesfürchtigen Redewendungen benutzte, die er kannte, und nicht mit erbaulichen Gleichnissen sparte, ebenso wie er mit ganz besonderem Nachdruck sein Siechtum und die damit verbundene lange Bettlägerigkeit als untrüglichen Beweis für Gottes Herrlichkeit hinstellte. Ihm sei alles in der Welt wertlos mit Ausnahme des Geistes. «Die Offenbarung der göttlichen Allmacht ist allezeit mein Trost gewesen», sagte er, «und ich bin felsenfest davon überzeugt, daß die Verbundenheit mit Gott das einzige ist, was für die Menschen Bedeutung hat. Deswegen bin ich zu dir gekommen und bitte dich um Hilfe.»

Der Pastor hörte sich geistesabwesend die Lebensgeschichte an und schnippte hie und da ein Staubkörnchen von seinem Zeug; als sich die Geschichte dem Ende näherte, hielt er mit dem Schnippen inne, machte ein ernstes, ja, sogar ein verblüfftes Gesicht, schob die Brille höher auf die Nase und sagte: «Man muß sich befleißigen, Sie zu Obrigkeitspersonen zu sagen und die Beamten des Landes mit den gebührenden Titeln anzureden. Ich heiße Ehrwürden Brandur Jonsson, Pastor und Propst von Svidinsvik, und man hat Sie und Ihnen zu mir zu sagen.»

Der Jüngling, der bis zu diesem Augenblick fest überzeugt gewesen, den einzig richtigen Ton angeschlagen zu haben, der einem Diener Gottes gegenüber geziemend sei, fühlte sich jetzt bitterlich enttäuscht. Er errötete tief und konnte vor Scham kein Wort hervorbringen.

«Wovon hast du sonst noch gesprochen, mein Guter?» fragte der Pastor.

«Ich möchte so furchtbar gern Dichter werden», sagte der Jüngling und versuchte seinen Gleichmut wiederzufinden.

«I bewahre! Solche Gedanken mußt du dir um alles in der Welt aus dem Kopf schlagen», sagte der Pastor und begann wieder hie und da Staub von seinem Ärmel zu schnippen und ihn dazu mit den Fingern abzubürsten. «Junge Menschen sollen heutzutage nur ein Ziel im Auge haben, nämlich keinen anderen Menschen zur Last zu fallen. Deswegen haben sie auch zuerst und zuletzt Forderungen an sich selbst zu stellen, aber nie an andere. Hier im Ort ist ein Mann, den die jungen Menschen sich als Vorbild nehmen sollten, das ist der alte Jon, der Schnupftabakschneider auf dem französischen Grund. Das ist ein Mann, der gezeigt hat, wie weit man es durch Fleiß, Umsicht und Sparsamkeit bringen kann; und ebenfalls, wie man nie von anderen etwas fordert.»

«Ich habe leider nichts, was ich sparen könnte, außer meinem eigenen Leben», sagte der Dichter und hatte aufgehört, theologisch zu sprechen.

«Ja, aber so darfst du nicht denken, mein Guter», sagte da der Pastor. «Sein eigenes Leben, das ist das einzige, womit man nicht sparen darf. Nie hat Jon, der alte Schnupftabakschneider, mit seinem eigenen Leben gespart! Dreißig Jahre hat er in derselben kleinen Butze gesessen und von sechs Uhr am Morgen bis elf Uhr am Abend für Gott und jedermann seinen Tabak geschnitten. Selbst wenn man meinen möchte, es sei keine besonders feine Beschäftigung, Schnupftabak für die Leute zu fabrizieren, so ist er doch auf seine alten Tage der reichste Mann im ganzen Ort. Man soll arbeiten, alle seine Tage, solange man kann, und soll sich von Jugend auf das Ziel setzen, nie auf Kosten der Gemeinde zu leben. Aber man darf sich auch nicht angewöhnen zu fordern, am allerwenigsten, wenn man bei anderen in Dienst steht, was die Leute hier früher auch nie getan haben. Damals hatten auch alle den größten Teil des Jahres über Arbeit, und damals hatte sich hier auch noch nicht die Unsitte breitgemacht, das ganze Jahr hindurch der Gemeinde zur Last zu fallen und von Gott und den Menschen Unmögliches zu fordern.»

«Gestern ließen sie mich versuchen, Steine zu schleppen», sagte der Jüngling. «Aber leider habe ich nicht die nötigen Kräfte. Ich brach zusammen.»

«Man hat wieder aufzustehen, wenn man zusammenbricht», sagte der Pastor. «Alle Christenmenschen haben die Pflicht und Schuldigkeit wieder aufzustehen. Ahnst du denn, wieviel der alte Jon, der Schnupftabakschneider, in seinen jungen Jahren hat durchmachen müssen? Jesus Christus brach siebenmal unter dem Kreuz zusammen.»

«Ja, aber er war doch auch Gottes Sohn», sagte der Jüngling.

«Hö, hö, war Gottes Sohn – was soll solche Rede eigentlich bedeuten, wenn ich fragen darf? Willst du dich bei mir aufspielen? Junge Menschen haben nicht ungefragt zu antworten.»

«Ich bitte Sie, mir zu vergeben, daß ich so töricht und ungebildet bin», sagte der Dichter. «Aber glauben Sie nicht, daß Gott mir gern helfen würde?»

«Hilf dir selbst, so hilft dir Gott», sagte der Pastor.

«Ich möchte so gern ein gelehrter Mann und Dichter werden», sagte Olafur Karason.

«Tja, und wo sind die Gelder?» fragte der Pastor.

«Was für Gelder?» fragte der Dichter.

«Gelder selbstverständlich», sagte der Pastor und schnippte etwas Staub von einem Ärmel. «Bildung ist eine Geldangelegenheit, mein Guter.»

«Ich glaubte, die wahre Bildung zeigt sich daran, daß man etwas gratis für solche tut, die sich innig nach Licht sehnen», sagte der Jüngling.

«Nein, nein, nein», sagte der Pastor. «Nichts habe ich gratis bekommen. Ebensowenig hat Jon, der alte Schnupftabakschneider, etwas gratis bekommen. Gott straft alle, die versuchen, etwas gratis zu bekommen. Nicht einmal Gottes Sohn hat etwas gratis bekommen außer einem Esel, den sie ohne vorhergehende Erlaubnis einem Mann am Sonnabend vor Palmarum weggenommen hatten. Und wozu führte das?»

Olafur Karason hatte in Wirklichkeit längst erkannt, daß alles zwecklos war. Man schwieg. Dem Dichter war zumute wie einem, der lebendigen Leibes gekocht wird. Der Pastor räusperte sich in einem fort und bürstete unsichtbaren Staub von seinen Ärmeln.

«Sie bleiben also dabei, daß Gott mir nicht helfen will, Ehrwürden Baldur?» sagte Olafur Karason.

«Für ganz ausgeschlossen möchte ich es nicht halten, mein Guter. Ich meine, so ab und zu, hin und wieder einen Tag, zumal du ja gelernt hast, sowohl Sie zu sagen als auch bei der Anrede Titel zu gebrauchen», sagte der Pastor und stand auf. Er zeigte zum Fenster hinaus: «Dort kannst du die alte Frau sehen, die Tippel-Halla, die überall im Land Kinder von Männern bekommen hat. Geh hinaus und hilf ihr beim Jäten im Gemüseland, dann kannst du gegen Abend etwas Suppe löffeln.»

«Es soll zu Reichtum führen, wenn man mit einem Pieper in der Tasche herumgeht», knurrte die Tippel-Halla, ohne von den Beeten aufzublicken.

Der Ankömmling fragte verlegen, was sie gesagt habe.

Der Sprühregen hatte seit dem Morgen nicht aufgehört; der Tun, alles lag wie unter einem Schleier. Er konnte es nicht über sich bringen, auf dem feuchten Boden niederzuknien und dabei seine Hose, wie schäbig sie auch war, zu beschmutzen. So bückte er sich und zog sehr vorsichtig hübschen Hühnerschwarm aus dem lockeren Erdreich, worauf er das zierliche Unkraut behutsam neben sich legte; aber er sah sich vor, daß seine Finger sauber blieben.

«Und sammeln sie Hundescheiße vom Weg auf», knurrte die Tippel-Hella weiter, «so sagen sie zu sich, wenn sie sich damit die Taschen füllen: alles kann zu etwas gebraucht werden. Wie sie auch ihr ganzes Leben lang knickern und knausern und sich nicht mal satt essen mögen, so werden sie dabei nicht reicher als irgendein Stümper von Fischdieb, von Strandräubern ganz zu schweigen.»

«Das dürfte doch wohl etwas übertrieben sein, liebe Frau», sagte der Jüngling und richtete sich auf, denn ihm tat sofort das Kreuz weh. «Ich kann es jedenfalls nicht glauben, daß ein Mensch so geizig ist, daß er Hundeschmutz sammelt und in die Tasche steckt.»

Die Frau hielt mit dem Jäten inne, sah den Jüngling erstaunt an und fragte: «Wo in aller Welt kommst du denn her, Mensch?»

Sie holte ihm einen Sack, damit er sich bei der Arbeit nicht auf den nackten Boden zu legen brauchte, und sie brachte ihm bei, wie man Unkraut jätet. Sie war sehr wortkarg zu ihm, denn sie wußte nicht, was für einen Menschen sie vor sich hatte. Als er ihr aber seine Lebensgeschichte erzählte, fühlte sie im Herzen Mitleid. «Du armer Kerl», sagte sie, «ich glaube doch, es wäre besser für dich gewesen, du hättest ein Jahr länger unterm schiefen Dach liegen können.»

«Hoffentlich bekomme ich später ein Dach über dem Kopf», sagte er männlich, «und vielleicht mit der Zeit auch ordentliches Zeug auf den Leib.»

Dazu antwortete sie nichts, während er im stillen schwelgte, welch üppiges Leben einmal auf ihn warte.

«Es kann gut sein», sagte er laut, «daß es irgendwo einen einflußreichen Mann gibt, der sich der Menschen annimmt, denen es schlecht geht; einer, der gern bereit ist, einem fremden Jüngling beizustehen, damit er etwas aus sich machen kann.»

«Mag sein», sagte die Frau gleichgültig und betrachtete den Jüngling heimlich von der Seite, ohne sich sonst beim Jäten stören zu lassen. «Ich habe jedoch gehört», fuhr sie fort, «daß Leute, die bei Hunden schlafen, mit Flöhen aufwachen.»

«Ich verstehe nicht, was du meinst», sagte er. «Wer sprach von Hunden? Ich sagte, ein einflußreicher Mann. Hast du denn nie von großen Männern etwas gehört, die ähnlich sein sollen wie jene in den berühmten alten Büchern?»

«Nein», sagte sie.

«So», sagte er. «Das ist sonderbar.»

Es schien wieder einmal einer von jenen traurigen Fällen im Leben zu sein, wo zwei Menschen einander nicht verstehen.

«Es ist wahr, mein Junge», sagte die Frau nach kurzem Schweigen, «ich habe mich mein Lebtag nicht viel mit Bücherlesen abgegeben. Aber dafür habe ich selber neun Kinder in zwölf Kirchspielen bekommen. Vielleicht haben sie vergessen, darüber in Büchern und berühmten Sagen etwas zu schreiben. Wenn du davon vorher nichts gehört hast, so will ich dir anvertrauen, daß meine Kinder, sobald sie zur Welt kamen, allesamt in den Kehricht geschmissen worden sind. Über solche großen Männer, von denen du sprichst, habe ich nie ein Wort gehört. Es ist möglich, daß sie in Büchern vorkommen, aber hier in der Gegend kennt man sie nicht. Die großen Männer, die ich getroffen habe, waren sich alle darin ähnlich, daß sie sich lieber mit Speichelleckern abgaben als mit diesen sogenannten fremden Jünglingen, die etwas aus sich machen wollen. In meinen jüngeren Jahren gab es Gemeindevorsteher und sogar Pastoren – und ich kann nicht glauben, daß sie alle miteinander ausgestorben sind –, die sich bitter beklagten, daß hierzulande leider das Blutgericht abgeschafft ist.»

«Was für ein Blutgericht?»

«Oh, hierzulande gab es nur ein Blutgericht, das Große Gericht; das bestand darin, daß Menschen im Öxarfluß ertränkt wurden.»

«Wie schön, daß man damit aufgehört hat», sagte der Jüngling.

«Aufgehört?» sagte Halla. «Hat sich was. Was ist hierzulande denn ein Mensch wert?»

«Wen kann man anklagen, weil man arm und ohne Haus und Heim ist?» sagte der Jüngling. «Ist es denn nicht Gott, der die Welt regiert?»

«Sicher ist es am einfachsten, Gott für alles Böse und alles Unglück die Schuld zu geben», sagte die Tippel-Halla. «Aber wahrhaftig, es war nicht Gott, der die Welt regiert hat, in der ich lebte, solange ich lebte.»

«Ich habe von einer kundigen Frau gehört, daß der Etatsrat allen beigestanden hat, solange er hier war. Alle konnten leben.»

«Ja, aber eines hat der Etatsrat vergessen», sagte Halla, «er hat vergessen, uns zu schlachten, ehe er fortreiste. Als seine Kuh keine Milch mehr geben konnte, hat er sie in den Frost hinausgeschleppt, anstatt ihr den Kopf abzuschneiden; und er ist mit seinem Etatsrattitel und seinen Millionen südwärts gefahren, nach Dänemark zu seinem König.»

6

Wie es bei den meisten Menschen der Fall ist, die in Wirklichkeit nicht mehr aus noch ein wissen und jede Hoffnung auf Glück verloren haben, so geht es auch mit ihm; er weigert sich mit aller Kraft, zuzugeben, daß er weder aus noch ein weiß und jede Hoffnung auf Glück verloren hat. Er besitzt nicht die schroffe, unversöhnliche, verhärtete und unbeugsame Gemütsart der Tippel-Halla, die, obwohl sie nur die Schattenseiten des Lebens gelten lassen will, nicht zusammenbricht.

Es ist spät geworden. Die Tippel-Halla ist nach Hause gegangen. Er steht auf dem Weg, mutterseelenallein, durchnäßt, unter Aufsicht der Vorsehung, und bereut, daß er nicht noch mehr in der Küche des Pastors gegessen hat.

Es ist so weit mit ihm gekommen, daß er nicht einmal mehr nach Gebühr das unglaubliche Mirakel, das jüngst an ihm vollbracht worden ist, zu schätzen weiß. Obwohl ihm doch gewissermaßen durch eine Wiedertaufe aufs neue die Fähigkeit zuteil geworden ist, hinfort wieder in dem merkwürdigen, lotrechten Zustand zu wandeln, der die Antwort des Menschengeschlechts auf das Gesetz der Schwere ist. Er starrt hinauf ins Blaue und fragt den Urheber des Mirakels:

«Hat man einen Menschen zerstückelt und ihn bereits eingepökelt – was ist dann besser: ihn vom Tode auferstehen oder ihn in der Pökeltonne liegen zu lassen?»

Darauf führt die Vorsehung ihn weiter, wie sie aller Menschen Wege lenkt.

Er trottelt im nächtlichen Regen dahin. Alle anderen liegen schon in ihren Betten.

Plötzlich sieht er sich mitten auf dem Weg zwischen zwei Häusern stehen. Er betrachtet sie abwechselnd, unschlüssig, mit Herzklopfen, fast entsetzt, und er fragt:

«Sein oder nicht sein?»

Zum dritten- und letztenmal soll er zwischen diesen beiden

Häusern wählen. In dem Haus auf der einen Seite des Weges gibt es eine Pritsche, die vielleicht noch ein bißchen warm ist von dem neulich hinausgeschafften Armen. Dort kann er Obdach bekommen im Schatten des Todes, zusammen mit Gisli, dem Großgrundbesitzer, und den anderen Hausgenossen, bis man auch ihn den einzigen richtigen Weg hinausträgt, irgendwann frühmorgens.

Auf der anderen Seite des Wegs ist das Haus, in dem aller Erden Schönheit wohnt, lieblich und frisch, in Gestalt eines jungen Weibes. Das Wagnis des Lebens selber ist es, mit seinem lockenden Lächeln, das zu heißem, lebenslänglichem Kampf ruft, wahrscheinlich zu einem Leben voll endlosem Unglück. Sei's drum. In diesem Haus hat der Begriff Tod keinen Platz. Und so kommt es: ihr junger, starker Leib und jener heiße Frauenblick in der Tür am Morgen – diese Erinnerung siegt. Er will leben.

Er pocht an ihre Tür.

Nach langem Klopfen kommt ein Mann hinter dem Fenster zum Vorschein und fragt barsch, ob die verfluchten Saufbolde nicht endlich aufhören wollten, nächtens vor den Häusern anständiger Leute zu lärmen. Es ist der Vater des Mädchens.

«Ist Vegmey zu Haus?» fragt der Dichter.

«Vegmey? Zu Haus? Was glaubst du denn, wo sie sonst ist? Wer bist du? Was willst du?»

Er sagt, er möchte so gern Vegmey fragen, ob sie wohl so gut sei, einem Menschen Obdach zu geben.

«Du bist wohl ganz besoffen», sagt der Vater des Mädchens.

«Nein», sagt der Dichter, «ich bin ohne Obdach.»

«Hier ist keine Herberge. Scher dich zum Teufel.»

In diesem Augenblick kommt das Mädchen selber ans Fenster, noch schlaftrunken, um zu sehen, was los sei. Und da ist es ihr Verstörter, der zurückgekommen ist. Er, den sie mit Kaffee und Kringeln bewirtet hat.

«Nein, du bist es», ruft sie. «Und naß wie ein Hund und

beschmutzt! Um Himmels willen, mach, daß du in die Küche kommst!»

Die Haustür ist nicht abgeschlossen, wie es bei armen Leuten der Brauch ist, weil es nichts zum Stehlen gibt; oder richtiger, weil alles bereits gestohlen ist. Er geht in die Küche. Sie kommt ihm gähnend entgegen, in einem zerrissenen Kleiderrock, den sie eiligst angezogen hat.

«Armer Junge», sagt sie, «weiß nicht, wo er wohnen kann, Vater, er hat kein Heim, hahaha. Wir müssen ihn bei uns übernachten lassen.»

«Ich habe den ganzen Tag Steine geschleppt. Ich gebe mein Bett nicht her», antwortet der Vater.

«Er kann in der Küche auf dem Fußboden liegen», sagt sie. Als sie aber sieht, daß der Gast zu naß ist, um auf dem Fußboden zu liegen, und es auch keine heile Decke gibt, womit man ihn zudecken könnte, und sie fürchtet, er würde sich eine Lungenentzündung holen, ändert sie ihren Vorschlag und sagt: «Ich will dich lieber in meinem Bett schlafen lassen.»

Sie schubst ihn vor sich her in die Stube, wo die Familie den unbeschreiblich köstlichen Luxus eines reinen Gewissens genießt, der den Schlaf in solchen Häusern kennzeichnet.

«Da ist mein Bett», sagt sie. «Zieh dich schnell aus und leg dich hin. Deck dich ordentlich zu, damit du nicht frierst.»

Einige Menschen sind reich, andere sind sehr arm. Dies ist der wahre Reichtum, den man einem Mädchen am Weg weder nehmen noch stehlen kann, obgleich unbekannte Diebe das Haus längst geplündert haben.

Er darf sich waschen und kriecht dann in das herrliche Bett zu zwei warmen Kindern, die am Fußende liegen und schlafen. Sie nimmt eine fadenscheinige Decke mit und sagt gute Nacht, geht in die Küche und schließt die Tür. Er zieht die Wolldecke bis ans Kinn hinauf und hat nie in einem so weichen Bett gelegen. Überall um ihn herum hört man Atemzüge. Der Sommerregen fällt still und heimelig auf das Dach. Er ist schnell warm geworden. Alle Kümmernisse des Lebens sind verschwunden. Niemand kann so glücklich werden wie ein Mensch ohne Obdach. Zwischen Wachen und Träumen preist er dieses holde Geschöpf, das mitten in der Nacht aufgestanden ist, um einem Obdachlosen sein Bett zu überlassen. Was wäre wohl die Welt, in der wir leben, gäbe es nicht reiche und gute Menschen wie sie?

Er erwachte bei Sonnenschein. Dicke Brummer am Fenster, sie summten munter. Die Kinder hatte man früh am Morgen in aller Stille aus dem Bett geholt, angezogen und ins Freie getrieben; aber draußen in der Küche sang das Mädchen froh und klirrte mit dem Geschirr. Er hustete mehrmals zum Zeichen, daß er aufgewacht sei. Sie blickte durch den Türspalt und sagte guten Tag und lachte. Sie hatte sich sogar das aschblonde Haar gekämmt, und ihre Locken schimmerten von dem Sonnenstrahl, in dem sie dort stand. Auch ihr heller, kräftiger Hals. Und sie hatte Schuhe, aber keine Strümpfe an. Wie er sie dort stehen sah, war sie die Offenbarung des Lebens selber mit ihrem Liebreiz; ja, zweifellos das geheimnisvolle Abbild irdischer Vollkommenheit, wenn nicht überhaupt der Inbegriff aller Schönheit der Welt.

Nein, er hatte es nicht für möglich gehalten, daß ein so reiches weibliches Geschöpf einem armen Mann einen guten Tag wünschen würde.

«Guten Tag.»

Aber heute gab es weder richtigen Kaffee noch Zichorienkaffee. Doch der Tag hatte andere Freuden in Bereitschaft. Im Haus gab es gelben Zucker und gesalzene Kabeljaurücken und warmes Wasser. Sie brachte ihm alles.

«Nimm und iß vom Zucker, so viel du nur kannst, bevor die Kinder wieder da sind», sagte sie und nahm sich selber eine Handvoll gelben Zucker.

Nie hatte jemand dem jungen Dichter so viel Zucker angeboten, und er erwählte denn auch das Mädchen zur Königin aller Süßigkeiten der Welt. Die Sonnenstrahlen spielten ohne Unterlaß in ihrem jungen Haar. Das Summen der Fliegen am Fenster klang wie eine wohllustig tönende Saite. Die Sonne leuchtete mit solcher grenzenlosen Freigebigkeit in dieses

Haus hinein, daß es vor Überfluß und Verschwendung schier zu beben schien. Kein Wunder, daß er alle anderen Mädchen, alle andere Liebe vergessen hatte. An ihrer Seite wollte er zuversichtlich bis ans Ende des Lebens wandern. Sie gab ihm sein Zeug, das sie am Herd gewärmt und getrocknet hatte, und sagte, sie wolle hinausgehen, damit er sich anziehen könne. Dann kam sie wieder zu ihm und sagte, er sei bestimmt ein großer Dichter, und sie wünsche sich, daß er für sie jeden Tag etwas dichte, wenn auch nur eine halbe Strophe, hahaha. Und sie setzten sich beide auf die Bettkante und sprachen miteinander. Und die Sonne schien, wo sie saßen.

Es gibt kein größeres Glück als zwei Menschen und eine Sonne.

Dann machte sie ein ernstes, vernünftiges Gesicht und fragte, ob er auch heute beim Pastor jäten werde. Sie hatte den Arm auf seine Schulter gelegt und blickte forschend in seine blauen, strahlenden Augen.

«Leider gibt es beim Pastor kein Unkraut mehr», sagte er.

«Und nächste Nacht?» fragte sie.

Darauf wußte er zuerst keine Antwort. Er fand auch, daß es wunderlich von ihr sei, so zu fragen. Jetzt war es Frühlingsmorgen und bis zum Abend noch eine Ewigkeit, eine Nacht gab es überhaupt nicht. Weshalb sollte er sich wegen einer fernen Nacht Sorgen machen? Er war siebzehn Jahr alt und außerdem ein Dichter, für den es immer nur einen Tag gibt.

«Ja, aber glaubst du, daß du nicht länger als heute leben wirst, obgleich du ein Dichter bist?»

«Ich will tun, was du sagst», antwortete er.

«Du sollst zu Pjetur Dreiroß gehen und es bei ihm versuchen», sagte sie.

«Das wage ich nicht», sagte er. «Vor solchen Menschen habe ich Angst. Außerdem sagte eine kundige Frau, die ich gestern getroffen habe, daß es hier in der Gegend überhaupt keine großen Männer gäbe.»

«Das ist gelogen», sagte das Mädchen. «Du wirst sehen,

wenn du nur richtig schlecht über den Gemeindevorsteher zu Pjetur sprichst, tut er alles für dich. Die beiden gönnen einander nämlich nicht, was jeder von ihnen stiehlt.»

Er dachte eine Weile über ihre Worte nach, bis er schließlich verzagt sagte: «Nein, ich glaube, ich kann es nicht. Ich kann nicht schlecht über Menschen sprechen. Das kommt daher, weil ich nicht glaube, daß es wirklich schlechte Menschen gibt. Tut einer etwas Schlechtes, so denke ich nur: er hat nie den Klang der göttlichen Allmachtsoffenbarung vernommen.»

«Was für eine Offenbarung?» fragte das Mädchen.

«Es macht nichts», sagte er. «Du brauchst es nicht zu verstehen. Du bist ein Stück Sonne.»

«Du bist ein großer Dichter», sagte das Mädchen, «und zwar ein so großer Dichter, daß du das Menschenleben nicht siehst und nicht einmal dein eigenes Leben. Aber trotzdem sollst du leben, bin ich es auch nur, die das sagt.»

Es nützte ihm nichts, mit Einwänden zu kommen. Sie hatte beschlossen, daß er leben sollte, obwohl er ein großer Dichter war. Und weil er es also nicht über sich bringen konnte, schlecht vom Gemeindevorsteher zu sprechen, so nannte sie ihm im Vertrauen ein Mittel, das unfehlbar auf Pjetur Dreiroß wirkte, wenn sonst nichts mehr helfen würde: laut heulen und sagen, man sei am Verhungern.

«So mache ich es immer, wenn sein Prokurist uns nichts mehr auf Borg geben will und wir nichts mehr zu essen haben. Da kann er sich nicht mehr halten. Sofort packt er mir aus seinem eigenen Haushalt meinen Korb mit guten Sachen voll. Im Grunde ist er christlich, dieser verfluchte Schubiak, und jeder bekommt Hilfe bei ihm, wenn er nur gehörig wimmert und laut genug heult.»

Der Jüngling war so begeistert über ihre Rücksichtslosigkeit und wie wenig wählerisch sie in ihren Mitteln war, Gutes zu erreichen, daß er sich willenlos gegen ihre Brust lehnte und das Gesicht an ihrem Hals barg, als wolle er dort Schutz suchen.

«Ich weiß, bei dir bin ich für immer in guter Hut, nun, wo du dich meiner angenommen hast», sagte er.

«Ich habe vorher noch niemals einen Dichter gesehen», sagte sie. «Aber ich habe immer gewußt, daß sie so sein müßten, wie du bist.»

«Jetzt kann mir nie wieder etwas Böses zustoßen», sagte er, «nie mehr.»

Eine kleine Weile schwiegen sie.

Dann flüsterte sie: «Nicht zu sagen, wie schön du atmest.»

«Was meinst du?» fragte er.

«Nichts», sagte sie. «Es ist nur so gut, dich atmen zu hören.»

Wieder verging eine Weile.

Da beugte sie sich über sein Gesicht nieder und sah in seine Augen, lange, ehe sie einander küßten.

Dann küßten sie einander.

In Wirklichkeit hatte er noch niemals früher ein Mädchen im Ernst geküßt. Und lange danach dachte er daran, wie weich es war.

Da flüsterte er: «Vegmey, glaubst du, daß du dir denken könntest, meine Frau zu werden?»

Nun stand sie auf, streckte die Arme in die Höhe und gähnte: «Bist du verrückt, Junge? Meinst du, du könntest sofort um mich freien?»

Er war auch aufgestanden, sehr ernst. Es war der feierlichste Augenblick seines Lebens.

«Vergib mir, Vegmey», sagte er. «Aber ich dachte, es wäre besser, es dir zu sagen, ehe ich gehe.»

«Nun sollst du gehen», sagte sie.

Und sie küßten einander in einem fort bis hinaus an die Haustür.

Wie oft sie auch immer wieder sagte, er solle gehen, so war es doch nicht leicht herauszufinden, für wen es schwerer war, vom anderen zu lassen.

7

Direktor Pjetur wohnte in einem Haus mit einem Laden, das ein hohes Dach und niedrige Wände hatte. Ein Überbleibsel aus der Zeit des dänischen Handelsmonopols. Später jedoch hatte das breite, behäbige Dach einen großen, fremdartigen Giebelaufbau erhalten. Fast bis in die Fenster reichte Gras.

«Was Wichtiges?» fragte die Dienstmagd um die Mittagsstunde, als Olafur Karason nach dem abenteuerlichen Morgen so viel zu sich gekommen war, daß er sich plötzlich zusammennahm, um nach Direktor Pjetur Palsson zu fragen.

«Ja», sagte der Jüngling. Er hatte in seinem Liebesrausch stundenlang herumgestreunt und war jetzt hungrig und wünschte, der Direktor möge ihm auf der Stelle helfen.

Einen Augenblick danach kam sie zurück und sagte:

«Du kannst gleich zu ihm hineingehen und ausrichten, was du von ihm willst; er sitzt nämlich beim Mittagbrot.»

Sie führte ihn durch eine Küche, in der es lieblich nach gekochtem Fleisch duftete, und ließ ihn dann in der geöffneten Tür stehen, von wo er die ganze Direktorfamilie rund um den Mittagstisch beim Essen überblicken konnte: rotes Pökelfleisch, fette Hammelrippen, dicke Kohlrabi und mehlige Suppe. Eine Menge Kinder und junge Leute, die sich sehr laut benahmen, eine hagere Frau, die stumm dasaß, während Pjetur am Tischende thronte: in seinem Jackett, mit Gummikragen, alles durch sein würdevolles Pincenez betrachtend.

«Was willst du?» brüllte der Direktor, als er den Jüngling in der Tür stehen sah. Diese barsche Stimme nahm dem Gast sofort allen Mut. Übrigens wußte er auch nicht mehr, was er sagen wollte. Ratlos blieb er auf der Schwelle stehen. Das junge Volk am Tisch war plötzlich mäuschenstill geworden und wartete gespannt darauf, was der Gast sagen würde. Da er aber stumm blieb, lachten und schrien sie wieder los, so daß der Gast glaubte, vor einer Brandung zu stehen.

«Haltet endlich mal euer Maul, ihr Idioten», sagte der Direktor. «Ich kann nicht hören, was der Mann sagt.»

«Er sagt ja nichts», sagten die Kinder. «Er ist verrückt und kann nicht mal die Schnauze aufmachen.»

Bei dieser Beschuldigung nahm sich der Jüngling zusammen, öffnete die Schnauze und sagte: «Ich suche Arbeit.»

Der Direktor hatte den Burschen nie vorher gesehen, und, was noch schlimmer war, ihm kam die Sprache des Gastes völlig unverständlich vor.

«Du suchst Arbeit», wiederholte er verwundert die Worte des Gastes, als wären es Vokabeln aus einer seltenen fremden Sprache.

«Was heißt das?» fragte er dann gedehnt.

«Damit – damit ich etwas Essen und eine Stelle zum Schlafen bekommen kann», sagte der Jüngling.

«Essen? Schlafen?» wiederholte der Direktor verblüfft, so verblüfft, daß er den Bissen, den er gerade zum Munde führen wollte, wieder auf den Teller legte und verwirrt seine Kinder ansah, die sich vor Lachen schüttelten, gleichgültig, ob der Gast sprach oder schwieg.

Schließlich sah der Direktor fragend seine Frau an, in der schwachen Hoffnung, sie könne ihm das Rätsel lösen.

«Essen? Schlafen? Was meint er?» fragte er sie.

«Ich weiß es nicht», sagte die Frau.

«Wer bist du und wo kommst du her?» fragte der Direktor.

Der Gast beantwortete die Fragen, und die Kinder gerieten völlig aus dem Häuschen. Sie brüllten über diesen unglaublichen Witz, daß der Mann einen richtigen Namen hatte und von einem richtigen Wohnplatz hergekommen war.

Aber der Direktor sagte, daß er danach überhaupt nicht gefragt habe. «Ich will wissen, wer dich zum besten gehalten hat? Und wer die Verantwortung für dich hat?»

«Die Gemeinde», sagte der Jüngling.

«Natürlich! Das Rindvieh von Gemeindevorsteher steckt dahinter», sagte der Direktor. «Geh schleunigst zurück zu ihm und grüß ihn. Bestell ihm von mir, daß er sich zum Teufel scheren soll. Und schließ die Tür hinter dem Menschen, liebe Disa. Ich kann keinen Zug im Haus vertragen.»

Ein ungelenkiges, knochiges Mädchen im Konfirmationsalter stand auf, fettig über dem ganzen Gesicht, und wollte die Tür hinter dem Jüngling schließen, sobald er gegangen wäre. Aber der Jüngling wollte nicht gehen.

«Der Gemeindevorsteher hat mich fortgejagt», sagte er, «für alle Ewigkeit.»

«Der Gemeindevorsteher hat dich fortgejagt? Ja, wie ihm das ähnlich sieht! Er ist ein Idiot und eine Ratte dazu.»

«Er sagte, daß ich mich wegscheren und Steine tragen sollte», sagte der Jüngling.

«Steine tragen. So, das hat er gesagt. Das hat er also gesagt! Soviel ich weiß, bin ich es, der zu bestimmen hat, wer an diesem Platz hier Steine zu tragen hat und wer nicht.»

«Hinaus mit dir», sagte das Mädchen, das immer noch an der Tür stand und sie endlich schließen wollte.

«Was, zum Satan, willst du fremde Leute aus dem Haus jagen, Deern?» sagte Direktor Pjetur. «Tritt näher, mein Lieber, da also der Gemeindevorsteher dir die Tür gewiesen hat. Erzähl mir genauer, wie es um dich steht.»

Der Jüngling trat nun über die Schwelle und begann sofort seine Lebensgeschichte zu erzählen.

Aber als er bis zu dem Zeitpunkt gekommen war, wo er zur Erziehung nach Fotur unter Fotarfotur gebracht wurde, da platzten die Kinder wieder los und waren völlig außer Rand und Band. Es nützte auch nichts, daß ihr Vater ihnen befahl, die Klappen zu halten.

«Mach dir nichts daraus, was diese verrückte Bande für einen Spektakel macht», schrie der Direktor in den Lärm hinein. «So geht es hier nun einmal zu. Diese Kröten haben den ganzen Tag über nichts anderes zu tun als albern zu lachen oder Fremde anzupöbeln. Glücklicherweise macht sich niemand etwas daraus. Also erzähl weiter.»

Doch der Jüngling war steckengeblieben. Er wußte nicht, wo er wieder anfangen sollte. Er sah alles wie durch weißen

Nebel; er schwitzte; er zerknüllte krampfhaft seine Mütze zwischen den Fingern.

«Hast du für etwas Besonderes Anlagen?» fragte der Direktor, da es nicht mehr Lebensgeschichte gab.

Diese Frage rettete den jungen Dichter. Er merkte unglaublich schnell, ob jemand zu ihm auch nur mit einer Andeutung von Mitgefühl sprach. Flugs war er bei der Hand. So auch jetzt, und er beeilte sich, eine zustimmende Antwort zu geben: er habe ganz besondere Begabung für alles Geistige.

«Was?» sagte der Direktor. Er hörte auf zu kauen und nahm die Miene einer Obrigkeitsperson an, was die Kinder jedoch nicht daran hinderte, aufs neue loszuplatzen.

«Jag die Blagen hinaus, Frau. Ich dulde nicht, daß diese Schwachköpfe hier in der Stube sind, wenn ich mit Leuten rede.»

Gott Lob, die Schwachköpfe hatten genug gefuttert, aber sie verließen doch erst den Schauplatz, nachdem sie dem Gast eine lange Nase gemacht und ihn beim Hinauslaufen angejohlt hatten.

«Was meinst du damit, Kerlchen, wenn du sagst, du hast ganz besondere Begabung für alles Geistige?» fragte der Direktor, als es in der Stube ruhig geworden war.

«Dichtkunst und Gelehrsamkeit», sagte der Jüngling.

Jetzt verwandelte sich der Direktor gleichsam in einen neuen Menschen, und er sagte:

«Hör, setz dich nieder, während ich fertig esse. Wir müssen noch etwas mehr miteinander sprechen. Die Sache ist nämlich die, was meine Person betrifft: wäre ich nicht Direktor geworden, aus mir wäre ein Dichter und Gelehrter geworden. Meine ganze Veranlagung beweist das. Doch so ist nun einmal das Schicksal der Menschen, Kerlchen. Nun muß ich mich damit zufrieden geben, dann und wann Gelegenheitsgedichte zu machen, das heißt, den Inhalt für solche Gedichte zu finden. Denn für gewöhnlich habe ich in meiner Bekanntschaft eine Frau, die alles für mich in gereimte Verse bringt. Hast du vielleicht versucht, selber zu dichten?»

«Ja», sagte Olafur Karason Ljosvikingur. «Ich habe bis jetzt im ganzen 865 Gedichte verfaßt, die ich in Schreibhefte, welche mir mein Vater geschickt hatte, niedergeschrieben habe. Außerdem habe ich viele Gelegenheitsgedichte und Scherzgedichte zur Unterhaltung verfaßt, die ich aber nicht aufbewahrt habe.»

«Hör nun, Kerlchen», sagte jetzt der Direktor, «darf ich als älterer Mann mit einer Bemerkung kommen? Es führt zu nichts, wenn man eine Unmasse zusammendichtet. Ich dichte nie viel. Ein Gedicht hin und wieder, wenn es sich um etwas wirklich Wichtiges handelt. Gedichte zu feierlichen Gelegenheiten oder bei plötzlichen Todesfällen. Das genügt, meine ich. Aber Gedichte hundertweis ohne zwingenden Grund, nein! Das endet meistens nur damit, daß man wegen eingebildeter Sorgen in Klagen und Wehgeschrei ausbricht, weil man meint, man lebe nicht üppig genug. Ausgeschlossen, ich dichte nie auf solche Weise. Und ich hoffe, daß du es auch nicht tust. Gesund sollen die Dichter sein. Gesund in ihren Freuden und gesund in ihren Leiden. Ich habe nur etwas für gesunde Dichter übrig. Aus den sogenannten modernen, realistischen Dichtern mache ich mir überhaupt nichts. Das sind solche, die wie ein verfluchter Lümmel im Versteck heimlich Misthaufen aufsuchen, und zwar einzig und allein deshalb, weil ihre versauten Gelüste danach verlangen, sich im Kot zu wälzen. Dichter, die richtigen Dichter, sollen, ‹das Land, wo Frieden herrscht und *égalité*›, besingen. Hast du mich verstanden?»

«Ja», sagte der Dichter, überzeugt, daß solche Art Dichtertalent, die einen Bissen von Direktor Pjetur Palssons übriggebliebenem Mittagessen in den Mund des geistig Veranlagten zaubern könne, die einzige sei, die wirklich etwas einbringe.

«Na, so ist alles, wie es sein soll», sagte der Direktor. «Alle jungen Dichter sollten sich daran gewöhnen, ausschließlich das Schöne und Gute zu besingen. Sobald ich mit meiner Mittagsmahlzeit fertig bin, lese ich dir mein letztes Gedicht vor. Was übrigens Gelehrsamkeit und Wissen anbelangt, so haben wir beträchtliches Interesse für derlei. Denn derlei trägt sehr dazu bei, die Menschen in unserer Ortschaft dem Höheren zugänglich zu machen, damit sie nicht in erster Linie an ihren Bauch denken. Schon deswegen habe ich seit langem die Idee, hier bei uns einen kleinen wissenschaftlichen Verein zu stiften, zusammen mit meinem Prokuristen und unserem Arzt und unserem Pastor. Vielleicht auch mit dem Richter, wenn er auch woanders wohnt. Jetzt im Winter habe ich deswegen einige private Versuche mit einem Mädchen gemacht. Doch ich gestehe ehrlich, daß ich bislang noch keine unerschütterlichen Beweise besitze. Aber wir sind auf dem richtigen Weg. Ich hoffe, daß das Mädchen mir schließlich doch die Erlaubnis gibt, absolut genaue Versuche auszuführen. Ich habe mir zugeschworen, mir durch sie die richtigen Beweise zu verschaffen, und wenn ich es mit meinem Leben bezahlen soll. Du siehst also, daß wir hier in Svidinsvik ebenfalls geistig sind, Kerlchen.»

«Ja», sagte der Dichter, «aber ich bin noch nicht achtzehn und besitze daher noch nicht genug Bildung, um alles, was du sagst, verstehen zu können.»

«I wo! Wer könnte das verlangen», sagte der Direktor Pjetur und war bereit, dem Jüngling seine unzulängliche Bildung zu vergeben. «Kein Mensch wird verlangen, daß ein Armenpflegling aus einem gottverlassenen Tal die Wissenschaft der Neuzeit in allen Einzelheiten verstehen kann. Aber soviel verstehst du doch hoffentlich, wenn du wirklich Interesse für das Geistige hast: das Ziel aller heutigen Wissenschaft kann nur eines sein – und zwar einzig und allein dieses eine –: das ist das andere Leben, das nach diesem Leben kommt. Eine andere Wissenschaft und Forschung wird von mir überhaupt nicht anerkannt als diese, deren Ziel und Hauptsache die Erforschung des anderen Lebens ist. Mein Wahlspruch lautet: ‹Vernunftschristentum›. Ich hoffe, daß du das verstehst.»

«Ja», sagte der Jüngling.

«Denn was wäre mit dem Leben hier auf Erden los, falls danach kein anderes Leben käme?» fragte der Direktor.

«Das ist wahr», sagte der Jüngling. «Geht es einem gut, da hat man Lust, ewig zu leben.»

«Und weshalb geht es den Leuten nicht gut? Es kommt daher, weil sie nicht die richtige Auffassung vom Leben haben. Sie wissen nicht, was Vernunftschristentum ist.» Nach diesen Worten wischte sich der Direktor mit dem Ärmel und dem Handrücken den Mund ab, denn er war satt. Und er rieb, so gut es sich machen ließ, die Suppenflecke an den Aufschlägen seines Jacketts fort, nahm dann die obere Hälfte seines künstlichen Gebisses aus dem Mund, streute eine Lage Schnupftabak über jene Seite des Gebisses, die dem Zahnfleisch zugekehrt war, und klemmte es dann wieder am Obergaumen fest.

«Was ist also die richtige Auffassung vom Leben, Kerlchen?» sagte der Direktor.

Das wußte das Kerlchen nicht.

«Na, da will ich es dir erzählen», sagte der Direktor. «Die richtige Auffassung vom Leben ist, will ich dir sagen, die Liebe trotz alledem. Die Liebe trotz alledem, das ist das Ziel des Lebens. Die Liebe ist nämlich das einzige, was sich auf die Dauer lohnt, wenn es im Augenblick einem auch vorkommen kann, daß man dabei verliert. Gott ist die Liebe. Deshalb sage ich, der Höllenhund von Gemeindevorsteher sollte sich schämen. In Wirklichkeit bin ich alle meine Tage das gewesen, was man in ausländischer Sprache Sozialist nennt. Wir Menschen sollen uns bestreben, uns wie die unsichtbaren Wesen im Himmelsraum zu benehmen. Wir sollen Licht sehen. Das ist es, was ich Vernunftschristentum nenne.»

Bei Wiederholung dieser feierlichen Wunderformel hatte die Stimme des Direktors, wie der Jüngling meinte, vor Rührung gezittert. Und der Direktor nahm sein Pincenez ab und mußte es putzen. Der Jüngling war nun selber ein bißchen gerührt, nicht zum wenigsten deshalb, weil er soeben wieder jene geflügelten Worte von den unsichtbaren Wesen im Weltall vernommen hatte, obwohl es ihm völlig schleierhaft war, welche geheimnisvolle Beziehung zwischen diesem Direktor und dem Mirakelmädchen in Kambar bestehen mochte, die ihn im Grunde von den Toten auferweckt hatte.

«Ich will für dich einen Choral spielen», sagte der Direktor, worauf er sich erhob und Olafur Karason mit dem Handrücken die Backe streichelte, wie man es bei einem kleinen Kind macht. «Mitten am Tag einen Choral hören, das tut einem so gut. Sonnenstrahlen in der Seele, die einen bis in den späten Abend erwärmen», sagte der Direktor.

Er setzte sich an das Harmonium, klemmte das Pincenez fest, begann dann *Lobe den Herren, den mächtigen König der Ehren* zu spielen und sang selber mit.

Olafur Karason war überzeugt, der Direktor sei eigentlich ein sehr guter Mensch, wenn er auch etwas barsch wirkte. Lernte man ihn aber ein bißchen näher kennen, so merkte man sofort, daß er ein gütiges Herz hatte. Sein Gesang war mächtig und kraftvoll, das ganze Haus dröhnte vom Orgelgebrause. Der Besuch war in eine feierliche, kirchliche Handlung verwandelt worden.

Aber wie sehr sich der Jüngling auch dagegen wehrte, so konnte er doch seine Augen einfach nicht von den fetten Fleischstücken, die noch auf der Schüssel lagen, fortreißen. Wie gering war er doch als Dichter, wenn es darauf ankam, wie wenig geistig, daß er hier stand und an die nebensächlichsten Dinge des irdischen Lebens dachte, während Pjetur Palsson an die Hauptsache des Daseins, an das Leben im Jenseits dachte.

Dann war der Choral zu Ende, und der Direktor erhob sich mit verklärtem Gesicht und streichelte dem Dichter wieder mit dem Handrücken die Wange.

«Willst du nicht ein Prischen haben, Kerlchen?» sagte er und steckte sein Schnupftabakshorn tief in das eine Nasenloch und dann in das andere und lehnte dabei den Kopf zurück und sog herzinnig zwei Prisen aus dem Tabakshorn.

«Nein, danke», sagte der Dichter.

«Darf ich dir vielleicht eine Zigarre anbieten?» fragte der Direktor, nahm eine Kiste mit Zigarren von einem Wandbrett und steckte sich eine Zigarre an.

«Nein, danke», sagte der Dichter.

«Ja, da ist alles so, wie es sein soll, Kerlchen», sagte der Direktor. «Tabak ist weiter nichts als Teufelsgift. Die Leute sollten keinen Tabak kauen und schnupfen. Deshalb handeln wir in der Wiederaufbaugesellschaft auch nicht mit Tabak. Als ich selber noch zu den kleinen Leuten gehörte, rauchte ich auch nicht. Jetzt wollen wir zu Holmfridur auf dem Dachboden über dem Kuhstall gehen und sehen, ob sie mein letztes Gedicht fertiggemacht hat. Ich bin überzeugt, daß es für Versemacher deines Alters von Nutzen ist, Gedichte von Männern zu hören, die Lebenserfahrung besitzen.»

Dann rief er laut, daß es im ganzen Haus zu hören war:

«Frau, wo ist mein Hut?»

«Dort, wo du ihn hingelegt hast», antwortete aus der Küche seine Frau.

«Man kann fragen, was man will. Du hast nie eine Ahnung», sagte der Direktor.

Aber er fand seinen schwarzen, steifen Hut bald, und dann waren sie fertig. Sie machten sich auf den Weg zu Holmfridur auf dem Dachboden über dem Kuhstall, um sich das Gedicht vorlesen zu lassen.

8

PJETUR SAGTE, DASS ER UNTERWEGS EINEN AUGENblick beim Arzt vorsprechen müsse. Als er vom Doktor zurückkam, konnte man an den Schößen seines Jacketts erkennen, daß er in jeder Hintertasche seiner Hose eine Flasche hatte.

«Jetzt ist alles für den Besuch bei der Dichterin geordnet», sagte er.

Unten auf dem Tun, dicht am Wasser, stand ein langes Gebäude. Ein Viehstall, dessen halber Dachboden eine Menschenwohnung war. In der anderen Hälfte des Bodens bis zum First war Heu untergebracht.

Man ging eine knarrende Stiege hinauf. Die Tür oben war aus ungehobelten Brettern zusammengezimmert. Sie hatte ein Schnappschloß und einen Drücker. Die Frau kam ihnen entgegen. «Mein Mann schläft», sagte sie.

«Mitten in der Heuernte?» fragte der Direktor.

«Gibt es eine bessere Zeit zum Schlafen in Svidinsvik?» entgegnete die Frau. Sie war groß, hatte dunkles Haar, klare, kluge Augen und eine eigentümlich hohe, metallisch klingende Stimme, die jedoch in den höheren Lagen spröde wurde und bei gewissen Vibrationen brach.

«Heute keine Schwarzseherei, liebe Frida», sagte der Direktor. «Heute ist das Wetter schön, und wir alle sind Kinder des Lebens. Ich komme mit einem jungen Dichter von weit her aus einem entlegenen Fjordtal. Ein braves und höfliches Kerlchen. Vielleicht liest du ihm mein letztes Gedicht vor, falls du es fertig gedichtet hast.»

«Ich hatte leider keine Zeit für dein neues Gedicht. Die eine Kuh wurde heute früh wieder wild nach dem Bullen», sagte die Frau. Sie machte dabei ein etwas gekünstelt gleichgültiges Gesicht. In den Zügen um ihren Mund wohnte ein seltsames Leid, das den Jüngling wunderlich berührte, etwas völlig anderes als das gewöhnliche, grobe und einfältige Leid armer Leute, das billigste und gleichgültigste von allem Leid. Dies hier war ein feines, teuer erkauftes Leid, gleichsam eine Mischung von Hunger und Ekel. Und der Jüngling fühlte sich irgendwie verwandt mit der Frau, trotz des gleichgültigen Blicks, mit dem sie ihn streifte.

«Ja, ihr seid eben samt und sonders Materialisten», sagte der Direktor, «euch ist die Befriedigung einer geilen Kuh wichtiger als das, was einer Seele vonnöten ist. Aber ihr werdet euch schön wundern, wie ihr euch geirrt habt, wenn, wie es in einer idiotischen Strophe heißt, ihr den Tod gestorben seid. Wie oft habe ich dir nicht erklärt, daß das Geistige vor dem Kreatürlichen zu kommen hat?»

Es entspann sich ein kurzer Wortwechsel zwischen Pjetur, diesem fein besaiteten und rührseligen Bekenner menschlichen Empfindens, und der Dichterin, wortkarg und kühl, nie sich aufregend.

Der Jüngling stand mitten auf der Stiege, mit dem ganzen Körper lauschend.

Da hörte man aus der Wohnung eine förmliche Sturzsee von Flüchen und Verwünschungen. Der Mann der Frau war erwacht. Er kam im Türspalt zum Vorschein: zerzaustes Haar, Bettfedern an der gestrickten Jacke, blutunterlaufene Augen, aufgedunsen, nicht barbiert, zahnlos. Er kratzte sich und spuckte.

Olafur Karason sah verwundert auf das zarte, helle Gesicht der Frau mit ihren wachen, klaren Augen, dem reichen, glänzenden Haar und den roten jungen Lippen.

«Hast du Branntwein, Pjetur?» fragte der Mann der Frau ohne weiteres.

«Ich finde, du könntest mich erst einmal auffordern, näher zu treten, ehe ich eine solche Gewissensfrage beantworte», sagte der Direktor.

«Herein», sagte der Mann der Frau.

Sie ließen die Tür vor der Nase der Dichterin und des Dichters ins Schloß fallen und verschwanden nebenan.

Die Frau machte sich nichts daraus, räusperte sich nur mit ihrer hohen, feinen Stimme, als hätte man an einer Quintsaite geknipst.

«Die beiden können ihren Durst nie gestillt bekommen», sagte sie, «darin besteht ihr Leben.»

Er wußte nicht, was er antworten sollte.

«Hat sich der Kerl deiner angenommen?» fragte sie und ließ den Jüngling mit in die Küche gehen.

«Das weiß ich eigentlich nicht», sagte er und fügte einfältig hinzu: «Er hat mir einen Choral vorgespielt.»

Er mußte unentwegt die Frau anschauen: dieses stumme Gemisch von neugierigem, allzeit wachem, weiblichem Spürsinn und versteinerter Verbitterung, als sei ihr alles gleichgültig. Alles, alles völlig gleichgültig: gleichgültig auf eine unfaßbare, verdrehte Weise, fanatisch und unpersönlich zugleich, hundertmillionenmal egal. Ihre in sich gekehrte und präzise Art zu antworten, so ungewöhnlich und so gar nicht alltäglich – fast wie ein Gedicht! Wie kam es nur, daß es ihm schien, er würde diese Seele seit langer Zeit kennen? Und ehe er sich's versah, hatte er gesagt:

«Ich glaube, ich habe dich früher schon gesehen.»

«So?» sagte sie. «Es müßte dann wohl in einem früheren Leben gewesen sein. Woher kommst du?»

Er sann einen Augenblick über ihre Worte nach und antwortete:

«Daran habe ich bisher nie gedacht. Dort, woher ich komme, hieß es immer, das andere Leben komme erst nach diesem Leben. Und nun sehe ich, daß es ebensogut umgekehrt sein kann.»

«Glaubst du alles, was du hörst?» fragte sie.

«Ich fühle, daß alles, was du sagst, wahr ist», sagte er. «Ich habe dich im vorigen Leben gekannt.»

«Bist du nicht hungrig? Möchtest du nicht etwas essen?» fragte sie.

«Nein», sagte er und errötete, weil sie das Gespräch auf irdische und gleichgültige Dinge lenken wollte. Übrigens fühlte er sich wirklich nicht mehr hungrig.

«Hast du nicht einen Choral als Mittagessen bekommen?» fragte sie.

Jetzt konnte er nicht mehr an sich halten. Er mußte lachen.

«Ich werde dir etwas Fisch geben», sagte sie. «Und vielleicht Brot.»

«Na ja, meinetwegen; danke, aber nur wenig», sagte er.

Er dachte, sie würde ihm ohne irgendwelche Umstände ein Stückchen von den Bauchflossen eines zerteilten Fischs hinschmeißen. Aber das tat sie nicht, sondern sie nahm vom Wandbrett, auf dem Teller in einer Reihe standen, einen geblümten Teller, dann aus einer Schublade Messer und Gabel und legte alles auf den Küchentisch für ihn hin, als handle es sich um einen Gast, den man ernst nimmt.

Ihm wurde ganz feierlich zumute, und er mußte sie immer länger genau betrachten, während sie anrichtete. In wenigen Augenblicken lagen Fisch und Brot vor ihm.

Sie war aus zwei Menschen zusammengefügt, aus zwei völlig verschiedenen Hälften. Ihr Oberkörper war wie der eines hochgewachsenen, schmächtigen jungen Mädchens, schlank bis hinab zum Mieder, und dazu gehörten die zarte Stimme und die klugen Augen. Darunter jedoch war sie grob gebaut. Diese Beine, und dann die plumpen Hüften! Sie stammten offenbar von einem anderen Menschen. Der Oberkörper war wie eine zarte Blume, die man in ein häßliches Gefäß gepflanzt hatte. Er war überzeugt, daß ihre Seele keinen Anteil daran hatte, wenn sie mit einem schlechten Mann verheiratet war. Sie hielt einen Augenblick in ihrer Arbeit inne und blickte ihn flüchtig an. Er fühlte, sie hatte gespürt, was er dachte. Und er schämte sich heiß und bat Gott im stillen, ihm zu helfen.

«Iß ruhig weiter», sagte sie. Als sie sah, wie sehr er sich schämte, verzieh sie ihm und sagte:

«Ich möchte etwas hören, was du gedichtet hast.»

Und er tat, was sie sagte.

«Wo hast du nur alle diese bildlichen Ausdrücke gelernt?» fragte sie.

«Von einem alten Dichter», sagte er.

«Weshalb machst du Liebesgedichte? Du bist doch noch so jung», sagte sie.

«Gewiß weil ich liebte», sagte er, ohne aufzublicken. Doch dann fügte er hinzu, wie zur Entschuldigung: «Aber es hat nicht lange gedauert.»

«Liebe vergeht», sagte sie. Es war das erste Mal, daß sie mit den Lippen lächelte. Nur schien ihm, daß ihr Blick zugleich härter wurde.

«Es war auch keine besonders glückliche Liebe», sagte er.

«Glückliche Liebe ist keine Liebe», sagte sie.

«Ich möchte gern hören, wie du über die Liebe dichtest», sagte er.

«Den Tod», sagte sie.

«Den Tod? Ich verstehe nicht, was der Tod damit zu tun hat.»

«So?» sagte sie.

«Du mußt in deiner Liebe sehr unglücklich sein», sagte er.

«Mein Mann. Er hat alle anderen Männer überragt wie die Eiche einen Dornbusch», antwortete sie. «Er hatte Augen, die meilenweit über das Meer sahen. Als ich ihn das erste Mal sah, da habe ich einen Helden gesehen. Das Menschenleben ist eine Schande.»

Was ging in der Frau vor? Warum verteidigte sie plötzlich ihren Mann, ohne jeden Anlaß? Wollte sie sich vor sich selbst rechtfertigen?

«Er war leider nicht schlecht genug für diese Gesellschaft von Verbrechern», fügte sie hinzu. «Er war leider kein Verbrecher.»

Olafur vergaß weiterzuessen und sah verwundert die Frau an. Aber sie blickte nicht einmal auf, sondern fuhr ruhig mit ihrer Arbeit fort.

«Nimm eine Eiche und pflanz sie auf eine nackte Klippe», sagte sie.

Er wußte nicht, was er sagen sollte.

«So dichte ich über die Liebe», sagte sie und sprach nichts mehr und gab ihm schweigend Kaffee und Zucker.

Danach saß er lange am Fenster und war gesättigt und sah hinaus auf die Bucht. Währenddessen verrichtete sie gewissenhaft und still ihre Arbeit in der Küche und draußen. Hinter der Holzwand sangen die Männer schon das Weihnachtslied: «In Bethlehem ward uns ein Kind geborn.»

9

Als die Männer mit Bethlehem fertig waren, kamen einige Heimatlieder an die Reihe, die sie mit unglaublich langen Pausen zwischen den einzelnen Strophen sangen.

Am Abend lag auf dem Wasser und über dem Land weißer Nebel.

Olafur war nach unten gegangen und half, die Kühe der Wiederaufbaugesellschaft zusammenzutreiben und anzubinden. Dann blieb er im Viehstall und sah zu, wie die Tiere gemolken wurden. Die Dichterin gab ihm frischgemolkene Milch; er trank, soviel er Lust hatte und noch mehr. Sie rahmte die Milch ab, mischte Skyr* und machte Butter und Käse für den Direktor. Den Rest der Milch verteilte sie an der Stalltür an die Arbeiter, die bei der Wiederaufbaugesellschaft ihr Konto hatten. Gegen Mitternacht war sie mit der Arbeit fertig.

Dann saß sie wieder in der Küche und strickte sehr eifrig; sprach aber kein Wort. Die Katze lag unter dem Herd und blinzelte mit den Augen, die Teller waren geblümt und die Gardinen blau kariert. Olafur saß am Küchenfenster und starrte hinaus in den Nebel, der Tau glitzerte am reifen Gras in der dämmerigen Sommernacht; einige Ellen fort sah man das Wasser der Bucht. Es sah wie weiße Sahne vor dem Strand aus. Durch den Nebel hörte man das Pfeifen der Seeschwalben. Und er wünschte, die Nacht möge ohne Ende sein. Mehrmals versuchte er, ein Gespräch zu beginnen. Aber sie wollte nicht sprechen. Wie gern hätte er ein Gedicht von ihr gehört. Er wagte nicht, sie darum zu bitten.

Schließlich war das Singen hinter der Holzwand ver-

* «Skyr» ist eine Mischung von Milch, Sahne, Hammelfleisch usw., gekocht und gesäuert ein isländisches Nationalgericht.

stummt. Man konnte nur noch ab und zu undeutliches Gemurmel hören. Der Name des Hausherrn wurde hin und wieder gelallt, bis Pjetur Palsson aus der Stube herauskam. Sein Gesicht war blauschwarz. Er stand unsicher auf den Beinen. Ohne Pincenez und Gebiß. Schnupftabak an den Mundwinkeln. Den Gummikragen hatte er noch um. Er wankte zu der Dichterin, griff ihre Hand und drückte sie innig; er redete in einer fremden Sprache zu ihr. Als er eine Weile geredet hatte, wollte er sie küssen. Doch sie entwand sich ihm.

«Du solltest lieber daran denken, etwas für diesen jungen Menschen zu tun und ihn nicht einfach seinem Schicksal überlassen», sagte sie.

«Mein Name ist Peder Pavelsen Three Horses», antwortete er. Seine Stimme saß doppelt so tief im Hals wie sonst. Außerdem hatte er jetzt eine schwere Zunge.

«Wo hast du dein Pincenez gelassen, Pjetur?» fragte sie.

«Zum Teufel noch einmal, ich bin kein Islandschiff», sagte Peder Pavelsen Three Horses auf dänisch. Und dann wieder auf isländisch: «Meine Großmutter hieß Frau Sofie Sörensen.»

«Und wo ist dein Hut, und wo sind deine Zähne?» fragte sie.

«Kümmere dich nicht darum», lallte er. «Heute nacht schlafe ich bei dir.»

Sie ging in die Stube und holte die abhanden gekommenen Kennzeichen seiner Direktorwürde, packte das Gebiß und das Pincenez in eine Zeitung, stopfte ihm beides in die Tasche und setzte ihm seinen Hut auf.

«Du bist Islands größte Dichterin», sagte Peder Pavelsen und begann ihr abermals die Hand zu schütteln, wobei er wiederum auf dänisch lallte: «Ich schlafe heute nacht bei dir.»

«Warum denn?» sagte sie.

«Ich liebe dich», sagte Peder Pavelsen.

«Armes Luder», sagte sie.

«Zum Teufel noch einmal», lallte Peder Pavelsen, «ich bin kein Islandschiff.»

«Nein, gottlob», sagte sie.

«Das kannst du sagen, weil du keine Seele hast», sagte Peder Pavelsen. «Es ist deine Schuld, daß ich genauso tot bin wie alle anderen hier am Strand.»

Er sank auf eine Bank nieder und weinte.

«Nicht heulen, mein lieber Pjetur», sagte die Dichterin und klopfte ihm tröstend auf die Schulter, als er einige Augenblicke geheult hatte.

«Ich bin nicht dein lieber Pjetur», schluchzte er, «du bringst mich um, und du benimmst mich obendrein noch das Le-beben im Jen-sen-seits.»

Seine Worte ertranken in Schluchzen und seine Sprache hatte jeglichen grammatikalischen Halt verloren.

«Tust du etwas für den Jungen, der hier mutterseelenallein herumhockt, so wirst du das ewige Leben gewinnen, mein lieber Pjetur», sagte sie.

Da hörte der Direktor zu weinen auf, sprang von der Bank hoch, packte Olafur Karasons Hand, drückte sie heftig und stotterte auf isländisch: «Du, der du heimatlos bist, steh auf und wandle hinein in mein Herz. Und so du darbst, gebe ich ein Fest für dich. So du kein Dach über dem Kopf hast, werde ich dir ein Schloß schenken. Die Liebe ist das einzige, was sich verlohnt. Mein Name ist Three Horses.»

Er preßte den Dichter an seine Brust und weinte aufs neue, jetzt vor Verzückung über die Liebe im allgemeinen und seine eigene Liebe im besonderen. Dann hob er drohend seine geballte Faust gegen die Dichterin, beschimpfte sie wutentbrannt und erklärte, er werde sie aus dem Haus jagen und ihr nie mehr gestatten, seine Gedichte zu machen, weil sie ihn nicht bei sich habe schlafen lassen.

«Wir kümmern uns nicht mehr um diese Vettel, Kerlchen. Sie hat ja keinen blassen Schimmer vom Wiederaufbau der Gesellschaft. Aber du verstehst mich und folgst mir.»

Er wankte die Stiege hinunter, und Olafur sagte zu der Frau gute Nacht und folgte ihm.

Als sie im Freien standen, packte Three Horses den Arm des Jünglings, um sich zu stützen. Dann ließ er sich des längeren und breiteren über die Liebe aus. Seine Beine wankten, er hatte einen Schluckauf bekommen, spuckte und weinte, babbelte aber meist auf dänisch, so daß Olafur zu seinem Leidwesen so gut wie nichts verstand.

Mitternacht war vorüber und der Ort schlief.

Der Steg am Strand führte unter einem Kieshang vorbei. Auf dem ebenen Stück zwischen dem Hang und der Bucht gab es auf beiden Seiten des Stegs Trockenplätze für Fisch. Wo die Trockenplätze aufhörten, erhob sich dicht vor der Küste ein mächtiges Gebäude, völlig für sich allein liegend, außerhalb des Orts. Dieser Bau war prachtvoller als irgendein Werk von Menschenhand, das Olafur Karason in seinem bisherigen Leben gesehen hatte. Nicht einmal in seinen wildesten Fieberträumen hatte er auch nur andeutungsweise von solch einem Haus geträumt. Was ihn vor allem und sofort in Erstaunen setzte, war, daß dieses Bauwerk drei Türme hatte. Nie zuvor hatte er einen Turm gesehen. Auf jeder Giebelseite erhob sich ein Turm, geformt wie ein riesiger, rot angestrichener Kohlrabi, während der dritte Turm in der Mitte des Bauwerks viereckig mit geschweiften Wänden war und ein winziges Dach hatte. Betrachtete man den Bau aus der Nähe, so kam er einem nicht minder ungewöhnlich vor. Die Vorderseite blickte über die Bucht mit ihren Wogen; aber mitten durch das Bauwerk ging ein Tor für die Winde des Himmels. Im Erdgeschoß auf der Seite nach dem Wasser waren unzählige Fenster, und jedes Fenster war für eine einzige Scheibe berechnet, obgleich jedes Fenster die Größe einer gewöhnlichen Stubenwand hatte. Bedauerlicherweise aber hatte hier ein schrecklicher Krieg getobt mit solchem Haß und Steinhagel, daß sämtliche Fensterscheiben zertrümmert oder gesprungen oder durchlöchert waren, wenn es auch noch genug Glasscherben an der Vorderseite des Gebäudes gab, damit sich das Abendrot darin spiegeln und so den Vorbeisegelnden vorgetäuscht werden konnte, hier an der Küste gäbe es Schlösser von Gold. Im oberen Stockwerk waren die Fenster spitzbogig wie in ansehnlichen Kirchen, mit vielen kleinen Scheiben, an denen die Kriegerhorden ihre Wut ganz besonders ausgelassen hatten, denn die Fenster saßen hoch und verlangten eine größere Treffsicherheit und eine gediegenere Kriegskunst, um auch sie zu zerstören. Nicht eine einzige Scheibe war heil geblieben. Ebenso verhielt es sich mit den winzigen, lustigen Butzenscheiben, die wohl einst den mittleren Turm geschmückt hatten. Aber trotz der zerschlagenen Fensterscheiben bestaunte der Dichter den gewaltigen Bau voller Bewunderung, und ohne sich dessen bewußt zu sein, begann er in stummer Ehrfurcht die Fenster zu zählen.

«Was ist das da vor uns?» fragte der Direktor. Er zeigte auf das Gebäude und trat etwas zur Seite.

«Das ist ein Haus», sagte Olafur Karason.

«Was für ein Haus?» fragte der Direktor.

Darauf wußte der junge Dichter keine Antwort. Er war außerstande, sofort für die wirren Gefühle, die ihn beim Anblick dieses Bauwerks erfüllten, die richtigen Worte zu finden. Selbst wenn er gesagt hätte, daß es wohl Islands größtes Haus sein müsse, so wäre das in Wirklichkeit keine Antwort gewesen. Viel wahrscheinlicher dünkte es ihm, daß das Haus von irgendeinem höheren Wesen zu irgendeinem höheren Zweck, den keines Menschen Weisheit zu ergründen vermochte, erbaut worden sein mußte. Vielleicht als Höflichkeitsgeste dem Meer gegenüber oder als Versammlungshaus für die Stürme des Himmels.

Während er noch über einer passenden Antwort auf die Frage des Direktors nachgrübelte, kroch aus einer Ritze des Gebäudes eine alte, räudige Ratte hervor, humpelte gottsjämmerlich über den Steg und verschwand zwischen dem Gestein am Strand.

Da sagte der Direktor:

«Das Haus da, das hat der Butter-Toni aus den Festsälen gebaut, die er im Jahr nach dem Aufenthalt des Königs hier der Regierung abgekauft hat. Das Haus da ist aus vier Königsschlössern von der Regierung erbaut worden. Hast du eine Ahnung, was es gekostet hat?»

Der Jüngling dachte lange hin und her, denn er wußte nicht, ob er hundert oder tausend oder eine Million sagen sollte. Aber da fragte der Direktor, ob er denn ein so großer Idiot wäre, daß er nicht einmal die Kosten für ein Haus veranschlagen könne.

«Hunderttausend», riet der Jüngling.

«Idiot», sagte der Direktor.

«Eine Million», riet der Jüngling.

Peder Pavelsen hatte sein Lebtag keinen solchen Idioten getroffen. Da gab der Jüngling das Raten auf.

«Nein, Kerlchen», sagte der Direktor. «Will einer mit der Regierung Geschäfte machen, so sagt man: Nicht einen roten Öre, bevor ich nicht Etatsrat bin! Und ist man Etatsrat geworden, da sagt man zu der Regierung: Zum Teufel noch einmal, ich bin doch kein Islandschiff!»

Der Direktor schüttelte sich vor Lachen wegen dieses Witzes über den Butter-Toni und die Regierung und konnte sich kaum auf den Beinen halten.

«Aber», fuhr er dann fort, «eine Sache hat der Toni nie verstanden, obgleich er Etatsrat geworden ist und deshalb die Regierung anscheißen konnte. Er hat nie die heutige Zeit verstanden. Dagegen ich, Peder Pavelsen Three Horses, ich verstehe die heutige Zeit; Bildung, Wissenschaft, Technik, Organisation, sage ich. Aber zuerst und zuletzt: geistige Reife, Liebe, Licht! Verstehst du mich? Alles für das Volk, sage ich. Ich bin das, was man in ausländischer Sprache Sozialist nennt. Ich bin für das Vernunftschristentum. Weißt du, was ich aus diesem Haus machen will, das der alte Butter-Toni wie eine Ratte verlassen hat? Eine Fischmehlfabrik und ein Observatorium für das Volk. Verstehst du mich? Ein Theater. Geschäftsläden. Eine Netzfabrik. Eine Kirche, denn Gott ist ewig, was der Kerl im Versteck auch sagt. Eine Akademie! Einen Schweinestall und ein Wohnhaus für mich selber. Damit du es weißt: dieses Haus, sage ich hiermit, soll eine Hochburg für isländische Kultur und soll Volkseigentum werden. Eine Volkshochschule, eine Kulturstation. Willst du mein Dichter sein?»

Der Direktor versuchte so aufrecht wie möglich vor dem Dichter zu stehen und sah ihn mit seinem einen Auge scharf an.

«Wenn ich kann», sagte der Dichter.

«Ich kann dich gut leiden», sagte der Direktor, und er drückte dem Dichter lange und feierlich die Hand, wie man es nach Abschluß einer Trauung zu tun pflegt. «Du bist ein verdammt feines Kerlchen. Du kannst sicher Schmähschriften über den Gemeindevorsteher und andere dichten, die mich verdrängen möchten und mich für einen Püttjer halten.»

«Hätte ich ein Dach über dem Kopf, würde ich große Bücher schreiben», sagte Olafur Karason.

«Ein Dach», sagte der Direktor. «Es ist ein Jammer und eine Schande, daß große Dichter kein Dach haben. Große Dichter sollen ein Dach haben. Das sage ich, Peder Pavelsen Three Horses! Was wäre aus Frida auf dem Boden geworden, hätte man ihr nicht gestattet, meine Kühe zu melken und bei der Wiederaufbaubewegung mitzumachen? Und was wäre aus ihrem Jämmerling und Einfaltspinsel und Esel von Mann geworden, der hier ein Geschäft eröffnen und mir Konkurrenz machen wollte? Kein Dach würden sie haben. Ratten wären sie heute. Wenn du schwören willst, mein Dichter zu sein, sollst du ein Dach bekommen.»

«Ich weiß nicht, wie man schwört», sagte der Dichter.

«Ja, da kannst du dich zur Hölle scheren», sagte Peder Pavelsen, ließ die Hand des Dichters los und stieß ihn von sich. – Die Oberlippe des Dichters fing sofort zu zittern an, und er sagte bitter: «Mich kann man leicht von sich stoßen.»

«Ja», sagte Peder Pavelsen. «Du bist eine Ratte. Wer nicht

drei Finger für die Erneuerung der Volksgemeinschaft hochstrecken will, der ist eine Ratte.»

Da besann sich der Dichter anders und erklärte, daß er bereit sei, für die Erneuerung der Volksgemeinschaft drei Finger hochzustrecken.

Nun liebte der Direktor den Dichter wieder, umarmte ihn und weinte ein bißchen.

«Jetzt strecken wir beide drei Finger hoch und schwören beim Namen des Vaters, des Sohnes und des Heiligen Geistes», sagte er.

Beide streckten drei Finger hoch und schworen beim Namen des Vaters, des Sohnes und des Heiligen Geistes. Der Jüngling hatte Herzklopfen bekommen und bat im stillen Gott um Vergebung, falls er falsch geschworen hätte. Als sie mit dem Schwören fertig waren, brach Peder Pavelsen in sein sabbeliges, zahnloses Gelächter aus und sagte: «Wiederaufbau der Gesellschaft, das bin ich nämlich, Kerlchen.» Dann zeigte er mit der Hand auf das Schloß und sagte:

«Bitte schön: da ist dein Haus.»

Der Dichter war völlig verdattert geworden, stieß mit pfeifender Stimme ein halbes «Was» aus vor Entsetzen, daß er also doch einen Meineid geleistet habe.

«Es ist dein Haus», sagte der Direktor.

«Soll es mir allein gehören?»

«Das mußt du mit dir selber abmachen», sagte der Direktor. «Du hast geschworen.»

«Hattest du das Haus denn nicht bereits für einen anderen Zweck bestimmt?» fragte der Dichter mit andauerndem Herzklopfen, in der Hoffnung, den Eid für ungültig erklärt zu bekommen, wenn er das Haus zurückliefern würde. «Wenn ich mich nicht geirrt habe, so hast du doch vorher gesagt, daß du es für das Volk haben wolltest.»

«Bin ich ein Islandschiff?» fragte Peder Pavelsen.

Diese Frage verwirrte den Jüngling dermaßen, daß er sie einfach nicht beantworten konnte und völlig außer Fassung geriet, weil er nun wirklich glaubte, falsch geschworen zu haben. Jetzt war er es, dem es schwarz vor den Augen wurde, und er mußte alle seine Kräfte aufbieten, um nicht das Gleichgewicht zu verlieren.

«Nein, hol mich der Teufel, ich bin doch kein Islandschiff», sagte Peder Pavelsen, und er lüftete vor dem Dichter seinen schwarzen, steifen Hut, nahm eine würdevolle Haltung an, stapfte in einem großen Bogen von dannen und war um die Ecke verschwunden.

Der Dichter stand verlassen auf dem gepflasterten Platz vor seinem Haus.

Herr im Himmel! Hatte er wirklich einen falschen Eid geschworen? Er hatte heftige Kopfschmerzen bekommen. Sollte er etwa wieder krank werden?

Soviel er sehen konnte, war der Riegel an der Tür seines Hauses zugenagelt. Er suchte nach einer anderen Tür. Er fand sie. Aber sie war ebenfalls gründlich abgesperrt.

So steht er fragend und ratlos vor seinem Haus bei Nacht und Nebel und hat falsch geschworen.

Aus einem Kellerfenster schlüpft eine graue, wilde Katze hervor, erblickt den Dichter, bleibt einen Augenblick stehen, faucht und ist um die Ecke davongeschlichen.

10

AM MORGEN ERZÄHLTE ER DER FRAU, DASS ER wahrscheinlich einen falschen Eid geschworen habe, wagte jedoch nicht zu erwähnen, daß man ihm das größte Haus auf Island gegeben hatte. Die Frau sah ihn lange forschend mit ihren tiefen, klaren Augen an, die ihm abgründig erschienen, und sie fragte ihn verwundert: «Bist du solch ein Kind?»

Da war er dankbar vor Glückseligkeit, daß er nichts vom Hause erwähnt hatte. War man also ein Kind, weil man sich wegen eines Meineids Gewissensbisse machte, so mußte man ein vollkommener Dämelack sein, Islands größtes Haus als Geschenk anzunehmen.

Erst nach einer Weile fragte er sie aufs Geratewohl, um herauszufinden, wie es um ihn stand:

«Was würdest du von einem Mann halten, dem Islands größtes Haus gehört?»

«Ich weiß nicht, ob du den alten Gisli, den Großgrundbesitzer, kennst», sagte sie.

«Doch, aber er ist kein Großgrundbesitzer, sondern verrückt und auf der einen Seite gelähmt.»

«Ja», antwortete sie, «er ist verrückt und gelähmt.»

Er war wirklich froh, daß sie so über reiche Menschen dachte, und es machte ihm fast gar keine Mühe, sich den Gedanken, ein Haus zu besitzen, aus dem Kopf zu schlagen.

«Ich besitze so gut wie nichts», sagte er und lächelte glücklich. «Neulich hat man mich auf einer Pferdebahre wie eine Leiche übers Gebirge geschafft.»

«Trink nun bitte deinen Kaffee», sagte sie. «Hier ist Brot und Butter. Heute will ich versuchen, dir etwas Besseres zum Anziehen zu besorgen. Wenn mein Mann aufgestanden ist, nimmt er dich mit, damit du ihm beim Einziehen der Seehasennetze behilflich sein kannst.»

Es waren friedliche Tage im Vorsommer kurz vor der Heumahd. Der Mann der Frau hieß Lydur. Nüchtern war er meist wortkarg und mürrisch, weil das Weltall, obgleich es Gottes Schöpfung war, keinen Vergleich aushalten konnte mit der Welt, die in Kochspiritus für eine Krone oder in einer Dosis Hundemedizin vom Doktor wohnt. Hatte er nichts getrunken, so behandelte er den Jüngling wie ein unpersönliches Phänomen. Die Menschen, die man mit nüchternen Augen sieht, sind gleichgültige, nichtige Lappereien. Aber abends, wenn er etwas von seinem Fang verkauft hatte, ging er zum Arzt und kaufte sich Alkohol, und kam er dann heim, war er immerhin so aufgetaut, daß ihm nicht mehr alles wurst war. Mit seinen vom Rausch benebelten Augen sieht er Olafur Karason in der Küche sitzen und Seehasen essen.

«Was beim Satan hat dieser rothaarige Bengel hier zu suchen?» fragte der Mann der Frau.

«Schweig», sagte die Frau mit ihrer kalten, zarten Stimme, ohne sich anfechten zu lassen.

«Mähre», sagte der Mann der Frau.

«Geh ins Bett», sagte die Frau und sah den Mann mit ihren großen, kalten Augen unter den hohen, dunklen Brauen an. Und als er Miene machte zu widersprechen, wiederholte sie ruhig: «Ins Bett», und wies nach der Schlafkammertür. Der große, starke Mann, der sie hätte zerquetschen können, brummte ein paar unschuldige Flüche in den Bart und ging schlafen.

So kam es, daß Olafur Karason auf dem Hof der Wiederaufbaugesellschaft als Erntearbeiter untergebracht wurde.

Nach dem Essen durfte er manchmal in der blitzblanken Küche sitzen bleiben und in Gedichtsammlungen und in anderen Büchern lesen. Denn wie der Mann ständig Alkohol hatte, so hatte sie immer Bücher bei sich. Er lernte Dichter kennen, die dem menschlichen Herzen näherstanden, als er es je für möglich gehalten hatte, und er vergaß Sigurdur Breidfjörd auf jene unbegreiflich schmerzlose Weise, wie wir Menschen vergessen, die uns am teuersten gewesen sind. Die Dichterin betrachtete sein Gesicht und las darin, was im Buch stand; die Sonne spielte in seinem rötlichen Haar. Sie sagte nichts, und er sagte auch nichts. Er war davon überzeugt, daß sie fühlte, was man dachte, und darum versuchte er, in ihrer Nähe nur Schönes zu denken. Wenn er aufblickte, lächelte er wie von selber, aber sie entgalt sein Lächeln nicht, sondern blickte nur noch tiefer in seine Seele hinein. Sie verschlang stumm sein fragendes Lächeln, ohne Antwort auf seine Fragen zu geben.

Mitunter war er fest entschlossen, sie zu bitten, ihm einige Gedichte, die sie selber gedichtet hatte, vorzulesen; aber wenn er dann aufblickte, war ihre Seele weit fort. Hin und wieder dünkte es ihm wie dem Direktor, daß sie keine Seele, daß sie nur Augen habe.

Er dichtete, wo er auch war. Sein Denken war Dichten. Alles, was seine Augen sahen, verlangte sehnsüchtig danach, dichterische Gestalt zu bekommen. Die Poesie des Daseins wirkte so stark auf ihn, daß er wie in einem Rausch dahinging und kaum die Hälfte von dem sah, was um ihn war, vor lauter Eifer, dem wenigen, was er sah, poetische Gestalt zu geben. Die Dichterin gab ihm Papier und Schreibhefte, fortan saß er da und blieb oft die ganze Nacht auf. Er schrieb und schrieb und schrieb, als könnte jeden Augenblick der Jüngste Tag anbrechen, und als gälte es, ausreichend Buchstaben niederzuschreiben, ehe Sonne, Mond und Sterne für immer erloschen wären. Er schrieb nieder, was er sah und hörte und das meiste von dem, was er dachte; bald in gebundener, bald in ungebundener Sprache. Oft kostete es ihn viele Stunden, das, was er an einem einzigen Tag erlebt hatte, in sein Tagebuch niederzuschreiben. Alles war neue Erfahrung. Ein nachdenkliches Wort, das ein ihm unbekannter Mensch hatte fallenlassen, war ein neues Land. Eine geringfügige Erklärung war ein neuer Sonnenaufgang; ein einfaches Gedicht, das er zum erstenmal las, Beginn eines neuen Zeitalters, als handle es sich um den ersten Flug um die Erde. Mannigfaltig war die Welt, überwältigend, reich. Und er liebte sie. Diesem Jüngling lächelte das Glück. Undenkbar, fühlte er, daß die Schutzgeister, die ihm diesen Sommer neue Wege geöffnet hatten, ihm nicht auch im kommenden Winter beistehen würden. Vielleicht bekommt er jetzt im Sommer sogar Lohn, und dann kann er nach Adalfjord ziehen, auf die Realschule kommen, von der er erst neulich gehört hat. Und seine Mutter, die in Adalfjord etwas gilt, mochte sie ihn vor Jahr und Tag auch weinend und hilflos in einem Sack fortgeschickt haben, sie wird sich sicher seiner annehmen, wenn sie erfährt, daß er auf dem Weg ist, ein großer Dichter zu werden. Mehr denn je ist er felsenfest davon überzeugt, daß alle Menschen gut sind, und er hegt gegen niemanden Groll. Allerwegen hört er ein wundersames Klingen. Er sieht Licht.

«Aber Vegmey Hansdottir, warum sagst du nicht mehr zu mir, daß ich zu dir ins Haus kommen soll?»

Nein, sie lachte nicht mehr so froh und unbekümmert wie früher. Sie stand in der Haustür und pfiff, schüttelte verärgert und gereizt den Kopf, wenn auch die Melodie, die sie vor sich hin pfiff, noch die alte war.

«Diese vermaledeiten Armeleutebalgen, dies Ungeziefer! Mästen, um sie hinterher zu schlachten, das ist verboten. Aber deshalb hat auch kein Mensch die geringste Lust, sie großzufüttern, am allerwenigsten die Leute, die Essen und Geld haben. Diese Krötenbande kann nur eines: im Ort herumlaufen, johlen, fluchen und unschuldige Menschen beschimpfen. Jetzt habe ich aber auch bald genug davon. Das weiß Gott, wenn es auch keinen gibt.»

«Wie redest du nur, Mensch», sagte der Dichter. «Schrecklich! Da muß doch etwas Fürchterliches geschehen sein!»

«Kannst du dir vorstellen, daß meine eigenen Geschwister anderen Kindern weisgemacht haben, ich hätte neulich mit dir geschlafen, als du bei uns übernachtet hast? Und seitdem, laß ich mich nur draußen blicken, johlt dies Satanspack mir nach, daß ich mich mit einem Verstörten abgegeben hätte. Natürlich nutzen die Erwachsenen das gegen mich aus, wie man sich denken kann. Jeder traut dem anderen immer nur Böses zu, namentlich wenn es erlogen ist.»

«Ja, aber wenn man ein gutes Gewissen hat, kann es doch ganz allerlei sein, was die Leute reden», sagte der Dichter tröstend.

«Glaubst du wirklich, daß es weniger weh tut, von Menschenfressern in Stücke zerrissen zu werden, wenn man ein gutes Gewissen hat?» sagte sie. «Und wer sagt denn, daß ich ein gutes Gewissen habe?»

«Um Himmels willen, wie zornig du bist», sagte er.

«Ist das zu verwundern», sagte sie und lachte. Dann war sie nicht länger zornig.

«Ich meinte, wir beide seien so gute Freunde, daß es ganz natürlich ist, wenn du mich ins Haus bittest, ganz einerlei, was die Leute auch reden.»

«Ich bin solch ein Esel», sagte sie. «Einen größeren Esel habe ich nie gesehen. Ich kann nicht einmal mit einem befreundet sein. Ich hasse es, mit jemandem verschwistert zu sein.» Und sie fügte mit Fistelstimme näselnd hinzu, halb lachend, halb schluchzend:

«Du solltest dich wegen neulich schämen.»

«Weswegen denn?» sagte er.

«Ach, du bist ebenfalls ein Esel», sagte sie, «du bist ein ebenso großer Esel wie ich. Ich habe noch nie einen so großen Esel gesehen.»

«So, du willst nicht mehr mit mir sprechen», sagte er.

«Spreche ich etwa nicht mit dir?» sagte sie. «Bist du taub?»

«Wann können wir einander wiedersehen?»

«Siehst du mich nicht? Bist du blind geworden?»

«Ich meine, so wie neulich», sagte er.

«Wie würde das wohl enden? Was glaubst du? Solch einen Esel habe ich denn doch noch nicht getroffen», sagte sie.

Er stand auf dem Weg, trotzig und verlegen. Er wollte nicht gehen, wußte aber auch nicht, was er sagen sollte.

«Jetzt habe ich keine Zeit mehr, mit dir zu sprechen», sagte sie darauf.

«Du hast ja gar nicht mit mir gesprochen», sagte er.

«Mach lieber ein Gedicht über mich», sagte sie.

«Das habe ich bereits gemacht», sagte er. «Darf ich es hersagen?»

«N-ein», sagte sie. «Das will ich nicht.»

«So bist du also», sagte er.

«Sei mir nicht böse», sagte sie. «Du bist ja jetzt bei Pjetur Dreiroß angestellt und gehörst bald zu den feinen Leuten. Was bin ich? Nichts, hahaha. Geh nun.»

Nein, ihr Lachen war nicht mehr so frisch und herzlich wie früher, auch nicht mehr so entzückend töricht. Es mußte etwas geschehen sein.

«Darf ich denn niemals wiederkommen?»

«Morgen früh kannst du hier vorbeigehen», sagte sie.

«Danke», sagte er.

Am nächsten Tag kam er um dieselbe Stunde. Sie stand in der Tür und lachte ein wenig. Er wollte, daß sie ihn ins Haus einlud. Sie sagte:

«Was bildest du dir ein? Glaubst du, daß ein Mädchen einen Mann zu sich einlädt?»

«Das hast du neulich getan», sagte er.

«Still», sagte sie und blickte sich um. «Sprich nicht so laut.»

«Ich werde dich nie wieder bitten», sagte er.

«Und du – wohnst in Islands größtem Haus –, warum lädst du denn keine Leute zu dir ein?» fragte sie.

«Gerne», sagte er. «Du bist jederzeit willkommen. Aber du mußt leider durch das Kellerfenster kriechen, denn die Türen sind zugenagelt.»

«Bist du verrückt, Junge», sagte sie. «Glaubst du etwa, daß ich einen Mann besuche?»

«Ich kann mich kaum einen Mann nennen», sagte er sehr offenherzig. «Aber ich habe einen schäbigen Diwan, auf den du dich setzen kannst. Leider sind keine Scheiben in den Fenstern. Bei schlechtem Wetter regnet es ins Haus.»

«Hoffentlich hast du eine Decke, die du über dich selbst legen kannst», sagte sie.

«Ja», sagte er, «ich habe eine große Decke, die ich über mich selber und andere legen kann.»

«Sieh mal an», sagte sie. «Wie bist du zu der Decke gekommen?»

«Holmfridur auf dem Boden hat mir eine Decke geliehen.»

«Sieh mal an», sagte sie. «Was für ein Glück du hast. Sie ist ja auch Dichter wie du, wenn auch kein Mensch ein Gedicht von ihr zu hören bekommen hat. Gottlob.»

«Wenn du mich heute abend besuchst, sollst du ein Gedicht bekommen.»

«Nein, solch eine Unverschämtheit habe ich denn doch noch nicht gehört! Bildet sich ein, daß ein Mädchen einen

Mann besucht! Glaubst du eigentlich, daß ich eine liederliche Person bin? Von mir aus kannst du dich mit Holmfridur zusammen unter deine Decke legen. Und jetzt habe ich für das hier keine Zeit mehr.»

«Darf ich morgen wieder vorbeikommen?» fragte er.

«Glaubst du, daß ich dir den Weg verbieten könnte?» sagte sie.

«So ist es wohl am besten, daß wir einander nie mehr treffen», sagte er mit sehr feierlicher, dramatischer Stimme.

Da lachte sie und sagte: «I wo, komm morgen wieder.»

So ging es Tag für Tag.

Es war nicht das erste Mal, daß Menschen, die ihm zugelächelt hatten, ihm den Rücken kehrten und plötzlich statt an ihn nur an sich selber dachten. Mitunter glaubte man, die Seele der Menschen zu verstehen. Und wenige Tage später verstand man nichts. An einem Tag wurde man geküßt, und es bedeutete alles. Anderntags wurde man nicht mehr geküßt.

11

Er fand Trost in den Schreibheften mit seinen über achthundert Gedichten. Vielleicht wird später einmal die Welt erfahren, daß es ein Herz gegeben hat. Später einmal.

Es waren einmal zwei Dichter, die Islands größte Dichter waren. Aber sie waren Feinde geworden. Denn jeder von ihnen diente auf seine Weise Brage. Beide haben sie Brage aus tiefstem Herzen geliebt, aber vielleicht noch mehr jenes Volk, das so unglücklich ist, Dichter hervorzubringen.*

* Mit «Islands größten Dichtern» wird auf Jonas Hallgrimsson (1807–45) und Sigurdur Breidfjörd (1798–1846) hingedeutet. Brage ist der Name des Gottes der Dichtkunst in der alten isländischen Mythologie.

Beide sind jung gestorben, in Armut und unbeachtet. Der eine in Kopenhagen. Der andere in Reykjavik. Das Grab des einen ist verschwunden. Der andere soll noch ein Grab haben, sagen einige. Aber ihre Gedichte erwärmen tausend Jahre jedes isländische Herz.

Wer bin ich, Olafur Karason Ljosvikingur, daß ich auf mehr Glück als sie hoffen darf?

«Bist du der Schloßherr?»

An einem späten Abend kommt auf dem Strandsteg ein Mann auf ihn zu. Der Fremde ist kleiner an Wuchs, aber breiter über den Schultern; er hat zusammengewachsene Augenbrauen, dunkles Haar, grünlich schimmernde Augen, ein hochmütiges Gesicht, als brauchte ihm keiner mehr etwas zu erzählen, eine dunkle Stimme, entblößten Hals und schäbige Leinwandschuhe.

Olafur Karason hatte keine Ahnung, was der Fremde von ihm wollte, sagte jedoch, wie zur Entschuldigung, man habe ihm erlaubt, nachts in dem Haus zu schlafen, weil er ohne Heim sei.

«Ich kenne dich», sagte der Fremde. «Du bist doch der Dichter.»

Die Hand des Fremden war klein und wohlgeformt, das Handgelenk kräftig, die Handflächen fleischig, mit Fingern wie bei einer Frau, die sich nach den Spitzen verjüngen, und mit langen, gewölbten Nägeln. Doch sein Händedruck war fest und freundlich.

«Ich heiße Torarinn Eyjolfsson», sagte er. «Das ist, wie du weißt, ein Name aus der Vorzeit. Und deshalb nenne ich mich Örn Ulfar. Nenn mich auch so. Hier in der Gegend heiß ich der Kerl im Versteck.»

Er sprach ernst und gemessen, fast wie ein Buch, runzelte die Brauen, kniff die Augen zusammen und preßte die Mundwinkel nach unten. Während er mit einem sprach und ihn dabei ansah, schien es, als sei sein Blick in weite Ferne gerichtet. Aber in seinem Gesicht wohnte eine fremdartige Schönheit, die seine hochmütige Miene begreiflich machte und rechtfertigte. Er sprach mit dunkler Stimme, die wie blankes Erz tönte und dennoch sehr milde klang.

«Ich bin auch einmal Dichter gewesen wie du», fuhr er mit seiner stolzen Stimme fort. «Laß uns miteinander diesen Strandweg entlanggehen. Ich glaube, wir können Freunde werden.»

«Laß mich nun auch deine Hand drücken», sagte der Dichter. «Ich habe mich so nach einem Freund gesehnt. Ich habe noch nie einen Freund besessen. Ich heiße Olafur Karason, und ich nenne mich Ljosvikingur, weil ich als Kind oftmals vor einer kleinen Bucht stand, die Ljosavik heißt, und den Vögeln zusah.»

«Ljosvikingur», sagte Örn Ulfar, «ich möchte eine Frage an dich richten. Warum dichtest du?»

Diese Frage überrumpelte den Dichter so, daß er vergaß, den einen Fuß vor den andern zu setzen. Er stand still.

«Ich lie-lie-be», sagte er. Aber als er den Gegenstand seiner Liebe nennen wollte, versagte ihm die Zunge. Was liebte er denn in Wirklichkeit? Er stand da mit offenem Mund und schlug mit den Händen in der Luft, wie einer, der einen Schmetterling haschen will, der längst vorbeigeflogen ist. Es war Nacht, und es war Tag; und im stillen Meer spiegelten sich die goldenen Wolken. Im Blau hinter den Fjorden verschwanden die Berge, einer nach dem andern, in Nebeldunst und waren unwirklich geworden.

«Du liebst», sagte Örn Ulfar. «Was liebst du?»

«Ich weiß es nicht», sagte Ljosvikingur, und er begann wieder zu gehen. «Aber wahrscheinlich liebe ich die Schönheit.»

«Was sagst du zu Svidinsvik?»

Der Dichter wußte gut, wie unvollkommen die Antwort war, die er seinem Freund gegeben hatte, und er starrte in das betäubend grenzenlose Blau, ohne seine Gedanken von der unerwarteten Frage losreißen zu können.

«Die Aussicht auf die Berge hier in Svidinsvik ist ganz unvergleichlich», sagte er dann.

«Weißt du, daß es die Berge, die du betrachtest, in Wirklichkeit überhaupt nicht gibt?» sagte Örn Ulfar. «Oder siehst du nicht, daß sie mehr dem Himmel verwandt sind als der Erde? All das zauberhafte Himmelsblau, das dich verzückt, ist Sinnestrug.»

«Was ist denn am Ende wirklich», sagte Olafur Karason. «Was ist nicht Sinnestrug?»

«Das Menschenleben», sagte Örn Ulfar. «Dieses Leben.»

«Nichts wäre natürlicher, als wenn die Schönheit und das Menschenleben sich vereinen und nie wieder trennen würde», sagte Ljosvikingur.

«Die Schönheit und das Menschenleben sind zwei Liebende, die einander nie begegnen dürfen», sagte Örn Ulfar. «Erinnerst du dich des Gedichtes *Meine Schwester**? Darin kommen diese Zeilen vor:

Scheint die Sonne, ist sie froh.
Goldhaar ihr Gesicht umlockt.»

«Sprich nicht weiter. Es ist die Vollkommenheit selber», sagte Ljosvikingur. «Wie hat er es nur vermocht, so schlicht zu dichten?»

«Nicht deswegen habe ich davon gesprochen», sagte Örn Ulfar.

«Weswegen?»

«Meine Schwester», sagte Örn Ulfar, «sie ist gestorben.»

Ljosvikingur wußte nicht, was er sagen sollte. Und sie gingen eine kurze Weile schweigend weiter. Da begann sein Freund aufs neue:

«Ja. Jetzt vor fast drei Monaten ist sie gestorben. An einem der ersten Tage im April. Wir hier sagen immer: alles wird besser, wenn es Frühling wird und die Sonne wieder scheint. Aber sie ist tot. Meine letzten Gedichte waren drei Sonette. Sie hatte hellgoldenes Haar wie im Gedicht und blaue Augen, die geglaubt und gehofft und geliebt haben. Ihr lichtes Haar. –

* Ein Gedicht von Jonas Hallgrimsson.

Ich hatte immer geglaubt, daß wir sie vielleicht bei uns behalten dürften, weil alle anderen Geschwister tot waren. Aber wir durften es nicht. Ich habe ihre Wange berührt am Morgen auf der Bahre, bevor sie begraben wurde. Ich habe auch ihre Hand berührt. Der Tod ist eines von den wenigen Dingen, an die man nicht glaubt. Vielleicht das einzige. Ich weiß nicht, ob du jemals einen toten Menschen berührt hast. Ich weiß nicht, ob du den Laut kennst, wenn der erste Spaten voll Erde auf den Sarg niederfällt. Jetzt ist es mir einerlei. Nur eines weiß ich: Ich werde nie mehr dichten. Ich weiß, daß ich auch an Schwindsucht sterben werde. Aber das macht nichts. Ich fürchte mich vor nichts mehr. Aber es gibt auch nichts Schönes mehr.»

So gingen sie miteinander die ganze Nacht. Und es war keine Nacht. Nur ein bißchen Unwirklichkeit. Augenblicke voll Entzücken. Nebelstreifen da und dort, als würde sich das Land auflösen. Aber nichts löste sich auf. Die Nebel waren wieder verschwunden. Ein tiefrotes Glühen sprühte auf den höchsten Felsgraten. Funkelnde Vögel zu Tausenden schwirrten über das flammende, goldene, spiegelblanke Meer. Und sie sprachen ohne Unterlaß miteinander.

Olafur Karason ahnte nicht, daß die Zeit verging. Durch sein Bewußtsein drang nur die Stimme mit dem dunklen, sammetweichen Goldklang. Hat man alles verloren, das man am heißesten geliebt hat, so braucht man nicht mehr zu dichten. Der Klang in eines solchen Menschen Stimme erzählt das, was es in einem Leben zu dichten gibt. Wie arm fühlte sich Ljosvikingur, der nichts verloren hatte, der nie etwas besessen hatte, das er verlieren konnte.

«Da du nun alle deine Gedichte vernichtet hast, bin ich überzeugt, meine Gedichte haben keine Berechtigung», sagte Ljosvikingur. «Ich kann nicht einmal ein Sonett dichten.»

«Wir sind zwei Menschen mit verschiedenen Schicksalen», sagte Örn Ulfar. «Ich lebe in dem wunderlich leeren Laut der Handvoll Erde, wenn sie auf den Sarg fällt. Aber du, Dichter, bist vom Tod auferstanden.»

«Immer, wenn es mir sehr schlecht ging», sagte Ljosvikingur, «habe ich versucht, den Blick auf das Schöne und Gute zu heften und das Böse zu vergessen.»

«Für mich gibt es keine Schönheit, solange das Menschendasein ein unaufhörliches Verbrechen ist», sagte Örn Ulfar. «Dächte ich anders, so würde ich mich als einen verkommenen Schuft betrachten.»

«Klagst du Gott an?» fragte Ljosvikingur.

«Falls du mir beweisen kannst, Gott hätte daran Schuld, daß mein Vater und meine Mutter es sich nie haben leisten können, für uns Milch zu kaufen, als wir klein waren; falls es Gott war, der verhindert hatte, daß wir nicht ein einziges Mal im Jahr eine ordentliche Mahlzeit bekommen haben; wenn Gott es nicht zugelassen hat, daß wir Holz kaufen konnten, um unsere baufällige Hütte in der bittersten Winterkälte zu heizen; und es Gott war, der nicht geduldet hat, daß wir Kleidung auf dem Leib hatten; wenn Gott es war, der um keinen Preis der Welt erlaubt hat, daß wir Kinder von Erkältung und Skrofeln verschont bleiben konnten, ob Sommer oder Winter – ja, dann klage ich Gott an. Aber wenn ich ganz ehrlich sein soll, ich glaube ganz und gar nicht, daß du mir beweisen kannst, Gott regierte hier im Ort.»

«Das sagt die Tippel-Halla auch», sagte Olafur Karason nachdenklich.

12

Örn Ulfar war in den Augen seines weichherzigen Freundes die Klippe, an der die Ungerechtigkeit der Welt scheitern würde. Ein mächtiger, schöner und furchterregender Wille. Seine Ansicht vom Leben war dieselbe, mochte die Sonne scheinen oder Nacht sein. Nichts konnte seine Auffassung vom Dasein erschüttern. Sein Denken wies den Gefühlen einen festumrissenen Platz an. Aber sie hatten wenig Einfluß auf ihn. Olafur Karason dagegen – ein Wasser, das kein sicheres Bett hat, sondern da und dort durchsickert.

Die Verehrung für diesen neuen Freund und die Sehnsucht nach seiner Nähe war ein neuer Gemütszustand, verbunden mit einem Gefühl der Angst, ihn zu enttäuschen; voll schmerzlicher Gewißheit, ihm so völlig unterlegen zu sein, voll Furcht, wegen seines geringen Könnens von ihm verachtet zu werden.

Verging mehr als ein Tag, ohne daß sie einander gesehen hatten, so war er verzweifelt und dachte: Er will mich nie mehr sehen.

Ruhelos ging er dann hinaus. Entdeckte er aber, daß er unterwegs zu seinem Freund war, kehrte er um und ging in die entgegengesetzte Richtung. Stand er schließlich doch vor der baufälligen Hütte im Versteck, so versuchte er sich einzureden, daß es ein Zufall sei.

Er bleibt vor der Gatterpforte stehen. Sie reicht ihm nur bis zur Kniehöhe. Er blickt sich verlegen um, wie ein Fremder, der fehlgegangen ist und vor einem verkehrten Haus steht.

«Schönes Wetter», sagt der Besitzer der Hütte, der zu schwach geworden ist fürs Steinetragen und jetzt auf seinem Stückchen Land herumpusselt.

Olafur Karason nickt zustimmend und kann die Augen nicht von dem Alten fortreißen. Unfaßbar, daß der seines Freundes Vater ist.

«Ja, wie mild die Luft heute ist! Nicht zu verstehen», sagt der Mann kopfschüttelnd.

«Ja, nicht zu verstehen», sagt der Dichter.

«Gestern abend sah es so aus, als sollten wir schlechtes Wetter mit Wind vom Meer bekommen. Und jetzt scheint sich wirklich alles in mildes Wetter zu verwandeln.»

«Ja, es ist wirklich merkwürdig», sagt Olafur Karason und kann auch dieses viele milde Wetter nicht begreifen.

Örn Ulfar tritt an die Tür, barfuß, in Hose und Hemd, streicht sich mit den Fingern das Haar zurück, preßt die Mundwinkel nach unten, kraust die Brauen, hat seine hochmütige Miene und blickt mit weit spähenden Seemannsaugen über das Meer. Sein Gesicht – unfaßbar in dieser Umgebung. Ljosvikingur muß an die Worte der Dichterin denken, wie er hier dicht vor seinem Freund steht. Sind es solche Männer, fragt er sich unwillkürlich, die dazu verdammt sind, Trunkenbolde zu werden, weil in ihnen nicht die Begabung zum Verbrecher steckt und die menschliche Gesellschaft zu erbärmlich ist, um Helden hervorbringen zu können?

Von drinnen ruft seine Mutter:

«Schäm dich! Zieh dir Schuhe an, sage ich, und knöpf doch dein Hemd am Halse zu.»

Er antwortet nicht, zuckt die Achseln, schnaubt und macht ein verächtliches Gesicht.

Sie jetzt hinter ihm in der Tür:

«Ich will es nicht, daß du barfuß und mit offenem Hemd nach draußen gehst. Was sollen bloß die Leute sagen?»

Er, mit dunkler Stimme:

«Meine Füße gehören mir. Ebenso mein Hals.»

Die Mutter:

«Aber Kind, du weißt doch, daß du keine starke Brust hast.»

Dieser Sohn und Leugner der Schönheit! Kann man sich einen fremderen Gast in der windschiefen Hütte hier vorstellen, wo alles, ob tot oder lebend, vor grauenerweckender Armut geradezu gen Himmel schreit? Nein, lieber will er barfuß gehen, als seine Füße mit zerlumpten Schuhen entehren, lieber mit offenem Hemd, als seine junge Brust mit Lumpen bedecken.

Sie saßen stundenlang auf den Klippen am Meer unter dem Kiesberg, und der Ort lag hinter ihnen. Er erzählte Ljosvikingur von dem Leben, das die Menschen dort führten, die nicht wußten, was man über sie bestimmte. Ehe beide es ahnten, war es tiefe Nacht. Aber er erzählte immer weiter. Menschenschicksale ohne Ende. Alles, was er von ihnen wußte, erzählte er. Schließlich war es, als sei alles, was er erzählte, ein Teil der grenzenlosen Sommernacht. So ausführlich und ruhig erzählte er. Aber immer wieder hörte man durch seine Worte wie eine Erinnerung die wilde Brandung der düsteren Winterzeit. Schicksale von namenlosen Menschen. Einfache, alltägliche Schicksale von gleichgültigen Menschen, die nicht einmal ein Gesicht zu haben schienen. Aber jetzt begannen sie Form anzunehmen, leibhaftig vor einem zu stehen, sich zu bewegen, taktfest. Sie begannen einen anzugehen; ja, sie riefen, und man mußte antworten, hatte sich zu rechtfertigen. Und ehe man sich's versah, waren diese fremden Schicksale einem ins eigene Blut gedrungen.

Auf dem Weg kommt ein junges Mädchen auf ihn zu, starrt ihn an. Das Morgenlicht spiegelt sich im Weiß ihrer glasartigen Augen, die rot und grün glimmen. Nein, sie hat sich nicht geirrt. Sie bleibt vor ihm stehen und lächelt.

«Bist du bange?»

«Nein», sagt er. «Guten Tag.»

«Du wolltest an mir vorübergehen.»

«Nein», sagt er.

«Doch», sagt sie. «Pfui, schäm dich.»

Da sagt er feierlich:

«Torunn, du wärst der letzte Mensch, an dem ich vorübergehen wollte. Ich schulde dir mein Leben.»

Sie sieht ihn an mit ihren zweideutigen Augen, wie schon früher einmal: zuerst auf sein Haar, dann auf seine Hände, dann in seine Augen. Schließlich wendet sie die Augen von ihm, blickt geradeaus, in eine andere Richtung, als dächte sie plötzlich an etwas ganz anderes, und summt einige Töne einer neuen Melodie. Wenn sie ihn auch nicht ansieht, so fühlt er doch allzu gut, daß sie ihn nicht losläßt. Er hat Herzklopfen bekommen und wird etwas ängstlich. Vielleicht, denkt er, will sie die Heilung wieder von mir nehmen.

«Ich habe gehört, daß du jedem nach dem Mund redest», sagt sie.

«Du weißt selbst am besten, was ich dir zu danken habe, Torunn», sagt er. Aber, ehrlich gestanden, er begreift diesen Menschen nicht mehr, wenn er sich so nennen darf, der sich auf einer Pferdebahre übers Gebirge zu diesem Wesen mit der unnatürlich weißen Haut, den rötlichen Augen hatte bringen lassen, um von ihm sein Leben zu erhalten.

«Warum starrst du mich so an?» sagt sie. «Du gibst mir nicht einmal die Hand. Bist du bange?»

Warum beschuldigt sie ihn abermals, daß er bange sei? Hat sie etwas Böses im Sinn? Sie will doch wohl nicht die Heilung von ihm nehmen? Er gibt ihr die Hand.

«Ich glaube, du bist nicht mehr der gleiche Mensch», sagt sie und sieht ihn mit dem kalten Licht ihrer Augen von der Seite an. «Wie dumm man ist, sich all die Mühe wegen fremder Menschen zu machen. Man kann sie auch von den Toten aufwecken, sie haben es schon nach einer Woche vergessen! Sie kennen einen nicht einmal auf dem Weg.»

«Du, die du aus dem ganzen Land Goldgeld bekommst, damit du Menschen heilst», sagt er.

«Schweig», sagt sie.

Er schweigt. Ihre neue Melodie ist viel unruhiger als das alte Tanzlied, auch nicht so hübsch. Er mag es nicht, daß Leute summen, wenn sie mit einem sprechen.

«Warum willst du nicht etwas zusammen mit mir gehen», sagt sie, «da ich dir doch das Leben zurückgegeben habe.» Und als sie weitergehen: «Wie wunderlich du nur bist.»

Er sagt nichts.

«Warum sprichst du nichts?»

«Du sagtest ja, ich sollte schweigen.»

«So habe ich es nicht gemeint», sagt sie.

«Was soll ich sprechen?» sagt er.

«Nur etwas», sagt sie, «etwas zu mir, weil ich es bin. Und weil du ein Dichter bist.»

«Was meinst du?» sagt er.

Sie summt etwas von der Melodie, weit fort mit ihren Gedanken. Dann unversehens: «Wir mußten vom Hof gehen. Wir konnten nicht bezahlen. Gestern sind wir vor die Tür gesetzt worden.»

«Wieso denn?»

«Wenn man nicht bezahlen kann, dann wird man hinausgeschmissen.»

«Konnte Fridrik nicht helfen?» fragt er arglos.

Sie bleibt stehen, gibt ihm eine Ohrfeige und sagt wütend: «Schweig und schäm dich.»

Er faßt sich an die Wange, obgleich es gar nicht sehr weh getan hatte:

«Warum schlägst du mich?»

Ein Gemisch von Haß und allem möglichen Leid zuckt um ihren Mund, daß es ihm graut.

«Sollen solche Sticheleien der Dank dafür sein, daß ich ihn rief, dich zum Leben zu erwecken, als du mehr tot als lebendig warst?» fragt sie.

«Torunn, ich danke dir aus meinem ganzen Herzen, ganzer Seele, ganzer –»

«Halt's Maul», sagt sie.

Dann gingen sie schweigend weiter. Sie summte nicht einmal ihre Melodie. Plötzlich legte sie die Hand auf seinen Arm und sah ihm ins Gesicht, und mit kindlicher Offenherzigkeit, fast flehend:

«Olafur, wenn du die Wahrheit liebst, willst du mir ein einziges wahres Wort sagen?»

«Und was?»

«Glaubst du im Ernst, daß ich dich geheilt habe? Willst du mir die Wahrheit erzählen? Nur ein einziges Wort. Nur dieses einzige Mal! Dann will ich dich nie wieder bitten. Dann brauchst du mir nie mehr ein wahres Wort zu sagen.»

«Was ist Wahrheit?» sagte er.

«Ach, ich wußte es ja, daß du ein elender Herodes bist», sagte sie. «Du bist ein verfluchter Herodes.»

«Ich kam auf einer Pferdebahre als Kreuzträger und Abschaum der Menschheit zu dir, und als ich von dir ging, war ich ein Sieger des Lebens.»

«Ich verstehe mich nicht auf Dichtung», sagte sie. «Ich frage: ja oder nein?»

«Ja», sagte er.

«Na, dann kannst du mir 10 Kronen bezahlen», sagte sie.

Über dieses plötzliche Ansinnen geriet er in große Verlegenheit, und er errötete über und über.

«Wenn ich ganz aufrichtig sein soll, Torunn, so habe ich in meinem ganzen Leben noch keinen einzigen Aurar besessen. Ich habe in meinem ganzen Leben noch nicht 10 Kronen verdient. Wie du selbst weißt, habe ich in den letzten zwei Jahren nicht arbeiten können. Aber wenn ich als Tagelöhner den Sommer über weiter bei der Wiederaufbaugesellschaft arbeiten darf, so habe ich die Hoffnung, zum Herbst etwas Geld zu bekommen.»

«Arbeiten, arbeiten! Mir wird übel, wenn ich dir zuhöre», sagte sie. «Wenn du nicht sofort 10 Kronen herschaffen kannst, so betrachte ich dich nicht als einen Mann.»

«Wie sollte ich das wohl anfangen, Torunn? Muß man denn nicht immer zuerst arbeiten und bekommt dann hinterher Lohn?»

«Du bist unglaublich dumm», sagte sie. «Glaubst du wirklich, daß dir Arbeit etwas einbringt? Glaubst du etwa nicht, daß ich selber gut weiß, was es heißt zu arbeiten? Es ist lächerlich, zu arbeiten.»

«Das ist doch der einzige Weg, um sich Geld zu verschaffen», sagte er.

«Ganz und gar nicht», sagte sie. «Arbeiten – dadurch lernt man nur die zu hassen, die nicht arbeiten, das heißt: die, die

Geld haben. Arbeiten, das bedeutet hassen. Arbeiten, das bedeutet sich langweilen. Arbeiten, das bedeutet, daß man nichts zu essen hat; daß man nichts bezahlen kann. Daß man vom Hof gejagt wird. Du bist grenzenlos dumm.»

«Ja», sagte er, «es ist wahr, ich bin dumm. Als ich klein war, da bekam ich die Rute, weil ich mich vor der Arbeit gedrückt hatte. Und wenn ich sagte, was ich dachte, so bekam ich kein Abendessen. Und sie sagten, ich käme in die Hölle. Es ist gut möglich, daß ich nicht frei genug bin, die Wahrheit zu sehen; und noch viel weniger, sie zu sagen, wenn ich sie zufällig sehen würde. Wer kann für seine Erziehung, Torunn? Du weißt ja selber, was ich vor gut vierzehn Tagen war, als du mich wieder ins Leben gerufen hast.»

«Wer wirklich sein Leben schätzt, der kann 10 Kronen beschaffen», sagte sie, «mag er auch sonst noch so erbärmlich sein. Ich muß 10 Kronen haben. Von dir.»

«Torunn», sagte er bittend, «was soll ich bloß tun?»

«Wenn ich dich nun wieder mit Krankheit schlage, falls du nicht 10 Kronen besorgst?» sagte sie.

Da schlotterten ihm die Knie, und er stand wie in weißem Nebel, der Schweiß brach ihm aus allen Poren. Dieses Zusammentreffen war wie ein banger Traum, ein Alpdruck. Der Augenblick mußte ja einmal kommen, wo er seine Strafe erhalten sollte, weil er sich gegen Gott und Jesus versündigt hatte. Oben im Gebirge wußte er es, als er zum erstenmal von Fridrik und Torunn gehört hatte. Dieser Augenblick näherte sich. Sein Leben und seine Gesundheit lagen in der Hand von ruchlosen, dunklen Mächten. Diese Hexe hier konnte ihn zu Boden schlagen, wann sie wollte –

«Nein, ist es wirklich das Geistermädchen, das mit einem irdischen Mann eingehakt daherkommt, hahaha!»

Er kam aus seiner Verzweiflung wieder zu sich – draußen vor Fagrabrekka, Vegmey Hansdottir stand in der Tür und rief höhnisch hinter ihnen her.

«Was kläfft die Hündin von Fagrabrekka da?» fragte das Geistermädchen.

Das Mädchen in der Tür rief den Kindern in der Nähe, wohl zwölf, die unten im Weggraben und an den Drahtzäunen herumlungerten, zu: «Hier könnt ihr den Verstörten und das Engelmädchen sehen, Gören!»

Die Kinder liefen eine Weile hinter ihnen her, beschimpften und verhöhnten sie und warfen ihnen Schmutz nach. Als das Engelmädchen sich umdrehte und sie ein wenig zurechtwies, wurden sie nur noch unverschämter. Schließlich verloren die Kinder die Lust, sie weiter zu verfolgen.

«Nur 10 Kronen – von dir. Damit ich mich selber wiederfinden kann. Oder wenigstens 5 Kronen! Der Wahrheit wegen.»

«Ich wünschte, ich hätte 1000 Kronen, Torunn.»

«Dann würde ich nicht mit dir sprechen», sagte sie.

«Jetzt fällt mir etwas ein», sagte er, «ich will zu Direktor Pjetur gehen ...»

«Ich kann selber 10 Kronen von Pjetur Dreiroß bekommen», sagte sie, «100 Kronen, 1000 Kronen. Das ist das einzige, was ich nicht will. Alles, nur das nicht.»

«Ich will dir alles geben, was ich besitze», sagte er.

«Was besitzt du?»

Er sagte: «Einige Bücher.»

Sie hatten den Strandsteg erreicht, und als sie vor dem Etatsratschloß standen, bat er sie, ein wenig zu warten. Er kroch hinein und kehrte mit den Felsenburggeschichten zurück.

«Das ist mein größtes Buch», sagte er, «und in vieler Hinsicht das merkwürdigste. Man müßte es für 5 Kronen, sogar für 10 Kronen, verkaufen können.»

Sie setzten sich auf einen Stein am Strand.

«Das ist weiter nichts als ein alter Schmöker», sagte sie. «Kein Mensch kauft sich einen solchen Schmöker.»

«Du ahnst überhaupt nicht, was sich alles an dies Buch knüpft, Torunn», sagte er.

«Bedeutet es viel für dich?» fragte sie.

«Es ist ein Schicksalsbuch. Hoffnungen und Enttäuschungen im Leben knüpfen sich an das Buch», sagte er, und es tat ihm gewiß sehr leid, das Buch zu verlieren. Aber seiner Gesundheit zuliebe wollte er es gern opfern.

«Keinem anderen Menschen sonst würde ich das Buch geben. Nur dir allein.»

«Ich würde von keinem einen solchen Schmöker annehmen», sagte sie. Sie saß da mit dem Schmöker auf dem Schoß und war weit fort mit ihren Gedanken. Jetzt summte sie wieder ihre neue Melodie, die nicht so schön wie die alte war. Die Gischtfransen der Wellen berührten den Stein.

«Dein Haar schimmert rötlich», sagte sie mitten in ihrem Gesumm und guckte ihn von der Seite an; die zweideutigen, glasartigen Augen und ihr rätselhaltes Lächeln strahlten ihn an wie in jener Nacht in Kambar. Aber es bezauberte ihn nicht mehr. Je länger sie ihn ansah, desto schwerer fiel es ihm, ihren Blick zu ertragen.

«Laß mich deine Hand berühren», sagte sie, und sie berührte seine schmale Hand, beugte sich zu seinen Händen nieder und berührte sie auf der Innenseite wie auf dem Handrücken. «Ich habe noch nie im Leben eine solche Hand gesehen. Erinnerst du dich noch der Nacht zu Haus in Kambar, als wir draußen saßen und du deinen Kopf hierhin legtest?» Und sie zeigte auf die Stelle, wohin er seinen Kopf gelegt hatte.

Er konnte überhaupt nicht begreifen, wie es ihm hatte einfallen können, seinen Kopf dorthin zu legen. Er blickte zur Seite.

Sie sagte: «Es ist nicht wahr, was Reimar dir über die sechs Männer erzählt hat. Ich bin ein einziges Mal mit einem Mann zusammen gewesen, und zwar nur ein bißchen. Damals war ich fast noch ein Kind. Den ganzen Winter danach war ich entschlossen, mir das Leben zu nehmen. Aber da fing ich an, in die andere Welt hineinzusehen. Seitdem habe ich nur in die andere Welt hineingesehen. Du kannst mir ruhig glauben, daß ich die Wahrheit spreche, so sicher, wie Gott über uns ist. Sag mir, ist es wahr, daß zwischen dir und der Dirne in Fagrabrekka etwas los ist?»

«Sie ist keine Dirne», sagte er still, aber er wurde bleich und in ihm begann etwas zu zittern.

«Ist sie keine Dirne? So, das sagst du. Also stimmt es schon, daß du nachts immer mit ihr schläfst, wie alle sagen.»

«Nein. Es ist nicht wahr.»

«Warum hat sie denn hinter mir her gehöhnt?»

«Das weiß ich nicht.»

«Und warum sagst du nichts?» fragte sie.

«Was soll ich sagen?»

«Ach, was weiß ich», sagte sie, warf den Kopf in den Nacken und machte vor Ungeduld eine Fratze. «Wie verflucht langweilig du doch bist. Was zum Teufel habe ich mit dir zu schaffen?»

«Wir trafen einander auf dem Weg.»

«Nein», sagte sie, «das ist eine Lüge. Ich habe dich gesucht. Du warst der einzige Mensch hier im Ort, den ich gern treffen wollte, weil du Haar und Augen und Hände hast, die mich an etwas erinnern. Aber ich ahne nicht, an was. Und weil ich dich vom Tod auferweckt habe. Ich hoffte, du würdest mir heute helfen. Denn geschieht es nicht heute – Hör, ich möchte dich so gern nach etwas fragen. Glaubst du im Ernst, daß es eine andere Welt gibt? Oder ist alles miteinander nichts als Lüge? Und glaubst du, daß es überhaupt eine Wahrheit gibt? Glaubst du nicht, daß Seelenforschung weiter nichts als leeres Geschwätz ist? Glaubst du nicht, daß man am Ende wie ein beliebiges Aas krepiert? Was ist man denn anders als ein verdammter Kadaver, wenn man schließlich krepiert?»

«Ich habe mich oft das gleiche gefragt», sagte er.

«Ah, du willst es mir nicht sagen!» fuhr sie ihn an. «Willst es mir nicht sagen. Weißt du, daß man mir gestern abend hundert Kronen, tausend Kronen, ja eine Million angeboten hat? Man hat mir angeboten, ein Wissenschaftler zu werden und in der ganzen Welt berühmt zu werden!»

«So», sagte er.

Aber da es auf ihn keinen Eindruck machte, wurde sie traurig, barg das Gesicht in den Händen und schüttelte verzagt den Kopf: «Du willst mir nicht helfen», sagte sie weinerlich, den Kopf noch immer in den Händen. «Ich sterbe.»

Dann nahm sie die Hände vom Gesicht, lehnte sich an ihn, starrte in seine Augen.

«Dein Gesicht», seufzte sie hilflos und war plötzlich keine Hexe mehr, «es steht gezeichnet in meinem Herzen. Ich hasse es. Nun ist mir alles miteinander einerlei. Hörst du? Alles miteinander.»

Jetzt war ihr Blick kalt wie Eis; ihr Gesicht zu einer harten Grimasse erstarrt: frech und böse zugleich. Selten hatte er etwas so Häßliches gesehen.

«Meinetwegen kannst du nun wieder krank werden», sagte sie und schlug ihm mit dem Buch ins Gesicht. Dann warf sie das Buch hinaus ins Wasser, so weit sie konnte; einige Möwen stürzten sich in ihrem Flug auf das Buch, sie glaubten, es sei für sie bestimmt.

Sie war aufgestanden und ging mit schnellen Schritten zurück in den Ort.

13

Abends stand er an dem Fenster ohne Scheiben und sah, wie vom Dach die Tropfen niederfielen. Es hatte zu regnen angefangen. Windstille. Die Tropfen fielen gerade, fast lautlos zur Erde. Alles sah so friedlich aus. Er schlug sich mit den Fäusten gegen die Brust, preßte sie in den Leib, hämmerte mit den Handknöcheln an Stirn und Schläfen, denn er wollte untersuchen, ob er irgendwo krank sei. Aber er hatte nicht einmal Kopfschmerzen. Ihm fehlte überhaupt nichts.

Doch er war bedrückt. Er hatte für Torunn von Kambar nichts anderes tun können, als ihr das alte Buch mit den verlogenen Geschichten zu schenken, die er selber nicht einmal hatte zu Ende lesen mögen. Und das Mädchen hatte sich auch nichts aus dem Buch gemacht, sondern es sofort den Möwen ins Meer hingeschmissen, die nicht lesen konnten.

Andererseits aber war er glücklich, fortan nicht mehr von dem Mädchen und den übernatürlichen Kräften abhängig zu sein, die sie in der Hand hatte. Am allerglücklichsten jedoch war er wohl darüber, daß Gott, der die mächtigste von allen übernatürlichen Kräften war, wie er unerschütterlich glaubte, ihn nicht zur Rechenschaft gezogen hatte, weil er sich an andere, private, übernatürliche Kräfte gewandt hatte, die dem Einen doch mehr oder weniger unzulässige Konkurrenz machen müßten. Das Merkwürdigste war aber, daß dieser junge Dichter, je gesünder er wurde, immer häufiger auf den Gedanken verfiel, er besäße am Ende vielleicht in sich selber übernatürliche Kraft, wie jene seit ewigen Zeiten hingefahrenen Helden. Von denen berichten die Sagas, daß sie in sich eine seltsame verborgene Kraft besaßen, an die sie glaubten, und sie bekamen ihren Glauben im gleichen Maße bekräftigt wie die anderen, obgleich deren Kraft doch ausschließlich irdischen Ursprungs zu sein schien.

Aber als der Tag zu Ende gegangen war, fühlte er in seinen Gedanken etwas wie eine Wunde brennen. Wie hatte sie es über sich bringen können, ihn wieder einen Verstörten zu nennen, wo er in aller Unschuld mit einem Mädchen von der anderen Welt an ihrem Haus vorbeiging? Ja, noch dazu, wo sie ihm zu verstehen gegeben hatte, daß sie sich bei den Küssen neulich überhaupt nichts gedacht habe. Aus welchem Grund hatte sie also diese abscheulichen Kinder auf einen wehrlosen Menschen hetzen können, wenn sie sich nichts dabei gedacht hatte? Ist das Menschengeschlecht so inkonsequent, nicht nur in der Liebe und im Haß – was eine Sache für sich ist –, sondern auch in Dingen, die ihm völlig gleichgültig sind? Oder verdient es das Menschengeschlecht am Ende gar nicht, daß man zu ihm aufblickt und viel von ihm erwartet und an es glaubt, wie beispielsweise die Hunde es tun? Glücklicherweise besiegte der milde und friedvolle Regen der Vorsommernacht den Schmerz des Dichters und zauberte in seine Brust einen traumlosen Schlaf, der allen philosophischen Grübeleien ein Ende machte.

Und er erwachte aus diesem tiefen Schlaf dadurch, daß jemand die Hand auf seine Stirn gelegt hatte.

Es konnte nicht weit über Mitternacht sein, denn man spürte noch nichts von dem Schimmer, der selbst bei bewölktem Himmel die Morgendämmerung ankündigt. Es war um die Stunde der Frühlingsnacht, wo die Dinge nicht wirklich, sondern unwirklich sind; die Stunde, wo das Bewußtsein unfähig ist zu glauben, sogar leugnet, daß ein neuer Tag anbricht.

Das Mädchen in der Haustür saß neben ihm und hatte die Hand auf seine Stirn gelegt.

Er öffnete die Augen und fragte:

«Bin ich wach oder bin ich tot?»

«Vergib mir», sagte sie und streichelte ihm über das Haar, zog dann die Hand wieder an sich.

Sie sprach leiser, nicht heiser, kaum hörbar; sie lachte auch nicht. Sie war rot vom Laufen und atemlos. Ihre Füße naß von der See, Sand in ihrer Spur. Sie starrte ihn mit großen, unergründlichen Augen an, ängstlich, und der frohe, schnippische Zug um ihren Mund war verschwunden.

«Ich konnte nicht schlafen», flüsterte sie.

Er sagte ihren Namen, setzte sich im Bett auf und legte seinen Arm um sie. Als sie seine Berührung fühlte, zuckte sie zusammen, drängte sich dicht an ihn.

«Wär ich doch nie geboren», flüsterte sie und preßte das Gesicht an seine Schulter.

«Was ist geschehen?» fragte er.

«Nichts», sagte sie. «Nichts. Nichts. Ich konnte nicht schlafen. Kannst du mir vergeben?»

«Willst du mich küssen?» sagte er.

Als sie einander eine Weile geküßt hatten, sagte sie:

«Du bist doch nicht in das Geistermädchen vernarrt? Sag nein.»

«Nein», sagte er.

«Dann ist alles gut. So ein heuchlerisches, verlogenes Engelmädchen. Bekomme ich nur etwas Weißmehl, dann werde ich dir Pfannkuchen backen, die zweitausendmal besser sind als die von Kambar. Aber Borwasser habe ich nicht.»

«Es ist nicht nett von dir, so böse von dem armen Mädchen zu sprechen», sagte Olafur Karason. «Wäre ich nicht bei ihr geheilt worden, so hätte ich dich vielleicht nie kennengelernt.»

«Wenn die auch nur einen einzigen Menschen heilen kann, so werde ich die ganze Welt sowohl vom Tod als auch vom Teufel erlösen.»

«Es war trotzdem nicht hübsch von dir, hinter uns herzurufen, als wir ganz unschuldig auf dem Weg gingen, und mich einen Verstörten zu nennen –»

«Willst du mir vergeben oder haßt du mich?» fragte sie.

«Ich liebe dich.»

«Was wollte sie von dir?» fragte das Mädchen.

«Das ist ganz gleichgültig. Sie wollte nichts von mir. Nur ein bißchen mit mir sprechen, weil ich neulich in Kambar über Nacht ge-ge-blieben war. Frag nicht mehr danach. Küsse.»

Aber das Mädchen in der Tür wollte nicht mehr küssen. «Du kannst also doch lügen. Wer hätte das von diesen blauen Augen glauben können!» sagte sie.

«Nein», sagte er, «ich kann nicht lügen. Aber ich weiß auch nicht, was Wahrheit ist. Ich versuche immer so zu sprechen, daß ich – nach meiner Ansicht – Gott und den Menschen möglichst wenig Schaden zufüge.»

«Oh, ich weiß gut, was sie wollte. Die will nämlich nur eines, dies Geistermädchen. Ich habe einmal gesehen, wie sie beim Kirchhofsball hier in Svidinsvik mitten in der Nacht trotz Schneegestöber und Finsternis mit einem Kerl fortgegangen ist.»

«Fortgegangen?» fragte er. «Das glaube ich nicht.»

«Selbstredend wollte sie mit dir schlafen», sagte sie.

«Wie kannst du nur so häßlich von einem Mädchen denken?» sagte er.

Da schmiegte sie sich an ihn und sagte: «Ich bin ganz gewiß nicht mehr richtig im Kopf. O Jesus, wär ich doch nie geboren!» – und küßte ihn.

Er liebte sie mit seinem ganzen Herzen, für ewig; er war bereit, ihr sein Leben zu opfern, ihretwegen durch Feuer und Wasser zu gehen und nichts, nichts sollte sie je wieder trennen. Aber sie wurde wieder bekümmert, sogar bange, zuckte zusammen und rückte von ihm, riß die Augen weit auf und fragte, in Schrecken geraten, ins Blaue: «Ist es häßlich?»

«Nein», sagte er, ohne zu wissen, worauf er geantwortet hat. «Es ist schön.»

«Warum bin ich geboren?» fragte sie.

«Um zu lieben», sagte er.

«O liebster Jesus», sagte sie.

«Nein», sagte er gotteslästerlich. «Nur du und ich.»

«Sag, daß ich verrückt bin», sagte sie. «Und ich werde gehen.»

«Die Liebe hat immer recht», sagte er. «Alles, was du tust, ist richtig.»

«Ich hatte nicht einmal an dich gedacht; hatte die Kinder zu Bett gelegt und überhaupt nicht an dich gedacht. Vater schnarchte schon längst, und ich hatte überhaupt nicht an dich gedacht. Nicht mit einem einzigen Gedanken. Ich hatte mich schlafen gelegt, hatte lange gelegen. Und plötzlich bin ich aufgestanden. – Hatte ich trotzdem die ganze Zeit an dich gedacht?»

«Du hattest daran gedacht, aus dieser Wohnung der Winde ein Schloß des Sommerlandes zu machen», sagte der Dichter.

«Ich dachte im stillen: wenn sie alle hier im Ort sagen, er kommt nachts zu mir, so ist es das beste, daß ich zur Abwechslung einmal nachts zu ihm gehe! Ich öffnete das Fenster über meinem Bett und sprang hinaus, damit Vater und die Kinder nicht aufwachen, wenn jemand durchs Haus geht. Ich lief sofort zum Strand hinunter mit einem Sack, so als wollte ich Tang sammeln. Wer sprach davon, durchs Wasser zu schreiten? Ich war es. Ich tat es. Ich kroch vorbei an den Klippen – es war Flut –, damit mich niemand sehen könnte, und watete durch die See. Kannst du nicht sehen, daß meine Füße naß sind, Junge? Ich bin bestimmt ganz verrückt, und noch dazu mitten in heller Frühlingsnacht.»

«Du kamst, um mir den größten Reichtum des Lebens zu bringen, und machst mich zu dessen König», sagte der Dichter.

«Nein», sagte sie, «ich kam, um dich atmen zu hören. Atme.»

«Du, die seit vielen Tagen nicht einmal ein Lächeln für mich übrig hatte, sondern zu mir gesagt hat: geh heim», flüsterte er in ihr Ohr.

«Man lächelt nicht, wenn man verliebt ist. Wenn man lacht, ist man nicht verliebt», antwortete sie und fügte nach alter Gewohnheit ein Hahaha hinzu. Aber es war kein Lachen.

«Und heute riefst du mir etwas nach und hetztest die Kinder auf mich.»

«Oh, du bist ein so großer Dichter, daß du alles verstehst, und trotzdem hast du keine Ahnung von etwas. Keiner gleicht dir. Ich kann nichts dafür, daß du so auf mich wirkst. So etwas Verrücktes habe ich noch nie erlebt, und ich weiß gut, daß ich es nicht darf und nicht will und nicht soll. Du bist erst siebzehn Jahre, und ich bin achtzehn. Und wo ist das Geld? Und trotzdem liebe ich dich so heiß, daß ich dich hasse. Ja, wahrhaftig, solch ein wildes Tier ist die Liebe. Ich bin nicht bei Sinnen. Bis über die Knie watete ich im Wasser unter den Klippen, damit mich keiner sehen sollte! Wenn man verliebt ist, gleicht man einem Verbrecher. Wahrhaftigen Gotts, ich könnte einen Menschen umbringen und stehlen. So schlecht bin ich. Kannst du es denn nicht merken, daß ich unter meinem Kleid nichts anhabe, Junge?»

Die Dichterin gab ihm schweigend den Morgenkaffee und fuhr mit ihrer Arbeit fort. Er wagte nicht, sie anzusehen, aber er hörte, wie sie sich mit ihrer Silbersaitenstimme hoch oben räusperte. Sie schien mit ihren Gedanken weit fort zu sein. Gleichwohl spürte er ihre Nähe deutlicher denn je. Das Erlebnis der Nacht hatte ihm einen neuen Sinn zu den anderen gegeben. Die Welt war anders als früher. Er sah keinen Mann, keine Frau in demselben Licht wie früher. Ehe er sich noch richtig darüber klar war, hatte er zu grübeln begonnen, wie diese Frau eigentlich war. Und gleichzeitig ergriff ihn ein Schuldgefühl. Ihr Gesicht, diese unergründliche Übereinstimmung von Ferne und Nähe, Sehnen und Verzicht, Neugierde und Gleichgültigkeit, diese unauflösliche, bezaubernde Uneinigkeit von Sein und Nichtsein – plötzlich empfand er, daß kein Gesicht ihn jemals so viel anging. Dieses Gesicht ging ihn in Wirklichkeit mehr an als sein eigenes Gesicht – und er hatte es betrogen; hatte sie betrogen. Und er war überzeugt davon, daß sie es wußte; alles wußte.

Doch, es ist wahr, die Liebe steht höher als alle anderen Werte. Das Übernatürliche ist geradezu lächerlich im Vergleich mit dem Natürlichen, auf die gleiche Weise wie Wundertaten verglichen mit Taten erbärmlich sind. Die lebendigen Formen eines jungen, liebenden Weibes: das ist der Schlüssel zur Schönheit selber, der Grundton der Poesie der ganzen Welt. Die Sonne scheint auf das Gesicht des jungen Mannes; die lauten Schreie der Meervögel werden von der frischen Seebrise durch das offene Fenster getragen. Und dennoch, in seinem Bewußtsein rührt sich etwas: das Gefühl, etwas verloren zu haben, etwas verraten zu haben, das teurer war als alles. Alles.

14

Der Fischdampfer «Numa», Eigentum von Svidinsviks Wiederaufbaugesellschaft, lag bereits seit zwei Jahren auf seinem Ankerplatz, wo er in Frieden rosten und Ratten sammeln durfte. Einige sagten, auch Gespenster, und sie behaupteten sogar, in Winternächten blaue Flammen um das Schiff gesehen zu haben. In den Jahren, als er auf Rechnung der Wiederaufbaugesellschaft die besten Fischbänke der Welt besuchen durfte, die just hier vor Svidinsvik lagen, war es ihm geglückt, nur größere und größere Bankschulden zu sammeln; Schulden von vielen Zehntausenden und Hunderttausenden; Summen, die zusammen mit den anderen Schulden dieser mächtigen Gesellschaft ausgereicht hätten, aus jedem Menschen hier, der nicht einmal eine Kuh besitzt, einen Grafen und Baron zu machen. Es war nämlich so gewesen, daß alle Fische im Meer verschwanden, sobald sich der Dampfer nur auf den Fischbänken blicken ließ. Vor zwei Jahren hatte der Aufsichtsrat der Gesellschaft endlich den glänzenden Einfall bekommen, das Schiff aufzulegen, damit es statt neuer Bankschulden auf dem Ankerplatz Ratten sammeln könne. Im stillen hatte man jedoch gehofft, irgendein guter Mann würde den ganzen Platz mit allem Zubehör, auch den Schulden der Wiederaufbaugesellschaft, kaufen. Aber es meldeten sich keine Liebhaber. Schließlich hatte die Bank eine Erklärung veröffentlicht, daß sie die christliche Geduld – bekanntlich das Kennzeichen dieser Institute – verloren habe und nunmehr das Schiff wegen unbeglichener Schulden und verfallener Zinsen und Zinseszinsen mit Beschlag belegen und es binnen kurzem öffentlich versteigern lassen werde.

Eines Morgens zu Beginn der Heuernte, als viele draußen standen, um nach dem Ankerplatz hinauszublicken – der dichte Nebel, der vorher geherrscht hatte, begann sich zu zerstreuen –, war der Fischdampfer der Leute spurlos verschwunden. Nicht verwunderlich, daß man ein wenig erstaunt war und sich fragte, was aus dem Fischdampfer der Leute geworden sei. Hatte ihn jemand gestohlen? Oder hatte ihn die Bank sich geholt? Viele gingen zum Direktor und fragten, wie es zugegangen sei, daß der Fischdampfer nicht mehr auf dem Ankerplatz läge. Aber der Direktor antwortete einfach, daß er «Zum Teufel noch einmal» kein Islandschiff wäre. Als sich jedoch im Laufe des Tages die Neuigkeit verbreitete, ein von Ratten angenagter Rettungsring mit dem Namen des Schiffs wäre weiter draußen im Fjord an Land gespült worden, da meinten die Leute, daß man sich über das Schicksal der «Numa» nicht länger den Kopf zu zerbrechen brauche. Rost und Ratten hatten mit vereinten Kräften das Schiff zerstört. Es war untergegangen.

Merkwürdigerweise gerieten manche Bewohner des Platzes dennoch ein wenig in Bestürzung, daß das Schiff nun für immer verschwunden war. Dagegen rührte dieses Ereignis den Dichter Olafur Karason nicht im geringsten; für ihn gab es keine Erinnerungen, die mit dem Schiff verknüpft waren, auch keine Zukunftshoffnungen. Aber es war unvermeidbar, daß ihm dies und jenes in Zusammenhang mit dem Verschwinden des Schiffs zu Ohren kam. Einiges wurde geflüstert, anderes laut gesagt. Jetzt erst wurde es den Leuten offenbar, daß sie mit Hilfe dieses Schiffs hätten leben können, anstatt jahraus, jahrein für die Regierung Steine zu schleppen. Wenigstens war es so etwas wie eine Lebensversicherung gewesen, das Schiff auf dem Ankerplatz liegen zu sehen, wenn es auch verrostet und mit Nagetieren und Gespenstern bemannt war. Solange das Schiff sich über Wasser gehalten hatte, schien es, als hegten alle Leute hier eine wenn auch unklare Hoffnung, das Schiff würde eines Tages den Ankerplatz verlassen. Mit braven, einheimischen Männern an Bord, entschlossen, einen Millionenfang von dem unerschöpflichen Reichtum auf den Fischbänken draußen vor der Küste heimzubringen; andere Schiffe, einige von abgelegenen Landesteilen Islands, andere sogar aus fernen Ländern holten Reichtümer und Überfluß vor den Augen der Bevölkerung am Fjord.

Aber nun war das Schiff untergegangen. Und da das Schiff untergegangen war, schien es, als wäre die ganze Ortschaft am Rand eines Abgrunds erwacht.

Der Gemeindevorsteher wollte sofort eine Sitzung des Aufsichtsrats der Wiederaufbaugesellschaft zusammenrufen und Beschlüsse fassen. Aber das war nicht so einfach, denn die Mitglieder des Aufsichtsrats waren mit anderen Dingen beschäftigt: der Richter wohnte an einem anderen Fjord; Pastor Brandur befand sich auf einer Visitationsreise in entlegenen Kirchspielen; der Arzt war seit einer Woche jeden Abend sinnlos betrunken; und der Direktor Pjetur Palsson selber war kein Islandschiff. Keiner dieser Mitglieder des Aufsichtsrats hatte einen Gedanken für die Angelegenheit übrig, ausgenommen der fünfte Mann, der Gemeindevorsteher. Und weil es also unmöglich war, sofort nach Verschwinden des Schiffs eine Aufsichtsratssitzung zusammenzubringen, machte er sich jedenfalls auf den Weg, um den Richter zu treffen. Und er machte kein Hehl daraus, weshalb er gerade den Richter aufsuchen wollte. Er war entschlossen, eine Untersuchung in Sachen des Schiffs zu verlangen und zu fordern, daß Pjetur Palsson als Direktor abgesetzt, ja am liebsten verhaftet und in Ketten nach der Hauptstadt geschafft würde. Niemand zweifelte daran, daß er selber bereit wäre, die Leitung der Wiederaufbaugesellschaft zu übernehmen, zumal der Landkreis, an dessen Spitze der Richter stand, die Oberaufsicht über die Gemeinde bekommen hatte, Svidinsvik also von der Gnade des Kreises lebte.

So vergeht eine Woche nach der andern. Endlich hatte sich herumgesprochen, daß der Richter gewiß vorhatte, bei Gelegenheit nach Svidinsvik zu kommen und wegen des Schiffs ein Verhör anzustellen, daß es aber äußerst schwierig wäre, Pjetur Palsson zu verabschieden und in Ketten nach der Hauptstadt zu schicken. Pjetur war nämlich für fünf Jahre als Direktor angestellt und genoß sowohl bei dem Kreisrichter als auch bei der Regierung das allergrößte Vertrauen. Ganz abgesehen davon, daß er die einzige Stütze des Pastors in geistigen Sachen und bei weitem der größte Abnehmer vom Apothekeralkohol des Arztes war. In gewissen Zeitungen im südlichen Island wurde er immer als einer der zuverlässigsten und tüchtigsten Sozialisten des Landes bezeichnet. Und wenn die Leute im Ort auch nicht müde wurden, ihn hinter seinem Rücken zu verunglimpfen, so war er doch wohl der einzige Mensch, zu dem sie ihre Zuflucht nehmen und auf den sie sich verlassen konnten, wenn Not am Mann war; besonders kinderreiche Frauen und Witwen. Er war ein Mensch, der es nicht ertragen konnte, daß jemand Not litt, und er war immer bereit, sein Äußerstes zu tun, um anderen beizustehen.

Was sollte der Gemeindevorsteher tun, dieser ausgezeichnete Bootbauer, Landwirt und Fischer, der so ehrlich wie Gold und so schlicht in seinem Wesen war – wenn ihm auch andererseits die Gabe fehlte, zu sprechen und zu denken? Jetzt war ihm die Galle übergelaufen. Da aber guter Rat teuer war, so hatte er die glänzende Idee, sich an die Öffentlichkeit zu wenden, an den Mann aus dem Volk, an die kleinen Aktionäre der Wiederaufbaugesellschaft und an jene, die der Gesellschaft ihr Eigentum verpfändet hatten, um Schulden für Lebensmittel abzutragen. Er versuchte, sie zu einer Versammlung zusammenzutrommeln. Er gewann sofort einige energische Leute für seinen Plan, versandte Einladungen und ließ an den Telefonpfahl am Kreuzweg eine Bekanntmachung annageln, darin er kund und zu wissen gab, daß, weil die meisten Mitglieder des Aufsichtsrats etwas anderes vorhätten, er als Vertreter der Gemeinde in der Wiederaufbaugesellschaft zu einer öffentlichen Versammlung in Sachen der vorgenannten Gesellschaft im Gemeindehaus des Ortes abends um 8 Uhr einlade, um Verbrechen und Übergriffe in der Gesellschaft zu bekämpfen und Beschlüsse zu fassen, damit alles Unkraut und die Giftschlangen, die sich hier im Ort breitgemacht hätten, ausgerottet werden könnten.

Glücklicherweise spielte sich dieses üble Gezänke größtenteils außerhalb des Gesichtskreises des Dichters Olafur ab, der vor allen Dingen über geistige Werte nachdachte und die

Schönheit liebte und der Liebe huldigte; soweit dies möglich war. Und zu alldem war jetzt seine Verliebtheit hinzugekommen, mit der einzig dastehenden Erfahrung, die solch einen Zustand begleitet, wenn man ihn zum erstenmal erlebt. Seine Einstellung zu allem war, kurz gesagt, lyrisch. Eines Abends bei stillem Wetter, als der Meeresspiegel wie aus Gold und Samt zu sein schien, ließ er sich von seinem Freund Örn Ulfar die Geheimnisse des Sonetts erklären und fand danach, daß es nicht der Mühe wert sei, von nun an eine andere Gedichtform als diese anzuwenden.

Als sein Freund aber sich kurz danach auf die Seite des Gemeindevorstehers stellte, dieses herzlosen Menschen, der kein Mitleid mit armen, kranken Dichtern hatte, sondern sie zwingen wollte, Steine zu schleppen; sogar für ihn von Haus zu Haus rannte, um die Leute zu einer Versammlung dieses geistlosen Dickschädels gegen Direktor Pjetur Palsson, den Freund des Geistes, einzuladen, da verstand Olafur Karason seinen Freund nicht mehr. Das kommt sicher daher, weil er immerzu seine kleine Schwester vor sich auf der Bahre liegen sieht und meint, man habe sie ermordet, dachte der Dichter. Und sein Freund tat ihm herzlich leid; er verzieh ihm. Vielleicht würde ich auch nicht mehr dichten, wenn man meine Geschwister ermordet hätte.

Heuernte. Im ganzen Ort herrscht der starke Duft von frischgemähtem Gras, den man besonders in den ersten Tagen bemerkt, wenn die Sense ihre Arbeit verrichtet. Ein geradezu überströmendes poetisches Mitgefühl mit dem jungen Gras ergreift ihn, und er selber ist der Mäher – gewiß am Anfang mit heftigen Rückenschmerzen. Aber mit jedem neuen Tag wird er abgehärteter. Jede Erfahrung ist wunderbar, solange sie noch den Reiz der Neuheit besitzt und Stoff für ein Gedicht ist. Es ist poetisch, zu mähen – eine kurze Zeit, nicht lange. Sobald eine Erfahrung den Reiz der Neuheit verloren hat, ist der Dichter nicht mehr glücklich. Es ist entsetzlich langweilig, lange zu mähen. Nach einer Woche fängt er schon an zu wünschen, der Sommer möge zu Ende gehen, damit er nicht mehr an Heu denken muß, sondern seinen Tag mit dem Dichten von Sonetten verbringen kann. Manchmal wird er mitten beim Mähen von Inspirationen überfallen, so daß er auf den Sensenschaft Gedichte niederschreibt.

Zum Glück war der Verwalter meistens betrunken, und man brauchte nicht hart zu arbeiten. Manchmal, frühmorgens bei schönem Wetter, wenn die Sense ihn noch nicht ermüdet hatte und er sich seine neuesten Gedichte im stillen aufsagte, war er bereits fest davon überzeugt, daß er schon ein ganz großer Dichter sei, obwohl ihm noch gar keine öffentliche Anerkennung zuteil geworden war. Er war entschlossen, im Herbst nach Adalfjord zu reisen und dort seine Gedichtsammlung drucken zu lassen, damit das ganze Volk mit Genuß die edlen Gedanken eines jungen Mannes lesen könne, der ein schweres Kreuz getragen, aber auch ein wenig vom Becher der Freude getrunken hatte. Er war sicher, daß seine Mutter ihn um Vergebung bitten würde, sobald er ein anerkannter Dichter war. Darum, weil sie ihn mitten im Winter in einem Sack von sich geschickt hatte; und er war entschlossen, ihr zu vergeben und bei ihr zu bleiben, wenn sie es wollte. Vielleicht würde sie ihm helfen, dort die Realschule zu besuchen. Er wollte nicht nur ein großer Dichter, sondern auch ein gelehrter Mann werden.

Eines Tages, unerwartet, empfängt er die erste Anerkennung auf seiner Dichterbahn – nach langem Leiden. So geht es mit den großen Siegen aller Dichter. Frühmorgens ist er beim Mähen, ahnungslos, daß der Ruhm bereits unterwegs ist.

Es war an demselben Tag, an dem der Gemeindevorsteher seine öffentliche Bekanntmachung an den Telefonpfahl nageln ließ.

Da steht plötzlich eines von den Kindern des Direktors im Gras vor dem Dichter und gibt ihm einen Zettel, auf dem folgendes geschrieben ist:

> Erschein heute abend als ein beredter Zeuge für die Verbindung mit der anderen Welt und mach ein hüb-

sches Gedicht über die Notwendigkeit der Wissenschaft in der menschlichen Gesellschaft, vor allem der Seelenforschung, und bring es mit in die ‹Svidinsvik-Gesellschaft für Seelenforschung›, die Männer des Geistes und Förderer der Kultur heute abend daheim in meiner besten Stube gründen wollen. Du darfst selber Dein eigenes Gedicht unter Deinem eigenen Namen mir, dem Kreisrichter, dem Propst, dem Arzt usw. vorlesen. PS. Nimm Dein Gesangbuch mit.

War es verwunderlich, daß die Brust dieses hilflosen Dichters sich hob, der bis zu diesem Augenblick zum Abschaum der Menschheit gehört hatte, einzig und allein wegen seiner Treue gegen den Geist? So dreht sich das Glücksrad! Er, der noch vor wenigen Wochen wie eine schimmelige, dürre Wurst unter einem Schrägdach in einer Ecke in einem entlegenen Tal gekauert hat, er wird zu Beginn der Heuernte von der angesehensten Persönlichkeit in einer berühmten Ortschaft eingeladen, eine Gesellschaft zu gründen. Ja, obendrein eine wirkliche und öffentliche wissenschaftliche Gesellschaft von gelehrten Männern und vornehmen Leuten, um die Seele zu erforschen. Dort darf er ein eigenes Gedicht unter seinem eigenen Namen vorlesen. Oft ist er schon drauf und dran gewesen, seinen Weg als Dichter aufzugeben. Zwei Jahre lang hat er hilflos darniedergelegen, nach den Schlägen von Tieren, Menschen und Göttern. Aber nie hat er sich unterkriegen lassen. Nun fing er an, seinen Lohn zu ernten. Er hatte es immer geahnt: am Schluß kommt die Zeit, da der Geist nach Gebühr geschätzt wird, alles im Menschenleben besiegt. Alles, alles, was man im Kampf um sein eigenes Ich hatte erdulden müssen für den Wunsch, zu sein, dieses Eine und Einzige, das man besitzt, alles, alles, alles wird vergessen im Augenblick des Sieges. Es existiert nicht mehr, genauso wie die ersten Tränen des Lebens, Mutters erster Zorn, das erste Schneegestöber.

Und er legte die Sense hin und pries Gott.

Der Kreisrichter war mit sieben Pferden über das Gebirge gekommen und hatte seinen Schreiber mitgenommen, denn morgen sollte ein Verhör abgehalten werden. Wie gewöhnlich wohnte er bei Direktor Pjetur. Olafur Karason strengte alle Kräfte an, er dichtete ein feierliches Huldigungsgedicht an die Wissenschaft und die Seele anläßlich beider Ankunft in Svidinsvik und sprach den Wunsch aus, beide, Wissenschaft und Seele, mögen einander im Zeichen der Wahrheit finden – ohne daß er sich auf eine Definition beider Wesen einließ. Ihm wurde es eiskalt vor Spannung, wenn er daran dachte, der Kreisrichter in eigener Person, dieser Mann, der ebenso hoch über den Gemeindevorstehern steht wie die Gemeindevorsteher über Armenpfleglingen, sollte diese seine weise Dichtung anhören. Abends konnte er nichts essen, denn er fühlte Brechreiz. Er hatte das Gedicht in der Tasche und wartete die ganze Zeit darauf, daß ihn die Dichterin bitten würde, ihr das Gedicht vorzulesen. Aber sie bat um nichts. Dagegen erbot sie sich, ihm das Haar zu schneiden, damit er sich vor diesen vornehmen Personen als ein Mann des Geistes sehen lassen könne, womit er dankend einverstanden war. Sie lieh ihm die Feiertagshose ihres Mannes und sein feines, gestricktes Wams. Aber sie hatte keine Jacke, die einem so schmächtigen Jüngling paßte.

«Wie glücklich der Direktor sein kann, daß er einen Dichter an meiner Stelle bekommen hat», sagte sie.

«Bist du nicht eingeladen?» fragte er.

«Ich bin nicht geistig», sagte sie. «Ich bin froh, solange ich hier auf dem Scheunenboden wohnen darf.»

Da sagte er: «Ich möchte dir mein Gedicht vorlesen.»

«Ich habe keine Lust, es zu hören», sagte sie. «Nicht, bevor es Asche ist.»

«Jetzt verstehe ich dich nicht», sagte er.

«Gedichte sind am besten in der Asche», antwortete sie hochtrabend. «Wenn die Schrift ausgelöscht und das Buch verbrannt ist – dann erst zeigt es sich, was das Gedicht wert ist.»

«Ich jedenfalls bin ganz sicher, daß mir selten oder nie ein Gedicht so gelungen ist», sagte er.

«Erst, wenn es dir gelingt, es ins Herz des Volkes zu dichten, ist es gut», sagte sie. «Einen anderen Maßstab gibt es nicht.»

Da hatte sie ihm das Haar geschnitten. Sie sah ihn mit ihrem fernen Lächeln an; die Abendsonne leuchtete in das Fenster. Er verstand sie nicht und war nicht fähig, mehr zu sagen; er fühlte, daß er im Gespräch mit ihr dümmer wurde als im Gespräch mit anderen Menschen: diese tiefen, reinen Augen, die alles sahen, aber nichts sagten. Es war und blieb ein Rätsel, daß Direktor Pjetur geistig war, aber nicht die Dichterin.

15

Die feinen Leute saßen in gepolsterten Sesseln in der besten Stube des Direktors. Der Richter gegenüber der Tür, mit gefalteten Händen, fortwährend die Daumen drehend; sein Schmerbauch quoll über die Schenkel; speckige Beamtenbacken, die unwillkürlich an einen Körperteil erinnerten, der mit dem Gesicht sehr geringe Verwandtschaft hat. Der Pastor wischte sich ohne Unterlaß Staub von seinem Bratenrock und schnaufte; sein Kammgarnanzug war von dem jahrelangen Staubwischen blank geworden. Der knochendürre, bebrillte Prokurist saß neben seinem Herrn und Gebieter Pjetur und schluckte seinen Speichel; das Auf und Ab seines Adamsapfels war das einzige sichere Lebenszeichen des Mannes. Der Arzt hockte zusammengesunken in seinem Sessel vor seiner Frau und stierte in die Luft mit dem verschwommenen Blick eines Menschen, der seit langem aufgehört hat zu ahnen, ob es Nacht oder Tag ist. Sobald er etwas hörte oder sah, das in ihm irgend etwas wachrüttelte, so daß er Lust verspürte, sich zu äußern, legte seine Frau im Nu ihre Hand auf seinen Mund und sagte: «Pst!» Dann seufzte der Arzt: «Verdammt noch mal», lachte halb blöd, halb schadenfroh und versuchte zu beißen, doch nicht gefährlich.

Auf wackligen Stühlen, Holzschemeln und Klappstühlen, die für diesen Abend in die Stube gestellt waren, saßen drei Witwen und vier Frauen, die neulich ihre Kinder verloren hatten. Sie rührten kein Glied, sondern glotzten mit erstarrten Gesichtern geradeaus, als hätten sie Angst, daß man ihnen den Kopf abschneiden würde. Eine von ihnen war die Frau im Versteck.

Man hatte die Gäste so gesetzt, daß sie in der Stube einen Kreis bildeten.

Und mitten im Kreis, zwischen dem Richter und dem Direktor, wer saß dort in einem knallroten Kleid mit funkelnagelneuen Schuhen, als wollte sie zum Kirchhofsball gehen, mit einer Perlenschnur um den Hals und einem Ring mit Stein? Wer anders als Torunn von Kambar, das Geistermädchen selber: zweideutig, weißsüchtig, glasartig. Sie atmete unschuldsvoll durch die Nase. Es gab keinen Sitzplatz für den Dichter Olafur Karason Ljosvikingur, und keiner hatte sein Kommen bemerkt, ausgenommen die abgerackerte Frau des Direktors, die zu ihm sagte, er müßte hinter der Tür in der Ecke an der Wand stehen.

Da man nicht mehr Gäste erwartete, begann der Direktor mit seiner Rede. Nachdem er einleitend ganz besonders den Richter zu dieser Gründungssitzung willkommen geheißen hatte, die, wie er betonte, eine neue Epoche in dieser Gegend markieren würde, ging er sogleich auf den Kern der Sache los. Er äußerte noch einmal die Anschauungen, die Olafur Karason seit einiger Zeit nicht gänzlich unbekannt waren, daß nichts in diesem Leben so wichtig wäre wie die Wissenschaft, namentlich und besonders jene Wissenschaft, die es sich als Ziel gesetzt hat, Beweise zu bringen, daß es ein anderes Leben, ein Jenseits gäbe. Er sagte, die höheren Kräfte wären heutigentags so handgreiflich geworden, daß selbst Ärzte und

Pastoren sich nicht länger verletzt zu fühlen oder zu meinen brauchten, man wolle ihnen in ihr Amt pfuschen, wenn man Beweise für die Teilhaftigkeit vorgenannter Kräfte im Menschenleben erbringen würde. (Der Arzt, mitten aus seinem Rausch heraus: «Gehören die Engel zu den Vögeln oder zu den Säugetieren, verdammt noch mal?»)

«Es freut mich, daß unser hochgelehrter und vornehmer Arzt keine Ausnahme von der Regel ist. Er ist sowohl Vogel als auch Säugetier und Engel in einer Person, wenn ich mich so ausdrücken darf. Was den Pastor und das Christentum betrifft, so möchte ich mir andererseits gestatten, darauf aufmerksam zu machen: Wir alle wissen, daß es mit der Kirche hier in Svidinsvik kräftig bergab gegangen ist in den letzten Jahren, genauso wie in anderen Orten. Ja, sogar derart, daß man lange Zeit hindurch nur höchstens zwei- bis dreimal im Jahr aus der Gemeinde Leute zum Gottesdienst in die Kirche treiben konnte, nämlich zur Konfirmation, zum Abendmahl und am Weihnachtstag. Und es ist sogar vorgekommen, daß man nicht einmal zu Weihnachten Leute in die Kirche hineintreiben konnte.»

Der Direktor meinte, daß die Ursache zu diesem abnehmenden Glaubenseifer weder darin zu suchen sei, daß Gott nicht mehr lebe, noch darin, daß sie einen untüchtigen Pastor hätten. «Nein», sagte der Direktor, «Gott lebt ganz bestimmt, Gott ist unendlich. Und was unseren Pastor betrifft, so bin ich der erste, der gern bezeugen will, daß man sich überhaupt gar keinen besseren Berater und Wegweiser in allen Fragen, die mit der Wohlfahrt und dem Wiederaufbau unseres eigenen Platzes zu schaffen haben, vorstellen kann. Jedoch ist es eine ganz andere Sache, daß die heutige Zeit Wissenschaft als Losungswort hat und nicht Glaube; dagegen ist nichts zu machen, wenn man auch einen noch so tüchtigen Pastor hat. Und unser Pastor war ja auch der erste, der verstanden hat, daß der Geist der Zeit Beweise an Stelle von Sakramenten verlangt; handgreifliche Sicherheit für den schnellen und vollständigen Sieg der Seele, sofort bei Eintritt des

Todes, an Stelle von unklaren Versprechungen einer zweifelhaften Auferstehung am Jüngsten Tag. Und es würde ja nur eine halbe Freude bedeuten, die gelehrten Männer unseres Landkreises hier versammelt zu sehen, um eine wissenschaftliche Gesellschaft zu stiften, wenn es bei der Gründung dieser Gesellschaft nicht dazu auch noch andere Stützen gebe, ich hätte beinahe gesagt, noch solidere Stützen. Damit meine ich das ganze Volk selber, die gewöhnlichen Leute aus dem Volk. Dadurch, daß sie bereitwillig unsere Einladung angenommen haben, haben die Leute aus dem Volk zu erkennen gegeben: sie sind gleichfalls bereit, das höchste Ideal der Wissenschaft in Ehren zu halten. Mit ganz besonderen Gefühlen, die ich kaum beschreiben kann, erlaube ich mir denn auch, diese schlichten Leute aus dem Volk, diese einfachen Menschen, die armen und ungebildeten Mütter und Witwen in dieser Versammlung willkommen zu heißen. Denn für wen ist die Wissenschaft, die wahre Wissenschaft, die einzig notwendige Wissenschaft, die Seelenwissenschaft? Sie ist für arme, ungebildete Frauen aus dem Volk. Sie ist vor allen Dingen für unsere bemitleidenswerten, gesegneten Witwen und kinderreichen Mütter, die ihre Lieben auf mehr oder minder entsetzliche Weise nach einer besseren Welt haben verschwinden sehen. Da nun der Glaube nicht imstande ist, diesen völlig mittellosen Menschen zu zeigen, daß das Dasein in seinem tiefsten Wesen göttlich ist, so muß die Wissenschaft es besorgen. Und wenn wir auch verschiedene Kleinigkeiten in dieser Welt nicht bekommen können, so wartet doch das Glück auf uns im Sommerland, wohin unsere Lieben bereits zuvor gewandert sind –»

«Ich will mehr Branntwein haben», schrie der Arzt, «gib mir mehr von dem verdammten Gift», und er biß seine Frau.

«Nur ruhig, lieber Freund», sagte Pjetur Palsson, der Direktor. «Und ihr, liebe Freunde, die ihr hier heute abend versammelt seid, ja, was wollte ich eigentlich noch sagen?»

«M- englischer Lord, englischer Lord», flüsterte der Prokurist nach heftigem Schlucken.

«Ja», sagte der Direktor. «Englischer Lord. Es verhält sich nämlich so, daß ein berühmter englischer Lord von hohem Adel, abgesehen davon, daß er ein weltberühmter Jurist und Professor und Doktor und außerdem ein ganz besonders netter Mann ist, hm –», und der Direktor beugte sich zu dem Prokuristen nieder und fragte ihn flüsternd: «Wie heißt er doch?»

«Er heißt m-Oliver Lodge», sagte der Prokurist. «M-Sir Oliver Lodge.»

«Er heißt auf isländisch Wohlehrwürden Olafur Lods», fuhr der Direktor fort, «und er hat mit Hilfe von ganz unumstößlichen Beweisen festgestellt, wie irdische Menschen durch Medien in Verbindung mit der anderen Welt kommen können. Dadurch ist das religiöse Leben in England und in Amerika ganz und gar in Aufruhr geraten, und im Laufe von wenigen Jahren sind aus den Kirchen regelrechte wissenschaftliche Institute geworden. Allein in England sind es sechshundert Kirchen. Leider weiß ich nicht mehr, wie viele Kirchen es in Amerika sind, die also in kurzer Zeit in wissenschaftliche Institute verwandelt worden sind und jetzt jeden Sonntag von Millionen, vielen Millionen Menschen besucht werden, wo sie an Stelle von Sakramenten Beweise bekommen. Früher versuchte man es mit Tischen und Gläsern. Aber jetzt hat man längst mit der Verwendung von toten Dingen Schluß gemacht. Heutzutage kriegt man direkte Verbindung, während sich das Medium in Trance befindet. Man kann auf Wunsch mit jedem sprechen, genauso wie auf jedem beliebigen Telefonamt. In England und Amerika hat man sogar viele Beispiele, daß der Schöpfer der Welt und der Erlöser selber sich durch ein Medium haben hören lassen.»

Zum Schluß verkündete der Direktor der Einwohnerschaft die Freudenbotschaft, hier am Ort habe man jetzt ein Medium mit geistigen Gaben allerhöchsten Grades bekommen, so daß es eine Kleinigkeit sei, Erkundigungen aus einer höheren Welt einzuziehen, wenn es schlecht ginge. Es sei auch eine Kleinigkeit, Trost von entschlafenen Lieben und weltberühmten Geistern im Sommerland zu bekommen, wenn Sorgen und Kümmernisse uns bedrückten. Dieses Mädchen habe nun, wie viele hier in der Gegend wüßten, seit einiger Zeit mit übernatürlichen Kräften und höheren Wesen in Verbindung gestanden, und viele im weiten Umkreis hätten unter Eid bezeugt, sie wären durch Vermittlung dieses Mädchens von verschiedenen unheilbaren Leiden geheilt worden. Aber von allen ihren Heilungen sei doch nach Überzeugung des Direktors jene die bedeutsamste, durch die das Mädchen einen Menschen regelrecht von den Toten auferweckt habe: nämlich diesen jungen, vielversprechenden und dichterisch begabten Armenpflegling, der da hinter der Tür in der Ecke stände und «Heute abend auf meine Aufforderung hin sich hier eingefunden hat, um sich den verehrten Versammlungsteilnehmern vorzustellen und Zeugnis abzulegen für die Notwendigkeit der Seelenforschung. Nicht nur durch sein Erscheinen hier, sondern auch mit Hilfe eines Gedichts, das er in meinem Auftrag hat dichten dürfen.»

Als man soweit gekommen war, begann sich der Arzt zu erbrechen. Die Frau des Direktors verschwand für einen Augenblick und kam mit einem Eimer zurück. Die Frau des Arztes hielt ihren Mann beim Kopf, während er sich entleerte, und gab ihm, als er damit fertig war, etwas Wasser zu trinken. Dann setzte sie ihn wieder im Sessel zurecht und bedeckte sein Gesicht mit einem Taschentuch.

Durch diesen Zwischenfall war eine kleine Pause in der Versammlung eingetreten, während der junge, vielversprechende Dichterling, Armenpflegling und bedauernswerte Mirakel-Schwachmatikus mit schlotternden Knien hinter der Tür stand, voller Angst, in einer wissenschaftlichen Gesellschaft öffentlich auftreten zu müssen.

Da aber sagte der Kreisrichter, der für eine kurze Weile mit dem Drehen seiner Daumen umeinander aufhörte, in Anbetracht der finanziellen Lage der Gemeinde würden sich die verehrten Versammlungsteilnehmer wohl gern damit begnügen, diesen Armenpflegling täglich vor Augen zu haben und zu wissen, daß er auf ihre Rechnung von den Toten auferweckt worden sei, ohne als Zugabe auch noch anhören zu müssen, wie er ein Gedicht aufsagte; ganz davon abgesehen, daß Poesie in einer wissenschaftlichen Gesellschaft nicht am Platz sei. Er möchte sich deshalb erlauben, den Wunsch auszudrücken, so schnell wie möglich mit den Forschungsversuchen zu beginnen.

Hierauf sagte der Direktor, der Richter habe absolut recht. «Wir haben heute abend keine Zeit, uns Gedichte anzuhören. Eine wissenschaftliche Gesellschaft kann sich nur mit solcher Poesie beschäftigen, die Beweise liefert. Englische Seelenforscher meinen, daß nichts so gut geeignet sei, Beweise zu liefern, wie das Singen von Chorälen und das Vaterunser, und deshalb habe ich auch alle gebeten, ihr Gesangbuch mitzubringen. Was das Vaterunser betrifft, so hoffe ich doch, daß die meisten einige Worte davon auswendig können.»

Da begann der Direktor Harmonium zu spielen und bat die Leute zu singen. Torunn von Kambar ließ die Lampe niedriger schrauben. Lobe den Herren, den mächtigen König der Ehren. Alle Verse. Der Arzt war eingeschlafen, das Taschentuch vor dem Gesicht. Torunn von Kambar machte es sich in ihrem Sessel bequem, zog die Schuhe aus, streckte die Beine von sich und schloß die Augen. Als man bis zur Mitte des Chorals gekommen war, begann ihr Körper Zuckungen zu bekommen, sie schnappte nach Luft, röchelte und stieß ab und zu schwache Klagelaute aus. Als der letzte Vers zu Ende gesungen war, sagte sie mit lallender Stimme: «Macht die Lampe aus und wendet den Sinn dem Licht zu.»

Da wurde die Lampe ausgedreht, und man begann das Vaterunser zu beten. «Noch einmal», flüsterte der Direktor, halb in Ekstase, und man betete das Vaterunser noch einmal und noch einmal und noch einmal. Als man das Vaterunser ungefähr zwanzigmal gebetet hatte, flüsterte Pjetur: «Kleine Torunn, liebe Torunn», aber sie antwortete nicht. «Bist du wach, liebste Torunn», fragte der Direktor, «oder bist du in Trance gefallen?»

Schweigen.

«Sie ist in Trance gefallen», sagte Pjetur. «Jetzt heißt es singen und immerzu daran denken, um Licht und Stärke von oben zu flehen, sowie die Verbindung hergestellt ist.»

Man sang noch einige Choräle und betete noch mehrmals das Vaterunser. Plötzlich hörte man mitten im Beten eine fremde, nicht besonders tiefe Männerstimme: «Guten Abend, seid gegrüßt.»

«Jesus steh dir bei», sagte Pjetur Palsson, der Direktor.

«Ich bin Fridrik, der Elfenarzt in der anderen Welt», sagte die Stimme. «Einige meinen, ich sei ein Elf, aber das beruht von Anfang an auf einem Mißverständnis. Ich bin ein Geist. Ich bin der Sohn der Liebe und Freund des Lichts. Guten Abend, und sei gesegnet, mein guter Kreisrichter, möge das Licht mit dir sein. Guten Abend, vielmals gesegneter, lieber Direktor Pjetur Palsson. Das Licht versucht ständig mehr und mehr auf dich zu scheinen. Und Heil und Ehre wünsche ich Ihnen, Euer Ehrwürden Brandur Jonsson, mein lieber Pastor und Propst zu Svidinsvik –»

Solchermaßen begrüßte Fridrik alle Anwesenden mit gottgelahrtem Wortschatz und überschwenglich christlichen Redewendungen. Bei den Witwen und kinderreichen Frauen wurde er jedoch ein wenig konfus. Als letzter kam der Dichter an die Reihe. Diese Begrüßung war die einzige, die nicht in gottgelahrte Blütenlese eingehüllt war: «Du bist es, den ich mit Sorge begrüße», sagte der Elfenarzt.

«So? Aber warum denn?» sagte der Direktor, der es auf sich genommen hatte, für den Dichter zu antworten.

«In seinem Herzen gibt es keine Dankbarkeit», sagte Fridrik.

«Das ist doch merkwürdig, in seinem Herzen keine Dankbarkeit zu haben dafür, daß man leben darf», sagte der Direktor.

«Ich verlange, daß er selber spricht», sagte der Elfenarzt, «ich will nicht, daß andere für ihn reden. Sprich, Olafur Karason. Sag, wo du bist.»

«Ich bin hier hinter der Tür», sagte der Dichter mit piepsiger Stimme.

«Wir sollen Dankbarkeit im Herzen haben», sagte der Elfenarzt. «Und seelische Reife. Und den Sinn von allem Niedrigen erheben, ihn dem Höherem zuwenden, den richtigen Strom suchen. Nicht an uns selber denken, sondern uns zum Licht erheben und einander lieben, wie die unsichtbaren Wesen im Weltenraum. Tun wir das, so bekommen wir Dankbarkeit ins Herz. Und seelische Reife. Und den richtigen Strom wie die unsichtbaren Wesen im Weltenraum. Darum sollen wir jene besuchen, die Verbindung mit den höheren Sphären haben und ihnen Dankbarkeit erweisen. Man darf nicht viel mit einem Mädchen sprechen, das in der Tür steht, denn es hat nachteiligen Einfluß auf die seelische Reife. Das Mädchen hat einen niedrigen Strom, der den richtigen Herzensstrom zerstört. Sie raubt den Reichtum des Herzens. Sie tötet das Licht des Herzens.»

«Wieviel der Geist dem Bengel zu erzählen hat!» sagte der Richter etwas verärgert.

«Lieber Fridrik», unterbrach ihn der Direktor. «Kannst du nicht so schnell wie möglich für die Obrigkeit einen Beweis liefern, geliebter Freund?»

«Hinter der Obrigkeit steht eine große, dunkelhaarige Frau», sagte Fridrik. «Jetzt legt sie die Hand auf seine Schulter und neigt sich über ihn, ich glaube fast, daß sie vorhat, ihn zu küssen. Kann die Obrigkeit sie nicht erkennen?»

«Sie kann nicht besonders groß sein, falls sie es ist», sagte der Richter.

«Sagte ich groß? Ich glaube, ich habe klein gesagt, jedenfalls meinte ich, sie sei klein», sagte Fridrik, «– das heißt, unter Mittelgröße.»

«Kannst du nicht einen Beweis geben?» sagte der Richter sanft.

«Warum hast du das Sofa in der Wohnstube an die andere Wand stellen lassen, mein Liebster?» wurde ganz leise geflüstert.

Da wußte der Richter sofort, daß es seine erste Frau sein mußte, und er setzte ihr auseinander, warum er das Sofa in der Wohnstube verrückt hatte und entschuldigte sich deswegen. «Wie geht es dir sonst, Liebling?» fragte er.

«Oh, mir geht es sehr gut», sagte die erste Frau des Richters.

«Darf ich dich ein wenig berühren», sagte der Richter.

«Nein», sagte die erste Frau des Richters. «Ich habe schon vor langer Zeit meinen armen, nervenschwachen irdischen Leib verloren. Und außerdem habe ich keine Zeit dazu, denn hier auf der anderen Seite sind so viele, die heute abend auf Verbindung warten. Aber vielleicht kann ich später einmal irgendwo einen kräftigen und guten Leib geborgt bekommen, und dann kannst du mich berühren, soviel du Lust hast. Aber du darfst es nicht Johanna erzählen, deiner zweiten Frau. Denn sonst schickt sie mir einen bösen Strom. Wir müssen seelische Reife haben. Leb wohl.»

«Ist das nicht ein wunderbarer Beweis», sagte der Direktor.

«Doch», sagte der Richter. «Besonders das mit dem Sofa.»

Bald darauf kamen die Männer der Witwen, küßten sie im Dunkeln und versuchten sie zu trösten, indem sie erzählten, wie gut es ihnen im Sommerland ginge. Dort habe man nichts anderes zu tun, als in den Obstgärten spazieren zu gehen; man könne sich Blumen und Obst so groß wie Seehasen pflücken, statt Regierungssteine auf dem Strand bei Svidinsvik zu schleppen. Und jeder, der Lust dazu hätte, dürfte sich zum Zeitvertreib ein Schloß aus den verschiedensten Lichtstrahlen bauen. Die Frauen weinten um die Wette, besonders eine von ihnen war untröstlich und heulte unaufhörlich: «Grimur, Grimur, die Kuh ist im Winter gestorben, ich möchte ja so gern zusammen mit den Kindern längst bei dir sein. Wir haben keine Kartoffeln mehr.» Eine andere sagte: «Du erinnerst dich wohl noch an unsere ‹Numa›. An Bord der ‹Numa› hast du dir ja das Genick gebrochen – kurz vor deinem Tod. Nachts ist sie untergegangen.»

Der Direktor griff nun ein und bat die Frau, diesen heiligen

Augenblick nicht zu entweihen, indem man lächerliche Nahrungssorgen auftische. Jetzt dürfe man sich wahrlich nicht darüber beklagen, weil man es nicht flott genug habe, hier, wo einem die Ewigkeit selber offenstünde. Im Nu waren die Männer der Witwen verschwunden, statt dessen hörte man jetzt das leise Weinen eines Kindes, wohl eines Wickelkindes. Fridrik unterrichtete eine der kinderreichen Frauen, daß ihr Knäblein hier sei und nach ihr riefe.

«Sei willkommen, mein geliebter Junge», sagte die Frau und fing nun auch zu weinen an.

«Mama–Mama», sagte das Kind.

«Mein herzallerliebstes Knäblein, ich habe so viel geweint, aber nun weiß ich, daß du lebst.»

«Es gibt kein Grab und keinen Tod, Mama», babbelte das Knäblein weiter, aber es hatte plötzlich die Stimme eines zweijährigen Kindes bekommen.

«Och, wie bist du wieder klein geworden, mein herzallerliebstes Kindchen. Dabei warst du doch schon fünfzehn Jahre, als ich dich verlor», sagte die Frau.

«Ein guter Junge wird ein kleiner Engel», sagte die Stimme.

«Wie gern möchte ich dich auf meinem Schoß sitzen haben, so wie damals, als du noch klein warst», sagte die Frau.

«Ich flieg im Licht und pflege Blumen», sagte der kleine Engel.

«Ja, das hätte ich mir von allein sagen können, daß du nicht mehr zu mir kommen willst, seitdem du ein Engel geworden bist und jetzt angefangen hast, Blumen zu pflegen», sagte die Frau ein wenig enttäuscht. «Ich habe so viel geweint und weine immer noch, jedesmal, wenn ich mich abends schlafen lege und daran denke: hätte ich ihm doch nur ein wollenes Wams verschaffen können, das er so bitter nötig hatte, so hätte er sich nicht beim Steinetragen erkältet und keine Lungenentzündung bekommen.»

«Pst! Pst!» fuhr der Direktor dazwischen. «Rühr das nicht wieder auf. Er hat ja alles längst vergessen. Was weiß ein Engel von einem wollenen Wams? Ein Engel weiß ja nicht einmal, was ein Wams ist. Wie dumm du bist, wo er doch so glücklich ist, beste Karin.»

Da kam das kleine Mädchen, Örns Schwester, die das Ehepaar im Versteck im Vorfrühling verloren hatte.

«Oh, es ist so schön, tot zu sein», sagte das kleine Mädchen.

«Ja, ich habe immer schon gewußt, es ist besser als zu leben, meine Anna», sagte die Frau. «Und wie geht es meinen zwei Jungens und deiner großen Schwester? Sind sie auch froh, daß sie tot sind?»

«Die fliegen immerzu, und das macht ihnen so viel Spaß.»

«Die lieben Kinder», sagte die Mutter. «Gott segne sie. Da ist es wohl häßlich von mir, daß ich nicht aufhören kann, eines zu wünschen und um eines zu bitten, wo ich geh und steh.»

«Was ist das?» fragte Klein Anna.

«Es ist vielleicht nicht recht von mir, das auszusprechen», sagte die Mutter. «Aber Gott weiß es, wenn er mich gehört hat.»

«Ich sehe Gott jeden Tag», sagte Klein Anna neugierig. «Wenn du glaubst, daß er dich vielleicht nicht gehört hat, so will ich es ihm bestellen. Dann kannst du dich darauf verlassen, daß er alles zu wissen bekommt.»

«Ich möchte so gern fragen, ob mein kleiner Torarinn, das einzige, was mir noch geblieben ist, auch Schwindsucht kriegen und mir genommen werden soll? Aber es ist vielleicht häßlich, danach zu fragen. Und es ist vielleicht eine Sünde, zu wünschen, daß er bei mir bleiben darf.»

«Gott will nicht, daß man nach dergleichen fragt», sagte Klein Anna.

«Ja, das habe ich auch schon immer geglaubt», sagte die Mutter und weinte heiß und bitterlich schluchzend in ihre Schürze. «Aber bestell Gott, wenn er mir das auferlegen will, so werde ich es tragen wie das andere.»

«Du solltest mehr seelische Reife haben, liebe Mama, und dich dem Licht zuwenden», sagte Klein Anna. «Du denkst immer an das Niedrige. Zu sterben, das ist nur gut und lustig für die, welche seelische Reife haben. Es ist, als ob man seine nassen Kleider abwirft.»

«Das hier ist göttlich», sagte der Direktor. «Mehr tote Kinder! Mehr tote Kinder!»

So kamen noch mehr tote Kinder und bekamen Verbindung mit ihren Müttern. Und das ging so fort, abwechselnd mit Tränen und Glückseligkeit – lange. Schließlich begann der Direktor zu ermüden, immer nur Beweise für andere Leute mitanhören zu müssen, selber aber keine zu bekommen. Er fuhr dazwischen, unterbrach das Geschwätz, rief Fridrik bei Namen und fragte: «Hör mal, mein Lieber, wie ist es möglich, daß keiner mit mir sprechen will? Sag ihnen gefälligst, daß wir nun genug kleine Beweise erhalten haben und jetzt Direktor Pjetur Palsson an der Reihe ist. Er verlangt Beweise; und zwar große Beweise. Verstanden?»

«Eine alte Frau steht da neben dem Direktor», sagte der Elfenarzt. «Ihr fallen schon die Zähne aus.»

«Das kann nicht meine Mutter sein», antwortete der Direktor, «soviel ich weiß, hatte sie noch nicht einen einzigen Zahn verloren, als sie starb. Am allerwenigsten die Vorderzähne.»

«Trotzdem möchte die Frau furchtbar gern mit dir sprechen, Pjetur. Aber sie sagt, sie könne kein Isländisch verstehen», sagte Fridrik.

«'n Morgen», sagte die zahnlose Frau auf dänisch mit rauher, matter Greisenstimme.

«Nein, bei Jesus Christus, das ist doch wohl nicht gar Frau Sofie Sörensen selig, meine verstorbene Großmutter», sagte Pjetur Palsson und strahlte im Dunkeln bei diesem Beweis. Er fing sofort an, sich nach dem Befinden seiner Großmutter zu erkundigen.

«Jajajaja», sagte die verstorbene Frau Sofie Sörensen. «'n Morgen.»

«Bist du nicht etwas sehr Feines gewesen, liebe Großmutter?» fragte der Direktor gefühlvoll.

«Ich bin kein Islandschiff», sagte die Großmutter.

«Kannst du mir nichts Neues erzählen, liebe Großmutter?» fragte er.

«Dübel ok, Dübel ok», sagte die Großmutter auf Platt.

«Na, also», sagte Pjetur. «Und was kannst du mir sonst noch erzählen?»

«'n Morgen», sagte die Großmutter.

Auf diese Weise verlief das Gespräch lange, mit wenigen Variationen. Der Direktor fragte unablässig nach Neuigkeiten aus der Ewigkeit, seine Stimme hatte einen feierlichen Klang, und er rief oft Jesu Namen an. Aber Sofie Sörensen selig antwortete stets nur «Ja» und «'n Morgen» und «Dübel ok». Schließlich hatte der Vermittler des Gesprächs, der Elfenarzt, genug davon bekommen, brach es ab und sagte:

«Frau Sofie ist gegangen, aber jetzt ist eine andere, viel ältere Frau gekommen, sie ist so alt, daß sie nicht aufrechtstehen kann. Sie sagt, sie sei deine Urgroßmutter und stamme aus Frankreich und verstehe keine andere Sprache als Französisch. Willst du mit ihr sprechen?»

«Sag ihr, daß ich nicht sonderlich fest im Französischen bin, daß ich mich dagegen auf englisch einigermaßen verständlich machen kann», sagte der Direktor.

«Bisk-vi», sagte Pjetur Dreiroß' französische Urgroßmutter.

«Yes», sagte Pjetur Dreiroß.

«Abrakadabra», sagte die Urgroßmutter.

«Christ», sagte Pjetur Dreiroß auf englisch.

«Piep-piep», sagte die französische Urgroßmutter.

«Das ist ja kaum zu fassen, Gott sei ihr gnädig. Sie muß ja ein Vogel geworden sein», sagte Pjetur Dreiroß. «Und da fällt mir gerade eine Sache ein, lieber Fridrik. Vor Jahr und Tag, als ich auf Jagd ging, hatte ich eine spanische Hündin, die ich Snotra nannte. Sie war so klug, daß sie die menschliche Sprache verstand und noch dazu Gedanken lesen konnte. Ich habe nie ein lebendes Wesen so vermißt wie sie, als sie mir getötet wurde. Jetzt möchte ich gern etwas fragen – ob die Seelen der Hunde nach dem Tod weiterleben?»

Kaum hatte er den Satz vollendet, als man bereits von irgendwo im Weltenraum ein lautes Hundegebell hörte, und kurz danach vernahm man in der Stube ein freudiges Gewinsel.

«Was? Bist du hier, altes Tierchen?» sagte der Direktor mit Tränen im Hals. «Komm her, leg deine Schnauze auf mein Knie und leck mir die Hand zum Beweis, daß du es bist.»

«Wau-wau», sagte die Hündin.

«Oh, nun kann ich dich spüren», sagte der Direktor. «Wie geht es dir sonst, altes, gutes Tierchen?»

«Sprechen kann es noch nicht», sagte Fridrik, der Elfenarzt. «Aber es hat schon angefangen, das Licht zu sehen.»

«Bekommt das Tierchen genug zu fressen? Du armes Luder!» sagte der Direktor.

«Ja», sagte Fridrik, der Elfenarzt. «Im anderen Leben vergißt man niemals, den Hunden ihr Fressen zu geben.»

«Wau-wau-wau», bellte die Hündin und war verschwunden.

«Das hier war die merkwürdigste Versammlung, die ich mitgemacht habe», sagte der Direktor. «Wie ist es? Haben wir alle Beweise bekommen?»

«M-ich brauche keine Beweise», sagte der Prokurist. «Ich weiß. Aber der Arzt hat noch keine. Auch der Pastor hat noch keine.»

«Ganz wurst, ob der Arzt welche hat», sagte Pjetur. «Nach seiner Schnarcherei zu urteilen ist er schon längst in der anderen Welt, wenn nicht gar noch weiter weg. Aber wie steht es mit unserem verehrten Propst? Er hat mächtige Beweise verdient. Wie ist es, lieber Pastor Brandur? Hast du keinen, mit dem du gern sprechen möchtest aus der anderen Welt? Hast du nicht irgendeinen lieben Freund vermißt?»

«Nein», sagte Pastor Brandur, «ich habe keinen einzigen lieben Freund vermißt. Aber trotz alldem glaube ich. Beweise oder nicht – ich halte mich an die Schrift.»

«Doch, Sie haben einen lieben Freund verloren», behauptete Fridrik, der Elfenarzt, im Gegensatz zu den Worten des Pastors. «Hier befindet sich ein lieber Freund von Ihnen aus der anderen Welt, der gern mit Ihnen sprechen möchte. Aber er sieht so ungewöhnlich aus, was seine Gestalt betrifft. Ich weiß nicht recht, womit ich ihn vergleichen könnte. Er ähnelt fast einem großen Haus.»

«Ausgeschlossen, daß er mich treffen will», sagte der Pastor und versuchte sich zu drücken. «Glücklicherweise habe ich keinen meiner lieben Freunde verloren.»

Da hörte man eine hohle Stimme wie aus einer leeren Tonne: «Aber ja doch, Pastor Brandur, Sie haben mich vermißt. Und zwar erst im letzten Winter. Soll ich wirklich glauben, daß Sie mich bereits vergessen haben? Sie mußten sich sogar zu Bett legen, als Sie mich verloren hatten.»

«Das dürfte ein Irrtum sein, hörst du», sagte der Pastor. «Ich hatte mich nicht zu Bett gelegt. Und sollte ich es wirklich getan haben, so war ich sicherlich erkältet.»

«Oh, haben Sie denn wirklich den alten Schuppen vergessen, der auf der Südseite Ihres Hauses stand?» sagte die Stimme. «Erinnern Sie sich denn nicht, wie mich der große Sturm mitten im März umgeschmissen hat und meine Reste vom Sturm weit aufs offene Meer getrieben wurden? Danach hat man nicht einmal einen Splitter von mir sehen können.»

«Ist es nicht geradezu wunderbar?» sagte der Direktor. «Da kann man sehen, daß sogar die toten Dinge eine Seele haben. Alles, was Gott erschaffen hat, hat eine Seele.»

«Pastor Brandur, ich bin in der anderen Welt ein Schloß und stehe auf Säulen von Gold», sagte der Schuppen.

«Das steht in Widerspruch mit Gottes Wort», sagte der Pastor, und man konnte trotz der Dunkelheit merken, wie er sich etwas Staub von der Nase wegwischte.

«Darf ich eine ganz kurze Bemerkung machen», sagte der Direktor formell. «Nach der alten Theologie und der reinen lutherischen Lehre haben nur die Menschen Seelen, was ganz bestimmt nicht mit meiner Ansicht übereinstimmt. Aber das ist die Ansicht des Pastors von Amts wegen, deshalb erlaube ich mir vorzuschlagen, er soll Beweise bekommen, die in

Übereinstimmung mit seiner Lehre stehen und ihm in seiner verantwortungsvollen Tätigkeit Freude und Aufmunterung schenken können. In Verbindung hiermit möchte ich dich, lieber Fridrik, auf einen wichtigen Umstand aufmerksam machen. Wie du gewiß aus englischen und amerikanischen wissenschaftlichen Abhandlungen über Seelenforschung weißt, ist es wiederholt in Britannien wie auch in Amerika vorgekommen, wenn aufrichtig gläubige Christen dort gemeinsame Sitzungen abhielten, daß sogar der Vater der Geister in seiner Gnade auf sie niederblickte und ihnen einige aufmunternde Worte direkt durch das Medium sandte. Glaubst du, daß du uns die Vergünstigung erwirken kannst, damit er in seiner Gnade anläßlich dieses gewaltigen Wendepunkts in unserem Leben auf uns niederblicken wolle?»

«Das ist ohne Zweifel sehr schwer», sagte Fridrik.

«Ja, aber für Gott ist nichts unmöglich», sagte der Direktor. «Und wie oft hat er sich nicht den Menschen auf verschiedene Weise offenbart, sowohl auf natürliche wie auf übernatürliche.»

«Gott ist überall gegenwärtig», sagte Fridrik, «aber die im Dunkel wohnen und geringe seelische Reife besitzen, denen der richtige Strom fehlt, sie können ihn nicht hören.»

«Sind wir denn so viel schlechtere Menschen als die in England und Amerika?» fragte der Direktor. «Das kann ich doch schwerlich glauben, jedenfalls soweit es sich um unseren Pastor, Ehrwürden Brandur, handelt.»

«Versucht es, indem ihr noch einmal *Lobe den Herren* singt», sagte Fridrik.

Als sie noch einmal *Lobe den Herren* gesungen hatten, herrschte zuerst Stille.

Dann aber hörte man plötzlich ein leises Flüstern, verbunden mit einem wunderlichen Keuchen, wie bei einem älteren, engbrüstigen Herrn, dem die Stimme fehlt. Geraume Zeit konnte man jedoch kein Wort unterscheiden.

«Wie soll man leben, um seelische Reife zu erlangen?» flüsterte der tief ergriffene Direktor zurück.

«Man soll be-bezahlen», sprach die Stimme stammelnd und nachdenklich, wie aus weiter Ferne, so leise, daß es kaum zu hören war. «Man soll mit barem Geld bezahlen.»

«Ja, habe ich das nicht schon immer behauptet», sagte der Direktor.

«Man soll junge Mädchen, die einen nichts angehen, in Ruhe lassen», sprach die Stimme schon etwas sicherer, «sie können leicht schwanger werden. Und wer sorgt dann für das Kind?»

«Hm», sagte der Direktor. «Das war nun das.»

«Man soll auch nicht zuviel trinken», sprach die Stimme.

«Na ja», sagte der Direktor und war offenbar etwas enttäuscht. «Das habe ich übrigens auch stets behauptet. Aber können wir denn nicht auf etwas hoffen – und wenn es auch nur zwei Worte sind –, die dem Mann aus dem Volk Freude und Aufmunterung im Kampf ums Dasein geben?»

Da antwortete die Stimme geradeheraus, fast befehlend: «Der Mann aus dem Volk soll genügend Geld haben, ein gesundes Leben führen und genug zu essen bekommen, sechs Tage in der Woche Fleisch und einmal in der Woche Fisch.»

«Huhuhu, das kann nicht richtig wiedergegeben sein», hörte man den Propst murmeln, «das können unmöglich die höchsten Mächte sein, die sagen, das gewöhnliche Volk soll jeden Tag Fleisch essen. Das gewöhnliche Volk hat fleißig zu sein, genügsam und sparsam in allen Dingen und hat nie Forderungen an andere zu stellen –»

Aber jetzt fühlte sich Gott beleidigt, weil sich ein elender irdischer Lümmel von einem Pastor erdreistete, ihm ins Wort zu fallen und solch blödes Zeug zu faseln und Krakeel zu machen, so daß er plötzlich seine Stimme hob und voll Zorn antwortete:

«Ich verbitte mir solch leeres Geschwätz über Sparsamkeit. Ich habe genug für alle geschaffen. Meine Welt ist voll von allen Gütern des Lebens, die ich geschaffen habe. Allen kann es und soll es auf meiner Erde wohlergehen. Alle Armen könnten steinreich sein, wenn sie genug Verstand hätten, sich von den Dieben, Räubern und Mördern zu befreien –»

«Pst! Pst!» sagte der Direktor. «Ausgeschlossen, daß der Herrgott so spricht. Es muß sicherlich irgendein verirrter Geist sein, wahrscheinlich einer aus der Unterwelt, der uns uzen will.»

«Ja», sagte der Pastor, «es ist nicht der Vater der Geister, der so spricht. Lasset uns alle ein paarmal unser Vaterunser beten, um so diesen bösen Geist von uns zu treiben.»

Und dann beteten alle einige Vaterunser, um die Luft zu reinigen. Aber es war leichter gesagt als getan, die abscheulichen Ströme loszuwerden, die den bösen Geist begleitet hatten. Das Medium war lange unruhig, als ob es Übelkeit verspürte. Endlich erklärte Fridrik, das richtige Licht sei wieder im Herannahen. Allmählich glückte es der Séance, sich von dem bösen Geist und seinem Einfluß völlig zu befreien und wieder in die friedliche Stimmung christlicher Liebe zu gelangen. Zum Schluß teilte er mit, daß man jetzt mit dem Vaterunser-Beten aufhören könne, weil eine hellblonde, blauäugige Frau aus dem schönen Land angelangt sei.

«Wen will sie treffen?» fragte der Direktor.

«Sie steht neben Olafur Karason», sagte Fridrik. «Sie liebt ihn. Sie sagt, seine klaren blauen, guten Augen seien ihre Augen. Sie fragt, ob er sich nicht der köstlichen Tage entsinnen könne, da sie beide allein in dem schönen Land gewesen, lange, lange vor seiner Geburt.»

«Erinnerst du dich, mein Liebling?» fragte eine milde, poetische, wenn auch ein wenig gezierte Frauenstimme von weit her im Weltenraum.

Olafur Karason, der auf eine so liebliche Anrede gar nicht gefaßt war, und der gleichzeitig von einer tiefen Rührung über diese geheimnisvolle ferne Erinnerung an das schöne Land ergriffen wurde, vermochte im Augenblick keine richtige Antwort auf die an ihn gerichtete Frage zu finden.

«Mei- meine Mutter ist nicht tot», brachte er endlich hervor. «Sie wohnt in Adalfjord.»

«Du mußt dich irren, lieber Fridrik», sagte da der Direktor. «Die Beschreibung dieser hellblonden Frau paßt genau auf meine Mutter selig, und die Stimme war ganz bestimmt ihre Stimme.» Und er rief bewegt: «Liebe Mama, komm und küß deinen lieben kleinen Jungen, der nie, nie wieder gegen dich ungehorsam sein will.»

Aber kaum hatte der Direktor diese Worte ausgesprochen, erwachte das Medium mit einem Ruck aus der Trance und schrie: «Sofort Licht machen! Ich ersticke! Wo bin ich?»

Der Prokurist steckte eiligst die Lampe an.

Torunn von Kambar stand vor ihrem Stuhl, in Schweiß gebadet, mit wirrem Haar, das Gesicht verzerrt wie nach einem bösen Traum, und sie hielt einen ihrer Schuhe in der Hand. Der Schmerbauch des Richters ruhte sich auf den Schenkeln aus und seine Schmalzbacken auf den Schultern. Er drehte die Daumen. Der Pastor benutzte sofort die Gelegenheit, als Licht gemacht war, den Staub fortzuwischen, der sich während der Séance auf seinen Ärmeln angesammelt hatte. Der Arzt, dessen Kopf auf den Knien seiner Frau lag, schnarchte gewaltig. Aber Direktor Pjetur Palsson saß da mit seinem Gebiß in der einen Hand und mit dem Pincenez in der anderen, bereit, seine Mutter zu küssen. Die Witwen und kinderreichen Frauen hatten feuchte Augen.

Torunn hielt die Hand vor die Augen, als ob das plötzliche Licht ihr heftige Schmerzen verursache, und mit der einen Hand die Augen beschützend, trat sie zuerst vor Direktor Pjetur, verabreichte ihm mit ihrem Schuh eine knallende Ohrfeige und sagte: «Schurke!» Dann fegte sie mitten durch die Stube, gab Olafur Karason eine nicht minder kräftige Ohrfeige und sagte: «Ein noch größerer Schurke!»

«Was-was», sagte der Richter und drehte plötzlich nicht mehr die Daumen.

«Sie haben schlechte Ströme», sagte Torunn von Kambar. «Sie haben Ströme, die einander kreuzen.»

16

Sonntagmorgen. Örn Ulfar runzelte die Stirn und sah Ljosvikingur hart an.

«Guten Tag», sagte Olafur Karason.

Örn Ulfar erwiderte den Gruß nicht. Er blieb mitten auf dem Weg vor dem Dichter stehen und betrachtete ihn von oben bis unten mit Haß, Verachtung und Abscheu.

«Weshalb siehst du mich so an?» fragte Ljosvikingur.

«Du gewissenloser Hund», sagte Örn Ulfar und preßte das Kinn vor. «Machst mit, meine Mutter zum besten zu haben!»

«Örn!» sagte Ljosvikingur.

«Alles kann ich dir verzeihen», sagte er. «Mach gemeinsame Sache mit Verbrechern und Lügnern, so viel du willst. Doch das eine, meine alte Mutter, die alles verloren hat, zum besten zu halten, das kann ich dir nie verzeihen.»

Diese plötzliche und unerwartete Beschuldigung traf den Dichter ins Herz. Er begann sofort mit Entschuldigungen. «Bei Gott», sagte er, «ich habe nie mit Willen einen Menschen zum besten gehabt, und ich werde es auch nie tun. Aber falls du auf die spiritistische Sitzung von gestern abend anspielst, so möchte ich gern eine Frage an dich richten: Wagst du zu behaupten, daß es keine Seele gibt? Und wagst du zu behaupten, daß es Gott nicht gibt? Ich meine, daß man untersuchen soll, was man nicht versteht, ich –»

«Ja, du hättest verdient, daß ich dir eins in die Fresse haue», sagte Örn Ulfar. «Ich schäme mich, daß ich dich kenne.»

«Das steht dir frei, Örn», sagte Ljosvikingur und bewunderte diesen einzigen Freund so blind, daß es ihm förmlich Genuß bereitete, seinen Zorn über sich ergehen zu lassen, nach all den Ohrfeigen, die er von bösen Menschen bekommen hatte. «Aber darf ich dich etwas fragen, ehe du mich schlägst? Glaubst du, daß alle, die an Gott und die Seele glauben und auch an die andere Welt, Verbrecher und Lügner sind?»

«Die andere Welt ist eine billige Sache. Du kannst sie sogar gratis nach rechts und links verteilen. Wenn sie die Schiffe des Volkes versenkt haben, um mit den Geldern von der Versicherung die eigenen Schulden zu bezahlen, geben sie uns eine Flotte im Himmel.»

«Du kannst von Direktor Pjetur sagen, was du willst», sagte der Dichter, «ich glaube nicht, daß er ein schlechter Mensch ist.»

«Worauf willst du hinaus?» fragte der andere.

«Ich glaube, in Wirklichkeit gibt es überhaupt keine schlechten Menschen.»

«Was meinst du mit schlechten Menschen?»

«Ich weiß es nicht», sagte Ljosvikingur, «– im Grunde gar nichts.»

«Du bist so dumm, daß man überhaupt nicht mit dir sprechen kann», sagte der Freund. «Du beginnst plötzlich über etwas zu sprechen und tust so, als meintest du etwas damit; und fragt man dich dann, so weißt du nicht, was du meinst oder wovon du sprichst. Du sagst, Pjetur Dreiroß sei kein schlechter Mensch. Schön, sage ich, wer behauptet denn, daß er ein schlechter Mensch ist? Hier in Svidinsvik gibt es drei Sorten schlechter Menschen: erstens Diebe, die aus Schuppen Fische klauen; zweitens großmäulige Trunkenbolde; schließlich Schürzenjäger, die auf Kosten der Steuerzahler Kinder machen. Keiner von ihnen bestiehlt oder belügt die Armen. Unschuldigere Geschöpfe gibt es überhaupt nicht in unserer Gemeinde als schlechte Menschen. Würde ich Pjetur Dreiroß anklagen, er sei ein schlechter Mensch, so müßte ich ein Narr sein. Ich klage ihn an, daß er ein guter Mensch ist, ein liebevoller Mensch, ein edler Mensch, ein Förderer des Geistes, ein Freund der Bildung, ein Glaubensheld und ein Helfer von armen Dichtern.»

«Du bist viel begabter als ich, Örn», sagte der Dichter da. «Das zeigt sich schon daran, daß du nie etwas geglaubt hast, was man dir erzählt hat. Ich dagegen habe immer alles geglaubt, was man mir erzählt hat. Und war die Welt rings um mich voll von Härte und Grausamkeit, so habe ich nicht wie du den Mut gehabt, die Zähne zusammenzubeißen. Ich habe mich nur unwillkürlich zurückgezogen und versucht, für die Schönheit und den Geist zu leben.»

Örn Ulfar antwortete nicht, sondern lachte. Es war kein Lachen, dessen Ursache Freude war – noch weniger Spott, noch viel weniger Mitleid, am allerwenigsten Zärtlichkeit –, es war nur die primitive männliche Auflehnung gegen Willenlosigkeit, Erbärmlichkeit.

Er war nicht mehr zornig. Sie gingen Seite an Seite weiter auf dem Weg.

Da fing Örn Ulfar an zu sprechen:

«Du hast mir einmal von der Disa in der Hügelhütte erzählt, wie wir sie nennen, Disa in Skalholt. Von jenem verkrüppelten, nackten, bedauernswerten Geschöpf, das am ersten Morgen, den du hier verbrachtest, brüllend aus seinem Koben hervorkroch; du glaubtest, daß dies bemitleidenswerte, schauerliche Wesen dich angreifen wollte. Und dieses Bild hat dich dann lange Zeit im Wachen und im Schlafen verfolgt. Du hast es auch heute noch nicht vergessen. Vor gar nicht so langer Zeit sagtest du mir, du könntest überhaupt nicht fassen, daß es solche Menschen gibt. Ja, es ist unfaßbar. Ich will auch gar nicht versuchen, es dir zu erklären; aber weil du sagst, daß du untersuchen willst, was du nicht verstehst, so will ich dir eine Geschichte erzählen.

Als ich noch klein war und zusammen mit den anderen Knirpsen hier rittlings auf dem Drahtzaun saß und den Leuten, die vorübergingen, nachschrie – unser Leben war ein ununterbrochener Schrei aus Not und Jammer und Elend und Hunger –, da war Disa ein junges Mädchen mit reichem kohlschwarzem Haar und ausdrucksvollen dunklen Augen, in denen das Geheimnis der Jugend wohnte. Sie ging mit ihrem Umschlagtuch vorüber. Wir schrien ihr den Namen des Mannes nach, den sie liebte, aber sie kehrte sich nicht um, sondern hob ihren Kopf nur noch höher. Später, als man ihre Jugend zerstört und ihr Leben unerträglich geschändet hatte, da sah ich sie noch einmal auf demselben Weg gehen: man führte sie in Ketten durch den ganzen Ort. Es war derselbe Weg, den wir jetzt gehen. Sie hatten sie wegen eines Verbrechens angeklagt und wollten sie richten. So macht man es immer mit einem Unschuldigen, wenn man ihn zu Boden geschlagen hat. Am liebsten hätten sie ihr eine lebenslängliche Zuchthausstrafe gegeben. Weil sie aber zwischen ihren Händen den Verstand verloren hatte, entdeckten sie plötzlich, daß sie arm waren und es sich nicht leisten konnten, Disa in ein Irrenhaus zu schicken. Also brachte man sie bei dem Mörder-Jon selig unter. Der war so stark wie vier Männer, hieß es, und der einzige hier im Ort, der es mit ihr aufnehmen und sie bändigen könne, wenn sie ihre Anfälle bekäme. Er zimmerte in einer Ecke seines Schuppens, wo er Fischköder aufbewahrte, einen Käfig für sie, und darin, auf einem Boden aus harten Latten mit ein paar dreckigen Säcken, überließ man sie zwei Jahre hindurch ihrem Schicksal. Bei Tauwetter tropfte es in ihren Käfig. Bei Frostwetter wurde der Käfig inwendig mit Eis überzogen. Das Essen schmiß man durch ein Loch in den Käfig hinein. Einen so billigen Armenpflegling haben sie hier im Ort selten gehabt! Sie konnte nämlich genauso wenig wie ein stummes Tier gegen das protestieren, was ihr widerfuhr. Zwischen ihren Lumpen kauerte sie und kroch schließlich in sich zusammen wie ein Bündel, die Knie bis ans Kinn hochgezogen. So lag sie in Dunkel und Kälte zwei Jahre und wurde vergessen, bis der alte Mörder-Jon krepierte. Als man nach seinem Tod den Schuppen abriß, in dem er Fischköder aufbewahrt hatte, zog man das verkrüppelte Tier aus dem Käfig, und mehrere Leute, die es sahen, forderten die Behörde auf, Disa in einem Irrenhaus unterzubringen. Als aber der Arzt und der Gemeinderat sie untersuchten und sich davon überzeugt hatten, es sei unmöglich, ihren Körper wieder geradezubiegen, da schämten sie sich so ihretwegen, daß sie nicht wagten, sie vom Ort wegzuschicken. Die Herren waren so feinfühlig, daß sie es nicht über sich bringen konnten, andere sehen zu lassen, was gute Menschen, die eine Gemeinde verwalten, aus einem armen Menschen machen können. Wenn sie nur hinlänglich gute und liebevolle und edle Menschen, große Förderer des Geistes, große Freunde der Bildung, hinlänglich große Glaubenshelden und hinlänglich große Helfer von armen Dichtern sind! Sie begnügten sich also damit, in der einen Ecke des Wohnraums in Skalholt einen Koben für Disa herzurichten.»

Als er die Geschichte beendet hatte, gingen sie lange, ohne ein Wort zu sprechen; und sie hörten wieder ihren eigenen Schritt, bis Örn vom Weg abbog. Ljosvikingur folgte ihm. Örn Ulfar setzte sich ins Gras. Ljosvikingur blickte angsterfüllt zu ihm nieder und setzte sich dann ebenfalls ins Gras. Endlich fragte er: «Warum hast du mir diese Geschichte erzählt?» Und fügte hinzu: «Ich komme gewiß nie darüber hinweg.»

«Ich wünschte, du kämst nie darüber hinweg», sagte Örn Ulfar. «Aber leider, du kommst darüber hinweg. Und zwar sehr bald.»

«Und schließlich – Disa ist nur ein Mensch, dem es schlecht geht», sagte Ljosvikingur. «Und sie weiß nicht einmal, wie schlecht es ihr geht.»

«Die Disa, das ist Svidinsvik», sagte Örn Ulfar ohne weitere Erklärung.

«Ich halte es nicht aus», sagte Ljosvikingur und stand auf und wollte weglaufen. «Ich sehne mich nach Schönheit. Schönheit! Geist!» sagte er und starrte gegen den Himmel, in das Blau mit den weißen Sommerwolken, die sich zusammenballten und wieder auflösten. Aber er lief nicht weg, sondern setzte sich wieder nieder.

«Ich weiß noch gut, wie du einmal sagtest, das, wovor du am meisten hier in Svidinsvik Angst hättest, das wären die Kinder auf dem Weg», sagte Örn. «Man kann also nicht erwarten, daß es dir Vergnügen macht, mir zuzuhören. Die Kinder auf dem Weg, das bin ich. Ich bin das Kind, das dort unten im Weggraben und auf dem Drahtzaun aufgewachsen ist; das Kind, dem man alles gestohlen hat, noch ehe es geboren war; das Kind, das noch ein Unglück zu allem übrigen Unglück in der Familie war, eine Handvoll mehr Abfall für den Misthaufen, auf dem die Hähne krähen. Deshalb brauchst du jedoch nicht mit mir zu sprechen, als hättest du allein die Notwendigkeit einer schöneren Welt entdeckt. Ich weiß ebensogut wie du, was Schönheit ist, und obendrein, was Geist ist; heißt du auch Ljosvikingur, und ich nur Örn und Ulf – Adler und Wolf. Schönheit, das ist die Erde, das ist das Gras auf der Erde. Geist, das ist der Himmel mit seinem Licht über unserem Haupt, die Luft mit den weißen Sommerwolken, die sich zusammenballen und sich wieder auflösen. Gäbe es Gerechtigkeit auf der Erde, dann hätte ich nur den einen Wunsch: auf dem Rücken im Gras zu liegen, mit dem leuchtenden Himmel über mir, und die Wolken zu betrachten. Wer aber glaubt, die Schönheit sei etwas, das er für sich allein genießen könne, indem er sich von allen anderen Menschen zurückzieht und vor dem menschlichen Leben, zu dem er selber gehört, die Augen schließt – der ist kein Freund der Schönheit. Der endet entweder als Hausdichter von Pjetur Dreiroß oder als sein Prokurist. Wer nicht Tag für Tag bis zum letzten Atemzug seines Lebens gegen die Handlanger des Bösen kämpft, gegen die leibhaften Symbole der Häßlichkeit, die hier in Svidinsvik herrschen, der lästert, wenn er das Wort Schönheit in den Mund nimmt.»

Zwei junge Dichter sitzen im Gras an einem Mittsommertag und sprechen über das Menschenleben. Dann schweigen sie lange. Örn Ulfar sieht in die Ferne mit seinem weitschauenden Blick, die Mundwinkel niedergepreßt; sein Gesicht verrät herbes Leid. Olafur Karason Ljosvikingur sitzt da mit ausgestreckten Beinen und reißt einen Grashalm nach dem andern aus; und er reißt das Gras mit den Wurzeln aus, daß die nackte Erde zu sehen ist. Er hat schmutzige Finger bekommen.

Plötzlich hört er damit auf, sieht mit seinen blauen, reinen Augen den Freund an und sagt mit erwartungsvoller, kindlicher Aufrichtigkeit:

«Es ist viel Mut erforderlich, Mensch zu sein. Örn, glaubst du, daß ich genug Mut habe?»

«Du kannst darüber bis zum Herbst nachdenken – wenn ich fortgereist bin», sagte sein Freund.

17

EINES TAGES IST ÖRN ULFAR FORTGEREIST. Mit einem Sack auf dem Rücken ist er an Bord gegangen, lag auf der Reise nach der Hauptstadt im Lastraum. Seine Mutter hatte auf der Schiffsbrücke gestanden und ihm unter Tränen Lebewohl gesagt, wie alle Mütter es tun, wenn sie ihren Söhnen Lebewohl sagen.

«Binde das Halstuch gut um, Kind.»

Sein Vater hatte gutes Wetter prophezeit.

Als das Schiff den Hafen verlassen hatte, merkte Olafur Karason, daß es feuchtkaltes Wetter mit bleigrauem, bedecktem Himmel war. Kein Klang in der Luft. Auf allen Grasplätzen sammelten sich Schwärme von Regenpfeifern. Er stand als letzter auf der Schiffsbrücke, allein, und sah ratlos dem Schiff nach, das sich immer weiter entfernte und schon die Fjordmündung erreicht hatte.

Nun, nachdem sein Freund fort war, wußte er überhaupt nicht, was er tun sollte. Was sollte er tun?

Es hatte zu regnen angefangen. Die ersten Tropfen klatschten wütend aus dem bleiernen Himmel nieder. Er ging heim zu seinem Schloß und kroch durch das Kellerfenster, wie er es gewohnt war. Vor sein scheibenloses Fenster hängte er einen Fetzen Sackleinen, damit es nicht in seinen Schlafraum regnete. Selten hatte er seine Geliebte mit so befreiender Freude und solcher Dankbarkeit begrüßt wie an diesem Abend.

Wie wenig ist doch das erste geschlechtliche Erlebnis mit

der ersten Liebe junger Menschen verwandt, so wenig wie der Tagesanbruch mit dem Tag. Der Traum der Jugend gleicht dem weißglühenden Leuchten des Nachts an den Hängen der Berge, wo Abend und Morgen, Tag und Nacht eins sind, ohne etwas zu sein. Mit der Erfahrung werden die Abenteuer des Begeisterten aus der Welt der Poesie gerissen, wo sie körperlos und halb waren. Die Begegnung zweier Liebender verwandelt alles: Poesie in Wirklichkeit, die sich selber genug ist. Zwei Leben haben einander gefunden, zwei Körper verstehen einander, und alles verwebt sich ineinander: Traum, Erwartung, Freude, Genuß, Befriedigung, Erinnerung und Leid. Diese Fülle von Wirklichkeit ist so gewaltig, daß sie die Gefahr in sich birgt, das Göttliche und Ewige werde sich nie wieder der Seele offenbaren.

Der Offenbarungsklang der göttlichen Kraft, der geheimnisvoll heilige Traum der Seele, in den Armen der Allmacht zu liegen – welch lächerlicher Unsinn. Er ist plötzlich ein Mann geworden. Und das war ihr Werk. Ihre Nähe wohnte in seinem Körper, bei Nacht und bei Tag, ob er wachte oder schlief. Wie eine stille Dünung in blauer, lichter Sommernacht gegen den Strand wellt, so sehnte er sich danach, an ihrem sonnenwarmen weißen, geliebten Busen zu ruhen, diesen lustvollen, weichen Kuppeln, aller Schönheit Anfang und Ende zugleich, und dennoch vor allem das Sinnbild der Vergänglichkeit. Nichts ist so natürlich, als danach ausgelöscht und zu Staub zu werden.

Vor wenigen Stunden noch hat er auf der Schiffsbrücke gestanden, Tränen in den Augen, weil das Schiff mit seinem Freund fortsegelte. Und jetzt ist er plötzlich glücklich darüber, daß Örn Ulfar fortgezogen ist; daß es keinen mehr gibt, der ihm befehlen kann, sich zusammenzuraffen und sich in den Streit zu werfen. Draußen strömte der Regen.

«Liebster Jesus. Ach was! Nichts mehr mit Jesus! Jetzt müssen wir etwas denken», sagte sie.

Er erwachte aus leichtem Schlummer und hob den Kopf von dem köstlichen Kissen und sagte: «Vielleicht ist nichts so wenig mit der Wirklichkeit verwandt wie die Fülle der Wirklichkeit selber.»

«Was?» sagte sie. «Wirklichkeit? Ich begreife nicht, was du meinst.»

«Ich auch nicht», sagte er.

«Du bist ein so großer Dichter», sagte sie. «Wenn du wüßtest, wie oft ich geträumt habe, ich ginge mit dir auf den Kirchhofsball.»

«Ich auch», sagte er.

«Ich habe versprochen, dir das Tanzen beizubringen», sagte sie.

«Laß uns heut nacht damit anfangen», sagte er. «Ich werde am besten von allen tanzen.»

«Das ist ganz gleich, ob du am besten von allen tanzt», sagte sie. «Und willst du wissen, weshalb? Weil kein Junge so tiefe und so blaue Augen haben soll wie mein Junge, und keiner so goldglänzendes Haar oder eine so kleine Hand. Und kein, kein Tanzpaar auf dem Kirchhofsball soll so glücklich sein wie ich und mein Junge.»

Sie summte noch einmal das Tanzlied, das sie gesummt hatte, als sie am ersten Tag einander getroffen hatten.

«Einige bekommen neue Schuhe aus Adalfjord», sagte sie. «Einige bestellen sich welche aus der Hauptstadt. Einige bekommen welche auf andere Weise.»

«Ich habe keine Angst. Du kriegst neue Schuhe», sagte er.

Sie schwieg lange. Er hörte nichts anderes als den Regen, der draußen auf die Erde niederströmte, dicht, unaufhörlich.

«Nein», sagte sie schließlich, «ich bekomme keine Schuhe.»

«Weshalb nicht?»

«Und ich komme im Herbst nicht auf den Kirchhofsball.»

«Was heißt denn das?» sagte er.

«Ich bin schwanger», sagte sie.

Jetzt erhob er sich ganz im Bett. Er sah sie lange an, wie sie da vor ihm lag: jung, weiß und geliebt, im ersten Dunkel des Sommers. Er wußte nicht, ob er froh oder betrübt bei dieser

Neuigkeit werden sollte. In Wirklichkeit wurde er ein bißchen stolz. Ich werde ja erst im Oktober achtzehn, dachte er. Nicht alle erwarten in so jungen Jahren ein Kind. Er lehnte sich über sie und küßte sie.

Sie sagte: «So wahr ich lebe, ich bin schwanger. Was für ein Esel bin ich doch. Hahaha.»

«Ich werde im Herbst meine gesammelten Gedichte in Adalfjord erscheinen lassen. Dann bin ich ein berühmter Dichter», sagte er. «Und dann wird sich schon herausstellen, ob du etwas bereust.»

«Ich bereue nichts», sagte sie. «Aber was wirst du dem Gemeindevorsteher sagen?»

«Was geht das den Gemeindevorsteher an?»

«Wir beide bekommen doch Gemeindeunterstützung. Er bringt uns um.»

«Weiß er es?»

«Und ob er es weiß! Jede Nacht stehen alle Einwohner von Svidinsvik hier draußen vorm Fenster und zählen die Minuten, die ich bei dir bin, als wären es ihre letzten Blutstropfen. Heute abend wollte mich Papa anbinden.»

«Wir heiraten», sagte er.

«Hahaha», lachte sie.

«Willst du mich denn nicht heiraten, liebste Meya?»

«Doch», sagte sie. «Und was dann?»

«Nichts weiter.»

«Wovon sollen wir leben?»

«Ich gebe mich für einen Dichter aus», sagte er. «Gudmundur Grimsson Grunnvikingur soll zwei und manchmal gar drei Kronen für Gedenkverse nehmen.»

Sie rechnete in Gedanken eine Weile. Dann sagte sie:

«Leider sterben so wenige. Man kann nicht davon leben. Und außerdem – die wenigen, die sterben, können sich keine Gedenkverse leisten. Wir daheim zum Beispiel hatten kein Geld dazu, als Mutter starb. Heutzutage muß man froh sein, wenn man bei einer Beerdigung eine Tasse Kaffee bekommen kann.»

Man konnte keine Lösung des Problems finden.

«Vielleicht kriege ich im Herbst von Pjetur Palsson etwas Lohn», sagte der Dichter.

«Ja, aber meinst du nicht, daß du dir etwas zum Anziehen kaufen mußt, falls du Geld kriegst, Junge? Du kriegst natürlich keins, denn Pjetur Dreiroß bezahlt nie jemandem etwas. Allerhöchstens gibt er ein paar Kronen als Almosen; die Wiederaufbaugesellschaft ist pleite.»

«Was, glaubst du, sollen wir denn machen?»

«Das ist deine Sache. Du bist der Vater.»

Seine Fingerspitzen berührten vorsichtig ihren Leib, fragend, voll Ehrfurcht.

«Ist es wirklich wahr, was du gesagt hast?» flüsterte er. «Wie kann ich das sein, was du sagst?»

Er blickte sie lange an, wie einer, der eine Unzahl von optischen Täuschungen betrachtet und sich nicht von ihnen losreißen kann; seine Fingerspitzen spielten unablässig weiter auf ihren runden Formen. Schließlich füllten sich ihre Augen mit Tränen. Er sagte: «Ich liebe dich», und er begrub sein Gesicht an ihrem Busen. So verging die Nacht.

Sie flüsterte einmal: «Früher war ich bange und glaubte, es sei häßlich. Erinnerst du dich nicht, wie bange ich war? Vielleicht war es deshalb, weil ich nicht glaubte, es sei wahr. Trotz alldem aber ist es wahr.»

«Was?»

«Die Liebe», sagte sie. «Jetzt weiß ich, daß wir einander lieben, solange wir leben.»

«Ja», flüsterte er. «Und wir gehen nie voneinander.»

Dann hockte sie auf seinem Bettrand und hatte ihre schäbigen Schuhe angezogen.

«Nun gehe ich», sagte sie.

«Was sollen wir tun?» fragte er.

Sie sitzt da, die Ellbogen gegen die Knie gestützt, die Finger zwischen den Zähnen, und blickt hinaus in die Nacht.

«Weit draußen am Fjord», spricht sie leise, «du brauchst nur eine Stunde bis dorthin, steht eine kleine Hütte. Ganz unten am Strand, für sich allein. Ein winziger ebener Tun um das Häuschen, und es gibt ein bißchen Erde zum Pflanzen von Kohl. Die Erde muß gejätet werden. Auf dem Dach der Hütte wachsen Blumen. Eine kleine Bucht davor, am Strand ein Boot. Ein paar Angelschnüre, vielleicht ein Stückchen Netz. Und Blumen auf dem Dach. Bist du dort nicht vorbeigekommen?»

«Noch nicht», sagte er. «Sprich weiter.»

«Hinter dem Häuschen erhebt sich ein Berg, aber nicht so nahe. Denn der schmale Streifen ebenes Land hinter dem Häuschen schützt etwas gegen Lawinen. Die Holzwände der Hütte sind rot angestrichen, und das Häuschen blickt auf das Wasser, die Fensterrahmen sind weiß angestrichen, und jetzt muß man bald Gardinen vor den Fenstern haben. Und Blumen wachsen auf dem Dach. Hinter dem kleinen Wohnhaus liegt ein kleiner Kuhstall; die Kuh weidet am Berghang, und sie hat ein Kälbchen. Die rot oder schwarz gefleckte Kuh heißt bloß Skalda, die Scheckige, aber das Kälbchen heißt Ljomalind, der Brunnen der Herrlichkeit. Und sieben Schafe mit Lämmern sind oben im Gebirge.»

«Wie einfach das Leben doch sein kann, wenn man richtig lebt», sagte der Dichter.

«Alle sagen, daß die kleine Hütte so hübsch ist, und sie wundern sich, wie schmuck alles um das Häuschen ist. Und Blumen wachsen auf dem Dach.»

Plötzlich war sie still, aber um ihren Mund und auf ihren Wangen, bis hinunter zum Hals, zuckte es krampfhaft. Sie biß sich in die Hand, bis sie völlig die Fassung verlor und zu weinen begann. Zuerst weinte sie in ihre eigenen Hände, wiegte den Kopf, zitterte, bewegte den Körper trostlos hin und her. Dann griff sie seine Hände und bedeckte sie mit ihren heißen Küssen, ihren Tränen. Er versuchte ihr so viel tröstende Worte, wie er nur finden konnte, ins Ohr zu flüstern. Es nutzte nichts. Worte konnten diese Brandung nicht beschwichtigen, dieses entfesselte Element nicht bändigen. Seine Hände brannten unter ihren Tränen. Schließlich starrte er wie einer, der nachts bei Sturmwetter an der Meeresküste steht und hilflos zusehen muß, wie zwischen Klippen Schiffe zerschellen, wenige Meter vom Land entfernt. Da hörte sie auf zu weinen. Sie erhob sich, trocknete mit dem Arm ihre Tränen und riß das Stück Sackleinen vom Fenster. Es regnete noch immer. Jetzt, wo sie nicht mehr weinte, kam sie ihm völlig verändert vor. Ihr Gesicht war ausdruckslos. Sie räusperte sich und schnaubte. «Es ist schon Tag», sagte sie, gleichgültig und tonlos. «Ich muß gehen. Leb wohl.» Sie gab ihm nicht die Hand und war verschwunden.

Seine Hände waren noch heiß und naß von ihren Tränen.

18

Zwei Tage vergingen, und er dachte die ganze Zeit hindurch nur an eines, und er konnte es doch kaum glauben. Hatte sie nur gescherzt? Aber warum hatte sie dann geweint, dieses Mädchen, das sonst nie rührselig war? Ein Mensch, der weint, scherzt nicht; und Tränen stehen der Wahrheit nahe.

Er war sich noch nicht darüber klar geworden, ob er froh oder traurig sein sollte. Die Gefühle wechselten. In vieler Hinsicht war es natürlich schön, einen kleinen und vielversprechenden Sohn zu bekommen, ein Schmuck seines Geschlechts. Aber es war leichter gesagt als getan, plötzlich Familienvater zu sein, noch dazu in diesen schwierigen Zeiten, obendrein für einen Mann, der daran gedacht hatte, im Herbst in Adalfjord die Realschule zu besuchen und vielleicht eine Gedichtsammlung herauszugeben. Wenn er an alles das dachte, was er in der nächsten Zukunft zu verrichten hatte: eine Gedichtsammlung herausgeben; sich ausbilden lassen; einen Sohn bekommen; Schafe kaufen; ein Darlehen zur Anschaffung von Gerätschaften für Fischfang besorgen; einen Hausstand gründen; so konnte es geschehen, daß er mitten beim Mähen von Verzagtheit ergriffen wurde. Am liebsten hätte er die Sense hingeschmissen und sich auf den Bauch gelegt, um nie wieder aufzustehen. Die Verantwortung, die er auf sich geladen hatte, schien ihn fast zu zerbrechen. Aber plötzlich klingt ihr frohes Lachen in seinen Ohren, und er sieht sie vor sich wie das erste Mal, als sie in der Tür stand und die Beine in die Luft schwang. Vorbei ist die Schwarzseherei, und er findet, daß die Welt nicht größer als ein halbes Kalbsfell und die Zukunft ein einziger sonniger Weg ist.

Wie konnte ich nur verzweifeln, wenn sie bei mir ist? Kaffee, gelber Zucker, Dorschnacken – immer hatte sie etwas zum Anbieten. Es gab keine noch so große Finsternis, in der sie nicht ein Fünkchen Licht sah. Das letzte Mal, als sie gehen wollte, riß sie den Sackleinenfetzen von seinem Fenster und sagte: Tag. Holte sie sich bei ihm Rat, so nur, um zu untersuchen, was er taugte. Wahrscheinlich hatte sie bereits über den Kauf des kleinen Hofs draußen am Fjord verhandelt, ohne daß es jemand wußte. Ja: Blumen auf dem Dach, darunter sie ihr ganzes Leben wohnen konnten. Nur er und sie, südlich der Welt und ein bißchen abseits, auf der Leeseite. Bei gutem Wetter wird er in dem kleinen Boot auf den Fjord rudern und einen schimmernden kleinen Dorsch zum Kochen fangen. Bei schlechtem Wetter wird er in der Stube sitzen und berühmte Bücher schreiben wie Gudmundur Grimsson Grunnvikingur; er wollte sich Ansehen verschaffen in den entferntesten Teilen des Landes, vielleicht sogar in Frankreich. Glücklicherweise ist das Wetter meist unbeständig. Der kleine Blonde spielt auf dem Boden zu Füßen des Dichters. – Olafur Karason konnte leider nichts dafür, daß er sich deswegen etwas peinlich berührt fühlte; ganz gewiß machte es ihn stolz, mit «Papa» angeredet zu werden, aber er mußte vor sich selbst doch zugeben, daß er Angst vor kleinen Kindern hatte. Und im Grunde meinte er sogar, selber das einzige Kind in der Welt zu sein, das von Wichtigkeit sei. Andererseits zweifelte er nicht daran, daß Meya Kuh und Kaffee in den ehelichen Haushalt bringen würde.

Warum hatte sie nur geweint?

So fragte er sich. Er war sehr unruhig und zerstreut; er wußte nicht, wo er war; er hörte nicht, was gesagt wurde; und seine Augen sahen nichts am hellen Tag.

Seit sie zum erstenmal zu ihm gekommen war, hatten sie nie drei Nächte hintereinander ungenutzt verstreichen lassen.

Heute abend sitzt er am Fenster und wartet voller Spannung auf sie. Selten hat er so klar wie heute gefühlt: sie ist sein Rettungsanker, er ohne sie ein Spiel der Wellen; ohne sie mußte er beim nächsten Sturm am Strand zerschellen.

Die Zeit vergeht. Die Spätsommernacht senkt sich auf Land und Fjord. Sie aber kommt nicht. Er wird unruhig, dann unglücklich, schließlich apathisch. Er legt den Kopf auf die Fensterbank, verbirgt das Gesicht in den Armen und schläft ein. Als er wieder erwacht, ist der Schlaf stärker als das Unglück, er wirft sich auf sein Bett und schläft, bis der Wecker am Morgen klingelt. Betrübt blickt er auf den Fjord, sieht die Vögel, die hier so oft in früher Morgenstille nach einer glücklichen Nacht über dem blauen Wasser geflattert sind. Und plötzlich ist es ihm, als ginge ihr Geschwirr ihn nichts mehr an. Weshalb kommt sie nicht?

Am nächsten Abend, als die ihm so fremde Arbeit des Tages verrichtet war, hatte er sich entschlossen, zu ihr zu gehen. Ihr Gesicht in der Tür, der Klang ihrer Stimme, ein Wort – er fühlte, es galt sein Leben.

In der Dämmerung des Spätsommers rührt sich eine gärende Unruhe in der Brust der Jugend. Jungen und Mädchen treffen einander wieder, wie zufällig, draußen, bleiben am Weg stehen und sprechen lange zusammen: über nichts und wieder nichts. Sie lachen laut und schlenkern mit den Armen und schlagen sich auf die Schenkel, und sie versichern, dergleichen nie zuvor gehört zu haben. Und sie können sich vor Lachen kaum noch halten.

Da sieht er in der Dämmerstunde des Spätsommers drei

junge Mädchen daherkommen. Er sieht sofort, daß in der Mitte sein Mädchen geht. Die beiden anderen verstummen, als er sich ihnen nähert, aber sie spricht weiter. Die beiden anderen sehen ihn an, sie aber sieht ihn nicht an. Die beiden sehen ihn an mit jener unverhohlenen Neugierde, die so bezeichnend für Mädchen ist, wenn sie einem Burschen begegnen, von dem sie wissen, daß er nachts lange bei ihrer Freundin gewesen ist – vielleicht bis in den frühen Morgen. Ihre Blicke scheinen sich an ihm nicht nur laben zu wollen, sie verschlingen ihn geradezu. Aber wie er für die gierigen Freundinnen Augenweide ist, so ist er für sein Mädchen Luft. Zuerst will er grüßen, sie ansprechen, bitten, ihm ein einziges Wort zu schenken. Doch diese Verstellung macht ihn ratlos; er weiß nicht, ob darin eine heimliche Absicht liegt, durch die sie ihm ein Zeichen geben will. Er begreift nicht. Nur eines ist ihm klar: sie will von ihm weder gegrüßt noch angesprochen werden.

Im letzten Augenblick, gerade als sie vorbeigeht, schweigt sie plötzlich. Sie wendet das Gesicht und sieht ihn blitzschnell an – nur für den Bruchteil eines Augenblicks. Schon ist sie weiter, unterhält sich mit ihren Freundinnen. Er bleibt auf dem Weg stehen, und ihr Blick brennt in seinem Herzen.

Am Anfang dachte er, er müßte sich geirrt haben; es war ein anderes Mädchen. Diese Augen hat er nie zuvor gesehen. Früher wohnte Sonnenschein in ihren Augen, immer, aller Tage Sonnenschein. Hinter ihr meinte man das Brausen grüner, duftender Wälder zu hören und die Weiten, die sich vor ihrem frohen Blick öffneten, kannten keinen Abend. Und jetzt? Der kecke Stolz der Jugend ist gebrochen, schlaff die vorher gespannte Saite des Lebens. Und die grenzenlosen Weiten? Man stößt gegen etwas. Es ist Abend geworden. Die Augen, die ihn an diesem Abend anblickten, waren die eines verwundeten Tieres, mit dem Schmerz dumpfer, leerer Torheit. Vielleicht fragen sie nicht einmal weshalb, ehe sie verlöschen. So war es jetzt im Herbst an ihm vorübergegangen, sein Mädchen vom Frühling. Die Freundinnen haben sich umgeblickt, ihn auf dem Weg stehen gesehen. Sie hat sich nicht umgeblickt.

Sonnabend, abends. Ihm graut, nachts zu den Ratten und wilden Katzen hineinzukriechen. Er läßt sich ziellos weitertreiben und legt sich draußen in der Heide nieder. Der fremde Blick seiner Geliebten beherrscht seine Seele wie ein entsetzliches Unglück. Herbst in der Erde. – Und er wartet, daß der Schlaf seine milde Hand auf die gärende Unruhe des Herbstes legen und alles im Ort still sein wird.

Als er sicher ist, daß sie sich daheim schlafen gelegt hat, macht er sich zu ihr auf den Weg. Er tritt vor ihr Fenster. Vor dem Fenster, hinter dem ihr Bett steht, hängt die weiße Decke, so daß er nicht hineinsehen kann. Vorsichtig sieht er sich um, ehe er sich getraut, an ihr Fenster zu klopfen. Davon überzeugt, daß kein Späher in der Nähe ist, pocht er mit einem Knöchel an die Scheibe: einmal; er wartet; noch einmal. Dann wartet er lange, aber er bleibt ohne Antwort. Schließlich klopft er zum drittenmal, härter als vorher. Kein Lebenszeichen. Da wird er wild vor Verzweiflung, so daß er mit den Fäusten gegen das Fenster schlägt, als sei Feuer ausgebrochen. Und die Faustschläge sind von jener bittersüßen Angst begleitet, die man von gewissen Träumen kennt.

Plötzlich steht der Steinträger, ihr Vater, in der Tür. Noch schlaftrunken überhäuft er den Dichter mit Scheltworten. Als es dem Dichter mit Müh und Not glückt, seine Bitte zu stammeln, sagt der Vater, er habe keine Lust, sich wegen eines geilen, läufigen Köters lächerlich zu machen. Und er droht, hineinzugehen und seine Flinte zu holen, wenn er nicht sofort verduften würde. Bedauerlicherweise hat der Dichter nicht den guten Einfall, aufzutrumpfen und noch eine Weile auszuharren, um den Gang der Ereignisse abzuwarten und zu sehen, ob der Hausherr mit einer wirklichen Flinte zurückkehrt. – Erst viele Jahre später wird ihm einfallen, daß der Mann vielleicht gar keine Flinte besessen hat. – Er nimmt die Beine in die Hand.

Keuchend vom Laufen steht er unten am Strand und denkt

darüber nach, ob sie überhaupt in ihrem Bett lag, als er an das Fenster schlug. Wäre sie zu Hause gewesen, so hätte sie es wohl ihret- und seinetwegen kaum dahin kommen lassen, daß er mit seinem Pochen den Vater weckte; sie hätte gewiß rechtzeitig mit der Gardine gewinkt, ihm ein Zeichen gegeben, zu gehen. Aber wenn sie nicht in ihrem Bett lag, wo konnte sie denn sonst mitten in der Nacht sein? Saß sie vielleicht mit ihren Freundinnen am Strand, sprach in so später Sommernachtsstunde mit ihnen vom Menschenleben wie die Dichter? Aber – ebensogut konnte es ein anderer sein. Weshalb nicht ebensogut ein anderer? Sie war ein warmblütiges Mädchen. Und Olafur Karason ist wohl kaum der erste gewesen.

Draußen am Fjord, du brauchst nur eine Stunde bis dort, liegt eine kleine Hütte. Ganz unten am Strand, für sich allein. Und Blumen wachsen auf dem Dach. Ist denn die wahre Liebe nicht die einzige? Kann man, wie sie es getan hat, zu gleicher Zeit zwei lieben? Oder ist die Liebe vielleicht nicht wahr, sondern doppelt und dreifach?

Weshalb soll diese kleine Hütte nicht am Strand liegen? Weshalb soll sie das Häuschen nicht gekauft haben, ohne daß es jemand weiß? Weshalb soll sie nachts nicht dorthin gegangen sein, um das Stückchen Gemüseland zu jäten, obgleich es bereits spät im Sommer ist; oder um Gardinen vor dem kleinen Fenster, das auf den Fjord blickt, aufzuhängen?

Er schlendert weiter, nicht in den Ort hinein, sondern am Fjord entlang, wie sie gesagt hat. Bedeckter Himmel, aber trockenes Wetter; Nebel auf den Gebirgshöhen; Meeresbrausen, wie der ruhige Pulsschlag eines übernatürlich großen Tieres, das schläft; Schwärme von Seeschwalben auf den Sandbänken.

Ein Reitpfad schlängelt sich am Fjord entlang mit dem Gebirge auf der einen Seite. Manchmal führt der Pfad über einen steilen Abhang dicht am Fjord, manchmal schlängelt er sich am Fuß des Gebirges um eine Klippe, manchmal auf der Fjordseite rund um eine Strandklippe und verliert sich im Sand. Er geht über den glattgescheuerten Strandstreifen, und die großen, nassen Meeresalgen wickeln sich um seine Beine. Da entdeckt er den Pfad wieder, der jetzt vom Strand abbiegt und über einen steilen Abhang führt. Er konnte zwei Hütten sehen. Aber sie liegen oben im Gebirge, und er kennt sie nicht nach der Beschreibung. Nein, keine ist ihre Hütte. Ihr Häuschen liegt ganz unten vor dem Strand, und dort gibt es eine kleine Bucht. So schlendert er weiter; weiter. Die Morgendämmerung ist längst angebrochen. Er sieht viele kleine Landungsstellen und Buchten, und er schaut sich bei jeder Bucht genau um, aber nirgends gibt es einen Hof.

Der Morgen ist über das Land gekommen mit immer lauterem Brausen des Meeres, kalten Brisen, schwer fliegenden, fröstelnden Möwen. Er ist die ganze Nacht gewandert.

Was dann, wenn sie beschlossen hatte, ihn zu verlassen; wenn sie ihn nie mehr sehen wollte; nichts mehr von ihm wissen wollte; wenn er sein Leben fortan ohne sie leben sollte? Allein?

Sie vor allem war es doch, die ihm im Frühling neues Leben geschenkt hatte. Sie war die gesunde Natur, die ihn an ihrer Brust genährt und neu erweckt hatte, als er weder aus noch ein gewußt. Sie war die gütige Natur, die allem, was lebt, nicht nur Gesundheit und Kraft zum Leben, sondern auch Hoffnung und Glauben gibt und unsere Augen, die blind waren, sehend macht, daß wir unseren Blick zur Schönheit emporheben können. Sie hatte nicht nur seinem Körper Heilung gegeben, nein, sie war auch sein geistiges Leben gewesen. Ohne sie kein Leben.

Ein grauer und trüber Spätsommermorgen. Er liegt ermattet im welken Gras, und die stille Dünung plätschert gegen den steinigen Strand, so gleichgültig, als wollte sie nur unaufhörlich wiederholen: Was kümmert es mich, was kümmert es mich. War das vielleicht das Leben: einen Sommer in seiner Jugend lieben, ohne es recht zu wissen, ehe es vorbei ist; ein paar feuchte Spuren auf dem Fußboden und Sand in der Spur; Duft von einer Frau; weiche, liebende Lippen im Dämmerdunkel der Sommernacht; Meervögel; und dann nichts mehr? Vorbei.

Dein heißer Kuß auf meiner zagen Hand
und bittre Tränen. Es war dunkle Nacht.
Der Regen fiel aus grauem Himmelsschacht.
Dort haben Tränen wohl ihr Vaterland.

Dein junges Blut war Aufruhr, wie das Meer
in harter Brandung gegen Klippenstrand.
Du schrecktest auf. Dein Aug mir zugewandt,
fragst du: Ist's häßlich? Und dein Mund zuckt schwer.

Und morgen früh beginnt wie stets dein Tag,
und fröhlich packst du zu trotz Not und Leid
und fürchtest weder Spott noch scheelen Neid.
Und ich steh fern und sehne mich und frag:

Weißt du denn nicht: er, dem du dich geschenkt,
zerstörten Herzens nur an dich noch denkt.

Er wußte nicht, wie er nach Hause gekommen war. Die gute Geburtshelferin der Seele, die Göttin der Dichtkunst, hatte ihn gewiß aufgerichtet, ihm beigestanden und ihn beschirmt.

Er erwachte am späten Nachmittag. Es war ein Sonntag. Man erzählte ihm, daß Vegmey Hansdottir heute vom Pastor getraut worden sei. Ihr Mann war ein Fischer und Bauer aus einer anderen Gegend. Vor der Küste dort fährt ihr Boot und hat die Segel gehißt.

19

Die Mehrheit des Aufsichtsrats hatte sich darüber geeinigt, daß nichts anderes übrigbliebe, als die Wiederaufbaugesellschaft in Konkurs gehen zu lassen und ihren Besitz der Bank zu übergeben, zur Deckung von deren Forderungen auf Abzahlung und Zinsen. Durch diesen Beschluß war Svidinsviks Wiederaufbaugesellschaft aufgelöst und in eine Seelenforschungsgesellschaft umgewandelt.

Nun kamen einige schöne Spätsommerwochen mit trockenem Wetter für die Heumahd, aber leider wußte niemand, was man mähte. Man brachte das Heu unter Dach und wußte nicht, wem das Heu gehörte. Seit langem hatten sie ihre kleinen Ländereien wie auch die Kuh der Wiederaufbaugesellschaft verpfändet; jetzt war die Wiederaufbaugesellschaft samt der Kuh und ihrem bißchen Land Eigentum der Bank geworden. Niemand ahnte, was die Bank mit der Kuh beginnen würde, denn soweit man wußte war die Bank kein Mensch und deshalb nicht mit menschlichem Verstand ausgestattet. Man konnte ebensogut damit rechnen, daß sie die Kuh zum Winter schlachten und das Heu verkaufen würde. Was sollten die Leute denken? Direktor Pjetur Palsson war auf spiritistischen Expeditionen oder wegen Pferdehandel unterwegs, der Verwalter trank wie immer und kümmerte sich nicht darum, ob die Arbeit erst gegen Mittag in Gang kam. Svidinsvik schwebte in der Luft, nur das Heu behielt wirtschaftlich die Initiative und trocknete von allein in dem guten Wetter für die Bank.

Einige Leute wünschten und hofften, dieser vielbesprochene Ort würde öffentlich versteigert werden, ehe alle Einwohner gestorben wären. Aber dann würde sich dieselbe Frage erheben, auf die man seit Jahren keine Antwort finden konnte: Wer wollte kaufen? Windschiefe, baufällige, verkommene Hütten auf einem Sandstrand und an einem Abhang, ein Schloß für die Stürme, eine Flotte auf dem Meeresgrund, eine Schuldenlast bei der Bank, die in die Millionen ging, sechshundert Menschen und fast keine Kartoffeln. Wahrhaftig, es war nicht leicht, einen anständigen Menschen aufzutreiben, der Lust hatte, einen so armseligen Ort zu kaufen. Und nun fingen die Tage an kürzer zu werden, der Winter stand vor der Tür mit Schneeschanzen vor den Häusern. Und womit den Herd heizen? Von Schuhen war gar nicht zu reden.

Eines schönen Tages sieht man Direktor Pjetur Palsson mit einem fremden Mann Arm in Arm im Ort hin und her spazieren. Geheimnisvoller Rundgang, häufiges Stehenbleiben, nachdenkliche Mienen. Bald dahin, bald dorthin zeigt man mit dem Stock, zuckt die Achseln und fuchtelt mit den Händen nach allen Windrichtungen. Nicht zu verwundern, daß sich in mancher Brust wieder ein bißchen Hoffnung regt. Es war eine bedeutende Person in Stiefeln, neuem Paletot und einem breitkrempigen Hut von einer Fasson, die man in Svidinsvik nicht kannte. Ohne einen Kniff in der Mitte oder eine Delle wie bei den Hüten von anderen Menschen. Keine Rede davon – der Fremde hatte den Hut auf wie eine Kuppel, die in die Luft ragt. Möge dieser Mann doch mit dem Kauf Ernst machen!

Nein, unser Direktor ist diesmal wahrhaftig mit keinem x-beliebigen Kerlchen angerückt gekommen. Diesmal ist es einer von den wirklich Mächtigen: Juel J. Juel, wißt ihr, der Sohn des großen Juel Juel von der Grimur Lodinkinni-Aktiengesellschaft. Zwei Fangstationen oben an der Küste von Nordland, fünf Fischdampfer, richtige Trawler. Und sämtliche Fischdampfer der Grimur Lodinkinni A. G. besitzen die Eigenschaft – im Gegensatz zu der seligen «Numa» –, Fische aus dem Meer holen zu können. Ist es erstaunlich, daß die Bank mehr von der Grimur Lodinkinni A. G. als von den Svidinsvikingern hielt, die das fürchterliche Untier Ratte zu schiffbrüchigen Leuten gemacht hatte? Pjetur Palsson hatte selber durchblicken lassen, daß Juel J. Juel halb und halb daran dachte, hier in Svidinsvik eine Station anzulegen. Was für eine Station es sein sollte, wußte man jedoch nicht genau.

Einige meinten, eine Walfischstation; andere sagten, eine Heringsstation; und andere glaubten, eine Wetterstation. Aber alle waren sich darüber einig: die Station, gleichgültig was für eine, würde Rettung für den Ort bedeuten.

Wie man sich denken kann, berührten diese alltäglichen Überlegungen der Leute Olafur Karason Ljosvikingur herzlich wenig. Ein Mann wie er, der unlängst von einem überwältigenden Liebeskummer heimgesucht worden war, hatte an andere und ernstere Dinge zu denken. Kaum etwas vermag unsere Phantasie so zu bereichern, überhaupt unser gesamtes Seelenleben so sehr zu fördern wie Liebeskummer, zumal der erste Liebeskummer. Aber trotz der Gleichgültigkeit unseres vergrämten Dichters für das Wohl und Wehe des Orts heute und in Zukunft fügte es das Schicksal, daß er die Bekanntschaft des Stationisten in eigenster Person machen sollte, wenn auch aus einem ganz anderen Grund. Eines Tages wurde er dazu berufen, Reitknecht von Direktor Pjetur und dem vornehmen Gast zu sein. Beide sollten über das Gebirge reiten, weil sie beim Kreisrichter eingeladen worden waren. Und der Dichter bekam ein Paar abgelegte Reitstiefel des Direktors und ein verschlissenes Jackett einer unbekannten Person, um sich mit Vornehmen sehen lassen zu können.

Er sollte die sechs Reitpferde des Direktors warten, die für die Reise absolut notwendig waren, und er sollte den Steigbügel halten, wenn die beiden Herren zu Pferde stiegen. Juel J. Juel hatte seinen großen Hut auf und war überhaupt so vornehm ausstaffiert, daß Olafur Karason seinen großen Kummer sofort vergaß, als er diesen ungewöhnlichen Anblick erlebte. Es gab also wirklich Kleider, die nicht in erster Linie dazu hergerichtet waren, um den menschlichen Körper zu verunstalten, sondern für das Gegenteil. Bei Betrachtung dieses Mannes kam er sich wie ein grobes, armseliges Werkzeug neben einer seltenen Schmiedearbeit vor, einem getriebenen und ziselierten Schmuckstück. Nie im Leben hatte er sich vorstellen können, daß es einen solchen Unterschied zwischen zwei Menschen auf der Erde gibt. Der Stationist ließ mit vornehmer Verachtung seinen Blick umherschweifen und knallte im Vorbeigehen gegen das Haus. Er zündete sich eine Zigarette an, wobei sein hübsches, wohlgepflegtes Gesicht eine blasierte Grimasse schnitt, zog Handschuhe über seine manikürten Hände und betrachtete gleichzeitig mit vollkommener Verachtung und inbrünstigem Lebensüberdruß Pjetur Dreiroß, der x-beinig und mit krummen Knien aus seinem Haus trat, im Jackett, mit Gummikragen, Pincenez und steifem Hut, zwischen den falschen Zähnen eine zur Hälfte zerkaute Zigarre.

Die Reise begann so: Olafur Karason hatte eines von den feurigen Reitpferden des Direktors zu halten, während Juel J. Juel aufstieg. Aber sobald der Stationist im Sattel saß, ließ er seine Reitpeitsche sausen und versetzte dem Tier einen so harten Schlag auf die Flanke, daß das feurige Reitpferd völlig außer sich geriet, dem Dichter Olafur einen so heftigen Tritt versetzte, daß er umfiel, und im nächsten Augenblick wie ein Pfeil dahinsauste. Es sauste durch den ganzen Ort, in ein nahes Moor, über eine Einzäunung, über einen Sumpf, eine Bodensenke, bis es plötzlich vor einer anderen Einzäunung, zitternd vor Angst, stehenblieb und sich mit wilden Augen und schnaubenden Nüstern umblickte. Juel J. Juel war in einem Sumpftümpel zurückgeblieben und hatte seinen Hut verloren. Er erhob sich nicht, als Pjetur Palsson zu ihm hinkam, sondern tat, als wäre er tot.

«Ein Sturz bedeutet Glück auf der Reise», sagte Pjetur Palsson tröstend, zog den Stationisten aus dem Sumpftümpel und begann ihn zu reinigen.

«Laß mich in Frieden, verfluchter Trottel», sagte der Stationist, als der Dichter bereits dabei war, mit Hilfe seines Taschenmessers Juel J. Juels Reitanzug vom Dreck zu befreien. «Ich habe eine Gehirnerschütterung bekommen.»

«Du hattest es ein bißchen zu eilig mit dem Aufbruch», sagte Pjetur Palsson.

«Nein, du hast mich umbringen wollen. Deshalb hast du mir diesen Gaul gegeben», sagte der Stationist.

«Das ist ein ausgezeichnetes Pferd, mein Lieber, man darf es nur nicht schlagen», sagte Pjetur Palsson.

«Was zum Satan soll man denn mit einem Pferd, wenn man es nicht schlagen darf», sagte der Stationist und stand wutschnaubend auf. «Ich verlange, daß du auf der Stelle das verdammte Biest erschießt.»

«Lieber Bruder und Freund, nicht so fluchen», sagte Pjetur Palsson. «Laß uns nur daran denken, daß wir uns das nächste Mal etwas mehr Zeit lassen.»

«Ich gehe keinen Schritt mehr», sagte der Stationist. «Ich habe eine Gehirnerschütterung.»

«Bei Gehirnerschütterung ist nichts so gut wie Kognak.»

«Mir gehört der Kognak», sagte der Stationist. «Du brauchst mir nicht vorzuschlagen, meinen eigenen Kognak zu trinken. Ich bestimme selber über meinen Kognak.»

Aber Pjetur Palsson dachte nicht daran, sich zu zanken. Er nahm das alles sehr ruhig und mit psychologischem Verständnis hin, holte den Hut des Stationisten aus dem Moor und betrachtete ihn gründlich.

«Ein verflixt feiner Hut», sagte Pjetur Palsson.

Juel J. Juel zog sein Taschentuch aus der Hose und trocknete sich wütend.

«Was hast du für den Hut gegeben?» fragte Pjetur Palsson und betrachtete die Kostbarkeit von allen Ecken und Kanten.

«Her mit dem Kognak», sagte Juel J. Juel.

Der Direktor öffnete eine Tasche, holte eine Flasche Kognak hervor, reichte sie wortlos ihrem Besitzer und betrachtete wieder den Hut. Der Besitzer des Kognaks zog einen Korkenzieher aus seiner Hose.

«Wo bekommt man solche Hüte?» fragte Pjetur Palsson, der nun das Schweißleder umgekehrt hatte, um zu sehen, wie das Futter im Hut festgenäht war. «Solch einen Hut muß ich mir unbedingt anschaffen.»

Als der Kognakbesitzer die Flasche an die Lippen gesetzt hatte und trank, war Direktor Pjetur Palsson so begeistert über den Hut, daß er seinen eigenen schwarzen, steifen Hut vom Kopf riß, um den Hut des Stationisten zu probieren. Als Juel J. Juel das sah, nahm er die Flasche vom Mund, stand im Nu neben dem Direktor, riß ihm den Hut aus der Hand und setzte ihn wieder auf.

«Vorwärts», sagte er.

Jetzt erblickte er Olafur Karason, den Dichter, der etwas abseits stand. Er fragte, weshalb dieser Schlappschwanz sich dort herumflegle und stiere, und er zeigte ihm die Peitsche: «Was glotzt du da? Pack dich und hol die Gäule. Oder du kannst was erleben.»

Der Stationist wurde auf sein Pferd gehoben, und sie brachen auf. Er sagte, er habe noch immer Gehirnerschütterung und könne nur langsam reiten. Er hütete sich aber, die Hacken gegen den Bauch des Pferdes zu stemmen oder die Flanken des Tieres zu berühren, sondern hing schlaff auf dem Sattel, eine Zigarette im Mundwinkel. Er rauchte, steckte die Hände in die Hosentaschen und ließ die Zügel auf der Mähne des Pferdes liegen. Pjetur Palsson schlug vor, bald wieder einmal abzusteigen und einen Schluck aus der Flasche zu nehmen. Als sie einige hundert Klafter geritten waren, rasteten sie in einer Bodensenke etwas oberhalb von Svidinsvik, wo der Reitpfad ziemlich steil nach einem Bergübergang führte. Juel J. Juel legte sich platt auf die Erde, den Hut über dem Gesicht, und gab allerhand merkwürdige Töne von sich, die teils Wut, teils Langeweile ausdrücken sollten. Währenddessen ließ Pjetur Palsson sich den Kognak munden. Dann erhob Juel J. Juel sich auch ein wenig und trank. Als er sich gelabt, dann ein wenig erleichtert und danach noch einige Schluck Kognak zu sich genommen hatte, sagte er:

«Also wollen wir wieder Freunde sein, lieber Pjesi», und er gab Pjetur Palsson die Hand.

Man brauchte Pjetur nie lange zu bitten, jemandem die Hand zu geben, wenn es sich um Alkohol handelte; der Handschlag war denn auch lang und innig und erinnerte an eine bevorstehende Verlobung. Dann tranken sie wieder, bis Juel sagte:

«Hör mal, Pjesi, warum hast du das verteufelte Frauenzimmer nicht mitgenommen?»

«Wir sind verheiratete Männer, lieber Julli», sagte der Direktor sittsam, holte seinen falschen Oberkiefer aus dem Mund, bestreute ihn mit Schnupftabak und klemmte ihn wieder im Mund fest. Der Stationist betrachtete diese Prozedur mit einem Blick, der Mordlust verriet, trotz des kurz zuvor mit innigem Handschlag gestifteten Freundschaftsbundes.

«Scheiße», sagte er.

«Warum so häßliche Worte, lieber Freund», sagte Direktor Pjetur Palsson.

«Für mich ist das keine Einladung zu einer Reittour, wenn kein Weibsbild dabei ist», sagte der Stationist. «Ich will das Mädchen haben, hast du verstanden?»

«Die kann man nicht so leicht bekommen», sagte der Direktor. «Sie ist teuer, mein Junge.»

«Ja, wenn es sich um dich handelt, du bist ja früh und spät immer hinter ihr her und machst ihr angst und bange», sagte der Stationist.

«Ich kenne sie von einem geistigen Gesichtswinkel», sagte der Direktor da. «Ich habe mit ihr über ein Jahr wissenschaftliche Versuche gemacht, zuerst privat und dann jetzt, in der letzten Zeit, öffentlich.»

«Ich hätte sie schon längst zu fassen bekommen», sagte der Stationist, «wenn du nicht Nacht für Nacht immer im Gang herumschnüffeln würdest. Was zum Teufel hast du denn im Gang herumzuschnüffeln?»

«Laß doch diese häßlichen Worte, mein Lieber. Wir sind ja nicht bloß verheiratete Männer, sondern, was noch mehr bedeutet, auch gebildete Männer», sagte der Direktor.

«Ich kehre um», sagte Juel J. Juel.

«Nein, lieber Julli, ich weiß ganz genau, daß du dem armen Richter nicht so was antun wirst», sagte der Direktor.

«Von mir aus kann der Richter Scheiße fressen.»

«Auf der anderen Seite des Gebirges haben sie Braten für uns», sagte der Direktor.

«Ich will das Mädchen haben», sagte der Stationist.

«Der Richter hat eine junge Frau», sagte der Direktor.

Da wurde der Stationist unschlüssig, und nach reichlichem Überlegen sagte er:

«Also laß uns lieber Freunde bleiben, Pjesi. Du bist nicht so dumm, wie viele glauben. Aber aus derselben Flasche mit dir trinken – ganz ausgeschlossen.»

Sie entkorkten eine neue Flasche und gaben einander aufs neue und lange die Hand. Sie sahen einander wie Frischverlobte in die Augen, und der Stationist sagte: «Grimur Lodinkinni läßt nie seine Freunde im Stich.» Schließlich lehnte sich der Direktor an seinen Freund und fragte vertraulich:

«Hat sie dir gesagt, was sie dafür haben will?»

«Das ist mir höllisch gleichgültig», antwortete Juel J. Juel, «Geld spielt keine Rolle, wenn man ein Weibsbild haben muß. Die Hauptsache ist, daß du nachts nicht mehr auf dem Gang herumschnüffelst. Sie ist bange.»

«Bezahlst du ihr, was sie verlangt?»

«Was, zum Beispiel?»

«Sie will nach England reisen.»

«Du hast ihr den Kopf verdreht. Was zum Teufel hat sie in England zu suchen?»

«Sie möchte weltberühmt werden. Und ich glaube, sie könnte es werden.»

«Du bist nicht recht bei Trost», sagte Juel J. Juel.

«Sie hat großartige Anlagen», sagte der Direktor.

«In keinem zivilisierten Land könnte sie mehr als 5 Kronen bekommen», sagte der Stationist. «Ganz ausgeschlossen.» Im selben Augenblick bemerkte er wieder den Dichter Olafur Karason.

«Sag mal, was hat der Bengel dort immer in unserer Nähe zu suchen?»

«Er macht Verse und ist sonst ein ganz harmloses Kerlchen, das ich auf mein eigenes Pferd gesetzt habe», sagte der Direktor. «Kümmere dich nicht um ihn.»

«Er belauscht uns», sagte der Stationist. «Wenn er sich

nicht schleunigst zu den Pferden hinschert, kann er etwas erleben», und er nahm seine Peitsche, worauf der Dichter sofort aufstand und zu den Pferden lief.

Merkwürdig, je häufiger die beiden Herren Rast hielten, einander die Hände drückten und immer innigere Freunde wurden, desto mehr wurde der Dichter dem Stationisten ein Dorn im Auge. Zu dem Zeitpunkt, als sie ebenso hoch auf den Bergübergang wie tief in die zweite Flasche Kognak gekommen waren, erklärte der Stationist, daß er diesen Lausebengel nicht länger in seiner Nähe ertragen könne, am allerwenigsten in nüchternem Zustand. «Mindestens soll man ihm Kognak in den Hals gießen.»

«Daraus macht er sich leider nicht das geringste», sagte Pjetur Palsson. «Er ist ein Waschlappen. Er kann knapp mit den Pferden fertig werden, obgleich er nüchtern ist.»

«Misch dich nicht darein, was ich mit meinem Kognak mache.»

«Ich sage es nicht, weil es schade um den Kognak wäre», sagte Pjetur Palsson. «Alle, die mich kennen, wissen, daß ich immer schon ein Abstinenzler gewesen bin. Soweit es sich um andere handelt, besonders um junge Menschen.»

«Ja, solange du lebst, bist du ein verfluchter Sozialist gewesen», sagte Juel J. Juel. «Die Grimur Lodinkinni A. G. will nichts mit Genossen zu tun haben. Her mit dem Lausebengel, und zwar augenblicklich. Den Kognak hier bekommt er in den Hals gegossen.»

«Besten Dank», sagte Olafur Karason, der nicht weit von ihnen entfernt stand. «Aber es ist wirklich zuviel.»

«Laß das Kerlchen in Frieden, lieber Julli», sagte Direktor Pjetur Palsson.

«Der Kognak gehört mir, und es ist meine Sache, was mit meinem eigenen Kognak gemacht wird. Und wenn ich sage, daß er den Kognak in den Hals haben soll, so bekommt er den Kognak in den Hals gegossen.»

«Hol die Pferde, mein Kerlchen», sagte Pjetur Palsson.

«Hiergeblieben», sagte Juel J. Juel.

Olafur Karason wurde es schwarz vor den Augen. Auf diesen Dichter hatte nichts eine so lähmende Wirkung, wie wenn die Mächtigen unter den Menschen sich die Mühe machen wollten, um seine Seele zu kämpfen. Aber das Schicksal hatte beschlossen, daß sich Pjetur Palsson erheben sollte, um sich auf unsicheren Beinen zu dem Besitzer des Kognaks zu begeben und ihn beim Arm zu fassen. Darauf kam es zu einem kleinen Ringkampf um die Seele des Dichters, und der Stationist erklärte, daß die Grimur Lodinkinni A. G. nichts mit Leuten zu tun haben wollte, die im ganzen Land als berüchtigte, verfluchte Sozialisten bekannt wären. Der Dichter aber nahm die Gelegenheit wahr, sich davonzumachen und die Pferde zusammenzutreiben.

Nach jeder neuen Rast wuchsen die Schwierigkeiten für die Herren, wieder die Pferde zu besteigen, besonders für den Stationisten, denn er war lang und schlenkerte mächtig mit den Armen, und die Pferde waren scheu. Olafur Karason dachte mit Angst an den weiteren Verlauf der Reise. Es war schon ziemlich spät, dabei hatten sie noch nicht einmal die Paßhöhe erreicht, wo der Gebirgspfad beginnt.

Es war einer jener stillen Spätsommertage mit weißem Sonnenschein, ohne Vogelgezwitscher, wie ein Mädchen, das alt geworden ist. Er versuchte, seine Reisegefährten, wie das ganze Menschenleben, zu vergessen und der sommerlichen Stille zu lauschen, die grenzenlos zu sein schien. Selbst die Natur schien verwundert und fragend zu warten, sich der Töne erinnernd, die verhallt waren.

In einem Steingrab oben auf dem Bergübergang ruhten jetzt seit zweihundert Jahren zwei unglückliche Menschen, die einstmals hier oben gerädert wurden. Ein engstirniger und unduldsamer Zeitgeist, der weder verstehen noch vergeben konnte, hatte ihnen nicht einmal das Glück und die Genugtuung gegönnt, in geweihter Erde ruhen zu dürfen. Diese beiden entseelten Leiber, die ihr jenseitiges Leben so ungewöhnlich hoch über dem Meeresspiegel verbringen mußten, hatten im diesseitigen Leben die Namen Sigurdur Natan und Móeidur getragen, aber das vorurteilsvolle Volk hatte ihre Namen verdreht und sie Satan und Mosa genannt. Es war Satans und Mosas Steingrab. Ihre Geschichte lautet folgendermaßen:

Auf dem Bauernhof Kirkjubol, westlich der Heide, wohnte vor gut zweihundert Jahren ein Ehepaar, das Jon und Móeidur hieß. Der Bauer Jon war ein begüteter, aber kein besonders tatkräftiger Mann, während die Bäuerin Móeidur eine sehr willensstarke und harte Frau gewesen sein soll. In ihrer Ehe hatte es oft Streit gegeben. Eines Herbstes, so wird erzählt, dingte der Bauer einen jungen, stattlichen Burschen, der Sigurdur Natan oder Natansson hieß. Er stammte aus dem Süden des Landes. Sigurdur Natan war, wie erfahrene Leute behaupteten, ein in vielen Künsten bewanderter Mann: ein prächtiger Schmied, ein guter Sänger und ein flinker Versemacher. Aber er war kein tüchtiger Knecht und in Liebessachen ein ziemlicher Leichtfuß. Kurz und gut, kaum war es Winter, als Bäuerin und Knecht in so heißer Liebe zueinander entflammt waren, daß beide meinten, nicht mehr ohne einander leben zu können. Sie verabredeten, den Bauer aus dem Weg zu räumen, sich seines Geldes zu bemächtigen und aus dem Land zu fliehen, um in Frieden ihre Liebe genießen zu können. Eines Nachts, als Jon in seinem Bett schlief, überfielen ihn die beiden. Die Bäuerin Móeidur hatte es auf sich genommen, ihren Mann festzuhalten, während der Knecht ihn erschlug. Nach vollbrachter Tat plünderten sie die Geldkiste des Bauern, und um alle Spuren zu tilgen, hielten sie es für geraten, den Hof anzuzünden. Das Wohnhaus, die Ställe und Scheunen brannten in der Nacht nieder mit allem, was darin gewesen an Totem und Lebendem, darunter fünf Knechte und Mägde, vier Kühe, drei Kinder, zwei alte Frauen und ein Hund, außer dem Bauern. Satan und Mosa wurden im nächsten Frühjahr auf dem Thingskalathing zum Tode verurteilt und am Johannistag oben auf dem Bergübergang gerädert, geköpft und dort begraben. Wie der Volksmund behauptet, spuken beide sehr oft und sollen seit über zweihundert Jahren in der ganzen Gegend die ärgsten Gespenster sein.

«Diese armen, gesegneten Menschen», sagte Pjetur Palsson mit lallender Stimme, setzte sich ganz überwältigt von Kummer auf das Steingrab, nahm sein Pincenez ab und weinte.

«Scheiße», sagte der Stationist.

«Was ist denn Liebe im Vergleich zu einem angesteckten Haus, mein Freund», sagte Pjetur Palsson und schüttelte verzweifelt den Kopf, als ob alles verloren sei. «Mein lieber Julli, es ist zu entsetzlich, ein Haus anzustecken.»

«Beim Satan, was geht's mich an? Wieviel war das Haus schon wert?» sagte der Stationist.

«Oh, eine Masse Geld, lieber Julli. Und damals hat es noch keine Feuerversicherung gegeben», sagte der Direktor.

«Habe ich dir denn nicht erklärt, daß Geld überhaupt nichts wert ist, wenn man ein Weibsbild unbedingt haben muß», sagte der Stationist. «Entweder will man dorthin, wohin man will, oder man will nicht, hunderttausend Millionen noch mal, was geht's mich an.»

«Ja, aber die Menschen, lieber Freund: vier Kühe, drei Kinder, zwei alte Frauen und ein Hund. Was meinst du dazu?» sagte der Direktor.

«Tatsachen, die einem unangenehm sind, hat man einfach zu bestreiten», sagte der Stationist.

«Menschen sind doch jedenfalls Menschen», lallte der Direktor mit schwerer Zunge und schüttelte verlegen den Kopf wegen dieses Menschenverlusts.

«Menschen», sagte der Stationist. «Was gehen die mich an? Die Grimur Lodinkinni A. G. läßt sich auf solches Geschwätz nicht ein.»

«Liebster, bester Julli, mein guter Freund und Herzensbruder, der du mir und uns und dem vermaledeiten Ort, von dem weder Gott noch die Menschen etwas wissen wollen, helfen willst! Verzeih mir dieses eine Mal, daß ich als Vorsitzender der Seelenforschungsgesellschaft dich und die fünf Trawler und die beiden Stationen im Nordland frage: wenn also Geld keinen Wert hat und Menschen keinen Wert haben, überhaupt gar nichts Wert hat, was hat da noch Wert?»

«Fisch», brummte der Stationist und blinzelte mit den Augen. Er senkte den Kopf, eine neue, entkorkte Flasche Kognak zwischen den Beinen. «Fisch. Fisch!»

«Fisch», wiederholte der Direktor weinend. «Fisch, sonst nichts?»

«Sonst nichts? Doch selbstredend», sagte der Stationist und hob den Kopf, er hatte plötzlich den Schluckauf bekommen. «Rogen und Leber haben großen Wert. Fischabfall und Trandreck haben ebenfalls großen Wert. Sogar Scheiße hat großen Wert. Einzig und allein Menschen haben keinen Wert. Und Geld, wenn man ein Weibsbild haben muß. Die Grimur Lodinkinni A. G. will nichts mit verfluchten Sozialisten zu tun haben.»

In demselben Augenblick, als er diese geflügelten Worte ausstieß, fiel sein Auge auf Olafur Karason, der alle Gefahr vergessen hatte und ganz in der Nähe hockte. Die unbegreifliche Wut des Stationisten gegen den Dichter entbrannte aufs neue. Er sprang hoch, aber diesmal ohne vorhergehende Warnung, stürzte zu dem Dichter, setzte sich rittlings auf seine Brust, ihn mit der einen Hand beim Rockkragen packend, in der anderen Hand die Flasche Kognak haltend. Es half nichts, daß Pjetur Palsson um Gnade für den Dichter bat; nichts, daß er ihm zu verstehen gab, es sei sein persönlicher Dichter, dem er während des ganzen Sommers Kost gegeben habe. Der Stationist bestritt, daß er ein Wesen mit gesundem Menschenverstand in seiner Nähe habe. «Dichtern soll man zu saufen geben, damit sie den Verstand verlieren», sagte er und versuchte, Olafur Karasons Gesicht so zu drehen, daß er ihm die Flasche in den Mund stecken konnte. «Und wollen sie nicht saufen, so sollen sie verhungern. Mit den Stiefeln soll man sie in den Kot trampeln.»

Aber da geschah etwas Seltsames: in dem Augenblick, als der Dichter fühlte, man wolle ihn um den letzten Rest seiner Menschenwürde bringen, weil man ihm sonst nichts rauben konnte; in demselben Augenblick, als man ihm das ursprüngliche Recht des Menschen, über sich selber zu bestimmen, nehmen wollte; im Augenblick, als er tatsächlich den Stiefel dieses Herrn in seinem Gesicht fühlte, da dachte er plötzlich, daß es doch völlig gleichgültig sei. Er dachte an seine Gedichte: schließlich besaß er ja Reichtümer, die keines Stationisten Hände auch nur berühren konnten. Er dachte an die tausend Dichter, die vor ihm ungezählte Stationisten auf Erden mit ihren Stiefeln in den Kot getreten hatten. Die Zeiten vergehen und Gräber verfallen. Aber lange noch, nachdem sämtliche Stationisten längst zu Staub geworden und vom Dunkel ewiger Nacht verschlungen und der Verachtung der Jahrhunderte preisgegeben sind, noch lange tönen von den Lippen des unsterblichen, geliebten Volkes die Lieder der Dichter.

Anfangs hatte Pjetur Palsson dem Treiben des Stationisten zugesehen. Aber mit einemmal setzte er sich sein Pincenez ordentlich auf die Nase und erhob sich.

«Du heißt Juel J. Juel, und das ist ein feiner Name, mein Junge», sagte Pjetur Palsson und legte seine Hand auf die Schulter des Stationisten. «Aber zum Teufel noch einmal, ich bin ebensowenig ein Islandschiff», fuhr er auf dänisch fort, «wenn du es wissen willst. Meine Großmutter hieß Frau Sofie Sörensen.»

«Du kannst lange warten, bis die Grimur Lodinkinni A. G. solch einer Ratte wie dir helfen wird, die Schiffe versenkt, die Geschäftskasse bestiehlt, Geschäftsbücher fälscht und Häuser ansteckt», sagte der Stationist, als der Direktor ihn vom Dichter fortgeschleppt hatte. Sie wälzten sich noch eine Weile wutschnaubend auf dem Grasflecken bei dem Steingrab. Aber in dem Augenblick, da es aussah, als ob der Direktor dem Stationisten die Knochen verrenken würde, da kotzte dieser wie eine Schlammfontäne Pjetur Palsson ins Gesicht. Vor solch unerwarteter Waffe zog sich der Direktor zurück, nahm sein Gebiß aus dem Mund, das Pincenez von der Nase und stopfte beides in die Tasche, während er sich das Gesicht mit dem Ärmel abwischte. Der Stationist kotzte andauernd, bis er sich in seinen eigenen Dreck legte und einschlief. Pjetur Palsson legte sich ebenfalls neben dem Steingrab ins Gras und sank in Schlaf. Olafur Karason saß nicht weit von beiden und ließ die Pferde nicht aus dem Auge. Zwischendurch betrachtete er die Stützen der Gesellschaft, wie sie sich im Schlaf benahmen.

Und bald war es Abend geworden.

20

Am Abend des folgenden Tages sitzt er nach der ereignisreichen Reise oben auf dem Boden bei der Dichterin am offenen Fenster. Die Dünung rauscht mit stillem, langsamem Wellenschlag gegen den steinigen Strand und das Mondlicht glitzert im Wasser. Er ist mit dem Essen fertig und berichtet über die Reise. Die Frau hat abgedeckt und wäscht auf. In dieser blitzblank gescheuerten Küche mit dem offenen Fenster ist es so anheimelnd und so voll guter Werktagswürde, daß man sich mitten im Mißgeschick des Lebens, mit all seinen Kümmernissen, glücklich fühlt. Die freundlichen, geblümten Teller auf dem Wandbrett, die hölzernen Kellen darunter, die blaukarierte Gardine, das Strickzeug der Frau auf der Fensterbank, die Wärme vom Herd, die Katze, der Kaffeeduft, der Mondschein, der Fjord – alles das ist vielleicht nicht viele Kronen wert, wollte man es verkaufen. Und dennoch, es ist die Welt, wie man sie sich nicht schöner und friedlicher vorstellen kann.

Da hört man Gepolter von der Stiege, einen dröhnenden Schlag gegen die Schnapptür und das Hämmern von Fäusten gegen die Bretterwand. Aber schließlich war es gar nicht der Mann der Frau, sondern die aufgeschossene, halbwüchsige Tochter des Direktors. Sie sagte, sie solle Olafur Karason einen Brief von Juel J. Juel bringen, und war wieder verschwunden.

Die Frau ging zu ihm ans Fenster, während er den Brief öffnete.

Aus dem Briefumschlag zog er einen verzierten Papierzettel mit einem Bild darauf, betrachtete den Zettel von allen Ecken und Seiten im Mondlicht. Und er wußte nicht, was es war.

«Das ist ein Fünfzig-Kronen-Schein», sagte die Dichterin.

Er saß wie versteinert. Das erste Mal in seinem Leben, daß er Geld bekommen hatte. Es dauerte eine Weile, bis er begreifen konnte, welch ein Segen dieses Geschenk war. Schließlich packte er die Dichterin am Arm und sagte:

«Jetzt kann ich mir etwas zum Anziehen kaufen. Vielleicht auch Stiefel. Und vielleicht kann ich nach Adalfjord reisen und meine Gedichte drucken lassen und meine Mutter besuchen.»

Zuerst sagte sie nichts. Nach langem Schweigen räusperte sie sich mit ihrer hellen Stimme.

«Findest du nicht auch, daß es ein schönes Geschenk ist», sagte er.

«Nein», sagte sie schlicht. «Ich finde, es wäre besser, wenn die großen Herren die kleinen Leute gratis beleidigen würden, was ohne Zweifel auch ihr aufrichtigster Wunsch ist.»

Da verlor er die Sprache. Wahrhaftig, er begriff nicht, was sie meinte.

Sie ging in die andere Ecke der Küche hinüber, die völlig im Schatten lag, und war nicht mehr zu sehen.

«Welch ein jämmerlicher Herr ist mir so einer, der nicht Mut genug hat, einem armen Teufel einen Tritt ins Gesicht zu versetzen, ohne hinterher seinen Geldbeutel zu ziehen», sagte sie. «Kein kriechendes Gewürm ist so verächtlich und widerwärtig wie ein reicher Mann mit Gewissen.»

Ihre zarte, silberklare Stimme überschlug sich und wurde zu einem Flüstern.

«Holmfridur», flüsterte er entsetzt. «Wo bist du? Komm. Setz dich hier zu mir.»

Sie ging zweimal über den Fußboden, ehe sie sich setzte.

Dann setzte sie sich auf die kleine Bank zu ihm. Sie kehrte ihm den Rücken zu und schaute hinaus auf das Wasser.

«Holmfridur», sagte er wiederum, aber sie antwortete nicht, sondern seufzte und nahm ihr Strickzeug.

«Wenn du willst, schmeiß ich das Geld zum Fenster hinaus», sagte er.

Lange wurde kein Wort gesprochen. Sie strickte sehr schnell. Schließlich sprach sie mit ihrer klaren, silbernen Stimme, und sie hatte ihre Ruhe wiedergefunden:

«Ich kann dir nichts anderes dafür geben.»

Nach langem Schweigen, er: «Doch.»

Wiederum langes Schweigen.

«Was?» flüsterte sie in den Mondschein, daß man es kaum hören konnte.

«Das weißt du», sagte er.

Schweigen.

«Nein», sagte sie.

Schweigen.

«Doch», sagte er.

So ging das Gespräch weiter mit inhaltslosen, einsilbigen Worten und langen Pausen, unter dem leisen Rauschen der Dünung, die grüne, weiße Spitzen aus Gischt um das Gestein auf dem schimmernden Strand knüpfte.

«Holmfridur, du, die alles sieht», sagte er, «du weißt, was mich plagt.»

«Wie kann ich das wissen», sagte sie. «Niemand weiß, was sich unter eines anderen Wams verbirgt.»

«Du weißt doch sicher, daß ich furchtbaren Kummer hatte.»

«Kummer?» sagte sie. «Nein, davon weiß ich nichts. Was für einen Kummer denn?»

«Liebeskummer», sagte er.

Plötzlich fiel ihm ein, daß es eigentlich ganz gut wäre, etwas Kummer zu erleben, wenn man danach von solch einer Frau getröstet werden konnte. Aber sie sagte so einfach, als wenn es nicht der Rede wert sei:

«Liebeskummer gibt es nicht.»

Es verstimmte ihn etwas, daß sie so geantwortet hatte. Sie hatte ihre eigene Art. Man konnte ihr nicht recht nahekommen.

«Nenn es, wie du willst, Holmfridur, denn du bist so klug. Und außerdem, du bist ein viel größerer Dichter als ich», sagte er. «Aber in den letzten Wochen kam es mir so vor, als würden die Tage des Lebens kürzer und kürzer, finsterer und finsterer, als ob alles bald eine unendliche Nacht würde.»

«Bald wird alles eine unendliche Nacht sein», wiederholte ihre zarte Silberstimme im Mondschein, aber sie strickte ruhig weiter.

Er lauschte noch, als die Worte verklungen waren, schließlich schüttelte ihn ein Schauder, und er setzte sich willenlos näher zu ihr, legte die Hand auf ihre Schulter und sagte sehr ernst:

«Nein, Holmfridur: So darfst du nicht sprechen.»

«Es sind deine eigenen Worte gewesen», sagte sie.

«Ja, aber du darfst sie nicht wiederholen», sagte er. «Wenn du mir das Leben retten willst –»

«Kind», sagte sie, als er stockte. «Du bist wunderlich. So – doppelsinnig. Man weiß nie, ob du Scherz machst oder ernsthaft sprichst. Und du bist so einfältig, daß man mit dir Mitleid haben muß.»

«Ich bin jemand, dem Trost not tut», sagte er.

«Wer tröstet mich?» sagte sie.

Diese Frage überrumpelte ihn. Er schämte sich und errötete über und über. Daß er doch ständig meinte, er sei der einzige Mensch auf Erden, dem es schlecht ging! Nie war er auf den Gedanken gekommen, daß auch sie trostbedürftig sei, sie, diese wortkarge, scharfsichtige Frau.

«Den ganzen Sommer hindurch hatte ich den Wunsch, dir meine Gedichte vorzulesen», sagte er. «Aber noch heißer habe ich mich nach etwas anderem gesehnt, und nie so sehr wie heute abend: deine Gedichte zu hören.»

«Ich habe sie verbrannt», sagte sie.

Herbststimmen von der See. Der Mond ist ganz nahe, diesseits vom Gebirge, ungefähr mitten über dem Fjord, in Wirklichkeit noch näher. Er steht gerade über den schimmernden Steinen auf dem Strand, kaum einen Arm vom Fenster entfernt. Als Kind hätte man die Hand aus dem Fenster gestreckt, um ihn zu greifen. Man hätte auf der Mondstrahlenbrücke über den Fjord gehen können. Ist etwas wirklich schön, so glaubt man daran. Dieser Anblick war lange die Fortsetzung ihres Gesprächs. Schließlich legte er sein Gesicht an ihren Hals und flüsterte:

«Darf ich dich küssen?»

«Nein», sagte sie schlicht, ohne seine Frage übelzunehmen.

«Warum nicht?» sagte er.

«Ich könnte deine Mutter sein.»

«So sei meine Mutter», sagte er.

«Eines mußt du mir versprechen, kleiner Oli: wenn du groß bist, darfst du kein Schürzenjäger werden. Das ist das Abscheulichste, was wir Mütter uns denken können», sagte sie.

«Nur einen Kuß», bettelte er. «Dann, weiß ich, dann werde ich das Leben in milderem Licht sehen. Alle Sorgen werden verscheucht sein. Dann habe ich ein Saatkorn im Herzen, das bis zum nächsten Frühling lebt.»

«Wir dürfen nicht mit dem Feuer spielen», sagte sie.

«Nur ein einziges Mal», bat er, «und dann nie wieder.»

«Gerade deshalb – nicht», sagte sie.

Da hörte man die Stiege knarren, und die Schnapptür wurde aufgerissen.

«Steh auf und setz dich woanders hin. Er kommt», flüsterte der Dichter verwirrt.

Sie aber rührte sich nicht, blickte nicht einmal auf, strickte ruhig weiter. Der Mann der Frau stand in der Tür. Obgleich er betrunken war, konnte er ihre Umrisse vor dem Fenster erkennen und betrachtete sie brummend ein paar Augenblicke lang. Dann begann er die Frau unflätig zu beschimpfen.

Sie strickte lange weiter, ohne sich zu rühren. Aber plötzlich zuckte sie wie unter einem Stich zusammen: er hatte «Hure» gesagt. Sie bat jedoch nicht um Gnade, sondern sagte mit ihrer allereisigsten und silberklarsten Stimme: «Du solltest lieber schlafen gehen.»

«Kommt mir der Kerl noch einmal vor die Augen, ermorde ich ihn», sagte der Mann der Frau.

Jetzt fühlte sich Olafur Karason doch etwas unruhig. Das Schrecklichste von allem war, ermordet zu werden. Erst als der Mann diese Worte wiederholte, rührte sie sich. Aber da geschah ein Wunder, wie es Olafur Karason nie zuvor erlebt hatte. Die mädchenhaft wirkende Frau mit ihrem schmächtigen Busen, der zarten Stimme und dem weltfremden, wehmütigen, klugen Blick ihrer großen dunklen Augen, sie stach die Stricknadeln in das Knäuel, ging zu ihrem Mann und gab ihm eine Ohrfeige. Und kaum zu glauben, dieser riesengroße, brutale Mann, der sie wie nichts mit einer Hand hätte zerquetschen können, er hörte auf zu fluchen, strich mit der flachen Hand übers Gesicht, als wolle er etwas wegwischen, und starrte seine Frau entgeistert an.

«So», sagte sie, als habe sie ein Kind gezüchtigt, «tu nun, was ich gesagt habe, und geh sofort schlafen.» Dann wandte sie sich um und sagte zu Olafur Karason: «Es ist spät. Komm morgen zur gewohnten Stunde zum Morgenkaffee.»

Dann waren Mann und Frau allein in ihrer Bodenwohnung, und Olafur Karason stand unten vor dem Haus.

Ihm war wahrhaftig nicht froh zumute. Der Weg zu seinem Bett war sein täglicher Leidensgang. Jetzt, wo es Herbst wurde, war er der einzige Mensch im leeren Schloß, das im Sommer auch Obdach für milde Winde gewesen war. Jedesmal, wenn er sich dem Gebäude näherte, schien ihm die Luft mehr und mehr von schlimmen Vorzeichen erfüllt, das Haus von bösen Gedanken belagert zu sein, und drinnen führten furchtbare, wilde Tiere die Herrschaft. Sobald es dunkelte, hörte man hinter den Holzwänden das Rascheln und Nagen, Schaben und Laufen der Ratten. Manchmal balgten sie sich und bissen einander, plumpsten zwischen den hohlen Wänden viele Klafter tief, und er konnte bis fünf zählen, bevor ein Ächzen ankündigte, daß sie unten gelandet waren. Manchmal auch stand er im Bett auf und polterte gegen die Wand, was jedoch ebensowenig nützte wie bei einem schnarchenden Menschen: kaum hat man ihn geweckt, so schnarcht er wie zuvor. Trotzdem kamen ihm die liebeskranken, wilden Katzen noch viel unheimlicher vor als die Ratten. Ständig gegen Mitternacht – von Mondscheinnächten gar nicht zu reden – schienen böse Geister in diese menschenscheuen, mit breiten Kinnladen versehenen Ungeheuer, die sich tagsüber im Keller verborgen hielten, gefahren zu sein. Ihr schauerliches Gejaul, entweder als gellendes Solo oder jammernder Chor, machte die Nacht zur Hölle ewiger Qualen und raubte dem empfindsamen Dichter seinen Schlaf und Seelenfrieden. Es war kaum zu ertragen.

An diesem Abend versuchte er die Zeit in die Länge zu ziehen, blieb bei jedem zweiten Schritt stehen und betrachtete den im Mondschein flimmernden Fjord.

Und da geschah es, wie schon früher, daß die guten Geister diesem Dichter mit der unsicheren Zukunft lächelnd zunickten. Er fand den Ewigkeits-Dadi im Kot auf der Erde liegen. Dieser Jesusbruder und Hoffmannstropfenverbraucher lag, wie es seine Gewohnheit war, quer auf dem Weg, das halbe Gesicht im weichen Schmutz, und schlief. Der Dichter erkannte ihn sofort und versuchte, ihm auf die Beine zu helfen. Er hatte ihn früher getroffen, genauso im Frühjahr, vor Sommeranfang, und glaubte damals, das sei der einzige Mensch, den es noch auf Erden gab.

Und nun, im Herbst, fand er ihn also wieder. Es war herrlich, ihn wiederzufinden, am Ende des Sommers. War er wohl auch nicht der einzige Mensch auf der Erde, wie der Dichter früher geglaubt hatte, so war er jedenfalls ein Mensch. «Jesus, mein Bruder, hiev up.»

Dadi Jonsson hieß er, genannt der Ewigkeits-Dadi, weil alle glaubten, er habe bereits in diesem Leben die ewige Seligkeit erlangt. Einige nannten ihn auch den Ewigkeits-Tod *. Er war ein tüchtiger Seemann, hieß es allgemein, sogar ein sehr begehrter Mann an Bord, und er verpaßte nie eine Fischsaison. War sie vorbei, so ging er zu seiner Schwester, die mit ihren vielen Kindern in Svidinsvik wohnte, und lieferte ihr den größten Teil seines Lohnes ab, falls noch etwas davon übrig war. Den Rest aber legte er jedesmal beim Arzt in Hoffmannstropfen an; meistens hatte er schon im Laufe des ersten Tages auf Land seinen Verstand verloren, das heißt, die Seligkeit auf Erden erlangt. Hoffmannstropfen: das war seine Familie, seine Million, sein Hotel. Er verließ das Haus der Schwester und übernachtete draußen, stets quer auf dem Weg. Aber Gottes Triumphwagen wollte unter keinen Umständen diesen sonderbaren Hoffmannstropfenverbraucher überfahren. Ob man wollte oder nicht, man mußte solch einen Mann, der die ganze Welt liebte und keinem Menschen etwas Böses tat, außer sich selber, gern haben. Eine höflichere und demütigere Seele als seine gab es kaum in der Brust anderer Menschen, nicht einmal in der Brust jener, die, wie man annahm, noch im Besitz ihrer fünf Sinne waren. Auf dem trockenen Land sagte Dadi Jonsson keine anderen als diese weit und breit bekannten fünf Worte: «Jesus, mein Bruder, hiev up.»

Als er erwachte, nahm er sich aus seiner Flasche einen Schluck Hoffmannstropfen, verzog das Gesicht zu wunderlichen Grimassen, sagte: «Mein Bruder!» und begrüßte den Dichter mit Tränen, langem Händedruck und vielen Umarmungen.

Olafur Karason hatte das Gefühl, selber ein guter und liebevoller Mensch zu sein, weil er ein Geschöpf gefunden hatte, das noch hilfloser war als ein Dichter. Und er beschloß, ihn in sein Schloß zu geleiten, ihm Obdach und Seelenfreundschaft anzubieten, weil es Herbst geworden und er allein im Dunkeln war, umgeben von wilden Tieren und bösen Vorahnungen. Und weil er keinen Trost mehr hatte.

* Isländisch heißt Tod: Daudi.

21

STAUNENERREGENDE BEGEBENHEITEN IN SVIDINSVIK: Satan und Mosa hatten sich während einer Sitzung der Seelenforschungsgesellschaft zu erkennen gegeben und verlangten, ausgegraben zu werden. Sie klagten ihre Not und sagten, arge Gedanken und harte Urteile über ihren einstigen Lebenswandel hätten sie um ihren Seelenfrieden gebracht und seien schuld daran, daß sie bisher die himmlische Seligkeit nicht hätten erlangen können. Sie gestatteten sich, die Seelenforschungsgesellschaft an die Schriftworte zu erinnern: Richtet nicht, auf daß ihr nicht gerichtet werdet. Es sei wahrhaftig nicht schön, sich seit über zweihundert Jahren gefallen lassen zu müssen, Gespenst genannt zu werden; und sich jedesmal nachsagen zu lassen, ob nun ein Kalb in einen Tümpel gestürzt sei oder eine Kuh schlimme Euter bekommen habe oder ein Dach über Menschen zusammengefallen sei, das wären die verdammten Gespenster gewesen. Sicher sei etwas Wahres daran, daß man seinerzeit nur geringe seelische Reife besessen habe, aber man habe den richtigen Strom gesucht, ihn jedoch nicht finden können. Man habe sich danach gesehnt, das Licht zu sehen, aber es gab kein Licht; man habe auf körperliche Weise geliebt und nicht wie die unsichtbaren Wesen im Weltenraum. Andererseits sei das Leben nicht nur lauter Vergnügen, im Gegenteil, die Zeiten seien schwierig, Gott nicht immer gegenwärtig, und man sei reinweg genötigt, Ehebruch zu begehen, und genötigt, Leute zu morden; genötigt, Geld zu stehlen, genötigt, ein Haus anzustecken. Ja, leider: fünf Knechte, vier Kühe, drei Kinder, zwei alte Frauen und ein Hund außer dem Bauern. Aber darf ich fragen: wären diese Menschen nicht sowieso gestorben? Niemand hat Brief und Siegel darauf, wie lange sein Leben währt, sagte schon unser gesegneter Hallgrimur Pjetursson *.

* Hallgrimur Pjetursson (1614–74), bekannt durch seine Passionspsalmen.

Wer unter euch ohne Sünde ist, der werfe den ersten Stein. Wer hat denn unter euch vollkommene seelische Reife erlangt, den richtigen Strom gefunden, das Licht gesehen, geliebt wie die unsichtbaren Wesen im Weltenraum? Mein ist die Rache, spricht der Herr. Wir Menschen sollten uns angewöhnen, Langmut zu üben, ganz besonders gegen die Toten. Unser Reichtum ist das Himmelreich. So ihr, die ihr jetzt auf Erden lebt, die seelische Reife fördern und in den Besitz des richtigen Stromes gelangen wollt, laßt das Steingrab öffnen, das ein hartherziger Zeitgeist uns oben im Gebirge hat errichten lassen. Bettet uns in geweihter Erde! So sagten Satan und Mosa.

Anfangs dachte der Direktor nicht im geringsten daran, sich um dieses Geschwätz zu kümmern, denn bei Licht besehen gab es doch hier im Ort viel wichtigere Arbeiten zu erledigen, als dieses vortreffliche Paar auszugraben. Doch das Ende von allem war, und zwar nach wiederholten Aufforderungen durch Satan und Mosa in einer spiritistischen Sitzung nach der andern, daß er es einfach nicht länger wagte, ihrer Bitte sein Ohr zu verschließen, sondern die Angelegenheit mit dem Pastor und dem Prokuristen besprach. Während der letzten Jahre hatte das kirchliche Leben weiter nachgelassen, so daß es fast unmöglich war, auch nur ein einziges altes Weib in Gottes Haus zu treiben, es sei denn bei Begräbnissen – die jedoch zu selten stattfanden, um die Einwohnerschaft geistig wach zu halten. Mit Freuden ergriff daher der Pastor diese seltene kirchliche Gelegenheit und erklärte sich gern bereit, alle Mühen auf sich zu nehmen, die das Ausgraben der Gebeine und deren Überführung mit sich brächten; auch versprach er, einen besonderen Gottesdienst mit Predigt abzuhalten, verbunden mit einer Ansprache an die Einwohnerschaft, einer Gedächtnisrede im Sterbehaus, einer Leichenrede, einem Gebet am Grab und dergleichen mehr. Er wischte sich den Staub vom Ärmel und pustete ihn gleichzeitig weg.

«Die Hauptsache in dieser Sache», sagte er, «scheint mir zu sein, wer für die Kosten der Beerdigung aufkommen will? Und woher einen Sarg für die Knochen nehmen?»

«Deswegen brauchst du dir keine Sorgen zu machen, Kerlchen», sagte darauf der Direktor. «Dafür wird schon derjenige aufkommen, der wie gewöhnlich das meiste hier in Svidinsvik bezahlt. Von mir aus betrachtet scheint das Wichtigste an der ganzen Sache zu sein, daß Gott uns unsere Schuld vergibt, wie wir unseren Schuldigern vergeben.»

Alsdann wurde von den geistlichen und den weltlichen Behörden beschlossen, daß sowohl Gott als auch die Menschen in Übereinstimmung mit dem Vaterunser Satan und Mosa vergeben sollten; weiter wurde bekanntgegeben, es stünde nicht in der Macht der Menschen, zu richten die da wohnten im Schatten des Kummers.

Eines frühen Morgens, Ende September, zog Direktor Pjetur Palsson in Begleitung dreier ortsansässiger Tagelöhner ins Gebirge hinauf. Sie hatten Schaufeln, Hacken, Brechstangen und Branntwein mitgenommen. Mehr ist über ihre Reise nie bekanntgeworden, abgesehen davon, daß sie den ganzen Tag über fortgeblieben sind. Abends waren sie noch nicht aus dem Gebirge zurückgekehrt. Bis tief in die Nacht wurde gewacht, und dann begann man sich im stillen doch allerlei Gedanken zu machen. Stimmen wurden laut, die behaupteten, das ganze theologische Geschwätz des Gespenstes in der Seelenforschungsgesellschaft sei nichts als Lug und Trug gewesen und das Paar habe weiter nichts im Sinn gehabt, als Leute zu sich hinauf nach dem Steingrab zu locken, um sie dann zu morden. Aber einige, die am nächsten Morgen zeitig aufgestanden waren, trösteten sich, als sie Pjetur Palsson sahen, wie er hoch zu Roß heimkehrte. Zwar war er ein wenig mitgenommen, über und über besudelt, ohne Hut, ohne Zähne und Pincenez, zweifellos jedoch in verhältnismäßig wenig ermordeter Verfassung. Obgleich er also die sichtbaren Zeichen seiner Würde eingebüßt hatte und zudem arg zugerichtet war, so daß er kaum zu Pferde aufrecht sitzen konnte, so war seine Reise gleichwohl nicht vergeblich gewesen: vor sich auf dem Pferd lagen in einem Sack Satans und Mosas Gebeine. Mochte er also seiner sichtbaren Würde auch verlustig gegangen sein und die Sehkraft, das Gehör, den Geruchssinn, den Geschmack wie jegliches Gefühl verloren haben, mochte ihm dazu das Gleichgewichtsempfinden des Körpers zerstört, das Gesetz der Schwerkraft in Verwirrung gebracht worden sein und mochten Himmel und Erde auch zu vergehen drohen, so gab es doch nichts, was den Direktor von diesen unersetzlichen Kostbarkeiten der Seele, von diesen Symbolen der Vergebung und des richtigen Stromes, der seelischen Reife und des Lichtes hätte trennen können. Das letzte, was man an jenem Morgen von ihm sah, war, wie er vor seiner Haustür vom Pferd krabbelte, mit dem Sack in seine Kammer wankte und hinter sich die Tür zuriegelte. Erst am nächsten Tag stand er wieder auf. Am Abend legte der Küstendampfer auf der Reise nach der Hauptstadt im Hafen an, und da sah man den Direktor an Bord gehen. Bei ihm waren der Pastor und der Prokurist, die ihm bis zum Landungssteg das Geleit gaben, von ihm herzlich Abschied nahmen und ihm eine gute und glückliche Reise wünschten.

Von den drei Totengräbern ist zu berichten, daß sie jeder für sich im Laufe des Tages zurückgekehrt sind, zwei von der anderen Seite des Gebirges und einer von dieser Seite. Ihre Pferde hatten sie verloren. Sie waren schlimm zugerichtet, hatten die Nacht im Freien verbracht, in Schneematsch und finsterer Herbstnacht, waren sinnlos betrunken und sterbenskrank; von der Ausgrabung konnten sie nicht viel berichten, auch nicht, ob sie lange oder kurze Zeit gedauert hatte. Nur einer von ihnen hatte eine unklare Erinnerung an einen Pferdezahn. Dagegen gab der Pastor an der Kirchentür und am Telefonpfahl kund und zu wissen, daß im Einverständnis mit den zuständigen Behörden und mit Erlaubnis des Bischofs am nächsten Sonntag, hier von der Pfarrkirche aus, die Bestattung der Gebeine der unglücklichen Menschen Sigurdur, genannt Natansson, und Móeidur selig vor sich gehen werde, nachdem beide auf ihren eigenen Wunsch hin ausgegraben und nach Svidinsvik gebracht worden seien.

22

Während sich alles das zutrug, gab es einen Menschen, der mit 50 Kronen in der Tasche im Ort herumlief und sich um nichts kümmerte, das war der Dichter Olafur Karason. Schließlich hatte er diese Masse Geld doch nicht zum Fenster hinausgeworfen. Wohl empfand er ein wenig dunkel, es ginge nicht mit rechten Dingen zu, sich einen ganzen Sommer lang abzurackern, ohne daß von Lohn auch nur die Rede war, um dann plötzlich wegen einer Mißhandlung als Belohnung einen Haufen Geld zu erhalten. Aber trotz allem war er entschlossen, sich ein Paar Stiefel zu kaufen.

Wenn es überhaupt eine Gerechtigkeit gab, die zu bestimmen hatte, wer Schuhe bekommen sollte, so würden die meisten Leute wohl barfuß gehen.

Der Prokurist steht gebeugt vor seinem Pult hinter der Theke und starrt mit dem Gefühl drückender Verantwortung in ein großes Hauptbuch, das eng beschrieben den Ernst der ganzen Welt birgt. Der Laden befindet sich in einer kleinen Butze unten im Schloß des Etatsrats, eine winzige Hintertür ist sein Eingang. Weder an der Tür noch am Fenster eine Andeutung, daß sich dahinter ein Laden befindet. Erst spät im Sommer hatte Olafur entdeckt, daß es in seinem Schloß einen Kramladen gab. Bisher hatte er nie seinen Fuß über die Türschwelle gesetzt. «Guten Tag», sagte er. Die meisten Ladenfächer waren leer, der Vorrat, der sich dem Auge darbot, bestand aus einigen zusammengerollten schimmeligen Streifen ungegerbter Kuhhaut, aus denen daheim primitives Schuhwerk zusammengebastelt wird, einigen Päckchen kleiner Nägel, einem Fach mit einigen unglaublich geblümten Tassen, schneeweißen, durchsichtigen Damen- oder Leichenstrümpfen, die in einem ungeordneten Haufen auf dem Ladentisch lagen, und daneben drei ungewöhnlich breitrandigen Strohhüten, die offenbar für die Weiblichkeit auf den Fidschiinseln bestimmt waren. Nach dem im Laden herrschenden Geruch zu urteilen, schien dort vor allem mit Petroleum und Kreolin gehandelt zu werden.

Endlich blickte der Prokurist von seinem so gewichtigen Buch auf, schluckte etwas, wobei sein Adamsapfel einen gehörigen Hopser machte, schob die rostige Brille höher auf die Nase, betrachtete den Dichter eine Weile und sagte schließlich:

«M-guten Tag.»

«Kann man hier Stiefel bekommen?» fragte der Dichter.

«M-nicht, soviel ich weiß», sagte der Prokurist.

«Ich möchte mir gern ein Paar Stiefel kaufen», sagte der Dichter lächelnd, als wollte er sich entschuldigen.

«M-ja, justament», sagte der Prokurist. «Unleugbar ein etwas merkwürdiger Wunsch. Wie ich sehe hast du doch Schuhe an den Füßen. M-hingegen haben wir ausgezeichnete Kuhhaut für solche, die keine Schuhe haben.»

«Kann man denn hier im Laden kein Zeug kaufen?» fragte der Dichter.

«Zeug?» fragte der Prokurist. «Darf ich fragen, was du meinst, junger Mann?»

«Etwas zum Anziehen», sagte der Dichter.

«Zum Anziehen?» wiederholte der Prokurist. «Nie davon gehört.»

«Da kann man hier wohl auch kein Halstuch kaufen», sagte der Dichter.

«Ein Halstuch?» sagte der Prokurist. «Ich weiß nicht, was das ist. Ich habe nie ein Halstuch besessen. M-dagegen haben wir Damenstrümpfe, wie du sehen kannst, auch für Leichen verwendbar. M-und irgendwo gibt es hier auch einige Schuhriemen, wenn sie nicht inzwischen vermodert sind. Also sprechen wir nicht mehr davon. Übrigens soll ich dir etwas vom Direktor bestellen. Gut, daß ich dich zu sehen bekomme.»

Der Direktor ließ ihm folgendes bestellen: da andere Dichter noch nicht von der Erntearbeit oder vom Heringsfang zurückgekommen seien – um von jenen zu schweigen, die überspannt und launisch wären und Mucken hätten –, habe der Vorstand der Seelenforschungsgesellschaft beschlossen, bei Olafur Karason zu der am kommenden Sonntag stattfindenden Bestattung einen Psalm zu bestellen.

Der Prokurist fügte hinzu, daß bei gutem Gelingen des Auftrags er selber den Psalm auf Wachspapier abschreiben und vervielfältigen und verteilen lassen wolle, damit die ganze Gemeinde ihn bei der Feier in der Kirche singen könne.

«Ich habe im Sommer einmal etwas gedichtet. Aber als es soweit war, wollte kein Mensch es hören», sagte der Dichter.

«Das geschah auf Befehl des Richters», sagte der Prokurist. «Übrigens machte es auch nichts. Denn das war ein ganz gleichgültiger Anlaß im Vergleich mit dem feierlichen Akt, der Sonntag in der Kirche von Svidinsvik stattfinden wird, im Beisein der ganzen Bevölkerung hier. Obendrein ist es sehr wahrscheinlich, daß verschiedene fremde Nationen sich dafür interessieren werden, zumindest Großbritannien.»

«Na», sagte der Dichter leichthin.

«‹Na›, sagst du, junger Mann», sagte der Prokurist. «Unleugbar eine etwas merkwürdige Antwort. M-darf ich fragen, was du mit diesem Wort meinst.»

«Ich meine, ich bin ein so unbedeutender Dichter, daß es sich nicht lohnt, bei mir ein Gedicht zu bestellen», antwortete Olafur Karason bescheiden.

Der Prokurist sah den Dichter mit strengen Augen an und sagte zum Schluß: «Ich verstehe die Jugend von heute nicht mehr. Mir scheint, daß nichts Ernstes und Großartiges mehr auf die Jugend Eindruck macht. Heutigentags scheint man nur für unnütze Sachen sein Geld ausgeben zu wollen, soweit dies möglich ist. Aber glücklicherweise ist es nicht möglich. Selbst ein junger Mann wie du, der dichterisch begabt sein soll – von dem einige sogar behaupten, daß er auch sonst einen guten Verstand habe –, selbst du sagst weiter nichts als ‹Na›, wenn dir angeboten wird, an einem feierlichen Akt teilzunehmen; einem Wendepunkt im religiösen, wissenschaftlichen und moralischen Leben des ganzen Volkes!»

«Ich habe so wenig gelernt», sagte der Dichter.

«Es ist nicht nötig, daß einer viel gelernt hat, um die Freudenbotschaft der Vergebung zu verstehen, junger Mann», sagte der Prokurist. ‹Richtet nicht, auf daß ihr nicht gerichtet werdet›, diese Worte sind nicht an die Gebildeten gerichtet, sondern an das menschliche Herz. Man braucht nichts gelernt zu haben, um die Wissenschaft vom Leben nach dem Tod zu verstehen. Das einzige, was gefordert wird, ist eine menschliche Seele.»

Völlig ahnungslos mußte sich da der junge Dichter in seiner Unwissenheit und Arglosigkeit gerade die Worte entschlüpfen lassen, die die verfemtesten und unverzeihlichsten von allen Worten in Svidinsvik waren und von keinem lebenden Wesen auch nur in den Mund genommen werden durften. Er sagte:

«Soll ich ganz ehrlich sein, so hege ich die allergrößten Zweifel, ob ich überhaupt eine Seele habe.»

Dem Mann hinter dem Ladentisch schien offenbar der Adamsapfel durchs Zwerchfell geplumpst zu sein, auch seine Brille war ins Rutschen gekommen, bis sie auf der Nasenspitze haltmachte. Zuerst stierte er versteinert Olafur Karason an, dann drehte er sich plötzlich um, als wolle er seiner Wege gehen, dann öffnete er den Mund und sperrte die Augen auf, so als sollten die Sterne vom Himmel niederstürzen, um schließlich kraftlos in seine Hand zu hüsteln. Er erinnerte an einen aufgescheuchten Seepapagei, der, um sein Leben zu retten, alles gleichzeitig versuchen will: schwimmen, fliegen und tauchen. Zum Schluß machte er eine kalte Beamtenmiene und fragte in einem unpersönlichen Ton:

«Darf ich fragen: Ist nicht Direktor Pjetur Palsson dein Wohltäter?»

«Doch», sagte der Dichter.

«Kennt er vielleicht die m-eigentümlichen und unleugbar sehr merkwürdigen Ansichten, die du dir im Laufe des Sommers über die wichtigsten Dinge zugelegt hast?»

«Das weiß ich nicht», sagte der Dichter.

«Du scheinst natürlich nicht zu meinen, daß du ihm zu Dank verpflichtet seist?» fragte der Prokurist.

«Doch», sagte der Dichter. «Ich bin auch bereit, über ihn selber ein Gedicht zu machen, so schön ich nur kann und zu jeder Zeit, zu seinem Geburtstag oder zu Weihnachten. Aber um ein Lobpreisungsgedicht über Gespenster wie Satan und Mosa zu machen, dazu müßte ich ein viel größerer Dichter sein.»

«M-du brauchst nicht mehr zu sprechen», sagte der Prokurist. «Zum zweitenmal habe ich heute die gleiche Antwort bekommen. Das erste Mal war es ebenfalls eine Person, die auch Pjetur Palssons freigebiger Hand ziemlich nahe stand. Man beginnt zu verstehen, was für Menschen in diesem Sommer sich auf seine Kosten gemästet haben. Es ist nicht das erste Mal, daß Pjetur Palsson an seinem Busen Schlangen genährt hat. Aber glücklicherweise braucht man ihm nicht lang und breit zu erklären, wohin der Materialismus notwendigerweise den einzelnen Menschen führt.»

Ein unglücklicher Mensch, der auf der Suche nach Tabak war, trat in den Laden und bat fast weinend um ein bißchen Tabak, um Seelenfrieden zu bekommen. Aber soviel der Prokurist wußte, gab es in diesem Laden kein Gift, hingegen lagerten irgendwo oben auf dem Boden aus der Zeit des Etatsrats noch einige Reste Zigarettenpapier, «aber ich befürchte, daß sie feucht geworden sind».

Der Dichter benutzte die Gelegenheit, um sich hinauszuschleichen.

In diesem Kramladen war in Wirklichkeit nichts anderes verkäuflich als Seele und was dazu gehört: Vergebung, das jenseitige Leben und dergleichen. Der Dichter steht draußen auf dem Kies mit dem feuchten Fünfzig-Kronen-Schein in der Hand und mit einem unruhigen Gewissen wie nach einem Mord. Er fühlte im stillen, daß sich soeben Dinge zutrugen, die unwiderruflich über seine Zukunft entscheiden würden. Nicht genug damit, daß er das entsetzliche Wort «Na» ausgesprochen hatte, er hatte obendrein an dem Vorhandensein der

Seele gezweifelt und die Heiligen mit ihren Schimpfnamen genannt.

Olafur Karason fing allmählich an zu verstehen, daß es viel schwieriger war, in der Welt, in der wir leben, ein Dichter zu sein, als viele glauben. So darf man sehen, so darf man nicht sehen; so darf man reden, so darf man nicht reden; alles hängt davon ab, wer einem zu essen gibt. Wie hatten sich nur Jonas Hallgrimsson und Sigurdur Breidfjörd benommen, um in solch einer Welt Dichter zu sein? Was hätten die wohl gesagt, wenn man ihnen aufgetragen hätte, ein Lobpreisungsgedicht über ein Gespenst zu machen? Dichtern soll man zu saufen geben, damit sie den Verstand verlieren, hatte der Stationist gesagt und sich mit der Flasche rittlings auf die Brust des Dichters gesetzt. Aber sie sollen nichts zu essen bekommen. Wie war es in diesem Punkt Jonas Hallgrimsson und Sigurdur Breidfjörd ergangen? Haben sie genug zu essen bekommen? Oder haben sie zuviel zu trinken bekommen?

Direktor Pjetur Palssons Zorn und der Zorn anderer guter Menschen hing wie ein drohendes Schwert über ihm. Bittere Reue peinigte ihn bereits wegen seiner unbedachtsamen und leichtfertigen Worte zu dem Prokuristen. Vielleicht sollte man doch versuchen, etwas über den seligen Sigurdur Natan und die selige Móeidur zusammenzureimen, um sich ein bißchen Seelenfrieden zu erkaufen. Mit den Wölfen muß man heulen. Er setzte sich auf den Strand und versuchte also, etwas zusammenzureimen. Aber wie sehr er sich auch plagte, er vermochte kein Mitleid mit diesem schauerlichen Paar in sich wachzurufen. Die beiden waren und blieben für ihn nichts anderes als zwei widerwärtige Gespenster, weiter nichts als Satan und Mosa. Warum konnte er ihnen nicht ebensogut vergeben, wie der Direktor und der Pastor und der Prokurist und alle guten Menschen es getan hatten, wahrscheinlich auch der Kreisrichter, wo sie doch schon seit zweihundert Jahren tot waren und es sowieso keine Möglichkeit mehr gab, sie noch härter zu bestrafen? Woran lag es nur, daß er nicht gut sein, sie nicht lieben und verstehen konnte, daß er ihnen nicht vergeben und sie nicht ans Herz drücken konnte, diese beiden unglücklichen, entschlafenen Seelen? Wie kam es nur, daß er Ekel empfand und sich am liebsten übergeben hätte?

23

STOCKFINSTERER HERBSTABEND OHNE MOND. ER durfte in der Küche sitzenbleiben und bei der Lampe der Frau in einem Buch lesen. Auch der Mann saß zu Hause und las seine Zeitung – ohne Branntwein. Es wurde kein Wort gesprochen. Und dann war der Abend zu Ende, und Olafur Karason stand auf und wünschte gute Nacht. Und er ging.

Kaum war er draußen, als jemand von der Hauswand her auf ihn zukam, ihn beim Arm packte und atemlos seinen Namen flüsterte, ein völlig verwirrtes Mädchen. Ihm war, als könne er trotz der Dunkelheit ihr Herz pochen hören. Es hämmerte förmlich, fieberhaft schnell. Sie mußte wohl aus dem Gleichgewicht geraten sein. Sie wirkte wie wehende Luft auf ihn.

«Ich muß mit dir sprechen. Ich hatte schon Angst, daß ich dich nicht treffen würde.»

«Was willst du von mir – so spät?»

«Warum glaubst du nicht mehr an mich?» fragte sie geradeheraus.

«Weiter nichts?» sagte er.

«Weiter nichts? So, war es also nichts, als ich mit dir, nachdem du ganz gesund geworden warst, nach draußen ging? Hast du schon die Nacht damals vergessen, als wir bei den Schafen saßen und einander von Grund aus verstanden und uns doch vorher nie gesehen hatten?»

«Torunn», sagte er, «ich habe so oft zu dir gesagt, ich werde es nie vergessen.»

«Ich will dir was sagen, Olafur: Das war das einzige Mal, wo ich felsenfest im Herzen gefühlt habe, Jesus Christus hat recht. Glauben. Glauben. Glauben. Sag mir nun ehrlich, glaubst du, alles miteinander sei Lüge?»

«Ich kann nicht so schnell denken wie du, Torunn», sagte er. «Du denkst zu schnell für mich. Ich verstehe nicht, wie du denkst.»

«Weißt du, daß ich nach England fahren will?» sagte sie.

«Na», sagte er und mußte sich auf die Zunge beißen.

«Unbegreiflich, daß ein Mensch in einem Sommer so schlecht werden kann», sagte sie. «Du glaubst ja überhaupt nichts mehr.»

Schweigen.

«Kann sein, daß nicht alle meine Gesichte wahr sind, Olafur. Aber was kann ich dafür, daß immerfort Geister mit Hörnern und Klauen um mich sind. Du bist ein gräßlicher Esel. Ich will dir noch was sagen. Es ist mein gutes Recht, wenn ich so zu dir spreche. Denn ich bin tausendmal älter als du. Ich könnte fast deine Mutter sein.»

Schweigen.

«Ich weiß genau, was du denkst. Aber du weißt nicht, was ich denke. Doch antworte bitte: wie kann man Achtung für eine Welt haben, in der es nur darauf ankommt, wer am glaubhaftesten lügen und am meisten stehlen kann?»

Schweigen.

«Du glaubst mir nicht. Darf ich dich was anderes fragen: Meinst du etwa, daß die Fünfzig- und Hundert-Kronen-Scheine, die Juel Juel Juel in seiner Tasche hat, ihm gehören? Nein, du; er hat sie samt und sonders gestohlen. Mir ist es ganz einerlei, was du sagst. Mir kann keiner kommen. Ich will nach England. Bin ich ein Schwein?»

«Torunn», sagte er schließlich, «du hast sicher etwas getrunken.»

«Ja», sagte sie, «ich habe Wasser getrunken. Verrückte Menschen trinken Wasser. Schweine trinken Wasser. Leider.»

«Wie gern möchte ich dich verstehen können, Torunn»,

sagte er. «Ich glaube, in dir wohnt etwas Großes. Ich glaube sogar, daß du weltberühmt wirst. Aber je berühmter du wirst, desto weniger kann ich dich verstehen.»

«Man behauptet, wer einem das Leben gerettet hat, den haßt man sein ganzes Leben hindurch. Ich weiß, daß du mich haßt. Sag, was du willst. Und trotzdem, trotzdem stehe ich heute nacht hier draußen, um dir das Leben zu retten – für alle Ewigkeit, für alle Ewigkeit.»

«Torunn, wüßte ich nur, was ich tun soll, damit du nicht länger so sprichst. Erstens hasse ich keinen Menschen in der ganzen Welt, zweitens weiß ich gar nicht, was Haß ist, und drittens –»

«Und drittens hast du eine ganz geläufige Zunge, wenn es darauf ankommt. Aber wenn du wirklich etwas von mir halten würdest, dann hättest du das Gedicht gemacht. Dann hättest du dem Prokuristen nicht so höhnisch geantwortet.»

«Höhnisch?» sagte er. «Möglich, daß ich dumm geantwortet habe. Kann ich dafür, daß ich so ungebildet bin? Aber ist es höhnisch, wenn man sagt, daß man nicht weiß, was Seele ist? Solche Empfindlichkeit begreife ich überhaupt nicht.»

«Du glaubst wohl, ich wüßte nicht, daß ihr euch gegen uns verschworen habt und daß ihr über mich Schimpf und Schande bringen möchtet, die Kuhkönigin und du? Ihr sagt, ihr hättet keine Seele. Ihr redet von Gespenstern. Nehmt euch nur in acht! Eines schönen Tages hexe ich euch eine Seele an. An dem Tage werdet ihr als Gespenster auf allen vieren zur kleinen Torunn nach Kambar gekrochen kommen.»

Gewiß hatte er schon seit langem keine Angst mehr vor ihren Verwünschungen und Flüchen. Und doch kam es ihm in ihrer Nähe nicht geheuer vor, er wollte sich um keinen Preis mit ihr verfeinden, schon um seines Friedens willen.

«Können wir nicht morgen, am hellichten Tag, wieder zusammentreffen, Torunn?» sagte er. «Am Tag spricht man vernünftiger als nachts.»

«Nein», sagte sie. «Die Wahrheit gehört zur Nacht. Der Tag hat nur leere Ausflüchte. Ich will nicht länger böse sein.

Ich will gut sein. Wir wollen Freunde sein. Es ist einerlei, ob du ein Gedicht machst oder kein Gedicht machst über Gespenster, Gespenster, Gespenster. Es ist einerlei, ob wir verfaulen oder nicht, verfluchte Kadaver, die wir sowieso sind, wenn wir erst mal tot sind, tot, tot. Komm, laß uns laufen, weg, weg, weg.»

Sie packte ihn am Arm und lief, als wollte sie flüchten. Ihre rasende Unruhe hatte ihn angesteckt, und er lief wie sie. Sie liefen in der Finsternis auf dem nassen Weg, wateten bis zu den Fußknöcheln durch Kot und Wassertümpel, den Fjord entlang, weg vom Ort. Plötzlich blieb sie stehen.

«Weshalb sind wir eigentlich so gelaufen?» sagte er.

«Ich habe Angst», sagte sie erschöpft, preßte sich an ihn, legte den Arm um ihn und keuchte.

«Du brauchst vor nichts Angst zu haben», sagte er.

«Doch», sagte sie. «Alles, was man tut, ist Sünde. Siehst du nichts?»

«Nein», sagte er.

«Laß uns weitergehen», sagte sie.

Und sie gingen wieder.

«Alles, was Menschen sagen, ist Lüge», sagte sie.

Schweigen.

«Alles, was Menschen tun, ist häßlich.»

«Was würde ich nicht darum geben, wenn ich dich verstehen könnte», sagte er.

«Dein ganzes Leben ist Schimpf und Schande. Schimpf und Schande, kannst du kein Geld stehlen», sagte sie, «viel Geld.»

«Mein Leben?» fragte er.

«Jedes deiner Worte ist Lüge, kannst du kein Geld stehlen. Geld ist Wahrheit. Was du auch tust, alles ist häßlich, wenn du dir kein Geld gestohlen hast. Geld ist Schönheit. Stiehlst du dir kein Geld, so bist du ein schlechter Mensch. Geld ist Liebe. Wie ich es hasse, dies verfluchte Hundeleben ohne Geld, das die Menschen wertloser macht als Fischabfall und Bodensatz von Tran. Siehst du nichts?»

Da glaubte er einen Augenblick lang einen Lichtschein vor dem Etatsratsschloß aufflammen zu sehen, als ginge jemand draußen vor dem Haus mit einer brennenden Laterne.

«Komm», sagte sie.

«Wohin?»

«Ich will dir hier unten am Wasser etwas zeigen», sagte sie, «das nur dich angeht; nur dich allein.»

«Es ist schon nach Mitternacht», sagte er ohne Neugierde. «Wollen wir nicht lieber heimgehen, uns schlafen legen und einander gute Nacht sagen, in der Hoffnung, daß wir einander besser verstehen, wenn es wieder hell ist?»

«Nein», sagte sie. «Geh nicht von mir. Ich bin so allein. Das Weib vom Direktor hat den Kindern verboten, mit mir zu sprechen. Am liebsten möchte sie mich umbringen, wenn sie genug Kraft dazu hätte. Meine Mutter, die Ärmste, ist bei ein paar armen Leuten draußen in Nesjata untergebracht worden, und mein Vater, ein hinfälliger Greis, hat den ganzen Sommer überall Arbeit gesucht, aber keine gefunden. Gestern bekam ich einen Brief von ihm, darin bat er mich, daß ich mich für ihn bei den großen Leuten in Svidinsvik verwenden möge, damit er Steine tragen kann. Du erinnerst dich gewiß noch meiner Schwestern. Wir vertrugen uns so gut miteinander, wir waren unzertrennlich. Und nun treiben sie sich irgendwo unten in der Hauptstadt herum, die eine mit einem zweijährigen Kind. Und mein Freund Fridrik, der alle meine Tage in Kambar zu einem einzigen märchenhaften Festtag machte, er wohnt jetzt in einer höheren Sphäre und besucht mich nicht mehr. Und du, den ich vom Tode auferweckt habe, du willst nicht einmal mehr mit mir sprechen und sagst, kein Mensch habe eine Seele.»

«Wenn es dir Trost bereitet, liebe Torunn, dann will ich gern mit dir die ganze Nacht hindurch gehen», sagte er, und seine Augen wurden feucht.

Jetzt sah er, daß es doch viel einfacher war, als er geglaubt hatte: sie war nur ein einsames, armes Mädchen, dem es schlecht ging.

«Tu ich dir leid?» sagte sie da.

«Nein», sagte er, aus Furcht, ihr wieder weh zu tun. «Als ich klein war, hörte ich einen wunderbaren Klang aus dem Weltenraum. Wer den Klang gehört hat, vergißt ihn nie wieder, sondern versteht alles durch diesen Klang.»

«Ich weiß, daß dir keiner gleicht», sagte sie. «Hab Dank, daß du mit mir gehen willst. Jetzt sind wir bald dort, wohin wir gehen sollten.»

«Wohin sollten wir gehen?» fragte er.

«Nach dem Haus am Strand», sagte sie dann.

«Was für ein Haus ist das?»

«Das Haus am Strand», sagte sie, wie an etwas anderes denkend.

Er hatte noch nie etwas von einem Haus am Fjord gehört. Er fragte sie mehrmals, was sie meine. Aber sie war mit ihren Gedanken weit fort. Sie antwortete lange nicht. Schließlich legte sie den Arm um ihn, lehnte sich an ihn und flüsterte ihm ins Gesicht: «Natürlich kennst du das blaue Schloß. Den ganzen Sommer hat es der Himmel in seinen Armen gehalten.»

Zuerst ahnte er nicht, wovon sie sprach. Als sie aber das Gebäude genauer beschrieb, kam es ihm vor, als habe er es irgendwo gesehen – in einem Buch, als Bild oder in einem Traum –, darüber konnte er sich nicht klarwerden. Aber eines war gewiß: als er sie von dem Haus erzählen hörte, durchrieselte ihn eine heimliche Freude. Das Mädchen hatte eine ganz andere Stimme bekommen, sie klang ruhig, tief und warm, voll kaum unterdrücktem Eifer, als wenn einer mit einer langen Geschichte beginnt.

«Unten an der Treppe hängt eine Laterne, damit du sehen kannst, wenn du die Treppe hinaufgehst», sagte sie. «Dann gehst du die Treppe hinauf. Du gehst hinauf und stehst vor einer riesengroßen Eichentür, wie sie in ausländischen Büchern beschrieben werden. Und dann drückst du auf einen Knopf an der Tür, und beide Türflügel öffnen sich sperrangelweit. Aber du siehst keinen Menschen. Du steigst über die

Türschwelle. Du kommst in einen großen und stillen Vorraum, wo nur ein Licht brennt. Und dann gehst du weiter und kommst wieder durch eine Tür. Mit einemmal stehst du in einem unglaublich großen Saal. Der ist mit rotem Samt ausgeschlagen. Aber zwischen den Samtfalten gucken da und dort geschnitzte Drachenköpfe hervor. Und dein Schritt ertrinkt in dem weichen Teppich, der auf dem Fußboden liegt. Da ist ein Duft von Blumen, die du nicht kennst, wie in einem Traum. Und du siehst gedeckte Tische stehen, von einem Ende des Saals bis zum andern, und sie sind bedeckt mit den leckersten Speisen und Weinen. Von draußen hört man das schwere herbstliche Brausen der See. Du kannst feuchtkalte Zugluft von der offenen Altantür spüren, und die Wachskerzen auf den Leuchtern bekommen Eiszapfen, ihre Dochte biegen sich, weil die Zugluft ihre Flammen ins Flackern bringt. Du blickst nieder auf deine Füße und siehst, daß der Fußboden mit großen dunkelroten Rosen bedeckt ist. Und du bleibst mitten im Saal stehen, und du schaust ehrfürchtig nach allen Seiten und flüsterst: ‹Hier hat es ein großes Fest gegeben.› Die alte, dunkelgekleidete Frau mit silberglänzendem Haar, die das Haus besorgt, neigt sich tief vor dir; aber nichts in ihrem Gesicht rührt sich, und sie antwortet flüsternd: ‹Ja, hier hat es ein großes Fest gegeben.› Und du hörst die Worte wie ein Echo im ganzen Haus flüsternd von Wand zu Wand. Es ist, als habe sie die Brandung der See mit der Zugluft durch die offene Altantür gehaucht: Hier hat es ein großes Fest gegeben.»

Da erkannte der Dichter das Haus wieder. Er blieb auf dem Weg stehen und sagte: «Das ist das Schloß im Sommerland.»

Aber in demselben Augenblick flammte es hinter ihnen auf wie von einem Blitz. Der Himmel erglühte. Sie hatten sich beide umgewandt und sahen: dahinten brannte das große Gebäude der Wiederaufbaugesellschaft, das Schloß des Etatsrats. Lichterloh. In wenigen Minuten war das Gebäude von Flammen umspannt. Aus Fenstern züngelten wilde Feuergarben. Die Luft ringsum war ein sprühendes Meer fliegender

Funken. Einen Augenblick starrten sie, von Entsetzen gelähmt. Plötzlich aber dachte Olafur Karason an seine Gedichte. Das Mädchen stand allein da; er raste zurück nach dem brennenden Haus.

24

Weshalb durfte ich nicht mit meinen Gedichten verbrennen?»

Mit dieser Frage auf den Lippen erwachte er aus seiner Betäubung. Einige Männer standen bei ihm und gossen Meerwasser über ihn. Das Haus brannte noch immer. Sie hatten ihn gepackt, als er in das Feuer gerast war, hatten ihn bewußtlos aus dem Brandrauch geschleppt. Sein Zeug hatte bereits Feuer gefangen. Zuerst glaubten sie, er sei erstickt. Aber durch das kalte Meerwasser kam er wieder zu sich.

«Ist der Bengel verrückt?» sagten sie. «Ich würde mich nicht wundern, wenn er das Haus angesteckt hätte», sagte einer von ihnen.

Er krümmte sich vor Kälte zwischen ihren Händen nach dem kalten Duschbad, und sie wußten nicht, was mit ihm zu machen sei. Schließlich ließen sie ihn los, nachdem sie ihm erklärt hatten, sie würden ihn nicht retten, wenn er noch einmal versuchen sollte, ins Feuer zu rennen.

So gut wie alle Leute waren nach der Brandstätte geeilt: Frauen und Männer, Kinder und hinfällige Greise; viele nur notdürftig bekleidet, gerade aus dem Bett gestiegen, einige mit Feuereimern, andere mit Krügen, eine Frau mit einem winzigen Kinderbecher. Alle waren erregt und liefen wild durcheinander. Sie schrien oder riefen einander Befehle zu, um die sich kein Mensch kümmerte; andere zankten sich, wie man die Löscharbeit am besten bewerkstelligen sollte.

Schließlich drängte sich die Dichterin durch das Menschengewimmel zu Olafur Karason, nahm seinen Arm und sagte:

«Was muß ich hören, Junge! Sofort nach Hause mit dir!»

«Meine Gedichte sind verbrannt», sagte er.

«Du klapperst ja mit den Zähnen», sagte sie. «Laß dich von mir führen.»

«Verstehst du denn nicht, daß ich alle meine Gedichte verloren habe?»

«Du bist bis auf die Haut durchnäßt», sagte sie. «Hast dich wahrscheinlich auch verbrannt. Was hattest du im Feuer zu suchen? Komm jetzt.»

«Nein», sagte er. «Laß mich. Ich habe keine Gedichte mehr. Ich bin überhaupt nichts mehr. Mein ganzes Leben ist verbrannt. Weshalb durfte ich nicht zusammen mit meinem ganzen Leben verbrennen?»

«Hör nun mit dem Unsinn auf», sagte sie. «Komm.»

Sie führte ihn weg, er wankte kraftlos neben ihr.

«Dichter gleichen Katzen», sagte sie. «Beide besitzen viele Leben. Was macht es, wenn sie eines verlieren? Du bist achtzehn Jahre.»

«Meine Gedichte», sagte er. «Sie waren mein Leben. Wenn ich bedrückt war, flüchtete ich zu ihnen. Wenn mir jemand Böses antun wollte, tröstete ich mich mit ihnen. Jetzt sind sie verbrannt.»

«Habe ich dir nicht einmal im Sommer gesagt, Gedichte seien am besten in der Asche. Ich habe meine Gedichte selber verbrannt», sagte die Frau.

Sein Zeug hatte Löcher vom Feuer bekommen, seine Haut war verbrannt und schmerzte. Sie träufelte Arnika auf die Wundstellen. Und sie sagte, er sollte die Fetzen ausziehen und sie in den Brennholzkasten schmeißen; sie gab ihm eine Decke, die er um sich wickeln sollte. Dann gab sie ihm heißen Kaffee.

«Örn Ulfar hat auch alle seine Gedichte verbrannt», sagte er. «Bin ich denn ein schlechterer Dichter als die anderen?»

«Mach dir keine Sorgen», sagte sie. «Du bist wiedergeboren. Du liegst wieder in den Windeln.»

«Laß deine Scherze», sagte er. «Ich kann nicht einmal darüber lächeln.»

«Ich habe auch gar nicht erwartet, daß du dir schon das Lächeln beigebracht hast. Wird man geboren, kann man nichts anderes als weinen. Das Lächeln lernt man erst nach und nach.»

Erstaunt sah er auf seine nackten Füße, die aus der Decke heraussahen, und er gab ihr recht; er fühlte sich wie ein kleines Kind, das zum erstenmal seine Zehen entdeckt.

«Heute nacht bist du mein Kind», sagte sie ohne jede Rührseligkeit. «Aber da ich dich nicht von meinem Mann bekommen habe, weiß ich nicht recht, was ich mit dir anfangen soll.»

«Du kannst mich aussetzen», sagte er kummervoll. «Ich werde dich nicht als Gespenst verfolgen.»

Von dem Flur der Wohnung konnte man durch eine Luke am Dachfirst in die Scheune kommen. Sie stellte eine Leiter an die Luke, öffnete die Falltür und kroch ins Heu. Und sie sagte, er solle ihr folgen. Es war stockfinster. Sie schob die feuchte obere Schicht Heu beiseite, machte ein Lager für ihn und sagte, er solle sich dort, in die Decke gewickelt, niederlegen.

«Morgen verschaffe ich dir etwas zum Anziehen», sagte sie. «Versuch nun zu schlafen.»

«Geh nicht», sagte er.

«Doch», sagte sie.

«Sprich ein wenig mit mir. Außer dir habe ich jetzt keinen Menschen mehr.»

«Welch ein Unsinn», sagte sie. Aber sie setzte sich doch neben ihn ins Heu, so daß er ihre Nähe fühlen konnte. «Heute nacht besitzt du den Reichtum, der der erste und der letzte Reichtum aller Menschen auf der Erde ist, ihr ganzer Reichtum, ihr einziger wahrer Reichtum.»

«Ich verstehe dich nicht», sagte er.

«Du besitzt dein nacktes Leben», sagte sie. Er fühlte, daß sie noch näher zu ihm gerückt war, und er glaubte die Wärme ihrer Hüften zu spüren. Dennoch schien ihre Stimme, die so seltsam klang wie eine gedämpfte stählerne Saite, wie aus weiter Ferne zu kommen.

Aber als sie von seinem Reichtum zu sprechen begonnen hatte – war es nun, um ihn zu trösten oder um ihn zu necken oder aus beiden Ursachen, denn wo ist die Grenze zwischen beiden –, da mußte er plötzlich an einen anderen reichen Menschen denken. Und er zuckte zusammen, packte im Dunkeln entsetzt ihren Arm.

«Allmächtiger Gott im Himmel, Dadi Jonsson, der Ewigkeits-Dadi, ist in den Flammen umgekommen», sagte er.

«Ach, der Ewigkeits-Tod», sagte sie. «Ja, das ist wohl möglich. Der Ärmste.»

In der Dunkelheit glaubte der Dichter das hilflos verzerrte Gesicht des Hoffmannstropfenliebhabers sehen zu können, der während der letzten Abende ihm so oft durch sein bloßes Dasein einleuchtend bewiesen hatte, wie unmöglich es sei, hier in Svidinsvik ein Mensch zu bleiben. «Konnte er auch eigentlich nur seine bekannten fünf Worte sagen, so habe ich ihn, meine ich, wohl besser verstanden als die meisten anderen Menschen», sagte der Dichter. «Er war mein Freund; ja, vielleicht mein einziger.»

Nach dieser Feststellung, die dem Dichter unbewußt über die Lippen gekommen war, wie unter einer plötzlichen Eingebung, wurde er so gerührt, daß ihm die Tränen aus den Augen strömten. Er preßte das Gesicht in den Schoß der Dichterin und weinte untröstlich. Lange. Sie legte die Hände auf seinen Kopf, strich über sein Haar, seine nassen Wangen und ließ ihn weinen, so lange er wollte. Dann hatte er sich ausgeweint. Die Dichterin nahm seinen Kopf von ihrem Schoß und sagte:

«Jetzt brauche ich nicht mehr länger bei dir zu bleiben. Dein neues Leben fängt bereits an, Knospen zu treiben. Heute nacht, sobald ich gegangen bin, wirst du ein unsterbliches Gedicht über deinen einzigen Freund dichten, der in den Flammen umgekommen ist.»

Sie wollte sich erheben.

«Geh nicht», sagte er.

«Gute Nacht», flüsterte sie und strich noch einmal über sein Haar, während sie aufstand.

«Ich flehe dich an, bleib», sagte er, und er umklammerte ihren Fuß und wollte sie festhalten.

Aber die Dichterin flüsterte noch einmal: «Gute Nacht», und entschlüpfte seinen Händen.

25

Was ist das Leben anders als ein Weg.
Du kommst, bleibst stehn und mußt gleich wieder gehen.
Der Sommer schwand und sagt gut Nacht und leg
dich schlafen. Sonne? Wirst sie nie mehr sehen.

Das Schloß, das unsre letzte Hoffnung war,
beschenkte uns mit Träumen, und wir schmückten
es prächtig aus, war's auch nur kalt und bar,
es gab uns Träume, die uns so beglückten.

Du Wrack im Schlick und Strandgut, Fischersmann
und Jesuskamerad, wie er zerschunden,
und Hoffmannstropfenfreund – das Schloß, hör's an,
es ist verbrannt und ist mit dir verschwunden.

Was blieb, ist Asche. Amen. Amen. Schluß.
Ewigkeits-Dadi, mildes, gutes Luder,
lallst nun nicht mehr im Kot und sel'gen Suff.
Hiev up, du Ärmster – du mein reicher Bruder.

26

Direktor Pjetur Palsson steigt an Land, mit Pincenez und Zähnen und einem Hut auf dem Kopf. Bisher hatte der Direktor stets einen schwarzen, steifen Hut getragen. Jetzt kam er mit einem grauen Filzhut, der Juel J. Juels Hut glich; abgesehen davon, daß der Hut des Stationisten ein ganz ungewöhnlicher Hut gewesen war. Pjetur Palssons Hut dagegen war ein ganz gewöhnlicher Hut. Juel J. Juels Hut hatte eine breite Krempe gehabt, dagegen hatte Pjetur Palssons Hut eine schmale Krempe. Juel J. Juels Hut hatte ein schmales Band gehabt, Pjetur Palssons Hut hatte ein breites Band. Juel J. Juels Hut hatte einen niedrigen Kopf gehabt, aber Pjetur Palssons Hut hatte einen hohen Kopf. Und so weiter. Wie kam es jedoch, daß nach Ansicht der Leute beide Hüte einander aufs Haar glichen? Kam es daher, weil Pjetur Palsson keinen Kniff in seinem Hut hatte, sondern ihn wie Juel J. Juel gleich einer Kuppel hoch in die Luft ragen ließ? Oder kam es daher, weil man tags zuvor telefonisch gehört haben wollte, Pjetur Palsson habe den ganzen Besitz Svidinsvik von der Bank gekauft, und zwar, wie man meinte, mit Juel J. Juels Hilfe?

Das Erfreulichste und Wichtigste, das Pjetur Palsson diesmal mitgebracht hatte, war jedoch der Sarg, das unvergleichlich Allererfreulichste und Allerwichtigste von allem. Solch einen Sarg hatte man hier in Svidinsvik seit Menschengedenken nicht gesehen, und dabei konnte man doch wahrhaftig nicht sagen, die Svidinsviker würden sich nicht sonderlich darauf verstehen, Tote zu begraben. Hier im Ort wurde, wenn man einen seiner Lieben begraben mußte, stets das größte Gewicht darauf gelegt, daß während der Beerdigung der Sarg nicht seinen Boden verlor, und darauf, daß der Sarg außen genauso pechschwarz war wie das Leben, das der Betreffende verlassen, wie die Finsternis, die ihn verschlungen hatte, wie die Trauer, die sein Tod vermutlich verursachte.

Und nun steigt Direktor Pjetur Palsson an diesem denkwürdigen Herbstmorgen an Land mit einem weißen, entzückenden Kindersarg zwischen seinen Reisekoffern, als wäre sein Lieblingskind in das Ewige Licht entschwebt. Dieser prächtige Sarg besteht aus besonders gediegenem Holz, und jedes seiner Bretter ist außergewöhnlich kunstvoll und genau passend zusammengefügt. Unten hat der Sarg eigentümliche Klötze oder Füße, wodurch er höher und noch ansehnlicher wird; dergleichen hatte man in dieser Gegend des Landes wirklich nie zuvor gesehen. Der Sargdeckel allein ist ein wahres Kunstwerk. Zu Häupten ist ein goldenes Kreuz angebracht, und unter dem Kreuz nehmen zwei goldene Hände wehmütig für immer voneinander Abschied und verzeihen alles. Am Sargdeckel gibt es viele festgeschraubte vergoldete Engelköpfe, die statt der Ohren Flügel haben. Es ist nicht nur der schönste Sarg, den man jemals gesehen hat, sondern überhaupt und ohne Zweifel das prachtvollste Möbel, das seit den Tagen des Etatsrats nach Svidinsvik gekommen ist. Ja, es ist geradezu empörend, daß dieses Kunstwerk in der schwarzen Erde verschwinden soll.

Wie man sich denken kann, ist es keine leichte Prüfung für den Direktor, bei seiner Rückkehr den gerade von ihm erworbenen Platz in solch einer Verfassung vorzufinden. Erst vor drei Tagen hatte er die Feuerversicherung für dieses größte Gebäude im ganzen Ort um 100000 Kronen erhöhen lassen, in der Absicht, aus dem Bauwerk eine Kulturstation für das ganze Volk zu machen. Und nun, als er heimkommt, ist die geplante Kulturstation weiter nichts als ein wertloser, kläglicher Haufen Asche. Er bleibt auf der Brandstätte stehen, eine Hand unterm Kinn, einen Ellbogen auf dem Knie, mit einem Fuß oben auf einem Stein. Und in dieser Stellung verweilt er lange in tiefen Gedanken, und er läßt sich von dem Pastor und von dem Prokuristen betrachten.

Mitten in dieser wüsten Stätte der Zerstörung gab es etwas, das den entfesselten Elementen standgehalten hatte.

Das war der riesige Geldschrank des Orts. Im Schloß war er gleichsam ein Staat im Staate gewesen, aus feuerfestem Stahl hergestellt. Jetzt stand er allein für sich und unüberwindlich unter den Ruinen, sie alle überragend. Dieser unglaublich solide und gewaltige Geldschrank stand auf seinem eigenen gemauerten Fundament, das tief in den Boden reichte. Keine Kraft auf Erden konnte diesem Ungetüm etwas anhaben. Darin waren sämtliche Geschäftsbücher, Rechenschaftsberichte, Dokumente und sonstigen Unterlagen der Wiederaufbaugesellschaft verwahrt worden. Leider aber hatte man das letzte Mal, als der Schrank geöffnet wurde, vergessen, ihn zu verschließen. Vielleicht ist das Schloß nicht in Ordnung gewesen? Jedenfalls hatte das Feuer alles verzehrt, was darin gewesen, und auch nicht der kleinste Zettel war verschont worden, der über den Vermögensstand der einstigen Wiederaufbaugesellschaft hätte Aufschluß geben können.

Als Pjetur Palsson kurz nach seinen tiefen Überlegungen vor der Ruine wieder zu sich gekommen war, war es an der Zeit, an die Bestattung zu denken.

Zum erstenmal seit vielen Jahren war es geglückt, eine nennenswerte Anzahl Leute in der Svidinsviker Kirche zusammenzubekommen. Bei Licht besehen hatte man seit den herrlichen Tagen des Etatsrats keine Lust mehr zu solchem Zeitvertreib. Damals war man an den großen Feiertagen in die Kirche gegangen, um die etatsrätliche Familie zu sehen. Dagegen handelte es sich diesmal um Vergebung und um die Nähe der anderen Welt, was die Leute in Gottes Haus lockte. Bis zu diesem Tag hatte Gott immerhin die Gerechtigkeit vorgestellt, und die andere Welt war eine Art Kindermärchen als Trost für Leute, die das Mißgeschick hatten, schon bei Lebzeiten ihrer eigenen Welt beraubt worden zu sein. Das Verdienst des Retters Pjetur Palsson bestand darin, daß er Gott nötigte, uns unsere Schuld zu vergeben, und daß er als eine Art Station hier im Ort die andere Welt stiftete.

Diese zum Verkauf stehenden Menschen hatten sich also an einem Herbsttag auf ihrem verwahrlosten Kirchhof eingefunden, als die kraftlose weiße Sonne versuchte, den Nachtfrost an den welken Gräsern aufzutauen. Man latschte von der Kirchhofspforte bis zur Kirchentür ruhelos durcheinander hin und her, ohne Tabak. Abgerackerte Frauen standen verlegen in Gruppen bei sich selber überlassenen Gräbern und wischten sich verstohlen Tränen aus den Augen. Burschen und Mädchen blickten sich neugierig um, wagten jedoch nicht, einander hier auf dem Kirchhof auch nur anzublicken. Der Sommer war längst zu Ende. Es gab keine Arbeit. Man hatte höchstens für die Kuh der Bank, die jetzt Pjetur Palssons Kuh war, Heu zusammenschleppen dürfen. Einige hatten sich im Moor etwas Torf stechen und ihn auf dem Rücken nach Hause tragen können. Sonst gab es nicht mehr viel zum Heizen, noch weniger zum Kochen, und bald war es Winter mit Schneedünen vor den Häusern und unaufhörlich weinenden, kranken Kindern in der Stube. Die Tage wurden immer kürzer. War es da zu verwundern, daß diese Menschen sich nach einem Fünkchen Licht in ihrem Kerker sehnten? Mit verängstigten Augen wie Kinder, die man verprügelt hatte, wie verkommene Landstreicher, denen man Hunde nachgehetzt hatte, wie verschlagene Schiffbrüchige, die vor einer fremden sandigen Küste mit ihrem Fahrzeug gescheitert waren, trippelten die bettelarmen Menschen an diesem Sonntag im Herbst auf ihrem Kirchhof hin und her. Hoffend, wenigstens ein Wort zu vernehmen, das ihnen ein bißchen Kraft schenken würde, um den bevorstehenden Winter voll finsterer Tage, mit wildem Schneegestöber, mit den endlosen Stürmen und der ewigen Todesangst, woraus ihr ganzes Leben bestand, überhaupt ertragen zu können. Ein ermordetes Volk.

Sechs erprobte Steinträger trugen den Sarg, barhaupt, mit hängenden Schultern und so geknechteten Gesichtern, als fühlte jeder einzelne von ihnen, auf ihre Nacken habe man die Untaten der ganzen Welt gelegt, für die jeder einzelne von ihnen nun büßen sollte. Hinter dem Sarg schritt im Ornat der Pastor mit Familie; danach der Direktor mit Frau; danach Torunn von Kambar mit rotem Seidenband im Haar, die im weißen Sonnenlicht blinzelnd nach rechts und links blickte; sie wollte demnächst nach England; danach der Prokurist mit Frau und Kindern; danach die Frau des Arztes mit ihren halbwüchsigen Töchtern; und schließlich verschiedene einfache Leute, die beim Direktor der Hausandacht beigewohnt hatten, und von denen einige sogar von weit her geeilt waren, um sich an dieser sonderbaren frommen Feier mit erbauen zu können.

Die Männer hatten den Sarg aufs Gras niedergesetzt, weil jemand nach dem Schlüssel zur Kirche suchen mußte. Der Pastor und der Direktor standen währenddessen mit tiefernsten Heiligkeitsmienen, die von den letzten Spuren menschlicher Eigenschaften so gründlich gereinigt waren, daß der Pastor in seiner Nase auch nicht das mindeste Staubkörnchen auftreiben konnte, zu Häupten des Sarges.

Da trat eine Frau aus dem Leichengefolge, ging zum Sarg und blieb am Fußende des Sarges stehen, gerade vor den heiligen Männern; sie räusperte sich ein bißchen, um auf sich aufmerksam zu machen.

Es war die Tippel-Halla. Der Pastor öffnete ein Auge und sah sie an. Aber der Direktor ließ sich nicht in seiner Andacht stören.

«Darf man fragen?» sagte die Frau bescheiden. «Ich könnte wohl nicht die Erlaubnis kriegen, mal nachzusehen, was im Sarg ist?»

«Im Sarg ist nichts drin, was dich angeht, Halla», sagte der Pastor.

«Das weiß ich gut», sagte die Frau. «Keins meiner Kinder hat man in solch einem Sarg begraben. Als man das Leben aus ihnen rausgequetscht hatte, wurden sie in eine geteerte Holzkiste gelegt. Ja. Und oftmals kostete es einen Plackerei und Schimpferei, um sie zu kriegen. Aber dem Sarg hier kann man ansehen, daß man ihn nicht der Gemeinde abbetteln mußte.»

Bis zu diesem Augenblick war Direktor Pjetur Palsson weit von dieser Erde entfernt gewesen: er hielt seinen neuen Hut vor seinem Bäuchlein, hatte den Kopf gebeugt und ab und zu seine dicken Lippen im Gebet bewegt. Nun hielt er mit dem Beten inne und sagte:

«Wir sind dir wegen dieses Sarges keine Rechenschaft schuldig, liebes Ke-Ke-Kerlchen. Vor anderen und höheren Mächten haben wir wegen unserer Handlungen Rechenschaft abzulegen.»

«Mischen wir uns nicht mehr in Sachen, die uns nichts angehen, beste Halla», sagte der Pastor.

«Ich dachte man bloß, es wäre vielleicht nicht zuviel verlangt, wenn unsereins sich ansehen könnte, was unsereins begraben soll», sagte die Frau bescheiden.

«Gottlob, deine Denkungsart ist uns nicht ganz unbekannt, beste Halla», sagte der Pastor. «Die hat ja stets einiges zu wünschen übriggelassen.»

«Na schön», sagte die Frau darauf. «Weil du also meine Denkungsart so gut kennst, so brauche ich ja nicht zu verheimlichen, was ich denke: ich glaubte nämlich, es wäre nicht nötig, zweihundert Jahre altes Pack, Mordbrenner, Totschläger und Diebe auszugraben, um Jesus auf sie herabzurufen. Ich glaubte, wir hätten genug von der Sorte auf der Erde.»

Nachdem sie das ausgesprochen hatte, ging sie ihrer Wege, und die heiligen Männer blieben mit hochmütigen Mienen stehen.

Dann wurde der Sarg in die Kirche getragen.

27

Mein heissgeliebter Herzensfreund, den ich eigentlich gar nicht so anreden dürfte, denn Du stehst ebenso hoch über mir im Glauben an die Gnade und die Erlösung wie die Sonne über der Erde. Als ich im Sommer hörte, daß Du durch meine Schuld zum Märtyrer geworden bist und daß Dich böse Menschen auf eine Pferdebahre übers Gebirge und durch öde Gegenden gejagt haben, weil Du Dein Licht auf mich leuchten ließest, da sagte ich: Gott, hab Erbarmen mit mir sündigem Menschen und schenk mir Gesundheit, damit ich mein Leben für den wiedergeborenen aussätzigen Psalmendichter Hallgrim Petursson aufopfern kann.

Deinen Brief habe ich nie zu lesen bekommen, und ich habe auch Deinen Psalm, den Du für mich gedichtet hast, nie zu hören bekommen. Denn beides hat man zerrissen. Aber da der Allmächtige Vater im Himmel sogar die Gebete der durch Sünden so verdorbenen Jarthrudur Jonsdottir erhört, so wird er ganz bestimmt noch viel inniger Ljosvikingurs eigene Gedichte in Sein Allwissendes Herz schließen.

Im ganzen Sommer war ich auf der Suche nach einem Menschen, dem ich anvertrauen könnte, an Dich zu schreiben. Wenn ich auch lesen kann, namentlich Religiöses, so schreibe ich doch so schlecht, weil ich zwischen Hunden und unter Fußtritten von Menschen aufgewachsen bin. Und ich will lieber den Tod erleiden als die Schande, daß ein so großer Dichter meine eigene Schmiererei zu sehen bekäme. Und jetzt habe ich endlich eine junge Pastorsfrau kennengelernt, der ich mein Geheimnis anvertrauen kann.

Ich habe immer nach einem gesucht, den ich lieben wollte, wie alle anderen es tun. Aber seit zehn Jahren habe ich Jesus erwählt und habe ihn angefleht, mir meine Sünden zu vergeben. Denn es gibt wohl keinen, der so gesündigt hat wie ich, und das kam daher, weil ich zwischen Hunden und unter den Füßen der Menschen gelegen habe, wie ich schon vorher erzählt habe, und weil ich mich wegen Krankheit nicht selber versorgen konnte. Mehr als fürs Essen habe ich nie arbeiten können. Ich habe oft über Dich sprechen hören als ein Vorbild für alle, denen es schlecht geht, und ich habe mich so oft danach gesehnt, ein Wort von Deinen Lippen zu hören, aber als ich Dich das erste Mal an unserem Hochzeitstag neulich im Frühjahr zu sehen bekam, da begriff ich, was es bedeutet, daß man das gefunden hat, wonach man nie mehr zu suchen wagt. Gleich nach dem ersten Wort, das Du zu mir gesprochen hast, fühlte ich, daß ich Deine Mutter war. Jesus Christus, Du, der Du Dein Leben für mich geopfert hast, gib mir Kraft, daß ich mein Leben für ihn opfern kann. Hilf mir, daß ich zu ihm komme und ihn niemals, niemals verlassen werde.

Da Du mich liebst, ist es mir ganz einerlei, wie eng es in unserer Hütte auch sein wird. Ich kann schwer arbeiten. Ich weiß, wie man mit Fischköder umgeht und Fisch ausnimmt, und alles, was mit Fisch zu schaffen hat; ja, ich bin sogar mit auf Fischfang gewesen. Ich kann alles, was mit Schafen, Kühen und sogar mit Pferden zu tun hat. Ich kann alles, was mit Wäsche waschen zu tun hat, und ich kann auch alles, was mit Wolle zu tun hat, ich kann sogar feinstes Garn spinnen, wenn ich auch nur selten Gelegenheit dazu hatte. Ich verstehe mich auf alle Erntearbeiten, habe sogar viele Sommer selber gemäht. Man hat mich zu Entwässerungsarbeiten genommen, ich habe Soden gestochen, Gräben ausgehoben und Steine für Entwässerungsgräben, die überdeckt werden sollten, geschleppt. Alle diese Arbeiten habe ich ausgeführt unter der ständigen Gefahr, von schlimmen Anfällen meiner Krankheit heimgesucht zu werden, und mit einer drückenden Sündenlast auf meinem Herzen. Aber von jetzt an will ich alles, was es nur gibt, freudestrahlend verrichten, damit Du unsterbliche Psalmen zum Preise unseres Herrn und Erlösers dichten kannst. Ich habe deshalb hier in Gil gekündigt, so daß Du mich nach Ende der Heuernte erwarten kannst. Ich will versuchen, mich dann sofort übers Gebirge zu Dir auf den Weg zu begeben, ehe das Wetter schlechter wird.

Stark bewegte See, gelbe Moore. Regenschauer fegen im welken Gras, daß es einem wilden, wogenden Meer gleicht, alle Triften abgenagt, keine einzige Blume, zwei Raben. Er irrt im Regen umher. Wie eine feurige Strafe brennt der Brief in seiner Hand. Der glitzernde Bach vom Frühling wälzt sich träge und schmutzigbraun durch das Tal. Das Stückchen Grasland um den kleinen Schafstall ist jetzt kahlgefressen. Kein Heu im Stall. Aber jemand hat das Dach aufgerissen. Alle Bodenlatten sind verschwunden, nur noch die nackten Wände vom Stall übriggeblieben.

Er suchte Schutz vor dem Unwetter des Herbstes.

Es war einmal ein Dichter in einer Ecke unter einem schrägen Dach. Rechnete man ihn auch nicht zu den Menschen, so wandte man sich doch an ihn, wenn viel auf dem Spiel stand; und man bat, zum Beispiel, ihn um ein Gedicht, wenn es galt, ein schwer zu besiegendes Herz zu erobern. Er durfte nicht selber bei den Festen sein, die man ihm und seinen Gedichten zu verdanken hatte. Man las seine Gedichte der Geliebten vor und besiegte durch die Gedichte ihr Herz. Aber wurde zur Hochzeit eingeladen, so erinnerte sich keiner mehr der lebenden Leiche oben in der Ecke unter der Schrägwand. Mitten in der Hochzeitsfreude der anderen unten taucht da plötzlich oben in der Bodenkammer eine Seele auf, die fast ebenso unglücklich ist wie er, und sie finden einander. «Die armen gesegneten Vögel», sagt sie und setzt sich auf seine Bettkante. Einige Tage danach wird er von den Toten auferstehen, ein neuer Mensch zu einem neuen Leben. Ein Strohhalm ist von großem Wert in Seenot, aber gering, wenn man trockenes Land unter den Füßen hat. Solch ein Strohhalm war sie. Nein, nicht zu leugnen, er hatte einen Psalm für sie gedichtet, er hatte ihr sogar einen Brief mit einem Heiratsantrag geschrieben. Ja, er hatte sich obendrein auf eine übernatürliche Weise mit ihr verheiratet, und nun sprach sie von ihrem gemeinsamen Hochzeitstag wie von einer feststehenden Tatsache. Wie auch immer, er hatte sie genauso plötzlich vergessen, wie er sie geheiratet hatte. Was heißt denn das? Muß man sämtliche Frauen, die man liebt, heiraten? Danke bestens, dachte er. Im ganzen Sommer war sie ihm überhaupt nicht ein einziges Mal eingefallen. Man sieht eine bestimmte Frau an einem bestimmten Ort in einem bestimmten Augenblick. Man liebt sie vor allem des Orts und des Augenblicks wegen. Denn die Frau ist in erster Linie Ort und Augenblick. Wie eine Brandung, die an einem Tag rasend den Strand überflutet und die Sterne am Himmelszelt verdunkelt. Morgen ist Windstille. Matter und matter rollen die Wogen gegen die Küste, in immer weiteren Zwischenräumen. Und schließlich liegt die See ruhig und die Sterne spiegeln sich wider im Wasser.

Der Sommer, der jetzt zur Neige ging – noch nie hatte jemand einen solchen Sommer erlebt. Die Natur hatte ihm Glück und Blumen geschenkt; Liebe und ein Schloß, und sie hatte ihn zu den herrlichsten Liedern begeistert; alles war wie ein ununterbrochenes märchenhaftes Abenteuer gewesen. Und jetzt war alles zugrunde gegangen: seine Gedichte, seine Liebe, sein Schloß; verwelkt, verbrannt. Hilflos sah er dem öden Winter entgegen.

Hätte die Dichterin mich in der Nacht geküßt, sie hätte mir das Leben gerettet, dachte er. Sie hätte ein Saatkorn in mein Herz gelegt, das den Winter überlebt hätte; ein Saatkorn, das im neuen Frühling aufgegangen, das die schönste Blume der Welt geworden wäre.

Aber sie hatte ihn nicht küssen wollen. Ihre Augen waren in der Finsternis des Herbstes wie in den hellen Frühlingsnächten ein unlösbares Rätsel. Mag sie auch keine Seele haben wie jene Meerfrau, über die Jonas Hallgrimsson irgendwo etwas gedichtet hatte, so meinte er doch, sie sei die einzige, die ihn vor der Geliebten des Herbstes in Schutz nehmen kann, die mit dem Unwetter über dem Gebirge unterwegs zu ihm ist.

28

Er hatte zeitig seinen Morgenkaffee getrunken, und alles war wie sonst, die Frau war an ihre Arbeit gegangen und der Mann noch nicht auf den Beinen. Als er aber nach seinem Herumstreifen um die Dämmerstunde zurückgekommen, da war die Wohnung menschenleer, die Habe des Ehepaars verschwunden. Er blickte sich in der Küche um. Sie war zugleich auch die Wohnstube gewesen. Wenn der Hausrat auch nicht groß gewesen, auch nicht kostbar, so schien es doch plötzlich, als hätte man große Reichtümer aus dem Haus geschleppt. Kein Teller mehr auf dem Wandbrett; der Kessel nicht mehr auf dem Herd; die Holzkellen nicht mehr an der Wand. Auch das Strickzeug der Frau war verschwunden und die Katze; die freundlichen, blaukarierten Gardinen nicht mehr vor dem Fenster. Und die kleine Bank am Fenster war verschwunden, auf der der Dichter bei den Mahlzeiten gesessen, auch sonntags hatte sitzen dürfen, auf die die Sonne geschienen und von der aus er den weißen Möwen auf dem blauen Fjord zugesehen hatte. Auch sie war verschwunden. Darauf hatte er im Sommer, als die Abende länger waren, sitzen dürfen und den Mond betrachtet, wie er sich im Wasser spiegelte. Ruhige Geborgenheit und Gepflegtheit, die einem Heim erst seinen Zauber verleihen und mehr als aller Reichtum bedeuten, sie hatten am Morgen wie sonst hier geherrscht.

Und als er am Abend wiederkam, sah es aus, als sei der Raum ein leerer Verschlag, oben auf dem Boden einer Scheune. Der Herd war noch warm. Es war keine Stube mehr, nur noch die Leiche einer Stube.

Olafur Karason erfuhr, daß um die Mittagszeit der neue Besitzer von allem hier in Svidinsvik, Direktor Pjetur Palsson, das Ehepaar zu sich bestellt und erklärt hatte, sie seien gekündigt. Der bisherige Besitzer der Wiederaufbaugesellschaft, in deren Dienst sie gestanden hätten, sei in Konkurs gegangen und nicht mehr vorhanden; alle seine Papiere wären verbrannt. Der neue Besitzer könne sich nicht den Luxus leisten, bei diesen schlimmen Zeiten unzuverlässige Trunkenbolde in Dienst zu haben; noch weniger Dichterinnen, die sich nicht allein weigerten, die kulturellen Bestrebungen des Orts zu unterstützen, sondern auch verdächtig seien, junge Menschen zu verderben und obendrein Verschwörungen gegen ihren Herrn und Wohltäter anzuzetteln. Dann hätten die Frau und ihr Mann in größter Hast ihre Siebensachen gepackt; sie wären bei dem schlechten Wetter mit einem dritten Menschen in einem kleinen Boot fortgesegelt.

Alles kommt und geht der Reihe nach. Es ist zwecklos, um etwas zu bitten oder sich etwas zu verbitten. Nun ist der Sommer verschwunden mit allem, was er dem Dichter Olafur Karason Ljosvikingur gegeben hat; schließlich ist nichts mehr übrig. Vielleicht hat ihr Achtersegel einen Windstoß bekommen und das Boot ist gekentert. Er steht am Strand, allein und verlassen. Herbst.

Nachts schlich er wie in den letzten Nächten in die Scheune und bereitete sich im weichen Heu ein Lager. Während er da lag und über die Drangsale seines Lebens grübelte, trocknete allmählich sein Zeug am Leib. Als er endlich eingeschlafen war, träumte ihm, er sei zwischen steile Felswände geraten. Vergeblich suchte er in den engen Klippenspalten nach einem Ausweg. Über ihm ragte der Fels, und vor ihm gähnte ein tiefer Abgrund. Wieder und wieder wachte er keuchend auf, und er meinte in die Tiefe zu stürzen. Einmal glaubte er, es sei Tag. Er kroch hinaus, um nach dem Wetter zu sehen. Es war stockfinster und regnete immerfort. Im Schlaf war seine Unruhe und Angst nur ärger geworden. Er schleppte sich hinaus und versuchte die Zeit totzuschlagen. Noch kein Mensch auf den Beinen. Es regnete und regnete. Er suchte Schutz an einer Hauswand.

Endlich graute der Tag. Andere Menschen standen auf, jeder in seinem Heim; sie tranken wohl ihren heißen, wässerigen Kaffee oder ihre gepanschte Milch, aßen vielleicht Brot dazu, einige gar ein Stückchen Kringel. Jetzt, wo er sich keine Hoffnung mehr auf Kaffee machen konnte, kam ihm zum Bewußtsein, daß sie es gewesen war, die ihn während des Sommers am Leben gehalten hatte. In Wirklichkeit hatte er nie zuvor an die Frau auf dem Boden von diesem Gesichtspunkt aus gedacht. In seinen Augen war sie vor allem die Dichterin. Nie hatte er sich erdreistet, sie mit den selbstverständlichsten Lebensbedürfnissen des Menschen in Verbindung zu bringen. Jetzt entdeckte er, daß nur sie für seine primitivsten Bedürfnisse gesorgt, gleichzeitig aber vermieden hatte, seine höheren Wünsche zu erfüllen; sie hatte vorgezogen, ihre Gedichte zu verbrennen anstatt sie ihm vorzulesen. Auf eine so selbstverständliche und natürliche Weise hatte sie für seine Bedürfnisse gesorgt, daß er es nicht einmal gemerkt hatte. Sie hatte ihm ein Federbett, ein Laken, ein Kopfkissen und eine Wolldecke gegeben, später auch noch einen Wecker, damit er nicht verschlafen sollte, dazu Kleidungsstücke, Wäsche, Strümpfe, Schuhe, eine Mütze, Taschentücher, damit er etwas zum Wechseln habe. Ohne daß er sich darum kümmerte, verschwanden seine schmutzigen Sachen, um wieder sauber zurückzukommen. Hatte er ein Loch in seinen Strümpfen, so war es gestopft, ehe er es geahnt; waren seine Schuhe entzwei, so wurden sie geflickt; war sein Haar zu lang, sie hatte es geschnitten. Er war an ihrem Tisch besser verpflegt worden, als er es je zuvor erlebt hatte. Milch, gesäuerte Molken, Sahne, Käse, Butter, Zucker, frisch gefangener Fisch, Kartoffeln, Fladen, Fleisch, süße Pfannkuchen an Feiertagen, manchmal gar Spritzgebackenes. Ja, sogar Papier und Schreibzeug hatte sie ihm gegeben, damit er seine unsterblichen Gedichte für das Feuer dichten und die Geschichte seines Lebens niederschreiben konnte. Sie hatte ihm den Sommer auf ihre wortkarge, zurückhaltende Art zu einem einzigen Festtag gemacht. Sie ist nicht von dieser Welt, hatte er gedacht. Aber gerade deshalb war sie erhaben über das alltägliche Leben, weil sie keiner Arbeit des Alltags aus dem Weg ging, sondern alles spielend bewältigte – ein Dichter, der auf den Höhen der Schönheit wohnt, während seine Hand unbewußt die törichten, einfältigen Buchstaben der Menschen schreibt.

Nachdem er seit 24 Stunden keinen Bissen gegessen hatte, faßte er sich ein Herz und ging zu Direktor Pjetur Palsson. Dort gab es jetzt eine richtige Pförtnerin. Und es war nicht mehr so einfach wie früher, den Direktor zu treffen. Er war nicht mehr ein einfacher Direktor, sondern Besitzer des Ortes. Die Frau, die öffnete, schien ihr ganzes Leben nichts anderes getan zu haben, als Etatsratstüren zu bewachen. Sie bat den Ankömmling zu warten, bis der Direktor bereit wäre, ihn zu empfangen; und sie schlug ihm die Tür vor der Nase zu. Er stellte sich so dicht wie möglich an die Haustür, um unter der Dachtraufe Schutz zu finden. Aus dem Haus drang Kaffeeduft. Seine Finger waren steif vor Kälte. Schließlich nahm er all seinen Mut zusammen und pochte noch einmal an. Dieselbe Frau öffnete und sah ihn an, als habe sie ihn noch nie gesehen.

«Könnte ich nicht mit Pjetur sprechen», sagte der Dichter.

«Falls Sie den Direktor meinen, so weiß ich nicht, ob er Zeit hat, Sie zu empfangen», sagte sie, als wäre der Direktor eine Art Gräfin.

Endlich wurde der Dichter vorgelassen. Der Direktor saß in seinem Privatkontor, über mächtige Schriftstücke gebeugt, und murmelte leise Zahlen vor sich hin. Er hatte den neuen Hut auf und sog an einer Zigarre mit einer vornehm verächtlichen Miene, die er sich in der Hauptstadt geborgt haben mußte. Sie paßte nicht in das Gesicht des Mannes. Der Dichter glaubte, den Mann kaum zu kennen. Er hatte beinahe Angst vor dem neuen Direktor. Zum Schluß erkühnte er sich doch, räusperte sich, nahm die nasse Mütze ab, strich sich das Haar aus der Stirn und sagte:

«Guten Tag.»

Der Direktor murmelte lange Zeit weiter zehn- und hunderttausend vor sich hin, notierte mit gebieterischem Verantwortungsbewußtsein und unter Stöhnen diese Summen auf verschiedene Zettel. Der Dichter zählte bis zweihundert.

Schließlich legte der Direktor den Federhalter hin und sagte kurz: «Guten Tag.»

«Guten Tag», sagte der Dichter noch einmal.

«Ja, sage ich denn nicht guten Tag, Mensch», sagte der Direktor. «Soviel ich weiß, habe ich schon guten Tag gesagt. Wo kommst du her? Und was willst du?»

«K-kennst du mich denn nicht mehr?» sagte der Dichter. «Ich heiße Olafur Karason. Ich habe bei dir im Sommer gearbeitet.»

«Wie? Olafur?» fragte der Direktor. «Bei mir? Was ist das für ein Unsinn. Niemand hat bei mir im Sommer gearbeitet. Sag, was du willst, aber schnell. Ich habe keine Zeit.»

«Hast du vergessen, daß du mein Wohltäter bist?» fragte der Dichter.

Der Wohltäter sog an seiner halb zerkauten Zigarre und blies eine Rauchwolke in die Luft.

«Ich wollte dich nämlich fragen, ob du für mich jetzt im Herbst etwas Ähnliches tun könntest, wie du es im Frühling getan hast», sagte der Dichter.

Der Direktor antwortete: «Ich bin allzeit bereit gewesen, alles für eine gute Sache zu opfern. Aber Leute, die keine Seele haben, sollten meiner Meinung nach am besten sofort begraben werden. Der Ansicht bin ich immer gewesen, Kerlchen.»

Er steckte die halbe Zigarre in den Mund und sog wieder aus allen Kräften, so daß der Rauch wie ein dichter Nebel seinen Kopf fast verhüllte.

«Ich habe im Sommer ein langes Gedicht gemacht, aber keiner wollte es hören. Deshalb glaubte ich, jetzt im Herbst würde es genauso gehen», sagte der Dichter, der sofort merkte, woher der Wind wehte.

Und da stellte es sich heraus, daß der Direktor den Jüngling ausgezeichnet kannte – er sagte, alle Entschuldigungen seien überflüssig. «Ich weiß ganz genau, welche Worte du wegen dieser Sache zu meinem Prokuristen geäußert hast. Die Leute, die gegen die Interessen der Gemeinde arbeiten, die müssen sich selber helfen. Ich bin kein Idiot, wenn du es wissen willst.»

Bis zu diesem Augenblick hatte Pjetur in einem ziemlich sachlichen Direktorstil gesprochen, nun aber gab er den langweiligen Ton auf, schlug auf den Tisch und fuhr fort:

«Glaubst du, ich wußte nicht, daß ihr zwei – du und diediese Person, die ich zwei Jahre hindurch davor bewahrt habe, öffentliche Unterstützung in Anspruch zu nehmen – daß ihr euch zusammengerottet habt, um mich hier in Svidinsvik lächerlich zu machen und meine heiligsten Bestrebungen zu verhöhnen? Und ihr habt die Gelegenheit ausgenutzt, als andere Dichter, die tausendmal größere Dichter sind, noch nicht von der Erntearbeit und vom Fischfang zurückgekommen waren, zum Beispiel Reimar Vagnsson, und habt euch geweigert, ein Gedicht zum Preise jener zu machen, denen Gott vergeben hat; ihr habt sie Gespenster genannt und zu meinem Vertrauensmann gesagt, es gäbe keine Seele. Ihr bildet euch wohl ein, ich sei ein verflucht armer Püttjer. Aber jetzt sollt ihr sehen, daß Leute, die ihre Dichtergaben nicht zur geistigen Erbauung des Volkes verwenden wollen und mich in einem heiligen Augenblick im Stich lassen, es am eigenen Leib zu fühlen kriegen! Du bist in meinen Augen um kein Haar besser als diese HuHure und ihr versoffener Kerl, der sich nicht mal zusammenraffen konnte, das Land zu düngen. Ich rede jetzt nicht davon, wie die Leute gearbeitet haben. Aber das war doch die Höhe, wenn man euch im Sommer erst am Mittag beim Mähen sah und er selber mit einem Katzenjammer in der Klappe lag. Nein, von jetzt ab wird hier auf meinem Grund und Boden nicht mehr mit Glacéhandschuhen angefaßt, damit du es weißt, Kerlchen. Übrigens, wenn du es schon wagst, mir unter die Augen zu treten, möchte ich dich etwas fragen: Wer hat das Haus angesteckt?»

Dem Dichter wurde es schwarz vor den Augen, und er antwortete mit Fistelstimme: «Ich verstehe das nicht. Das ist ganz unbegreiflich. Ich war draußen und ging unten am Fjord mit Torunn von Kambar –»

«Was geht mich Torunn von Kambar an? Übrigens ist das Mädchen abgereist – ins Ausland. Ich frage: Was weißt du, der einzige Mensch, der sich an jenem Abend in der Nähe des Hauses aufgehalten hat?»

«Ich habe mich an dem Abend nicht in der Nähe des Hauses aufgehalten.»

«Nun lügst du.»

«So wahr ich lebe, ich habe den ganzen Abend auf dem Boden bei Holmfridur gesessen und in einem Buch gelesen.»

«Ja, du glaubst vielleicht, ich hätte nicht gewußt, daß ihr euch mit Lügen, Verleumdungen, Zuträgereien und Klatsch über mich gegenseitig verdorben habt. Solch eine Hu-Hu-»

Dem Weinen nahe, Tränen in den Augen, fiel ihm jetzt der Dichter ins Wort: «Das ist nicht wahr, Pjetur! Einen rechtschaffeneren Menschen in Wort und Tat als Holmfridur auf dem Boden habe ich nie getroffen.»

Völlig verblüfft nahm Pjetur Palsson die Zigarre aus dem Mund und blieb einen Augenblick mit geöffneten Lippen stehen. «Ist es nicht wahr?» fragte er erstaunt. Und dann fuhr er fort, seine Stimme wurde lauter: «Was ich sage, ist nicht wahr? Hier! In meinem eigenen Haus? Was ist denn wahr, wenn ich fragen darf? Na, wenn ein Kerlchen wie du mir beibringen will, noch dazu in meiner eigenen und alleinigen Wohnung, was wahr ist und was nicht wahr ist, dann ist es sicher höchste Zeit, daß der Richter vor dem Gericht mit dir ein Wörtchen spricht, daß es nur so 'ne Art hat. Dann kann man sehen, wohin der Materialismus den Menschen bringt. Ihr sollt nicht länger glauben, ihr sogenannten begabten Menschen – ihr seid das schlimmste Pack von allem Pack –, daß ich solch ein Püttjer und Idiot bin, zu dem ihr sagen könnt: Das ist wahr und das ist nicht wahr; ganz nach eurem Belieben. Ich und nicht du bin es, dem der Grund und Boden hier gehört. Und ich, und nicht du, bestimme, was hier wahr und was hier nicht wahr ist. Und alle, die hier auf meinem Grund und Boden nichts für mich und meine Sache opfern wollen, sollen früher oder später die Stimme der Gerechtigkeit zu hören bekommen, daß es nur so 'ne Art hat. Wer weiß, ob die Gerechtigkeit nicht mit anderen Augen meine Sache betrachtet als ihr sogenannten begabten Menschen, Kerlchen.»

«Na», flüsterte der Dichter und lehnte sich kraftlos gegen die Wand wie einer, der im nächsten Augenblick erschossen werden soll, «dann habe ich also vielleicht das Haus angesteckt.»

«Darüber will ich mich nicht äußern. Das hat das Gericht zu entscheiden», sagte der Direktor, dessen Zorn ziemlich verraucht war, als er sah, daß der Dichter dem Umsinken nahe war. «Hier hast du zwei Kronen. Mach, daß du fortkommst.»

Dann faßte er den Dichter am Arm, öffnete die Tür und schob ihn behutsam hinaus.

29

ALSO HATTE ER AUCH DAS HAUS ANGESTECKT. Der Herbstregen war genauso, wie er einst gedichtet hatte: «Dort haben Tränen wohl ihr Vaterland.»

Er fühlte, daß sich jetzt das Ende nähern mußte. In seiner Einbildung stand er bereits vor Gericht, an Händen und Füßen gefesselt, nie zu sühnende Verbrechen auf dem Gewissen. Verbrechen sind nämlich nur die Missetaten, die man nach anderer Leute Meinung begangen hat. Er war der Feind seiner Wohltäter, ein Brandstifter und Dieb und wahrscheinlich ein Mörder. Je später es wurde, je mehr es regnete, je schlimmer ihn der Hunger quälte, desto fürchterlicher kam er sich als Verbrecher vor. Seine Lage schien ganz und gar hoffnungslos zu sein. Zwar hatte er 52 Kronen in der Tasche, und er war nun wohl der reichste Mann im ganzen Ort, soweit es sich um bares Geld handelte, abgesehen von dem sagenhaften Schnupftabakhacker Jon, dem leuchtenden Vorbild des Pastors, und er hätte sich Grütze und vielleicht sogar Fisch gegen Barzahlung in jedem beliebigen Haus kaufen können, aber er kam nicht auf diesen ausgezeichneten Gedanken. Er irrte durch die nassen Straßen des Orts, in den gelben Mooren der Umgebung und auf dem Strand umher, als untersuche er dort etwas; und er trank den Regen aus der Luft. Ja, das Ende näherte sich unaufhaltsam. Aber erst als es zu dunkeln begann, faßte er einen endgültigen Entschluß. Er ging zum Arzt. Man führte ihn durch einen langen Gang und ließ ihn dort warten. Auf beiden Seiten des Gangs waren Türen. Er wartete eine Weile und wrang seine Mütze auf dem Fußboden aus. Schließlich kam die Frau des Arztes und fragte, was er wolle.

Er sagte:

«Ich möchte gern mit dem Arzt sprechen.»

«Der Arzt ist beschäftigt», sagte die Frau.

Da fiel ihr Blick auf die Lache auf dem Fußboden, und sie fragte:

«Was ist das für ein Bach auf dem Fußboden? Bist du krank?»

«Ja», sagte er.

«Solch eine verfluchte Schweinerei habe ich noch nicht gesehen», sagte die Frau und betrachtete angeekelt die Pfütze auf dem Fußboden.

«Es ist von meiner Mütze», sagte der Dichter.

«Hoffentlich fehlt dir nichts Schlimmes», sagte die Frau.

«Doch», sagte der Dichter. «Ich bin sehr krank.»

«Ach, hat sich was. Ich werde dir schon helfen», sagte die Frau. «Magenschmerzen oder Erkältung?»

«Nein.»

«Kopfschmerzen? Zahnschmerzen?»

«Nein», sagte er. «Schlaflosigkeit.»

«Na, weiter nichts als Schlaflosigkeit», sagte die Frau. «So etwas nenne ich keine Krankheit. Was wollen wir dagegen tun? Was meinst du?»

«Ich möchte ein Schlafmittel kaufen», sagte der Dichter.

«Wieviel Geld hast du?» fragte die Frau.

«Fünfzig Kronen», sagte der Dichter.

«Für fünfzig Kronen Schlafmittel», sagte die Frau. «Meinst du, ich bin verrückt? Oder soll das ein Witz sein?»

«Zwei Kronen», sagte der Dichter.

«Zwei Kronen», wiederholte die Frau. «Bei dir scheint eine Schraube los zu sein. Ich glaube, du hast überhaupt kein Geld.»

Da holte der Dichter sowohl ein Zwei-Kronen-Stück als auch einen feuchten Fünfzig-Kronen-Schein aus der Tasche, und er zeigte ihr beides.

«Wie bist du zu dem Fünfzig-Kronen-Schein gekommen?» fragte die Frau.

«Den habe ich von einem Mann bekommen», sagte der Dichter.

Da sagte die Frau, er solle ins Wartezimmer gehen. Sie verschwand in der Apotheke, um ein Mittel gegen Schlaflosigkeit zu suchen. Kurz darauf kehrte sie zurück und gab ihm eine Dreiviertelliter-Flasche voll Medizin, die nur zwei Kronen kostete, und sie sagte, daß er davon vor dem Schlafengehen einen Löffel voll nehmen solle. «Übrigens ist es ganz überflüssig», sagte sie, «an Schlaflosigkeit zu leiden. Schlaflosigkeit kommt nur davon, daß die Leute kein Ziel im Leben haben und nicht genug, woran sie denken können. Ich habe noch nie an Schlaflosigkeit gelitten.» Der Dichter dankte, steckte die Flasche in seine Hosentasche und sagte adieu.

Auf dem Weg zur Haustür schien es ihm, als würde eine der Türen im Gang heimlich einen Spalt breit geöffnet, und soviel er sah, spähte dort jemand durch die Türritze. Aber er kümmerte sich nicht darum, sondern ging einfach weiter. Als er bei der angelehnten Tür vorübergehen will, wird sie plötzlich halb aufgestoßen, eine Hand langt heraus, packt blitzschnell den Arm des Dichters und zieht ihn über die Türschwelle in das Zimmer.

Er kommt in ein Zimmer mit Bücherregalen an den Wänden, einem Schreibtisch, Lehnstühlen, einem Schrank in einer Ecke, in einer anderen zwischen medizinischen Instrumenten ein Gewehr; und die ganze Stube voller Zigarrenrauch.

Vor ihm steht der Amtsarzt in eigener Person und lacht. Dann lugt er nochmals und sehr vorsichtig durch die Türritze, legt den Finger auf den Mund, zum Zeichen dafür, daß der Dichter still sein soll. Nachdem er sich vergewissert hat, daß keine Gefahr zu befürchten ist, flüstert er, das eine Auge zukneifend, dem Dichter erklärend zu:

«Ich glaubte nämlich, die beiden alten Biester mit den gebogenen Hörnern, du weißt schon, wären draußen im Gang.»

Er drehte den Schlüssel im Schloß herum und steckte ihn in die Tasche. Dann ging er wieder zum Dichter und begrüßte ihn mit absonderlichstem Wortschwall und oftmaligem Händeschütteln, das kein Ende nehmen wollte. Sein Gesichtsausdruck war ein Gemisch von wunderlicher Ausgelassenheit und furchtsamer Unruhe, ja Angst, wobei dem Dichter wirklich nicht gut zumute war.

Als der Arzt eine Zeitlang in überstürztem Ton, die sonderbarsten Ausdrücke verwendend, über Gott-weiß-was auf ihn eingeredet hatte, so daß Olafur Karason sich völlig dußlig vorkam, stieß der Arzt den Patienten in einen Lehnstuhl neben dem Fenster, stellte ein Wasserglas mit Branntwein vor ihn hin und forderte ihn auf zu trinken. Er selber ging zu dem Schrank und trank, dem Dichter seinen Rücken zukehrend. Danach begann er zum zweitenmal dem Dichter die Hand zu drücken und nahm seine Rede wieder auf. Er sagte, er wisse sehr gut, daß Olafur Karason ein Dichter sei, obendrein ein großer Dichter; das heißt ein Mann, der sich einbildet, einen Zipfel vom Blitz erfaßt zu haben. «Aber du lieber Gott», fügte er hinzu, «das ändert nichts an der Tatsache, daß du ein Einfaltspinsel bist. Alle, die glauben, daß sie Dichter sind, sind verrückt. Den ganzen Sommer über habe ich daran gedacht, dich zu erwischen und mit dir einen Abend zusammen zu sein, um dir einen Roman von mir vorzulesen. Trink, sage ich! Soll ich dir mein Gewehr zeigen? Alle großen Dichter haben ein Gewehr. Die Waffe und das Buch, das war stets mein Wahlspruch. Puschkin und Lord Byron sind mit dem Gewehr in der einen Hand und dem Roman in der andern gestorben. Trink!»

Der Arzt öffnete seine Schubladen, um seinen Roman zu suchen, und stöberte eine Weile in den Schubladen herum, bis er einen Haufen Blätter herauszog, alle angefüllt mit einer steilen großen Handschrift, so daß auf einigen Seiten nur für vier bis fünf Zeilen Platz war. Dann holte er das Gewehr aus der einen Ecke, überzeugte sich davon, daß es geladen war, ließ im Vorbeigehen den Dichter in den Lauf gucken und setzte sich ihm gerade gegenüber, das Gewehr in der einen Hand, seinen Roman in der andern. So fing er an zu lesen. Der Dichter hatte furchtbare Angst, vor allem, weil der Gewehrlauf drohend auf ihn gerichtet war.

Es war eine unheimliche Schilderung von einem schrecklichen Unwetter auf dem Meer. Ein Schiff, das Segel und Takelwerk verloren hatte, wurde von den Sturzseen hin und her geworfen und wartete nur noch auf die eine, die ihm den Gnadenstoß geben sollte. Endlich kam die sehnlichst erwartete Sturzsee und riß das Schiff in die Tiefe. Der Dichter hatte leise gehofft, dies sei der Schluß der Geschichte; aber weit gefehlt. Jetzt erst begannen weitläufige naturwissenschaftliche Beschreibungen von verschiedenen Arten von Walen, Walrossen, Haifischen, riesigen Flundern und anderen Tiefseefischen, vor allem aber von solchen Walen, die einen langen Stoßzahn haben, Hörner oder eine Art Schnabel. In welcher Verbindung diese Fische miteinander oder mit dem Schicksal des Schiffs oder mit anderen Ereignissen des Romans standen, war aus dem Gang der Erzählung nicht ersichtlich; und Olafur Karason lauschte der düsteren Dichtung mit fürchterlich knurrendem Magen und triefendem Angstschweiß, denn der Gewehrlauf war noch immer drohend auf ihn gerichtet. An Entkommen zu denken war hoffnungslos, denn die Tür war verschlossen und der Schlüssel in der Tasche des Arztes. Aber als er verstohlen nach dem Fenster schräg vor ihm blickte, sah er, daß die eine der untersten Scheiben nur mit zwei Haspen zugehakt war, so daß ein kühner Mann in Lebensgefahr das Fenster öffnen und entschlüpfen konnte.

«Wie gesagt», stellt der Arzt fest, «das Schiff ist untergegangen, und Riesenfische herrschen unten im Meer. Was wäre jetzt zu tun?»

«Das weiß ich nicht», sagt der Dichter.

«Denk nach! Bist du ein großer Dichter, so mußt du wissen, was man nun zu tun hat. Was würdest du tun?»

«Wahrhaftig, ich weiß es wirklich nicht», sagt der Dichter.

«Du lieber Gott, wie kann man ein großer Dichter sein, wenn man keine blasse Ahnung davon hat, was zu tun ist, wenn man weder aus noch ein weiß?» sagt der Arzt. «Ich gebe dir drei Minuten zum Nachdenken. Das Gewehr stelle ich hierher.»

Er zieht seine Uhr aus der Tasche, steht auf, stellt die Waffe wie eine Puppe in den Sessel vor dem Dichter, geht an den Schrank, mischt sich einen Trunk, hält ihn gegen das Licht und dreht dem Dichter den Rücken zu, während er trinkt.

Dem Dichter perlt der Schweiß von der Stirn. Er zerbricht sich den Kopf, ob man die Sache lösen könnte, wenn man ein anderes Schiff denselben Weg segeln läßt, oder so, daß es den Hafen erreicht; oder aber so, falls die Leser damit einverstanden wären: einer von den mit mächtigen Rachen ausgestatteten Riesenfischen verschlingt im letzten Augenblick die ganze Besatzung und speit sie nach drei Tagen unbeschädigt irgendwo aufs Land. Aber wie die Sache nun einmal steht, scheint weder die eine noch die andere Lösung annehmbar zu sein. Schließlich faltet der Dichter in seiner Verzweiflung die Hände und starrt blöde vor sich hin. Er sieht keinen anderen Weg, diesem fürchterlichen Roman zu einem Schluß zu verhelfen, als sich vom Arzt ermorden zu lassen. Da sind die drei Minuten verstrichen.

«Na, bitte!» sagt der Arzt mit einem zweideutigen Grinsen. «Die Frist, die ich dir gegeben habe, ist verstrichen. Was tust du also?»

«Ich weiß es nicht.»

«Trink, du lieber Gott», sagt der Arzt.

«Danke», sagt der Dichter. Und er führt das Glas an seine Lippen.

«Es wird nicht weniger im Glas. Vielleicht willst du lieber Kognak haben?»

«Nein, nein, nein», sagt der Dichter und zuckt zusammen. «Ich will viel lieber Branntwein haben.»

«Na, du lieber Gott, so trink das Glas Branntwein aus.»

«Danke.»

«Was tust du jetzt also?»

«I-ich bin ein so kleiner und unbedeutender Dichter –»

«Du bist ein Narr und ein Tölpel», sagt der Arzt.

«Ja», antwortet der Dichter.

«Auf den ersten Blick», sagt der Arzt, «sieht es so aus, als sei es ganz hoffnungslos, überhaupt das Geringste zu tun, so wie die Sachen nun einmal stehen. Wie du siehst ist alles untergegangen und zur Hölle gefahren. Aber da tue ich das, was in Wirklichkeit das Merkwürdigste von allem ist, obgleich es so einfach ist, ein Kind hätte von allein auf den Einfall kommen können, wenn es die Sache hinterher zu hören bekommt: ich rette den Koch.»

«Na», sagt der Dichter.

«Na?» wiederholt der Arzt. «Sagst du: na? Was meinst du? Was für ein verfluchter Narr du bist, Bengel. Das kann dir bei Gott teuer zu stehen kommen, ‹Na› zu sagen. Trink! Oder ich binde dich und gieße es dir in den Rachen.»

«Besten Dank», sagt der Dichter. «Jetzt habe ich genug getrunken. Ich fürchte, ich muß gehen. Ich habe es nämlich etwas eilig.»

«Ach was», sagt der Arzt. «Ich habe noch viel mit dir zu bereden. Ich muß dir noch eine Masse zeigen. Ehrlich gestanden, ich sehne mich immer danach, ab und zu mit vernünftigen Geschöpfen zu sprechen. Ist das ein Leben, die ganze Zeit nur seinen eigenen Sarg krachen zu hören?»

«Entsetzlich», sagt der Dichter, und ein Grauen überläuft ihn.

Bei diesem Gedanken ist der Arzt unruhig geworden. Er steht auf, legt einen Augenblick das Ohr horchend an die Tür, schleicht auf Zehenspitzen zum Dichter, beugt sich über ihn und flüstert: «Hör mal, Freund, ist dir etwas in der Nähe des Hauses aufgefallen, als du kamst?»

Der Dichter verneint es.

«Etwa Ziegen oder dergleichen?»

«Nein, ich habe keine Ziegen bemerkt.»

«Überhaupt keine Tiere mit Hörnern?»

«Tiere mit Hörnern?» fragt der Dichter.

«Ja, ich meine – hast du draußen vor der Haustür nicht zwei alte Widder mit gebogenen Hörnern gesehen?»

«Nein», sagt der Dichter.

«Na, mein Lieber, dann ist alles in Ordnung», sagt der Arzt etwas beruhigt, und er streichelt dem Dichter die Wange. «Und nun trink.»

Er hält das Glas an den Mund des Gastes und gießt ihm den Branntwein in die Nase und oben in sein Wams. Dann fängt er wieder an, in seinem Schreibtisch herumzustöbern, und holt mehrere Blätter heraus, diesmal Zeichnungen.

«Es sind kopierte Zeichnungen, die ich zu einer gründlichen Untersuchung an die Universität geschickt habe.»

Der Dichter wagt nicht mehr, das fürchterliche Wort «Na» auszusprechen, er hat eine Heidenangst, den Arzt zu beleidigen. Darum sagt er:

«Also weshalb?»

«Ich will ein für allemal betonen, daß ich nicht an okkulte Phänomene glaube, mag Pjetur Dreiroß auch sagen, was er Lust hat», erklärt der Arzt. «Als Arzt, Wissenschaftler und Empirist kann ich mir nicht erlauben, Unfug zu unterstützen. In meinen Augen sind alle Erscheinungen wissenschaftlich. Ich bin mit dem Messer in der Hand erzogen, und deshalb verlange ich Forschung. Das ist vielleicht eine harte Lehre, aber du lieber Gott, ich sage genau, was ich meine: ich habe für ein Gespenst nicht mehr Respekt als für einen Menschen, gleichgültig, was Pjetur Dreiroß auch sagen mag. Und noch weniger will ich etwas von verfluchten Geistern hören. Forschung, Forschung, Forschung! Wissenschaft! Wissenschaft, hörst du. Trink, oder ich schlage dich, daß du die Besinnung verlierst.»

Der Arzt genehmigte sich wieder etwas Flüssiges aus dem Schrank, dem Gast den Rücken kehrend, kommt zurück und redet weiter:

«Eines Nachts, Anfang des Frühjahrs, sitze ich in meinem Arbeitszimmer und bin mit einer Urinanalyse beschäftigt. So fing es an. Eine ganz gewöhnliche, alltägliche Urinanalyse, eine von den Analysen, die man hunderttausendmal oder noch mehr im Jahr ausführt, du lieber Gott, ohne daß man deswegen ein Wort verliert. Aber was geschieht? Gleich als ich mir mit Hilfe meiner Instrumente die Sache betrachte, tauchen plötzlich vor meinen Augen sonderbare Figuren auf, dergleichen ich nie zuvor gesehen habe, Figuren, die – das kann ich versichern – weder von mir noch von einem anderen Arzt unter solchen Umständen beobachtet worden sind. Diese Figuren hatten nicht nur Form und Perspektive, sondern auch Konstitution, sie hatten eine Art Zeit- und Raumeigenschaft in vollkommener Übereinstimmung mit Einsteins Theorie. Im übrigen erinnerten sie, falls ich sie überhaupt mit etwas vergleichen soll, vor allem an einen grandiosen Film, abgesehen davon, daß darin Sachen vorkamen, die nicht einmal der größte Filmkünstler nachahmen kann. Beispielsweise sah ich einen gewaltigen Fluß, einen Strom, der breit und reißend zugleich ist, etwa wie der Mississippi, er wälzt sich brausend zwischen bewaldeten Ufern dahin, was du auf der Zeichnung Nummer 1 sehen kannst. Plötzlich kommt da, vor meinen Augen, ein unfaßbar, ein ungeheuer großes Tier angeschwommen mit so gewaltigen Hörnern, wie ich sie mein Lebtag an keinem anderen lebenden Geschöpf gesehen habe; die ragten gen Himmel wie zwei fürchterliche Mastbäume. Ich habe sie hier auf einer besonderen Zeichnung, Nummer 4. Aber kaum hat das Ungeheuer seine Beine auf dem Ufer und schüttelt sich, was das Zeug halten will, denn es ist Mondschein und auf der Erde liegt eisiger Schnee, da kommt eine Rotte Wesen, halb Ziege und halb Mensch, auf Einhörnern durch den Wald geritten. Vorn reitet eine Frau mit gebogenen Hörnern, und zwar, Gott steh mir bei, auf einem grünen Pferd, so wahr ich lebe. Hier auf diesen Bildern kannst du dir die ganze Gesellschaft mit allen Einzelheiten ansehen; und hier hast du ein Bild von der Königin in eigenster Person. Ihre Hörner sind genau wie die von einem Bock, mit Streifen, und trotzdem, es sind weibliche Hörner, so wahr ich auf Erden lebe. Was für eine wissenschaftliche Bedeutung diese Streifen an den Hörnern eigentlich haben, kann ich hier leider nicht feststellen, weil mir die nötigen Hilfsmittel fehlen. Das ist Sache der Universität. Das einzige, was ich der Universität versichern kann, ist dies: ich habe es mit meinen eigenen Augen durch wissenschaftliche Instrumente festgestellt. Ich, ein Mann mit wissenschaftlicher Ausbildung; ich, ein Mann, der sich ein für allemal weigert, etwas Übernatürliches anzuerkennen und dem es nie einfallen könnte, an eine andere Welt zu glauben. Mir ist es völlig schnuppe, daß Pjetur Dreiroß den ganzen Ort gekauft hat und mich folglich bei der Behörde verklagen kann, sie können mich von mir aus rädern und vierteilen, wenn sie Lust haben. Aber weder Himmel noch Erde sind imstande, mich rumzukriegen, daß ich zugebe, es gäbe auch nur den winzigsten Engel; von mehr gar nicht zu reden. Ich weiß, daß du es für dich behältst, mein Freundchen, sonst wird Pjetur Dreiroß ganz verrückt, obgleich der Ort ihm nur den Namen nach debitiert ist. Selbstredend, der Mann hat recht, hier im Ort ist absolut notwendig, daß die Leute an Gespenster glauben. Verdammt und zugenäht, woran sollten sie sonst glauben? Das selige Leben im Jenseits ist in erster Linie für das diesseitige Leben von Bedeutung. Und darum meine ich, als ein Teil unserer Gesellschaft kann eine Seelenforschungsgesellschaft einem dies Leben bestimmt nicht geben. Leider. So muß irgendwer den Leuten ein Leben im Jenseits geben, an Stelle von Kartoffeln, Schuhen und Torf, denn die Kirche ist bekanntlich tot und zur Hölle gefahren. Das kannst du, wenn es dir Spaß macht, mit einem Gruß von mir, jedem ausrichten; selbst wenn Pjetur Dreiroß den ganzen Platz bar bezahlt haben sollte! Du lieber Gott, das sage ich, so wahr ich lebe. Trink.»

«Danke», sagt der Dichter.

Der Arzt, der seine Bilder über Tische und Stühle verstreut hat, geht noch einmal zum Schrank, kehrt dem Dichter den Rücken und trinkt.

«Jetzt muß ich leider gehen», sagt der Dichter und steht auf.

«Quatsch», sagt der Arzt. «Es eilt absolut nicht. Es geschieht nicht so oft, daß du mein Gast bist. Jetzt wollen wir Karten spielen. Trink dein Glas aus, und dann spielen wir etwas Pikett.»

«Ich muß gehen», sagt der Dichter.

«Ausgeschlossen. Erst wird das Glas geleert», sagt der Arzt und drückt ihn wieder auf den Stuhl nieder. «Du bist mein Gast. Eigentlich haben wir überhaupt noch nicht miteinander gesprochen. Erst wenn du dein Glas ausgetrunken hast, können wir anfangen, miteinander zu sprechen.»

«I-ich kann leider keinen Branntwein trinken.»

«Dann mußt du es lernen.»

«I-ich habe Angst vor Alkohol», sagt der Dichter.

«Dann kannst du kein Dichter sein», sagt der Arzt. «Ebensowenig ein Mensch. Und am allerwenigsten ein Isländer. Branntwein ist der Anfang vom Leben.»

Er steht auf, in der einen Hand das Glas, und umschlingt mit dem anderen Arm blitzschnell den Nacken des Dichters, stößt ihm die Finger zwischen die Zähne und will ihm den Branntwein in die Kehle gießen. Sobald der Branntwein die Lippen des Dichters benetzt, zuckt er zusammen wie ein unberührtes Mädchen, das zum erstenmal einen Mann fühlt; und er stößt mit der Schulter gegen das Glas, daß es zu Boden fällt und zerbricht. Der Arzt betrachtet eine Weile die Scherben mit den sturen Augen eines Betrunkenen und sagt kein Wort. In seinem Gesicht rührt sich nicht ein Muskel, dann geht er stumm und gelassen und in vollem Bewußtsein seiner großen Verantwortung wie vor einer chirurgischen Operation zum Schrank. Er nimmt ein anderes Glas heraus, füllt es und stellt es vor den Patienten hin. Das alles erfordert Zeit. Der Arzt läßt sich nicht aus der Ruhe bringen. Währenddessen aber hat der Patient unbemerkt das Fenster aufgehakt. Nachdem der Arzt das frisch eingeschenkte Glas Branntwein vor den Patienten hingestellt hat, untersucht er aufs neue und sehr gründlich sein Gewehr. Dann schiebt er alle Stühle aus dem Weg, mit einer Sorgfalt, als gälte es, in einem Operationszimmer alles für eine Operation in Ordnung zu bringen. Zum Schluß geht er nach der anderen Seite der Stube, stellt sich dort vor der Wand auf, dem Dichter gegenüber, hebt das Gewehr mit der einen Hand und zeigt mit der anderen auf den Branntwein.

«Trink!» kommandiert der Arzt.

Jetzt aber ereignet sich wieder einmal im Leben dieses Dichters etwas wie ein Wunder: unvermutet springt er auf, ohne Nachdenken stößt er das Fenster auf und hat sein Leben gerettet. Ehe der Arzt noch Zeit findet, das Gewehr anzulegen und zu zielen, ist der Dichter über die Fensterbank ins Dunkel hinausgesprungen. Der Schuß, der im nächsten Augenblick durch das offene Fenster knattert, hat sein Ziel verfehlt.

30

WELCHE VERBORGENE MACHT MOCHTE ES NUR SEIN, die diesen armen Dichter vor einem jähen Tod in der Stube des Arztes bewahrt hatte? Er erhob sich aus dem Matsch unter dem Fenster und lief, so schnell er konnte, um sich aus dem Kugelregen zu retten. Erst beim Drahtzaun, der um das Haus lief, machte er halt und wandte sich um. Der Arzt hatte aufgehört zu schießen und das Fenster geschlossen. Der Dichter fühlte sich außer Gefahr, er kroch durch den Drahtzaun und ging seiner Wege.

Er klopfte an die Tür des Posthauses, das heißt an die Küchentür, und er fragte: «Kann man einen Brief abschicken?»

«Ja», sagte die Frau des Posthalters. «Wenn mann einen Briefumschlag hat. Und wenn man das Geld für eine Freimarke hat.»

Nun verhielt es sich so, daß er wohl 50 Kronen Bargeld besaß, aber weder einen Briefumschlag noch Geld für eine Freimarke.

«Och, ich glaube, es ist besser für dich, keinen Brief zu schreiben», sagte die Frau des Posthalters. «Alle Leute wollen Briefe schreiben. Aber wie oft habe ich nicht bemerkt, daß es ganz nutzlos ist, Briefe zu schreiben.»

«Eigentlich wollte ich auch gar nicht einen richtigen Brief schreiben», sagte er.

«Na also, da ist doch alles in Ordnung», sagte die Frau.

«Nein», sagte er. «Leider muß ich jemandem eine Kleinigkeit schicken.»

«Kannst du es ihm denn nicht selber geben?» sagte die Frau.

«Nein», sagte er. «Ich reise heute abend weg. Und sie kommt nicht vor morgen an.»

Schließlich einigten sie sich so, daß die Frau des Posthalters ihm einen Briefumschlag gab und versprach, den Brief gratis abzuliefern, sobald sie die Person, an die der Brief gerichtet war, hier am Ort treffen würde. Er legte den Fünfzig-Kronen-

Schein in den Briefumschlag, klebte ihn zu und schrieb auf den Briefumschlag: Fräulein Jarthrudur Jonsdottir aus Gil, in wenigen Tagen in Svidinsvik erwartet, Absender Olafur Karason Ljosvikingur. Eilt.

Die Frau legte den Brief auf ein Wandbrett, und er sagte gute Nacht.

«So, du gehst also heute abend nicht auf den Kirchhofsball wie alle anderen jungen Menschen?» sagte die Frau des Posthalters freundlich. Wahrscheinlich hätte sie ihm gern Kaffee gegeben, hätte er nur merken lassen, daß er bleiben wolle. Aber er hatte es eilig, antwortete nicht und war verschwunden. Ohne Zweifel, er war nicht ganz richtig im Kopf. Offenbar ahnte er nicht einmal, daß heute abend Kirchhofsball war. Jarthrudur Jonsdottir – wie konnte dieser Armenpflegling nur so viel Geld haben, um es an eine Frau zu schicken? Ob es stimmte, daß er das Haus angesteckt und den Geldschrank geplündert hatte? Auf alle Fälle hatte er ziemlich scheue Augen gehabt. Und er war in Eile. Und er hat gesagt, daß er wegreisen will.

Am Morgen hatte er eine kleine Einbuchtung zwischen den Klippen ausgesucht. Dort gab es etwas flachen Strand. Und heute früh, als er dort vorbeiging, begann die Ebbe gerade. Jetzt mußte sie ihren tiefsten Stand haben. In einer Stunde mußte die Flut wieder einsetzen. Er hatte vor, das Schlafmittel zu trinken, sich auf den Strand zu legen, tief einzuschlafen und sich vom Wasser überschwemmen zu lassen. Und dies elende Leben wäre zu Ende.

Die Herbstfinsternis war wie Teer. Schwerer Regen. Meeresbrausen. Er setzte sich auf den nassen Sand. Sein Bewußtsein war eine einzige Finsternis – eine Gemütsstimmung, in der jedes Wort, das Trost geben wollte, eine verstümmelte Leiche ist, die an Land gespült wurde. Keine Erinnerung ist mehr schön, sondern bitter und eine blutende Wunde; jeder Gedanke an das, was gewesen, ist eine Narbe, aufs neue aufgerissen, brennend. Aus dem Todesdunkel der Zukunft schimmerte nicht der winzigste Stern. In einem solchen Augenblick läßt man das vergangene Leben nicht an sich vorüberziehen wie auf einem stillen Sterbebett: was war gut, was böse, was schön, was häßlich? In diesem Augenblick gibt es nur einen Feind. Etwas anderes weiß er nicht. Und dieser Feind ist sein eigenes Leben. Er setzte die Flasche an den Mund und trank.

Ursprünglich war es seine feste Absicht gewesen, die Flasche in einem Zug zu leeren, um schnell und still einzuschlafen. Aber er hatte nicht daran gedacht, wie gräßlich die Medizin schmecken würde. Nur mit Unterbrechungen konnte er sie hinunterwürgen, und ihm wurde dabei so übel, daß er mehrmals nahe daran war, sich zu übergeben. Kalter Schweiß brach ihm aus allen Poren. Schließlich mußte er mit dem Trinken innehalten. Dabei hatte er die Flasche noch nicht einmal zur Hälfte geleert. Hoffentlich langt es trotzdem, dachte er. Und er erinnerte sich, daß die Frau des Arztes gesagt hatte, ein Löffel voll sei genug. Dann legte er sich in den Sand nieder, eine Wange auf seiner Mütze.

Leute von außerhalb meinen vielleicht, ein Kirchhofsball sei ein Ball, der auf dem Kirchhof zwischen den Gräbern stattfindet. Aber das ist nicht der Fall: Der Kirchhofsball ist ein Ball, den der Pastor jeden Herbst im Versammlungshaus der Gemeinde abhalten läßt, um Geld für die Instandhaltung des Kirchhofs zu sammeln. Aber nicht alle, die sich im Frühling darauf gefreut haben, kommen im Herbst zum Kirchhofsball.

Trotz alldem – die Jugend ist so schön! Das begreift man bei Petroleumlicht und beim Spiel der Ziehharmonika in einer Herbstnacht: das Leben ist herrlicher, als Worte es ausdrücken können. Junge Herzen, zwei Paar entzückte Augen, die beim Tanzen einander finden, zwei unerfahrene Verliebte, die einander zum erstenmal treffen. Ist das Leben nicht wundervoll? Gibt es überhaupt etwas Wundervolleres? Aber leider haben wir alle zu wenig Geld. Und wenn es Gottes Wille ist, daß wir Geld haben sollen, so hat jemand unser Geld gestohlen.

Während die Jugend sich zum Tanz einfindet, liegt der Dichter unten auf der Strandkante und wartet auf den Tod. Er hat nicht damit gerechnet, daß es so lange dauern würde. Sterben ist doch schwieriger und viel umständlicher, als viele annehmen. Verlangt die Seele auch nichts als Auslöschung und ewiges Vergessen, der Körper ist doch ein konservativer Herr, er läßt nicht so leicht locker. Er hat sich gedacht, von der Medizin würde er in zwei, drei Minuten einschlafen, aber er begann nur entsetzlich zu frieren, ohne im geringsten schläfrig zu werden. Und es war leider die beißende Kälte des Lebens, die ihn peinigte, nicht die ermattende Kälte des Todes. Selten ist ein Mensch wohl so völlig wach gewesen wie der Dichter Olafur Karason nach dieser Medizin. Lange versuchte er mucksmäuschenstill auf dem feuchten Sand zu liegen, aber weil die Seite, auf der er lag, gänzlich gefühllos geworden war, drehte er sich auf die andere. Die Zeit verstrich langsam. Der Tod wollte nicht kommen. Schließlich dünkte es ihn jedoch, daß er aus dem Meeresbrausen Musik klingen höre, und er fühlte in seiner Brust ein Frohlocken; in ihm steckte noch immer manches von dem, was er als Kind in Fotur unter Fotarfotur aus der Postille zu hören bekommen hatte. Zum Beispiel: beim Sterben würde man mit Musik im Himmel empfangen werden. Als er aber genauer hinhörte, entdeckte er, daß die Musik nicht vom Himmel, sondern hier von der Erde kam. Es war der Kirchhofsball. Bedauerlicherweise wollte die Musik dieser Welt seine Ohren nicht verlassen, obwohl er versuchte, sie mit Sand zuzustopfen. Wieder und wieder vernahm er, mit dem Sausen der Herbstnacht vermischt, Töne der altbekannten Tanzweise: «Groa hat wohl feine Schuh, hat feine Schuh, hat feine Schuh, und Mitgift kriegt sie auch dazu und Hof und Haus und Kuh...»

Bei den Klängen dieser weltlichen Musik wurde er plötzlich von einer entsetzlichen Ahnung ergriffen: sollte das Schlafmittel etwa nichts taugen? Bestürzt nahm er die Flasche mit seinen vor Kälte steifen Händen, setzte sie an den

Mund und würgte das gräßliche Gift bis zum letzten Tropfen durch die Kehle. Danach legte er sich wieder zum Schlafen nieder. Aber nach dem Trank überfiel ihn ein so heftiges krampfartiges Zittern, daß es ihm so gut wie unmöglich war, im Sand still zu liegen. Der Körper verlangte Bewegung, Leben, koste es, was es wolle. Ein über das andere Mal wollte er aufspringen und die Arme zusammenschlagen, um warm zu werden.

Und mitten in diesem Kampf, ehe er es weiß, rollt eine Woge über ihn, taucht in die Flut und wieder in die Höhe, reißt ihn mit sich hinaus; alles auf einmal, um ihn schließlich kopfüber im flachen Wasser vor der Strandkante liegen zu lassen. In der nächsten Sekunde ist Olafur Karason auf die Beine gekommen und rennt den Strand hinauf, was das Zeug hält, um sich vor der nächsten Woge in Sicherheit zu bringen. Nach wenigen Sekunden steht er so weit oben auf dem Land, daß er von der See nichts mehr zu befürchten braucht. Es ist schon so, wie es in einem alten Sprichwort heißt: Ein Schelm, der für den Galgen bestimmt ist, ertrinkt nicht. Es war das zweite Mal an demselben Abend, daß der Leib das Steuer in die Hand nahm und ihn vor den finsteren Beschlüssen der Seele rettete.

Durchnäßt von Salz- und Süßwasser, mit einem Schlafmittel in den Nerven und Salzwasser in Nase und Mund, die steif gefrorenen Hände tief in den klitschnassen Taschen, latschte er im Herbstdunkel den Weg hinauf. Vielleicht war er tot und spukte. Er stieß gegen einen Menschen, der ebenfalls im Dunkel umherstolperte. Beinahe wären sie übereinander gefallen. Aber sie fielen nicht, sie blieben nur stehen. Olafur Karason Ljosvikingurs Zähne klapperten in seinem Mund, aber er konnte kein Wort hervorbringen. Der Fremde machte auch verzweifelte Versuche, um etwas zu sagen, aber man konnte nur hören, daß es in seinen Kinnladen, dem Gesicht und der Gurgel knrischte; leider ohne Erfolg. Schließlich fand er den Ausweg. Er umarmte Olafur Karason in der Finsternis, seine zuckende Wange an die feuchte Brust des Dichters legend, und sagte: «Mein Bruder.» Und Olafur Karason scherte sich nicht um den Geruch des Hoffmannstropfenverbrauchers, sondern er war von Jubel und Dank erfüllt, daß er diesen wunderlichen Seelenspiegel wiedergefunden hatte; und er umarmte ihn viele Male.

«Hiev up», sagte der Ewige.

Er hatte einige Tage krank bei seiner Schwester gelegen, aber gestern abend war er wieder auf die Beine gekommen, um sich Hoffmannstropfen zu verschaffen. Nun war er wieder der Alte.

Er war unterwegs zum Kirchhofsball wie andere rechtschaffene Leute und nahm jetzt des Dichters Arm. Vielleicht waren sie beide tot.

«Dabei habe ich einen Gedenkvers über dich gemacht», sagte der Dichter.

Der Ewige blieb auf dem Weg stehen, um den Dichter für diese edelmütige Tat besonders zu umarmen. Denn wie viele müssen sich heutigentags nicht damit abfinden zu sterben, ohne einen Gedenkvers zu bekommen.

Dann bogen sie ab und schlugen den Weg zum Gemeindeversammlungshaus ein. Zwei Männer. Und doch in Wirklichkeit ein und derselbe Mensch. Die Seele.

Lieblicher Kaffeeduft strömte ihnen vom Kirchhofsball entgegen. Der Ewige zeigte dem Dichter seinen geöffneten Geldbeutel. Er hatte Ein- und Zwei-Kronen-Stücke darin. Lange standen sie im Schein der erleuchteten Fenster, lauschten hingerissen der Musik und dem rauschenden Tanz, ehe sie sich weiterwagten:

> Groa hat wohl feine Schuh,
> hat feine Schuh, hat feine Schuh,
> und Mitgift kriegt sie auch dazu
> und Hof und Haus und Kuh,
> hat feine Schuh, hat feine Schuh,
> und Hof und trallalla...

Nicht alle, die sich im Frühling darauf gefreut haben, gehen im Herbst zum Kirchhofsball.

Trotz allem war es Olafur Karason, der zum Kirchhofsball ging. Freilich nicht so, wie man es im Frühling verabredet hatte; aber in einem neuen Leben, nachdem das Schloß im Sommerland niedergebrannt war.

Drittes Buch

Das Haus des Dichters

I

OBEN AUF DEM ABHANG, WO MAN ÜBER DIE HAUSdächer sehen kann, hängt eine Holzhütte mit schrägem Dach und Beischlag, darin ist eine Stube mit Herd und ein Kämmerchen. Dort sitzt, schon zeitig im Frühjahr, ein blasser Mann am Fenster und lullt sein krankes Kind in den Schlaf: der Dichter Olafur Karason Ljosvikingur. Wer ein krankes Kind hat, der hat ein Haus. Man nennt die Hütte nach dem Namen des Sitzes der Götter «Hochhimmel». Sonne über dem Sund, spiegelblank die kleinen Buchten. Am frühen Morgen, als die Braut des Dichters aufgewacht war und Gott gepriesen hatte, war sie sogleich hinunter nach dem Trockenplatz gegangen, um dort für Geld zu arbeiten. Der Dichter schaute über die Dächer dort unten, über den blauen Fjord, nach den geheimnisvollen Dunstschleiern des Gebirges auf der anderen Seite, und er wiegt sein Kind. Alles ist besser, als für Geld zu arbeiten.

Er beugt sich über die Kleine und küßt ihre Stirn, sie lächelt zu ihm auf.

«Mein geliebtes kleines Mädchen», sagte er, und erst jetzt fühlte er etwas für die kleine Margarethe, jedenfalls kam es ihm so vor. Solange sie gesund und munter war, hatte er sich nicht um sie gekümmert; gesunde und muntere Kinder gehen einen nichts an, laßt sie für sich selber sorgen. Wir haben nur Pflichten gegen die, welche leiden; wir lieben nur jene, denen es schlecht geht. Obwohl er früher kaum gemerkt hatte, wenn die Kleine ihm das Gesicht streichelte, so glaubte er jetzt, es gäbe nichts, das er ihr zuliebe nicht auf sich nehmen wollte: «Mein geliebtes Mädchen!» Und er preßte das kranke Kind an sich. «Wird es draußen wärmer und meine kleine Magga ist wieder gesund, dann gehen wir zusammen an den Strand und suchen Muscheln.»

«A-a», sagte das Kind mit mattem Stimmchen.

«Breite Muscheln und schmale Muscheln, feine rosa Kammuscheln», sagte der Dichter. «Vielleicht auch Seeschnecken.»

«Und Wauwau», sagte das Kind.

«Ja, und dann treffen wir Wauwau», sagte der Dichter. «Und Miau», sagte die Kleine. «Ja», sagte der Dichter, «und dann kommt Mieze und sagt miau.»

Da sieht er einen Mann die Anhöhe heraufkommen: die Hände auf dem Rücken, hochgewachsen, hager, ein wenig selbstbewußt; keiner von denen, die ohne zwingenden Grund an einem Frühjahrstag Besuche machen. Seinen Augen merkt man Unzufriedenheit an. Der Dichter geht hinaus, öffnet die Tür und heißt den Gast willkommen.

«Jens Färinger! Guten Tag, tritt ein», sagt er. «Wahrhaftig nichts Alltägliches, daß ein Bootsführer sich so hoch über den Meeresspiegel hinaufwagt. Hoffentlich bringst du nicht den Bösen mit herauf.»

Der andere reicht dem Dichter einen Priem als Gruß und nimmt selbst einen.

«Hauptsächlich bin ich den Berg hinaufgestiegen, um in bessere Stimmung zu kommen», sagt er, ohne irgendein überflüssiges Scherzwort zu verlieren.

«Leider ist meine Braut nicht zu Hause, ich kann dir keine Tasse Kaffee vorsetzen», sagt der Dichter. «Dafür kann ich dir einen Spucknapf leihen, damit du deinen eigenen Tabak spucken kannst, solange du hier bist.»

«Oh, nicht nötig», entgegnet der Gast in Gedanken, als er in die Stube tritt.

«Ach so», sagt er nach einer Weile wie geistesabwesend als Antwort auf die witzigen Bemerkungen des Dichters. «Es sieht jetzt jedenfalls so aus, als hätte man unten im Ernst beschlossen, den Leuten das Leben unmöglich zu machen.»

«Was du nicht sagst», erwidert der Dichter. «War auch höchste Zeit.»

«Ich mache keinen Spaß. Kannst du die dort sehen?» Und der Mann zeigt nach drei Trawlern, die in der Fjordmündung liegen und fischen. «Rühren sich nicht vom Fleck», sagt er, «kratzen den Boden wie Holzlöffel einen Topf mit Grütze. Sei froh, solange sie nicht in die Kohlgärten gehen, zwei Leuten wurden heute früh ihre Netze zerstört, sind jetzt bis aufs Hemd gerupft.»

«Wo sind die Inspektionsschiffe?» fragt der Dichter.

«Selbstredend vor der Südküste, wo sie für die feinen Leute was zu besorgen haben; wie gewöhnlich!» sagt der Bootsführer.

Der Dichter weiß nicht, was er sagen soll, er kann sich nicht so leicht erregen. «Ja, so geht es eben», erwidert er.

«In Wirklichkeit kann man das hier nicht mehr ein Leben für Menschen nennen», sagt Jens Färinger, «und man kann es keinen ehrlichen Kampf nennen, zum Teufel! Ich ziehe mit einer Jolle und einem geflickten kleinen Netz auf Fang und du mit einem Trawler und einem Grundschleppnetz – ist das ein ehrlicher Kampf? Wenn zwei kämpfen: der eine ein unbewaffnetes, harmloses Wickelkind, der andere ein voll ausgerüsteter Berserker, der in den Schildrand beißt, ist das ein ehrlicher Kampf? Nein, das ist Mord.»

«Oh, das möchte ich nun vielleicht nicht sagen», meint der Dichter vorsichtig. «Auf alle Fälle ist es jedoch Diebstahl.»

«Jetzt haben die Fischgroßhändler miteinander beschlossen, die Fischpreise zu senken. Und Pjetur Dreiroß weigert sich einfach, außer dem Fang, den er selbst behandeln läßt, auch nur eine einzige Flosse zu kaufen, damit er unumschränkte Macht über das bißchen Arbeit hat, die es in Svidinsvik noch gibt, und bestimmen kann, wer Arbeit haben soll. Außerdem hat er eine allgemeine Lohnsenkung für die Regierungssteine bekanntgegeben.»

«Hat man versucht, bei der Obrigkeit zu klagen?» fragt der Dichter.

«Mann, bist du verrückt, glaubst noch an die Obrigkeit!» sagt der Gast.

Darauf kann der Dichter nichts antworten. Gast und Hausvater schweigen eine Weile. Was in aller Welt hatte diesen barschen Pessimisten von Bootsführer veranlaßt, den Dichter zu besuchen? Schließlich bricht der Gast das Schweigen, und er sagt plötzlich:

«Und dabei sind das nur Kleinigkeiten.»

Sah Jens Färinger nicht auffallend bleich aus? Himmelte er nicht ein bißchen mit den Augen? Ob er zu Jesus seine Zuflucht genommen hatte? Dem Dichter wurde bei diesem Gedanken etwas ängstlich zumute; er glaubte, das eigene Herz pochen zu hören. Meinetwegen mögen die großen Spitzbuben alle Fische den Armen und Kleinen vom Munde wegstehlen; meinetwegen mögen sie den Fjordboden leerkratzen und die armseligen Netze und Angelschnüre zerstören, die sich die armen Leute hier unter unglaublichen Opfern angeschafft haben; meinetwegen mögen die Inspektionsschiffe von den feinen Herrschaften zu Vergnügungsfahrten an der Südküste benutzt werden, während alles das hier vor sich geht; meinetwegen mögen sie den armen Leuten auf dem Wasser und dem Land alles rauben, mögen sie mit niedrigen Löhnen und Abzügen und sonstigen Finten auf jede erdenkbare Weise plagen; und meinetwegen mögen nicht einmal die Leute von der Obrigkeit unser volles Vertrauen verdienen, aber sind das alles nur Kleinigkeiten, Herr im Himmel? Worauf sollen wir uns denn noch alles gefaßt machen?

Jens Färinger hatte keine Lust, die Lage eingehender zu erklären; er beginnt von weniger gewichtigen Dingen zu sprechen. Und der Dichter weiß nicht, was er von ihm halten soll. Da sagt Jens Färinger:

«Hjörtur in den Wegehäusern ist doch ein Genie.»

«O ja! Er schlägt sich ja immer mit etwas herum, der Arme», sagt der Dichter.

«Du bist ein Dichter und siehst nicht, was in der Welt vorgeht», erwidert der Bootsführer. «Aber wir anderen tun es. Und was mich betrifft, so meine ich, daß Hjörtur in den Wegehäusern ein Held ist.»

«Ist das nicht etwas übertrieben?» fragt der Dichter. «Zugegeben, er hat hier im Ort die Hühner eingeführt.»

«Viele machen sich über seine Hühner lustig», sagt Jens Färinger. «Aber bitte, welche Vögel können sich mit Hühnern messen? Soviel ich weiß, keine.»

«Das stimmt», sagt der Dichter. «Hühner sind höchst merkwürdige Tiere, wenn sie auch nicht fliegen können.»

«Außerdem hat er sich mit seinen Hühnern nicht zufrieden gegeben. Hat er sich nicht auch noch eine Kuh zugelegt? Und hat er nicht klar bewiesen, daß einfache Leute sich eine Kuh halten können, obwohl sie sozusagen Leib und Seele verpfänden mußten und man ihnen den Fjord leergeschrappt hat? So was nenne ich reinweg ein Meisterstück. Früher mußte man mindestes Etatsrat oder Pjetur Dreiroß sein, um überhaupt an so etwas wie eine Kuh zu denken. Jetzt fangen alle an, von Kühen zu reden.»

«Kuh-Kuh», lallt die Kleine.

«Ja», sagt der Dichter, «Kuh-Kuh. Vielleicht bringt Mama Milch von einer Muh-Kuh mit.»

«Außerdem hat Hjörtur sich Schafe zugelegt. Jedes Stück Vieh hat bei ihm sozusagen zwei Köpfe. Wer außer ihm hier im Ort hätte je gewagt, an Schafe zu denken? Und weißt du schon, was er jetzt vorhat? Die einstigen Trockenplätze des Etatsrats, wo seit einigen Jahren die Seeschwalben brüten, will er wieder in Grasland verwandeln!»

Nach einigem Nachdenken sieht der Dichter ein, daß die Begeisterung des Gastes für Hjörtur in den Wegehäusern nicht ohne Grund ist. Hjörtur war vor einigen Jahren mit leeren Händen nach Svidinsvik gekommen, nachdem er an einem anderen Ort all sein Hab und Gut verloren hatte, und hier war es ihm schließlich geglückt, von Direktor Pjetur Palsson etwas sandigen Boden beim Strand überlassen zu bekommen. Er war gewissermaßen ein Exempel und Kronzeuge für die wunderbare Entwicklungsgeschichte des Menschengeschlechts: nur nicht verzweifeln und sich einbilden, mit der Phantasie des Schöpfers sei es zu Ende. Im Anfang schuf Gott die Welt, danach kam der Etatsrat, dann die Wiederaufbaugesellschaft und später die Seelenforschungsgesellschaft, schließlich nahm die Seeschwalbe vom Trockenplatz Besitz und ausländische Fischräuber stahlen den Fjord. Aber damit ist die Geschicht des Menschengeschlechts keineswegs zu Ende. Ein neuer Mann kommt mit einer neuen Frau und neuen Kindern, Hühner kommen, aber der neue Mann begnügt sich nicht mit Hühnern. Er läßt Gras aus der sandigen Erde wachsen.

Das ist das größte, das erstaunlichste Wunder, das sich seit Olims Zeiten in Svidinsvik zugetragen hat.

Plötzlich erzählt der Bootsführer dem Dichter, Hjörtur in den Wegehäusern sei zum zweitenmal verheiratet; die erste Frau habe er vor mehreren Jahren verloren, und die einzige Tochter aus dieser Ehe sei bei der Familie der Frau an einem der südlichen Fjorde des Westlands aufgewachsen. Jetzt aber, nach dem Tod der Pflegeeltern, sei sie zu ihm zurückgekehrt, vor wenigen Tagen. «Sie ist 23 Jahre alt und heißt Jorunn», fügt Jens Färinger noch hinzu.

«Wirklich?» sagt der Dichter.

Ein Schweigen entsteht, wie, wenn man an einen gußeisernen Topf schlägt und dabei das Ohr an den Topf drückt. Bis der Dichter fragt: «Ist es ein tüchtiges Mädchen?»

«Tüchtig? Darüber kann ich mich nicht äußern. Aber ich habe dir gerade erzählt, wenn man den Menschen hier auch alles gestohlen habe, so seien das nur Kleinigkeiten. Mehr sage ich nicht. Hier sind 5 Kronen in bar, und ich bitte dich, mach mir ein Gedicht für dieses Mädchen.»

Seit Reimar der Dichter wegen eines ungehörigen Gedenkverses zu Ehren jener zwölf Svidinsviker Bürger, die beim Fischfang südwärts ertrunken waren, aus dem Ort verjagt wurde, konnte man sagen, der Dichter Olafur Karason war die einzige Zentrale und Schalttafel des Gefühlslebens hier im Ort. Er verfaßte Liebesgedichte und schriftliche Heiratsanträge in Versen für begeisterte Freier, Antwortgedichte und Jawortepisteln für beglückte Jungfrauen. Ein Liebesgedicht oder ein Heiratsantrag kosteten anderthalb, höchstens zwei Kronen, und wenn die Anfrage Erfolg hatte, erhielt er manchmal obendrein eine kleine Provision. Ein kurzer Heiratsantrag oder ein Liebesbrief, der etwa lautete: «Geehrte Jungfrau! Ich sende Dir meine herzlichsten Grüße. Du wunderst Dich wahrscheinlich, von mir solch einen Brief zu erhalten. Aber ich war nun einmal fest entschlossen, an Dich und keine andere so zu schreiben. Ich denke immer nur an Dich. Ich liebe Dich», solch ein geschlechtsloses Liebesgefasel kostete nur 50 Aurar. Ebenso verfaßte er Glückwunschgedichte, Geburtstagsgedichte, Hochzeitslieder und Gedenkverse für Verstorbene, aber er lehnte es stets ab, Spottlieder zu dichten. Und wenn man ihm 10 Kronen bot! So hütete er sich auch, in Gedichten zur Verherrlichung der Herren und Machthaber des Orts oder anderer hoher Herrschaften auch nur die verstecktesten Sticheleien gegen sie zu schreiben. Gerade dadurch nämlich war Reimar der Dichter ins Unglück gekommen, mit seinem Gedenkvers für die zwölf stimmberechtigten Bürger. Direktor Pjetur Palsson hatte damals verkündet, der Mann sei ein Schmutzdichter, der die Herzen der Jugend vergifte, und hatte ihn aus dem Dorf geworfen, mitten im Winter, mit Weib und Kindern aus der Hütte getrieben, die er bis dahin bewohnte.

«Wie Euch das gleicht, zu Hause herumzulungern, wie eine Stute bei ihrem toten Füllen und gottloses Geschwafel aufs Papier zu bringen, anstatt der Gemeinde etwas zu Hilfe zu kommen, wo sie Euch den ganzen Winter durch versorgt hat», sagte die Braut Jarthrudur Jonsdottir, als sie nach der Arbeit des Tages vom Trockenplatz heimkam.

«Einer muß wohl beim kranken Kind bleiben», sagte der Dichter.

«Was ganz Neues, will jetzt beim kranken Kind bleiben!

Bisher wollte er knapp vom Kind was wissen. Ob diese Sorge fürs Kind nicht daher kommt, weil heute jemand bei Pjetur Palsson Arbeit kriegen könnte?»

«Hab ich etwa im vorigen Jahr nicht auch jede Nacht bis zu seinem Tod beim kleinen Kari gewacht?» fragte der Dichter.

Sie wollte Grütze kochen, aber das Feuer im Herd kam nicht in Gang. Immer, wenn ihr das Feuermachen schwerfiel, sprach sie zum Dichter in der zweiten oder dritten Person Pluralis oder in der dritten Person Singularis sächlichen Geschlechts: Ihr, Euch, Sie, Welche, Was, Das, Es.

«Wenn ich auch hundert Jahr werden würde, ich könnte nie kapieren, daß welche anderen in die Augen sehen können, ohne daß ihnen der Wunsch kommt, wie die anderen zu sein. Heutzutage zum Beispiel, wo alle Leute Hjörtur in den Wegehäusern nachäffen wegen seiner Haustiere, da kommt das hier nicht mal auf den Einfall, zu versuchen, sich einen Hühnervogel zuzulegen. Von was Größerem gar nicht zu reden!»

«Ich finde nicht, daß Hühner richtige Vögel sind», sagte der Dichter.

«Wie Euch das gleicht», sagte die Braut, «soviel ich weiß, hast du noch nie an den Sieg des Guten geglaubt, weder im Großen noch im Kleinen.»

«Jarthrudur», sagte er, «ich meine, Vögel sollen in der Luft fliegen. Ich wiederhole, ich kann solche Tiere nicht Vögel nennen, die nicht in der Luft fliegen können. Erinnerst du dich, Jarthrudur, als wir einander zum erstenmal trafen, da flogen am Fenster von Fotur unter Fotarfotur Vögel vorbei. Es waren freie Vögel. Es waren Vögel, die in der Luft fliegen konnten.»

«In den Augen von Leuten, die Gott lieben, sind Hühner die schönsten Vögel der Welt», sagte die Braut des Dichters. «Als ich dich zum erstenmal sah, war ich dumm und unwissend und glaubte, du wärst der wiedergeborene Hallgrimur Pjetursson. Und am Ende bildest du dir sogar ein, begabter zu sein als der himmlische Vater und der Heiland zusammen.

Du suchst Ausflüchte, um zu Hause auf deinem Bett herumzulungern und zu faulenzen, wenn dir Arbeit angeboten wird; und ich darf Hühner nicht einmal Vögel nennen.»

«Zusammen mit meiner kleinen Magga will ich hinunter an den Strand gehen, wenn wir erst wieder gesund sind; dort werden wir Muscheln suchen und vielleicht auch Seeschnecken», sagte der Dichter. «Und dann treffen wir Wauwau und Miaumiau. Liebe Jarthrudur, während dieser fünf Jahre, da wir zusammen gewohnt haben, wollte ich immer so gern einen Hund und eine Katze anschaffen –»

«Ja», unterbrach die Braut ihn, «nicht genug, selber von der Gemeinde unterhalten zu werden, Ihr müßt Euch obendrein noch auf Kosten der Gemeinde Hund und Katze anschaffen! Wäre es nicht vernünftiger, einige Schafe zu besitzen und sich selber mit eigenem Fleisch zu versorgen?»

«Verzeihung, Jarthrudur, ich war noch nicht zu Ende mit dem, was ich sagen wollte. Ich glaube bestimmt, die kleine Magga würde Spaß an einem Hund und einer Katze haben, und ich selber meine, daß es nur ein halbes Haus ist, wenn es darin weder Hunde noch Katzen gibt. Hunde und Katzen sind nämlich ein Teil vom Menschen. Willst du aber meine ehrliche Meinung über Schafe hören: ich finde keinen Gefallen daran, Schafe zu haben; ausgenommen allerhöchstens ein Schaf oder zwei zum Vergnügen, in der Stube oder draußen auf dem Tun. Und ich finde auch, daß man sie auf natürliche Weise sterben lassen soll, wenn sie alt geworden sind. Ich glaube, es ist eine Sünde, Tiere aufzuzüchten, um sie dann zu schlachten. Mir kommt das vor, als ob man sich Menschen zu Freunden macht, nur um sie hinterher leichter ermorden zu können. Weil du nun aber sagst, ich hätte Ausflüchte gesucht, um zu Hause herumzulungern und zu faulenzen, so möchte ich mir erlauben, dir anzudeuten, daß ich heute fünf bare Kronen verdient habe, nämlich durch Anfertigung eines Gedichts für einen Mann. Und im ganzen genommen, ich möchte bezweifeln, ob alle Dichter so viel zuwege gebracht haben wie ich während meines kurzen Lebens. Ich bin nicht älter als 23 Jahre, und dabei habe ich bereits bald an die tausend Gedichte, wenn nicht noch mehr, verfaßt – die dazugerechnet, die ich für andere gedichtet habe. Dann mein Roman von der Landnahme der entlegenen Eilande, den ich mit kaum zwanzig Jahren geschrieben habe; dazu ein Register über alle Dichter, die es in diesem Landkreis während der letzten hundertundfünfzig Jahre gegeben hat, mit beigefügten Lebensbeschreibungen – und zwar so ausführlich wie nur möglich –, allein ein Werk von achthundert Seiten. Und zur Zeit arbeite ich an einem Werk, das schon halb fertig ist, nämlich: Erzählungen von eigentümlichen Menschen.»

Da bedeckte die Braut des Dichters, Jarthrudur Jonsdottir, das Gesicht mit ihrer rußbeschmutzten Hand und war dem Weinen nahe.

«Das sagt mir ja nichts, womit ich mir Trost verschaffen kann; ich, der mir nichts anderes zuteil geworden ist als Sündhaftigkeit und Reue und Gottes gerechter Zorn, während welche so tun, als vollführten sie Großtaten. Und du willst uns nicht einmal aufbieten lassen, sondern läßt mich in dieser entsetzlichen Sünde verbrennen. Das Mädchen hat ja offenkundig dieselbe Krankheit, die der Junge hatte, und man hat nur nassen Tang als Feuerung im Herd. Wie ist es nur möglich, daß ein Geschöpf, welches doch an Gott glaubte, so der Sünde verfallen konnte? Wofür muß ich Buße tun, mein Jesus, daß ich so einen fürchterlichen Menschen kennenlernen mußte und daß ich sogar von ihm glauben konnte, er wäre vielleicht der wiedergeborene aussätzige Psalmendichter Hallgrimur Pjetursson?»

Als die Kleine sah, daß die Mutter Miene zum Weinen machte, begann sie sofort zu weinen.

Mochte es manchmal auch vorkommen, daß sich Trotz oder Dünkel in dem Dichter regten, und merkte man an ihm dann und wann wohl auch etwas Hochmut, weil er ein Dichter war, so verflogen solche Anwandlungen sofort, wenn die Braut des Dichters die Mundwinkel hängen ließ; ganz davon zu schweigen, wenn auch die Kleine feuchte Augen bekam.

Es war schwer zu entscheiden, was stärker in des Dichters Seele war: das Verlangen, allen gefällig zu sein, oder die Furcht, zu verletzen. Hatte der Dichter in einsamen Stunden das Glück bei sich zu Gast, so war er frei und hatte kein Haus. Sobald er aber die beiden verweinten Gesichter vor sich sah, hatte er plötzlich ein Haus. Ist man einsam, so ist man Dichter. Ist man vom Unglück anderer abhängig, so hat man ein Haus. Er nahm die Kleine auf den Schoß und wiederholte blöd: «Nun wollen wir bald hinunter zum Strand gehen und Muscheln suchen, vielleicht auch Seeschnecken. Und dann treffen wir Wauwau und Miaumiau. Mein kleiner, süßer Liebling.»

Dann legte er einen Arm um seine Braut und sagte: «Liebe Jarthrudur, denk, Hallgrimur Pjetursson war aussätzig. Und seine Frau war mohammedanisch. Sind wir vielleicht nicht glücklicher als sie?»

Und so tröstete der Dichter die beiden abwechselnd, bis sie aufgehört hatten zu weinen.

«Nun wirst du uns wohl von der Kanzel aufbieten lassen», sagte sie und blickte ihn flehentlich an, in ihren dunklen Augen glitzerten noch Tränen, «und mit dieser Sündhaftigkeit ist es zu Ende.»

An diesem Abend saß er noch sehr spät am Fenster und redete sich ein, daß er einsam sei. Er dichtete, suchte nach den rechten Worten, fand immer neue und war nicht zufrieden. Schließlich machte er Licht und schrieb einige Verse auf ein Stück Papier. Darunter: «Liebesgedicht für Jens Färinger. Bezahlt.» Dann machte er das Licht aus und blieb noch lange am Fenster sitzen und sah, wie sich die Berge auf der anderen Seite des Fjords gegen den Himmel der Frühjahrsnacht abzeichneten.

Wo weiland der Etatsrat
ließ trocknen seinen Fang,
gibt es nur dürres Strandgras
und Vogelbrut und Tang.

In seiner Heimat hungert
das Volk, und fremdes Pack
nimmt Zins für Tun und Hütte.
Leer der Kartoffelsack.

Als manche draußen fischten
und bargen lauter Gold
für andre, stahl vom Südland
mein Herz ein Mädchen hold.

Wer kann hinfüro helfen
den Armen vor der Fron
der Fremden, die uns gönnen
kaum kargen Bettellohn?

Wer kann hinfüro hüten,
wo der Etatsrat schlau
das Regiment einst führte,
mein Herz, du holde Frau?

2

Welche Kraftanstrengung ohne Ende, den Fisch aus dem Meer zu holen. Ich möchte fast sagen, welch ein ewiges Problem.

Hatten die Svidinsviker nicht seit Jahr und Tag alles nur Erdenkliche versucht, dieses wunderliche, phantastisch launenhafte Geschöpf aus der Meerestiefe emporzulocken? Und was war bisher dabei herausgekommen? Von einer befriedigenden Lösung dieses Problems waren sie entfernter denn je. Einstmals hatte der Etatsrat Schuten und Kutter und schließlich gar Trawler benutzt; alles umsonst. Und als dieses Wesen auf dem besten Weg gewesen war, dem Etatsrat eine Million Kronen abzuknöpfen – abgesehen von den vielen Menschenleben, die dieses merkwürdige Geschöpf zu sich in seinen feuchten, kühlen Bezirk hatte hinunterlocken können –, da war der Mann vernünftig geworden und hatte sich nach Dänemark aufs Trockene gerettet; noch dazu, wo es dort ein milderes Klima gibt. Aber dessenungeachtet hatten die Svidinsviker selber unzählige verzweifelte Versuche gemacht, den Fisch zu übertölpeln. Und mit welchem Resultat? Der Fisch hatte die Svidinsviker übertölpelt.

Nicht genug damit, daß er viele von ihnen zu sich in die Tiefe geholt hatte, diese abenteuerlichen Unternehmungen der letzteren, dem ersteren zu Leibe zu rücken, waren einzig und allein schuld daran, daß die letzteren bei der Bank ungeheuer große Darlehen nehmen mußten. Zu einer Tilgung war keiner der in Frage kommenden Svidinsviker während seines Lebens auch nur im entferntesten imstande, ja, kaum im Laufe des ihm zustehenden jenseitigen Lebens, wenn man ihm nicht gestatten würde, seine Schuldenlast durch den ewigen Aufenthalt seiner Seele in einem gewissen sehr heißen Ort abzutragen.

Es dürfte noch in allgemeiner Erinnerung sein, wie der Trawler «Numa» vor etlichen Jahren auf dem Ankerplatz von Svidinsvik mit Hilfe von Rost, Ratten und Gespenstern untergegangen war; was zur Folge hatte, daß die Machthaber in Svidinsvik, denen der ganze Platz gehörte, keinen anderen Ausweg fanden, als eine andere Welt auf dem hiesigen festen Boden zu gründen. Auf solche Weise wollten sie der Nachfrage der schiffbrüchigen Bevölkerung nach Schuhzeug, Kartoffeln und Torf zuvorkommen.

Als im folgenden Jahr die Svidinsviker Juel J. Juel ins Allthing wählten, einzig und allein, weil sowohl Direktor Pjetur

Palsson als auch Juel J. Juel selber den Wählern klargemacht hatten, keine Svidinsviker Seele würde je wieder Fisch aus dem Wasser holen, wenn man nicht das Geld wählte, da wählten ganz gewiß nicht alle das Geld. Bei weitem nicht alle, aber es waren dennoch viele. Als Belohnung dafür wurden dann von Juel J. Juel, dem frischgebackenen Allthingsmann von Svidinsvik, im nächsten Winter zwanzig Svidinsviker Stimmen auserkoren, an Bord von Juels Trawler vor der Südküste auf Fischfang zu ziehen. In Svidinsvik versprach man sich den Anbruch eines neuen goldenen Zeitalters.

Bedauerlicherweise aber waren von diesen zwanzig Stimmen zwölf mit Juels Trawlern untergegangen und in dem feuchten Stimmzettelkasten des Meeres geblieben, um von nun an nie wieder in ihrem Heimatort ihre Stimmen zum Allthing abgeben zu können.

Bei Licht besehen waren Juel J. Juels Trawler für den Kampf mit dem Fisch auf See nicht viel besser eingerichtet als die kläglichen Jollen der Svidinsviker. Im Gegenteil. Und der Fisch behielt nach wie vor die Oberhand und fing Menschen.

Während sich alles das zutrug, verbrachte Olafur Karason seine Tage in großer Armut bei geringem Dichterruhm, vor allem deshalb, weil er seit langem bei Direktor Pjetur Palsson in Verdacht stand, gegen die Seele zu sein. Das war um so schlimmer, als gerade die Seele im Grunde das einzige war, das die Svidinsviker damals ihr eigen nennen konnten, seitdem, wie bekannt, die Wiederaufbaugesellschaft ein schlimmes Ende genommen hatte.

Andererseits aber hatte zu jener Zeit Direktor Pjetur Palsson den Dichter Reimar zum Nationaldichter der Gemeinde gemacht und dazu erklärt, der Auserwählte sei in seinen Dichtungen allzeit ein Anhänger der Seele gewesen. Obendrein hatte er dem Dichter eine feste Arbeit als Postbote zu Pferde verschafft.

Eines Tages aber hatte sich Jarthrudur Jonsdottir weinend bei Pjetur Palsson eingefunden und ihn angefleht, sich doch ihres Bräutigams zu erbarmen. Wohl setzte der Direktor der

Braut zuerst auseinander, dieser Versifex habe kein sonderliches Verständnis für seine Bestrebungen an den Tag gelegt, sondern sich jenen angeschlossen, die gegen die Seele gewühlt hätten. Dann aber gab er zu verstehen, daß jetzt hier im Ort ein Umschlag zu erwarten und es deshalb nicht ausgeschlossen sei, daß er diesem armen Teufel von Verseschmied aufs neue eine Gelegenheit geben könne, ein Dichterheros und ein anständiger Mensch zu werden. Darauf erklärte er, daß er sich entschlossen habe, auf eigene Kosten eine große kirchliche Feier zum Gedenken an jene zwölf Svidinsviker zu veranstalten, die mit den Trawlern dort unten an der Südküste in die Tiefe gesunken seien. Aus diesem Anlaß habe er vor, für den Festgottesdienst außer einem allgemeinen, wenn auch kurzen, so doch pompösen Nachrufgedicht als Grabinskription für alle zusammen, außerdem noch einen Gedenkvers pro Ertrunkenen in Auftrag zu geben. Zum Schluß fragte der Direktor dann die Braut, welchen der vorliegenden Aufträge, wenn es soweit sei, sie für ihren Bräutigam wohl wählen wolle. Die Braut dachte schnell nach und rechnete aus, daß zwölf Gedenkverse doch mindestens 12 Kronen einbringen müßten – bei einer Krone für jedes Gedicht –, und sie beeilte sich, sich für die zwölf Gedenkverse zu entscheiden.

Der Dichter Olafur Karason machte sich sofort an die Arbeit und strengte sich ehrlich an, die zwölf Gedenkverse zusammenzureimen. Er ging dabei äußerst gewissenhaft vor, unterhielt sich mit den hinterbliebenen Müttern, Frauen, Schwestern und sonstigen Angehörigen, um sich zu vergewissern, wieviel Gutes und Schönes man jedem dieser Männer nachsagen konnte; und er gab sich redliche Mühe, jedes einzelne Gedicht mit einem ganz besonderen Gefühl spezieller, tief empfundener Trauer auszustatten und bot obendrein alles auf, um sich dabei das Höchste an poetischer Inspiration abzuringen. Die Frucht seiner Mühen war denn auch so groß, daß die zwölf Gedichte zu den prächtigsten Gedenkversen gerechnet wurden, die jemals in Svidinsvik gedichtet worden sind.

Nun darf jedoch nicht verschwiegen werden, daß, während so über den Nachruf disponiert wurde, sich der Nationaldichter Reimar auf Reisen befand und deshalb erst nach seiner Heimkunft die Neuigkeit erfuhr, Olafur Karason habe unterdessen die zwölf Gedenkverse im Auftrag des Direktors gedichtet und für ihn sei weiter nichts als die gemeinsame Grabschrift übriggeblieben.

Der Dichter Reimar sagte zu dieser Neuigkeit kein Wort, sondern dichtete schleunigst die Grabschrift und lieferte sie beim Direktor ab, wobei er erklärte, dafür wolle er keinen Dichterlohn haben.

Aber das Ende der Geschichte war, daß Olafur Karasons zwölf Gedenkverse in Vergessenheit gerieten, obwohl es wahre Meisterwerke waren, sowohl was die Reimkunstfertigkeit als auch was die dichterische Eingebung betraf, und daß jedes einzelne der zwölf Gedichte von ganz persönlichem Schmerz geprägt war. Genauer ausgedrückt: Olafur Karasons zwölf Gedenkverse gingen bei den Leuten nicht von Mund zu Mund. Niemand konnte bei ihrem Lesen Tröstung finden, obwohl sie von Pjetur Palsson für so wertvoll angesehen wurden, daß er für jedes Gedicht 2 Kronen gab. Dagegen verbreitete sich Reimars gratis gelieferte Grabschrift im ganzen Umkreis so schnell wie ein Grasbrand in dürrer Herbstzeit. Alt und jung sang sie, wo es angebracht war oder nicht, bis sie als Wiegenlied endete.

Die Grabschrift lautete folgendermaßen:

Tapfere Kerle und forsch,
Mit vollgültigem Stimmrecht,
Wolltet Ihr fangen den Dorsch.
Doch der Kahn war sauschlecht.
Keiner kam wieder nach Haus.
Stumm sind die Weiber vor Weh.
Denn zu eigenem Schmaus
Fing Euch der Dorsch. Oje!

Darauf ließ Pjetur Palsson bekanntmachen, der Dichter Reimar sei ein Schmutzfink von Dichter, habe ein grobschlächtiges Maul und eine liederliche Denkart, die die Gesinnung der Jugend vergifte und die isländische Sprache wie die Svidinsviker Ortschaft vor aller Welt verunehre. Als Demokrat, Christenmensch und Sozialist könne er nicht zulassen, daß jemand über Leute aus dem Volk, nachdem sie ertrunken seien, so schändliches Zeug zusammendichte. Und der Nationaldichter verlor sofort seine Arbeit als Postbeförderer. Gleichzeitig wurde ihm die Wohnung gekündigt, so daß er bei hartem Frost, mitten im Winter, mit seiner ganzen Sippschaft eines Tages ohne Dach überm Kopf dastand.

Zur selben Zeit tat Pjetur Palsson weit und breit kund und zu wissen, daß Olafur Karason ein prächtiger, gewandter Poet sei, der wahrscheinlich mit der Zeit ein großer Dichter werden könne. Er überließ ihm sogar eine elende Bretterhütte und empfahl ihm, sie oben am Bergeshang neu aufzustellen, damit er nicht in unmittelbarer Nähe anderer Menschen zu wohnen brauchte. Dann wählte Olafur Karason für sein Dichterhaus den hochtrabenden Namen «Hochhimmel».

Während der Zwist zwischen den Menschen und dem Fisch nur dazu geführt hatte, daß in Svidinsvik der Dichter ausgewechselt worden war, hatten in fernen Ländern Männer weiterhin ihren Blick auf die Fischgründe gerichtet, wobei sie es aber nicht bewenden ließen. Sie waren der Absicht, daß diese Fischgründe ohne Übertreibung zu den besten Fischgründen in der ganzen Welt gehörten. War das richtig? Eines war jedenfalls richtig: die ausländischen Fischdampfer suchten unablässig diese Gewässer auf und schöpften aus ihnen Werte von Millionen und aber Millionen. Der Fisch aber fuhr nach wie vor fort, die Svidinsviker entweder in die Tiefe des Meeres oder, was noch ärger war, in einen Morast von Schulden zu ziehen, dessen Tiefe noch niemand hatte ergünden können. Und während die Trawler, die mit dem Parlamentsvertreter und Vertrauensmann der Svidinsviker in Verbindung standen, entweder gesunken oder verkauft oder wegen millionenfacher Schulden als Pfand der Reichsbank in die Hauptstadt übergeben waren, verging kein Tag, an dem nicht ausländische Fischdampfer, mit Reichtümern angefüllt, Geschenken für ausländische Millionäre, die Fischgründe dieser notleidenden Bevölkerung verließen.

In dieser Zeit hörte man in Svidinsvik ein leises Knurren, denn der Einwohnerschaft kam es so vor, als habe der Stationist Juel nicht so viel Geld, wie man bei der Allthingswahl angenommen hatte. Zudem drang zu den Svidinsvikern auch das Gerücht, die Aktiengesellschaft Grimur Lodinkinni müsse wahrscheinlich bald in Konkurs gehen. Und gerade damals hatte Direktor Pjetur Palsson zum erstenmal seine Idee zum besten gegeben, es sei notwendig, daß die Svidinsviker eine neue Kirche zu Ehren von Gvendur dem Guten bauten; und zwar zur Erinnerung daran, daß dieser gute Bischof vor etwas über siebenhundert Jahren bei einem Schiffbruch an der Küste dieser Gegend sich ein Bein gebrochen hatte. Er sagte auch, «daß wir uns notwendigerweise ein Flugzeug anschaffen oder wenigstens das Recht auf Benutzung eines Flugzeugs sichern müßten», und er deutete an, daß er zur Verwirklichung dieser Ideen einen Verein gründen wolle. Aber einige Männer, die den Direktor Pjetur Palsson mit seinen ewigen neuen Ideen satt bekommen hatten, entschlossen sich plötzlich zu einer Reise hinunter in die Hauptstadt, um mit Juel persönlich zu reden. Dort erklärten sie klipp und klar, daß sie ihn nächstes Mal nicht wieder wählen würden, wenn er nicht gehörig viel Geld habe. Juel zog sofort sein Scheckbuch aus der Tasche und fragte: «Wieviel?» Sie sagten, sie wollten fischen.

So begann es mit den Wechseln, die Juel für verschiedene Svidinsviker ausstellte, damit sie sich den Luxus erlauben könnten, bei Reedereiunternehmen Geld zu verlieren. Ein Jahr lang waren die Leute mit ihrem Allthingsmann zufrieden. Kaum aber hatte Juel ihre Wechsel eingelöst, als sie schon wieder anfingen, unruhig zu werden. Hinzu kam, daß die letzten zwei Trawler, welche die Aktiengesellschaft Grimur Lodinkinni in ungesunkenem Zustand besaß, mehr als einmal gemeinsame Sache mit den ausländischen Fischräubern gemacht, nämlich innerhalb des Territorialwassers von Svidinsvik gesetzwidrig gefischt hätten, wie verschiedene Einwohner versicherten.

So standen die Dinge um die Fischereiprobleme des Orts eines Morgens im April, kurz nach der Geburt des Liebesgedichts für Jens Färing, als der Dichter Olafur Karason auf Einladung des Direktors und auf Geheiß seiner Braut hinunter nach dem Trockenplatz promenierte, um sich an der Arbeit des Tages zu beteiligen. Sein Weg führte am Haus des Gemeindevorstehers vorbei. Dort standen vier Männer an der Gitterpforte und schnackten in der stillen Morgenstunde mit dem Gemeindevorsteher. Der Dichter nahm seine Mütze ab und sagte guten Tag. Aber beim Vorbeigehen meinte er plötzlich, daß sie ihn eigentümlich angeschaut hätten. Ihm wurde ein bißchen ängstlich zumute, und er begann schon darüber nachzudenken, was er denn angestellt habe.

Als er knapp einen Steinwurf weit von ihnen entfernt war, rief ihn einer beim Namen und sagte, daß sie mit ihm sprechen wollten. Er kehrte um, trat zu ihnen, nahm wieder die Mütze ab und sagte noch einmal guten Tag. Sie kamen ihm etwas sonderbar vor. Der Gemeindevorsteher stand da mit krummem Rücken, offenbar schlechter Laune, Staub in den Augenbrauen, und kaute Hobelspäne; sein Gesicht und seine Hände waren mit Pech beschmiert. Zwei andere waren Besitzer von Booten, die übrigen zwei Regierungssteinträger. Der eine Steinträger sagte:

«Du kriegst also Arbeit beim Fisch. Ich dagegen kriege keine Arbeit beim Fisch.»

«So?» sagte der Dichter.

Der andere Regierungssteinträger:

«Wie kommt Pjetur Dreiroß dazu, dir Arbeit beim Fisch zu geben?»

«Das weiß ich nicht», sagte der Dichter.

«Ich weiß es», sagte der eine Bootsbesitzer. «Pjetur Dreiroß gibt Dichtern nur was zu fressen, um sie zu bestechen; entweder sollen sie sprechen oder sie sollen schweigen.»

Da sagte der Gemeindevorsteher:

«Etwas muß dahinterstecken, daß man dir Arbeit auf dem Trockenplatz gibt, sogar mit vollem Lohn. Dagegen kriegen solche Männer, die eine große Familie zu versorgen haben, keine Arbeit; und man kündigt Lohnabbau an für die, welche für das Gemeinwesen arbeiten.»

«Direktor Pjetur Palsson ist gut zu mir gewesen», sagte der Dichter.

«Ja, ganz natürlich, du kriechst ihm ja in den Arsch», sagte einer.

«Erzähl mir, Lafi», sagte der Gemeindevorsteher, «wie das zusammenhängt, daß die Gemeinde für dich deine Rechnung beim Kaufmann zu Neujahr bezahlen mußte, wenn du bei Pjetur Dreiroß so gut angeschrieben bist? Weshalb hast du nicht ohne meine Hilfe einfach durch Pjetur Dreiroß deine Schulden im Handelsladen begleichen lassen?»

Der Dichter: «Ich hatte bei ihm vor Weihnachten so viel auf Borg genommen, daß er meinte, es wäre nur recht und billig, wenn die Gemeinde meine Neujahrsrechnung bezahlen würde, weil ich selber nicht imstande dazu war. Jetzt, vor den ersten Sommertagen, durfte ich wieder auf Borg bei ihm nehmen ohne Vermittlung der Gemeinde. Aber nun hat meine Braut Jarthrudur an manchen Tagen bei ihm Arbeit, entweder nimmt sie Fisch aus oder so etwas. Und so hoffe ich, einmal alle meine Schulden bezahlen zu können, bei der Gemeinde und auch bei ihm.»

«So meinst du also, daß du nicht von ihm abhängig bist?» sagte einer.

Der Dichter sagte: «Ich meine, ich bin von keinem abhängig, ausgenommen von meinem armseligen Haus, wenn man es überhaupt ein Haus nennen kann.»

«Was meinst du also dazu, heute abend hierher zu Gunsi zu kommen?» sagte einer.

«Das ist eine unerwartete Ehre», sagte der Dichter, «besonders und vor allem, falls der Gemeindevorsteher persönlich mich einladen sollte.»

Der Gemeindevorsteher sagte nichts.

«Er versteht sich aufs Schreiben», sagte der eine Regierungssteinträger.

«Och, wird es so viel zu schreiben geben?» sagte der eine Bootsbesitzer.

«Dichter haben manchmal gute Einfälle», sagte der andere Regierungssteinträger.

«Gut, aber können sie die Fäuste gebrauchen?» sagte der andere Bootsbesitzer.

«Ich hoffe doch, daß man nicht vorhat, handgreiflich zu werden», sagte der Dichter.

«Nein», sagte der Gemeindevorsteher. «Aber es handelt sich auch nicht um eine Einladung zu einem Fest. Damit du dich nicht irrst. Und du brauchst auch nicht weiterzuerzählen, daß jemand mit dir gesprochen hat.»

«Das verstehe ich nicht», sagte der Dichter.

«Du schweigst», sagten die Männer.

«Ich komme zu spät zur Arbeit», sagte der Dichter.

«Zwischen acht und neun Uhr heute abend», sagten sie.

Er lüftete die Mütze und ging.

Auf dem Trockenplatz war ein Mädchen, das der Dichter nicht kannte. Sie trug ihr Kopftuch nicht so wie andere Mädchen, zog es tiefer in die Stirn hinab. Und trotzdem mußten ihre Augen einem auffallen. Gewisse Augen haben das an sich, noch ehe man recht weiß, wie sie eigentlich aussehen. Waren ihre Augen ein wenig ungewöhnlich groß? Sie war von kräftigem Wuchs, drall, aber keineswegs feist. Im übrigen war sie so angezogen, wie es beim Fischsäubern üblich ist, so daß man an der Kleidung kaum, auch nicht andeutungsweise, die Formen darunter erkennen konnte. Er sah sie bestimmt nicht an, er würde auch sicherlich nie eingestanden haben, daß er überhaupt zu ihr hingeblickt hatte. Er mußte an etwas ganz anderes denken. Das Gespräch an der Pforte des Gemeindevorstehers vorhin bedrückte ihn ernstlich. Und dennoch mußte er irgendwie darüber grübeln, weshalb sie ihr Kopftuch anders trug als die übrigen Frauen. Es kam ihm gewissermaßen wie eine Herausforderung vor, wie ein Protest. Aber gegen was? War sie etwa eine Nonne? Oder war sie einmal betrogen worden, ein einziges Mal, und hatte danach gelobt, daß so etwas nie wieder vorkommen sollte?

Aber er dachte, wie gesagt, an andere Dinge, und es fiel ihm nicht ein, zu fragen, wer sie war. Er vermied es, mit anderen Leuten zu sprechen, aus Angst, noch mehr in anderer Leute Angelegenheiten verwickelt zu werden, als es schon geschehen war. Vielleicht hatte seine Arglosigkeit ihn bereits irregeführt. Je später es wurde, desto bedrückter war ihm zumute – zum Teufel, was mochte es sein, worüber er zu schweigen versprochen hatte? Hatte er sich vielleicht schon ins Garn locken lassen; hatte man ihn hinters Licht geführt, damit er über etwas den Mund hielt oder sich an etwas beteiligte oder mit den anderen gegen jemand etwas unternahm und dadurch seine Freiheit einbüßte, seine Selbständigkeit und seinen Seelenfrieden? Vielleicht war er in eine Verschwörung hineingeraten oder in eine Verbrecherbande, vielleicht ein Widerpart von Juel Juel Juel, wenn nicht gar ein Feind der Regierung geworden?

Es war gegen Abends, als er mit einer Frau zusammen auf einer Bahre den Fisch trug. Aber sein Sinn verlangte nach Höherem, er wünschte, daß der Abend mit seinem Einerlei vorüber wäre und alle schliefen, er ausgenommen. Da, plötzlich kommt der Aufseher auf ihn zugerast und schnauzt ihn an, ob er nicht wisse, wofür man hier seinen Tageslohn erhalte? Im Grunde war es Olafur Karason nicht eingefallen, sich die Arbeit so leicht wie möglich zu machen. Vermied er es, viel Fisch auf die Tragbahre zu legen, so geschah dies ungewollt und entsprang einer Hochschätzung, die er in seinem Unterbewußtsein für Fisch hegte.

«Ich hatte leider nicht bemerkt, daß zu wenig auf der Bahre war», sagte er höflich.

Da nannte der Aufseher den Dichter einen Drückeberger

und Dussel und befahl ihm, sich mit der Bahre zurückzuscheren und mindestens das Doppelte auf die Bahre zu packen. Der Dichter kehrte sofort um, und die Frau folgte brummig.

Irgendwo wurde laut gefeixt.

Als er, verletzt über die Demütigung, gerade die Bahre niedergesetzt hat, um mehr Fisch darauf zu legen, da steht die Fremde, die er nicht kennt, vor ihm. Ihre Augen unter breiten, dichten Brauen sind groß und leuchtend, überwölbt von kräftigen Lidern und langen Wimpern. Sie sieht ihn an.

Wirkliche Reue ist, wenn man sich schämt, daß man eine Bestrafung über sich hat ergehen lassen müssen. Ihn dünkt es viel schlimmer, mit der Tragbahre zurückgeschickt worden zu sein, als zu wenig Fisch auf die Bahre gelegt zu haben. Ein Verbrechen begehen, das ist nichts verglichen damit, auf frischer Tat gefaßt zu werden. Sich vor den Augen eines fremden Mädchens zurückschicken zu lassen ist eine größere Schmach, als verstockt weiterzugehen. Lieber sich erdrosseln lassen, als den Hohn einer Frau zu erdulden. Die Bewertung einer Tat hängt von dem ab, der Zeuge der Tat ist. Zuwenig auf eine Tragbahre zu packen, das ist gut, wenn es keiner merkt: es ist schlimm, wenn der Aufseher es merkt; es ist ein Unglück, wenn andere darüber lachen. Hast du dich einmal lächerlich gemacht, dann bleibst du, was du auch tust, ein lächerlicher Mensch; vielleicht bis ans Ende deiner Tage. Aber zur dauernden Schmach wird deine Tat erst, wenn du in Augen, von denen du geträumt hast, vielleicht, ohne es zu wissen, Spott siehst oder Mitleid mit deiner Erbärmlichkeit, wenn nicht gar Verachtung. Gottlob, daß dies nicht zutraf. Im Blick der Fremden lag Aufmunterung und Trotz. Und sie sagte zu ihm diese Worte:

«Läßt du dich zurückschicken?»

Mehr sagte sie nicht.

3

GELD VERDIENEN MÜSSEN UND DAS HEIM, DAS waren die Mauern seines Gefängnisses. Durfte er hin und wieder ins Freie, ohne daß es der Beschaffung des Lebensunterhalts oder einer Besorgung für das Heim galt, so war ihm jedesmal zumute, als habe man ihm für kurze Zeit die ganze Welt geschenkt. Sobald er nur ein wenig dem Alltag entronnen war, konnte er wieder den Klang der Stimme hören. Es war dieselbe Stimme wie einst. Und dennoch, welch ein Unterschied! Früher hatte er geglaubt, die Stimme zu kennen, hatte ihr einen Namen gegeben, hatte sie verstanden. Jetzt aber, wissender geworden, fiel es ihm immer schwerer zu sagen, zu begreifen, wer die Stimme war. Er fühlte nur, daß die Stimme ihn zu sich rief, dorthin, wo nur sie allein herrschte, weit fort von den anderen Menschen und den Pflichten des Lebens. Hatte er auch längst ihren Namen vergessen, so tönte doch ihr Klang, je älter er wurde, lieblicher und lockender in seinen Ohren. Einmal, so fühlte er mitunter, müsse der Tag kommen, wo er alles im Stich ließ, um nur ihr allein zu lauschen. «O wundersame Stimme», flüsterte er dann heimlich und schlürfte lechzend die kühle Abendbrise des Nordens; aber er wagte nicht, vor Verlangen seine Arme auszustrecken, aus Angst, man könne ihn für verrückt halten.

In der Wohnstube des Gemeindevorstehers war es gedrängt voll, Männer und einige Frauen. Es herrschte ein solches Stimmengewirr, daß in der Hitze des Gefechts niemand das Kommen des Dichters bemerkt hatte. Alle sprachen durcheinander; von einer Zusammenkunft, wobei stets einer nach dem anderen das Wort führte, konnte hier kaum die Rede sein. Man konnte eher glauben, daß es sich um einen Wettstreit handle, zu Wort zu kommen und den anderen zu überschreien. Einige waren ganz aus dem Häuschen und wutentbrannt, andere mürrisch und ablehnend. Und die übrigen schienen sich über die anderen lustig zu machen. Anfangs konnte der Dichter nicht recht begreifen, worum es sich hier handelte. Als er zwei Männer rechts und links von ihm fragte, bekam er nicht einmal eine Antwort. Nachdem er eine Weile zugehört hatte, glaubte er zu verstehen, alles drehe sich um die Familie von Pjetur Dreiroß, besonders um Pjeturs Großmutter. Es war nicht verwunderlich, daß der Dichter gespannt zuhörte.

Nicht viele konnten sich rühmen, über die Herkunft von Pjetur Palsson Bescheid zu wissen. Sogar Familienforscher betrachteten manche und obendrein äußerst wichtige Glieder dieser Familie als unsicher. Das einzige, was man allgemein mit Sicherheit wußte, war, daß während der Blütezeit von Svidinsviks Seelenforschungsgesellschaft Pjeturs Großmutter Frau Sofie Sörensen bei spiritistischen Sitzungen ein paarmal von sich hatte hören lassen. Über die Nationalität dieser Dame herrschten geteilte Meinungen. Wenn Pjetur Palsson betrunken war, so behauptete er stets, daß sie dänisch und er folglich kein Islandschiff sei; dagegen waren Leute, die sich auf Sprachen verstanden und während der Sitzungen der Seelenforschungsgesellschaft Frau Sörensen gehört hatten, der Ansicht, ihre Sprache sei nicht so genau zu bestimmen gewesen, die habe sich wie Färörisch oder Norwegisch angehört. Das einzige Mal, wo Frau Sofies Mutter – also die Urgroßmutter des Direktors – sich in der Seelenforschungsgesellschaft zu erkennen gegeben hatte, war man, wie viele sich noch erinnerten, aus diesem und jenem Grund zu der Vermutung gekommen, die Familie sei französischer Abstammung. Der Dichter Olafur Karason war persönlich anwesend gewesen, als sich die Damen von der anderen Welt hatten hören lassen. Er war deshalb ziemlich verblüfft, daß er jetzt über Frau Sofie Sörensen sprechen hörte, als wäre sie noch unter den Lebenden, und er vermochte lange kaum seinen eigenen Ohren zu glauben. Soviel er jetzt zu hören vermeinte, schien sie wohl doch nicht so völlig tot zu sein wie damals in der Seelenforschungsgesellschaft, sondern sie hielt sich auf irgendeine Weise in der hiesigen Gegend auf, möglicherweise sogar in Svidinsvik, wenn ihre Gesundheit auch manches zu wünschen übrigließ. Soviel er begriff wurde über den Gesundheitszustand der recht betagten Dame strengste Verschwiegenheit beobachtet, ebenso und vor allem, was ihre Existenz überhaupt betraf. Aber es war oft vorgekommen, daß der Posthalter, wenn er betrunken war, seinen besten Freunden Abschriften von Telegrammen betreffs des Gesundheitszustands von Frau Sofie Sörensen zeigte, die Pjetur Palsson an seine Verwandten in Reykjavik geschickt hatte; manchmal täglich, manchmal sogar mehrmals am einem Tag, in wenigen Stunden nacheinander. Befragte man den Posthalter über diese Telegramme näher, so gab er ausweichende Antworten, ließ jedoch durchblicken, er sei besser in die Familienverhältnisse Pjetur Palssons eingeweiht, als es für Außenstehende gut sei. Seit Jahren habe er so von einem Tag zum andern genaueste Kenntnisse über das Befinden der Großmutter in Händen, und er könne präzise Auskünfte über ihre häufigen Rückfälle mit anschließender Besserung ihres Zustands geben. So sei es gar nicht ungewöhnlich, daß ein Tag von Frau Sofie Sörensens Leben folgendermaßen verlaufe: Bei Tagesanbruch Krämpfe, beim Morgenkaffee Atemnot, gegen Mittag etwas Gehirnbluten, nachmittags um drei Uhr beide Oberschenkel gebrochen, abends nach Adalfjord promenierend mit besten Grüßen an Verwandte und Bekannte in der Hauptstadt.

«Reinster Quatsch», sagte ein Mann. «Solch ein Menschenkind kann ja nicht ganz bei Trost sein: abends mit zwei gebrochenen Oberschenkeln quer übers Gebirge durch Einöden nach Adalfjord spazieren zu wollen.»

Aber der andere Mann, der sein Wissen von einem Freund des Posthalters bekommen haben wollte, versicherte steif und fest, daß es sich ganz und gar um keinen Quatsch handle, denn am folgenden Tag habe Pjetur Dreiroß von seinen Verwandten in Adalfjord ein Telegramm erhalten, darin es hieß, daß die Großmutter gestern dort bei bestem Wohlbefinden angekommen sei, doch wäre es nicht ausgeschlossen, daß sie morgen etwas unpäßlich sein könnte. Kaum nach Eintreffen des Telegramms drahtete Pjetur Dreiroß an die Verwandten in der Hauptstadt:

«Großmutter bei bester Gesundheit in Adalfjord. Möglicherweise morgen Blinddarmentzündung.»

Da hörte man jemand hell auflachen über Frau Sofie Sörensens Gesundheitszustand, lauter als alle anderen in der Wohnstube; es war ein Gelächter wie ein zunehmender Platzregen. Tränen flossen aus seinen Augen, während er sich im Kreis umblickte, bereit, im nächsten Augenblick aufs neue loszulachen. Einen anderen Beitrag steuerte er zu der im Gange befindlichen Diskussion nicht bei. Es war Hjörtur in den Wegehäusern. Neben ihm saß ein hellblondes Mädchen in blauem Kleid. Ihr Gesicht war groß, mit ein wenig grober Haut und tiefen Wangengrübchen. Ihr Blick strahlte unter den kräftigen, dichten Augenbrauen. Ihr Mienenspiel zeugte von warmblütigem Temperament. Ihr Schweigen verriet Spannung, wirkte fast beredt. Es war die Fremde, von der Olafur Karason auf dem Trockenplatz angesprochen worden war. Ihr gegenüber, mit drei Männern dazwischen, saß Jens Färing und sah sie mit so bewundernden Augen an, als könne er es kaum glauben, daß es solch ein Mädchen wirklich gab. Da begriff Olafur Karason erst, daß es sicher dieses Mädchen war, für das er das Liebesgedicht verfaßt hatte: Joa Hjörtsdottir in den Wegehäusern, die ein schlimmerer Dieb war als alle fremden und isländischen Trawler zusammengenommen. Sie hatte starke Schultern und einen kräftigen Busen mit hohen, gewölbten Brüsten.

Hätte ich gedacht, daß sie so aussieht, würde ich ganz anders gedichtet haben, dachte der Dichter.

Jemand sagte, es sei die einfachste Sache der Welt, den Posthalter so betrunken zu machen, daß man ihn dazu bringen könnte, alles auszukramen. Aber das war nicht mehr möglich. Ein anderer rückte nämlich mit der Neuigkeit heraus, Direktor Pjetur Palsson und der Posthalter hätten neulich einander gelobt, nie wieder Alkohol anzurühren.

«Was? Ist Pjetur Dreiroß jetzt Abstinenzler?» sagte ein anderer wie aus den Wolken gefallen, als habe sich ein neuer Komet am Himmel gezeigt und den Anbruch des Jüngsten Tages verkündet.

«Ja, und obendrein hat er mit Tabak und Kaffee Schluß gemacht», sagte ein anderer.

«Teufel noch einmal», riefen viele, «er muß ganz und gar übergeschnappt sein.»

«Er sagt, das sei nötig, um die Aura klar zu halten.»

«Die Aura? Was zum Satan ist denn das?»

«Das ist der Glorienschein wie beim kleinen Jesus und bei der Jungfrau Maria. Der verschwindet, wenn man Schnupftabak nimmt.»

«Mein Bester», sagte einer, «ich weiß es ganz bestimmt, seit er mit dem Tabak aufgehört hat, geht er heimlich mit einem Priem unter der Zunge und schluckt den Saft davon runter.»

Da sagte wieder ein anderer: «Ihr habt selbstredend von diesem neuen Zeug gehört, das er sich zugelegt hat., Vitamin heißt es. Das Zeug soll besser sein als alles, was man bis jetzt kannte – besser als Schnupftabak, Kautabak, Weibsleute und Branntwein.»

Hjörtur in den Wegehäusern lachte mit offenem Mund, so daß man seine Gurgel zu sehen bekam, aber seine Tochter machte ein schnippisches Gesicht und schnalzte verärgert mit der Zunge. Einer wollte gehört haben, dieser Unfug mit Vitaminen solle nur auf neue Art den Leuten das Geld aus der Tasche locken.

«Nein, das ist nicht lauter Unfug», sagte einer, «denn sonst würde er selber wohl nicht den ganzen Tag das Zeug essen. Er hat sogar aus Deutschland eine Art Farbband bekommen, das er auf eine vorbeschriebene Weise naß machen soll, wie – Na, ich könnte es euch erklären, wären nicht Mädchen hier in der Stube. Soviel kann ich jedoch verraten: wenn durch die Feuchtigkeit auf dem Streifen die richtige Farbe zu sehen ist, haben Leib und Seele genug Vitamine und volle Gesundheit bekommen.»

Darauf lachten alle, die lachen konnten. Aber Hjörtur in

den Wegehäusern saß da, Tränen in den Augen, mit offenem Mund, und konnte nicht mehr lachen. Seine Tochter atmete heftig durch die Nase und warf den Kopf in den Nacken.

Nun ergriff der Gemeindevorsteher das Wort und sagte, es sei nicht seine Absicht gewesen, Leute einzuladen, damit sie sich amüsierten; im übrigen sei ihm ganz und gar nicht zum Lachen zumute, und schließlich könne er nicht verstehen, wie jemand in der hiesigen Gemeinde während dieser ernsten Zeit zu Scherzen aufgelegt sein könnte. Er sagte weiter, daß er einzig und allein darum Boote für die hiesigen Leute baue, damit sie ihr Auskommen hätten, aber nicht, damit andere sie um ihr Auskommen brächten. Wenn Ortsansässige wohlbegründeten Verdacht hegten, daß hier im Ort eine Verschwörung am Werk wäre, deren Aufgabe es sei, Fischereidieben beizustehen, damit sie dem Zugriff der Küstenbewachungsschiffe entgingen und die Bevölkerung aushungern könnten, so sei er bereit, seine Pflicht zu tun und den Kreisrichter zu veranlassen, sich der Sache anzunehmen, aber er wolle sich nicht darein mischen, nach welcher Regel Pjetur Dreiroß sein Wasser ließ.

«Hört! Hört!» riefen die Männer und wurden wieder ernst.

«Aber eine andere Sache», fuhr der Gemeindevorsteher fort, «ist nicht weniger wichtig als die Sache mit dem gesetzwidrigen Fischen. Und darin hat Pjetur Palsson genauso seine Finger im Spiel wie überall hier in Svidinsvik. Ihr wißt samt und sonders, daß der Direktor der Vertrauensmann der Regierung ist bei allen Sachen, die den Ort angehen, ebenso der Vetrauensmann des Orts bei allen Sachen, die die Regierung angehen. Nie hat er so sicher im Sattel gesessen wie seit dem Tag, als Juel J. Juel Allthingsmann und er dessen Steigbügelhalter in der Hauptstadt wurden. Unter anderem hat er hier im Ort freie Hand bekommen, soweit es sich um Sachen der Regierung handelt. Und nun soll es also mit dem Bau einer Hafenmole losgehen. Dazu mußte Zement und Eisen aus Staatsmitteln gekauft werden. Die Folge davon ist: weniger Arbeit für die Ortsansässigen und Lohnsenkung. Damit wird es den Leuten hier unmöglich gemacht, ihre Schulden bei der Gemeinde abzutragen. Und das Ende vom Lied wird wahrscheinlich sein, daß alle hier in Svidinsvik in größte Not geraten.»

Als der Gemeindevorsteher fertig war, wetteiferten alle miteinander, die Hauptpunkte der ganzen Sache zu wiederholen: die Aussichten waren beunruhigend, entsetzlich sogar; nicht einen Stert aus der See; die Ausländer fingen nicht nur allen Fisch der Svidinsviker, sie zerstörten ihnen obendrein auch ihre Netze; alle Einwohner waren in Gefahr. Aber was bedeutete das alles, verglichen mit der Tatsache, daß Pjetur Dreiroß jetzt drauf und dran war, den Staatszuschuß der Gemeinde durch Luxuswaren und Tand wie Zement und Eisen zu verpulvern? Im übrigen, was sollte man mit einer Hafenmole anfangen? Welche Schiffe sollten im Hafen anlegen? Die paar Schuten, die es hier noch gab, eigneten sich besser für Brennholz als für die See. Ein Mann versicherte, aus dem Hafenbau, für den die Leute seit zehn Jahren Steine geschleppt hätten, könnte nie im Leben etwas werden, der Grund und Boden, den der Ingenieur der Regierung dafür ausgewählt habe, liege viel zu hoch für den gewöhnlichen Pegel; er könne nur bei Flutzeiten vom Wasser erreicht werden und sei aller Wahrscheinlichkeit nach besser für den Anbau von Kartoffeln als für Schiffahrtszwecke geeignet. Hjörtur in den Wegehäusern begann wieder zu lachen.

Der Dichter hörte sich alles, was geäußert wurde, ziemlich verwirrt an, aber er war dankbar, daß es sich hier nicht um eine Verschwörung gegen die Regierung oder um etwas handelte, was noch schlimmer war. Überdies war er glücklich, daß er für kurze Zeit von zu Hause fort sein durfte. Er beneidete Hjörtur im stillen, daß er alles, wozu er Lust hatte, auf eigene Faust verwirklichen konnte, und über alles, was ihn nichts anging, lachen konnte. In den wachen Augen seiner gerade entdeckten Tochter kam der unbeugsame Lebenswille des Vaters zum Ausdruck, wie ein brennendes Verlangen nach ungeahnten großen Taten.

Alle sahen ein, daß etwas geschehen müsse. Viele Vorschläge wurden gemacht: man solle an die Regierung telegrafieren; man solle an Juel schreiben; man solle mit Pjetur Palsson sprechen. Aber dergleichen hatte man auch früher aus ähnlichen Anlässen gemacht, ohne sonderlichen Erfolg. Schließlich kamen einige Männer auf die Idee, daß das einzige Mittel zur Überwindung aller Schwierigkeiten die Gründung eines Vereins oder einer Gesellschaft sei. An verschiedenen Orten habe man bereits mit großem Erfolg solche Vereine gegründet. Andere widersprachen einer solchen Gründung, und sie wiesen auf jene Vereine oder Gesellschaften hin, die bereits früher in Svidinsvik gegründet worden waren: zum Beispiel die selige Wiederaufbaugesellschaft, die alles und alle hierorts ruiniert hatte; dann die Seelenforschungsgesellschaft, die im Kielwasser der Dahingegangenen gesegelt, den Leuten in Svidinsvik ein anderes Leben nach diesem Leben versprochen, aber vor ihrem Zusammenbruch weiter nichts ausgerichtet hatte, als zwei hundsgemeine Mörder auszugraben. Jemand fragte: «Wie können wir hier in Svidinsvik wohl einen Verein gründen, der gleichzeitig gegen die Regierung und den Direktor und das Ausland gerichtet ist?» Ein anderer betonte, solange nicht jeder einzelne Mensch von Grund auf seine Gesinnung verändert habe, könnten Vereine keinen Nutzen in der Welt stiften. Der Gemeindevorsteher dagegen billigte mit einigem Vorbehalt den Gedanken, einen Verein zu gründen, der den Forderungen der Einwohnerschaft Geltung verschaffen sollte, sagte aber, daß es bei solch einem Arbeiterverein einen gewissen Haken gebe, der zu äußerster Vorsicht rate: bei einem solchen Verein bestände seiner Meinung nach die Gefahr, daß man gegen das Gemeindewesen, dem es sowieso nicht besonders gehe, arbeiten werde.

«Verdammt, was für ein Wesen ist das?» fuhr Jens Färing auf.

«Das Spitzbubenunwesen», erklärte schroff ein anderer.

Der Gemeindevorsteher sagte, in anderen Orten gebe es

Beispiele, wo Vereine gegen die menschliche Gesellschaft arbeiteten.

«Also ist es an der Zeit, daß den Hunden, die unaufhörlich das Volk ausplündern, das Handwerk gelegt wird», sagte einer. «Was meint Olafur Karason Ljosvikingur? Er ist Dichter!»

«Ja, richtig. Olafur Karason», rief die Versammlung, bereit, einen Mann von Geist anzuhören.

Olafur Karason sagte nichts, aber er bekam etwas Herzklopfen, als er seinen Namen hörte. Er fühlte, daß alle Augen auf ihn gerichtet waren. Man forderte ihn auf, seine Meinung zum besten zu geben. Hjörturs Tochter blickte zu ihm hin in gespannter Erwartung, die geradezu befahl, sich aufzuraffen und hervorzutreten und etwas zu tun.

«Was soll ich sagen?» fragte Olafur Karason.

«Mann, du bist Dichter! Steh auf und halt eine Rede», sagte die Versammlung.

Er stand auf, gewohnt zu tun, was man ihm gebot, blickte ein paar Augenblicke verwirrt hin und her, ihm schwindelte, er strich sich mit der Hand über die Stirn, über die Augen, über das ganze Gesicht, als ob ein Spinngewebe ihn belästigte, und seufzte tief.

«Was könnte ich wohl sagen, ein Mensch, der völlig abseits steht?»

Aber die Versammlung wollte nicht zulassen, daß er sich wieder setzte, nachdem er sich nun einmal erhoben hatte: «Du hältst dich nicht für zu gut, Unterstützung von unserer Gemeinde anzunehmen, um leben zu können. Warum solltest du zu gut sein, an unseren Angelegenheiten teilzunehmen?»

Da begann der Dichter nach und nach zu reden.

«Mir fällt es so schwer, zu reden», sagte er. «Ganz abgesehen davon, daß wir alle hier in Svidinsvik, glaube ich, blind sind. Wollt ihr meine Meinung hören, gut: es kommt mir vor, als herrsche über Svidinsvik ein allmächtiger Feind, der uns allen ständig nach dem Leben trachtet. Und dabei scheint mir, daß wir weder das Schlachtfeld sehen, auf dem wir uns befinden, noch den Feind selbst, der über uns herrscht, und das kommt davon, weil wir blind sind. Manchmal fühle ich, daß der Feind sogar ein Teil unserer Seele ist. Vielleicht gibt es überhaupt keinen anderen Feind als unsere eigene Blindheit. Vielleicht können wir nur wieder frei werden, wenn die Blindheit von uns weicht. Ich weiß es nicht. Was meint ihr?»

«Schon gut. Nur weiter», sagten sie. «Versuche, zu einem Schluß zu kommen, Mann.»

Da sagte der Dichter:

«Mir fällt es so schwer zu reden. Vorhin sagte ich, ich sei blind. Ich sagte, wie alle seien blind. Aber ich bin mehr als blind, und ich habe sogar mit noch größeren Nöten zu kämpfen als jene, die alle ihre Fanggeräte verloren haben und davon bedroht sind, geringeren Lohn für das Steinetragen zu erhalten oder gänzlich arbeitslos zu werden. Ich bin der Dichter. Ich bin einer, der nicht einmal Steine tragen konnte. Noch viel weniger habe ich je Anteil an einem Boot besessen. Darum sagte ich vorhin, daß ich völlig abseits stehe. Ich bin der Nichtsnutz von Svidinsvik, den alle verhöhnen, weil ich in den Nächten aufbleibe und Bücher schreibe über Männer, die einst ebenso schlimme Nichtsnutze gewesen sind wie ich. Aber darum gibt es auch keinen Dieb, der so mächtig ist, daß er mich bestehlen könnte. Einige sagen, ich hätte Arbeit auf dem Trockenplatz bekommen, weil ich Direktor Pjetur Palssons Speichellecker sei. Aber das ist nicht richtig. Ich habe für den Direktor nie etwas getan, abgesehen von den zwölf Gedenkversen, die ich in seinem Auftrag dichten mußte. Das ist aber auch das wenigste, was man für einen Menschen tun kann. Wollten König und Bischof nur mir allein erlauben, ihren ganzen Fang auf den Trockenplatz zu legen, und böten sie mir als Lohn Geld und Edelsteine, es würde mir nicht einfallen, auch nur eine einzige Flosse anzurühren, hätte der Fisch nicht die Farbe des Sonnenscheins und hätte sein Geruch nicht den Duft der Brise draußen vom Meer.»

Aus der Versammlung hörte man einige Zwischenrufe.

Aber der Dichter Olafur Karason war jetzt in Fahrt gekommen, und er wollte noch nicht schließen.

«Ja», fuhr er fort, «ich höre, was ihr sagt. Ich habe nie etwas anderes sein wollen als Dichter und Denker, und deshalb ist es mir auch gleichgültig, ob mich viele verächtlich einen Verstörten oder Faulpelz oder Trottel oder sonst etwas nennen. Mögen sie mich verhöhnen. Es ist ja nun doch einmal so, daß einer, der Dichter und Denker ist, die Welt mehr liebt, als alle übrigen Menschen es tun, hat er auch nie Gewinnanteil an einem Boot besessen, ja, hat er es noch nicht einmal so weit bringen können, zu den Regierungssteinträgern gezählt zu werden. So ist es nun einmal: Dichter zu sein und über die Welt zu schreiben, das ist viel schwerer, als Mensch zu sein und in der Welt zu leben. Ihr schleppt Steine für geringen Lohn, und der Rest eurer Habe wird euch von Dieben gestohlen. Aber der Dichter ist das fühlende Herz der Welt, und im Dichter leiden alle Bedrückten. ‹Zieh die Nägel klein, o du Herre mein, der die Welt erschuf, wie vom Pferdehuf all das Böse doch aus der Menschheit Joch!› Also steht es in einem alten Psalm geschrieben. Der Dichter ist der Nerv im Pferdehuf. Und nicht durch ein paar glückliche Umstände, sei es besserer Arbeitslohn oder reichlicher Fischfang, kann der Schmerz des Dichters gemildert werden, sondern nur durch eine bessere Welt. An dem Tag, wenn die Welt gut geworden ist, wird der Schmerz des Dichters gestillt sein. Aber nicht eher. Doch am selben Tag hört er auch auf, Dichter zu sein.»

Er hielt inne, hob den Blick und entdeckte, daß das Spinngewebe von seinem Gesicht verschwunden war. Und was er vor sich sah waren zwei blaue, weit geöffnete Augen, die vor Verlangen nach großen Taten fast brannten. Waren sie schuld an seinem Redefluß? Aber er war noch längst nicht zu Ende.

«Dichter sein, das bedeutet Gast an einer fernen Küste sein, bis man stirbt. In dem Land, wo ich zu Hause bin, wohin ich nie komme, dort weiß kein einziger Mensch etwas von Kümmernissen. Das liegt daran, weil aller Handel und Wandel wie von allein vonstatten geht, so daß niemand in Versuchung kommt, einen anderen zu bestehlen. Mein Land ist ein Land des Überflusses; mein Land ist die Welt, wie die Schöpfung sie den Menschen gegeben hat. Dort ist die menschliche Gesellschaft keine Gesellschaft von Dieben. Dort gibt es keine kränklichen Kinder. Dort sind alle Kinder gesund und fröhlich. Dort wird Jünglingen und jungen Mädchen erfüllt, was sie begehren, weil alles, was sie begehren, natürlich ist. In meiner Welt können alle Wünsche Erfüllung finden. Denn alle Wünsche der Menschen sind von Natur aus gut. Dort ist es ganz anders als hier, wo man die Wünsche der Menschen häßlich nennt, weil es hier nicht möglich ist, sie zu erfüllen. Bei mir kann ein jeder seinen Tag damit verbringen, den Wolken zuzusehen, wie sie sich in der See spiegeln, oder im Gras zu liegen und dem Plätschern des Bachs im Talgrund zu lauschen. Und wenn ein Unwetter rast, legt man mehr Holz aufs Herdfeuer und ist glücklich, ein festgefügtes Haus zu besitzen. Und wir hören eine Stimme, die von keinem Schmerz weiß und nichts von einem verlangt. Und am herrlichsten wird ihr Klang tönen an dem Tag, da der letzte Dichter verstummt sein wird. Und bei mir können alle Menschen sie hören. Aber hier an der Küste –»

Die Männer waren allmählich unruhig geworden und begannen in ihren Taschen nach Tabak zu suchen. Sie fühlten fast körperliche Schmerzen dabei, als sie vernahmen, wie ein Mensch sein Innerstes zur Schau stellte.

Aber Joa, die Tochter Hjörturs in den Wegehäusern, war aufgestanden und ging zu ihm und reichte ihm begeistert ihre starke, schmale Hand.

«Das war der Traum vom Glück», sagte sie.

Der Vater des Mädchens lachte schallend.

Alle sprachen jetzt wieder wirr durcheinander.

Der Dichter fühlte, daß niemand ihn verstanden hatte, ausgenommen dieses Mädchen. Sicher war sie auch schuld an seiner Rede. Aber er zweifelte daran, ob sie ihn richtig verstanden hatte. Ihr unerwarteter Händedruck brannte noch in seiner Hand. Sie hatte größere und bestimmt auch kräftigere

Hände als er. Am schlimmsten war es jedoch, spürte er plötzlich, daß er Jens Färing eifersüchtig gemacht hatte. Denn der verliebte Bootsführer hatte sich erhoben und sagte, alles, was Olafur Karason von sich gegeben habe, sei nichts als unnützes Dichtergefasel gewesen; dergleichen kaufe man sich, falls man Gebrauch dafür habe, und bezahle dafür nach Gutdünken. Aber er wäre keinesfalls hierhergegangen, um sich Gewäsch anzuhören, sondern einzig und allein deshalb, damit Maßnahmen getroffen würden, durch die man den im Dorf herrschenden Umtrieben ein Ende machen und der Halunkengesellschaft zu Leibe rücken könne. Viele gaben ihm laut ihre Zustimmung.

«Hier handelt es sich nur um das eine, nämlich darum, sich zusammenzuschließen», sagte er, «einen Verein zu gründen, einen zuverlässigen Vereinsleiter zu finden und den Kampf zu beginnen.»

Da wurde der Dichter unruhig. Und kurz darauf ging er.

Draußen merkte er sofort, was für eine schlechte Luft im Haus geherrscht hatte.

Es war ein anspruchsloser Aprilabend ohne besondere Schönheit und dennoch so voll Verheißung des nahen Frühlings, gleich einem Mädchen, das außer ihrer Jugend gar keine Reize zu haben braucht. Er dachte, da er ohne viel Bitten und Betteln die Erlaubnis bekommen hatte, auszugehen, wollte er die Gelegenheit wahrnehmen und noch ein wenig den Fjord entlangspazieren. Warum, zum Henker, war er überhaupt zu der Versammlung gegangen, wo sie über Pjeturs Großmutter getratscht hatten? Und dort hatte er dann sein Herz ausgeschüttet. Selbstverständlich mußte diese Rede vom Tausendjährigen Reich wie Hohn, gelinde gesagt, wie hirnverbranntes Zeug, auf die Leute wirken. Er biß sich in die Zunge. Nicht zu ändern.

Als er in der abendlichen Stille am Wasser ehrlich nachdachte, gab er zu, daß er nie im Leben so geredet haben würde, wenn das Mädchen nicht solche Augen gehabt hätte. Da waren die Leute mit ihren Bedrängnissen zu ihm gekommen, und er hatte ihr Vertrauen damit belohnt, daß er wegen eines Mädchens ein Traumland gedichtet hatte. Am meisten aber bedrückte ihn das Gefühl, Jens Färings Mädchen gestohlen zu haben. Er hatte dem Bootsführer einen gewöhnlichen Schlüssel zu ihrem Herzen verkauft und es dann selber mit einem goldenen Schlüssel geöffnet, so daß sie vor den vielen Menschen zu ihm kam, ihm ihre Hand reichte und sprach. In Wahrheit verhielt es sich jedoch so, daß es ihn gedrängt hatte, sich in den Augen dieses Mädchens zu rechtfertigen, weil er heute mit der Tragbahre zurückgeschickt worden war. Aber hatte er jetzt noch ein Recht auf die 5 Kronen, die er vom Bootsführer angenommen hatte?

4

ALS ER DEN FJORD ENTLANGGEWANDERT UND UMgekehrt war und auf dem Heimweg bei den Wegehäusern vorbeigehen wollte, traf er das Mädchen. Sie kam von der Versammlung. Er tat, als erkenne er sie in dem Halbdunkel nicht, nahm die Mütze ab und fragte, wer sie sei. Sie ging zu ihm hin und reichte ihm wieder ihre starke Hand.

«Ich bin es», sagte sie, «Joa.»

Sie stand dicht vor ihm, und er fühlte, daß sie ein starkes Mädchen war und ihn wahrscheinlich auf dem Rücken tragen könnte.

«Verzeih mir bitte, daß ich dir vor aller Augen vorhin die Hand gereicht habe», sagte sie. «Aber die Gefühle gehen oft mit mir durch. Das ist gar nicht so angenehm.»

«Du hast keinen Grund, um Verzeihung zu bitten», sagte er. «Dagegen bitte ich dich um Verzeihung, weil ich, wie ich glaube, selber nicht begriff, was ich redete.»

«Das macht nichts», sagte sie. «Ich habe dich begriffen.

Andere begreifen einen besser als man selber. Und Dichter denken die Gedanken anderer besser als die anderen selber. Ich habe einen Roman geschrieben, 350 Seiten von Postpapiergröße. Er heißt *Der Traum vom Glück*. Und deshalb habe ich dich verstanden. Obgleich ich selber etwas sentimental bin, gebe ich mir die größte Mühe, andere zu begreifen. Deshalb bitte ich um Verzeihung, daß ich mich heute auf dem Trockenplatz in deine Sachen einmengte.»

«Ach ja», sagte er, «ich habe mich zurückschicken lassen. Vielleicht war es nicht richtig. Aber ich meine, daß man etwas tun soll für Leute, denen es Spaß macht, einen zurückzuschicken.»

Sie schaute eine Weile nachdenklich in die Dämmerung und sann über seine Worte nach, bis sie schließlich sagte: «Wie reif du doch bist. So reif bin ich nicht. Und trotzdem kam es mir heute abend vor, als ich dich sprechen hörte, daß du mir aus dem Herzen gesprochen hast, jedenfalls so, wie ich als Kind gedacht hatte. In meinem Roman, da dreht es sich um ein junges Mädchen und einen jungen Mann, die beide die ganze Gegend in einen Glückstraum verwandeln, wie in deiner Rede.»

«Ich habe auch einen Roman geschrieben, der heißt *Die Landnahme ferner Eilande*. Er handelt von zwei jungen Männern, der eine ist arm, und der andere ist reich. Sie konnten es nicht ertragen, wie ungerecht es in der Welt zugeht und wie wenig Verständnis man für den einzelnen Menschen hat. Da ziehen sie aus, hinaus auf das große Meer, um dort eine öde Insel zu suchen. Sie finden eine, und dort bleiben sie dann.»

«Allein?» fragte das Mädchen.

«Ja, wenigstens zuerst. Aber nicht weit von ihrer Insel liegt eine andere. Dort wohnt ein ehrwürdiges Ehepaar, das zwei erwachsene Töchter besitzt. Die Eltern haben sich auch auf einer der fernen Inseln Land genommen, um sich in der Einsamkeit ein schönes Dasein zu gründen. Und dann verheiraten sich die jungen Menschen auf beiden Inseln miteinander, und am Schluß des Romans sind diese entlegenen Inseln ein völliges Paradies auf Erden.»

«Genau wie mein Dorf, nur mit dem Unterschied, daß es ein großes Dorf war», sagte das Mädchen. «Ich habe nie geglaubt, daß ich einen Menschen treffen könnte, der so denkt, wie ich als kleines Kind gedacht habe. Es ist wunderlich, seine eigenen, schönsten Träume von einem anderen zu hören. Und obendrein hast du genau die Worte gefunden, nach denen ich selber so auf der Suche war, ohne sie je finden zu können. Hast du Lust, mit mir zusammen noch ein wenig hier draußen zu gehen?»

Er kehrte wieder um und ging mit ihr.

«Über etwas habe ich mich immer so geärgert», sagte das Mädchen, «ich kann nicht reimen. Oft sehne ich mich wirklich danach, ein Gedicht zu machen. Aber wie oft ich es auch versucht habe, ich konnte weder die richtigen Worte finden noch reimen. Wie macht man es bloß, daß man die richtigen Worte findet? Nun habe ich zum Beispiel mehrere Tage hindurch versucht, ein Gedicht an einen Mann zustande zu bringen. Ich weiß, daß die richtigen Worte gewissermaßen ringsum in der Luft hängen, aber wie soll ich es anfangen, daß ich sie zu fassen bekomme?»

«Liegt es nicht daran, daß dir die richtigen Gefühle fehlen?» sagte der Dichter. «Hat man die richtigen Gefühle, so stellen sich schon die richtigen Worte ein.»

«Ich habe stets die richtigen Gefühle gehabt», sagte das Mädchen fast beleidigt, und der Dichter hatte Angst, sie gekränkt zu haben.

«Liebst du ihn?» fragte der Dichter.

«Warum fragst du so offen?» sagte sie.

«Liebst du ihn, so will ich ihn für dich andichten, was höchstens eine Krone fünfzig kostet.»

«Glaubst du an Liebe?» fragte sie.

«Gräßlich, wie du sprichst», sagte er.

«Warum machst du Ausflüchte?» fragte sie.

«Nicht ich, sondern du fragst offen», sagte er.

«Er ist bereit, mit jedem, wer es auch sein mag, den Kampf aufzunehmen», sagte sie.

«Ja, er ist sicher ein Mann, der zu dir paßt. Ich bin fest davon überzeugt, daß du ihn liebst.»

«Er hat mir ein Gedicht geschickt, das gut von ihm selber sein könnte.»

«So», sagte der Dichter.

«Er besitzt ein Boot ganz allein, und ihm gehört zusammen mit seiner Mutter ein Haus. Sicher hat er auch Geld in der Bank. Und er hat mit Ausländern gesegelt. Und es macht nichts, daß er etwas älter ist als ich. Ich habe mir nie etwas aus jüngeren Männern gemacht. Machst du dir viel aus jungen Mädchen?»

«Wie alt bist du?» fragte er.

«Dreiundzwanzig. Als ich den *Traum vom Glück* schrieb, war ich erst siebzehn. In den letzten fünf Jahren, solange meine Pflegemutter noch lebte, habe ich viel arbeiten müssen. Zum Bücherschreiben blieb mir keine Zeit. Ich hatte das Haus zu besorgen.»

«Das Haus», sagte der Dichter. «Ja, das verstehe ich.»

Da standen sie vor der Pforte zu den Wegehäusern.

«Du hast mich zurückgeschickt», sagte er.

«Danke, daß du mich nach Hause begleitet hast», sagte sie.

«Jetzt hat man mich zweimal am einem Tag zurückgeschickt», sagte er.

«Man soll etwas tun für Leute, denen es Spaß macht, einen zurückzuschicken.»

«Vergiß nie deinen Traum vom Glück.»

«Ich werde nie vergessen, wie gut es mir tat, dich reden zu hören. Ich will daran denken, bis ich eingeschlafen bin.»

«Na ja. Leb wohl und gute Nacht.»

Aber nach einigen Schritten blieb er stehen, drehte sich um und rief:

«Wollen wir nicht etwas an das Gedicht denken?»

«Ach, das hätte ich fast vergessen», sagte sie, gerade als sie ins Haus gehen wollte. «Doch, laß uns das tun.»

«Wie willst du es haben?» fragte er.

«Ganz wie du willst.»

«Soll es lang sein?»

«So lang, wie du es für richtig hältst.»

«Manche wollen soviel wie möglich für ihr Geld haben.»

«Sagen wir drei Strophen. Meinetwegen fünf. Aber bestimmt nicht mehr als sieben. Im übrigen ganz wie du denkst.»

«Wahre Liebe braucht nicht viele Worte», sagte er.

«Wer weiß denn, ob meine Liebe nicht so wahr ist, daß nicht einmal ein Dichter die richtigen Worte für sie finden kann?» sagte sie.

«Dann hättest du mich nicht bitten sollen, das Gedicht zu machen», sagte er.

«Nun willst du mich necken», sagte sie, öffnete die Haustür und schloß sie hinter sich.

Er stand auf dem Weg, draußen vor dem Haus, und er fühlte, daß er sie nicht völlig verstand. Wie die Dinge lagen, war es schwer, ein Liebesgedicht für Jens Färinger zu dichten.

5

Aus dem Haus des Dichters drang Licht. Nun sitzt wohl eine Klatschbase bei ihr und hat ihr hinterbracht, ein junges Mädchen habe mir öffentlich die Hand gedrückt, dachte der Dichter. Was konnte er zu seiner Entschuldigung anführen? Ganz davon zu schweigen, was er sagen soll, falls ihr auch mitgeteilt worden ist, man hätte ihn zusammen mit dem Mädchen im Dunkeln auf einem Spaziergang gesehen. Neuigkeiten verbreiten sich in Svidinsvik mit Blitzesschnelle. Aber es war überhaupt keine Klatschbase: kein

Geringerer als Direktor Pjetur Palsson saß am Bett des Kindes, am Kopfende, das Pincenez auf der Nase, die goldene Uhrkette über dem Bauch.

«Du wirst es kaum glauben, daß dieser gesegnete Mann mit einer Kruke voll Lebensmedizintabletten für das Kind raufgekommen ist», sagte die Braut. «Unser geliebter Jesus im Himmelreich wird solche herzensguten Menschen jetzt und in Ewigkeit belohnen!»

«Sprechen wir doch nicht von solchem bißchen Dreck, Kerlchen», sagte Direktor Pjetur Palsson. «Oder sind wir etwa nicht alle miteinander wahre Isländer?»

«Ja, das will ich doch bei Gott hoffen, daß wir in alle Ewigkeit wahre Isländer bleiben», sagte die Braut.

Aber der Dichter machte große Augen über diesen an den Haaren herbeigezogenen Wunsch. «Es bleibt einem wohl nichts anderes übrig, als bis auf weiteres Isländer zu bleiben», sagte er, heimlich sogar ein wenig verwundert über die unerklärliche Anwesenheit Pjetur Palssons.

«So was hör ich gern aus Dichtermund», sagte der Direktor. «Jetzt sehe ich, du bist ein freigeborener Isländer und kein schändlicher Verseschmierer.»

«Wie mir das leid tut, daß ich unserem gesegneten Direktor keinen Kaffee anbieten kann», sagte die Braut.

«Hol der Satan alles Gift», sagte der Direktor Pjetur Palsson, wobei er wie angewidert mit den Händen abwehrte. «Wir Isländer stammen von den nordischen Wikingern ab, die eigenhändig geschmolzenen Tran getrunken haben, wenn sie ihren Durst stillen wollten, und nicht einmal den Bodensatz vom Tran verschmähten. Und ich weiß von alten Haifischfängern, die schiffbrüchig auf entlegenen Felsriffen überwintern mußten: die haben statt Branntwein warmes Robbenblut getrunken! Aber das waren auch keine irischen Sklaven, Kerlchen, das waren freigeborene Isländer von Island, denen es nie eingefallen wäre, einen Läster- und Mörderverein gegen das Wirtschaftsleben zu gründen. Sie haben ihre Aura rein gehalten.»

«Ja», sagte die Braut, «das kann man wohl zugeben, daß das gottesfürchtige, ordentliche Leute waren.»

«Leider weiß ich nicht einmal, was eine Aura ist», sagte der Dichter, «was natürlich von meinem geringen Buchwissen kommt.»

«Du willst Dichter sein und weißt nicht, was eine Aura ist?» sagte der Direktor verblüfft. «Ja, da muß ich wirklich zugeben, daß du nicht viel weißt, Kerlchen. Ich und mein Prokurist, wir beide wissen, was eine Aura ist. Wir haben nämlich ein erstklassiges Buch aus England. An der Aura kann man sehen, ob Leute wahre Isländer sind oder nicht. Leute, die sich nicht mit aller Kraft fürs Wirtschaftsleben einsetzen wollen in diesen schweren Zeiten, die sind keine wahren Isländer. Hör mal, du bist doch Dichter; wir sollten etwas zusammen dichten. Ich habe nämlich vor, ein Schauspiel zu schreiben. Komm morgen oder übermorgen mal zu mir. Dann halten wir bei einem Becher Tran ein Plauderstündchen. Ich hoffe doch, daß du nicht für Tabak bist.»

«Nein», sagte der Dichter. «Leider. Und wahrscheinlich entgeht mir dadurch viel.»

«Nein, nein, nein! Keine sittenverderblichen Ansichten, Kerlchen», sagte der Direktor, und er machte eine beschwörende Bewegung mit der Hand gegen den Dichter, um ihn am Weitersprechen zu hindern. «Der Unterschied zwischen einer tabakfreien Aura und einer Aura mit Tabak ist ungefähr so wie der Unterschied zwischen einem gut ausgebackenen Fladen und einem angebrannten Pfannkuchen. Darum sollen wir gegen Tabak sein. Ideale sollen wir haben anstatt Tabak. Patrioten sollen wir sein und keine Raucher. Aber gleichzeitig haben wir die Pflicht und die Schuldigkeit, hier in Svidinsvik was für die Kultur zu tun. Was uns hier fehlt, das ist nämlich höhere Kultur. Uns fehlt es hier an Zukunftskultur. Hör mal, was meinst du dazu, wenn wir einen Kulturleuchtturm bauen würden, der Nacht und Tag leuchten soll zur Erinnerung an – Thordur von Hattardal oder an sonst einen Barden der alten Zeit?»

«Was für einen?» fragte der Dichter.

«Ja, es kann ebensogut irgendein anderer sein. Darüber können wir schon einig werden. Die Hauptsache ist, daß wir etwas ausfindig machen, um die Aufmerksamkeit der Leute von dem vaterlandslosen Unfug abzulenken, damit sie nicht das Wirtschaftsleben hier in Svidinsvik ins Verderben stürzen. Übrigens, was ich noch fragen wollte, wie ist die Versammlung heute abend eigentlich abgelaufen: haben sie einen Verein gegründet?»

«Ich weiß es nicht genau», sagte der Dichter. «Irgendeiner hat von einem Arbeiterverein gesprochen. Aber ich bin schon zeitig von der Versammlung weggegangen und etwas am Wasser entlang in der frischen Luft spazierengegangen.»

«Arbeiterverein?» sagte Direktor Pjetur Palsson. «Die Leute halten mich anscheinend für ein kleines Kerlchen. Die glauben wohl, daß sie mich kleinkriegen können, wenn sie sich zusammenrotten und einen Läuseverein gründen, der in Wirklichkeit weiter nichts als ein Verein von Drückebergern und Faulpelzen ist. Aber sie sollen es zu fühlen kriegen. Ich werde ihnen geradeheraus erklären, daß ich einen Facharbeiterverein gründen werde, falls sie einen gewöhnlichen Arbeiterverein gründen. Und wenn sie einen Facharbeiterverein gründen, dann gründe ich einen Aufseherverein. Und wenn sie glauben, daß sie einen materialistischen Verein gegen mich gründen können, dann sollen sie etwas erleben. Hier in Svidinsvik werde ich ein solches Aufgebot von geistigen Kräften gegen sie mobilisieren, daß sie nicht mal genug Verbandszeug für Schrammen, die sie dabei abbekommen, werden auftreiben können. Wir wahren Isländer in Svidinsvik müssen in den Kampf ziehen, um endlich eine anständige Kirche gebaut zu bekommen. Ich habe schon lange Zeit wegen dieser Sache an einen Mann gedacht, nämlich an unseren alten Schnupftabakhacker Jon auf dem französischen Grundstück. Eigentlich hätte er ja längst gestorben sein müssen, und hoffentlich macht er es nicht mehr lange. – Bei seinem Tod wird er mindestens 50000 Kronen wert sein. –

Und dann käme noch der Kirchenfonds dazu. Außerdem müssen wir uns hier in Svidinsvik ein Flugzeug kaufen, damit unsere Einwohner höher in die Luft kommen können. Wenigstens aber müßten wir uns ein Flugzeug mieten. Hier sind zwei Kronen für das Kind, liebe Jara. Um von etwas anderem zu sprechen, Kerlchen: wer ist deiner Meinung nach bei der ganzen Sache der Hauptidiot? Wohl kaum diese Ratte von Gemeindevorsteher: Ein Mann, der draußen war, um nach dem Wetter Ausschau zu halten, hat mir erzählt, diese neue Deern aus den Wegehäusern, die auf meinem eigenen Trockenplatz Arbeit hatte, sei dabei gewesen. Noch eine Frage: glaubst du, daß Jens Färing, der ein Idiot und eine Ratte ist, einen Brief von dem Satansburschen im Versteck bekommen hat? Von dem Kerl, der seine Eltern wie Köter hat verrecken lassen?»

«Örn Ulfar hat in einem Sanatorium gelegen», sagte Olafur Karason.

«Ja, man sollte sie anspucken. Diese Tagediebe und Unglücksraben, die weder für sich noch für andere arbeiten wollen, die kriechen in Sanatorien unter. Dort werden sie gemästet wie Grafen und Barone, und Marconi-Apparate hängt man ihnen um den Hals und alles auf Staatskosten. Aber er soll was erleben, dieser irische Sklave, dieser vaterlandslose Geselle, dessen Eltern ich zehn Jahre hindurch davor bewahrt habe, ins Armenhaus zu kommen, wenn er noch weiter Hetzbriefe gegen mich schickt: und obendrein versucht, sich in meine Familie zu drängen. Er soll sich hüten, sage ich, und auch sie, die seine Freunde sind, sollen sich hüten! Ich werde sie zerquetschen! Ich werde Brei aus ihnen machen! Flensen werde ich sie! Sie sollen es sehen! Was uns hier in Svidinsvik fehlt, das ist eine nette Kirche mit Säulen und bemalten Fenstern, mit der Geschichte unserer Gegend hier, mindestens seit der Zeit des Bischofs Gudmundur des Guten, der vor unserer Küste Schiffbruch erlitt und sich das Bein brach. Ja, das fehlt uns hier in Svidinsvik. Aber als Dichter und Idealisten müssen wir auch an die Zukunft denken. Die Kirche allein genügt nicht. Wir müssen hier auch Flugverkehr haben.»

«Wie du weißt, habe ich mich selber gern zu den Idealisten gerechnet», sagte der Dichter. «Nichts ist so notwendig wie die Menschen in die Lüfte emporzuheben. Aber glaubst du nicht auch, daß es besser wäre, wenn man diese beiden Sachen getrennt behandelt: die Kirche einerseits und das Flugzeug andererseits?»

«Worin besteht der Unterschied zwischen Christentum und Luftfahrt?» fragte da der Direktor Pjetur Palsson.

Die Frage konnte der Dichter nicht beantworten.

«Siehst du wohl, Kerlchen», sagte der Direktor. «Du kannst mir keinen Unterschied zwischen Christentum und Luftfahrt nennen. Bei einigen heißt es: Christentum, aber nicht Luftfahrt. Bei anderen heißt es: Luftfahrt, aber nicht Christentum. Ich sage nicht nur: Christentum *und* Luftfahrt, sondern ich wage sogar zu sagen: Christentum *ist* Luftfahrt und Luftfahrt *ist* Christentum. Hör mal, wenn du gratis Vitamintabletten nötig hast, so komm nur in den Laden und sprich mit meinem Prokuristen. Ich kann dir sogar ein Farbband aus Deutschland besorgen, um darauf zu pissen.»

«Danke vielmals», sagte der Dichter, und seine Braut wünschte abermals, daß Jesus den Direktor in seinen Schutz nehmen wolle.

«Aber als ungebildeter Volksdichter möchte ich dich gern etwas fragen, Pjetur», sagte der Dichter. «Was sollen wir denn mit einem Flugzeug in Svidinsvik anfangen?»

«Was wir mit dem Flugzeug anfangen sollen?» sagte der Direktor ärgerlich. «Bei dir ist's wohl nicht richtig im Oberstübchen, Kerlchen. Begreifst du wirklich nicht, was wir mit einem Flugzeug anfangen sollen? Natürlich damit in der Luft fliegen, Mensch. Ein Flugzeug, siehst du, das ist die moderne Zeit.»

«Ich glaubte, worum es sich heutzutage handelt, das sei in erster Linie, daß man Essen und Zeug auf dem Leib hat», sagte der Dichter.

Der Direktor war einfach sprachlos. Er öffnete stumm den Mund, als habe Olafur Karason plötzlich einen Weisheitsspruch auf chinesisch zum besten gegeben. Und infolge seiner Verwirrung über den Klang dieser fremden Sprache ergoß sich aus dem einen Mundwinkel des Direktors ein dunkler Schlammbach, der in einem Bogen auf sein Kinn niederfloß.

«Sprich nicht weiter, Kerlchen», sagte der Direktor schließlich, als er sich von seiner Bestürzung erholt hatte, und er schlürfte den Bach wieder in seine Mundecke. «Es läßt sich nicht verbergen, wo du heute abend gewesen bist. Der russische Geist verleugnet sich nicht. Die Seelen der Russen sind vereist. Aber laß dir von mir gesagt sein: Dichter, die sich zu irischen Sklaven machen lassen, mögen sich in acht nehmen. Für Dichter hat noch nie jemand kautioniert, Kerlchen. Das Haus des Dichters kann fortgeweht werden! Es kann niederbrennen. Wenn du meinst, daß es sich heutzutage darum handelt, Essen und Zeug auf dem Leib zu haben, so irrst du dich. Heutzutage handelt es sich darum, Gemeinschaftsgeist zu haben. Das heißt, ein Vaterland zu besitzen; das heißt, zu hungern und zu ertrinken, wenn das Wirtschaftsleben es fordert. Heutzutage handelt es sich darum, bereit zu sein, den letzten Blutstropfen für die Vergangenheit und für die Zukunft seines Volkes zu opfern. Heutzutage handelt es sich darum, daß man kein Russe ist. Heutzutage handelt es sich darum, daß man kein vaterlandsloser irischer Sklave ist. Denk daran, wie es mit Sigurdur Breidfjörd ging. Denk daran, wie es mit Jonas Hallgrimsson ging, Kerlchen.»

«Große Namen nennst du da in einem so kleinen Haus», sagte der Dichter. «Ich schäme mich. Haben sie es verdient, in Armut und Hunger zu sterben, verfolgt und verhöhnt, was verdiene ich dann?»

«Na ja, Kerlchen, wenn du es dir abgewöhnst, mit solch gedankenlosem Quatsch zu kommen, so wird dir nichts Schlimmes passieren», sagte der Direktor. «Denn wenn wir mal gründlich über dein Gerede nachdenken, so möchte ich gern wissen, wer hier in Svidinsvik kein Essen und kein Zeug auf dem Leib hat? Soviel ich weiß, sorge ich dafür, daß alle von mir hier in Svidinsvik Essen und Zeug auf dem Leib haben. Ich bin ein Demokrat. Ich bin stets ein guter Sozialist gewesen. Ich bin für die neuesten Entdeckungen der Wissenschaft. Gerade jetzt habe ich den Kauf von Vitamintabletten im Wert von 1000 Kronen für die Gemeinde vereinbart. Mögen die, welche in anderen Plätzen die Leitung haben, es besser machen. Was das Wirtschaftsleben fordert, das ist Arbeitspflicht und nicht Tagelöhnerarbeit, wo die Leute sich vaterlandslosen Klatsch angewöhnen und, wenn sie könnten, uns Freigeborene umbringen würden, genauso wie es die irischen Sklaven gemacht haben, und die Isländer an die Dänen und Russen ausliefern. Hör mal, was sagst du dazu, wenn wir also den Kulturleuchtturm oben auf dem Othveginsenni, dort auf der Anhöhe, weißt du, zur Erinnerung an Ulf den Othveginni*, der dort mit bei der Landnahme war, hinsetzen?»

«Könnten dadurch nicht die Schiffe gefährdet werden, müßten sie dann nicht dort stranden?» fragte der Dichter.

«Du bist gar nicht so dumm, Kerlchen», sagte der Direktor. «Du bist nicht auf den Kopf gefallen. Wir werden den Kulturleuchtturm hinter der Kirchenmauer anbringen, damit die Schiffe nicht gefährdet werden. Für unsere gottgesegneten Seeleute müssen wir alles tun. Die Hauptsache ist, daß man ein Ideal hat und zugleich einen brennenden, unbesiegbaren Glauben an das Leben, Kerlchen. Die Moral von heutzutage erfordert nicht bloß eine gesunde Lebensführung, sondern eine heilige Lebensführung wie in der Vorzeit, seelische Reife, Licht. Man hat seine Aura rein zu halten, wie der scharfsinnige Held aus der Njals-Saga, Skarphedinn, neulich zu mir in einer spiritistischen Sitzung in der Hauptsstadt gesagt hat. Also diese Teufelsdeern in den Wegehäusern war auch mit in der Versammlung heute abend. Das nenne ich wirklich etwas Neues. Sie hat sicher die französische Seuche.

* Othvegin (isl.): der Dreckige, Ungewaschene.

Sie soll sich bloß in acht nehmen. Komm nicht in ihre Nähe Kerlchen.»

«Lieber Jesus und guter Gott», sagte die Braut, «mit was für Menschen gibst du dich bloß ab, Olafur?»

«Och», sagte der Dichter, und er wurde puterrot.

«Ich habe wohl ein Recht darauf, zu wissen, was für Leute du triffst», sagte die Braut. «Du bist doch der Vater meines Kindes.»

«I wo, fangen wir doch nicht an, uns deswegen zu zanken», sagte der Direktor, «das könnte ja eine weitläufige Geschichte werden. Es ist schwierig, auf richtige Art untreu zu sein. Was ich dagegen gern wissen möchte, das ist, ob du nicht einen neuen Anzug nötig hast? Und neues Unterzeug, Kerlchen? Sprich morgen mit meinem Prokuristen. Und erzähl mir nun mit wenigen Worten: worüber haben sie hauptsächlich in der Versammlung gesprochen, solange du dort warst?»

Trotz seiner Ideale verstand sich der Direktor gar nicht so übel auf die Kunst, dann und wann wieder hinunter auf die Erde zu kommen, wie ein Seevogel, der aus Wolkenhöhe niederschießt und nach einem Fisch taucht.

«Oh, eigentlich war es gar nichts Besonderes», sagte der Dichter, «sie kauten immer dasselbe wieder, worüber man nicht sprechen soll und wovon doch alle sprechen: man lebt kümmerlich von Margarine und Zichorien – alle Häuser verfallen – kaum noch eine heile Glasscheibe im Fenster – letzten Winter konnten sich keine anderen als die Mächtigen eine Schaufel voll Kohle verschaffen. So sprachen sie davon, wie die Kräfte, die hier in Svidinsvik regieren, doch reinweg alle anderen Menschen hassen müßten. Und sie wunderten sich, wie unglaublich zählebig das Menschengeschöpf doch ist, daß es in diesem Krieg nicht längst ausgerottet ist –»

«Vaterlandsloses Gesindel ist allzu zählebig. Man sollte sie alle miteinander über die Landungsbrücke ins Wasser jagen», unterbrach der Direktor. «Und was weiter?»

«Sie sprachen auch darüber, wie wunderlich es ist, daß die Svidinsviker keinen Fisch aus dem Meer holen können, wie es die Ausländer tun. Sie zerbrachen sich den Kopf, woran es wohl liegt, daß die Schiffe der Svidinsviker entweder von Rost, Ratten und Gespenstern auf dem Ankerplatz zerstört werden oder daß der Fisch ihre Mannschaft zu sich in die Meerestiefe holt, während ausländische Millionenunternehmen unaufhörlich die Reichtümer des Volkes hier vor den Augen des Volkes rauben.»

«Ganz klar, daß diese Menschen von den Russen ihre Befehle bekommen haben», sagte der Direktor und stand auf. Sein Gesicht war etwas geschwollen. «Mit anderen Worten, hier scheint sich ein Haufen zusammenzuschließen, der vorhat, die Nation zu bekämpfen. Ich zweifle nicht im geringsten daran, daß hierher Anschauungen in Briefen gekommen sind von einem Mann, der hier nicht einmal unterstützungsberechtigt ist nach den neuen Gesetzen der Armenpflege. Der folglich auch kein Recht hat, sich einzumischen, ob ich die Leute hier auf meinem Grund und Boden hänge oder schlachte. Aber er soll sich in acht nehmen – habe ich dem Kind die zwei Kronen gegeben, frage ich?»

«Ja, und keiner außer Jesus kann es entgelten», sagte die Braut.

«Hör mal, gute Jara, da fällt mir gerade ein, daß du vielleicht ein neues Gesangbuch brauchst», sagte der Direktor Pjetur Palsson, faßte in seine Brusttasche und zog ein neues Gesangbuch mit Goldschnitt heraus.

Er gab es ihr.

Die Tränen in den Augen der Braut ließen nicht auf sich warten.

«Schade, daß wir hier kein Harmonium haben», sagte der Direktor. «Wie schön wäre es, vor dem Abschied miteinander ein Kirchenlied zu summen.»

Die Braut, mit Tränen in den Augen das Kleinod betrachtend, konnte kein Wort hervorbringen, sondern warf sich wie ein dankbares Kind dem Direktor an den Hals und küßte ihn.

«Wir wollen *Lobe den Herren, den mächtigen König der*

Ehren singen», sagte der Direktor. «Kein anderer Choral ist imstande, das Gemüt so schnell und gründlich zu erheben.»

Pjetur Palsson nahm das Gesangbuch wieder an sich, suchte nach dem Choral und fand ihn; sein Gesicht hatte im Nu einen fremdartigen, feierlichen Ausdruck der Andacht bekommen.

«Ich habe Angst, daß das Kind geweckt wird», sagte der Dichter. «Das Mädchen ist so krank, und die Stunden, in denen es schlafen kann, sind kostbar.»

«Wer durch Choralgesang geweckt wird, der erwacht im Himmel», sagte Pjetur Palsson und suchte nach dem richtigen Ton. Dann steckte er die Daumen in die Westentaschen, stellte sich breitbeinig mitten in die Stube, zog den Juel-Hut über die Augen, streckte seinen Bauch vor und sang, daß sich seine Backen blähten und sein Gesicht blauschwarz wurde. Er hatte eine sehr kräftige Stimme. Die Braut versuchte etwas mitzupiepsen. Es war eine kirchliche Zeremonie hohen Ranges. Aber es kam, wie Olafur Karason gefürchtet hatte: das Kind erwachte und begann zu weinen. Er mußte es in seine Arme nehmen und es wiegen, damit es sich von dem Entsetzen, das es ergriffen hatte, erholen konnte. Endlich war der Choral zu Ende gesungen. Der Direktor nahm das Pincenez von der Nase, damit sich seine Tränen noch ungehemmter ergießen konnten.

«Wie einen ein Choral doch gut und wahr macht», sagte er. «Mir kommt es immer so vor, als sei der Tag vertan, an dem ich nicht wenigstens eine Strophe von einem Choral gesummt habe.»

Er umarmte die Braut des Dichters und küßte sie aus Leibeskräften, als er gute Nacht wünschte.

«Das Kind hat doch von mir die zwei Kronen bekommen?» sagte er. «Mit dem Würmchen ist es nicht weit her, sehe ich. Das kommt von den vielen Bonbons, die es kriegt. Kinder sollen ein gesundes und natürliches Leben haben: eine Seeschnecke in dem einen Mundwinkel und etwas Tang in dem anderen anstatt Bonbons. So macht man es in Frankreich mit den Kindern. Aber nun hoffe ich doch, daß das Würmchen bald anfängt, wieder zu Kräften zu kommen. Die Vitamine sind der Lebensquell der modernen Zeit. Na ja, aber sollte die Lütte sterben, so macht es auch nichts, denn der Tod ist doch nichts als Humbug und Trug. Wir werden ja alle miteinander auferstehen, und die Kinder, deren Aura in Schick geblieben ist, bekommen nächstes Mal bessere Karten in die Hand.»

«Ach, was für ein gottgepriesener, herrlicher Mann», sagte die Braut, als Pjetur Palsson gegangen war. «Nie im Leben hab ich mir ausmalen können, daß ich einmal mit einem so großen Herrn und einer solchen Standesperson sprechen könnte wie mit einem Freund. Und kann man sich vorstellen, daß er ursprünglich ein blutarmer Mensch war und von der Gemeinde Unterstützung bekommen hat? Ja, es ist sicher und gewiß: die Leute, die nie den Glauben an das Gute verlieren, die werden vom lieben Jesus in diesem und im künftigen Leben erhöht.»

«Liebe Jarthrudur, ich kann es dir anhören, daß du ein wahrer Isländer bist», sagte der Dichter.

«Das weiß ich», erwiderte die Braut. «Das wäre auch noch schöner, sich mit Metzen und Sklaven einzulassen, sich gegen seinen Wohltäter zusammenzurotten! Gib mir sofort das Kind. Es ist mein Kind.»

Aber der Dichter gab das Kind nicht seiner Braut, sondern legte das kleine Mädchen behutsam ins Bett und deckte es zu. Die Kleine hatte sich nun beinahe wieder vom Schrecken erholt. Sie hatte hellblonde Locken. Das Gesichtchen war viel zu heiß, die Äuglein nur halb geschlossen, der Atem ging zu schnell.

Er beugte sich über das Kind, und er schaute es an und fühlte: hier war sein Haus.

«Will man nicht schlafen gehen?» fragte die Braut nach einer Weile. Sie war längst ins Bett gekrochen.

«Doch», flüsterte er zerstreut und blickte weiter das Kind an, ohne sich zu rühren.

Die Braut murmelte ihr Nachtgebet, legte sich dann bequem zurecht; aber sie war mit ihrem Murmeln noch nicht fertig.

Er saß noch immer am Bett des Kindes.

Dann war die Braut eingeschlafen.

Jetzt war die Nacht gekommen, und er war frei.

Er schlich auf den Zehen durch die Stube und holte sich seine Pultplatte, setzte sich mit dem Brett auf den Knien an das Kopfende des Kinderbetts, nahm sein Manuskript und begann zu schreiben.

6

JOHANN DER NACKTE FLÜCHTETE ZWANZIG JAHRE lang vor seiner Geliebten. Die Geschichte beginnt damit, daß er im Nordland verheiratet war und dort seinen Hof bestellte. Da kam die Geliebte dorthin. Bei der Ankunft der Geliebten ging sein Eheweib.

Nach kurzer Zeit aber fing Johann der Nackte an, seine Geliebte zu hassen, und wollte einen toten Mann erwecken, damit der sie überfalle; versehentlich jedoch erweckte er seine tote Mutter. Seine Mutter überfiel ihn auf dem Friedhof und rang fast die ganze Nacht mit ihm, bis sie ihn bezwungen hatte. Sie lud einen Fluch auf ihn, daß er zwanzig Jahre lang, von den Mächten der Finsternis gehetzt, als Friedloser zwischen den Landesteilen umherirren sollte, und die Plagegeister sollten ihm jeden Fetzen vom Leibe reißen, damit man immer seinen nackten Leib sehen könnte. – Die denkwürdigste von allen seinen Irrfahrten durch das Land war jene über Kjölur, mitten im Winter. Er war achtzehn Tage zwischen den Siedlungen unterwegs. Es war ihm unerträglich, Gottes Wort anzuhören. Er hatte einen kleinen Sack mit sich, darin ein Paar Strümpfe, durchlöcherte Schuhe und die Passionspsalmen. Der Nackte war ein verschlossener Mann.

Die Eigentümlichen Männer des Dichters hatten übrigens etwas miteinander gemeinsam: ihnen gehörten keine anderen Habseligkeiten als die Wolken am Himmel, höchstens die Sonne. Bemerkenswert war außerdem, daß der Verfasser von keinem Mann in seinen Erzählungen anders als mit großer Ehrerbietung sprach, mochte der Geschilderte auch noch so erbärmlich sein. Ebenso wie im täglichen Umgang, wenn er Jarthrudur Jonsdottir erwähnte, es nie unterließ, «meine Braut» hinzuzufügen, so vergaß er auch niemals, jeden Menschen, den er mit seiner Feder berührte, sorgfältig zu titulieren. Einigen gab er sogar doppelte Titel: Reimschmied und Pferdebesitzer, Dichterin und Schneiderin, Sängerin und Hausmädchen; einfache männliche Titel: Literaturfreund, Tagebuchschreiber, Witwer, Kaffeehauswirt; einfache weibliche Titel: möblierte Stubenmieterin, die durch Hilfe im Haushalt ihre Miete bezahlt, Kochfrau bei Fischern, die gleichzeitig deren Zeug in Ordnung hält; ein Mann, der nur eine Ziege besaß, erhielt von ihm den Titel Ziegenbesitzer. Johanns Titel war Der Nackte, mit Großen Buchstaben geschrieben wie Seine Majestät. Die Höflichkeit des Dichters machte keinen Unterschied zwischen den Menschen, was Stand, Wirken, Aussehen oder Charakter betraf – oder war Ironie bereits in der Kindheit diesem Gemeindepflegling, der zu Füßen von Schafherden- und Bootsbesitzern aufgewachsen war, zur zweiten Natur geworden? Nie geschah es, daß er in seiner Erzählung Partei gegen jemand ergriff, niemals fällte er über eine Tat oder einen Täter ein moralisches Urteil, ebensowenig wie Snorri Sturluson, wenn er von den Taten der Könige oder der Asen berichtet. Dieser Mann, der selber nicht einmal dem geringsten Wurm ein Leid zufügen konnte, ließ es in seinen Erzählungen nie zu, auch nur einen Anflug von Ärgernis über sogenannte böse Taten durchschimmern zu lassen. Er erzählte, weil es ihm wert erschien, zu erzählen. Er machte nie viel Aufhebens mit sogenannten guten Taten oder christlicher Denkweise, und in seinen Schriften konnte man nicht ein einziges Wort entdecken, das auch nur im geringsten Begeisterung für die allgemeine Moral ausdrückte oder sich für die von den meisten als richtig befundene Lebensführung, das klassische Ideal der kleinen Geister, einsetzte. Er, der Bücher schrieb, war ein anderer als der demütige Bekenner der Durchschnittsmoral, der den ganzen Tag nur darauf erpicht ist, jedem zu gefallen, dem er begegnet.

Von allen bettelarmen Menschen schätzte Olafur Karason Den Nackten am höchsten. Die Erzählung von ihm war allmählich beinahe zu einem Buch angewachsen, und dieses Buch besaß unter allen anderen Erzählungen von den Eigentümlichen Männern den Vorzug, daß der Verfasser darin ganz und gar vom Forscher Abschied genommen hatte, der sich mit der spielerischen Betrachtung merkwürdiger Steine vergnügt. In diesem Buch schmolzen seine innersten Gedanken völlig mit dem Schicksal seines Helden zusammen, er erlebte und erfuhr sie als seinen eigenen Ringkampf mit dem Schöpfer selber. So kam es, daß er wegen eines einzigen Ausdrucks manche Nacht grübelte, um ihn dann bei Tagesgrauen zu verwerfen. Und er legte sich schlafen, fröstelnd, müde; enttäuscht wie einer, der alles, was er besaß, verloren hat und nie mehr einen frohen Tag erleben wird.

So vergingen einige Tage. Er schob es immer wieder hinaus, Direktor Pjetur Palsson zu besuchen, um zusammen mit ihm bei einem Becher Tran ein Schauspiel zu schreiben. Er blieb so viel wie möglich daheim im Hochhimmel und ließ die Braut nach dem Trockenplatz gehen. Er fühlte, daß Streit im Anzug war; aber er wollte es nicht wissen. Wenn wirklich überall Diebe und Räuber den Armen nachstellten, meinte er, so sei es nicht der Mühe wert, einen Verein zu gründen, um diese Personen in ihrem Vergnügen zu stören; es könnte die Ursache dafür sein, daß sie obendrein dem Volk das letzte Hemd vom Leibe stehlen würden. Mögen sie ruhig immer neue und wieder neue Schliche aushecken, wie sie die Armen bestehlen können; neue und wieder neue Gesetze erdenken, um sich gegen diejenigen zu schützen, die sie bis auf den nackten Leib ausgeplündert haben. Alles, alles war besser, als genötigt zu sein, mit ihnen etwas zu schaffen zu haben; unerträglich die Aussicht, gerufen zu werden, um sie auszurotten – nicht minder unerträglich die Aussicht, ihre Sache zu verteidigen. Der schönste Reichtum eines Menschen auf Island sind die Wolken, die sich zusammenballen und sich wieder auflösen.

Er brauchte einen ganzen Tag, um das Liebesgedicht für Jens Färinger zu dichten, aber er konnte nicht in Stimmung kommen, wahrscheinlich weil er nicht wußte, wie sehr das Mädchen den Mann liebte. Vielleicht ist er nicht scharfsinnig genug gewesen, um ihre Antwort wegen dieser Sache richtig zu deuten. Fast den ganzen Tag plagte er sich damit ab, aber er fand kein Goldkorn. Immer wieder fuhr er von seiner Versemacherei auf, wie ein Mensch auf einem Gebirgspfad, über dem sich Nebel zusammenziehen, und er fragte verzweifelt: Liebt sie Jens Färinger? Oder will sie nur mit ihm spielen?

«Papa?» sagte seine kleine Tochter. Sie wollte weiter nichts als wissen, ob sie noch so reich war, ihn zu besitzen.

«Mein kleiner Liebling», sagte er. Ihre Decke hatte einen rotkarierten Überzug. Man hatte das Kopfende ihres Bettes mit Kissen erhöht, damit sie nicht nur besser nach oben, sondern auch hinaus in die Welt sehen konnte. Und sie schaute mit halbgeschlossenen Augen hinaus in diese kleine Welt, die in Wirklichkeit eine große Welt war. In der Hand hatte sie einen aus Schellfischgräten gefertigten Vogel, ein Sinnbild des Menschenlebens, aber sie war zu schwach, um mit diesem Symbol zu spielen. Doch als ihr Vater ein Weilchen am Fußende des Bettes gestanden und sie betrachtet hatte, leuchtete plötzlich ein winziges Lächeln, wie ein Fünkchen, in ihrem Gesichtchen, eine bezaubernde Kunde aus einer höheren Welt; und es war doch nur das Lächeln dieses Lebens. So offenbart sich das höchste Glück mitten in der Qual. Beim Lächeln verbarg sich in dem Lachgrübchen der einen Wange, gleich einem reizendem Schelm, eine Ahnung von Spott. Früher, als sie noch gesund gewesen und ihn mit dem ganzen Zauber anlächeln konnte, der in einem Kindergesicht wohnen kann, da hatte er oftmals zu ihr gesagt: «Wenn du einmal groß bist, werden die Burschen sich in acht nehmen müssen.» Im Geist sah er in ihrem Gesicht das reife Weib, das spannende Abenteuer hat und Schelmenstreiche ohne Ende kennt. – Allmählich erlosch das Lächeln, und eine drückende Schwermut überfiel den Dichter: auf so einfache Weise begegnen sich Kummer und Glückseligkeit des Lebens treuherzig im Haus. Dieses kleine Haus, das kaum ein Haus genannt werden konnte, es dehnte sich, weitete sich, bis es so groß war wie die ganze Welt. Endlich war das Gedicht fertig. Einige Tage vergingen, aber das Mädchen stellte sich nicht bei ihm ein, um das Gedicht zu holen; er fürchtete bereits, umsonst gearbeitet zu haben. Ob er nicht zu ihr gehen sollte, um ihr das Gedicht zu bringen? Aber er gab den Gedanken wieder auf, es könnte falsch verstanden werden, statt dessen steckte er das Stück Papier in die Tasche und ging manchmal abends hinaus, hoffend, ihr auf dem Weg zu begegnen; aber er traf sie nicht. Heimlich war er ihr ein wenig böse, weil sie ihn gebeten hatte, ein Gedicht zu machen, und nun kam sie nicht, um es zu holen. Sie müßte doch wissen, daß es sein Broterwerb war, sein Geld. Er war oft unruhig, besonders gegen Abend, und er stahl sich wieder und wieder hinaus, wanderte schnellen Schritts den Fjord entlang und spähte umher wie ein Verbrecher. Aber er traf sie nicht.

«Da haben wir die Geschichte», ächzte die Braut eines Abends, als sie von der Arbeit heimgekommen war. «Ab morgen ist es allen hier verboten zu arbeiten, die nicht dem Verein von Drückebergern und Faulpelzen beitreten.»

«Was du nicht sagst», erwiderte der Dichter. «Ich bin sicher, daß niemand zu seinem Vergnügen in einen Verein mit einem so scheußlichen Namen gehen wird.»

«Aber ich für mein Teil sage bloß», fuhr die Braut fort, «daß ich nie mein Vaterland in Stich lassen werde und kein irischer Sklave sein will.»

«Ich weiß nicht, wovon du sprichst?» sagte der Dichter.

«Das kann ich mir denken», sagte sie. «Leute, die sich vom gewöhnlichen Menschenleben drücken, können hochnäsig sein. Aber zu mir hat man gesagt, wenn ich morgen auf den Trockenplatz komme, um Fisch auszunehmen, kriege ich Senge.»

«Wie bitte?» sagte der Dichter. «Kein Mensch wird dich anrühren, liebe Jarthrudur, das muß ein Mißverständnis sein.»

Doch die Braut wetterte weiter, sprach vom Wirtschaftsleben, von wahren Isländern und vom Sieg des Guten. Nun sollte alles in den Dreck getreten werden! Aber jetzt sei der Augenblick da, wo der Dichter zu beweisen habe, aus welchem Stoff er sei; und sie forderte ihn auf, morgen auf der Seite seines Wohltäters Pjetur Palsson zu kämpfen und nicht zuzulassen, daß alles Gute und Edle, das wir gelernt haben, von vaterlandslosen Menschen in den Staub gezerrt werde.

«In meiner Welt ist Frieden», sagte der Dichter und hatte nur den einen Wunsch: sich wegzuschleichen. Da kam eine Frau, die auch auf dem Trockenplatz arbeitete, und während sie mit der Braut sprach, fand der Dichter Gelegenheit zu verschwinden; er schwebte, als hätten seine Schuhe Flügel bekommen, war im Nu auf dem Weg, ging weit den Fjord hinaus. Das Wetter war still, und mit dem Abend war Nebel gekommen; ein feiner Sprühregen fiel, der sich wie Reif auf die Haare des Handrückens legte.

Auf dem Heimweg schien ihm, als näherte sich ihm ein Riesenweib. Aber der Abend war trotz des Nebels nicht so dunkel, daß er sie, je näher die Erscheinung kam, nicht bald erkannte. Er grüßte mit der Mütze. Sie reichte ihm die Hand, und wieder fühlte er diesen starken, warmen Händedruck in sich hineinströmen. Ihm wurde das Herz warm.

«Wo bist du gewesen?» fragte sie.

«Wo bist du gewesen!» sagte er.

«Du gehst, als wärst du etwas betrunken», sagte sie.

«Das kommt daher», sagte er, «als ich mich als Kind von

meinem Krankenlager erhob, da kam es mir vor, als wären meine Beine nicht gleich lang.»

«Geh ein wenig mit mir», sagte sie. «Laß uns nicht stillstehen. Ich muß mit dir sprechen.»

Sie gingen weiter, und sie berührte ihn.

«Ich muß mit dir sprechen», sagte er. «Ich habe etwas für dich mit. Weshalb hast du es nicht geholt?»

«Was ist das?» fragte sie.

«Ein Gedicht», sagte er.

«Ach, das habe ich ganz vergessen», sagte sie und nahm das Gedicht, faltete es gleichgültig zusammen, steckte es in die Manteltasche; aber sie vergaß, dafür zu danken, noch weniger nahm sie das Portemonnaie heraus.

«Willst du mit uns eine Mißtrauenserklärung gegen Juel unterschreiben?» fragte sie.

«Wozu denn?»

«Man hat Beweise, daß sein rostiger Kasten von einem Trawler hier in der Drei-Meilen-Grenze gefischt hat.»

«Die Menschen, die ihr Vertrauen auf Juel Juel gesetzt haben, verdienen es nicht anders», sagte der Dichter.

Sie fragte: «Bist du denn ein schlechter Mensch?»

«Kann schon sein», sagte er. «Aber ein Juelist bin ich nie gewesen.»

«Sollen die armen Leute dafür büßen, wen sie gewählt haben?» sagte das Mädchen. «Sie haben geglaubt, dieser verdammte Schurke sei reich und werde ihnen Almosen genug geben. Dabei ist er bankrott. Man sagt, daß ihm im Sommer seine letzte Schute weggenommen wird.»

«Wirklich? Da wird es eine weniger in der Drei-Meilen-Grenze geben», sagte der Dichter, «und eine Schiffsmannschaft weniger für den Hai.»

«Der Posthalter ist südwärts gerufen worden», sagte sie.

«Ach», sagte der Dichter, ohne sich für die Reisen des Posthalters zu interessieren. «Du bist ein sonderbares Mädchen.»

«Warum?»

«Weil du von solchen Sachen sprichst.»

«Wovon soll man denn deiner Ansicht nach sprechen?» fragte sie.

«Auf solche barsche Frage kann ich nicht antworten», sagte er.

«Also scheint es dir wahrscheinlich auch nicht wichtig, daß Juel Juel, wie jetzt herausgekommen ist, für ausländische Trawlergesellschaften in der Drei-Meilen-Grenze herumspioniert und rundherum bei den besten Fischgründen des ganzen Landes Handlanger hat. Pjetur Dreiroß ist hier in Svidinsvik Repräsentant dieser Ausländer, und er steht Tag und Nacht mit anderen Spionen in der Nähe in heimlicher Telegrammverbindung.»

«Als ich noch nicht ganz achtzehn Jahre alt war, lernte ich zum erstenmal Frau Sofie Sörensen kennen», sagte der Dichter. «Im selben Sommer verdiente ich mein erstes Bargeld bei Juel J. Juel. Ich wundere mich über nichts mehr. Aber wir beide sollten uns doch über angenehmere Sachen unterhalten, weil wir einander so selten sehen.»

«Ich finde, du bist sonderbar», sagte sie. «Wenn man mit dir spricht, ist es, als spräche man mit einem Menschen, der keinen Schatten hat.»

«Ich verstehe», sagte er, «du meinst ein Gespenst.»

«Kannst du Fäuste machen?» fragte sie.

«Nicht besonders, nur ein bißchen. Fast gar nicht.»

Sie hatte einen sehr breiten Busen, ihre hohen, gewölbten Brüste standen weit voneinander. Ihr Gesicht war stark wie Schiffsspanten, hohe, gewölbte Stirn, breiter Mund mit schwerer Unterlippe, die klaren, offenen Augen lagen unter dichten Brauen. Er ballte die Hände zu Fäusten.

«Schlag mich!» sagte sie.

«Du bist ein Weib», sagte er.

«Schlag mich, wo du willst. Du wagst es gewiß nicht.»

«Jorunn», sagte er und legte die Hand auf ihre Schulter. Er berührte ihren nackten Hals. «Sind wir Freunde oder Feinde?»

Sie sagte nichts, sondern ging stumm weiter.

Als sie noch einige Schritte gegangen waren, sagte sie:

«Was ist der Traum vom Glück wert, wenn man ruhig zusieht, wie böse Menschen wehrlose Leute betrügen?»

Als er lange darüber gegrübelt hatte, sagte er:

«Sag, was ich tun soll.»

Sie antwortete: «Wir haben einen Arbeiterverein gegründet und fordern Verhandlungsrecht bei allem, was mit Tagelöhnerarbeit zu schaffen hat, sowie das Recht auf Arbeit. Wir haben unseren Lohntarif gemacht. Weshalb trittst du nicht diesem Verein bei? Weshalb läßt du nicht die, die in deinem Haus sind, in den Verein gehen?»

«In den Nächten sitze ich und schreibe Bücher», sagte er. «Andere Arbeit ist mir gleichgültig. Ich bin Dichter.»

«Olafur Karason», sagte sie. «Willst du mir nun eine einzige Sache beantworten: Bist du mit uns oder bist du gegen uns?»

«Ich will keinem Menschen schaden», sagte er.

«Olafur, sag ja oder nein.»

«Ja und nein, ich bin hier nur als Gast –»

«Halt's Maul», sagte sie. «Der Trockenplatz ist Kampfplatz geworden. Morgen wird gekämpft, und du wirst gezwungen, dich auf eine der beiden Seiten zu stellen. Entweder kämpfst du mit auf der Seite des Arbeitervereins oder du kämpfst auf der Seite von Pjetur Dreiroß. Etwas Drittes gibt es nicht.»

«Ich bleibe zu Hause», sagte er. «Ich habe ein krankes Kind.»

«Mit anderen Worten: du hast vor, Jarthrudur, die Bedauernswerte, auf den Kampfplatz zu schicken und selber zu Hause zu hocken.»

«Es ist nicht einfach, etwas mit dir zu schaffen zu haben», sagte er, und nachdem er stumm ein paar Schritt weitergegangen war: «Soll ich nun abermals zerrissen werden?»

«Du bist beim Ausspielen», sagte sie, «du hast selbst zu wählen.»

«Darf ich dir hier Lebewohl sagen?» fragte er. «Ich habe etwas zu tun.»

Sie hielt ihm ihre starke Hand hin.

«Sind wir Feinde oder Freunde?» fragte sie.

«Ich habe weiter oben im Gebirge eine Kleinigkeit zu tun», sagte er.

Er verließ den Weg und sprang über einen Graben vor der Heide.

«Bist du böse?» fragte sie.

«Ich bin ganz bestimmt ein Idiot», sagte er und stieg über einen Draht längs der Heide, «und, wie du vorhin sagtest, außerdem wahrscheinlich ein schlechter Mensch.»

«Weshalb bist du böse?» rief sie vom Weg hinter ihm her.

Er eilte über die Heide in gerader Richtung nach dem Gebirge, ohne zu antworten.

7

Vor fünf Jahren, als sie eines Nachts, die ersten Hagelschauer des nahenden Winters in ihrem Gefolge, übers Gebirge gekommen war, um ihn aufzusuchen, und ihn als einen mißglückten Selbstmörder gefunden hatte, da war es ihre Absicht gewesen, den wiedergeborenen Hallgrimur Pjetursson zu pflegen und ihm beizustehen. Mit ihr stand es nicht so schlimm, daß es ihr genügte, nur für sich allein zu leben; und darum hatte sie beschlossen, für ihn zu leben.

Sie sagte damals, nie habe sie seine Augen vergessen, und war überzeugt, die Welt könne solche Augen nicht verstehen. Und sie glaubte, er sei über alle anderen Menschen erhaben. Sie erklärte, daß es lebensnotwendig für ihn sei, eine Mutter zu haben.

Er sagte damals: «Einmal habe ich eine Mutter gehabt. Sie

hat mich an einem Wintertag in einem Sack von sich geschickt. Ich habe so laut im Schneesturm geweint, daß ich mich davon bis heute nicht erholen konnte. Ich werde mich nie davon erholen.»

«Ich werde dich nie verlassen», sagte sie.

Er sah sie an. Die Jugend auf ihren Wangen war verwelkt, aber ihre bräunlichen Augen hatten den feuchten Glanz des Tangs und erinnerten ihn an das Meer, in dem man sich nicht ertränken kann.

«Wonach ich mich am meisten von allem sehne, seitdem ich mich nicht habe ertränken können, das ist, aufs neue den Offenbarungsklang der göttlichen Kraft vernehmen zu dürfen», sagte er.

«Ich will Jesus bitten, dir Tag und Nacht ins Ohr zu flüstern», sagte sie.

«Dort, wo ich aufgewachsen bin, hat es nie richtige Weihnachten mit Jesus gegeben», sagte er niedergeschlagen. «Mein Freund war Sigurdur Breidfjörd.»

Ihr war, als zöge ein leichtes Gewölk an der Sonne vorüber. Vielleicht war es das erste Mal, daß sie zu ahnen begann, er sei nicht über alle Menschen erhaben; vielleicht hatte sie ihn nicht zur Genüge verstanden. Das war ihre erste Enttäuschung über den wiedergeborenen Hallgrimur Pjetursson.

Sie hatte in der Gegend unten am Fjord einen Verwandten. Und dort suchte man einen sehr billigen Lehrer, der die Kinder im Lesen und Schreiben und im Christentum unterrichten sollte. Jarthrudur Jonsdottir war gekommen, um den Dichter zu holen und ihn nach der freien Lehrerstelle zu begleiten.

Gewiß, es war ihm nicht geglückt, sich eine Lungenentzündung zuzuziehen, aber seit dem mißglückten Selbstmord hatte er häufig Schüttelfrost; und es fiel ihm schwer, sich an den Gedanken zu gewöhnen, daß er wieder lebe. Die Kinder von den Höfen dort hatten etwas Angst vor ihm. Er sagte, er sei von Schmerzen geplagt, und bat, sich früh schlafen legen zu dürfen. Aber Jarthrudur hatte bereits ihren Dienst im Kuhstall angetreten.

Als Schlafstelle wies man ihm einen Platz in einem Verschlag neben der Hausdiele an. Um ihn herum lagen Ackergeräte, Packsättel und Saatkartoffeln. Das Federbett roch ziemlich stark von den Daunen der Eiderenten, aber es war warm, und an einem Balken hing eine Stallaterne. Als er untergekrochen war, entdeckte er, daß die Daseinsbedingungen des Menschen nie so schlimm sind, wie man es sich vorstellt, bevor man sie erlebt. Und er nahm seine Bücher und Bleistifte aus dem Bündel und fing an niederzuschreiben, was ein Mensch erleben kann. Es dauerte nicht lange, da war der Schüttelfrost verschwunden und die Muse des Dichters fand sich ein. Vielleicht war es nicht ganz ausgeschlossen, daß er die gewaltige Stimme wieder hören würde.

Es war spät am Abend, alles im Haus längst still. Da hörte er, daß draußen am Türdrücker herumgetastet wurde. Aus alter Gewohnheit beeilte er sich, seine Schreiberei unter die Decke zu stecken. Es war Jarthrudur Jonsdottir. Sie öffnete behutsam die Tür, jedoch nur ein bißchen, so daß sie sich mit knapper Not hineinzwängen konnte. Er starrte sie entsetzt an. Sie sagte, sie wolle bloß sein Zeug nachsehen. Ihr farbloses Haar war in zwei Zöpfe geflochten. Sie war gottesfürchtig und sündenbefleckt. Aber ihre Haare, Augen und Zähne erinnerten irgendwie an ein Tier. Seine Strümpfe und seine Schuhe waren entzwei. Sie setzte sich auf den Rand seines Bettes und begann die Strümpfe zu stopfen. Nach einer Weile, als keiner von beiden etwas sprach, sagte sie: «Du sprichst gar nichts.»

«Was soll ich sprechen?»

«Im Frühjahr hast du so viel gesprochen. Den ganzen Sommer über habe ich darüber nachgedacht. Sprich mit mir von den Stimmen des Lichts. Sprich von Jesus im Menschenleben.»

Aber er hatte gar keine Lust mehr, von dergleichen zu sprechen. Er, der im Frühling Vegmey von Brekka kennengelernt hatte, dieses irdische, natürliche Mädchen, das auf dem Boden bei ihm Fußspuren von Seewasser und in den Spuren Sand hinterlassen hatte, wie konnte es ihm in den Sinn kommen, an Jesus im Menschenleben zu denken?

Es blieb wieder eine Weile still. Er betrachtete ihr welkes Gesicht. Da sah er, daß ihr Hals und ihr Kinn zuckten; dann kamen Tränen. Und nun fühlte er sich plötzlich als ein Schuft. Einstmals hatte er doch jedenfalls für dieses Mädchen einen Psalm gedichtet und ihr einen schriftlichen Heiratsantrag gemacht, wenn der Brief auch verunglückt war. Ist es nicht schändlich, ein Mädchen im Stich zu lassen, mochte es auch zu altern begonnen haben? Oder rechnete er es ihr nicht länger hoch an, daß sie aus einem fernen Kirchspiel zu ihm gekommen war, um aus ihm wieder einen Menschen zu machen? Und das, nachdem es ja so um ihn stand, daß kein Mißgeschick ihm etwas anhaben konnte: er war gefeit gegen Lungenentzündung, wie lange er auch mit nassen Strümpfen herumlief; er konnte nicht verhungern, auch wenn er nichts zu essen bekam; er konnte nicht auf dem Schlachtfeld fallen, wenn er auch mitten im Kugelregen stand; ja, sogar die See weigerte sich, ihn als einen Ertrunkenen bei sich aufzunehmen. Völlig verzweifelt über seinen Charakter machte er ihr folgendes Geständnis:

«Leider befürchte ich, daß ich nicht der wiedergeborene aussätzige Hallgrimur Pjetursson bin, liebe Jarthrudur.»

Da fing sie laut zu weinen an und fragte Jesus, ob es denn sein Ernst sei, einem sündigen Menschen die letzte Hoffnung zu nehmen. Olafur Karason wurde tiefer und tiefer gerührt. Schließlich fragte er sie, ob es ihr denn ganz unmöglich sei, sich einen anderen als Sohn auszudenken als Pastor Hallgrimur Pjetursson. Sie hob den Blick, und ein neuer Funke von Hoffnung glomm in ihren wie nasser Tang schimmernden Augen, und sie flüsterte: «Doch!»

Und da es sich also geordnet hatte, zog er sein Heft mit Gedichten unter der Bettdecke hervor und sagte, er wolle ihr gern eines seiner Gedichte vorlesen. Sie atmete wieder auf und weinte nicht länger. Aber während sie ihm beim Lesen des Gedichts zuhörte, fühlte er, daß sie sicher etwas ganz anderes in ihm sah als er selber; und er sah vielleicht auch etwas ganz anderes in ihr als sie selber.

Als sie ihm eine Weile mit starren Augen zugehört hatte, fiel sie plötzlich neben seinem Bett auf die Knie, legte ihre Hände auf seinen bloßen Leib und sagte: «Wollen wir nicht beten?»

Es war mitten in einem Gedicht, und als ihre kalten Finger seinen Körper berührten, zuckte er zusammen und legte verblüfft das Heft mit seinen Gedichten beiseite.

«Was?» sagte er.

«Beten», sagte sie.

«Du kannst beten. Ich höre zu», sagte er.

Dann betete sie.

Er hieß jetzt Lehrer Olafur Karason und besaß ein gewisses Ansehen. Keiner auf dem Hof war auf den Einfall gekommen, zu glauben, daß er bei der Arbeit etwas zupacken würde. So fand er häufig Zeit für seine Schreibereien. Einen um den anderen Tag hatte er auf dem Hof in der Nachbarschaft Religionsunterricht zu erteilen. Dort gab es ein junges Mädchen, das ihn mitunter ansah. Zum erstenmal hatte er sie eines Abends um die Dämmerstunde beim Bach getroffen, als sie Strümpfe spülte. Danach begegnete er ihr im Hausflur. Und schließlich war sie in der Küche, wo man ihn zum Kaffee eingeladen hatte. Es fiel ihr leicht zu plaudern. Mitten im Winter war das Wetter meist trübe. Ihre jungen, strahlenden Augen erschienen ihm wie die Sonne. Hinterher, wenn er wieder zu Hause war, setzte er sich oft hin und dichtete in Erinnerung an sie von Freiheit und blauen Weiten des Frühlings, die uns zu sich einladen mit Versprechungen ohne Ende.

Beim Anblick solcher Augen glaubt man nicht mehr, daß der Frühling nur ein Volksmärchen oder weiter nichts als ein schönes Gerede von einem goldenen Zeitalter sei, das es hierzulande in Wirklichkeit nie gegeben hat.

Und als er so eines Tages bei seinen Gedichten sitzt, wird

er gerufen, und man sagt, Jarthrudur habe einen Anfall bekommen. Er fand sie im Schmutz zwischen dem Viehstall und dem Wohnhaus, dieses saubere Menschenkind, das weder an sich noch an einem anderen auch nur den geringsten Fleck duldete. Neben ihr stand die Hausmutter, ihre Verwandte, die ihr gerade einen Nagel zwischen die Zähne geklemmt hatte. Auch der Dichter wurde beschmutzt, als er sie ins Haus trug. Nachdem er sie behutsam niedergelegt hatte, sah er mit Erstaunen, wie diese heilige Krankheit, die sie zu Boden geworfen hatte, ihr eine andere Seele und einen anderen Körper gab; ein anderes Gesicht, ein Gesicht der Verzückung. Er hätte sie nicht wiedererkannt, wäre sein Blick nicht auf ihre krummfingrigen Hände gefallen, die mitten im Gebet an seinem nackten Leib herumgetastet hatten und über einen Dichter bestimmen wollten.

Nachts wachte er zusammen mit den Saatkartoffeln und sah geheimnisvolle Inseln vor der Fjordmündung, weit draußen im Meer, wohin zwei junge Männer bei Sonnenaufgang segelten, um in Freiheit leben zu können. Und sie fanden edlere Menschen als die in Svidinsvik und größere Schönheit. Das Glück wohnte dort. Dies war der Anfang des Romans von der Besiedlung der entlegenen Inseln.

Es ist zwecklos, zu leugnen, daß ihm beim Zwiegespräch mit dem Mädchen auf dem Nachbarhof das Blut rascher durch die Adern floß: man grüßt befangen und erhält als Antwort ein Lächeln; man versucht es mit einer Bemerkung über das Wetter und bekommt ein Sprichwort, eine halbe Strophe oder einen Wink. Das Spiel ist im Gange. Aber hat sie dich nicht schon vergessen, sobald du um die Hausecke verschwunden bist?

Eines Abends bei Mondschein, schon auf dem Heimweg, trifft er sie hinter dem Wohnhaus. Sie trägt Asche aus der Küche und hat ihre sackleinene Schürze über den Ascheimer gelegt, um nichts in die Augen zu bekommen.

Er sagte: «Du hast zu schöne Augen, um Asche fortzuschaffen.»

«Ich bin nichts weiter als Staub und Asche», sagte sie und lachte.

«Ein schöner Abend!» sagte er.

«Wie Porzellan», sagte sie. Der Mond glitzerte auf der Schneekruste.

«So ist es das erste Mal, daß Staub und Asche Porzellan geworden sind», sagte er.

«Morgen ist das Porzellan entzweigegangen», sagte sie.

«Ein so gescheites Mädchen wie du, meine ich, sollte mit einem Dichter hier draußen etwas spazierengehen.»

Sie band die sackleinene Schürze ab und dachte nicht mehr an den Ascheimer. Sie schlitterte mit dem Dichter auf einer zugefrorenen Pfütze und kreischte übermütig. Als sie den Hofzaun hinter sich hatten, sagte sie: «Jetzt will ich lieber heimgehen, damit meine gute Hausmutter nicht auf falsche Gedanken kommt.»

«Geh mit bis zum Bach an der Grenzscheide», sagte er. «Wenn ich mal ein fröhliches Geschöpf treffe, so komme ich mir wie neugeboren vor.»

«Warum sollte man kopfhängerisch sein?» sagte sie. «Die Welt besteht doch nicht, wie viele meinen, aus lauter Ernst.»

«Aber falls sie nun doch von Anfang an aus lauter Ernst geschaffen worden ist?» sagte der Dichter.

«Das ist mir gleich», sagte sie. «Ich will jedenfalls nur mit fröhlichen Menschen umgehen.»

«Obwohl du aus Staub und Asche bist», sagte er.

«Gerade darum.»

Wenn man hübschen Mädchen zuhört, glaubt man unwillkürlich, daß sogar ihre alltäglichsten Worte einen tiefen, tiefen Sinn enthalten, eine heimliche Weisheit – und vielleicht ist es auch so. Vielleicht wohnt nur in der Schönheit die tiefste Weisheit, die höchste Wahrheit. Ihn dünkte, daß sie eine besondere Weisheit verkündete, die sie seiner eigenen Weisheit gegenüberstellte, sogar daß sie ihr eigenes Leben seinem Leben gegenüberstellte, absichtlich.

«Sprich vorsichtig», sagte er. «Wer weiß, ob ich nicht auch

eine Insel draußen im Meer habe, wo nichts als lauter Glück wohnt. Vielleicht schreibe ich eines Tages an dich von solch einer berühmten Insel.»

«Wenn ich jetzt nicht nach Hause gehe, wird die Hausmutter wirklich auf falsche Gedanken kommen», sagte sie.

Sie war achtzehn.

Etwas weiter fort gab es einen kleinen Teich mit spiegelblankem Eis. Es war einfach nicht anders möglich, sie mußten schnell dorthin, um noch ein wenig zu schlittern. Sie waren gleichaltrig. Sie schlitterten zweimal querüber und zweimal zurück; sie hielt ihn beim Arm, aber die Art, wie sie sich festhielt, hatte nichts mit Leichtsinn gemein. Sie dachte nicht im entferntesten daran, sich anzulehnen oder absichtlich die Zeit hinzuziehen; sie war weiter nichts als kameradschaftlich und geradeheraus, frei von jener Zweideutigkeit und Unredlichkeit, die bei Liebe im Spiel ist. Und sie schlitterten noch einmal über den Teich, fünfmal und zehnmal, und ihr Gesicht war im Mondlicht rot geworden.

So schlitterten sie völlig unbekümmert, bis plötzlich drüben auf der Anhöhe jemand stand und Olafur Karason barsch anrief. Sie sagte, es sei vernünftiger für einen kränklichen Mann, heimzugehen und sich ins Bett zu legen, als mitten in der Nacht Narretei mit Leuten zu treiben, die er nicht einmal ordentlich kenne.

«Leute», sagte das Mädchen und lachte. «Meinst du mich mit ‹Leuten›?»

«Was willst du von dem Jungen?» fragte Jarthrudur Jonsdottir. «Hast du über ihn zu bestimmen?»

«Ob ich über ihn zu bestimmen habe?» sagte das Mädchen. «Ich glaubte, daß jeder über sich selbst zu bestimmen hat.»

«Also, so eine bist du», sagte Jarthrudur Jonsdottir. «Olafur, als deine Mutter und Schwester befehle ich dir, die da zu verlassen.»

«Mutter und Schwester!» wiederholte das Mädchen und lachte laut. Aber es klang nicht höhnisch, sondern ganz einfach fröhlich, wie man über eine lustige Geschichte lacht.

Aber gerade daß sie so etwas lustig fand, verletzte Olafur Karason mehr, als es Bosheit und Hohn hätten tun können. Er fühlte, daß er in den Augen des Mädchens ein lächerlicher Mensch geworden war, weil er plötzlich eine solche Mutter und Schwester hatte, und er ging, ohne Gruß, allein seines Wegs.

Jarthrudur blieb noch eine Weile stehen und überhäufte das Mädchen mit Schimpfworten und lief ihm dann nach.

«Und so was kannst du mir antun, Olafur», sagte sie, als sie ihn eingeholt hatte.

Er antwortete nicht.

«Schämst dich nicht mal, wenn ich dich in den Klauen dieser liederlichen Schlampe ertappe», sagte sie.

«Ich bin in keines Menschen Klauen», sagte er. «Und sie ist keine liederliche Schlampe.»

«Nimm du nur bloß für sie gegen mich Partei», sagte Jarthrudur und fing trotz der Kälte an zu weinen. «Du glaubst wohl, ich könnte ihr nicht auf den ersten Blick ansehen, was für eine sie ist. Es wird schon mal die Zeit kommen, wo du von Gott die richtige Strafe zugeteilt kriegst, damit dir die Augen gehörig aufgehen, was du angerichtet hast.»

Gewiß hatte er schon seit langem begriffen, daß sie und ihr Gott Verbündete waren, aber wie betrübt er sich auch fühlte, so brachte er es doch nicht übers Herz, zu einem weinenden Menschenkind und dessen Gott ein verletzendes Wort zu sagen. Außerdem könnte es schon richtig sein – wenn auch schwer zu begreifen –, daß es für einen Dichter bekömmlicher ist, nicht mit einem fröhlichen Mädchen zusammen auf dem Eis herumzulaufen.

Jarthrudur verbrachte viele Nachtstunden damit, für ihn zu stricken oder alte Kleidungsstücke, die sie irgendwo auftrieb, für ihn umzunähen; es kam nie vor, daß man an seinem Zeug einen Fleck oder eine Falte oder gar ein Loch fand. Unermüdlich wusch sie für ihn, ja, sie hüllte ihn geradezu in einen Geruch von grüner Seife ein. Und früh und spät fand sie dies oder jenes, das sie ihm in die Hand drücken konnte. Aber es dauerte nicht lange, bis er entdeckte, daß sie ihn ständig unter ihrer Aufsicht hatte; tagsüber, wenn er unterrichtete, konnte er sie unversehens durch die Türspalte lugen sehen; war er im Nachbarhof, um den Kindern das Christentum beizubringen, so fand er sie immer häufiger am Hofgatter oder hinterm Wohnhaus stehen, wo sie auf ihn lauerte; und dann mußte er sich unter ihrem Schutz auf den Heimweg begeben.

Als die Tage länger wurden und das sonnige Land sich weiter und weiter dehnte, überfiel ihn oftmals eine schier erdrückende Schwermut. Er kam sich wie ein Gefangener vor. Die Berge riefen ihm zu, es sei besser für einen Dichter, in ihrer Umarmung zugrunde zu gehen, denn als Unfreier unten im Tal bei den Menschen zu leben. Der Himmel der langen, hellen Tage nützte jede Gelegenheit aus, die sich bot, ihm etwas zuzuflüstern, wie ein gefährlicher Freier, der ein junges Mädchen den ganzen Tag hindurch zu sich zu locken versucht. Sogar die Schneestürme am Ende des Winters waren weiter nichts als Verkleidungen des Freiers und seiner Kriegslist. Grettir, der Geächtete, lebte auf einer öden Insel, wo er getötet wurde, aber gerade deshalb ist ihm in der Brust des ganzen Volkes unsterbliches Leben zuteil geworden.

Eines Tages, wieder auf dem Heimweg, begegnete er einer seiner Schülerinnen, denen er das Christentum beizubringen hatte. Sie trug einen Sack auf dem Rücken. Er dachte, daß sie zu schwach sei, einen Sack zu tragen. Aber er wußte nicht, ob es richtig war, sich deswegen Gedanken zu machen, ihr gar den Sack abzunehmen, denn bisher hatte ihr Verkehr nur im Zeichen von Abraham, Isaak und Jakob gestanden. Ein Unwetter war im Anzug.

«Was ist da im Sack?» fragte er.

«Muscheln», sagte das Mädchen entsetzt, weil ihr Christentum in der Gewalt dieses Mannes war.

«Ich will den Sack für dich tragen. Der Sturm könnte dich umwerfen», sagte er.

«Nein, danke», sagte das Mädchen.

«Du bist zu klein für solch einen schweren Sack bei so schlechtem Wetter.»

Sie hieß Stina. Ihr Heim lag auf halbem Weg zwischen dem Gebirge und dem Strand. Ihr Kleid war sehr dünn. Die Strümpfe hingen schlaff an ihren mageren Beinen. Sie mußte mit ihrer kleinen Nase gegen den Wind ankämpfen. Je wilder der Sturm wurde, desto zerbrechlicher schien sie zu werden. Er nahm ihr den Sack ab und hakte sie ein.

Das war alles.

«Mit was für Menschen gehst du bei hellichtem Tag Arm in Arm am Hof vorbei?» fragte Jarthrudur.

«Menschen?» sagte er. «Es war nur eines von meinen Schulmädchen. Sie heißt Stina.»

«Das fehlte nur noch, zu erleben, daß du dich gegen Mädchen, die dir anvertraut sind, genauso benimmst wie Pastor Filpus selig in Lönd. Von dem kriegte eine Konfirmandin vor dem Altar, gerade als er sie abhörte, ein Kind.»

«Wie kann man so von einem kleinen, unschuldigen Mädchen sprechen», sagte er.

«Och, puh, die sind nicht so unschuldig, wie sie sich anstellen», sagte sie. «Nichts als verdorbene Schlampen sind sie, die von verdorbenen Schlampen abstammen. Haben keine Scham im Leib, sondern scharwenzeln um fremde Mannsleute herum, noch dazu mitten auf dem öffentlichen Weg, wo sie noch nicht mal mannbar geworden sind! Und bei Jesus und Gott, treffe ich dies Teufelsbalg von Mädchen allein, so kriegt sie von mir Maulschellen, daß es ihr nie wieder einfällt, Leute anzuquatschen.»

Für sie gab es nur Olafur Karason, und die übrige Welt war weiter nichts als eine einzige Bande von Huren; das Leben war ein Krieg, in dem sie einsam und allein gegen diese bis auf den Grund verderbte Schar von Feinden zu kämpfen hatte. Mochte es Werktag oder Sonntag sein, ständig und unaufhörlich lag das Weibergeschlecht auf Erden, jung wie alt, auf der Lauer, um diesen mißglückten Hallgrimur Pjetursson, ihren Dichter, zu umgarnen und zu verführen.

Er flüchtete vor seinem Weib, trocken im Mund und in der Kehle, am ganzen Leib zitternd, hinein in seinen Verschlag, nahm einen Sack und fing an, seine Bücher und einige Kleider hineinzustopfen. Als er damit beinahe fertig war, trat sie in seinen Verschlag und fragte, was das bedeuten solle.

«Ich will fort», sagte er.

«Wohin?» fragte sie.

«Fort.»

«Fort von mir?»

«Ja», antwortete er.

Zuerst fühlte sie völlige Leere im Kopf, dann war sie vor Schreck wie gelähmt, und schließlich löste sich alles in Tränen auf.

«Ich – und ich war bereit, für dich zu sterben», sagte sie.

«Nicht nötig», sagte er. «Ich beabsichtige, für mich selbst zu sterben.»

«Wofür soll ich nun sterben?» fragte sie.

Er sagte: «Für Gott.»

Das gab ihr den Rest. Sie sank vor ihm auf die Knie wie vor einem Götzenbild, umschlang seine Beine, preßte das Gesicht daran und jammerte: «Bin ich auch nichts als ein Wurm unter deinem Fuß, so bekomme ich doch ein Kind von dir.»

Da war er plötzlich von der kalten Grausamkeit des Freiheitshelden überfallen worden, im hellen Wahnsinn, wie eine dichterische Inspiration, für die es keine Hindernisse gibt, der alle Fesseln wie zerbrechliches Glas erscheinen, weil er von ferne wie eine schillernde Fata Morgana das Gebirge in seiner ganzen Herrlichkeit gesehen hatte, die Zuflucht der Flüchtlinge. Und er war bereit gewesen, einen Wurm zu zertreten. Jetzt, nach ihren Worten, flammte in ihm ein Licht auf, das ihm zeigte: einen Wurm zertreten, das ist, als ob man alle Würmer zertritt; und er wußte wieder, wo er stand. Die Angst zu verletzen, das Verlangen zu gefallen, sie hatten wieder die Herrschaft über ihn gewonnen. Er blickte sich selber über die Schulter; erkannte, wie er alle Kraft verlor; er sah sich förmlich in zwei Hälften geteilt: der Freiheitsheld, der

Wahnsinnige, der Verbrecher, der schöpferische Mensch drückte sich abseits und hervortrat der an die Gesellschaft gefesselte, gut christliche, langweilige, unschöpferische Mensch, der seit Olims Zeiten rührselige Vater, der nicht imstande ist, sein Kind auf den Speer zu spießen; der demütige Bekenner der von der Allgemeinheit als richtig befundenen Lebensführung. Er kramte seine Sachen wieder aus dem Sack, Bücher und Zeug, und legte alles an seinen Ort zurück. Außerdem war es ziemlich spät geworden und aus den Bergen heulte der Sturm.

8

FOLGENDE BEKANNTMACHUNG KONNTE MAN AN DEN Telefonpfählen lesen:

Isländer! Ihr seid Abkommen von nordischen Wikingern. Nieder mit den irischen Sklaven!

Es lebe die isländische Gesellschaftsordnung, wenn auch das Wirtschaftsleben herabgesetzten Stundenlohn verlangt. Seid Freigeborene!

Alle Ihr, die Ihr Besitzer von etwas Gemüseland und einem Boot seid, wahret Eure Nationalität. Wir rufen auf zum Kampf gegen Dänen und Russen.

Stützt die Wahren Isländer von Svidinsvik in ihren Luftfahrtbestrebungen. Nieder mit den Vaterlandslosen!

Wir wollen eine großartige Kirche in Svidinsvik erbauen und außerdem einen Kulturleuchtturm. Nieder mit den Schmähdichtern!

Vergeßt nicht, Eure Aura reinzuhalten.

Das Komitee

NB: Lebertran für Kinder zu einem Spottpreis im Laden BEI MIR. Vitamin heißt der Lebensquell der heutigen Zeit. P. P.

Als am nächsten Morgen die Braut Jarthrudur Jonsdottir sich eiligst zu ihrer Arbeit auf den Trockenplatz begeben will, wie es sich für einen wahren und freigeborenen Isländer geziemt, da steht Olafur Karason, der Dichter, in der Haustür.

«Ich möchte dich bitten, heute zu Hause zu bleiben, liebe Jarthrudur», sagt er ruhig.

Zuerst sah sie ihn sprachlos an. Dann sagte sie:

«Soll ich wirklich glauben, Olafur Karason, daß du dich solchen Leuten anschließt, die lieber den Menschen als Gott gehorchen?»

«Schon möglich, liebe Jarthrudur, daß Gott will, die Leute sollen zu dem alten Lohntarif arbeiten, und dagegen ist, daß der neue Lohntarif in Kraft tritt. Aber eines weiß ich: wenn sich Gott und Menschen zanken, tut man am klügsten, sich von der Zankerei wegzuhalten.»

Die Macht, die den neutralen Dichter dazu trieb, sich seiner Braut in den Weg zu stellen, gerade als sie zeigen wollte, sie sei ein Wahrer Isländer, diese Macht war stärker als sein eingewurzeltes Verlangen, allen zu gefallen, als seine Angst, zu verletzen. Ohne sich selber irgendwie darüber klargeworden zu sein, instinktiv und gleichwohl mit der unerschütterlichen Gewißheit einer Offenbarung sagte etwas in ihm, daß es verkehrt sei, heute auf Pjetur Palssons Trockenplatz zu arbeiten, und daß es richtig sei, daheimzubleiben.

«Scher dich weg von der Tür, oder ich rufe Gottes Zorn auf dies Haus herab», schrie die Braut.

«Soso», sagte er. «Mag dein Gott mit dem Haus tun, womit mein Gott uns lange verschonen wollte.»

Höchst wahrscheinlich wäre es an diesem Morgen vielenorts zu Handgreiflichkeiten gekommen, hätte sich nicht gleichzeitig etwas Großes ereignet, das die Aufmerksamkeit von Svidinsvik ganz und gar in Anspruch nahm und allen sonstigen Zwist völlig vergessen ließ: das dänische Marinefahrzeug «Falke» hatte während der vorhergehenden Nacht das unglaubliche Heldenstück vollbracht, einen ausländischen Fischdieb innerhalb der Drei-Meilen-Grenze zu fangen. Es war ein Engländer. Und gerade zu der Stunde, als sich auf dem Land etwas Schlimmes vorbereitete, warf das dänische Marinefahrzeug mit dem Verbrecher im Schlepptau vor Svidinsvik Anker.

Direktor Pjetur Palsson hatte gerade noch Zeit, ein Mastkalb zu schlachten und sich in sein bestes Zeug zu werfen. Die Bekanntmachung war im Nu spurlos von den Telefonpfählen verschwunden. Und kurz darauf war auch schon der Kreisrichter zur Stelle, und es wurde Gericht gehalten. An demselben Abend, nachdem der Dieb zu einer Geldstrafe in Höhe von 10000 Kronen in Gold verurteilt, sein Fanggerät an Land geschafft und seine Ladung von Direktor Pjetur Palsson gekauft worden war, gab der Direktor für alle Offiziere des dänischen Marinefahrzeugs und für den Kreisrichter ein Festmahl.

Jetzt hatte Pjetur Dreiroß solche Unmassen von Fisch, daß die Svidinsviker für lange Zeit vor dem Hungertod bewahrt waren. Alle Arbeiten vergab der Direktor sofort im Akkord: Löschen, Ausnehmen und Einsalzen. Dadurch war der Lohnkampf bis auf weiteres aus der Welt geschafft, der Arbeitsplatz wurde kein Kampfplatz, und alle Leute beruhigten sich. Das Fest währte die ganze Nacht. Und es war nicht nur Lebertran, der durch die Kehlen der Schlemmer rann.

Am nächsten Morgen, noch ehe der Richter sich schlafen gelegt hatte, wurde im Beisein des Pastors, des Prokuristen, einiger Saufbolde und vieler Kinder – den Direktor nicht zu vergessen – das Fanggerät des Diebes versteigert. Pjetur Dreiroß stand etwas breitbeinig am Kai, ziemlich schwarz um den Mund, mit aufgedunsenem Gesicht. War er an diesem Morgen auch noch einigermaßen benebelt, so gelang es ihm doch, seine Gedanken so in Schach zu halten, daß er für sämtliche Stahltrossen des Engländers, die allein mehrere tausend Kronen wert waren, nur einige hundert Kronen bot, wofür sie ihm dann auch zugeschlagen wurden. Der ganze Akt hatte kaum zwei Minuten in Anspruch genommen. Alsdann hakte der Direktor den Dichter unter und spazierte mit ihm fort.

Das dänische Marinefahrzeug war längst in See gestochen, und an den Telefonpfählen hing wieder die Bekanntmachung, unter die ein unverschämter Kerl jedoch die Worte geschmiert hatte: «Großmutter ist wieder wohlauf.»

In der nächsten Nacht bemannte der Direktor ein Motorboot mit einem Leichter im Schlepptau, um dem Engländer, der vor der Fjordmündung wartete, das Fanggerät zurückzubringen.

Während in der Festnacht die Leute sich mit dem Löschen des Engländers abgeschuftet hatten und mit dem Ausnehmen des Fischs anfingen, gab es zwei freigeborene Isländer, die auch nicht auf der faulen Haut lagen. Das waren der Pastor und der Prokurist.

Es ist ganz merkwürdig, daß man immer Menschen findet, die bereit sind, die übrige Gesellschaft zu retten, obwohl ihnen kein Platz an der Festtafel eingeräumt wird. Während Pjetur Palsson die Dänen mit einem Mastkalb und schäumenden und süßen Weinen und Schnäpsen feierte, bis niemand mehr unterscheiden konnte, wer Däne und wer ein Wahrer Isländer war, gingen diese beiden Ehrenmänner, die streng abstinent waren, bei den zuverlässigen Leuten mit einem Schriftstück vom einen zum anderen, auf dem diese feierlich mit ihrer Unterschrift zu erklären hatten, daß sie lieber im Sommer dauernde Arbeit als jetzt im Frühjahr einen höheren Lohntarif haben wollten. Die meisten gaben eiligst ihre Unterschrift. Der Mensch ist nun einmal kein Schmetterling, der nur einen Tag lebt, um seine schönen Flügel vor der Sonne auszubreiten; er ist auch kein unschuldiger Käfer, der sich damit begnügt, einen Monat im Hochsommer umherzufliegen und den Rest des Jahres mehr oder weniger tot zu sein. Nein, leider, der Mensch hat alle Tage des Jahres zu leben.

Wenige Tage später wurde unter allgemeinem Anteil in Svidinsvik der Verein Wahrer Isländer gegründet. Viele zogen es vor, Wahre Isländer zu sein anstatt gewöhnliche Arbeiter, ganz davon abgesehen, daß der Mensch im Grunde ein uneigennütziges Geschöpf und stets bereit ist, Idealen zu huldigen. Besonders, wenn sie weiter nichts als blauer Dunst sind und darum nichts zur Hebung seiner Lebensbedingungen beitragen können. Ja, immer und ewig ist er bereit, mit Zähnen und Klauen den Feinden auf den Leib zu rücken – vorausgesetzt, daß sie genug unwirklich, unvorstellbar und unfaßbar, um nicht zu sagen weiter nichts als reinster Kinderschreck sind. Es wurde also beschlossen, daß in der Luft geflogen, eine großartige Kirche gebaut, ein Kulturleuchtturm errichtet und allen irischen Sklaven und Vaterlandslosen der Krieg erklärt werden sollte. Weiter wurde beschlossen, daß Johanni mit einem Gedicht von Olafur Karason, einem Vortrag über die Aura und anschließend mit einem gemeinsamen Lebertrangelage festlich begangen werden sollte. Die Gründungsfeier selber fand in der Volksschule statt, und auf der schwarzen Wandtafel stand mit großen Buchstaben geschrieben: «Haltet die Aura rein. Skarphjedinn Njalsson. Vitamin ist der Lebensquell der Neuzeit. Direktor Pjetur Palsson.»

Darauf war Frieden in Svidinsvik, und die Frühlingssonne herrschte einsam am Himmel. Die Wolken ballten sich und lösten sich wieder auf. Alles ging auf viel einfachere Weise vor sich, als man geahnt hatte. Der Dichter verließ sein Haus überhaupt nicht mehr, aus Angst, Leute zu treffen. Meist saß er bei seiner kleinen Tochter und betrachtete Himmel und Erde durch sein Fenster. Aber mit der Ankunft des Sommers besserte sich der Zustand der Tochter ein wenig. Sie wollte, daß ihr Vögelchen aus Fischgräten genauso fliegen sollte wie andere Vögel. Kleine Mädchen kamen von unten aus dem Ort mit ihren Spielsachen, um sie dem Töchterchen des Dichters zu zeigen; und eines Tages saß die Kleine auf dem Fußboden und spielte mit den anderen Kindern im Sonnenschein. Ein andermal saß sie zusammen mit ihnen am Wegrand und spielte mit den Blumen. Der Dichter stand auf der Türschwelle seines leeren Hauses und sah zur Tür hinaus, hinaus ins Weltall. Da war ihm, als gleite sein eigenes Haus unter seinen Füßen fort in die Ferne. Er stand da – allein und verlassen, mitten im unendlichen Weltenraum. Und er sah, wie sein Haus von dannen zog, weiter und weiter dahinflog, ferner und ferner; es ging ihn weniger und weniger an, war verschwunden. Er hatte kein Haus mehr.

War er nun sehr betrübt, weil sein Haus fortgeflogen war? Fand er nicht, daß es einsam um ihn her war? Dünkte es ihn nicht, daß Gott ihn verlassen hatte? Weit gefehlt. Ihm war, als stünde er in einem Garten voll Rosensträuchern und Obstbäumen. Er dichtete:

O Gottes Erde! Schlief mein Herz so lange?
Nun wecktest du's und alles, was du schufst,
daß wir, entwichen bösem Zwist und Drange,
nur deine Stimme hör'n. Oh, wie du rufst!

Stumm ward dein Dichter, hoffnungsbar vom Warten,
blind gleich dem Wurm. Und jetzt?! O Klang! O Sprühn!
Ein staunend Kind bin ich in Edens Garten
voll Duft und Frucht, und alle Rosen blühn.

Wie kann ich's künden, nun dein heilig Klingen
die Zunge mir gelöst? Ich kann es nicht.
Ist nur ein Stammeln, Herre mein, kein Singen,
ist nur ein Flehn: bleib bei mir, Klang und Licht!

9

Dann ist es wieder Herbst, und der Rabe wetzt seinen Schnabel an der Dachtraufe des Hauses.

«Warum bist du den ganzen Sommer vor mir geflüchtet?» fragte Joa an einem nassen Septembertag. Es war an der Ecke bei dem Laden. Er fand keine Zeit zu verschwinden. Sie prallten gegeneinander. «Bin ich denn so fürchterlich?»

Sie sah ihm gerade in die Augen und zuckte nicht mit den Wimpern, obwohl ihr der Regen ins Gesicht peitschte.

«Guten Tag», sagte er und nahm die Mütze ab.

«Ich fragte, warum du immer vor mir ausreißt, sobald du mich von ferne siehst.»

Er antwortete: «Ich flüchte vor keinem Menschen, ausgenommen vor mir selber.»

«Ich habe im Sommer mehrmals mit dir sprechen wollen. Aber jedesmal kneifst du aus. Weshalb tust du das?» wiederholte sie hartnäckig.

«Wo ist Jens Färinger?» fragte er.

«Jens Färinger», sagte sie, «haha, deswegen! Jens Färinger! Bist du immer noch böse – seit dem Frühling?»

«Das kann ich eigentlich nicht behaupten», antwortete er, als er sah, er konnte ihr nicht entwischen. «Aber ich habe den ganzen Sommer ein üppiges Leben geführt und war manchmal ängstlich, daß mich jemand darin stören würde. Ich hatte Furcht, daß einer käme und mich mit in einen Kampf hineinziehen würde.»

«Kampf gehört zum Dasein», sagte sie. «Was wäre das Leben wert, hätte man keine Feinde? Was wäre das Leben wert, wenn man nicht kämpfen müßte? Was wäre es wert, wenn man nicht siegen oder besiegt würde? Was wäre das Leben, wenn man nicht ein Mensch wäre?»

«Kann schon sein, daß Kampf normal ist», sagte er, «– wie das tägliche Brot. Frieden, das ist Üppigkeit. Das einzige, wonach ich verlange, das ist, ein üppiges Leben zu führen.»

«Was hast du denn getrieben?» fragte sie.

«Ich habe das himmlische Licht betrachtet», sagte er.

«Du brauchst nicht in Rätseln zu sprechen», sagte sie, «ich weiß, daß du ein großer Dichter bist.»

«Ich bin ein geringer Dichter», sagte er. «Leider. Aber ich bin Millionär. Mir gehört der Himmel. Ich habe mein ganzes Vermögen in der Sonne angelegt. Ich werde nicht leicht zornig, wie du vielleicht annimmst. Ich trage auch nicht nach. Jedoch bin ich wie alle Reichen ein bißchen ängstlich, meinen Reichtum zu verlieren.»

Sie neigte den Kopf halb zur Seite und schien nachzudenken. Sie sah so schön aus, wie sie ihr frisches, starkes, sonnverbranntes Gesicht dem Regen preisgab. Man konnte förmlich sehen, wie ihre Gedanken über das Gesicht zogen gleich Wolken, Heerscharen.

«Warum verachtest du das Menschenleben?» fragte sie durch den Regen.

«Um von etwas anderem zu sprechen», sagte er, «was ist aus dem Kampf geworden, in den Jens Färinger ziehen wollte?»

«Du bist ein so großer Dichter, daß ich froh bin, meinen Traum vom Glück verbrannt zu haben», sagte sie. «Aber trotzdem bin ich ziemlich enttäuscht über dich, Olafur Karason.»

«Ja, ich weiß, daß du mich für einen schlechten Menschen hältst», sagte er. «Und du hast recht: wer das himmlische Licht betrachtet, ist ein schlechter Mensch. Die Erde ist und bleibt in seinen Augen etwas Zufälliges. Wer das himmlische Licht betrachtet, der muß ein völlig verhärtetes Herz haben. Solch ein Mensch, wenn man ihn überhaupt Mensch nennen darf, ist nicht zu retten. Deshalb bitte ich dich, mich in Frieden zu lassen. In Frieden.»

Bei der Wiederholung dieser beiden Worte zuckte es um seinen Mund. Sie sah es und weidete sich erbarmungslos an seiner Erregung.

«Du spielst ein doppeltes Spiel», sagte sie.

«Na», sagte er.

Er war im Begriff die Mütze wieder abzunehmen und wollte gehen.

«Hör nun endlich mit deiner verrückten Mützenabnehmerei auf», sagte sie, «verrat mir lieber, weshalb du so böse auf mich bist.»

«Ich habe dir bereits verraten, wonach ich am meisten verlange», sagte er.

Dann irrte er lange und ruhelos im Regen auf der Heide umher.

Auf einem Hügel hielten die Vögel des Herbstes ihr kohlrabenschwarzes Thing, unter merkwürdigen Gebärden, unbegreiflich für Menschenverstand. Nicht weit davon lagen einige Hunde, die sie gehetzt hatten, mit ausgestreckten Vorderbeinen, gespitzten Ohren und heraushängenden Zungen, schnaufend vor Ermüdung. Sie ließen die Raben, die wichtigtuerisch und herausfordernd hin- und herhüpften, nicht aus den Augen und sammelten frische Kräfte zu neuer Jagd.

Es ist gut, ein Haus zu besitzen, wenn man gehörig durchnäßt ist.

Die Braut war beim Kochen. Dampf und Fischgeruch im ganzen Haus. Sie keifte wie gewöhnlich, weil er durchnäßt war; sie begriff nicht, daß sich Leute ohne zwingenden Grund draußen im Regen herumtrieben, bis sie klatschnaß waren, anstatt ihr Zeug zu schonen. Wenn es auch nur Plünnen seien und man nichts zum Wechseln habe! Und so weiter. Aber er antwortete ihr überhaupt nicht; es war selten, daß sie eine Sprache führte, die zum Antworten einlud. Während er sein nasses Zeug auszog, schielte er von der Seite zu ihr hin, wie sie da in der Küchenecke stand: hinter ihrem Herd verschanzt, bleich und ausgemergelt, mit Haaren, die wie Unkraut wucherten; stumpfe Haare, wie die eines Toten. Haare, die nach dem Ableben noch ein paar Tage weiterwachsen. Und er fragte sich im stillen: Falls ich sie abschütteln sollte, wer wollte ihr da wohl einen Nagel zwischen die Zähne stecken, wenn sie ihre Anfälle bekommt, damit sie sich nicht die Zunge abbeißt? Habe ich denn ein Recht, sie dafür büßen zu lassen, daß ihre Hände nicht mehr jung und weich sind; daß sie keinen schwellenden Busen mehr hat; keinen kräftigen, hellen Hals, keine Lippen, die unter meinem Kuß zergehen? Habe ich denn ein Recht, sie dafür büßen zu lassen, daß sie keine junge, Wollust erregende Stimme besitzt und keine Sprache, die angenehm und gebildet und reich an Worten ist? Ist sie denn an alldem schuld? Darf ich denn, ich, der ich sie mir selber als mein Schicksal gewählt habe, sie für Mängel strafen, an denen sie unschuldig ist?

Jedesmal, wenn er ein junges, anziehendes Weib nur angesehen hatte, fühlte er tieferes Mitleid als je zuvor mit der Frau hier, und dies Mitleid kettete ihn fester an sie als irgendwelche Liebe. Sie verkörperte jenen Teil des zermürbten, zerrissenen, niedergedrückten, trübsinnigen Menschengeschlechts, mit dem er selbst unzertrennlich verbunden war, und das danach sucht, dem Dunkel und der Grausamkeit des eigenen Ursprungs zu entrinnen. Darf man denn dies Geschlecht verachten und im Stich lassen, zu dem man selber gehört? Jene Armen, die in ihrem tastenden Streben nach etwas Schönerem und Besserem ohne Erfolg geblieben sind? Diese Frau hier verlassen und einer anderen nachlaufen, das bedeutete: vor dem eigenen Leben davonlaufen und einem Irrlicht nachjagen.

Einmal war auch diese Frau hier jung und voll Liebreiz gewesen wie alle anderen Mädchen. Und alle anderen Mädchen werden eines Tages auch nicht mehr jung und voll Liebreiz sein, genau wie heute diese Frau. Er war entschlossenener denn je, allen Begegnungen aus dem Weg zu gehen, die ihn auch nur im geringsten wankelmütig machen könnten in seinem festen Vorsatz, ihr Treue zu bewahren; und sich selber seinen Frieden. Sein Mitleid war so stark, daß keine Entsagung zu hart, kein Kerker zu finster und zu tief und zu häßlich war, wurde nur sein Mitleid zufriedengestellt.

An einem bleichen, stillen Herbsttag ohne Rabengekrächz gingen ein junger Mann und ein junges Mädchen die Anhöhe hinauf. Man konnte an der Art, wie sie dahinschlenderten, merken, daß ihre Verlobung noch nicht viele Tage alt war. Es waren Joa von den Wegehäusern und Jens Färinger. Ja, die Zeit war vorbei, als Jens Färinger mit den Händen auf dem Rücken sich hier oben sehen ließ. Obwohl also die Art, wie sie daherkamen, etwas von Gereiztheit und noch nicht erlangtem Gleichgewicht verriet, wußte der Dichter doch zu gut im Ort Bescheid, als daß er sich nicht sofort klar darüber war, was das da draußen zu bedeuten hatte: öffentlich verlobt. Indem sie hier auf der Anhöhe des Dichters spazierengingen, wollte man ihm auf ganz besondere Weise Kunde von dem Ereignis geben. Wenn der Dichter neulich auch gefragt hatte, als wüßte er nicht Bescheid, so war er trotzdem genau davon unterrichtet gewesen, daß Jens Färinger während des ganzen Sommers sich an einem anderen Fjord aufgehalten hatte. Er mußte also erst kürzlich zurückgekommen sein. Vielleicht erst gestern; denn daß sie sich sofort zusammen sehen ließen, zeigte, wie ernst die Sache war. Offenbar hatte er gut verdient. Er war groß und stark und schlechter Laune und kampflustig und wollte die Gesellschaft umstürzen und verdiente Geld, alles zu gleicher Zeit, kurz gesagt: ein Mann für sie.

Hoffentlich hatte das Gedicht, das er in ihrem Namen für ihn gedichtet und das noch nicht bezahlt war, dazu beigetragen, diese Liebe zu einem guten Erfolg zu führen. Jedenfalls war es ein kleiner Trost für den Dichter, das anzunehmen. Er beeilte sich, in der Stube etwas aufzuräumen, denn er glaubte, daß sie ihn vielleicht besuchen wollten. Aber als sie sich seinem Haus mit dem pompösen Namen «Hochhimmel» näherten, wies das Mädchen nach einer anderen Richtung; sie bogen vom Weg ab. Kurz darauf gab das Mädchen dem Begleiter ein Zeichen, daß sie sich setzen wollte. Und sie setzten sich einen Steinwurf weit vom Haus des Dichters auf den Kiesboden nieder. Dort saßen sie eine gute Weile und sprachen miteinander. Der Dichter konnte ihnen von seinem Fenster aus zusehen. Keiner von beiden sah zu ihm hin. Er schien für sie gar nicht zu existieren. Dann erhob sich das Mädchen, danach erhob sich der Mann. Das Mädchen ging nun wieder, und dann ging auch der Mann. Und dann waren sie verschwunden. Als sie verschwunden waren, atmete der Dichter auf, als wäre eine Gefahr überstanden. Er hatte heftiges Herzklopfen.

Wovor hatte er Angst gehabt? Hatte er gefürchtet, sie würden seine Hütte besuchen, um ihm diesen abgeschmackten, untrüglichen, Brechreiz erregenden Glauben ans Leben vor Augen zu führen, der jeder neuen Verlobung ihren Sinn gibt und wie eine Herausforderung auf jeden wirkt, der mit seinem Los zufrieden ist und in Frieden gelassen sein will? Oder war er im stillen gerade wegen des Gegenteils unruhig, darum, daß sein Reichtum, sein Seelenfrieden noch größer, gar zu groß werden könnte, weil das Mädchen unwiederbringlich vergeben war?

Den ganzen Sommer hindurch hatte er in der herrlichen Gefahr gelebt, daß sie ihm seinen Frieden stören wolle; sah er sie von fern, hatte er sich eiligst hinter der nächsten Hausecke versteckt. Schließlich ist Unfrieden die Voraussetzung dafür, daß man sich Frieden wünscht. So zwiespältig waren seine Gefühle also immer noch, daß er in dem Augenblick, als die Verlobten zwischen den Häusern unten verschwunden waren, von Gram verzehrt wurde, denn er glaubte, diese heimliche Hoffnung auf Unfrieden, die Frieden so begehrenswert macht, verloren zu haben. Ihr Bild, ihre starke große Hand, die des Dichters kleine Hand umschließen konnte, dieses mutige, gebieterische Leben gehört jetzt einem anderen. In dem bleichen Licht des zur Neige gehenden Herbsttags sah er im Geist, traurigen Herzens, wie fortan die Tage kommen und vergehen würden: ohne Spannung – so ganz anders als bisher –, wie ein Gewoge von drückender Unlust bis zum Überdruß, eine Wanderung durch die Wüste.

Da fühlt er plötzlich den eisigen Hauch der vielen herannahenden Wintertage mit ihrem Reif am Fenster; fühlt, wie er Morgen für Morgen bedrückt und verzweifelt die Augen aufschlagen und denken wird, daß nun wieder ein neuer Tag da ist, um sein Leben zwecklos hinzuströmen – unaufhaltsam, ohne Freude, bar aller Schönheit, ohne auch nur einen einzigen der heimlichen Wünsche seiner Seele zu erfüllen. Und er ist sich bewußt, daß sein Leben, nur Pflichten gegen andere Menschen kennend, ihren jämmerlichen Sittengesetzen verschrieben, nur auf Mitleid gegen seine Allernächsten gegründet, daß dieses Leben von Anbeginn an falsch war.

10

Das Kind ist noch krank, und das Haus des Dichters, das im Frühjahr in den Weltenraum auf und davon flog, es ist längst wieder zurückgekehrt. Und als er eines Morgens die Kleine beim Erwachen blaß und stumm das Köpfchen gegen das Kissen lehnt, anstatt sich lachend dem neuen Tag in die Arme zu werfen, da fällt ihm plötzlich ein, daß er sein Versprechen vom letzten Winter nicht gehalten hat. Er ist nicht mit ihr hinunter an den Strand gegangen, Muscheln zu suchen. Aus Reue über seinen Wortbruch nimmt er sich vor, noch zärtlicher zu seinem Töchterchen zu sein als bisher. Er geht zu der Frau des Doktors und kauft drei verschiedene Arzneien als Zuschuß zu den Vitaminpillen, die er vorher von Pjetur Palsson bekommen hat. Weil aber die Kleine die neuen Medikamente nur mit Entsetzen und Sträuben nehmen will, so besorgt er sich einfach im Laden für 25 Aurar Bonbons, die er der Kleinen schenkt. Stundenlang sitzt er bei ihr und spielt mit ihren Spielsachen, erzählt ihr Geschichten. An einigen Tagen leidet die Kleine unaussprechlich. Er wiegt sie in seinen Armen, babbelt sinnloses Zeug, um sie zu trösten, oder summt Stückchen von Kinderliedern.

Der Herbst ist da mit seinem schlimmsten Unwetter, Tag

und Nacht. Es regnet in Strömen; Springflut im Fjord; orkanartiger Sturm und dumpfes Brausen vom Meer. In vielen Nächten kommen weder der Mann noch die Braut aus den Kleidern, müssen auf alles gefaßt sein.

An solch einem Abend, als das Gebälk der Hütte im Wirbelsturm kracht und ächzt, als das Kind mit halbgeöffneten Augen leise jammert, wird heftig gegen die Haustür geklopft, und im Beischlag steht ein Gast. Es ist so spät, daß anständige Menschen nicht mehr auszugehen pflegen. Der Dichter fürchtet schon, daß er zu dem Unwetter draußen auch noch in seinem Haus die Hölle erleben soll, die sich immer im Gefolge eines Betrunkenen befindet. Aber der Gast, der schon in der Türspalte, durch die der Sturm heult, winkt, ist durchaus kein Trunkenbold. Es ist einer, der von weit her gekommen ist, wettergebräunt von der Wanderung durch Sturm und Regen, in kräftigen Stiefeln und Mantel, mit Rucksack. Doch es ist kein bescheidener Gast, der über die Türschwelle tritt und mit Löwenblick das Innere des Hauses mustert.

«Örn Ulfar», sagt der Dichter und springt auf. «Wo kommst du her? Was führt dich in mein Haus?»

Das Schiff, mit dem er gereist ist, hatte Svidinsvik nicht angelaufen, und deshalb ist er zu Fuß vom nächsten Fjord übers Gebirge gewandert.

«Willkommen! Selbstverständlich bleibst du über Nacht, wenn wir dir auch nicht viel anbieten können», sagte der Dichter.

«Wer ist dieser Mann?» fragte die Braut und flüchtete hinter den Herd. «Wie können wir einem feinen Mann Nachtlogis geben? Diese Bretterhütte kann jeden Augenblick überm Kopf des kranken Kindes wegfliegen. Wär's nicht besser für ihn, sich bei Pjetur Palsson Logis zu verschaffen?»

«Örn», sagte der Dichter, «betrachte dieses kleine Haus mit allem, was darin ist, als dein Eigentum. Jarthrudur, er ist müde von der Reise und hungrig. Was kann er zu essen bekommen?»

«Hat jemand vielleicht nach mir gefragt», sagte Örn Ulfar, «heute abend? War jemand hier?»

«Wer sollte das sein?»

«Oh, nur ein Mann. Ein Kamerad. Er hat ein ziemlich grobschlächtiges Gesicht mit dunklem, krausem Bart und kaut Priem.»

Nein, solch ein Mann sei nicht hier gewesen.

Olafur half seinem Freund, den Mantel abzulegen, er bat ihn, sich aufs Bett zu setzen, und machte es so gemütlich für ihn wie möglich.

«Jarthrudur, gibt es hier nicht eine Handvoll Weißmehl, damit wir Pfannkuchen backen können?»

Ganz gegen seine Gewohnheit machte er sich selber mit dem Feuer zu schaffen, wurde vor lauter Eifer fummelig und bekam gerötete Augen.

«Du verlangst nicht wenig», sagte die Braut.

«Er ist mein Freund und mein Gast», sagte der Dichter. «Das Haus gehört ihm.»

«Weißmehl gibt's keins», sagte die Braut, «aber ein paar Kartoffeln. Und im Eimer liegt ein Rochen zum Auswässern.»

Der Gast dankte nicht, obwohl man ihm mehrmals das Haus geschenkt hatte; er tat so, als hörte er den Wortwechsel zwischen seinen Gastgebern nicht. Er lehnte sich mit herabgezogenen Mundwinkeln und gerunzelten Brauen über das Kniepult des Dichters, das am Fußende des Bettes lag, und blätterte in den beschriebenen Seiten herum. Statt über den Grund seiner Reise näheren Bescheid zu geben, fragte er unvermittelt:

«Dichtest du noch aus der gleichen Ursache wie früher?»

«Ich habe völlig vergessen, aus welcher Ursache ich früher gedichtet habe», sagte der Dichter, als das Feuer ordentlich in Gang gekommen war. «Ich schreibe seit einiger Zeit Erzählungen über eigentümliche Männer.»

«Was für eigentümliche Männer sind das?» fragte Örn Ulfar.

«Johann der Nackte flüchtete vor seiner Geliebten zwanzig Jahre lang in Lumpen wie eine Vogelscheuche. Danach kommt die Sage von Jon dem Allmächtigen.»

«Warum beschäftigst du dich mit solchen armen Schluckern?»

«Wahrscheinlich, weil ich Mitleid mit ihnen habe», sagte der Dichter.

«Warum hast du Mitleid mit ihnen?»

«Das weiß ich nicht. Vielleicht, weil ich in ihnen das ganze Menschengeschlecht sehe.»

«Bist du bereit, für dieses Mitleid Opfer zu bringen?» fragte Örn Ulfar.

«Mir ist es einerlei, ob ich etwas zu essen habe», sagte der Dichter. «Mir ist es einerlei, ob mein Haus beim nächsten Windstoß umgeblasen wird.»

Da sagte die Braut Jarthrudur Jonsdottir:

«Da muß ich denn doch gestehen, so einer hat nicht die Spur Ähnlichkeit mit Pastor Hallgrimur Pjetursson. Er hat weder Scham noch Ehre im Leib, bringt nie was zustande, das man vorlesen könnte für sein Seelenheil. Aber alle Nächte rumhocken wie 'n Gespenst und dann im Bett die Beine hochziehen und das Bettzeug zerknautschen wie 'ne Fischpelle, die man Hunden hinschmeißt, statt ruhig zu liegen, und sich gegen Morgen aufs Ohr legen und den ganzen Tag im Bett liegen. Kaltherzig zusehen, wie einem die eigenen Kinder wegsterben – auf solche Weise vertut das da sein Leben. Und dabei spreche ich nicht mal davon, daß die, welche sich abschinden, um den Kram über Wasser zu halten, weiter nichts dafür kriegen als Schweigen.»

Der Gast blickte einen Moment nach der Braut, kalt, ohne eine Miene zu rühren, so, als ob man plötzlich im Hausrat etwas krachen hört, da, wo man es am allerwenigsten erwartet hat. Aber der Dichter sagte:

«Ein wohlgelungener Satz in einer Erzählung, eine vollendet gereimte Zeile in einem Gedicht ist eine große Entschädigung für den Hunger eines ganzen Tages oder eine schlaflose Nacht. Wenn einmal mein Bild längst vergessen und verschollen ist, wird niemand fragen, was der Dichter zu Mittag gegessen oder ob er nachts geschlafen hat, sondern: hat er ein gutes Isländisch geschrieben? Waren seine Verse rein?»

«Und der Geist?» fragte Örn Ulfar.

«Früher stand ich außerhalb des Menschenlebens, besonders außerhalb meines eigenen Lebens. Aber jetzt – jetzt ist mir das Menschenleben nähergerückt, besonders mein eigenes Leben.»

«Meinst du nicht, daß dir dein eigener Tod nähergerückt ist?» fragte der Gast.

«Ich versuchte, dir wegen des Geistes zu antworten», sagte der Dichter. «Was ich mit meinen Worten sagen wollte, ist das: seit wir zuletzt miteinander gesprochen haben, ist die Welt materieller und, was ebenfalls bestimmt zutrifft, vergänglicher geworden. Aber nichtsdestoweniger höre ich noch den guten Klang. Und wie arm mein Leben von außen aussehen mag, er macht es reich.»

«Ja, du glaubst an den ‹klingenden Gott›», sagte der Gast und lächelte seinen Freund an.

Der Dichter sah voll Bewunderung auf den Hemdkragen des Gastes. Wie fein der Kragen doch saß, zumal nach einer Wanderung über das Gebirge in Regen und Sturm und Dunkelheit. Das Gesicht des Gastes war nicht mehr so rot vom Unwetter wie zuerst, es hatte zarte und zugleich starke Züge, die der ganzen Haltung des Gastes entsprachen. Vielleicht war dieser Mann eher unnatürlich gesund als krank, und Olafur Karason pries sich glücklich, solch einen Mann als Freund und Richter zu haben. «Ja, ja», sagte er schließlich, «jetzt habe ich dir alles über mich erzählt. Nun mußt du mir ein wenig über dich erzählen.»

«Was willst du wissen?» fragte der Gast.

«Aus irgendeinem Anlaß bist du wohl in diese Gegend gekommen», sagte der Dichter.

«Ich habe vor, Allthingsmann zu werden», sagte der Gast.

«Allthingsmann»? sagte die Braut, «und kommt zu Fuß übers Gebirge!»

«Allthingsmann Örn Ulfar, das gefällt mir gut», sagte der Dichter.

«Setz dich dafür ein», sagte der Gast. «Im Frühjahr gibt es eine Wahl.»

Da begann der Dichter zu ahnen, daß der Gast im Ernst gesprochen hatte. Er fragte:

«Was sagt Direktor Pjetur Palsson dazu?»

«Mit den Blutsaugern machen wir Schluß», sagte der Gast.

«Oh, so möchte ich es vielleicht doch nicht sagen», meinte der Dichter und blickte ein wenig ängstlich nach seiner Braut hin.

«Du machst ein Gedicht», sagte der Gast, «in Form eines Aufrufs an sie Svidinsviker, sie sollen Juel stürzen und seinen Vertreter Pjetur Dreiroß aus dem Ort jagen, damit deine Kinder und andere, mit denen du Mitleid hast, hier im Ort leben können.»

Die Braut hinter der anderen Seite des Herdes: «Ich gehe aus dem Haus. Man kann sich allein seinen Rochen kochen.»

«Wir müssen vorsichtig sprechen», flüsterte der Dichter zu seinem Gast und sagte laut und flehentlich zu der Braut, sie dürfe einen unschuldigen Spaß doch nicht krumm nehmen.

«Ich dulde nicht, daß einer mit Sachen Spaß macht, die mir heilig sind», sagte die Braut. «Und am allerwenigsten will ich mir solch schweinisches Gerede über meinen Wohltäter anhören.»

«Wenn er dir Vitamintabletten gegeben hat, gute Frau», sagte der Gast, «so kann ich dir anvertrauen, daß man 30 Liter Wasser zu einer Tablette nehmen müßte, wenn sie so nützlich sein soll wie eine Krähenbeere.»

«Mein Jesus und mein Gott, daß man sich so was von fremden Menschen bieten lassen muß, und noch dazu unter dem Dach, das meinem Wohltäter gehört!» sagte die Braut, und ihre Tränen begannen zu strömen. Sie nahm ein schwarzes Wolltuch, wickelte es um ihre Schultern, schnaubte und schluchzte. Der Dichter war aufgestanden, um sie zu beschwichtigen: sie sei wohl nicht recht bei Trost, mitten in der Nacht bei Sturm und Regen ausgehen zu wollen; und wie ihr nur einfallen könnte, so aus der Haut zu fahren, weil ein paar Jugendfreunde, die einander nach vielen Jahren plötzlich wiedersehen, ein paar scherzhafte Bemerkungen gemacht haben.

«Da du ihm ja das Haus geschenkt hast mit allem, was darin ist – wie du selber vorhin gesagt hast –, so bin ich überflüssig», sagte die Braut.

«Ich gehe», sagte der Gast und erhob sich.

Das war zuviel für Olafur Karason. «Gehst du, Örn», erklärte er, «so gehe ich auch.»

Nun sah es also danach aus, daß in wenigen Minuten das Haus des Dichters von allen miteinander verlassen und das sterbenskranke Kind samt dem eingesalzenen Rochen im Kochtopf ihrem Schicksal überlassen werden sollten.

Aber mitten in dieser erregten mitternächtlichen Auseinandersetzung wurde im Beischlag die Tür aufgerissen, daß der Sturm nur so ins Haus fegte. Ein großes, schlankes Mädchen, um das dunkelgelockte Haar einen rotseidenen Schal, in kostbarem Mantel, einen Korb am Arm, sagte fröhlich:

«Guten Abend!»

«Gott steh mir bei! Vjedis Pjetursdottir», rief die Braut, «wie kann dir einfallen, in dieses entsetzliche Haus zu kommen? Noch dazu in pechschwarzer Nacht?»

Aus der einst ungelenken, hageren Tochter des Direktors, die sich als Kind mit allen im Ort herumgezankt hatte, war längst die beste Partie in ganz Svidinsvik und Umgebung geworden: ein gewandtes, keckes Mädchen, in der Hauptstadt zurechtgestutzt, mit knabenhaften Bewegungen und gescheiten Augen, die sich nicht einschüchtern ließen, mit einem Gesicht, das vor Gesundheit strahlte.

«Jemand hat erzählt, eure Kleine sei so krank», sagte sie. «Da mußte ich mitten im Sturm an euch denken, und ich fragte mich, was ich wohl für euch tun könnte. Was kann ich schon tun?» Als sie das sagte, bemerkte sie den unerwarteten Gast des Dichters und war sehr verblüfft: «Örn Ulfar, sind Sie hier! Nein, nun trau ich meinen Augen nicht länger.»

«Wir sagen doch du zueinander, Disa», sagte Örn Ulfar. «Übrigens, es ist ein wahres Gotteswunder, daß du gekommen bist. Dieses Haus war gerade im Begriff, sich aufzulösen, weil ich erklärt hatte, man müßte 30 Liter Wasser zu den Vitaminpillen deines Vaters nehmen, um – und so weiter. Und nun überlasse ich es dir, dieses Heim wieder zusammenzukitten.»

«Ach, du bist immer der gleiche Schlingel, wenn es sich um den armen, alten Pjetur Dreiroß handelt. Aber laß dir nur von mir gesagt sein, was sein wahres Vitamin ist: ich. Und bei mir braucht niemand 30 Liter Wasser zu nehmen, mein Junge. Und jetzt will ich dir die Hand geben und dich willkommen heißen.»

«Danke, Disa», sagte der Gast. «Nun darf ich dich wohl erst einmal ansehen? Hast du dich verändert?» Und er fügte für die beiden anderen hinzu: «Disa und ich haben einander nämlich unten in der Hauptstadt getroffen.»

«Vjedis, ein gebildetes Mädchen», sagte die Braut fast versteinert. «Soll ich meinen eigenen Ohren glauben, daß du deinen Vater mit Spottnamen nennst und dich über ihn lustig machst – noch dazu in Gegenwart von – diesen Leuten?»

Das Kind, um dessentwillen die Tochter des Direktors eigentlich gekommen war, hatte man fast vergessen, bis der Vater dem feinen Besuch zeigte, wo es lag. Aber er sagte, man solle die Kleine nicht wecken, denn Kranken sei der Schlaf Balsam. Das Fräulein beugte sich zu dem Kind nieder und flüsterte ein paar liebevolle Worte, die vielleicht nicht sehr überzeugend klangen, weil ihnen jene Innigkeit fehlte, die das Kennzeichen wahrer Liebe ist.

Niemand dachte mehr daran, das Haus zu verlassen. Und die Braut hatte der Tochter des Direktors längst vergeben, daß sie so geringschätzig von ihrem Vater gesprochen; sie pries dafür in hohen Tönen den Edelmut dieser wunderbaren

Menschen, die Gott mitten in der Nacht erwecke, damit sie armen Leuten Trost bringen könnten.

«Ich kann riechen, daß du Fisch kochst, liebe Jarthrudur», sagte Disa. «Nimm ihn für heute vom Herd. Mir fiel vorhin zu Hause ein, daß deine Kleine vielleicht lange kein Fleisch geschmeckt hat. Ich schäme mich, daß ich nicht früher daran gedacht habe.»

Sie öffnete ihren Korb und nahm daraus für die Kleine einen leckeren, gebräunten Lammbraten, dazu Kartoffeln, in Zukker geschmort, und Erbsen, einen schönen Pudding, Südfrüchte, eine Flasche Wein. Der Dichter und seine Braut sahen stumm zu, als die Prinzessin dann ein weißes Linnentuch auf den kleinen Tisch breitete, Teller, Messer und Gabeln ordnete, die Leckerbissen hinstellte und bei Tisch bedienen wollte. Örn Ulfar runzelte die Brauen und schwieg wie die beiden anderen. Jedoch als der Festtisch gedeckt war, sagte er:

«Hast du deinen Verstand verloren, Deern?»

«Wollt ihr eich nicht setzen und zugreifen?» sagte sie.

«Das ist eine Unverschämtheit. Du machst dich über das Haus hier lustig», sagte Örn Ulfar. «Ich rühre nichts davon an. Gebt mir etwas von eurem Fisch.»

Das große Mädchen blieb wie angewurzelt stehen; durch die Enttäuschung hatte ihr Gesicht etwas Kindliches bekommen, sie war jetzt ein kleines, verängstigtes Mädchen, das kaum die Tränen zurückhalten konnte.

«Örn», sagte sie, «jetzt wo du endlich gekommen bist – und alle, alle haben auf dich gewartet – Und so –» Da riß sie sich zusammen, biß sich auf die Lippen und sagte: «Ganz gleich. Rührst du nichts davon an, so bleibt um so mehr für uns übrig. Außerdem war es überhaupt nicht für dich, sondern für das kleine, kranke Mädchen bestimmt. Liebe Jarthrudur, gib ihm nur den stinkenden Fisch und am besten auch Tran in den Kaffee.»

Das Ende vom Lied war jedoch, daß alle zugriffen und ein Stück Braten nach dem andern aßen – ausgenommen die eine, für die der Braten bestimmt war, die kleine Kranke; sie durfte weiterschlafen. Die Tochter des Herrn und Besitzers von Svidinsvik verschwendete ihre ganze Fürsorge an den Gast, sie erfüllte jeden seiner Wünsche, noch ehe er ausgesprochen war; verhätschelte ihn, ohne zu ermüden. «Ihr wißt ja, wie krank er gewesen ist», sagte sie, um nicht falsch verstanden zu werden. Und die Wirtsleute überwanden allmählich ihre Schüchternheit und griffen beherzt zu bei dem Gastmahl, das ihnen in ihrem eigenen Haus beschert wurde, anstatt ihr Heim zu verlassen. Und in diesem fast baufälligen Häuschen mit seinen geheimnivollen, so ungleichartigen Gästen aß man und trank und war froh.

Örn Ulfar schlug vor, daß man etwas aus Olafur Karason Ljosvikingurs *Eigentümlichen Männer* vorgelesen bekommen sollte, und da wurde der Tisch abgeräumt, der Dichter holte seine vollgeschriebenen Hefte und bat die Gäste, es sich auf dem Bett des Hauses so bequem wie möglich zu machen. Er selber setzte sich auf einen Holzschemel zu ihren Füßen und begann mit dem Lesen.

Die Braut Jarthrudur brachte sich hinter ihrem Herd in Sicherheit. Der Wind hatte sich plötzlich gelegt, und das Meer schien sich allmählich zu besänftigen. Vergessen war die Unsicherheit des Himmels und der Erde. Die Saga von dem Nackten herrschte im Haus. Ein Dichter, und zwei königliche Zuhörer auf dem Ehrenplatz. Das große Mädchen hatte sich gegen die Brust des Gastes gelehnt, ihr Kopf ruhte an der Wange des Gastes.

Es war tiefe Nacht geworden. Der Dichter hielt ein wenig mit dem Vorlesen inne.

Da sagte die Braut:

«Der Mann mit dem Bart, den der Gast hier heute abend erwartet hat, kommt wohl nicht.»

«Ach ja, das ist wahr», sagte Örn Ulfar. «Schadet auch nichts. Ich werde ihn schon irgendwie finden. Sicher.»

«Aber mein Lieber, mach dir deswegen keine Sorgen», sagte Olafur Karason Ljosvikingur. «Heute nacht schläfst du hier im Bett. Wir selber können irgendwo im Haus liegen.»

Da erhob sich Disa und sagte: «Nein, hier kannst du nicht schlafen, Örn.»

«So? Das wär gelacht», sagte Örn. «Du meinst doch nicht, daß ich bei Pjetur Dreiroß schlafen soll?»

«Das gerade nicht», sagte sie.

«Was heißt das?» fragte er.

«Laß das meine Sorge sein», sagte sie. «Ich kenne eine Stelle, wo du schlafen kannst. Der Mensch, auf den du gewartet hast, wird seine Pflicht tun.»

Kurz danach wünschten sie gute Nacht und waren gegangen.

11

Ohne Zweifel hatte Örn Ulfar bereits am ersten Abend genügend Einblick in die Sinnesart seines Freundes bekommen, um sich darüber im klaren zu sein, daß Olafur Karason bestimmt nicht in der vordersten Reihe der Kämpfenden stand. Darum hielt er es auch für ratsam, zunächst an anderer Stelle zuverlässige Kampfgenossen zu sammeln. Sicherlich verlangte er auch nie die geringste Unterstützung von dem Dichter während der jetzt im Ort beginnenden Parteistreitigkeiten, deren Leitung er übernommen hatte. Weil er aber auch nicht eine Spur Begeisterung für die allgemeine Durchschnittsmoral hatte, konnte niemand besser mit einem Dichter sprechen als er. Darum war auch niemand ein so lieber Gast im Hochhimmel wie er. Und die Stunden, die beide zusammen auf Brages Gefilden verbrachten, jenen Gefilden, wo das Geschick der Menschen einen Sinn bekommt, verflogen schnell.

Der Winter verging. Und der Arbeiterverein von früher war längst neu gegründet worden, wieder mit Jens Färinger als Vorsitzendem; aber er hieß jetzt, weil es sich feiner anhörte, «Svidinsviks Arbeiterverband». Im Augenblick war es jedoch nicht leicht, für diesen Verein eine richtige Aufgabe zu finden; es gab in dieser Zeit weniger Arbeit denn je in Svidinsvik, und es wäre deshalb unklug gewesen, wegen der niedrigen Löhne einen Kampf vom Zaun zu brechen. Unglücklicherweise war der Teil des Hafens, der auf dem trockenen Land lag, fertig geworden, aber die Regierung hatte sich das Recht vorbehalten, zu bestimmen, inwieweit Tiefwasser den Kartoffelanbau in dem Teil des Hafens, der möglicherweise bei Flut Seewasser ansammeln könnte, verhindern würde. Aber während diese Entscheidung auf sich warten ließ, wurden keine Gelder mehr für die Regierungssteine in Svidinsvik bewilligt. Der «Arbeiterverband» konnte nur feststellen, daß es mit dem Wohlstand schlecht aussah, weswegen eine Entschließung nach der andern gefaßt wurde, die an die Regierung, an Juel J. Juel und an Direktor Pjetur Palsson abgingen, worin Geld, Schiffe, eine Station, anbaufähiges Land, Hühner und eine gerechte Gesellschaftsordnung gefordert wurden.

Im Laden wurden die Warenvorräte immer geringer, und nach Neujahr gab es dort außer Zichorie und Margarine kaum noch etwas anderes als Zwieback in Tonnen und Vitaminpillen in Päckchen. Und diese Überbleibsel konnte man, solange der Vorrat reichte, auf Kredit erhalten, wohlgemerkt auf Garantie der Gemeindekasse, in der Hoffnung auf Bewilligungen aus der Staatskasse.

Alle Leute aber, die noch eine Tonne eingesalzenen Fischabfall und einen Sack Kartoffeln besaßen, wollten auf jeden Fall freigeborene Isländer bleiben und alles aufbieten, um ihre Nationalität gegen die Vaterlandslosen zu verteidigen. Die Aktien der irischen Sklaven, Dänen und Russen standen in dieser Zeit nicht hoch im Kurs.

Die «Gesellschaft der Wahren Isländer» in Svidinsvik inszenierte eine große Sammlung für eine neue Kirche mit Säulen und bunten Fenstern, dem Bischof Gvendur dem Guten zum

Gedächtnis, und zwar mit solchem Erfolg, daß von allen Seiten Geschenke zusammenströmten: teils in Naturalien und Versprechungen, freiwillige Arbeiten beim Bau auszuführen, teils in Bargeld. Noch nie hat es in Island einen so geringen Wohlstand gegeben, daß nicht in Hülle und Fülle Gelder herbeigeschafft werden konnten, wenn es sich um neue Kirchen handelte. Leute, die sich lieber lebendigen Leibes abhäuten lassen würden, als nur einen einzigen Aurar für sich selber auszugeben, legten jetzt 5 Kronen in reinem Silber auf den Tisch; ja, zwei Männer von einer entlegenen Halbinsel ließen sogar einen spiegelblanken, funkelnagelneuen Reichstaler springen. Und falls nun unser lieber Schnupftabakhacker Jon auf dem französischen Grundstück 10000 Kronen oder so spendieren würde, so könnte man mit ziemlicher Sicherheit sagen, daß die Kirche – und nicht allein die Kirche sondern obendrein auch noch auf der Leeseite der Kirche der Kulturleuchtturm zum Gedächtnis von Thordur in Hattardal und Ulfur dem Ungewaschenen – zum nächsten Sommer fix und fertig sein würde. Damit wäre dann Direktor Pjetur Palssons liebster Traum erfüllt worden.

Gleichzeitig war es geglückt, den Wahren Isländern in Svidinsvik die Benutzung eines Flugzeugs zu sichern: der Vorsitzende des Vereins hatte gelobt, bereits im kommenden Sommer würden die Vereinsmitglieder die Möglichkeit haben, auf den Flügeln einer milden Brise über den zu Schiff nicht leicht erreichbaren Ort Svidinsvik unterhalb der Klippe Ulfurs des Ungewaschenen dahinzuschweben.

Aber nichts von alldem berührte die Welt des Dichters. Was ihn niederdrückte war die Tatsache, daß es allmählich unmöglich geworden war, das Kind zu bewegen, Pjetur Palssons Vitaminpillen hinunterzuwürgen. Und Lebertran wollte es ebensowenig einnehmen. Als man es schließlich mit lauwarmer, frischgemolkener Milch aus dem Kuhstall des Direktors probierte, war es zu spät. Das Kind siechte dahin. Unfaßbar, daß überhaupt noch Leben in dem völlig kraftlosen Körperchen übrig war. Mit jedem neuen Tag wurde die

Lösung der Frage, was das Brautpaar auf den Mittagstisch stellen sollte, immer schwieriger. Er war ein Dilettant auf dem Gebiet der Familienversorgung; zur Bewältigung des Problems wäre ein wissenschaftlich geschulter Spezialist erforderlich gewesen, kurz gesagt, ein Aufgebot der Weisheit der ganzen gelehrten Welt. Zu dieser Jahreszeit wächst in Island ebensowenig Geld wie grünes Gras. Geschah es während dieser schweren Zeiten doch noch ein seltenes Mal, daß jemand gezwungenermaßen für einen Verstorbenen einen Gedenkvers bestellte, durfte er nicht nein sagen, wenn man ihm einen kleinen Sack Torf als Dichterlohn in Aussicht stellte; und er war froh, wenn ihm jemand einen Korb Schafmist gab. Kam ein Tag, der Fischfang zuließ, und kehrten die Leute mit etwas Fisch in ihren Booten heim, sah man Olafur Karason Ljosvikingur fast immer am Strand herumstreunen. Denn manchmal schmissen die Leute ihm etwas Eßbares hin, wobei sie etwa folgendes zum besten gaben: Ist er auch ein unnützer Trottel und weiter nichts als ein Dichter, so kann es vielleicht doch von Nutzen sein, wenn man ihm ein paar Dorschköpfe für den Kochtopf spendiert. Je nachdem, wie man sich zu ihm benimmt, kann er einem mit seiner Reimerei Segen oder Dünnschiß bescheren.

Leider bedeuteten diese seltenen Werke der Barmherzigkeit keine Versorgungsmöglichkeit auf längere Sicht. Leider Gottes mußte er immer häufiger mit leeren Händen den Heimweg antreten, obwohl die Braut ihn schon unter der Androhung in die Kälte hinausgejagt hatte, ihn nicht wieder ins Haus zu lassen, wenn er sich ohne Zucker, Roggenmehl und Graupen vor der Türschwelle zeigen würde. Ihre Gebete zu Gott, mit lauter, schreiender Stimme wie bei einer schlechten Telefonverbindung vorgebracht, von unaufhörlichem Choralgesang begleitet, forderten von dem Zuhörer Ohren mit ledernem Trommelfell. Er selber konnte den ärgsten Hunger mit Gleichmut ertragen. Wäre er ein freier Mann gewesen, so hätte er sich einfach in sein Bett gelegt, die Decke über den Kopf gezogen und ohne Furcht die Einführung einer neuen Ordnung der Daseinsbedingungen für die Menschheit abgewartet. Jetzt aber endete es meistens damit, daß sich die Braut allein auf den Weg zu Pjetur Palsson machen mußte, der dann aus seiner Speisekammer ein paar Brocken hervorholte, gegen die einzige Bezahlung, die der Arme dem Reichen zu bieten vermag, wenn alles andere fehlschlägt: die Tränen des Bettlers.

An einem Tag, als ein armseliger Fischstert im Beischlag hing, der einzige Reichtum des Hauses, befand sich der Dichter selber trotz eisigem Schneegestöber auf dem Weg; die Braut hatte ihm verboten, ohne etwas Eßbares wieder heimzukommen. Er zog seine alte Schirmmütze über die Ohren und wickelte sein Wolltuch zweimal um den Hals. Seine Nankingjacke war schon seit einiger Zeit nicht mehr winddicht; ihm war, als ob der beißende Sturm durch sein schlotterndes Gebein wie durch eine Flöte pfiff.

Da fiel ihm eine Sache ein, die er in Wirklichkeit nie ganz vergessen hatte: das Mädchen in den Wegehäusern hatte immer noch nicht ihre Schulden vom Frühling bei ihm beglichen. Ein Mädchen wie sie wegen solcher Kleinigkeit zu mahnen, war wirklich kein Vergnügen und etwas ganz anderes, als er sich damals ausgemalt hatte, an jenem fernen Abend, da seine Rede und ihr Glückstraumroman einander fanden. Glücklicherweise war er damals rechtzeitig ins Gebirge hinaufgeflüchtet, aber wie so oft vorher hatte seine Dichtkunst es fertiggebracht, zwei Herzen in Wahrheit zu vereinen. Doch wie konnte sie es vor ihrer Liebe und ihrem Glück rechtfertigen, einen armen Dichter so lange auf seinen Lohn warten zu lassen, den er sich redlich verdient hatte, und zwar durch eigenhändiges Anfertigen eines kleinen Schlüssels, mit dem sie das Herz eines so prächtigen Mannes wie Jens Färinger hatte aufschließen können? Sie mußte doch begreifen, daß es nicht angängig ist, gratis auf kunstfertige Art Liebe zwischen zwei Leuten zu stiften.

Je länger der Schneesturm seine Knochen als Flöte benutzte, desto gewichtiger dünkten ihn die Gründe für die

Rechtmäßigkeit seiner Forderung. Nein, es kann niemand behaupten, daß ich mich demütige! Ein Gedicht verschenken, das wäre eine unzeitgemäße Ritterlichkeit gewesen. Was geht mich dieses Mädchen an? Was geht es mich an, ob ihre Augen warm oder kalt sind? Nichts! Die Hauptsache ist, daß ich einen ganzen Tag und eine ganze Nacht damit zugebracht habe, ihre Bestellung auszuführen. Arbeit ist Arbeit, Geschäft ist Geschäft. Die Leute sollen sich nur nicht einbilden, daß Dichter von der Luft leben können. Das wiederholte er sich wieder und wieder.

Das Wohnhaus auf dem Hof «In den Wegehäusern» sah aus, wie sich der Dichter seit seinen Kindheitsjahren ein Haus vorgestellt hatte. Solch ein Haus hatten seine Kindheitsträume für seine Mutter gehabt. Eine Tür auf der einen Seite, die dem Leben draußen zugekehrt war; freundliche Fenster, auf jeder Seite der Tür eines; ein Dach; ein Schornstein. Er stapfte den schmalen Steg entlang, der zum Hof führte, gegen den eisigen Wind. Er traf den Bauern auf dem Hofplatz: rotbäckig, gut aufgelegt, gemütlich; mit einer wetterfesten Mütze und Moosfetzen an der Jacke. Der Bauer lachte im Schneegestöber und fragte den Dichter, was ihn herführe.

«Och, ich bin nur zu meinem Vergnügen ausgegangen», sagte der Dichter.

Da lachte der Bauer noch mehr und meinte, Dichter seien doch sonst etwas wählerischer beim Spazierengehen.

«Was hältst du von diesem Wetter? Was soll daraus werden?» fragte der Dichter.

«Ja, immer noch recht winterlich. Wie es zu sein pflegt», sagte der Bauer. «Weißt du sonst etwas Neues?»

«Mir fällt nichts ein», sagte der Dichter.

«Alle Leute im Ort frisch und gesund?»

«Soviel ich weiß», sagte der Dichter.

«Und wohin führt dich deine Spritztour?»

«Och, für heute dürfte es genug sein», sagte der Dichter. «Ich ging nur hierhin, weil ich dich auf dem Hofplatz stehen sah. Glaub nur nicht, daß ich wegen eines besonderen Grundes hergekommen bin. Ich meine nur, hier sieht es wirklich großartig aus. Vor wenigen Jahren gab es weiter nichts als Sand und Heide; und jetzt gibt es hier richtiges Grasland und Wohnhaus und Ställe. Und Menschen und Haustiere. Ja, und obendrein ist der alte Trockenplatz, wo früher nur Seeschwalben nisteten, bald bestellter Boden.»

«Vielleicht hast du Lust, dir mal meine Hühner anzusehen», sagte der Bauer.

«Vielen Dank. Eine Menge Leute haben sich früher über diese Vögel lustig gemacht, weil sie nicht fliegen können. Aber ich möchte wissen, ob es Vögel gibt, die mehr Eier legen als deine!» sagte der Dichter, der plötzlich drauf und dran war, für diese Vögel Partei zu ergreifen.

«Ob die Leute, die sich über meine Putputhühner lustig machen, wohl etwas gegen Eier haben?» sagte der Bauer.

Der Viehstall lag hinter dem Wohnhaus und daneben, wie unter demselben Dach, der Heuschober. Alles sah so blitzblank aus wie am Weihnachtsabend. Die Fußböden waren frisch gefegt; die Stände und Koben sauber; die beiden Kühe an ihrem Hintergestell und Schwanz so makellos rein wie das Gewissen des Bauern. Hinten im Stall war ein Gatter, und dahinter gackerten ruhig und gelassen in ihrer Hühnersprache während der Mittagsstille zwanzig pralle Hühner. Der Hahn dagegen brüstete sich mächtig beim Nahen des fremden Besuchs und gluckte zurechtweisend, seinen Kamm und Bart schüttelnd. Olafur Karason mußte zugeben, daß die Vögel außerordentlich sehenswert seien, insbesondere der Hahn; und er betrachtete sie lange.

In einer anderen Ecke des Stalls lagen zwanzig wiederkäuende Schafe in seliger Ruh wie Heilige, unschuldsvoll und liebreizend anzusehen.

«Faß mal eins davon richtig an und sag mir dann deine Meinung», sagte der Bauer.

Aber der Dichter bat um Verzeihung, weil er nicht recht wisse, wie man ein Schaf anfassen muß. Ehrlich gestanden, er hatte ein wenig Angst vor Schafen.

Da nahm der Bauer ein Mutterschaf und zeigte es dem Dichter:

«Zuerst befühlt man Brust und Rücken, ob es fett ist. Dann den Bauch, ob es ordentlich satt ist. Zuletzt die Euter, ob sie gehörig stramm von Milch sind.

Ich erlaube mir zu behaupten: wenn diese Schafe eine Viertelstunde näher am Fjord bei Svidinsvik zu Hause wären, dann wären sie alle miteinander Wahre Isländer geworden, hätten einen Verein gegründet und würden einen Kulturleuchtturm bauen!» sagte der Bauer und hielt sich den Leib vor Lachen. Man konnte an allem sehen, daß der Mann und sein Vieh eins waren; das Wohlbefinden seiner Tiere war eine von den Eigenschaften des Mannes.

«Ich danke dir aufrichtig, daß du mir erlaubt hast, deine prächtigen Tiere zu sehen», sagte der Dichter. «Ich bin immer mehr davon überzeugt, daß die Tiere viel willkommenere Geschöpfe sind als die Menschen und daß die Menschen es wahrscheinlich nie so weit bringen wie die Tiere. Alles am Tier ist schön. Und nun ist es am besten, daß ich heimgehe. Sei also bedankt und leb wohl!»

Der Bauer wiederum war dankbar, daß der Gast so viel von Tieren hielt und sie nach Gebühr schätzte, und er fragte ihn, ob er ihn nicht in sein Haus einladen dürfe, damit er sich auch seine Weibsleute ansehen könne. «Wer weiß, ob ein Dichter sich nicht besser darauf versteht, Weibsvolk anzufassen.»

«Danke, aber das ist nun wirklich unnötig», sagte der Dichter.

«Die haben oft Kaffee bereit», sagte der Bauer.

«Meinst du wirklich?» sagte der Dichter. «Ja, vielleicht. Danke.»

Sie war frisch und strahlend wie eine Pflanze in der Blütezeit: neu geschaffen, voll von unsichtbarem Farbenreichtum, der an verborgene Sinne appelliert. Als sie einen Mann gewahrte, strich sie sich mit den Fingerspitzen eine Locke hinters Ohr.

«Ausgeschlossen, einen Dichter läßt man nicht in der Küche Platz nehmen», sagte sie und führte ihn mit ihrer starken Hand in die Wohnstube. Sie bat wegen ihres Aussehens um Entschuldigung, sie trug eine lose, gestrickte, weite Jacke und einen groben, dicken Kleiderrock, die ihre Formen verbargen. Sie befahl einem langen, schmächtigen Jungen, Kohlen und Brennholz zu holen, zündete das Feuer im Handumdrehen an; und sie bat den Dichter, es sich bequem zu machen. Was dürfe sie ihm anbieten?

Sie war zu Hause nicht weniger resolut als draußen; in einer großen Familie aufgewachsen; gewohnt, die Wirtschaft zu führen und Gäste zu empfangen. Sie jagte die Kinder hinaus, ihre Geschwister, als sie kamen, um sich den Mann anzusehen; die Stiefmutter zog sich zurück; der Bauer war zu seiner Arbeit hinausgegangen. Sie verschwand ebenfalls. Bald duftete das Haus von Pfannkuchen. Das Feuer knisterte und es wurde warm. Das Fenster begann aufzutauen.

Der Dichter blickte sich in der Stube um, hingerissen. Da gab es ein Bild von einem Wasserfall in einer Kluft, ein anderes vom sprudelnden Geysir; eine Eckbank mit losen Kissen, an den beiden Wänden befestigt, und einen Tisch davor, aber keine Stühle; gewebte Läufer und Matten auf dem Fußboden, gestickte Teppiche an den Wänden; eine breite Chaiselongue mit gewebter Decke und vielen gestickten Kissen; ein Waschtisch mit Waschschüssel, eine Parfumflasche, Seifen, eine Puderdose und eine Büchse Creme, die alle zusammen der Stube ihren Duft schenkten. Auf dem Tisch ein Traumdeutungsbuch und ein Tintenfaß. An der Wand über dem Waschtisch gab es drei mit Stecknadeln befestigte Postkarten, Männer vom Film; sie sahen aus wie mehlige Katzen. Unter ihnen hing eine vierte Karte mit einem weiblichen Star, der ein bißchen unmoralisch und nicht besonders hübsch aussah. Mitten vor der Wand in der Nähe des Fensters stand ein Webstuhl mit einem halbfertigen Gewebe. Der Dichter saß auf der Chaiselongue zwischen den prachtvollen, bunten, bestickten Kissen und konnte gar nicht fassen, daß es solch eine Stube in Wirklichkeit gab. Mit den Düften von dem Waschtisch mischte sich der Duft aus der Küche, die neben der Wohnstube lag. Er hörte Teig aus einem Holzlöffel in die Bratpfanne fallen mit jenem wundervollen, zischenden Laut, der mit allen hohen Feiertagen des Lebens verknüpft ist; dazu kam noch der würzige Duft von Kaffee.

Endlich kam das Mädchen zurück. Ihr Gesicht war etwas röter als vorhin, das kam vom Backen und Kochen. Sie hatte sich umgezogen, trug jetzt ein strammsitzendes Kleid, das ihre prallen Formen zu ihrem Recht kommen ließ. Sie legte ein Tuch über den Tisch, setzte starken Kaffee darauf und Sahne, die so dick war, daß man sie kaum flüssig nennen konnte, dazu Pfannkuchen, die vom Backen über starkem Feuer knusprig am Rand waren und so voll Butter und Zucker, daß sie glänzten.

«Ich komme mir vor, als wäre ich tot und im Himmel», sagte der Gast, als er sich Zucker für seinen Kaffee genommen hatte.

«Nie hätte ich erwartet, daß mich ein Dichter besuchen würde», sagte das Mädchen.

«Nie habe ich mir vorstellen können, daß es solch eine Stube gibt», sagte er.

«Als ich im vorigen Jahr ankam, war das eine richtige ‹Gute Stube›. Aber ich schmiß allen überflüssigen Plunder hinaus und stellte statt dessen meinen Webstuhl auf. Die Eckbank dort habe ich selber zusammengetischlert. Dann habe ich sie angestrichen und flache Sitzkissen für die Bank genäht. Findest du nicht auch, daß sie ganz nett ist?»

«Frag mich nicht», sagte er. «Alles, was ich hier sehe, geht über meinen Verstand. Ich kann es mit nichts vergleichen. Ich besitze nichts.»

«Wem gehört denn das Gedicht, das du voriges Frühjahr gedichtet hast?» fragte sie.

«Dir», sagte er.

«Nein», sagte sie. «Schenk dir deine Schmeicheleien. Aber Pjetur Dreiroß, dem du es bei seinem Fest vorgelesen hast, gehört es auch nicht. Es ist dein eigen. Und trotzdem wollte ich lieber in einem Sturm wie heute nacht stehen, als es nicht auswendig zu können.»

Er hörte auf zu essen und zu trinken und sah sie eine Weile an, wie sie da mitten in der Stube stand; seine Augen waren ein wenig feucht geworden. Hatte er wirklich ein paar nette Worte von sich gegeben, so bedeuteten sie nichts, verglichen mit der Tatsache, daß sie allein leibhaftig da war: ihre Formen waren von einer Vollkommenheit, daß man für sie keine Worte finden konnte, sie weder in einem Gedicht noch in einer Erzählung beschreiben konnte; auch nicht in einem Bild, auch nicht in einer göttlichen Offenbarung.

«Jorunn», sagte er, und er sah mit seinen tiefen, reinen, ernsten Augen flehentlich in ihre Augen. «Willst du mich schonen?»

«Bitte, trink deinen Kaffee und iß», sagte sie und lächelte.

«Diese Pfannkuchen», sagte er und hatte sich wieder gefaßt, «sie sind wie – gebackener Glorienschein.»

«Jedenfalls nicht von Heiligen», sagte das Mädchen.

«Nein, glücklicherweise», sagte er. «Hör mal, was ist das da für ein Mädchen da an der Wand?»

«Das bin ich», sagte sie.

«Das glaube ich nicht», sagte er, «daß du jemals im Beisein von Zeugen deinen Rock so hoch gehoben hast.»

«Höher – vor einem Dichter», sagte sie. «Vor einem Dichter steht man stets nackt.»

«Und die drei über ihr?»

«Hältst du sie für echt?» fragte sie.

«Jedenfalls ist ihr Haar gut geschnitten und gekämmt», sagte er.

«Darf ich dir das Haar schneiden?» fragte sie.

Er dachte etwas nach und sagte dann: «Ich wage es nicht.»

«Schenk dir bitte mehr Kaffee ein», sagte sie und lachte ihn aus. «Wovor hast du denn Angst?»

«Ich könnte mich erkälten, wenn ich meine Mähne los würde», sagte er. «Warum hängt da kein Bild von Jens Färinger?»

«Du mit deinem Jens Färinger – immer und ewig», sagte sie und lachte ein wenig. Ihr Blick hatte etwas Herausforderndes, wenn auch nicht geradezu Leichtsinniges, so doch ein wenig Durchtriebenes, und der Dichter fühlte still, daß er das Mädchenbild da an der Wand jetzt besser verstand als vorhin.

«Jedenfalls kamt ihr doch zusammen die Anhöhe herauf – damals im Herbst», sagte er.

«Welche Anhöhe?» fragte sie.

«Die Anhöhe», sagte er.

«Ich hatte ihn vor einem Haus getroffen.»

«Vor einem Haus? Vor welchem Haus?» fragte der Dichter.

«Vor einem Haus.»

Sie stand wie in Gedanken am Fenster, hauchte gegen die Eisblumen und sagte plötzlich:

«Wie kommt es eigentlich, daß du nicht reich und glücklich bist, obwohl du für Pjetur Dreiroß dichtest?»

«Ein Glück, daß ich arm bin», sagte er. «Das einzige, wofür ich Gott dankbar bin, ist, daß er mir nichts außer mir selbst gegeben hat. Solang ich nichts besitze, darf ich mich selber als einen Menschen betrachten.»

«Das ist doch komisch», sagte sie.

«Es ist die volle Wahrheit», sagte er. «Der Mensch existiert an sich erst, wenn man ihm alles Überflüssige weggenommen hat. Außerdem dichte ich überhaupt nicht für Direktor Pjetur Palsson. Ich dichte für die, die erst geboren werden, wenn ich tot bin. Mein Leben ist eine Zufälligkeit. Aber das Volk, das den Geist der Dichtkunst besitzt, ist ewig.»

Ihr Blick wurde warm, als sie ihn so erregt sprechen hörte.

«Wenn du sprichst, meine ich immer, daß Vögel auf deinen Händen sitzen», sagte sie. «Du solltest oben in einem hohen Turm auf einem waldbedeckten Hochland wohnen, dort am Fenster sitzen und über die ganze Welt sehen und ewig leben und Vögel fliegen lassen.»

«Vögel? Fliegen? Wohin?» sagte er.

«Zu mir.»

«Was würde Jens Färinger sagen?»

«Es klingt wie Hohn, wenn du den Namen dieses Mannes erwähnst», sagte sie. «Dazu hast du kein Recht, wenn du auch begabt bist. Aber da du ihn schon wieder genannt hast und etwas über ihn hören willst, so laß dir von mir gesagt sein, daß er dir Eigenschaften voraus hat, die den Ausschlag geben – wenn du auch ein großer Dichter bist und Vögel auf deinen Händen hast. – Er haßt das Unrecht und ist bereit, für das Recht zu kämpfen.»

Ihr Gesicht glühte plötzlich und ihre Augen blitzten.

«Was meinst du damit: den Ausschlag geben?» sagte er.

Sie blickte vor sich hin und biß sich ein wenig in die Lippen. Sie war ein temperamentvolles Mädchen. Ihr ganzes Leben bestand aus heißen Wogen, und sie war nicht Herr über sie. Ehe sie es merkte, hatte sie sich verraten.

«Ich meine – ich meine, eines Tages könntest du selber dahinter kommen, daß Örn Ulfar ein besserer Freund von Jens Färinger ist als von dir.»

«Das kann schon sein», sagte der Dichter. «Aber ich kenne jemanden, der ein besserer Freund von Örn Ulfar ist als Jens Färinger und ich zusammen.»

«Disa Pjetursdottir ist ein begabtes Mädchen», sagte Jorunn. «Sie ist ein gebildetes Mädchen. Sie weiß, daß Gerechtigkeit mehr wert ist als Haus und Heim und Familie, wie es in der Heiligen Schrift geschrieben steht. Sie ist bereit, gegen die Ungerechtigkeit zu kämpfen, und wäre es gegen ihren eigenen Vater. Genauso ist Jens Färinger. Er besitzt Haus und Boot und hat Geld auf der Bank. Aber dennoch ist er entschlossen, gegen die Ungerechtigkeit zu kämpfen. Und Örn Ulfar selber, der so begabt ist, daß er alles, was er wollte, hätte werden können, er hat immer nur eines gesehen: einen Stern, einen leuchtenden Stern – das ist die Gerechtigkeit. Darum hat er sich in seinem ganzen Leben auch nie satt essen können, ausgenommen damals, als er krank im Sanatorium liegen mußte. Wir werden es noch erleben – davon bin ich überzeugt –, daß er für die Sache der Armen sterben wird. Ich liebe Disa Pjetursdottir, weil sie ihn liebt.»

«Ich verstehe dich nur zu gut», sagte der Dichter, und er hatte aufgehört zu essen, «Peitschenhiebe kann man nicht mißdeuten. Du zeichnest Bilder von erhabenen Männern in der Absicht, daß sie sich strahlend abheben mögen von dem Bild eines Jämmerlings. Nein, was schlimmer ist, von dem eines Kujons, eines Menschen, dem aller Mut zum Leben fehlt; kurz gesagt, von mir. Ich danke dir herzlich für die Gastfreundschaft, die ich bei dir genossen habe, liebe Jorunn. So gute Pfannkuchen habe ich nicht zu schmecken bekommen seit dem Tag, an dem ich von den Toten auferweckt worden bin. Und jetzt will ich diese weiche, warme Stube verlassen, diesen Wohlstand, darin nichts mangelt, nicht einmal die gebührende Liebe für Gerechtigkeit. Und ich gehe heim zu mir.»

Als sie sah, daß sie ihm weh getan hatte, trat sie dicht zu ihm hin, sagte seinen Namen, hob die Augen nicht und fragte:

«Warum bin ich gegen dich nur böser als gegen andere Menschen? Erkläre es mir.»

«Leb wohl und bleib glücklich», sagte er.

«Nein, geh nicht», sagte sie. «Ich weiß gut, daß Mut dazu gehört, dein Leben zu leben. Ja, sogar unfaßbar viel Mut. Vergib mir, daß ich so ungerecht war; und geh nicht gleich.»

«Ich habe an andere Sachen zu denken und hätte schon längst gehen sollen», sagte er. «Es war reiner Zufall, daß ich hierher gekommen bin.»

«Ich danke dir, daß du gekommen bist», sagte sie. «Aber du hast mich falsch verstanden – ein wenig –, ja, vielleicht sogar ein wenig viel. Olafur, hörst du es? Ich weiß, daß ich meine Worte nicht abwägen kann, aber ich bitte dich, trag es mir nicht nach. Ich könnte es nicht ertragen, daß du im Zorn von mir gingst; noch dazu dieses eine Mal, wo du dich hierher verirrt hast. Olafur, oft, wenn ich in Gedanken deine Gedichte hersage, fühle ich solches Verlangen, als Dank etwas für dich zu tun. Was können wir für dich tun? Gibt es nicht irgend etwas, was dir fehlt –»

«Nein, danke, es fehlt mir an nichts. An nichts», fiel er ihr ins Wort, zog seine Hand aus ihrer Umklammerung und suchte nach der Tür zu kommen. «Mein krankes kleines Mädchen daheim weint und ruft nach dem Papa, wenn er lange fortbleibt.»

Dann stand er wieder draußen im Schneegestöber und zog seine alte Mütze über die Ohren.

12

Um diese Zeit musste Direktor Pjetur Palsson eiligst nach der Hauptstadt. Zuerst fand es niemand merkwürdig, denn der Direktor hatte an vielen Orten vielerlei Geschäfte. Aber diesmal dauerte es nicht lange, daß ein Gerücht umging, mit dieser Reise habe es eine besondere Bewandtnis. Etwas später wußten sogar viele aus sicherer Quelle, er sei von der Obrigkeit südwärts gerufen worden, um vor dem Gericht zu erscheinen. Für die große Spionagesache, in die, wie es seit kurzem hieß, verschiedene bekannte Persönlichkeiten des Landes verwickelt seien, war ein besonderer Untersuchungsrichter ernannt worden. Diese Männer hätten ausländischen Fischdieben geholfen, den Lebensunterhalt der Bevölkerung zu stehlen, und in Verbindung damit sei eine gründliche Untersuchung des Gesundheitszustands von Frau Sofie Sörensen, Direktor Pjetur Palssons Großmutter, vorgenommen worden. Bei den Verhören wurde offenkundig, was auch in den Zeitungen der Hauptstadt geschrieben wurde: die Zentrale für diese Spionage in ausländischem Interesse befand sich in der Hauptstadt beim Allthingsmann Juel J. Juel, während Juels Agenten in der Nähe der wichtigsten Fischgründe des Landes gearbeitet hatten. Es wurde bewiesen, daß Pjetur Palsson in Svidinsvik ein Agent des Auslands gewesen sei. Die Spione wurden samt und sonders zu

Geldstrafen verurteilt, der Leiter natürlich zu der höchsten. Pjetur Palsson kam auch nicht gelinde davon; aber der Betrag, den er zu erlegen hatte, wirkte, wie die Dinge lagen, eher fördernd als nachteilig für seinen Kredit. Es handelte sich jedenfalls um eine Ehrfurcht einflößende fünfstellige Geldsumme.

Andererseits rührten sich Kräfte in Svidinsvik, die nichts unterließen, um das allgemeine Vertrauen zu schwächen, das entstehen muß, wenn ein Mann eine hohe Geldstrafe bezahlt. Diese Leute behaupteten, das Juel J. Juel unrettbar vor dem Bankrott stehe und daß sein letzter verrosteter Kasten und Seelenverkäufer bei der Eintreibung der Geldstrafe beschlagnahmt werden würde. Der Arbeiterverband beschloß, sowohl gegen den Direktor als auch gegen den Allthingsmann eine Mißtrauenserklärung abzugeben und verbreitete die Ansicht, daß beide vollkommen ausgebeutelte Männer seien, denen man in keiner Hinsicht länger vertrauen dürfe. Eine Zeitlang schienen sogar freigeborene Isländer wankelmütig geworden zu sein. Selbstverständlich ließ die Gesellschaft Wahrer Isländer eine Resolution annehmen, wonach die schändlichen Angriffe gegen den Direktor und den Allthingsmann weiter nichts als ein Glied in der Kette von Verfolgungen waren, die von den Leuten ohne Nation gegen die Nation in Gang gesetzt worden seien, von den Vaterlandslosen gegen das Vaterland. Aber trotzdem wuchs die Anzahl jener unter den Freigeborenen, die an Juels und Direktor Pjetur Palssons Reichtümern zu zweifeln begannen, von Tag zu Tag. Natürlicherweise hatten alle Freigeborenen Mitleid mit Pjetur Palsson, weil er das Opfer von mehr oder weniger vaterlandslosen Widersachern geworden war, zum Beispiel das Opfer der heutigentags geübten Gerechtigkeit. Aber insgeheim stellten sich die meisten unter ihnen die Frage, ob man sich denn ganz sicher darauf verlassen dürfe, daß Leute, die von anderen angestellt seien, für sie gefahrvolle Aufträge zu erledigen, selber imstande sein könnten, aus eigener Tasche hohe Geldstrafen zu bezahlen? Können wir uns auf das Geld eines Mannes verlassen, der sich für die Ausführung gefährlicher Aufträge anderer Leute hergibt, anstatt sie für die eigene Tasche auszuführen? Mit anderen Worten: es ließ sich nicht länger verheimlichen, daß der Glaube an die Stützen der Gesellschaft und die Vorsehung des Orts gerade bei denen zu wanken begann, denen man es am allerwenigsten hätte zutrauen sollen – gar nicht davon zu reden, ob es denn wirklich stimmte, daß Juels letzter verrosteter Kahn öffentlich versteigert werden sollte. Was war da mit der ganzen Unabhängigkeit der Nation noch los? Falls es Juel nicht glückte, klipp und klar zu beweisen, daß er genug Geld hatte, so konnte es gut dahin kommen, daß er bei der Allthingswahl im Frühjahr sein Mandat verlor. Wie gesagt, für Svidinsvik waren schwere Zeiten angebrochen. Einige Freigeborene traten heimlich aus der Gesellschaft Wahrer Isländer aus und meldeten sich bei dem Arbeiterverband an.

Voll banger Erwartung fragte man sich: Wie wird diese Säule unseres Gemeinwesens, unser geliebter Wohltäter, wohl aussehen, wenn er nach seiner schmachvollen Reise wieder unser heimatliches Gestade betritt? Die Leute machten sich ohne Zweifel vielerlei Vorstellungen über sein Aussehen, jeder nach seinem Gewissen. Die Menschen pflegen im allgemeinen andere für ebenso mutig oder mutlos zu halten, wie sie selbst es sind; und dennoch konnte wohl niemand ahnen, daß seine Heimkehr so sein würde, wie sie wirklich war. Eine solche Standhaftigkeit hatte denn doch niemand seinem Nächsten auf diesem Teil des Erdballs zugetraut. Da erst kam es richtig an den Tag, wie sehr Pjetur Palsson alle anderen Menschen überragte.

Eines Tages taucht im Fjord ein norwegischer Frachtdampfer mit Kurs auf Svidinsvik auf. Er verlangt keinen Lotsen. Er kennt sich in allen Gewässern aus. Ein Stück vor dem kleinen Ort, mitten im Fjord ungefähr, geht der Norweger vor Anker. Und da ist es Pjetur Palsson, der ankommt: mit einem Hut auf dem Kopf, der einen breiteren Rand hat und höher ist als alle Hüte, die Pjetur Palsson jemals getragen hat. Der Hut sieht aus wie einer von Juel J. Juels Hüten. Der Direktor steht inmitten eines stattlichen Gefolges: gelehrte Männer mit Hüten, Spazierstöcken und Brillen wie er selbst. Sie halten in einer Prozession ihren Einzug in Svidinsvik.

Was beim Leibhaftigen hatte das zu bedeuten? Kurz und gut folgendes: Juel Juel Juel hatte massenhaft Geld. Die Aktiengesellschaft Grimur Lodinkinni, die im vorigen Frühjahr Bankrott gemacht hatte und der Reichsbank in der Hauptstadt viele Millionen schuldig war, hatte von derselben Bank eine neue Millionenanleihe bekommen, um in Svidinsvik die seit Jahren mit Sehnsucht erwartete Station zu bauen. Und jetzt war Pjetur Palsson hier mit einem Frachtdampfer voll Baumaterial für die Station, mit Ingenieuren und Werkmeistern angekommen: unverzüglich sollte mit dem Bau von Kais und Fabriken begonnen werden.

An demselben Tag wurde in der Gesellschaft Wahrer Isländer in Svidinsvik eine Versammlung abgehalten, und die Freudenbotschaft von der Station wirkte auf alle Teilnehmer so begeisternd, daß man an den lahmen Mann denken mußte, der da aufstand, sein Bett unter den Arm nahm und ging: alle erklärten sich bereit, für niedrigen Lohn am Bau der Station zu arbeiten. Islands Sache wurde in Svidinsvik hoch in Ehren gehalten.

Aber am Krankenlager des Kindes sitzt Olafur Karason Ljosvikingur, und die Neuigkeiten von den Geschehnissen draußen erreichen sein Ohr wie ein fernes Gesäusel. Ihn kümmert nichts anderes als die Not des Kindes, die seit den letzten 24 Stunden größer und größer geworden war. Sturzseen gleich stürzen sich die Schmerzen aller Welt über diesen winzigen Leib, nur dann und wann von kurzem Schlummer unterbrochen. Und er sitzt bei dem Töchterchen, bleich und schlaflos, und er wünscht bei jeder neuen Woge, innig zu dem Anstifter der Menschenleiden betend, diese Brandung möge sich über ihn ergießen statt über dieses Kind. Alles, was in Menschenmacht steht, ist versucht worden; sogar, den Arzt zu holen.

Die Nacht vor Pjetur Palssons Heimkehr ist eine der schwersten für das Kind gewesen, und die Eltern der Kleinen haben die ganze Nacht gewacht, ohne sich zu entkleiden; aber am folgenden Tag, gegen Abend, sank die Kleine in einen Halbschlaf wie in eine Betäubung. Ihr Atem, der bis dahin zu schnell gegangen war, ließ plötzlich nach, so daß man ihn kaum noch spüren konnte, und in langen Abständen durchfuhren kraftlose, krampfhafte Zuckungen den Körper.

Früh am Abend ist die Braut fest eingeschlafen; aber Olafur Karason wacht neben dem Bett des Kindes. Er sitzt da mit gesenktem Kopf, von Müdigkeit überwältigt, die wie bittersüßer, mit Gift gemischter Schmerz im Körper schwärt und alles Denken und Empfinden in die versunkene Welt der Träume und Gesichte entführt.

Da schrickt er zusammen. Ihm ist, als spähe durch den Türspalt ein Löwenhaupt mit jenem unbändigen Blick, der kraft der völligen Leere an Mitleid und Gefühl den Löwen zum mächtigen König der Tiere gemacht hat; der weiß, daß ihm alles untertan ist; der weiß, daß darum sein Antlitz das vollkommenste Antlitz auf Erden und so das fremdeste Antlitz für alle Menschen ist.

Der Dichter richtet sich auf und versucht die Augen aufzureißen, um zu untersuchen, ob die unwirkliche Welt vielleicht im Begriff steht, ein anderes Aussehen anzunehmen; möglich, daß ihr neues Bild die alte, abgetreifte Hülle erklären könnte.

Nach und nach verwandelt sich das Löwenantlitz im Türspalt in ein anderes Gesicht, das jedoch kaum begreiflicher ist als das frühere: das Gesicht des Freundes, der in alle Ecken des Hauses späht wie ein schnupperndes Tier, bevor er sich hereinwagt.

«Wachst du allein?»

«Ja», flüstert der Dichter, «ich wache allein.»

«Kann ich heute nacht hier auf dem Fußboden liegen?» flüstert Örn Ulfar.

«Wozu fragst du?» sagt der Dichter. «Es ist dein Haus.»

«Ich hatte bei einem Wahren Isländer eine Stube», sagt der andere, «und alles war im voraus bezahlt, heute abend hat man mich jedoch hinausgeworfen mit der Begründung, die inländische Richtung habe gesiegt. Doch das macht nichts. Wie steht es hier?»

«Die Grenze ist bald erreicht», sagt der Dichter.

«Hattest du einen Arzt?»

«Er war heute morgen hier.»

«Und hat natürlich nichts getan.»

«Doch, alle Medizin, die seine Frau während der letzten Wochen dem Kind verordnet hat, trank er selber aus, die Reste aus drei Flaschen. Obendrein hat er die Salbe aufgegessen, womit wir die Kleine, wenn sie sich wundlag, einschmieren sollten.»

Örn Ulfar geht stumm an das Bett der Kranken und betrachtet sie eine Weile. Seine Miene verrät nichts.

«Sie erkennt ihre Mama und mich nicht mehr», sagt Olafur Karason. «In den letzten drei Tagen hat sie mir nicht mehr zulächeln können.»

«Willst du wachen?» fragt Örn.

«Ja, ich will wachen. Ich habe heute nacht etwas geschlafen. Aber meine Braut Jarthrudur hat weder heute nacht noch am Tag geschlafen. Darum ist das Bett leider besetzt. Doch ich will dir eine Decke leihen, worin du dich einwickeln kannst.»

«Wenn du wachst, so wache ich auch», sagt Örn Ulfar. «Das ist nicht schlimmer für mich als für dich. Ich kann mich auf die Kiste dort an der anderen Seite des Bettes der Kleinen setzen und mich gegen die Wand lehnen. Vielleicht können wir miteinander plaudern.»

«Ich bin so froh, daß du gekommen bist», sagt der Dichter. «Ich habe lange hier gesessen und Gesichte gesehen. Nun will ich etwas Kaffee für uns wärmen. Und du erzählst mir Neuigkeiten.»

Zuerst blakt der Petroleumapparat etwas, dann hört man es brodeln, und schließlich spürt man den Kaffeeduft. Die beiden Freunde trinken Kaffee, der eine rechts und der andere links vor dem Bett des Kindes sitzend. Sie trinken in langen Pausen, und der Gast erzählt, was sich im Ort zugetragen hat, und von allem, was sich dort anzubahnen scheint. Er erzählt von allem, was mit Pjetur Palssons Reisen zusammenhängt, und von den Prozessen, in die er verwickelt war, von Juel J. Juels Konkurs und neuem Reichtum; von Islands Geld und für wen es gemünzt wird. Er erzählt von dem Mann aus dem Volk ohne Geld, dem sich abschindenden oder arbeitslosen, jedoch in gleichem Grad gutherzigen Zichorien- und Margarinekonsumenten, der aber absolut nicht in seinem eignen Land Isländer genannt wird, sondern bald Vaterlandsloser, bald nach Völkern, von denen er nie etwas gehört hat – von den Kelten bis zu den Slawen –, um den Krieg gegen ihn zu rechtfertigen. Dann berichtet der Gast, daß Pjetur Palsson, sobald er heute an Land gestiegen, sofort den von ihm bestochenen Verein zusammengerufen habe und den in seinem Sold stehenden Leuten Arbeit bei dem närrischen Unternehmen versprochen habe, in das man hier vor den Wahlen 100000 Kronen oder so hineinstecken wolle, zu Löhnen, die von ihm selber festgesetzt würden. Svidinsviks Arbeiterverband habe ebenfalls heute abend eine Versammlung gehabt und dabei beschlossen, unweigerlich am neuen Lohntarif festzuhalten, so wie er im Frühjahr festgesetzt worden sei, ebenso an der Forderung, verhandlungsberechtigter Partner bei der Verteilung der Tagelöhnerarbeit hier am Ort zu sein und bei Ablehnung dieser Forderungen in Streik zu treten. Dieser Beschluß sei sofort Pjetur Palsson unterbreitet worden, und man habe darauf die vorläufige Antwort bekommen, daß jeder, der auf Örn Ulfar höre, nicht nur ein Gegner der Seele, sondern auch Islands Feind sei und dementsprechend behandelt werden solle; zweitens habe die Tochter des Direktors in ihrem eigenen Heim Stubenarrest bekommen, ihre Tür sei abgeschlossen und draußen vor dem Fenster eine Wache aufgestellt worden.

Nicht völlig geistesabwesend lauscht der Dichter diesem

Bericht, der in Örn Ulfars Mund lang, verwickelt und dramatisch wird, oft mit farbenreicher Wortwahl erzählt, bei häufigen Abschweifungen mit Definitionen, Schlußfolgerungen und Urteilen, die der sachlichen und anschaulichen Betrachtungsweise des Dichters recht fern liegen. Dieser leidenschaftliche Bericht des Gastes, mit gedämpfter, fast flüsternder Stimme über dem sterbenden Kind des Dichters erstattet, gibt dem kalten Sologesang des Nachtwinds einen menschlichen Inhalt. Und er bahnt dem Dichter einen Weg durch den Urwald der wirren Hirngespinste beim Wachen, deren Beute er sonst in dieser Nacht geworden wäre, in der das köstlichste Licht seines Lebens niederbrennt. Was die Worte des Freundes sagen, ist nicht das wichtigste; trotzdem ist der Dichter so dankbar, daß er gerade in dieser Nacht unter seinem Dach die Stimme des Freundes hören darf. Bis tief in die Nacht hinein hat einzig der Freund das Wort, der Dichter starrt vor sich hin und hört zu. Schließlich aber sagt er:

«Ich bin der Allmacht dankbar, gerade heute nacht die Worte eines edlen Menschen hören und vergessen zu dürfen, daß der Mensch Staub ist.»

Örn Ulfar blickt seinen Freund scharf an und antwortet in einem anderen Ton als vorher:

«Ein normaler Mensch ist edel, nicht ich. Und der Mensch ist kein Staub.»

«Du machst dich schlimmer, als du bist, Ulfar – das ist ein Kennzeichen für gute Menschen. Sie meinen nie etwas für einen anderen zu tun. Die Liebe zum Nächsten ist fast ein Teil ihrer natürlichen Lebensäußerungen wie essen und trinken.»

Örn Ulfar sitzt lange in Gedanken, unberührt von dem schönen Zeugnis des Freundes für ihn. Und als er endlich antwortet, wirkt es zerstreut und zusammenhanglos, in der Stimmung des tastenden, leidenschaftslosen Nachtwinds:

«Ich glaube nicht an Liebe. Ich weiß nicht einmal, was Liebe ist.»

«Liebe?» sagt der Dichter, etwas überrumpelt, plötzlich eine so einleuchtende Sache definieren zu sollen, und wiederholt in seiner Verwirrung verdutzt das Wort: «Liebe – das ist, sich eins wissen im Fühlen mit anderen, wie ich mit meinem Kind, wenn die Schmerzen es überfluten.»

«Der Mensch hat nur ein Merkmal, das sich mit den zweckdienlichsten Eigenschaften des Tieres messen kann, ein Adelszeichen den Göttern gegenüber: er wählt die Gerechtigkeit», sagt Örn Ulfar. «Wer sie nicht wählt, ist kein Mensch. Ich habe nur wenig übrig für Mitleid, das der Feigling Liebe nennt, Ljosvikingur. Was ist Liebe? Siegt ein an Liebe reicher Mensch, daß einem anderen ein Auge ausgerissen wird, so erhebt er ein Wehgeschrei, als habe man ihm sein eigenes Auge ausgerissen. Dagegen läßt es ihn kalt, zuzusehen, daß mächtige Lügner dem ganzen Volk das Augenlicht und damit alle gesunde Vernunft stehlen. Sieht aber ein an Liebe reicher Mensch, daß einem Hund auf den Schwanz getreten wird, so fühlt er es, als handle es sich um seinen eigenen Schwanz. Dagegen rührt sich keine Saite in seiner Brust, wenn toll gewordene Verbrecher die halbe Menschheit in den Kot stampfen.»

«Aus Mitleid mit den Menschen sandte Gott doch seinen eingeborenen Sohn, damit er den Kreuztod erleide. Siehst du nichts Erhabenes in dieser alten Sage?»

«Doch», sagt Örn Ulfar, «das Mitleid mit den Menschen wurde Gottes Tod.»

«Meinst du denn, es sei nicht richtig, daß ich mit dem Kind hier Mitleid habe, das zwischen uns beiden im Sterben liegt?» fragt der Dichter.

«Die Gerechtigkeit ist es, die den Kindern der Zukunft zuteil werden soll, nicht Liebe», sagt Örn Ulfar. «Der Kampf für die Gerechtigkeit ist das einzige, was dem Menschenleben einen vernünftigen Sinn gibt.»

«Örn», sagt der Dichter da, «ist es dir niemals eingefallen, daß man für Gerechtigkeit kämpfen kann, bis es keinen Menschen mehr auf Erden gibt? ‹Das Recht muß seinen Gang haben, und sollte die Welt darüber zu Grunde gehen›, wie es in einem alten Buch geschrieben steht. Ich meine, es gibt kaum einen besseren Wahlspruch für Wahnsinnige. Wenn der Kampf für Gerechtigkeit zur Ragnarök* führt, Örn – was dann?»

«Du hast recht, der Kampf für Gerechtigkeit wird zur Ragnarök führen», sagt der Gast.

«Gerechtigkeit ist eine kalte Tugend», sagt der Dichter. «Sollte sie allein siegen, so würde es nicht mehr viel auf Erden geben, für das es wert wäre zu leben. Der Mensch lebt vor allem auf Grund seiner Unvollkommenheit und für sie.»

«Der Mensch lebt kraft seiner Vollkommenheit und für sie.»

«Du kannst nicht leugnen, Örn, daß der Mensch von Natur aus arm ist», sagt der Dichter.

«Der Mensch ist von Natur aus reich», sagt sein Gast.

«Sieh auf das kleine Kind nieder, das zwischen uns beiden liegt.» – Örn Ulfar sieht nicht auf das Kind nieder, sondern antwortet sofort:

«Es gibt nichts Selbstverständlicheres und Natürlicheres als das Sterben. Der Tod sollte dem Menschen ebenso willkommen sein wie jede andere Sache, die sich zur rechten Zeit einfindet. Ein normaler Mensch fürchtet auch den Tod nicht. Christliche Zyniker, die behaupten, der Mensch sei sündig, benutzen den Tod, um ihm mit der Hölle Angst einzujagen. Das ist Aufreizung zum Menschenhaß. Du sagtest vorhin, der Mensch sei Staub. Aber das ist auch nichts als eine christliche Geschmacklosigkeit, ein christlicher Aberglaube, eine verderbte, verbohrte Denkweise. Der Mensch ist vor allem das Wesen, das sich über alles, was Erde ist, erhoben hat. Daß man ihn in Erde begräbt, kommt nicht daher, weil, wie einige meinen, der Mensch aus Erde geschaffen ist; es kommt daher, weil die Leute, welche begraben, den Menschen verachten und ihn dem Niedrigsten zurechnen, das sie kennen. Rein physisch betrachtet ist der Mensch zum allergrößten Teil Wasser. Nur 20 Prozent an ihm sind andere Stoffe. Im

* Nordischer Name des Weltuntergangs.

Grunde ist er also ein Wassergebilde. Seine Lebenskraft aber schöpft er aus der Luft. Vor allem entstammt der Mensch dem Feuer. Er ist das Geschöpf, das dem Schoß der Götter das Feuer entrissen hat. Was er ist, verdankt er nur dem Feuer.»

An der Dachtraufe und in den Spalten der Bretterwände des Hauses flüstert der Nachtwind. Das Schnarchen der Braut ist wie eine Stimme von weit her. Das Kind liegt noch immer halb besinnungslos und döst. Der Dichter beugt sich zu der kleinen Kranken nieder, und sein langes, metallisch gänzendes rötliches Haar hängt über Stirn und Gesicht. Sieht er dann wieder mit seinen müden Augen zu dem Freund hin, der auf der anderen Seite des Krankenbettes sitzt, so kommt es ihm vor, als spräche der Freund aus unendlicher Ferne zu ihm. Der Abstand zwischen ihnen beiden ist so undurchdringlich und unfaßbar; er ist jenseits aller Begriffe, enthoben allem, was Maß und Form hat – und dennoch ist jeder von ihnen die untrügliche Voraussetzung für das Vorhandensein des anderen. Zwei Pole. – Der Dichter spricht:

«Heute nacht, während ich unseren eigenen Stimmen lausche in dieser seltsam wunderlichen Stille, in der sich als Gast auch der nahe Tod verbirgt – wenn auch die Brise so unschuldsvoll friedlich an Tür und Dach raschelt –, fühle ich es so, als seien wir zwei Götter auf den Wolken des Himmels, die sterbende Menschheit zwischen uns.»

Da merkt der Dichter plötzlich: das kleine Mädchen hat die Augen geöffnet und schaut ihn an. Sie ist erwacht; neues Leben auf ihrem Gesicht und Gesundheit dazu. Die Lippen rühren sich, er weiß, sie will zu ihm sprechen. Er neigt sich ganz tief zu ihr nieder und küßt noch einmal ihre Stirn.

«Papa», sagt sie jetzt laut und mit klarer Stimme, als glitzere ein Lichtstrahl durch das Haus, erwecke alles zum Leben, leuchte durch das falbe Morgengrauen nach dem langen Geflüster zwischen den Freunden und durch das klanglose Wehen der Brise.

«Papa und kleine Magga gehn runter ans Wasser –»

«Gleich scheint die Lenzsonne durchs Fenster, mein Lieb-

ZEIT IST GELD

Island 1930: Die Sondermünzen
mit dem schönen Schein

Materielle Werte sind nicht das
Anliegen dieses Romans . . .

...Olafur Karason und seinem Dichter Laxness geht es mehr um die höhere Welt der Schönheit. Daß beides auch in Island zu vereinen ist, zeigen die Bronze- und Silberstücke, die 1930 zum tausendjährigen Jubiläum des Althings, des isländischen Parlaments, geprägt wurden.

Allerdings sind sie nie Zahlungsmittel gewesen, obwohl die Randprägungen die Werte von 2, 5 und 10 Krónur angeben – das waren lediglich die Verkaufspreise. Es sind somit offizielle Medaillen, und man könnte sie als frühe Pseudomünzen ansehen.

Auch Medaillen können unter Sammlern Liebhaberpreise erzielen; einen sicheren und kontinuierlichen Wertzuwachs wie festverzinsliche Wertpapiere garantieren sie nicht.

ling», sagt der Vater. «Und wir stehen ganz früh auf und gehen hinunter ans Wasser und sammeln Muscheln; breite und schmale, flache und runde, blaue und weiße und rosafarbene und winzige Schnecken mit Häuschen, gewundenen, die sausen, wenn man sie an's Ohr hält –»

Da lächelt sie in tiefer Freude zu ihrem Vater empor und sagt nichts mehr, nun ist alles vollkommen und gut. Wie reich sie ist, wie unaussprechlich glücklich, daß sie ihn noch hat; wie gut zu wissen, daß er bei ihr ist, liebevoll und wundersam, seine weiche Hand auf ihrer Stirn zu fühlen und seine geliebten Augen über sich leuchten zu sehen, und den herrlichen Ausflug vor sich zu haben, an einem sonnigen Morgen, mit ihm. Wohl schließen sich ihre Augen wieder unter seltsamer Schwere, aber das Lächeln weicht nicht mehr von ihren Lippen. Dann ist es eine lange Zeit still. Örn Ulfar sitzt regungslos auf der anderen Seite des Bettes und starrt in die Luft, ohne eine Miene zu rühren, als ginge das alles ihn nicht an, oder als ginge es ihn allzusehr an, so daß er es nicht sehen will. Kurz danach zuckt es noch ein paarmal schwach durch den Körper des Kindes, kaum bemerkbar. Dann nichts mehr. Der Dichter nimmt seine Hand von der Stirn des Kindes, die Augen sind nur halb geschlossen und das Lächeln ist noch auf den Lippen. Der Dichter schaut sie noch lange an, und er sieht das Lächeln noch eine Weile und flüstert vor sich hin, wieder und wieder, und nickt ein wenig, wie zustimmend:

«Ich heiße ihn willkommen. Ich habe allzeit gewußt, er ist ein guter Freund.»

Dann schloß er ihre Augen mit seinen schmalen Dichterfingern.

13

Jedesmal wenn Olafur Karasons Braut ein Kind bekommen hatte, war das erste, was er tat: er lief in die Nachbarschaft, um sich eine Handwaage zu leihen und das Neugeborene zu wiegen. Wenn er ein Kind verlor, machte er sich auf den Weg, um ein paar Kronen für einen Sarg aufzutreiben.

Die Freunde trennten sich am Morgen vor der Haustür. Der eine zog aus, um arme Leute anzufeuern, für die Gerechtigkeit zu kämpfen, damit die Kinder der Zukunft leben können. Der andere zog aus, um die Herzen guter Menschen zu finden, damit er sein Kind begraben könne. Aber das gute Herz war schwer zu finden, das bereit war, seine Tochter zu begraben. Viele gaben ihm warmen Zichorienkaffee, ein paar einen Kringel; niemand jedoch wollte das Vorhaben des Dichters mit Geld unterstützen. Dagegen trösteten sie ihn damit, daß ein neues Goldenes Zeitalter vor der Tür stehe, die Station sei unterwegs; was machte es, wenn man für nur 50 Aurar die Stunde arbeiten mußte – man konnte doch seine Nationalität beschützen. Andere waren Schwarzseher und sagten, Direktor Pjetur Palssons Aura sei keine 50 Aurar wert. Wie uneinig die Leute auch im einzelnen waren, in einem Punkt herrschte unter ihnen volle Einigkeit: jede Partei wollte mächtige Vereine stiften, und jede Partei versuchte den Dichter für ihre Sache zu gewinnen. Und allesamt vergaßen sie, daß er ein Kind begraben sollte. Als er ihnen eine Weile zugehört hatte, sagte er, wenn er überhaupt einen Wunsch habe, so den, am liebsten ein Geist im Gebirge zu sein.

Und er sagte Lebewohl.

Der Pastor meinte: unter den waltenden Umständen sei es für den Dichter mit vielerlei Schwierigkeiten verbunden, ein Kind zu begraben; aber es sei vollkommen ausgeschlossen, Geld für einen Sarg geliehen zu bekommen. Es sei aber wirklich mehr als schamlos, einen armen Diener des Herrn – abgesehen von allem andern – um dergleichen zu bitten. Die Zeiten seien schwer und voller Unfrieden.

Auf der Nase des Pfarrers lag pfundweise Staub, Staub auf den Ärmeln. Er hatte den schweren Kummer erlebt, daß ein großes Stück Heimgewebtes, das er vergangenen Herbst in seine Futterkuhle zum Pressen hatte liegen lassen, um so das Pressen wie auch vielleicht das Ziepen auswärts zu sparen, spurlos verschwunden war, als man den Boden der Kuhle im Winter durchstöberte.

«Die Menschen wandeln nicht mehr in Christi Spur», sagte der Pastor. Als der Dichter trotzdem nicht lockerließ, erklärte der Pfarrer gerade heraus, er könne es einfach nicht mehr vor seinem Beamtengewissen verantworten, priesterliche Amtshandlungen zu verrichten, ohne vorher Geld auf dem Tisch zu sehen; Pastoren müßten ja auch leben, genauso wie Dichter. Er sei nicht verpflichtet, jemanden zu begraben, wenn er nicht im voraus die ihm zustehenden Beerdigungsgebühren bezahlt bekomme; von Geld für einen Sarg könne überhaupt keine Rede sein.

Der Dichter betrachtete den Pastor mit seinen tiefen, ernsten Augen und fragte dann:

«Was hätte wohl Christus an Ihrer Stelle getan, Euer Wohlehrwürden?»

Der Pastor blies ein Pfund Staub von seinem Ärmel und erwiderte barsch: «Solche Worte will ich in meinem Haus nicht anhören. Wie kannst du dir herausnehmen, von Gott zu sprechen, mein Guter? Ich weiß aus sicherer Quelle, daß du überhaupt nicht an Gott glaubst. Leute, die wie du reden, glauben nicht an Gott.»

Aber der Dichter hatte keine Lust, sich wegen Gott mit dem Pastor zu streiten. «Ich weiß leider nicht, wer mehr an den anderen glaubt, ich an Gott oder Gott an mich», sagte er, «aber eines ist sicher: zwischen ihm und mir hat allezeit ein gutes Verhältnis bestanden. Mit meinen irdischen Schwierigkeiten möchte ich mich jedoch an einen Menschen wenden und nicht an ihn.»

«Wie ich den Ton kenne», sagte der Pastor, «das ist der Ton der Russen, dieser greuliche, abscheuliche Ton. So ist es bei ihnen Brauch: nicht an Gott glauben und alles von den Menschen fordern. Aber Respekt vor dem Geldbeutel derer, die etwas für das Wirtschaftsleben ausrichten, das gibt es nicht. Lebensbeschreibungen zusammenschmieren über Schafdiebe und Männer, die ihre Ehefrauen mißhandeln und obendrein verlaust sind! Und über alles sonstige Gelichter, das es hier im Ort nie gegeben hat! Dergleichen nennt sich moderne Dichtkunst und verlangt, man soll sie achten. Alles ist willkommen, was dazu dient, unseren Ort in den Dreck zu ziehen und sein Ansehen auswärts zu zerstören.»

«Was ihr nicht sagt», meinte der Dichter, «aber nun gedenke ich mich wieder auf den Weg zu machen. Und herzlichen Dank, und ich bitte vielmals um Entschuldigung.»

Als der Pastor sah, daß der Dichter in Wirklichkeit demütig war, wurde er ein bißchen milder gestimmt und sagte, ihm die Tür öffnend:

«Nachdem es sonst überall schief abgelaufen ist, möchte ich annehmen, daß du bei einem Glück haben könntest, nämlich beim alten Schnupftabakhacker Jon auf dem französischen Grund. Das ist ein Ehrenmann und ein vortrefflicher Mensch und, abgesehen von unserem Direktor, derjenige, der am besten gezeigt hat, wie weit man es im Leben bringen kann, wenn man darauf bedacht ist, nie etwas von anderen zu verlangen. Seit bald vierzig Jahren hat er für Gott und jedermann von sechs Uhr morgens bis elf Uhr abends Schnupftabak gehackt. Dafür erhielt er auch seinen Lohn, denn als die Franzosen von hier abzogen, da schenkten sie ihm den Grund, unten nahe der Bucht, weil er sich ihrer Sache angenommen hatte, solange sie hier waren. Und zwei Jahre danach verkaufte er den Grund an den Etatsrat für mächtig viel Geld. Solche Männer sind Vorbilder für die Gesellschaft, sie werfen Glanz auf den Namen unseres Orts; über solche Männer sollte man Bücher schreiben und Gedichte machen, aber nicht über verlaustes Lumpenpack und nackte Landstreicher. Solche Menschen, wie unser alter Jon einer ist, hat unser Herr im Auge gehabt, als er diese Worte sagte: ‹Ei, du frommer und getreuer Knecht, du bist über wenigem treu gewesen, ich will dich über viel setzen.›»

Der reiche Mann gönnte sich nur einen einzigen Luxus, das war Teer. Er teerte seine Hütte jedes Jahr, andere Häuser dagegen verwitterten. Innen stank es nach Blak und Öl, saurem Schnupftabak und Ammoniak. Unter dem kleinen Fenster hockte der Schnupftabakhacker auf seinem Bett: mit verfilztem Graubart, fast starblinden Augen, in Lumpen. Er zerpflückte mit blauen, aderknotigen, hautmageren Händen einen Klumpen Tabak. Am Kopfende des Betts stand eine blaue Kaffeekanne auf einem Petroleumkocher und vor ihm ein Hackbrett auf vier Beinen. Der reiche Mann spie auf den Fußboden, streckte den Arm zu einem Wandbord über ihm, wo Tabakskruken standen, und fragte:

«Für 25 oder für 50 Aurar?»

«Ich schnupfe leider nicht», sagte der Dichter.

«Was?» sagte der reiche Mann.

Der Dichter wiederholte seine Entschuldigung.

«Wer bist du?» fragte der reiche Mann erstaunt.

Der Dichter sagte, wer er sei.

«Hier bekommt niemand etwas gratis», sagte der Tabakskönig.

«Ich bin nur gekommen, um dir guten Tag zu sagen, weil der Pastor so oft mit mir über dich gesprochen hat.»

«Der Pastor?» sagte Jon, der alte Schnupftabakhacker, und machte vorsichtige Augen. «Grüß ihn und sag, die Kirche kommt, wenn ich tot bin, aber nicht früher. Ich will meine Ruhe haben, solange ich lebe. Ich will kein Gewinsel hören. Man kann es hier bald vor Gewinsel und Gejammer nicht mehr aushalten. Ich habe nie was gratis bekommen.»

«Ich habe eigentlich nicht vor, dir etwas vorzujammern», sagte der Dichter, «nur ich dachte bei mir, daß du eine Masse zu erzählen hättest, wie es meistens bei alten Männern der Fall ist, und es müßte amüsant sein, bei Gelegenheit dieses und jenes aus deinem Leben zu erfahren. Wer weiß, ob ich nicht einiges davon für dich aufschreiben könnte, was deiner Ansicht nach wert wäre, für die Nachwelt aufbewahrt zu werden.»

«Nein», sagte der Greis, «ich will nichts aufschreiben lassen. Alles von Wert ist längst aufgeschrieben, und das hat Snorri Sturluson besorgt. Ich habe meine Geschlechtsregister, und das genügt mir. Ich komme im Mannesstamm in gerader Linie von Haraldur Hilditönn. Das Volk, das heutigentags Island bewohnt, ist nichts als ehrloses Pack und eine Gesellschaft von Faulpelzen. Zu meiner Zeit, in meinen besten Jahren, da machte ich mit den Franzosen Geschäfte. Grüß den Pastor von mir und bestell, daß sie vor meinem Tod keine Kirche kriegen.»

«Etwas muß es doch für dich geben, genau wie für andere, worüber du dich im Leben freuen kannst», sagte der Dichter.

«Niemand ist vor seiner letzten Stunde selig», sagte der Alte.

«Ich habe letzte Nacht mein Kind verloren», sagte der Dichter.

«Ja, das kommt vor. Ich habe nie ein Kind gehabt», sagte der Greis. «Ich binde mein Schicksal an keinen Fuchsschwanz.»

«Ich hatte eigentlich auch nicht daran gedacht, Kinder in die Welt zu setzen», sagte der Dichter. «Ich dachte immer, daß ich selber ein Kind sei, und das meine ich auch heute noch. Und doch, ehe man es richtig weiß, steht man mitten im Leben drin.»

«Ich habe gehört, daß du ein armer Schlucker bist», sagte der Schnupftabakhacker Jon.

«Ja», sagte der Dichter, «das ist richtig, ich bin ein armer Schlucker. Aber denkt man über die Sache ein wenig nach, so sind wohl alle Menschen arme Schlucker. Der Mensch ist ein armer Schlucker.»

«Nein, unsere Vorväter waren keine armen Schlucker. Gönguhrolfur hat sich die Normandie erobert, das habe ich von den Franzosen gehört, und Örvar-Oddur maß zwölf Ellen von unten bis oben, und er hat dreihundert Jahre gelebt. Und ich hacke von frühmorgens bis spätabends Tabak trotz Hungergemecker im Nest, und manchmal stehe ich mitten in der Nacht aus dem Bett auf, um den Tabaksbeutel zu kneten. Aber eine Kirche kriegen sie von mir nicht, solange ich nicht tot bin.»

«Ich verstehe, es ist nutzlos, dich zu bitten, einem Mann beizuspringen, der in einer schwierigen Situation ist», sagte der Dichter. «Vielleicht könnte ich es dir später zurückzahlen, wenn auch nur mit einem Gedicht an dich.»

«Ich helfe keinem, der in einer schwierigen Situation ist», sagte Jon der Tabakhacker. «Arme Schlucker haben es noch nie zu etwas gebracht und werden es nie zu etwas bringen, selbst wenn man ihnen beispringt. Wenn ich jemandem beispringe, so nur, wenn es ein Reicher ist. Da weiß man doch, was aus dem Geld wird. Arme Schlucker, das ist wie ein Faß ohne Boden.»

«Aber wenn unsereins vor Kälte gekrümmt draußen im Winterfrost steht und sogar die Erde nicht zu bewegen ist, sich für unsere toten Kinder zu öffnen, vom Himmel gar nicht zu sprechen?»

«Rührt mich nicht», sagte Jon der Tabakhacker. «Meinetwegen mögen alle miteinander verrecken. Es ist nicht mehr als recht, daß verreckt, wer nicht leben kann. Ich selber verrecke ebenso, wenn ich nicht mehr leben kann. Und niemand wird mir helfen, weder im Himmel noch auf Erden.»

«Warum ist denn Jesus Christus geboren, wenn wir nicht einander in der Not helfen wollen?» fragte der Dichter.

«Mag Jesus Christus selber seinen armen Schluckern helfen», sagte der Tabakhacker Jon. «Und die Kirche kriegt er erst, wenn ich tot bin.»

«Ich will dir einen Vorschlag machen, Jon: laß Jesus Christus selber sich eine Kirche bauen, wenn du einmal tot bist. Brauch du dein Geld selber auf, solange du lebst; hilf damit deinen Brüdern, die in Not geraten sind.»

«Ich habe nie Brüder gehabt und will keine haben, ich lasse mich nicht einfangen», sagte der Greis. «Nichts wie Pack alle miteinander, ohne Ausnahme. Sie können mich alle –»

«Wer weiß, ob ich nicht eines schönen Tages ein wohlhabender Mann bin, lieber Jon», sagte der Dichter. «Wer weiß, ob es sich nicht gut verzinsen würde, wenn du mir so rund 10 Kronen borgen wolltest.»

«Nein», sagte der Alte, «du bist in meinen Augen kein Mann. Mein Mann war mein Verwandter Sigurdur Fafnisbani. Das war ein Mann von echtem Schrot und Korn. Dagegen ist Grettir in meinen Augen nur ein Stümper, und Gunnar von Hlidarendi ist alle seine Tage nichts weiter als ein Faulenzer und Waschlappen gewesen. Aber soll ich einen hier in Svidinsvik nennen, den man voll nehmen kann, so könnte es nur der kleine Hundsfott Pjesi Palsson sein. Vor vielen Jahren war ich mit seinem Vater zusammen auf einem Boot, Palli hieß der Mistkerl; er war langfingerig und verlogen, soll auch einen Mann umgebracht haben. Keine sonderlich feine Familie also. Aber es ist besser, ein Licht in einer geringen Familie zu sein als ein Schelm in einer vornehmen. Und wenn ich überhaupt einem Menschen hier im Ort unter die Arme greifen sollte, so könnte es allerhöchstens der Hundsfott Pjesi Palsson sein. Du kannst eine Prise Tabak kriegen – gratis, aber mehr bekommst du nicht. Und grüß die Laus von einem Pastor, sie kriegen keine Kirche vor meinem Tod.»

Es war mittlerweile später Abend geworden, und der Dichter hatte eine Masse Zichorienkaffee getrunken, aber die Aussicht für sein Kind, unter die Erde zu kommen, war gleich fern wie am Morgen. Auf dem Heimweg abends dachte er über den Verlauf des Tages nach. Er wußte gut, daß er es überall versucht hatte, ausgenommen dort, wo er sicherlich hätte Beistand finden können. Aber er traute sich nicht zu, den salzigen Zaubertrank hervorzubringen, der Nahrung für Direktor Pjetur Palssons Herz war; und dennoch gab es eine andere Stelle, wo er noch weniger auf die Würde eines Reichen und den Nimbus eines in Üppigkeit lebenden Menschen glaubte verzichten zu können: Jorunns Haus.

Ein Mann ohne Sarg geht heim, er macht sich keine Illusionen, wie man ihn zu Hause empfangen wird. Er ist zu ermattet durch die Demütigungen eines ganzen Tages, Zugabe nach den vielen durchwachten Nächten, so daß er sich vor gar nichts mehr fürchtet. Er sieht klar vor sich, wie dieses Problem gelöst werden wird, genauso wie so viele andere Probleme vorher: morgen wird die Braut zu Direktor Palsson gehen und eine Weile weinen. Und ein Sarg wird sich von allein einstellen.

In einem Bretterverschlag am Weg am Fuß des Abhangs wurde oft Zeug getrocknet, und flatterte es im Nachtwind, so wurde die Angst der Leute auf der Anhöhe vor der Dunkelheit noch größer. Der Dichter ging mit schlotternden Knien und gebeugtem Nacken gerade dort vorbei und wagte nicht, sich umzublicken.

Da kam plötzlich eine Gestalt von dem Verschlag auf ihn zu, im Mantel, mit einem Wolltuch um den Kopf, und sie wandte sich an ihn.

«Ich muß mit dir sprechen», sagte sie.

«Was willst du von mir?» sagte er.

«Warum gehst du zu allen anderen, nur nicht zu uns?» sagte sie. «Sind wir denn so viel schlimmer als alle anderen?»

«Ich hatte nichts bei euch zu besorgen», sagte er.

«Laß das», sagte sie, «ich weiß gut, daß du Geld brauchst. So etwas spricht sich schnell herum. Die Menschen freuen sich, wenn andere Hilfe brauchen – wie sie selber.»

«Wir dürfen hier nicht gesehen werden», sagte er. «Laß uns ins Dunkel gehen.»

«Ich habe nichts zu verbergen», sagte sie. «Hier ist Geld, und verzeih, daß es so wenig ist. Versprich mir, daß du nicht mehr von Tür zu Tür gehen wirst, wenn du eine Kleinigkeit brauchst. Ich ertrage es nicht.»

«Zu allen Menschen auf Erden kann ich betteln gehen, nur zu dir nicht, Joa», sagte der Dichter. «Alle, alle können mich verachten, nur du darfst es nicht. Nur in deinen Augen will ich reich sein. Weshalb willst du mich nicht weiter in dem Selbstbetrug leben lassen, daß du mich für reich hältst? Gibst du mir Almosen so nimmst du mir das letzte, was ich übrig habe: du hilfst mir gewiß, mein kleines Mädchen zu begraben, aber in demselben Grab verschwindet auch der letzte Rest meines Mannesstolzes.»

«Du legst dich freiwillig in Ketten, Mensch. Zerbrich sie!»

Mit diesem brutalen Befehl zerriß sie seine Verzweiflung, und er fühlte ihre starken Hände um seine schwachen Oberarme, ihren heftigen Atem gegen sein Gesicht.

«Das Mitleid ist das Adelszeichen des Menschen», sagte er. «Angenommen, ich wäre bereeit, sie von mir abzuschütteln – sie, mit der ich verlobt bin, nenn es, wie du willst –, bildest du dir ein, daß ich dann frei würde? Nein, ich würde keine frohe Stunde mehr erleben. Wäre sie jung und hübsch und reich; hätte sie Angehörige und Freunde, besäße sie die Gabe, sich einen Mann zu gewinnen; die Gabe, anderer Zuneigung zu gewinnen; kurz gesagt, wären ihr alle Gnadengeschenke der Erde beschert worden, da wäre es etwas anderes. Wer unter Gottes Schutz steht ist gegen alles gefeit. Aber sie hat nichts, nichts. Sie ist der Mensch in seiner ganzen Nacktheit: krank, wehrlos, ohne Freunde. Sie ist ohne jemanden, der gut zu ihr sein und ihr einen Nagel zwischen die Zähne stecken würde, wenn sie ihre Anfälle bekommt. Gott und die Menschen und die Natur haben ihr alles genommen.»

«Du glaubst nicht an das Leben», sagte das Mädchen. «Du glaubst, der Schöpfer könne die Welt ohne dein idiotisches Mitleid nicht bestehen lassen. Du, du, der du ein Dichter bist, steig herunter von diesem abscheulichen Kreuz!»

In demselben Augenblick fühlte er ihre Lippen auf seinem Mund, heiß im Frost, fast grausam; einen Augenblick, dann war sie verschwunden.

14

Die Verhandlungen der Arbeiter mit Direktor Pjetur Palsson waren ohne Erfolg geblieben; er hatte es abgelehnt, ihren Verein als Verhandlungspartner anzuerkennen, und erklärt, daß er die Leute nach dem Lohntarif der Wahren Isländer und nicht nach dem Lohntarif der Vaterlandslosen arbeiten lasse. Den ganzen Tag über hatte man verhandelt, und der Norweger wurde nicht gelöscht. Aber am nächsten Morgen, als die Wahren Isländer mit der Arbeit anfangen und Leichter ins Wasser schieben wollten, waren die Vaterlandslosen zur Stelle und verboten ihnen, etwas anzurühren. Meist waren es junge Burschen, einige sogar erst im Konfirmationsalter, jedoch auch verschiedene reife Männer, denen es nie geglückt war, die Seele zu verstehen; darunter der Gemeindevorsteher, dessen Gott stets die Gemeindekasse gewesen war. Der glaubte, es sei ihr Vorteil, wenn die Arbeiten ihren Lohn in die Höhe schrauben könnten. Ebenso machte der Bootsführer Jens Färinger hier Aufhebens; er, der doch in erster Linie einer von den Färöern war.

Plötzlich sahen junge Burschen ihre Väter und Verwandten in den Reihen der Wahren Isländer heranmarschieren: alte Steinträger, die seit Jahrzehnten zum Ort gehörten, ob sein Besitzer nun der Etatsrat oder die Wiederaufbaugesellschaft oder die Seelenforschungsgesellschaft oder zuletzt der Stationist war, der sich in der Person von Direktor Pjetur Palsson nunmehr offenbarte. Der Kerl im Versteck, Örn Ulfar, war ebenfalls auf dem Kampfplatz, um den Leuten Befehle zu erteilen und Söhne gegen Väter aufzuhetzen; gleichfalls der Direktor, mit Spazierstock, Pincenez, Jackett, und sein Hutkopf ragte hoch in der Luft. Er sagte, er sei gewiß nicht im geringsten erstaunt, daß Leute, die von irischem Sklavenblut abstammten und ihre Eltern wie Vieh hätten krepieren lassen, gegen das Gemeinwesen Aufruhr machten; er könne ebenfalls Jens Färinger verstehen, der ja Färöer sei und deshalb die Isländer nach ihrem vierhundertjährigen Freiheitskampf wieder unters dänische Joch bringen wolle; aber es sei doch die Höhe, daß der Gemeindevorsteher Gunsi, der gleich jedem anderen ehrenwerten Betrüger und Defraudanten Schuhe und Kaffee für bettlägerige Idioten berechnet und ausgemergelte Armenhäuslerinnen, die noch nicht einmal gestorben wären, piekfeine Särge doppelt debitiert habe, nunmehr in einer Gesellschaft gelandet sei, die so tief unter seiner Würde liege.

Eines war jedoch offensichtlich: Pjetur hielt es nicht für geraten, die Wahren Isländer zu einem Kampf anzufeuern. Nachdem man mehrere Stunden lang auf dem Strand, der Schiffsbrücke und dem Kai zugebracht, einander betrachtet und verschiedene höhnische Bemerkungen gewechselt hatte, berief der Direktor zur Weckung eines gesteigerten Nationalgefühls und zu gemeinsamem Choralgesang seine Mannen in die Volksschule. Bald darauf sickerte es durch, er habe nicht genug Vertrauen zu der Fertigkeit der Wahren Isländer im Waffengebrauch, denn er setzte den Pastor und den Prokuristen auf zwei im Stall gemästete Gäule und schickte sie hinauf aufs Land, um die Bauern zu den Waffen zu rufen. Man beschwor alle, die Lust verspürten, ruhmvolle Taten zu vollbringen, nach Svidinsvik aufzubrechen und dort die Sache der Nation gegen ausländische Aufwiegler zu verteidigen. Islands Selbständigkeit sei in Gefahr: Russen, Dänen und irische Sklaven hätten in Svidinsvik die Macht an sich gerissen und alle Ortsinsassen unterjocht, die für 50 Aurar die Stunde ihre Nationalität bewahren wollten. Bejahrte Bauern schnaubten in ihre Bärte und ließen verstehen, soweit ihnen bekannt sei, hätten Egil Skallagrimsson oder Gunnar Hlidarendi – die sich, was ihre nationale Gesinnung betreffe, vor einem Pjetur Dreiroß oder so einem wie dem Juliusi Juliussyn wahrlich nicht zu schämen brauchten – es sich nie bieten lassen, für 50 Aurar die Stunde in einen Faustkampf zu gehen. Sie sagten, daß sie unter keinen Umständen an einem Kriegszug teilnehmen würden, bei dem man so schäbige Beute in Aussicht stelle. Aber es fanden sich einige junge Kerle, die von anderer Gesinnung waren als die älteren Bauern, außerdem auch weniger bewandert in den isländischen Sagas als ihre Väter. Sie hielten es für ehrenvoller, nach Svidinsvik zum Kampf aufzubrechen als in einem entlegenen Tal hinter Kuhsteißen umherzuschlurren.

Wahrlich keine einfache Sache, das Kind eines neutralen Dichters unter die Erde zu bekommen, so wie die Lage nun einmal war! Als Olafur Karason aufs neue zum Pastor ging, diesmal mit den Beerdigungsgebühren in der Tasche, war der Talarträger in kriegerischen Angelegenheiten aufs Land geritten. Und als der Dichter daran dachte, den Gemeindevorsteher zu bitten, gegen bares Geld einen Sarg zu tischlern, da war dieser unten auf dem Strand Heerführer geworden. Alle waren versessen darauf, Leute zu erschießen; ja, weiter nichts als zu erschießen, und keiner hatte das geringste Interesse daran, Kinder unter die Erde zu bringen, die bereits erschossen waren.

Wieder einmal geht er eines späten Nachmittags heimwärts, nachdem er vergeblich bei verschiedenen Leuten vorgesprochen hat. Aber er fühlt sich trotz allem Ungemach dankbar und ist glücklich darüber, daß er ein totes Kind und eigene Sorgen und dadurch tieferes Verständnis für das Vergängliche auf Erden hat, während alle anderen Menschen so abhängig sind von den Werten dieses jammervollen Lebens, daß sie wie versessen darauf sind, schießen zu dürfen. In seinen Gedanken wird er durch einen unerwarteten Anblick gestört: rings um seine Hütte sieht er eine Schar Männer mit Knüppeln in den Händen, andere stehen in der Tür zum Beischlag oder sind bereits durch den Beischlag ins Haus eingedrungen. Zuerst bekommt er gewaltige Angst. Da er zu keiner der streitenden Parteien gehört und trotzdem die meisten von diesen Männern mit Namen kennt, so kann dennoch niemand in so undefinierbaren Zeiten wie den jetzigen sagen, welche von ihnen Freunde der Dichter und welche von ihnen Feinde der Dichter sind. Vielleicht lagen einige bereits in seinem Haus bereit, ihn zu ermorden, nur weil er den Frieden liebt. So etwas ist schon vorgekommen. An einer Sache aber ist nicht mehr zu zweifeln: das erste, was der Krieg vollbracht hat, ist die Eroberung seines Hauses, das Haus des Friedensfreundes. Er bleibt stehen und lugt zaghaft durch den dämmerigen Aprilabend nach seinem Haus.

Da rufen die Männer:

«Komm ruhig näher, Dichter! Du brauchst nicht bange zu sein. Wir kämpfen für dich. Wir kämpfen für die Dichtung der ganzen Welt!»

Der Dichter ist für diese liebenswürdige Einladung sehr dankbar und geht einige Schritte näher. In demselben Augenblick wird die Haustür geöffnet und sein Freund Örn Ulfar kommt zum Vorschein. Er wiederholt die Einladung und heißt den Dichter mit großer Gastfreundlichkeit in seinem Haus willkommen.

Das Haus ist voll. Überall sitzen Männer, wo immer man nur sitzen kann; alles, was sich zum Sitzen eignet, ist von ihnen herbeigeschleppt und in Stühle verwandelt worden, einige hocken auf dem Fußboden.

Der Dichter sieht zuerst nach, ob in der Butze hinter der Stube etwas angerührt worden ist, es ist nicht der Fall: die kleine Leiche liegt in einem Laken auf der armseligen Bahre.

Als die Braut, die mit verweintem, aufgedunsenem Gesicht hinter dem Herd steht, Olafur erblickt, streckt sie die Arme empor und schreit: «Sie stören den Frieden für Totes und Lebendiges! Sie entweihen mein Haus, sie schänden meine Leiche! Mein himmlischer Jesus, laß Feuer und Teufel auf sie niederhageln, das sind Verbrecher!»

Einige grinsen, aber die meisten tun, als hätten sie nichts gehört.

Sie erzählen dem Dichter, wie alles zusammenhängt: Örn Ulfar soll festgenommen und nach Adalfjord transportiert werden, wegen eines Vergehens gegen – das Tuberkuloseschutzgesetz. Er hat nämlich ohne Erlaubnis eine Heilanstalt verlassen. Ein Telegramm der Gesundheitsbehörde hat bekräftigt, daß der Mann noch ein Ansteckungsherd sei; der

Kreisarzt in Svidinsvik hatte beim Kreisrichter Anzeige erstattet und verlangt, den Mann aus Svidinsvik fortzuschaffen, damit er nicht die Einwohnerschaft dieses gesunden Orts anstecke. Die Vaterlandslosen hätten darauf sofort die Bewachung von Örn Ulfar übernommen. Ob sie die Nacht über hierbleiben dürften?

«Das Haus gehört dir, Örn», sagt der Dichter.

Bei diesen Worten erhebt die Braut ein Jammergeschrei und fängt an, mit lauter Stimme und noch herausfordernderer Wortwahl als bisher ihre Gebete herzuleiern. Dieser und jener von den Männern betrachtet mit verblüfftem Erstaunen das brüllende Jesustier, aber viele kehren sich weg: der Auftritt verletzt ihr Schamgefühl. Diejenigen von ihnen, die Schnupf- oder Kautabak bei sich haben, holen ihn aus der Tasche, versehen sich selber und bieten allen anderen davon an, und die freundlich gemeinten Flüche der Gäste lösen die Andachtsübung der Hausmutter ab. Einer besorgt Petroleum, ein anderer Wasser, ein dritter Kaffee, irgendwoher kommt Zucker. Der Dichter hilft beim Servieren.

Schließlich hat die Braut mit ihrem Beten Schluß gemacht und sitzt ermattet hinter dem Herd und strickt.

Zu später Stunde, als viele Wächter nach Hause gegangen sind, überzeugt, es werde nichts mehr geschehen, dringt Kunde von der Heerschar des Direktors ins Haus: «Alle Mann im Hochhimmel, seid bereit!» wird sofort befohlen.

Bald danach sah man einen Haufen Männer mit Laternen und Knüppeln die Anhöhe heraufrücken. Die beiden Haustüren des Dichters waren so gründlich wie möglich verrammelt worden, alles Licht drinnen gelöscht, hinter Türen und Fenstern hatten sich die Männer zur Verteidigung bereitgemacht. Wenige Minuten später wurde gegen die Tür geklopft, und da die Ankömmlinge meinten, drinnen würde nicht schnell genug geantwortet, begannen sie gegen die Wände des Hauses zu schlagen. Der Dichter ging ans Fenster, öffnete die obere Scheibe und fragte, wer draußen sei.

«Eingeborene Männer», lautete die Antwort. «Isländer.»

«Wirklich?» sagte der Dichter, denn er hatte nicht den Mut, das gefährliche Wort «Na» auszusprechen.

Dann erklärte ein fremder Mann, daß er im Auftrag des Kreisrichters gekommen sei, um einen Lungenkranken abzuholen. «Willst du ihn ausliefern?»

«Mein Kind ist gestern an Tuberkulose gestorben», sagte der Dichter. «Vielleicht wollen gute Männer mir helfen, es zu begraben.»

«Öffne und liefere den Mann aus», sagte der Vertreter der Obrigkeit.

«Ich bin leider schlafen gegangen», sagte der Dichter.

Jetzt kam Direktor Pjetur Palsson herangelatscht. Er hatte nicht so schnell wie die anderen die Anhöhe hinaufkommen können, denn beim Steigen ging ihm der Atem aus.

«Es ist ganz überflüssig, darum zu bitten, daß einem das Haus geöffnet wird. Das Haus gehört mir», sagte er. «Ich bestimme, wann und wie dieses Haus geöffnet wird. Aber vorher gedenke ich noch ein paar Wörtchen zu Olafur Karason zu sagen. Olafur Karason, du, der du dich Dichter nennst – ich bin hierher gekommen, um dir zu erzählen, daß du von jetzt ab kein Dichter mehr bist. Du bist ein Zotenreißer, Gotteslästerer und Dreckfink, der die Gesinnung der Jugend vergiftet. Allzu lange habe ich einen Idioten und eine Ratte wie dich geduldet. Ich hatte dir vergeben, als du über Svidinsvik Schande brachtest mit deiner Schreiberei, worin du von Leuten erzählst, die es in diesem Ort nie gegeben hat: Diebe, Trunkenbolde, Landstreicher und verlaustes Gesindel, die ihre Ehefrauen mißhandeln. Und auch dann noch, als du mit Wort und Tat gegen Gott und die Seele Partei ergriffst, habe ich dir vergeben und dir unermüdlich Gelegenheit gegeben, ein anständiger Dichter zu werden. Aber alle meine Mühe, aus dir einen anständigen Dichter zu machen, war für die Katz. Jetzt ist es mit meiner Langmut zu Ende, Kerlchen. Ganz gewiß waren wir früher ein bißchen miteinander bekannt. Aber jetzt, wo du dich zum Wortführer der Vaterlandslosen gegen die vaterländische Richtung, gegen die Unabhängigkeit des ganzen isländischen Volks aufgeschwungen hast – gegen mich! –, da kenne ich dich nicht mehr. Ich werde es euch zeigen! Zerstampfen werde ich euch! Zerschmettern! Aufschlitzen wie Fische werde ich euch! Bilde dir bloß nicht ein, daß du einen Mann beschützen könntest, den ich dingfest machen will! Kerls! Wird nicht sofort aufgeschlossen, so legt ihr ein Tau um den Kasten und reißt die Bude um!»

Am nächsten Morgen lag das Haus des Dichters vom Boden losgerissen auf der Seite.

In der vergangenen Nacht hatten die Wahren Isländer Taue um die Hütte gebunden und sie dann umgekippt, um leichter in das Nest hineinkriechen zu können. Aber die Verheerung hatte nicht ihren Zweck erfüllt. Den Vaterlandslosen war es nämlich geglückt, die Laternen der Isländer zu zerschlagen. Wohl war dann noch eine Zeitlang im Dunkel weitergekämpft worden; aber in der Hitze des Gefechts war Örn Ulfar entkommen.

Das Ende von allem war, daß der Dichter ohne Dach über dem Kopf, die Leiche seines Kindes auf dem Schoß, im Freien hockte, zusammen mit seiner unablässig Jesu anrufenden Braut, deren Rang unter den Wahren Isländern wohl zu gering war, um die Gedichte des Bräutigams einer harten Kritik zu entziehen. Sie mußten mit ihrer Leiche und den Gedichten ins nächste Haus flüchten.

Als es wieder hell wurde, kamen vaterlandslose Männer und richteten das Haus des Dichters wieder auf.

15

Am Tag nach der misslungenen Festnahme Örn Ulfars erreichte der Kriegszustand in Svidinsvik bei Othveginsenni seinen in der Geschichte dieses Orts bislang höchsten Gipfelpunkt. Der Leiter der vaterländischen Richtung, Direktor Pjetur Palsson, hatte keine ruhige Stunde mehr. Während der ganzen Nacht hatte man in jedem nur erdenklichen Unterschlupf vergeblich nach Örn Ulfar, diesem irischen Sklaven, gesucht, und die Wachen vor Disas Tür und Fenster waren verdoppelt worden. Früh am Morgen, nach einer schlaflosen Nacht, ließ der Direktor die Mannschaft, die er am Abend vorher mit Mühe und Not zusammengescharrt hatte, Aufstellung nehmen, um sie mit dicken Knüppeln zu bewaffnen; ein paar Leute vom Land hatten ihre Hinterlader mitgebracht. Der Unterricht im Ort fiel aus, die Volksschule wurde das Hauptquartier, die Kirche das Krankenhaus der Isländer, darin wurde Sanitätsmaterial aufgestapelt, und den Prokuristen schickte man auf den Kirchturm hinauf, um mit allen Glocken zu läuten, sobald Direktor Pjetur Palsson das Signal zum Angriff gab; es war ein Heiliger Krieg. Der Kriegsplan der Wahren Isländer war, die Arbeiter auf den Kai und weiter hinaus ins Nasse zu jagen und sie von drei Seiten anzugreifen. Aber jetzt kam es an den Tag, daß die Arbeiter, ebenso wie die Wahren Isländer, Truppen angeworben hatten. Sie waren während der Nacht in der ganzen Umgegend mit Sendboten unterwegs gewesen, um Hilfstruppen zusammenzutrommeln, und es war ihnen gelungen, nicht nur von den Höfen, sondern, was noch wichtiger war, auch von den anderen Fjorden Verstärkungen zu erhalten. Und als die beiden Heere am Morgen aufmarschierten, war es klar, daß die Isländische Front in einer offenen Bravalla-Schlacht einen harten Stand haben würde, weshalb Direktor Pjetur Palsson denn auch seinen Mannen befahl, sich vorläufig still zu verhalten.

Es war ein milder Vorfrühlingstag mit windstiller See. Die

verschiedensten Vermutungen wurden diskutiert, worauf der Direktor jetzt wohl verfallen könnte. Er war dafür bekannt, vor nichts zurückzuschrecken. Würde er heute angesichts dieser Übermacht keinen Ausweg finden, so wäre es jedenfalls das erste Mal.

Da sah man, daß er zwei kräftige Seeleute zu sich rief.

Kurz danach wurde ein Motorbott flottgemacht, er selber ging an Bord, und sofort sauste er mit höchster Geschwindigkeit seewärts.

Einige schrien, der Direktor habe die Flucht ergriffen!

Aus dem Hauptquartier der Wahren Isländer kam dann die Erklärung für dieses Benehmen; die Sache verhielt sich folgendermaßen: das dänische Kriegsschiff, dessen Offiziere im vorigen Jahr Pjetur Palssons Gäste gewesen waren, war während der letzten Tage auf einer Inspektionsfahrt in den hiesigen Gewässern; man konnte es sogar von Svidinsvik aus in der Fjordmündung liegen sehen. Pjetur Palsson hatte an Bord des Kriegsschiffs plötzlich etwas sehr Dringendes zu tun. Worin das Dringende bestand, hat man später nie mit Sicherheit in Erfahrung bringen können. Trotz alldem wußten alle in Svidinsvik noch an demselben Tag, wie auch später, genau Bescheid – wenn es auch oft bestritten worden ist, und manchmal sogar nicht ohne eine gewisse Leidenschaft –, aber es gab keinen Menschen im Ort, dem die Geschichte unglaublicher vorkam als andere Sachen, die in Svidindsvik möglich waren.

Also: nachdem es klar war, daß die Vaterlandslosen es mit dem Vaterlandsbesitzer Pjetur Palsson aufnehmen konnten, ja sogar imstande waren, den ganzen Ort zu erobern und sich auf diese Weise selber ein Vaterland zu verschaffen, zog Direktor Pjetur Palsson es vor, beim dänischen Kriegsschiff Hilfe zu erbitten, dem dänischen Kommandanten die Notwendigkeit vor Augen zu führen, entweder Svidinsvik mit Kanonen zu bombardieren oder den Wahren Isländern wenigstens eine dänische Kanone zu leihen.

Wie die Dinge lagen, konnte man es den Leuten wirklich nicht verübeln, daß sie sich nicht viel um einen Dichter kümmerten, der mit seiner Leiche, seinem Kniepult und seiner Braut zwischen ihren Häusern herumirrte. Die Zeiten waren ohnedies zu ernst. Das Merkwürdigste von allem, was sich an diesem Tag zutrug, war jedoch, daß Olafur Karason Ljosvikingur selbst völlig vergaß, daß er ein Kind zu begraben hatte. Sicher wäre kein großer Schaden angerichtet worden, hätte das dänische Kriegsschiff mit Hilfe seiner Kanonen dieses kleine Fjordnest, das sich leider nicht brüsten konnte, einen Überfluß an Wahren und Freigeborenen Isländern zu besitzen, dem Erdboden gleichmachen dürfen. Man hätte sich damit trösten können, daß die Welt schon größeres Unglück erlebt habe. Andererseits aber durfte um der Gerechtigkeit willen nicht geleugnet werden, daß im Laufe der letzten vier- bis fünfhundert Jahre die Isländer, wahre wie unwahre, unter dem dänischen Joch gestäupt, betrogen und ausgeplündert wurden. Erst wenige Jahre waren verstrichen, seit diese wahren und unwahren Menschen glücklicherweise das fremde Joch für immer abgeschüttelt hatten. Aber wenn auch diese Herzen, in einem winzigen Fleck zwischen hohen Gebirgen pochend, sich nur mit einem Vorbehalt wahre und freigeborene Herzen nennen durften – in Wirklichkeit waren es nur mittelmäßige isländische Herzen, und kaum das –, so gab es doch nicht ein einziges unter ihnen, wie unvollkommen es sonst auch sein mochte, das nicht vor Glückseligkeit übergeströmt war, als man sich vom dänischen Joch befreit hatte. Und so kam es, daß selbst der Dichter Olafur Karason, der doch nur ein mittelmäßiges isländisches Kind auf der Totenbahre zu liegen hatte, bei der Nachricht, Wahre Isländer wollten die Dänen beschwatzen, dieses tote Kind mit Kanonen zu beschießen, meinte: das Maß sei voll.

Er verließ seine Leiche und die Braut; und ehe er es recht wußte, befand er sich als Mitkämpfer unter den Vaterlandslosen auf dem Gelände vor den Fischspeichern. Dort stand Svidinsviks kommender Allthingsmann Örn Ulfar, umdrängt von einer großen Volksmenge, und hielt eine Ansprache.

Man konnte es allen Gesichtern ansehen, daß sie seinen

Worten glaubten. Viele nickten einander zu. Andere konnten den Blick nicht von seinen Augen reißen. Zuversicht und Freude fühlten sie, als sie ihn in ihrer Mitte wußten. Wie verschieden von ihnen er auch sein mochte, so war er doch Fleisch von ihrem Fleisch. Und jeder fühlte sich bei dem Gedanken erhoben, ihn zum Freund zu haben. Allein durch seine Gegenwart waren sie davon überzeugt, den Feind in der Hand zu halten. Wie sie ihn da reden hörten, glaubten sie plötzlich, zum erstenmal ihre eigenen Gedanken zu begreifen. Jetzt endlich sahen sie, wer sie selbst waren und wie es um sie stand.

Auch Olafur Karason war in überschwenglicher Stimmung. Seine Schläfen pochten. Seine Kehle war wie zugeschnürt. Fiel es ihm auch nicht leicht, in einer solchen Gemütsbewegung einfache Worte zu verstehen und die im Laufe der Rede vorgebrachte Beweisführung, wie einleuchtend sie auch war, ganz zu würdigen, so sog er doch förmlich die um ihn herrschende Stimmung in sich ein und fühlte für alle rings um ihn heißeste Sympathie.

Er hörte Örn Ulfars Worte: «Unsere Fahne symbolisiert das warme Blut der ganzen lebenden Menschheit.» Örn Ulfar sagte: «Wir hier sind die Repräsentanten aller Menschen der Erde, die nach Freiheit dürsten und für die Freiheit streiten. Die anderen», sagte Örn Ulfar, «die anderen glauben, eure Sache ist verloren, werde ich mit Gewalt von hier fortgeschleppt. Wie kurzsichtig! Nein, weder mein Bild noch das irgendeines einzelnen Menschen bedeutet etwas in diesem Kampf. Mein Bild wird bald vergessen sein. Es war nichts als ein Trugbild. Aber», sagte Örn Ulfar, «mag ich auch fallen, mag mein Bild auch getilgt sein, so gibt es doch eines, das nie fällt und nie ausgelöscht werden kann: das ist das Freiheitsverlangen der Unterdrückten. Möglich, daß die Freiheit keine sonderlich großartige Idee ist. Aber sie ist das höchste Ideal des Unterdrückten. Und solange es noch einen einzigen unterdrückten Menschen auf Erden gibt, so lange wird die Idee der Freiheit Gültigkeit behalten, wie die Idee, genug zu essen zu haben, Gültigkeit behält, solange es noch einen hungernden Menschen auf Erden gibt.» Er sagte: «Die Geschichte der Menschheit ist die Geschichte des Freiheitskampfes der Menschheit. Und in diesem Kampf gibt es kein Unterliegen, denn die Menschheit ist von Natur siegreich.» Er sagte: «Noch niemals gelang es den Feinden des Menschengeschlechts, ihm eine so große Niederlage zuzufügen, daß die Feinde nicht bereits mitten im Siegesrausch entdeckten, um die Sache der Menschheit stehe es besser denn je. Das Grundrecht des Lebens ist auf unserer Seite.» Er sagte: «Alle Anklagen, die unsere Feinde gegen uns erheben, sind in Wirklichkeit lächerlich. Mögen sie mit Kanonen auf uns schießen, es wird ihnen nichts nützen. Mögen auch noch so viele von uns auf dem Walplatz bleiben, es wird ihnen nichts nützen. Und wenn wir auch wieder und wieder weichen müßten, es wird ihnen nichts nützen. Unsere Niederlage wird immer nur eine scheinbare Niederlage sein. Denn wir haben nichts zu verlieren, aber alles zu gewinnen. Unser Sieg ist das unerschütterliche Gesetz des Lebens, mögen die Feinde der Menschheit auch anstellen, was sie wollen. Und auf Grund dieses Gesetzes besteht die Welt.»

Der Dichter konnte seinen Freund kaum wiedererkennen. Der früher immer so bedrückte, verschlossene Ausdruck seines Gesichts war verschwunden, als habe er eine Maske von sich geworfen. Blick und Miene waren wie befreit. Alles an seinem Wesen hatte eine Erhabenheit, die nicht von diesem Mann allein ausging. Sie war gewaltiger als ein Mensch; sie war die Verkörperung der menschlichen Harmonie, unpersönlich, grenzenlos, überirdisch, unabhängig von Zeit und Raum. Der Mann da, er war aller Menschen tastender, heimlicher Gedanke, von ihm laut ausgesprochen – aller dieser Menschen, die durch Zufall hier um ihn gedrängt standen, und nicht minder aller jener Menschen, die dahingegangen waren oder erst geboren werden sollten. Das war sein Geheimnis. Er hatte diese Menschen, diese Gemordeten, von den Toten auferweckt.

Unter dem roten Banner, dem Symbol des warmen Blutes der Menschheit, stand ein junges Mädchen: leuchtend und hingerissen, mit schwellendem Busen, Frühlingswind in den Locken. Und der Dichter sagte sich: sie ist das lebendige Sinnbild der Freiheit. Und er verstand sie mit einemmal bis auf den tiefsten Grund ihrer Seele. Noch brannte auf seinen Lippen der Kuß, mit dem sie ihn im Frost geküßt hatte, wie die Sonne im Frühling die Erde küßt. Ihm war, als müßte er im nächsten Augenblick in Blüte stehen.

Aber plötzlich, mitten in seiner Rede, ist Örn Ulfar verstummt. Er ringt nach Luft wie in Atemnot, beugt sich vornüber, preßt eine Hand gegen die Brust, legt die andere vor das Gesicht – und bricht zusammen.

Etwas ist ihm zugestoßen. Verwirrt und bestürzt drängen sich alle um ihn. Wie von Sinnen stürzt Olafur Karason in die Menschenmenge, windet sich wie ein Aal durch das Gedränge, bis er neben Jens Färinger und einem anderen Mann steht, die beide Örn Ulfar stützen. Örn Ulfars Augen sind geschlossen und Blut kommt aus seinen Mundwinkeln.

«Olafur, nimm die Fahne», sagt das Mädchen und nimmt selber die Arbeit eines Polizisten auf sich. Sie beruhigt die Leute; schiebt sie beiseite; läßt eiligst eine Decke herbeischaffen, worin sie ihn einwickeln. Vier Mann tragen den Kranken fort.

Zurück bleibt Olafur Karason unter der Fahne.

Nach wenigen Minuten ist das Mädchen wieder da und sagt: «Es ist nicht besonders gefährlich. Aber Jens Färinger wird auf alle Fälle sofort den Motor in seinem Boot in Gang bringen und ihn nach Adalfjord ins Krankenhaus schaffen. Nun kann ich die Fahne wieder nehmen.»

«Darf ich sie noch ein bißchen für dich tragen?» sagt jetzt der Dichter.

«Nein», sagt sie. «Nicht für mich. Aber für sie, die ihre Feinde besiegen werden. Denn das Grundrecht des Lebens ist auf ihrer Seite.»

Man hatte Örn Ulfar in Jens Färingers Boot geschafft und

im Roof niedergelegt. Einige beherzte Männer waren an Bord gekommen. Kein Augenblick durfte verloren gehen. Als das Boot vom Land abstoßen wollte, kam atemlos ein Mädchen auf den Kai, mit zerzaustem Wuschelkopf, der wahrscheinlich lange keinen Kamm gesehen hatte. Der Mantel war lose übergeworfen. Die mit dünnen Seidenstrümpfen bekleideten Beine steckten in hohen Gummistiefeln.

«Ich fahre mit», rief sie keuchend und winkte den Männern: «Nehmt mich mit!»

Die Männer wußten nicht recht, was sie tun sollten, betrachteten mißtrauisch die schlanke Disa, die Direktorstochter; sie stellten sich, als ahnten sie nicht, was sie in diesem Boot zu suchen habe.

«Jemand muß sich doch um ihn kümmern», sagte sie.

«Da wärst du jedenfalls die letzte dazu», sagte Jens Färinger.

Aber sie wartete nicht auf seine Erlaubnis, sondern sprang an Bord und verschwand sofort im Roof.

«Die Satansdeern ist übergeschnappt», sagte einer von den Männern auf Deck.

Jens Färinger guckte in den Roof und sah, wie sie auf der Kojenkante saß und sich über den Kranken niederbeugte.

«Ist sie nicht übergeschnappt?» fragte der Mann, bereit, sie aus dem Roof herauszuholen und von Bord zu jagen.

«Wir fahren los», sagte Jens Färinger, biß sich ein Stück Priem ab und ging grinsend wieder in den Maschinenraum. «Die Liebe hat sie zu unserer Geisel gemacht.»

Knallen vom Motor, das Boot hatte das Land hinter sich.

In demselben Augenblick lief Pjetur Palssons Motorboot auf den Strand vor seinem Haus. Die Leute waren überzeugt, daß der Prokurist bald ein Signal bekommen würde, die Glocken zu läuten. Aber es kam ganz anders.

Der Direktor fragte, warum Jens Färinger mit seinem Boot abgedampft sei.

«Mit Örn Ulfar und deiner Tochter ist er abgedampft», sagten einige.

«Wohin?» sagte Direktor Pjetur Palsson.

«Was wissen wir», sagten die Männer. «Welche meinen, daß sie heiraten wollen.»

Zuerst sperrte der Direktor den Mund auf, glotzte die Männer eine Weile blöd an und sagte: «Was?» Aber er wurde nicht wütend, sondern war sprachlos. Er ging auf den schmalen Landungssteg vor seinem Haus und winkte, mit idiotischen Augen, den Hut auf und ab schwenkend, hinter Jens Färingers Boot her, rief dreimal den Namen seiner Tochter: «Disa.» Das erste Mal sehr laut; das letzte Mal ganz leise. Niemand scherte sich darum. Jens Färingers Boot war schon weit draußen. Der Direktor stand noch lange auf dem äußersten Ende seines Landungsstegs: breitbeinig, o-beinig, gar nicht wie ein Heerführer, mit seinem Juel-Hut in der einen und mit dem Pincenez in der anderen Hand; so stierte er dem dahinjagenden Boot nach, und der Wind spielte in seinem spärlichen, angegrauten Haar und ließ die Schöße seines Jacketts flattern.

War er wie ein Löwe zu dem dänischen Kriegsschiff hinausgefahren, so glich er bei seiner Heimkehr einem frommen Lamm. Offenbar hatten die Dänen weder Svidinsvik beschießen noch den Wahren Isländern eine Kanone borgen wollen. Anstatt den Kirchturm zu besteigen und dem blaugefrorenen Prokuristen kundzutun, der Prophet habe sein Schwert aus der Scheide gezogen, ging Pjetur in sein Haus und bat um ein Telefongespräch mit der Hauptstadt.

«Ja, ja, mein lieber Julli, jetzt geht es Großmutter dreckig.»

Der Stationist in der Hauptstadt: «Friß Scheiße.»

Direktor Pjetur Palsson, Svidinsvik: «Sie ist verreckt. Sie ist tot.»

Der Stationist: «Geh zum Teufel.»

Direktor Pjetur Palsson: «Die isländische Nationalität in Svidinsvik kämpft um ihr Leben...»

Der Stationist: «Du bist schon immer ein Riesenbüffel gewesen.»

Direktor Pjetur Palsson: «Sie wollen lieber Blut sehen als

zu dem Lohntarif der Wahren Isländer arbeiten. Kannst du von der Hauptstadt Verstärkung schicken?»

Der Stationist: «Ja, ich schicke spornstreichs Kerle von hier, die vermöbeln dich, daß kein Knochen in deinem Leib heil bleibt.»

Pjetur Palsson: «Sollen wir denn bedingungslos die isländische Nationalität unter die Knute der Vaterlandslosen kommen lassen?»

Der Stationist: «Verspielst du mir den Wahlkreis, so ermorde ich dich eigenhändig.»

Pjetur: «Ja, ja, laß es dir gut gehen und Gott mit dir in Ewigkeit, lieber Julius.»

Der Stationist antwortet nicht, er hat den Hörer aufgelegt.

Damit war der große Lohnkampf in Svidinsvik zu Ende und der steifgefrorene Prokurist wurde vom Turm heruntербeordert. Zwei Tage später begann man mit dem Bau der Station nach dem Lohntarif des Arbeiterverbandes.

Abends saß der Dichter einsam in seinem wiedererrichteten Haus wach, ein neuer Mensch; die Braut war eingeschlafen; und er ließ im Geist alle Ereignisse des Tages vorbeiziehen. In zwei Tagen sollte seine Tochter begraben werden, und wenn die drei Handvoll Erde auf den Sargdeckel niedergefallen waren, was konnte ihn dann noch an dieses erbärmliche Haus binden, das in der vergangenen Nacht über seinem Kopf umgekippt worden war? Wind und Hagelschauer gegen das Fenster; in den Scheiben Sprünge, Hagelkörner drangen in die Stube; ab und zu Stille. Dann klärte es sich etwas auf, daß man ein Fleckchen grünen Himmel sehen konnte; und er sah einen Stern leuchten.

Er schließt die Augen, wagt aber nicht einzuschlafen. Ihm ist, als steige der Stern vom Himmel zu ihm nieder, und zwischen Wachen und Schlafen hört er, aus dem Erinnern an das wirre Geschehen am Tag, von draußen ihren tanzenden Schritt. Und er hört zu süßschmerzlicher Musik tief in der Brust ein Lied an sie, die er das Sinnbild der Freiheit genannt hatte:

O wie leicht ist dein Fuß,
und so lang harrt ich dein.
Es ist Lenzsturm vorm Fenster,
wie Möwen, die schrein.
Und ich kenn einen Stern,
kann heller nicht sein.
Denn du bist gekommen
zu mir und bist mein.

Und die Zeit war so schwer,
voller Streit um den Lohn,
daß ich nichts für dich habe,
kein Brotstück – welch Hohn –
nur Hoffnung, mein Leben,
ob ich schlaf, ob ich fron.
Denn was ich könnt geben,
das gabst du mir schon.

Der Winter, der trübe,
er ist morgen vorbei,
und die Sonne wird leuchten,
und alle sind frei.
Du gibst mir die Fahne!
Ich bin mit dabei
auf dem Weg nach dem Land
mit ewigem Mai.

16

Jon der Allmächtige stammte aus dem Südland und, wie es hieß, aus guter Familie, aber er war ein uneheliches Kind. Er zeigte früh sowohl geistig als auch körperlich gute Anlagen und hatte eine gewandte Hand. Dagegen aber besaß er ein unstetes Wesen und konnte nicht festhalten, was er erwarb. Er fühlte sich in allen Gegenden des Landes zu Hause und verrichtete überall für die Leute die Arbeiten, die Sorgfalt verlangten und auf die sich nur wenige verstanden, sowohl außen wie im Haus; er war Zimmermann und Schmied, kannte gründlich alle Maschinen, war Fischzüchter, Weber, Fuchsjäger, Hebamme, Harmonikaspieler, Schafimpfer, Sänger, Pferdekastrierer, Skiläufer, Schwimmer, konnte Fingerreime, Dänisch und Rechtschreibung, dichtete aus dem Stegreif. Überflüssig zu erwähnen, daß die Frauen Jon dem Allmächtigen gewogen waren. Die Jahre verstrichen, und Jon der Allmächtige hatte auf allen Höfen Islands sein Heim und war überall ein willkommener Gast. Eine Woche hielt er sich im Ostland auf, in der nächsten Woche war er bereits im Westland, es gefiel ihm auf allen Höfen gleich gut. An vielen Orten wartete man auf Jon den Allmächtigen mit Sehnsucht, und manchmal hinterließ er Wehmut.

Aber eines Tages, als Jon ein Mann an die Vierzig geworden war, ereilte ihn das Unglück in Gestalt des Glücks. Eine junge und stattliche Pastorentochter im Nordland brachte Jon den Allmächtigen zu Fall. Sie heirateten und schufen sich ihr Heim auf einem der väterlichen Höfe, bauten sich im ersten Jahr ein neues Wohnhaus, denn die Frau hatte Geld genug. Zum Hof gehörten Wasser und Land. Aber es zeigte sich bald, daß die Frau zu ihrem Mann eine maßlose Liebe und dadurch gegen die meisten Unwillen und gegen Frauen vollkommenen Haß hegte. Sie konnte ihn nicht eine Stunde aus den Augen lassen. Jon der Allmächtige verstand sich auf Fischfang genausogut wie auf alle sonstigen Hantierungen, aber seine Frau hatte solche Angst um ihren Mann, daß sie frühmorgens bereits auf dem Strand war, völlig außer sich, wenn er bei Wetter, das ihr nicht ganz zuverlässig vorkam, fortsegelte. Sein Boot fing darum in der guten Fischzeit nur die Hälfte von dem, was andere fingen, und es gab nicht wenige Tage mit erträglichem Wetter, wo sie ihren völlig gesunden Mann zu Haus im Bett mit Eierpunsch, warmen Pfannkuchen und gesäuerten Hammellenden pflegte. Oft hockte sie neben ihm, an den Fingernägeln kauend, wenn er in den Winternächten Köder aufspießte; und im Frühjahr, wenn er seine Schafe aufsuchte, begleitete sie ihn auf die Gebirgsheiden und rannte hinter ihm her auf der Suche nach jedem verirrten Lamm. Sie verbot im Sommer den Frauen, das Heu zusammenzuharken, das er mähte. Hatte er auf einem anderen Hof etwas zu erledigen, so begleitete sie ihn, oder sie folgte ihm heimlich, um plötzlich dort aufzutauchen. Wenn er nachts draußen seine Notdurft verrichten mußte, so stand sie nach ihm aus dem Bett auf und blieb, sogar bei Schneesturm, leichtbekleidet vor dem Abtritt stehen.

So war es also um diesen Mann bestellt, dem einmal das ganze Land gehört hatte, wie er einst dem ganzen Land. Bleich und stumm, mit müden Augen, ohne zu wagen, einem anderen Menschen ins Gesicht zu blicken, so stapste Jon der Allmächtige in seinen Scheunen oder auf dem Hofplatz herum, sein eigener Schatten, unter der Last der großen und wahren Liebe keuchend, die dieses junge, reiche Weib für ihn empfand.

An einem Abend nun, wird berichtet, hatte die Frau, wie so oft vorher, die schönsten Braten und andere Leckereien in ihrer milden Liebe ihrem Manne vorgesetzt und dafür gesorgt, daß es bei dieser üppigen Bewirtung an nichts fehlte. Ruhig und ohne viel zu sprechen, hatte Jon der Allmächtige gegessen. Als er aber gesättigt war, nahm er sein scharfes Gurtmesser, schnitt sich die Genitalien ab und reichte den Teller seiner Frau, worauf er entmannt wankend sein Bett bestieg.

Während der Dichter Olafur Karason seine Vorbereitungen traf, die Geschichte dieses Eigentümlichen Mannes niederzuschreiben, mußten seine Gedanken unaufhörlich um seine eigenen Sorgen kreisen: das junge Mädchen, das ihm die Fahne der Menschlichkeit gereicht hatte; dieses starke, edle, blühende Leben, das bereit war, mit seinem ganzen Reichtum ihn zu umhüllen, das wachte jetzt in seinem Denken in jedem der langen Tage und der kurzen Nächte, die bald überhaupt keine Nächte mehr waren. In einer der vergangenen Nächte hatte er in einem unfreiwilligen Gedicht geschrieben, daß sein Leben, ob er schlafe oder frone, ihr gehöre. Aber wie gewöhnlich war das, was er als Dichter sang, fern von dem, was er als Mensch lebte. Für die Gesichte des Dichters sind alle Hindernisse nicht vorhanden; im Alltag aber bleibt der Mann weiter der Gefangene des Lebens, das er sich selbst erwählt und sein Schicksal genannt hat. Er opfert sein Leben weiter der Treue gegen den Gefährten, dem er einst sein Wort verpfändet hat, ist er auch seit langem ein anderer Mensch geworden, als er es damals in dem Augenblick war, da er sein Wort verpfändete. Auch sie ist eine andere, auch die Welt: diese Treue gegen jene, die ihr Leben auf dem Leben eines anderen errichtet haben, ist ein Protest gegen die Unbeständigkeit der Liebe, mit ihrer Falschheit, ihrem gesellschaftsfeindlichen Charakter und ihrer Unehrlichkeit. Ohne diese Treue gäbe es vielleicht überhaupt keine menschliche Gemeinschaft.

Mitunter reißt sich der Dichter von seinen Grübeleien los und fragt vor sich hin: Widerspricht diese Treue denn nicht jeglicher Menschlichkeit, wenn man sie auf Kosten der Liebe lebt? Ist die Treue nicht zuerst und vor allem eine Tugend des Hundes? Kann sie mit dem Land der Zukunft in Übereinstimmung sein? Diese Treue, ist sie denn nicht – genau wie ihre Grundlage, das Mitleid – das Gegenteil der Tugend? Ist sie nicht Mangel an Mut, ein wahrer Mensch zu sein? Aber wann ist der Mensch wahr? Ein Mensch mit Mangel an Mut, ist das nicht dasselbe wie ein wahrer Mensch? Besitzt man sich selbst oder wird man von anderen besessen? In welchem

Maß war Jon der Allmächtige im Recht, als er, verzweifelt über seine Frau, sich selbst verstümmelte? Oder ist die einzige Lösung die, ins Wasser zu gehen? Das ist oft der letzte Ausweg für jene gewesen, denen von Frauen zu große Liebe zuteil geworden ist, in Übereinstimmung mit dem alten Sprichwort: Der Kerl und sein Sack gehören zusammen.

Aus angeborenener Vorsicht hatte Olafur Karason allzeit versucht, sich ein Schlupfloch offen zu halten: er war immer davor zurückgeschreckt, sich aufbieten zu lassen, als habe er ständig die schwache Hoffnung genährt, solange sein Zusammenleben mit der Braut nicht öffentlich sanktioniert sei, könne er sich noch einmal durch Flucht retten. Sobald sich aber nur ein ungewisser Fluchtgedanke in ihm geregt hatte, wußte er jedesmal nur zu gut, daß äußere Bindungen bedeutungslos und vergänglich seien; den wirklichen Knoten hatte er in seinem Innern geknüpft. Die äußere Form kann leicht zerbrochen werden, spielend leicht; sich vom Inhalt seines Lebens losreißen, das kann man in Augenblicken einer Inspiration. Ist der Rausch aber zerstoben, so entdeckt der Dichter, daß Not und Wirklichkeit nicht außerhalb von ihm sind, sondern unabhängig von äußeren Formen in seinem eigenen Gewissen, und nur dort wohnen sie. Erwacht er nach unruhigen Träumen am Morgen, dann blickt er sich angstvoll um und erkennt sich selbst nicht; er meint, in einen fremden und häßlichen Kobold verhext zu sein, meint manchmal sogar, nicht einmal eine Königstochter könne ihn aus dieser Verzauberung erlösen. Nicht einmal die Tochter des Landes der Zukunft, das Mädchen mit der Fahne, dieses lebende Symbol der Freiheit.

Wo war jener freie, verstörte, böse und dichterische Mensch nur geblieben, von dem er vor langer Zeit am Weg Abschied genommen hatte?

17

Gottlob, es gibt nur wenige, die sich beim Erwachen wundern, daß sie Menschen sind. Die meisten gehen freudig ohne weiteres an ihr Tagewerk, als gäbe es nichts Selbstverständlicheres in der Welt – zumal in einer Zeit wie jetzt, da jeder genug Arbeit finden kann. Es soll mit dem Ausbau des Hafens begonnen werden, eine Transiederei, eine Fischmehlfabrik sollen errichtet werden. Kurz und gut: eine Station für hunderttausend, eine Station für eine Million. Hoher Arbeitslohn. Im Laden Überfluß an Waren.

Aber erst jetzt, da es für alle Menschen Arbeit in Hülle und Fülle gab und sogar Nachfrage nach Arbeitswilligen herrschte, da sich niemand länger Sorgen zu machen brauchte, ob er das nächste Mal wieder etwas zu essen vorfinden würde, jetzt, da alle genug Geld hatten – erst jetzt begriff der Dichter ganz, was für ein Ort Svidinsvik bei Othveginsenni in den verflossenen Jahren gewesen war, als es keine Arbeit gab, niemand Geld hatte, jede Mahlzeit ein Geschenk des Himmels war; als alle, die Lust hatten, zu Hause bleiben konnten, um Gedichte und Berichte über Eigentümliche Männer zu schreiben. Jeder Augenblick, den er nicht an seinem Kniepult verbringen konnte, war nach des Dichters Überzeugung verlorene Zeit gewesen. Nun aber waren seine Kinder tot, und er hatte keine triftigen Gründe mehr, am hellen Frühlingstag daheim zu hocken. Zudem schien bedauerlicherweise Juel J. Juel genug Geld zu haben, und leider konnte man auch nicht hoffen, daß es in absehbarer Zeit Schluß mit der Abhetzerei wäre und Dichter sich in Ruhe wieder ernsthaften Dingen zuwenden könnten.

Eines Tages bei herrlichstem Frühlingswetter gab es wieder Krieg in Svidinsvik. Es sollte zum Allthing gewählt werden. Zwei Kandidaten für dieses ehrfurchtgebietende Amt waren im Ort aufgetaucht, und die Einwohnerschaft wurde zu Wahlversammlungen zusammengetrommelt. Juel hatte sein

Automobil mitgebracht, einen prachtvollen Wagen, dazu einen eigenen Chauffeur, um Kinder und Greise in der ganzen Gegend, soweit es die Wege gestatteten, hin und her zu fahren. Aus zuverlässiger Quelle hatte man vernommen, wenn richtig gewählt würde, solle auch die im vorigen Jahr versprochene Flugmaschine im Laufe des Sommers kommen, damit die niedrigstehenden Menschen dieses Orts auf Kosten des Stationisten manchmal in höheren Regionen schweben könnten. Er spendete 1000 Kronen für die geplante neue Kirche. Und es begann eine Reihe von Festen in Svidinsvik mit Kognak, Spazierritten und Gehirnerschütterungen.

Aber Juel J. Juels Gegenkandidat konnte sich ebenfalls sehen lassen, obgleich er nicht soviel Aufhebens von sich machte. Gewiß, er glich nicht einem Mann vom Schlag Örn Ulfars, den das Volk geliebt hatte, mit dem es bis ans Ende der Welt gegangen wäre. Dabei hieß es, der Gegenkandidat sei ein Wortführer des arbeitenden Volkes und, was die meisten nur schwer fassen konnten, ein Kandidat der Regierung. Aber der Gegenkandidat besaß leider kein Auto, und er schien – im Hinblick auf die in der übrigen Welt herrschenden schweren Zeiten – noch weniger irgendwelche Versprechungen wegen eines Flugzeugs machen zu können. Dagegen hatte er jedoch einen Spazierstock mitgebracht. Und während Juel seinen Chauffeur bei Tag und Nacht Kinder und Idioten unter ohrenbetäubendem Tuten und Motorspektakel im Ort hin und her fahren ließ, promenierte der Gegenkandidat, Mann des arbeitenden Volkes und der Regierung, in Svidinsvik mit einem Spazierstock umher. Am ganzen Gehabe des Mannes konnte man deutlich merken, dieser Stock war nicht allein das Wahrzeichen seiner Machtfülle und Würde, er war auch sein Reichtum. Er hütete den Stock wie seinen Augapfel, hielt ihn behutsam einige Zoll von seinem Bäuchlein, am liebsten lotrecht, berührte mit den Füßen sehr sachte den Boden, so als wandle er mit einer brennenden Weihnachtskerze durch Zugluft, oder – noch richtiger ausgedrückt – als wolle er bei sehr feierlicher Gelegenheit einen prachtvollen Blumenstrauß überreichen. Im übrigen mußte man, wenn man ihn gehen sah, an einen Mann denken, der keine Zehen mehr hatte. Diese ununterbrochene, feierliche Privatprozession des Gegenkandidaten trug dazu bei, daß viele dem Mann Achtung und Vertrauen entgegenbrachten. Aber gleichwohl war es nicht erstaunlich, daß die Leute fragten, ob denn dieser Spazierstock wirklich ein so seltenes Kleinod sei, das eine derartige Fürsorge und erhabene Stellung, ja eine geradezu heilige, unantastbare Verehrung verdient habe. Diese Frage ließ sich nicht so leicht beantworten. Vielleicht war dieser Spazierstock tatsächlich etwas Besonderes in Gottes Augen oder in den Augen der Regierung. Aber in den Augen der Leute war er weiter nichts als ein ganz gewöhnlicher Anderthalb-Kronen-Stock mit Handgriff, der früher einmal gelb oder sogar rot angestrichen war und möglicherweise unten eine blecherne Zwinge besessen hatte. Aber wenn diese Annahme stimmte, so war der überflüssige Prunk seit langer Zeit verschwunden, denn der Stock hatte bestimmt vor Jahren bereits jede Bemalung eingebüßt, er sah unten sehr mitgenommen aus, und der Handgriff war durch den vieljährigen Gebrauch zwischen den Fingern des Mannes nahezu gerade geworden.

Jarthrudur suchte sofort den Stationisten auf und durfte im Auto sitzen, versäumte auch nicht, ein bißchen zu weinen und zu erzählen, daß ihr Haus beim letzten Sturm windschief geworden sei und beim nächsten Sturm auf und davon fliegen könne. Aber der Stationist hatte keine Zeit, sich Weibergewäsch anzuhören; er gab ihr 50 Kronen und bat sie, schleunigst zu verduften. Danach suchte sie den Spazierstockträger auf, bot ebenfalls einige Tränen feil und wiederholte die Geschichte von dem baufälligen Haus. Der Gegenkandidat bat sie, doch so gut zu sein und Platz zu nehmen. Er erbot sich, die Angelegenheit gründlich mit ihr zu besprechen. Danach erklärte er, daß er sich die Sache noch einmal durch den Kopf gehen lassen wolle und sagte, daß er sich ihre

Wünsche hinter die Ohren schreiben wolle. Er sagte, er werde alles, soweit seine Kräfte reichten, in dieser Sache tun, sein Alleräußerstes, ungeachtet der schweren Zeiten überall auf der Welt. Aber, sagte er, es sei absolut notwendig, daß er sich mit verschiedenen Stellen höheren Orts berate, ehe eine endgültige Antwort zu erwarten sei. Er sagte, er könne versichern, nach günstigem Wahlausgang habe die Regierung vor, erhöhte Geldzuschüsse für das weitere Steinetragen nach Svidinsvik zu überweisen, damit eine neue Hafenmole erbaut werden könne, die noch weiter in das Meer hinausgehen solle als alle bisherigen Hafenmolen hier. Er sagte, die Hauptsache sei für die Svidinsviker, Geduld zu haben und sich nach und nach vorwärtszuarbeiten. Wie gesagt, er sei also entschlossen, sich alles miteinander hinter die Ohren zu schreiben. Und damit Lebewohl bis auf weiteres!

Die Braut konnte gar nicht genug Schimpfworte für den Gegenkandidaten und sein Hinter-die-Ohren-Schreiben und seinen Spazierstock und seine Regierungssteine finden. Und sie flehte den Himmel an, derjenige, welcher den kürzeren bei der Wahl ziehen würde, solle dieser Mensch sein.

«Aber dagegen Julius Juliusson!» sagte sie. «Was für ein herrlicher und wunderbarer Mann! Daß es wirklich Menschen auf der Welt gibt, die in ihren Taschen ganze Bündel Fünfzig-Kronen-Scheine haben, dick wie Gesangbücher, und Kirchen für 1000 Kronen und Stationen für eine Million bauen!» Das hätte sie sich denn doch nicht träumen lassen, dort, wo man ihr das Christentum beigebracht habe. Von nun an war Juel J. Juel ein neuer Zeuge von Gottes Herrlichkeit.

«Liebe Jarthrudur», sagte da der Dichter ernst. «Ich möchte dir nur sagen: wenn du bei der jetzigen Wahl Juel deine Stimme gibst, so stimmst du gegen mich.»

«Das weiß ich», sagte die Braut. «Wie Euch das ähnlich sieht! Lieber solch einem Kerl wie Örn Ulfar gehorchen, der dieses verfluchte Gesindel zu Raub und Mord aufhetzen wollte, als Männern, die Gott gefallen.»

«Dichter und Gesindel sind stets Freunde», sagte Olafur Karason. «Und es ist eine alte Geschichte, daß sie in einen Topf geworfen werden.»

An einem Sonntag im Juni, dem Wahltag, steht der Dichter zusammen mit den Tagelöhnern vor der Volksschule und betrachtet die Leute, die zur Wahl gehen. Ein wolkenloser Mittsommerhimmel wölbt sich über den kleinen Ort am spiegelblanken Fjord. Und wieder einmal herrscht in der Natur eine solche Stimmung von Glückseligkeit und Frieden, daß man gar nicht zu glauben wagt, es könnte in Island überhaupt Sorgen und Kümmernisse geben.

Juel J. Juels prachtvolles Automobil hält vor der Tür des Wahllokals und bringt eine neue Ladung Wahrer Isländer, denen es vergönnt sein soll, einen Augenblick lang das Land zu regieren. Die Wagentüren werden geöffnet, der Chauffeur ruft einige Männer herbei, die bei der Löschung der Ladung helfen sollen, und einige Wahre Isländer werden von den weichen Sitzen heruntergeholt. Es ist die alte Pflegemutter und Verwalterin des Armenhauses in Skalholt mit ihren Schutzbefohlenen. Zuerst holt man den uralten Großgrundbesitzer Gisli heraus. Obgleich dieser Großgrundbesitzer schon seit vielen Jahren bettlägerig war, gab es doch noch so viel Leben in ihm, daß er sein eines Auge aufsperren, wütend mit der Faust fuchteln und mit seiner störrischen Stimme keifen konnte: «Mir gehört alles miteinander.»

Nach dem Großgrundbesitzer wurde der Heide und Riesensäugling Jon Einarsson herausgeholt, der getragen werden mußte, wobei er auf dem Weg zum Wahllokal vor Entzücken über den Sonnenschein, das Auto, die Wahl und die christlichen Menschen samt und sonders ganz aus dem Häuschen geriet.

«Wawwa-wawwa», babbelte der Heide kichernd, «wawwa-wawwa».

Zuletzt zog man aus dem Luxusautomobil des Stationisten das schauerliche Wesen heraus, das jahrelang bis zu Mörder Jons Tod in dessen Schuppen zusammen mit Fischködern eingesperrt war und seitdem in Skalholts Siechenheim in einem Koben lag. Vor langer Zeit hat Örn Ulfar dieses bejammernswerte Geschöpf Svidinsviks Sinnbild genannt, diese Disa, auf welchen Menschennamen sie einmal getauft worden war; und heute schleppt man sie hierher, um die Sache der Wahren Isländer zu stützen. In einem Jutesack trägt man sie aus dem Luxuswagen des Stationisten zur Wahlurne. Oben aus dem Sack hängt ein wahnsinniges Gesicht ohne den geringsten menschlichen Zug heraus: nicht eingefallen wie einst, sondern schwammig und verzerrt, in einem Wulst schwarzer Haare, die früher in Strähnen das Gesicht verhüllt hatten, jetzt aber eine verfilzte Masse bildeten. Alte, von Schmutz fast verklebte stumpfe Wahnsinnsaugen stieren blöde gegen den klaren Himmel.

Kaum aber sind diese drei Wahren Isländer ins Wahllokal geschleppt – wer kommt da noch aus dem Automobil gestiegen –, in feinstem Feststaat und neuer Jacke unter dem Umschlagtuch, gekämmt und gewaschen, eine Troddelmütze auf dem Kopf, bereit, sich in die Reihen der Wahren Isländer gegen die Vaterlandslosen zu stellen? Niemand anders als Jarthrudur Jonsdottir, die Braut des Dichters. Sie schreitet entschlossen, feierlich, voll Glaubenseifer in das Wahllokal, ohne nach rechts oder links zu blicken. Einige junge Burschen aus der Rotte der Vaterlandslosen begrüßen diese Wahre Isländerin mit Gejohle.

Neue Leute sind aus allen Richtungen herbeigeeilt, nachdem sich das Gerücht verbreitet hat, die Gäste von Skalholt würden mit dem Luxusautomobil spazierengefahren. Dicht gedrängt steht das Volk draußen, am Eingang des Wahllokals, und wartet voller Ungeduld darauf, daß die Skalholter nach geleisteter Bürgerpflicht wieder zum Vorschein kämen. So vergeht eine Weile. Plötzlich dringt aus dem Wahllokal Lärm. Und in demselben Augenblick sieht man das schauerliche Wesen auf allen vieren aus der Tür kriechen. Am Wahltisch ist es aus dem Sack gekrochen und den Händen seiner Wächter entschlüpft, hat Wahlzettel und Bleistift aufgefressen und fürchterliche Schreie von sich gegeben. Erst nach einigen Minuten konnte man es wieder einfangen und in den Sack stopfen.

Kurz darauf tritt die Braut, wohnhaft im Hochhimmel, aus dem Wahllokal, strahlenden Auges, voll jenes inneren Friedens, den man nur an einem Menschen sehen kann, der in den Armen der Gnade gelegen hat und am Gedenktag der Auferstehung selber Gast des Abendmahls gewesen ist. In diesem seligen Zustand steigt sie wieder in das Automobil, ohne einen Menschen anzublicken.

Alsdann werden die hochgeehrten Wähler wieder in ihre Wohnungen befördert; und mit dieser pomphaften Spazierfahrt müssen sie sich nun bis zur nächsten Wahl zufriedengeben.

Nachdem dieser wunderschöne Anblick zerstoben und das Luxusgefährt verschwunden ist, kommt der Dichter wieder zu sich. Ihm schaudert. Er will fliehen. Wohin – er weiß es nicht. Nur fort, ewig weit fort!

Da fühlt er eine Hand auf der Schulter.

Das junge Mädchen steht wieder neben ihm.

Unter dem Mittsommerhimmel begegnen ihre lächelnden, heißen, mutigen Augen seinem Blick.

«Ljosvikingur», sagt sie. «Wohin?»

In diesem Augenblick ist jeder Fluchtgedanke in ihm verschwunden.

«Mit dir», antwortet er, und er sieht, wie der Mittsommerhimmel sie schmückt.

Dann gehen sie Arm in Arm zusammen fort.

18

WAREN SICH AUCH ALLE DARÜBER KLAR, WER DER Sieger sein würde, so gab es dennoch einige Wähler, die in der Nacht, als man die Stimmen zusammenzählte, miteinander wach saßen, um das Resultat abzuwarten. Sie hatten etwas Branntwein aufgetrieben, sparten nicht mit saftigen Flüchen und Verwünschungen, beschimpften Gott und die Welt, schrien, kotzten, wurden handgreiflich, zerbrachen einander ein bißchen die Knochen und trieben allerlei sonstige Kurzweil. Viele lagen betrunken in den Gräben neben den Wegen.

Durch die Hauptstraße zogen im Zickzack Juel und Direktor Pjetur Palsson, den Gegenkandidaten in der Mitte; alle drei tranken aus derselben Flasche. Einige nüchtern gebliebene Vaterlandslose betrachteten sich eine Weile diese Vaterlandsbesitzer und wurden dabei ein wenig klüger – oder weniger klug. Alle wußten sie plötzlich: der Kampf Juel J. Juels gegen den Spazierstockträger und der des Spazierstockträgers gegen Juel J. Juel war nichts als ein Ulk. Denn woher stammten Juels Gelder? Sie stammten vom Spazierstockträger. Der Spazierstockträger ist der Kandidat der Regierung gewesen und der Wortführer der breiten Volksmasse, und die Gelder stammten von der breiten Volksmasse; sie sind in der Reichsbank deponiert worden, und zwar für Juel, damit er davon Stationen bauen, Kirchen unterstützen und Wahlkreise kaufen konnte. Außerdem hatte man bereits die notwendigsten Vorbereitungen getroffen, um den Arbeiterverband und den Verein der Wahren Isländer unter der Leitung des Gemeindevorstehers zusammenzuschlagen. Zur Vollendung des Ganzen fehlte in Wirklichkeit weiter nichts, als die Station in Konkurs gehen zu lassen.

Der Gegenkandidat trug nach wie vor seinen Spazierstock, der allmählich das Aussehen einer Kreuzung zwischen Weihnachtskerze und Blumenstrauß bekommen hatte, und Juel J. Juel und Direktor Pjetur Palsson, die ihn mit vereinten Kräften aufrecht hielten, beugten sich abwechselnd zu ihm nieder und küßten ihn hinters rechte oder – je nachdem – hinters linke Ohr, wo Jarthrudurs Bittgesuche notiert standen.

«Die Leute glaubten, ich sei ein Islandschiff», sagte der Direktor Pjetur Palsson und brüllte vor Lachen. «Aber hol mich der Teufel, ich bin kein Islandschiff. Mein Name ist Peder Pavelsen Three Horses. Und meine Großmutter war Frau Sofie Sörensen.»

Und der ganze Ort lachte mit.

Als der Dichter in seine Hütte kam, stand die Sonne bereits ein Stück über dem Horizont und warf schon kurze Schatten. Er ging so leise wie möglich, um die Braut nicht zu wecken. Aber es nützte ihm nichts, sie bemerkte ihn sofort – vielleicht hatte sie wach gelegen und auf ihn gewartet. Er holte sich sein Kniepult, öffnete die Schublade und nahm beim Licht der Morgensonne seine Schreibsachen in die Hand. Sie saß jetzt aufrecht im Bett, die Ellbogen gegen die Decke gestemmt, und begann sofort, ihn zu beschimpfen. In ihren Augen loderte eine unheilschwangere Glut.

Sie sagte, sie habe sich seiner angenommen, als er klitschnaß auf der äußersten Strandkante gelegen, von Hurerei bedreckt, sie habe ihn gepflegt, ihm das Leben gerettet, ihm wieder Halt gegeben. Sie habe aus ihm einen Menschen gemacht, obwohl es ja für alle Welt klar war, daß weder Gott noch die Menschen es noch der Mühe wert fanden, ihm eine hilfreiche Hand zu reichen. Für all das sei sie bereit, sich auspeitschen zu lassen. Weiter sagte sie, daß sie ihm zwei Kinder geboren und bei dem dritten eine Fehlgeburt getan habe; ihre Unschuld und Ehre habe sie ihm aufgeopfert, sich in Sünde und Schande gebracht und dadurch die Erlösung ihrer Seele für alle Ewigkeit gefährdet; ohne zu klagen habe sie sich alle seine Ausflüchte gefallen lassen, wenn sie die Rede darauf gebracht, das Aufgebot zu bestellen und sich vom Pastor trauen zu lassen. Und trotz alldem sei sie bereit, sich auspeitschen zu lassen, so lange es sein sollte. Auspeitschen! Auspeitschen! wiederholte sie knirschend ein über das andere Mal mit einer

Verbissenheit, als sei solch ein Traktament der Inbegriff aller Glückseligkeit. Hunger und Kälte wolle sie ebenfalls gern ertragen. Ruhigen Gemüts, so sagte sie, habe sie zugesehen, wie ihre Kinder nach langem Siechtum ihren Geist hätten aufgeben müssen; mit Gleichmut habe sie am Grab ihrer Kinder gestanden und ihre Seelen, wie auch ihre eigene, der Barmherzigkeit der Allmacht und der Gnade des Erlösers übergeben. Ja, sie sei sogar bereit, den Tod von der Hand dieses fürchterlichen Mannes Olafur Karason zu erdulden. Und nicht genug damit, sei sie auch noch bereit, ihm zu vergeben, wenn er ab und zu ein Auge für die Weibsleute hier in Svidinsvik übrig habe, vorausgesetzt, daß sie anständig und ehrbar seien. Aber wenn sie auch Peitsche, Hunger, Kälte, Kindertod, Sünde und ehrbare Weibsleute ertragen wolle, so gäbe es doch etwas, das sie nicht ertragen könne, nämlich daß er in Gottes lieben, langen Frühjahrsnächten Huren beischlafe und dann morgens mit der französischen Seuche nach Hause komme.

Während ihres Gekeifs blickte der Dichter hin und wieder von seiner Arbeit weg, hob aber noch nicht einmal zur Hälfte seinen Kopf; er machte nicht die geringste Miene, sie zu unterbrechen; er war nur im stillen über ihren endlosen Wortschwall erstaunt und dazu ein bißchen neugierig, was sie noch vorzubringen habe und wie lange die Salbaderei dauern würde. Als ein Mann, der weiß, daß er unschuldig ist, lag ihm nichts ferner als sich zu entschuldigen. Vielleicht wirkte sein Schweigen aufreizender als Worte auf sie, und sie redete sich mehr und mehr in Wut, bis ihr Keifen nur noch ein zusammenhangloses Fluchen und Beschwören von Unglück aller Art war, das von Verwünschungen begleitet wurde und schließlich mit einem ohrenbetäubenden Weinen endete. Er rührte sich nicht. Sie wälzte sich lange heulend und kreischend im Bett. Schließlich aber verdampfte ihr Rasen; sie lag mit dem Gesicht im Kissen, stopfte einen Zipfel davon in den Mund; zerschlagen, dumpf keuchend.

Nachdem geraume Zeit vergangen war und man ihr Seufzen kaum noch hören konnte, legte er seinen Federhalter hin, packte seine Papiere ruhig und geordnet wieder in die Schublade, schob sie ins Pult, verschloß es; und eine Stimme, die er gewiß selbst nicht kannte, obgleich sie aus seiner eigenen Kehle kam, sagte diese Worte:

«Liebe Jarthrudur, jetzt bleiben wir nicht mehr länger zusammen. Sag mir, wohin du reisen willst, und ich werde dich auf den Weg bringen.»

Lange nachdem diese Worte gesprochen waren, lag sie wie zuvor im Bett, auf dem Bauch, bewegungslos – abgesehen von ein paar zuckenden Seufzern dann und wann, den Zipfel des Kissens im Mund. Aber da sie nicht antwortete, und er bereits zu zweifeln begann, ob sie seine Worte gehört hatte, fragte er:

«Wann willst du reisen?»

Schließlich hob sie vorsichtig den Kopf, spähte nach ihm mit einem Blick, den man im Auge eines gefangenen Tieres sieht, welches weiß, daß das Raubtier es belauert und bereit ist, es zu zerfleischen. Als sie jedoch sah, wie kalt er war, wie unerreichbar fern, und daß nichts seinen Beschluß ins Wanken bringen könne, kroch sie ganz still unter die Bettdecke und zog sie über den Kopf, ohne ihm geantwortet zu haben.

Er wartete noch lange. Aber sie rührte sich nicht. Und als er jede Hoffnung auf eine Antwort aufgegeben hatte, wickelte er sich mit den Kleidern in eine Decke und legte sich auf den Fußboden.

In der neunten Morgenstunde erwachte er. Es duftete nach Pfannkuchen.

Nun war es so: warme Pfannkuchen waren die größte Schleckerei, die sich dieser Dichter vorstellen konnte. Sie waren der Höhepunkt aller Prasserei. Er erhob sich, verwundert über diesen Duft, und war sich in seinem halbwachen Zustand zuerst gar nicht darüber klar, wo er überhaupt sei.

Sie stand am Herd und buk, und sie sah ihn mild an, als wäre nichts geschehen. Und sie suchte einen Schimmer von Versöhnung in seinen Augen. Dann goß sie kochendes Wasser in die Kanne mit dem Kaffee und trug danach den Kaffee und die dampfenden Pfannkuchen zu ihm. Aber der Schlaf hatte ihn nicht milder gemacht, sein Beschluß stand unerschütterlich fest. Er trank schweigend den Kaffee, aber die Pfannkuchen rührte er nicht an. Es schien, als sei er nicht mehr der Mensch von einst, sondern plötzlich ein ganz anderer Mann als jener Olafur Karason Ljosvikingur, den Jarthrudur Jonsdottir gekannt hatte.

«Ich will dir helfen, deine Sachen zusammenzukramen, Jarthrudur», sagte er. «Wo willst du hin?»

Sie sank auf einen Stuhl und weinte in ihre blauen, verschrumpften Hände, die in all diesen Jahren den Anspruch erhoben hatten, über einen Dichter zu herrschen; die für ihn gearbeitet, seinen nackten Leib angerührt hatten, die unter Lachen und Weinen seine Kinder gewiegt und ihre Augen zum letztenmal geschlossen hatten. Aber diesesmal weinte sie, ohne sich zu rühren. Ein stilles Wasser aus tiefem, stummem Kummer.

19

Wenige Tage später begleitete Olafur Karason seine einstige Braut Jarthrudur Jonsdottir ein Stück des Weges. Es war verabredet worden, daß sie nach dem Hof in Gil jenseits der Gebirgsheide zurückkehren sollte. Dort hatte sie gewohnt, ehe sie mit dem Dichter zusammen lebte. Ein Fährboot ruderte beide über den Fjord. Am anderen Ufer stand bereits ein Pferd, das die Leute in Gil ihr für die Reise über die Gebirgsheide geschickt hatten. Der Dichter wollte seine einstige Braut bis an die Kreisgrenze begleiten. So konnte er schon an demselben Abend wieder in Svidinsvik sein. Es war derselbe Weg, den er vor vielen Jahren auf einer Pferdebahre mit Reimar dem Dichter gekommen war.

Unterwegs wurde fast kein Wort gesprochen. Er ging voraus, folgte den schmalen Reitpfaden, die sich das Gebirge hinaufschlängeln, schwitzend, vornübergebeugt. Sein Haar hing in Strähnen über den Augen. Er hatte nicht einmal Lust, sich umzuwenden und zu sehen, wie das Land weiter und weiter wurde, je höher sie kamen, oder den Duft aus den grünenden Klüften des Gebirges einzuatmen; er schleppte sich vorwärts wie der alte, abgerackerte Gaul, der genau wie er den Blick nicht vom Boden aufhob. Sie hockte rittlings auf ihrer armseligen Habe, in schwarze Wolltücher eingepackt; und sie hatte mehrere weite Röcke angetan, trotz der warmen, strahlenden Junisonne; von Zeit zu Zeit gab es Tränenergüsse, wie kleine Regenschauer, und sie trockneten von allein bis zum nächsten Regenschauer.

Dann waren sie oben auf dem Gebirgskamm, wo ihnen die frische, kühle Brise der Hochebene entgegenströmte.

Mitten in der Gebirgsheide, bei der Kreisgrenze, einem kleinen Bach mit rötlichem Gestein, blieb der Dichter stehen und sagte: «Hier kehre ich um, Jarthrudur. Ich möchte gern heute abend wieder zu Hause sein.»

«Zu Hause?» wiederholte sie tonlos und konnte nicht mehr weinen; Hoffnungslosigkeit hatte ihr Gesicht vereist.

«Du wirst dich ja jetzt allein zurechtfinden», sagte er. «Es ist derselbe Weg, auf dem du hierhergekommen bist.»

Keine Antwort.

«Es tut mir leid, daß ich nichts habe, was ich dir zum Abschied geben kann. Aber um nicht wie ein Hund von dir zu gehen, möchte ich dich bitten, nimm meine Uhr mit.»

Diese alte Tombakuhr hatte er vor zwei Jahren als Lohn für ein Gedicht bekommen, und obgleich sie nie lange, noch seltener richtig gehen wollte, so war sie doch das einzige Wertstück, das der Dichter besaß.

«Behalt deine Uhr selber, Olafur», flüsterte sie.

«Nein», sagte er. «Ich will, daß du sie behältst.»

Er steckte ihr die Uhr in eine Tasche ihres Kleiderrocks, ob sie das Ding haben wollte oder nicht.

Da sagte sie: «Olafur, kannst du denn nicht manchmal für mich zu Jesus beten?»

«Ich weiß, daß es nicht nötig ist», sagte er. «Dein unsichtbarer Freund, der bleibt bei dir, wie er auch heißt, vielleicht Jesus, vielleicht Hallgrimur Petursson. An wen man glaubt, der bleibt bei einem. Und nun bitte ich dich, ertrage diesen Abschied mit Vernunft. Denk daran, daß alle Menschen einmal scheiden müssen, wie heiß sie einander auch geliebt haben, ja, wie heiß sie auch einander lieben. Es ist besser zu scheiden, ehe etwas geschehen ist, das einen Fleck auf einen von ihnen oder auf beide setzen könnte. Es ist schön, zusammen gewesen zu sein, Jarthrudur; aber es ist auch schön zu scheiden. Es ist richtig, zusammen gewesen zu sein; aber zu scheiden ist auch richtig. Und nun lebe wohl, Jarthrudur. Habe Dank für alles.»

Er gibt ihr die Hand und reißt sie hastig wieder los. So hartherzig ist er, daß er dem Gaul einen Klaps versetzt, als sie in den Bach reitet. Dann ist sie durch den Bach gekommen und ist im anderen Landkreis.

Sogleich macht er sich auf den Heimweg. Sein Fuß ist leicht wie der des Verbrechers, der den Ort seiner Untat verläßt; nein, wie der Fuß eines, der die Feuerprobe bestehen soll. Doch er wagt noch nicht zu laufen, er will ihr nicht wehe tun. Sie könnte sich nach ihm umsehen. Je größer der Abstand zwischen ihnen wird, desto mehr beschleunigt er seinen Gang. Aber er fühlt sich nicht sicher, solange sie noch zu sehen ist.

Da ist sie hinter der nächsten Höhe verschwunden. Schon nimmt er seine Beine unter die Arme. Er will bis ans Ende der Welt laufen; und er rennt aus Leibeskräften. Er rennt, als habe er Siebenmeilenstiefel bekommen: über Stock und Stein; er fliegt ohne jede Mühe; es ist ein Schweben; es ist die Freiheit selber. Das Land unter seinen Füßen ist winzig geworden wie ein Flugbild. Er singt, er schreit. Er ruft Namen von Berggeistern und Göttern und Elfen, an die er vorher nie geglaubt hat. In einer Bodensenke schlägt er Purzelbaum um

Purzelbaum. Er geht auf den Händen. Er streckt die Hände gen Himmel. Tränen kommen. Dankestränen für die Allmacht. Gott. Gott. Gott.

Schließlich liegt er flach auf der Erde des Hochlands zwischen Zwergweiden und Heidekraut. Ein freier Mann im Himmelsblau lauscht auf den Schlag seines Herzens.

Nichts ist so wunderbar, wie im Gefängnis gewesen und wieder frei zu sein.

Es war der herrlichste Augenblick, den er erlebt hat, den je ein Mensch erlebt hat. Jetzt, fühlt er, muß ihn seine Kindheit wieder besuchen mit allen ihren geheimnisvollen Stimmen und Klängen von einst.

20

Bei heller Nacht steigt er in Svidinsvik an Land, ein freier Mann. Nach sechs Jahren Gefängnis sieht er diesen Ort im Licht neuer Verheißung. Er ist noch nicht 25 Jahre alt.

Der Ort schläft; gedämpftes, nachttrunkenes Gewisper weich schwebender Vögel über der stillen, sahnefarbenen See.

Es ist zwischen ihm und dem Mädchen verabredet worden, daß sie ihn bei sich aufnehmen wird, sobald er von dieser Fahrt heimkehrt. Seine Erwartung, das Bewußtsein, sie als freier Mensch zu treffen, mit ihr zusammensein zu können ohne Einmischung von Gott und den Menschen, betäubt ihn, macht ihn schwindlig, füllt das Blut mit seliger Unruhe. Fieberröte bedeckt das Gesicht, eine fast krankhafte Leichtigkeit ergreift seinen Körper wie ein beginnender Rausch.

Als er vor ihrem Haus steht, sieht er einen Schimmer von ihr hinter der Gardine ihrer Stube. Er schließt die Gitterpforte so leise wie möglich. Als er vor der Haustür steht, öffnet sie sich von allein. Sie steht dahinter, reicht ihm die Hand, zieht ihn im Nu durch den Windfang und über die Schwelle in ihre Stube, schließt vorsichtig hinter ihnen. Dann kommt sie zu ihm. Es wird nicht gesprochen, sie pressen sich blindlings aneinander, ertränken in Küssen ihre Befangenheit.

Und die Nacht verstreicht. Alle Fäden des Lebens haben sich zu einem einzigen Faden zusammengesponnen, alle Quellen des Lebens sind zu ihrem Urquell zurückgekehrt, die Liebe allein herrscht. Die ersten Strahlen der Morgensonne finden Mann und Weib nackt, einander zulächelnd mit dem ewigen Lächeln des Menschengeschlechts. Das Zwitschern der Vögel ist lauter geworden, und die See kräuselt sich in der Morgenbrise. Sie haben angefangen miteinander zu flüstern, einander die Geschichte ihrer Liebe zu erzählen.

«Was in aller Welt war es, das dich in all diesen Jahren zu ihrem Gefangenen machen konnte?» fragt das Mädchen.

«Ich bin nicht ihr Gefangener gewesen», sagt er. «Ich war Gefangener derer, die es schwer haben. Aber als du mich eines Tages auf dem Trockenplatz ansahst und sagtest: Läßt du dich zurückschicken, da fühlte ich, daß etwas in meinem Leben geschehen war, von da an konnte ich nicht mehr derselbe Mensch sein.»

«Hier», sagt sie, «in dieser Stube ist dein Heim – wenn du willst. Hier wirst du nie mehr etwas erleben, das einen Dichter erniedrigt. Wir hier in den Wegehäusern haben eine glückliche Hand, was wir berühren, lebt.»

Im Licht des frühen Tages sieht er sich in der Stube um, die alle anderen Wohnstätten der Menschen übertrifft, gerührt, dankbar und sprachlos wie ein schlechter Mensch, der nach dem Tod im Reich der Seligen erwacht. Ist es wahr, daß er einst in dieser herrlichen Wohnung unsterbliche Gesänge seiner Mannesjahre dichten und seine dicken Bücher von gewaltigen Helden schreiben soll; Helden, die vielleicht nicht ganz wirklich, aber auf jeden Fall wirklicher sind als lebende Menschen; Helden, die die Welt erneuern oder jedenfalls die

Schönheit bedeutsamer machen würden als je? Ist es wahr, daß er an diesem Fenster hinter den Gardinen an stillen Sommertagen in Gedanken stehen und den Himmel betrachten soll, wie er sich im Meer spiegelt? Ist es wahr, daß er an ungezählten Winterabenden, während man von draußen das Brausen des Meeres und des Unwetters hört, sicher hier am warmen Kamin sitzen darf, von ihrer Liebe umgeben, die das Symbol des Edelsten in diesem irdischen Dasein ist? Ist es wirklich wahr?

«Jetzt gehe ich hinauf und brenne meine Hütte mit all diesem jämmerlichen Gerümpel nieder», sagt er.

«Und was wird der Eigentümer des Platzes dazu sagen?»

«Niemand kann einem verbieten, sein Haus in Brand zu stecken, wenn es einem zuwider geworden ist», sagt er. «Glaubst du nicht, daß es ein wunderbares Gefühl ist, Vergangenes als Flamme gegen den Himmel steigen zu sehen und sich selber als ein neuer Mensch aus der Asche zu erheben?»

Sie bittet ihn zu gehen, ehe ihre Mutter herunterkommt, es wird Zeit beanspruchen, sie auf diese Verlobungsneuigkeit vorzubereiten, aber sie will auf jeden Fall davon hier im Haus schon heute erzählen.

Sie küßt ihn wieder und fleht: «Küß mich, Ljosvikingur, drück mich an dich, damit ich dich fühle. Nie hat ein Mensch so heiß geliebt.» Der Abschiedskuß bei der Tür scheint kein Ende nehmen zu wollen, und es sieht fast aus, als solle alles aufs neue beginnen.

Er wanderte lange einsam durch den kühlen Morgen, während die Sonne höher und höher stieg, übernächtigt und ein wenig matt nach der heißen Liebesnacht, sehnte er sich, in einen tiefen Schlaf sinken zu können.

Er blieb auf der Anhöhe stehen und betrachtete seine Hütte, die von dem Angriff im Frühling noch etwas schief war, und freute sich, sie in Brand zu stecken. Nie hat ein Mann ein Haus so gehaßt wie der Dichter dieses Haus. Kein Mensch konnte in irgendeinem Haus mehr gelitten haben und dennoch mit dem Leben davongekommen sein. In diesem Haus hat er nicht eine frohe Stunde erlebt. In diesem Haus ist er nie er selbst gewesen, hat er nie ein wahres Wort gesprochen und stets über das, was in ihm vorging, geschwiegen wie über ein Verbrechen. Jedes einzige Mal in all den Jahren, wenn er über die Schwelle getreten ist, hat er diesen Schritt mit einem Sieg über sich selbst bezahlt; einem Sieg, der oft seine ganze Kraft forderte. Dieses Haus war nicht nur die Stätte, an der er tagtäglich in seinem ganzen Wesen ein böser Mensch gewesen, ein aus fester und unerschütterlicher Überzeugung schlechter Mensch, er hatte die sechs besten Jahre seines Lebens in einer Hölle vertan – und das war dieses Haus. Welche Wonne, die Hölle in Flammen aufgehen zu sehen. Er schloß die Tür auf, und der Gestank des Hauses strömte ihm nach einem Tag der Abwesenheit entgegen; verfaulter Fisch, ranzige Eidervögeldaunen, alter Petroleumdunst, Schimmel.

Aber als er in der Tür steht und vor dem alten Gestank die Nase rümpft, fällt sein Blick auf ein Bündel am Fußboden, mit schwarzen Kleidern umwickelt, mit Lehm beschmutzt und voller Pferdehaare. Es war ein menschliches Wesen.

Er wollte zuerst kaum seinen Augen trauen; war er verrückt geworden? Zögernden Schrittes ging er in das Haus, in der Hoffnung, das, was er sah, möge sich verflüchtigen, ehe er den vermessenen Versuch machte, es mit Händen zu berühren. Aber es verflüchtigte sich nicht. Und er berührte die Fallsüchtige. Er nahm sie in seine Arme und richtete sie auf. Und es zeigte sich, daß sie lebte. Sie öffnete ihre verängstigten, mit Tränen flehenden Augen.

«Jarthrudur», sagte er. «Ich verstehe nicht. Bist du zurückgekommen?»

Sie sank vor ihm nieder, umklammert seine Knie und flehte: «In Gottes Namen, nimm mir das Leben.»

«Laß das», sagte er und richtete sie abermals auf. «Sag mir lieber, was du willst.»

Sie fiel weinend gegen seine Schulter, warf ihre Arme um seinen Hals.

«Mein geliebter Olafur, mein herzgeliebter Olafur, mein Leben, wenn du mich bei dir sterben lassen willst, so gehöre ich dir bis in den Tod, so wie ich dir deine Kinder geboren und sie begraben habe. Willst du mich aber leben lassen, so will ich alles ertragen, was du mir auferlegst: findest du, daß ich böse bin, so darfst du mich schlagen, findest du, daß ich häßlich bin, so geh zu anderen Frauen, alles, alles! Nur jag mich nicht fort aus deinem Antlitz ins letzte Dunkel.»

Da streichelte er einfältig ihre Wange, mit ein wenig verwirrten Augen, und sagte:

«Meine arme Jarthrudur, wie konnte es mir je einfallen, daß der Dichter die, die es schwer haben, im Stich lassen wollte? Hör auf zu weinen, meine Freundin, und ich will versuchen, gut zu dir zu sein.»

Er spürte ihre Lippen auf seiner Haut, ihre salzigen Tränen, und es kam ein verzückter, krampfhafter Jubel in ihr Weinen, als wollte sie aufs neue fallsüchtig zu Boden sinken.

«Denkst du, daß der barmherzige Gott bestimmen soll, Olafur?» fragte sie unter Tränen.

«Gott und seine Barmherzigkeit geht mich nichts an», sagte Olafur Karason. «Dagegen denke ich, daß der Mensch bestimmen soll. Ich werde uns bald aufbieten lassen. Aber in dieser Stunde begehre ich nur eine Sache von dir: daß du mit mir von hier fortreist.»

«Ja, ich werde kommen», sagte sie demütig. «Wohin wollen wir?»

«Fort!» sagte er. «Fort, westwärts übers Gebirge, nach fremden Orten: vielleicht in entlegene Täler, vielleicht nach einem anderen Landesteil. Vor allem müssen wir aufbrechen, solange es noch früh am Morgen ist.»

«Und alles hierlassen?» fragte sie.

«Alles hierlassen!» sagte er. «Alles. Alle Träume. Alle Dichtungen. Alles Hoffen. Alles Leben. Alles.»

Er setzte sich an den Tisch vor dem Fenster und blickte stumpf über die Dächer des Orts. Sie wollte Kaffee machen, bevor sie aufbrachen, steckte den Petroleumkocher an, und es blakte; sie öffnete den Speiseschrank, und es roch nach schimmligem Brot. Er stützte sich auf die Ellbogen, preßte die Handflächen gegen die Schläfen und starrte weiter zum Fenster hinaus. Gleich einem Scheintoten empfand er, ohne zu sehen, ohne zu hören, wußte, ohne zu überlegen, ohne zu denken; Feigheit oder Barmherzigkeit, wie man es auch nennen mag: er brach nicht in der Stunde der Entscheidung sein Gelöbnis, das er vor dem Leben abgelegt hatte. Oder richtiger gesagt: er brach es. Er war ein wahrer Mensch. Das Haar über der Stirn starrte er mit den unbeweglichen Augen eines Gerichteten noch eine Weile in die Morgendämmerung. Nach und nach wurden seine Lider schwerer. Er sank mit dem Kopf auf den Tisch nieder, streckte die Arme aus, vergrub sein Gesicht und schlief.

Viertes Buch

Die Schönheit des Himmels

I

Wo der Jökel* in den Himmel ragt, ist das Land nicht mehr irdisch, und die Erde hat teil am Himmel; dort wohnen keine Sorgen, darum ist die Freude nicht vonnöten; dort herrscht allein die Schönheit, jenseits allen Verlangens.

Jeder Mensch an der entlegenen Bucht ist emsig bei der Arbeit, die Scheuern für den Winter zu füllen, und Frau Jarthrudur Jonsdottir hat sich während der Heumahd beim Gemeindevorsteher von Storabervik verdingt. Aber ihr Mann liegt noch der Länge lang in der öden Hütte in Litlubervik mit dem verwahrlosten Tun, dessen Einzäunung verfallen ist. Er betrachtet durch das enge Fenster die merkwürdige Begegnung von Land und Luft, wo Himmel und Erde endlich einander von Grund auf verstehen.

«Heute ist prächtiges Wetter», sagt die Frau, als sie die frühe Morgensonne am Himmel sieht. «Du solltest zum Zeitvertreib einen Rechen in die Hand nehmen und den Leuten in Bervik etwas helfen.»

«Laß mich bitte allein bleiben», sagt er, trinkt die Milch, die sie gestern abend für ihn mitgebracht hat, gibt ihr die leere Flasche und steht gähnend auf; er geht hinaus in den duftenden Sommertag und legt sich ins Gras. Die Schmeißfliege ist schon munter und summt am Giebel der Hütte. Die Brutzeit ist noch nicht da. Die Vögel zwitschern.

* Bezeichnung für die Berggletscher auf Island.

Es ist das beste, alles zu vergessen, was man durchgemacht und ersehnt und verloren hat; auch das, was man vielleicht noch erlangen kann. Es ist das beste, sogar das eigene Leben zu vergessen angesichts der Schönheit, wo das Menschendasein zu Ende geht und die Ewigkeit naht, das Vollkommene, die Schönheit und das Jüngste Gericht. Unmöglich, daß ein Tag mit freiem Blick auf den Jökel jemals stumpfe Gewohnheit werden kann. Solange die Wege zum Himmel offen liegen, ist jeder Tag ein Festtag, still, ohne einen Gedanken an den Tod, unerreichbar für Dichtung und Bild.

Da kommen Kühe von anderen Leuten und grasen auf dem Tun um den Dichter.

Am nächsten Morgen geht er nach dem Aufstehen wieder ins Freie und stapft wie ein Schlafwandler dahin. Er kommt zu einem Fluß. Der heißt Berau, Berjau oder Bergau; ein Gießbach, klar und ohne Erdreich, obwohl er am Fuß des Jökels seine Quelle hat; weiter oben stürzt er in eine Felskluft, hier unten strömt er über Geröll. Der Dichter wandert flußaufwärts, bergan. Das Tal wird enger, die Kluft tiefer, der Fluß wilder, ein Wasserfall.

Er sitzt am Rand der Kluft und lauscht dem Brausen des Wassers unter sich in der engen Schlucht, dem gellenden Schrei eines Sperberpaars, das in der Kluft kreist und dort seinen Horst hat. Die Felswände dröhnen vom Widerhall der Wasser und der Sperberschreie.

Im Felsgrund grünt niedriges Strauchwerk, an den Felswänden da und dort ein winziger Rasenfleck, in den Rissen des Gesteins kriechendes Gezweig, Rosenwurz und Farnkraut.

Der Dichter kann Berviks Kirchspiel unter sich sehen: die vielen verstreuten, einsamen Gehöfte; das magere Tiefland bis zum Sandstrand der schmalen, hafenlosen Bucht zwischen fast kahlen Gebirgshöhen. Nach dem nächsten Handelsplatz im nachbarlichen Landkreis geht der Weg über einen Felspaß.

Der Dichter streunt weiter bergan, längs der Kluft, dem

Jökel zu. Und dann bleibt er überrascht stehen, sieht in ein enges Tal, von gelbgrünen Rinnsalen auf beiden Seiten des Flusses durchfurcht. Zuerst ist es ein Moorgrund zwischen buschbekleideten Hängen; dahinter, von grünem Dickicht umrahmt, von Sonnenschein eingehüllt, auf einem kleinen Tun ein altes Bauernhaus.

Ein uralter Mann mäht dort, und ein Mädchen mit Rechen folgt ihm. Sie hat das Kopftuch tief über die Stirn gezogen. Im frisch gemähten Gras liegen ein Lamm und ein alter Hund.

Als der Dichter auf dem Tun steht, bellt der Hund. «Snati!» ruft ihn der Bauer. Das Lamm erhebt sich gemächlich, streckt sich, hebt den Kopf und wackelt mit dem Stummelschwanz. Auf der steinernen Hausschwelle hockt ein kleiner Junge, fängt an zu weinen und ruft: «Mama! Mama!»

«Wer bist du, Mann?» fragt der Bauer und dengelt die Sense.

«Ich heiße Olafur Karason Ljosvikingur.»

«Was führt dich her?» fragt der Greis.

«Das weiß ich nicht», sagt der Dichter. «Ich ahnte gar nicht, daß hier ein Hof liegt.»

«So kann man das hier kaum nennen», sagt der Alte. «Du bist gewiß nicht aus dieser Gegend.»

«Ich bin der wunderliche Mensch, der neulich geheiratet hat und nun in der klapprigen Hütte in Litlubervik wohnt», sagt der Dichter. «Viele meinen, bei mir sei es im Oberstübchen nicht ganz richtig. Nächsten Winter soll ich den Kindern in Bervik das Christentum beibringen. Du wirst über mich schon gehört haben.»

«Nichts als Gutes», sagt der Bauer. «Kleine Helga, bring den Mann ins Haus und sag Mutter, sie soll Kaffee aufwärmen.»

Die Tochter erwidert nichts. Sie hatte ein recht einfältiges Gesicht und Augen, die scheu waren wie die Augen eines gefangenen Tieres. Nicht leicht zu erraten, wer mehr Angst vor dem Gast hatte, sie oder ihr kleiner Junge auf der Steinschwelle.

«Nirgendwo sind die Sommertage so hell und so lang wie in unserem Schlupfwinkel am Jökel», antwortet die alte Frau, als der Dichter sich artig nach ihrem Befinden erkundigt. «Sogar im Schlaf spüren wir den grünen Duft.»

Die zweite Tochter des alten Ehepaars kann kein Glied rühren. Sie liegt stumm in ihrem Bett unter dem Fenster. Ärmste nennen die anderen sie. Sie besitzt einen kleinen Spiegel oben an ihrem Bettpfosten.

«Diese unsere Tochter verlor ihre Kraft, als sie fünfzehn Jahre alt war», sagt die Alte. «Aber Gott hat ihr Geduld geschenkt. Geduld ist stärker als Kraft. Der Spiegel ist so festgemacht, daß sie darin den Jökel sehen kann. Manchmal sieht sie im Spiegel den ganzen Tag den Jökel an. Der Jökel, das ist ihr Leben.»

«Darf ich, alte Frau, wohl eine Bemerkung machen? Verhält es sich nicht so, daß die Schönheit des Himmels ihr Leben ist?» sagt Olafur Karason.

«Jemand hat mir gesagt, daß du Dichter bist», sagt die alte Frau. «Es ist prächtig, ein Dichter zu sein.»

«Sag dem Kleinen, daß er keine Angst zu haben braucht, liebe, gute Frau», bittet der Dichter. «Ich bin selbst ein Kind, mehr Kind als er. Ich liege noch in den Windeln.»

«Lieber Freund», sagt die alte Frau. «Wir können es seinen Augen ansehen, daß dieser Mann ein Kind ist, genau wie wir.»

Als er Kaffee getrunken hat, fragt er die alte Frau, ob er neben ihrem Gemüseland liegen und in die Luft schauen dürfe.

Der Jökel begann eine Armlänge über dem grünen Bergrücken, seine Nähe war die vollkommene, göttliche Reinheit, die Schönheit, sonder Fehl und ohne alles Erbarmen. Menschen, dachte der Dichter, die in der Nähe so fleckenlos weißen Zauberglanzes leben, konnten nicht gewöhnliche Sterbliche sein, hier mußte wohl das Reich der Mythen sein.

Der alte Mann mähte bis zum Abend seinen Tun, er hob weder den Sensenschaft noch holte er zu langen Schlägen aus; alles geschah weich, jede seiner Bewegungen war gleichsam verborgen, ohne Anstrengung. Er ließ die scharfe Sensenklinge die Arbeit verrichten, sie durchschnitt das Gras bei der Wurzel, ohne daß es zu Boden fiel, so wie die Natur zu Werke geht. Nun ging die alte Frau mit dem Rechen hinter ihm, der kleine Junge lag im Heu und schlief zwischen Hund und Lamm. Und der stille Jökel sah der Arbeit des Nachmittags zu. Dann ging der Tag zur Neige. Als es Zeit zum Vespern war, lag der Dichter noch neben dem Gemüseland. Da sagten die beiden Alten, es wäre wohl kein beneidenswertes Schicksal, in seinen Kleidern zu stecken, und sie luden ihn zum Abendessen ein.

Die Tochter war hinausgegangen, um die Kühe zu suchen; die Hausmutter wärmte Grütze; der Bauer setzte sich auf sein Bett, nahm sein Schnitzmesser, begann neue Zähne für einen Rechen zu schneiden und gab acht, daß kein Schnitzel aus seiner Hand auf den Fußboden fiel. Sie waren nicht sehr gesprächig, aber sie antworteten auf alle Fragen gewissenhaft und so, als sprächen sie aus einem einzigen Mund.

Als der Bauer vom Dichter gefragt wurde, wie lange er den Hof bereits bewirtschafte, sagte er, nachdem er zu seiner Frau hingesehen hatte:

«Mutter, wieviel Jahre sind es jetzt?»

«Wir haben uns hier gut vierzig Jahre durchgeschlagen, lieber Vater», sagte die Frau.

Da antwortete der Bauer dem Gast und sagte:

«Und vierzig Jahre haben wir uns abgerackert.»

Der Gast fragte, ob sie viele Kinder gehabt hätten. Der Bauer sah zu seiner Frau hin, als meinte er, daß sie auf diese Frage antworten könne.

«Unsere Kinder waren sechzehn an der Zahl, lieber Vater», sagte die Frau.

«Sechzehn Kinder waren es», sagte der Bauer.

Nun waren die Kinder ganz gewiß in alle Winde zerstreut, bis auf die beiden Mädchen hier, von denen die eine siech am Leibe, die andere siech in der Seele war. Die Hälfte war in jungen Jahren gestorben; einige Söhne hatten in der See das Leben verloren; andere waren in die Ferne gefahren und hatten sich dort angesiedelt. Die Alten hatten, als sie am reichsten waren, zwei Kühe und zwanzig Schafe besessen.

«Habt ihr einander allezeit geliebt?» fragte der Dichter.

Da legte der Bauer einige Augenblicke das Schnitzmesser neben sich und sah ein wenig verlegen seine Frau an.

«Wir haben allezeit Gott geliebt», sagte die Frau.

Da schien der Dichter aus einem Traum zu erwachen, er blickte überrascht vom einen zum anderen und fragte:

«Gott? Welchen Gott?»

«Wir haben allezeit an einen, den wahren Gott geglaubt», sagte die Frau.

«An einen geglaubt, den wahren Gott», sagte der Bauer.

Sie sahen auf ihr Leben als ein Zeugnis der Liebe Gottes und seiner Gnade für das Menschengeschlecht. Da dankte der Dichter für alles und schickte sich an, Abschied zu nehmen.

«Geduldiges Mädchen», sagte er. «Wenn dein Spiegel eines Tages zerbrechen sollte, willst du mir dann erlauben, daß ich dir einen neuen Spiegel gebe?»

«Armer, gesegneter Mann», sagten die alten Eheleute, und der blonde Lockenkopf hatte keine Angst mehr; er holte alle seine Spielsachen, Schafknochen und eine Muschel, und er legte sie beim Abschied vor die Füße des Gastes. In den Gesichtern dieser Menschen wohnte ein Schimmer der langen, hellen Sommertage, des grünen Dufts in ihrem Schlaf. Nicht nur sie, sondern auch die Dinge um sie hatten eine Seele. War auch alles von der Zeit verbraucht, das kleine Haus wie die Gerätschaften und der Hausrat, so stand doch jedes Ding an seinem richtigen Platz und war sauber und heil. Nicht der Umstand, daß alles, woraus sie hergestellt waren, trefflich war, hatte die Dinge bewahrt. Wie wäre es dem Holzeimer da ergangen, hätte man aufgehört, ihn jeden Morgen und jeden Abend beim Melken zu gebrauchen? Er wäre auseinandergefallen. Einstürzen müßte das kleine Haus an dem Tag, da niemand mehr mit weichem Griff um die Klinke seine Tür öffnete und leise und behutsam die Bohlen des Fußbodens betrat. Hier ahnte niemand, daß anderswo Menschen leben, die mit den Dingen umgehen, als seien sie ohne Seele und tot. Sogar der Holzlöffel im Grütztopf hier hatte etwas Besonderes, war ein selbständiges Wesen mit eigenen Rechten und Pflichten. Hier sah alles aus, als würde nichts zufällig und nachlässig verrichtet. Selbst die geringste Arbeit schien mit tiefer Ehrfurcht vor dem Schöpfungswerk ausgeführt zu werden, liebevoll und mit Sorgfalt, als wäre solche Arbeit nie zuvor verrichtet worden und sollte nie wieder verrichtet werden.

Er folgte einem vom Vieh ausgetretenen Pfad, der sich manchmal gefährlich nahe am tiefen Abhang vorbeischlängelte, die Felskluft hinauf. Der Duft der Gräser und des Heidekrauts mischte sich einträchtig mit dem Dunst der Fladen auf dem Weg. Hier oben begegnete er den Kühen des Bauern unten im Tal. Das Mädchen war nicht bei ihnen, sie kannten den Heimweg. Sie hatten pralle Euter und stöhnten satt; ihre Augen und Ohren und Mäuler schienen vor Neugier und vor Verachtung des Satten zu strahlen. Er trat höflich beiseite, damit sie sich seinetwegen keine Ungelegenheiten zu machen brauchten.

Das Mädchen saß auf einem Felsvorsprung und blickte unverwandt in die tiefe Kluft. Sie hatte das Kopftuch abgenommen. Die äußersten Locken ihres braunen Haars waren von der Sonne gebleicht. Ihre Wangen waren frisch und gerötet. Wohl war der Ausdruck ihres Gesichts nicht mehr so leer wie vorhin, aber man konnte ihr ansehen, daß sie alle Freude an diesem Sommer verloren hatte. Sie tat, als sähe sie nicht, daß der Mann näher kam. An ihrer Hüfte kauerte das Lamm mit emporgerichtetem Kopf, eifrig wiederkäuend das winzige Maul bewegend; an der anderen Hüfte, die Treue selbst, der alte Snati, der keine Lust hatte, wegen desselben Mannes an einem Tag zweimal zu bellen. In der Kluft zog das Sperberpaar noch immer seine Kreise und stieß gellende Schreie aus, die mit dem Brausen des Wasserfalls tief unten zwischen den Felswänden widerhallten.

Er lüftete grüßend die Mütze und wünschte guten Abend. Sie nickte kaum mit dem Kopf.

«Blick nicht zu lange in die Kluft, Mädchen», sagte der Dichter. «In der Felskluft wohnt ein Unglücksvogel. Auf dem Jökel aber wohnt das göttliche Wesen. Sieh dorthin.»

Sie antwortete nicht, hob aber die Augen und blickte hastig nach dem Jökel, als wolle sie sehen, ob der Mann die Wahrheit sagte. Dann blickte sie wieder starr in die Felskluft.

Leichtsinn konnte nicht schuld daran sein, daß solch ein Mädchen einen kleinen, blondlockigen Knaben bekommen hatte; im Gegenteil, allein zu große Züchtigkeit.

«Du wagst vielleicht nicht mit mir zu sprechen, weil du glaubst, ich bin verrückt», sagte er.

Sie blickte ihn an, und in ihren Augen rührte sich etwas, als wollte sie antworten. Dann schüttelte sie den Kopf und brachte kein Wort über die Lippen.

«Ich bin einer von den Geisteskranken, die keinem Menschen etwas zuleide tun», sagte er. «Ich suche Frieden. Das ist alles.»

Jetzt zuckte in ihren Augen etwas Heißes, Schweres, als wollten sich Tränen hervordrängen. Aber sie konnte nicht weinen. Sie senkte den Kopf und starrte wieder in die Kluft.

«Einmal kommt der Tag, da vergißt man alle, die man geliebt hat», sagte er. «An dem Tag kann man in Ruhe sterben. Die tiefsten Wunden heilen, man merkt es kaum.»

Da sagte das Mädchen: «Es hat keinen Zweck, zu mir in der Dichtersprache zu reden. Ich begreife nicht, was Sie sagen. Und mir fehlt nichts.»

«Es lohnt sich nicht, Sie zu mir zu sagen», sprach er weiter. «Ich bin weder ein großer Dichter noch ein Nationaldichter, nicht einmal ein Gemeindedichter. Von mir ist nie etwas gedruckt worden. Ich bin weiter nichts als ein Mensch in der Nähe eines Jökels, genau wie du.»

«Ich verstehe Sie nicht», sagte das Mädchen. «Hören Sie doch auf, zu mir zu sprechen.»

«Aber wenn ich dir etwas auszurichten habe?» fragte er.

«Mir? Etwas auszurichten? Das ist unmöglich.»

«Einen mündlichen Bescheid –» sagte er.

«Einen mündlichen Bescheid? An mich? Von wem?»

«Von einem Mann», sagte er, «einem Mann, den du vor gar nicht langer Zeit gekannt hast.»

«Lassen Sie mich in Ruhe, Sie sind verrückt», sagte sie.

«Er bat mich, dich daran zu erinnern, daß dort, wo das Leben der Menschen die reinste Eintracht zu sein scheint, die Liebe ohne Leid, das Kinderglück vollkommen und die Versorgung mühelos ist, daß dort das Leben überhaupt nicht wahr ist, nur ein halbes Leben ist. Ein ganzes Herz, ein halbes Leben. Er bat mich, dir zu sagen, das Leben bestehe aus zwei Gegensätzen, die miteinander und mit sich selbst im Kampf liegen. Und gerade das ist es, was Leben bedeutet. Verloren haben, was man am heißesten geliebt, das ist vielleicht das wahre Leben. Wer das nicht versteht, der weiß gar nicht, was Leben ist. Er versteht nicht zu leben, und, was noch schlimmer ist, er versteht nicht zu sterben. Das war es, was ich dir von deinem Freund ausrichten sollte.»

«Solch wirres Zeug soll er geredet haben», sagte das Mädchen, «er, der nie wirres Zeug geredet hat?»

«Doch», sagte der Dichter. «Viele meinen, daß er in der letzten Zeit sonderlich geworden sei. Ich dagegen meine, er ist erfahrener und reifer geworden.»

Das Mädchen vergaß ihre Zurückhaltung für einen Augenblick und sah den Mann forschend an; das Lamm und der Hund hatten jetzt ebenfalls ihre Köpfe erhoben und blickten streng in dieselbe Richtung wie das Mädchen. Da war ihm, als stünde er vor drei Richtern.

«Lügst du mich nicht an? Doch! Du lügst mich an», sagte das Mädchen.

«Nein», sagte er, und er sah sie mit seinen treuherzigsten Augen an. «Ich rufe alle guten Geister als Zeugen an, daß ich die Wahrheit spreche.»

«Bat er dich denn nicht, noch mehr zu sagen?» fragte sie mit großen Augen, aus der Tiefe ihres Herzens.

«Doch», sagte der Dichter, «er bat mich, dir dieses Gesicht aufzusagen:

Gibt's Unbeständigeres wohl als meinen Sinn
in dieser Welt?
Was hilft's. Du mußt mich lassen, wie ich bin.
Ich bin kein Held.
Doch glaub, seit alle Götter flohen, weiß nicht wo
und auch von mir,
ist keines Menschen Herz, mein Mädchen du, so froh
wie meins zu dir.

Und willst du diesen unbeständ'gen Sinn verstehn,
so denk daran,
daß Lieben, Glauben, Hoffen so wie Windeswehn
nicht weilen kann.
Und ist mein Sinn auch wie ein Herz, das längst entzwei,
trau meinem Wort:
mein ganzes Leben, das ist dein und steht dir bei
und immerfort.»

2

Als aber der Sommer vergangen und der Herbst mit Sturm und Unwetter da ist und der nackte Tun unter seinem tiefen Himmel nicht länger fremden Kühen und einem Mann, der sich nach einem Leben in Üppigkeit sehnt, eine sichere Freistatt gewähren kann, da entdeckt der Hausvater in Litlubervik, daß er vergessen hat, für Wintervorrat zu sorgen. Wohl erhielt der Dichter als Lehrer von der Gemeinde unentgeltlich Petroleum für seine Lampe. Doch es sickerte bald durch, daß er abends zur Schlafenszeit immer

Licht habe. Deshalb erschien eines Tages der Gemeindevorsteher von Amts wegen bei ihm und erklärte feierlich, daß die Gemeindeverwaltung es nicht verantworten könne, zu solcher Verschwendung Geld herzugeben, noch dazu bei so schweren Zeiten für das Gemeinwesen.

Kurz danach kam der erste Schnee. Der drang durch die rissigen Holzwände der Hütte, das Dach war überall leck, und man hatte nichts zum Heizen. An einem Abend, bei eisigem Schneegestöber, fror das Dichterpaar erbärmlich. Da suchte der Dichter auf Rat seiner Frau den Gemeindevorsteher in Storubervik auf und sagte, sie hätten weder Feuerung noch Streichhölzer; und er bat um einige Torfschollen auf Borg. Der Gemeindevorsteher fuhr ihn barsch an:

«Hol mich der Satan, wenn ich dir auch nur eine einzige Torfscholle borge. Leute, die im Herbst nicht für Wintervorrat gesorgt haben, sollen verrecken, wie sie es verdient haben.»

Aber nach einer langen Gardinenpredigt erklärte er, der Dichter solle sich ins Moor scheren und gegen Bezahlung in einem Sack 25 Torfschollen aus einer seiner Torfmieten dort nach Hause tragen.

Einige Tage später fand sich mit drei Mann die Schulkommission bei dem Lehrer ein, um mit ihm wegen des Unterrichts, der bald beginnen sollte, zu sprechen. Es waren dies der Gemeindevorsteher, der Pfarrer des Kirchspiels, Pastor Janus, und Thordur zu Horn; alle drei alteingesessene Berviker mit grobem Mundwerk, schlohweiße Riesen.

Der Pastor war ein richtiger Heide; er hatte alle seine Gedanken in der grauen Vorzeit, kümmerte sich nur wenig um die Neuzeit und um das tägliche Leben überhaupt nicht.

Thordur zu Horn schaukelte, wie er da saß, ohne Unterlaß seinen mächtigen Körper, als sei er ein Schiff bei hohem Seegang. Er brütete über großen Unglücksfällen und furchtbaren Greueltaten, die jemand aufzeichnen müsse, darunter die Lebensgeschichte seiner Schwiegermutter.

Der Gemeindevorsteher vergaß keinen Augenblick die

Würde seines Amtes und war das leibhaftige Gewissen der Gemeinde.

Trafen sich diese drei Männer, so war es, als wären drei Taube aneinandergeraten. Sie konnten einander nicht ausstehen. Saßen sie in einer Stube beisammen, so konnte man meinen, jeder von ihnen säße in seinem eigenen, fernen Landesende, und sie hätten einander nie vorher gesehen, und nie im Leben würden sie einander sehen. Es war, als hätten sie nie des anderen Stimme gehört; ja, nicht einmal – auch nur dem Namen nach – das Geringste voneinander vernommen. Und trotzdem wirkten diese drei Männer wie ein Mann.

Olafur Karason war der vierte Taube in dieser Versammlung; der vierte Schwachsichtige; das vierte Landesende.

«Meine Leute sagen, daß nicht 25 Torfschollen aus dem Moor verschwunden sind, sondern eine ganze Miete Torfschollen», sagte der Gemeindevorsteher. «Was hast du dazu zu sagen, Olafur?»

«Ich kann keinen Eid darauf ablegen, daß nicht einige Torfschollen zusammengefroren waren. Das Wetter war kalt, und ich konnte die Schollen nicht immer auseinanderbrechen.»

«Will man stehlen, mein Lieber», sagte der Pastor, «so soll man um Himmels willen nie von einem Reichen stehlen. Ein reicher Mann hat 100 Torfschollen, und auf einmal entdeckt er, daß nur noch 99 Torfschollen da sind: eine ist gestohlen! Nicht einmal in seiner Todesstunde kann er das vergessen. Ein armer Mann hat nur eine einzige Torfscholle, und stiehlt einer sie, so ist der arme Mann danach genauso arm wie vorher. Schon am nächsten Morgen hat er es vergessen. Der Reiche stürzt dich unweigerlich ins Verderben, wenn du ihn bestiehlst. Der Arme hat nicht einmal Lust, deswegen auch nur ein einziges Wort zu verlieren. Darum sind alle wahren Diebe auch so gerissen, daß sie ausschließlich die Armen bestehlen. Das einzige, was auf Island wirklich gefährlich ist, das ist, von den Reichen zu stehlen; und das einzige, was hier auf Island ordentlich was einbringen kann, das ist, die Armen zu bestehlen, mein Lieber.»

«Ich bin bereit, jedes Stückchen Torf voll zu bezahlen», sagte der Dichter.

Thordur zu Horn: «Schon lange wollten wir, nämlich ich und meine Frau, einen Mann zu fassen kriegen, der für meine selige Schwiegermutter einen leidlichen Gedenkvers zusammendichten könnte. Sie ist nämlich in der gräßlichen Lawine bei Eyrafjord vor einigen Jahren umgekommen. Am liebsten soll in dem Gedenkvers alles stehen, was sie erlebt hat. Habe ich selber auch nur verdammt wenig Feuerung, so kann man sich wohl bei etwas gutem Willen eine Kiepe voll Schafmist abknapsen, wenn man dafür ein gutes Gedicht einhandeln kann, Jungens.»

«Was wir hier in der Gemeinde haben wollen», sagte der Gemeindevorsteher, «das ist nicht Dichtung, sondern redliches Volk – nicht begabtes, auch nicht belesenes, sondern wahrhaft christliches und arbeitswilliges, genügsames Volk. Wir brauchen Leute, die nicht vergnügungssüchtig sind in diesen schweren Zeiten; wir brauchen Leute, die nicht ins Moor gehen und anderer Leute Torf zum Heizen nehmen. Solches soll nämlich unseren Kindern eingebleut werden. Wir wollen eine biedere Einwohnerschaft haben. Wir wollen keine solche Einwohnerschaft haben wie Kaldsvik auf der anderen Seite vom Gebirge hier: Beim letzten Tanzfest, das sie wegen der Fischer von den Färöern neulich gaben, sind zwei Leuten die Nasen abgebissen worden, und einem wurde ein Ohr abgerissen. Und mitten im Tanzsaal haben, sie die Frauenzimmer bei den Beinen in die Luft gehoben und was sie sonst noch für unsittsame Dinge getrieben haben.»

«Die Tippel-Halla hat im Laufe von gut dreißig Jahren neun Kinder in zwölf verschiedenen Kirchspielen bekommen. Das hatte man ihr gern vergeben bis zu dem Tag, wo sie Schafdieb geworden ist, mein Lieber. Da wurde sie südwärts ins Zuchthaus geschickt», sagte der Pastor. «Auf Island erkennen wir nur ein einziges Verbrechen als richtiges Verbrechen an: Schafdiebstahl.»

«Ich finde, daß man schleunigst darangehen sollte, über die

gräßliche Lawine in Eyrafjord etwas zusammenzudichten, da heute noch Leute am Leben sind, welche diese fürchterliche Sache frisch im Gedächtnis haben», sagte Thordur zu Horn.

«Das wichtigste im Leben ist, niemals anderen zur Last zu fallen», sagte der Gemeindevorsteher. «Von keinem Menschen abhängig zu sein, niemals bei anderen Leuten Hilfe zu suchen. Da ist genauso, als ob man sämtliche Tugenden als Gaben in die Wiege gelegt bekommen hätte.»

«Will man es im Leben zu etwas bringen», sagte der Pastor, «ist es am gescheitesten, von Kindesbeinen an abgelegte Angelschnüre, verfaulte Holzreste, rostige Nägel, alte Wetzsteine, trockene Hundescheiße und so weiter zu sammeln. Einige sind durch Schiffbrüchige, die sie am Strand abgemurkst haben, reiche Leute geworden. Manche halten viel von Zauberei als Mittel zum Reichwerden. Zum Beispiel hatte Finnbogi Bäringsson selig bis zu seiner Todesstunde immer unter seinem Hemd eine Tasche, in der er zwei von einer armen Witwe gemauste Kronen, eine Reiherklaue, eine tote Seekatze, mehrere Wünschelsteine, Liebeskraut und ein Carolus-Magnus-Gebet aufbewahrte. Andere behaupten, daß man mit Hilfe eines Zaunkönigs todsicher zu Reichtum gelangt: man muß ihn lebendig fangen, ihn der Länge nach aufschlitzen, mein Lieber, dann die eine Hälfte in den Kasten legen, wo man sein Geld versteckt, die andere Hälfte aber unter Beachtung bestimmter Regeln vergraben. Gewiß rennt der Mann, der den Zaunkönig fängt, ins Verderben. Aber dafür gibt es einen Ausweg: man besorgt sich einfach einen armen Schlucker, der für einen den Vogel fängt, mein Lieber.»

«Vier Gehöfte sind durch die gräßliche Lawine bei Eyrafjord weggefegt worden», sagte Thordur zu Horn. «In Sydrivik wachte ein Greis von über achtzig Jahren plötzlich auf und hatte den ganzen Mund voll Schnee. Er war der einzige Überlebende vom Hof. Zu Steinar kam nur eine Katze mit dem Leben davon. Und zu Holmur taufte eine Wöchnerin ihr neugeborenes Kind im Dunkeln unter der Lawine, und sie benannte es nach ihrem Mann und ihrem Sohn, die beide gerade umgekommen waren. Wenn man nicht in erster Linie über so etwas Gedichte macht, so ist meiner Meinung nach mit der ganzen Dichtkunst nichts los, Jungens.»

«Die Verwendung von Petroleum, sofern sie nicht zu vernünftigen Zwecken geschieht, habe ich bereits gerügt. Ich behalte mir das Recht vor, dies auch künftig zu rügen und nötigenfalls entsprechende Maßnahmen zu ergreifen», sagte der Gemeindevorsteher. «Soweit mir bekannt ist, steht es nirgendwo geschrieben, daß das isländische Volk verpflichtet ist, unentgeltlich Petroleum und Feuerung für Leute zu liefern, die unter dem Vorwand, daß sie dichten, meinen, sie wären zu gut, sich im Herbst Vorräte zu verschaffen. Meines Wissens hat das isländische Volk keinen Menschen gebeten, Gedichte zu machen.»

«Meinetwegen kann man mir alles nehmen», sagte der Dichter, «ausgenommen die Freiheit, ab und zu zum Himmel aufzublicken.»

Der Pastor, der sich bis zu diesem Augenblick wie ein überfließender Rinnstein darüber ausgelassen hatte, auf welche verschiedene Art man zu Reichtum kommen könne, verließ jetzt unerwartet dies Thema und richtete statt dessen seine zwinkernden Augen auf den Dichter, wobei er gar nicht wenig an einen Schauspieler erinnerte, der mitten im Spiel wegen eines Unglücks im Zuschauerraum seine Rolle vergißt. In seinen Augen offenbarte sich ein Funke jenes allgegenwärtigen Ewig-Menschlichen, das wohl nirgendwo so unbestritten zu Hause ist wie in den Augen eines alten Schweins, das hastig nach seinem Hirten schielt, ihn sieht und erkennt.

«Um von etwas anderem zu sprechen, mein Lieber: von was für Leuten stammst du ab?» fragte er dann.

Olafur Karason gab über zwei Generationen Auskunft; das war alles, was er wußte. Mehr brauchte er aber nicht zu wissen, denn seine übrige Geschlechterfolge konnte der Pastor leicht an den Fingern abzählen. Er begann wieder mit dem gleichen überströmenden Wortschwall zu leiern, und zwar jetzt so, als würde er laut aus einem langweiligen Buch vorlesen, nur hie und da unterbrach er sich durch vornehmes Räuspern.

«Es ist, ohne zu übertreiben oder das Gegenteil zu tun, ein einstmals berühmtes Geschlecht», sagte der Pastor, «das, mein Lieber, abwechselnd aus Kreisrichtern, Pfarrern und Krongutsverwaltern bestanden hat. Du stammst genau wie ich vom Bischof Jon Arason ab; außerdem mindestens von zwei anderen Holar-Bischöfen. Die dichterische Begabung hast du wahrscheinlich von jenem Bischofssohn Björn, der seinerzeit von allen Lateinschülern in Holar am besten Verse machen konnte, dann ins Ausland segelte, um in Frankreich zu studieren, aber unterwegs im Meer ertrunken ist. Dabei habe ich noch nicht einmal das Allerwichtigste berichtet: dein Stammvater ist nämlich derselbe Mann, der auch der Stammvater der Königin Victoria von England und ihrer Familie ist, Audum der Hammel, der zu Audunarstadir im Vidital, der Vater der Thora Mooshals, deren Nachkommen aufgezählt und in englischen Zeitungen veröffentlicht worden sind, was die Engländer aber gar nicht zu würdigen verstanden.»

«Ein andermal bei besserer Gelegenheit, wenn wir unter vier Augen zusammensein können, will ich dir die Lebensgeschichte meiner seligen Schwiegermutter erzählen», sagte Thordur zu Horn. «Heute mag es genügen, daß ich dir das schlimme Ende meines Vaters berichte. Vielleicht willst du später einen Gedenkvers über ihn dichten. Unerwartete Todesfälle haben lange zu den beliebtesten Stoffen der Dichter gehört. Die Sache war nämlich die, daß er sich von einer Bergwand fieren* ließ, um Sturmvögel zu fangen, wobei er zwischen den Klippen gerade vor dem Gehöft abstürzte. Ganze 24 Stunden hat man sein Geschrei gehört. Man konnte ihn auf einem Klippenvorsprung liegen sehen, aber es war nicht möglich, zu ihm hinzukommen. Sie sahen, wie Vögel seine Leiche zerhackten. Im nächsten Frühjahr kamen

* An einem Tau herablassen.

Vogelbergmänner aus Latar und holten seine Gebeine nach oben.»

Dann begaben sich die drei Männer der Schulkommission auf den Heimweg.

Einige Tage später fing der Schulunterricht an. Das Thinghaus lag auf dem Hofplatz des Gemeindevorstehers, Treffpunkt aller Stürme. Hierher kamen zwölf Kinder, blau im Gesicht und etwas verlaust, abwechselnd, aber nie alle auf einmal, erkältet. Der Gemeindevorsteher hatte von der Gemeinde den Auftrag, die Schule mit Torf und Schafmist zu versorgen, doch der Winter kam diesmal frühzeitig, und die eisigen Winde bliesen aus verschiedenen Richtungen durch sein Thinghaus. Der Gemeindevorsteher fand, das Feuerungsmaterial würde zu schnell aufgebraucht, und beschuldigte den Lehrer, daß er verschwenderisch heize. So wurde der Schulunterricht bald ein Glied in dem Krieg um Torf und Schafmist. War die genau zugeteilte Wochenration an Brennmaterial für die Schule am Mittwoch verbraucht und die Kinder saßen da mit abgekauten Nägeln, Frostbeulen an Händen und Füßen, mit Schnupfen, Fieber und Hexenschuß, so meinte der Dichter, es sei das beste, die Schule zu schließen. Sofort erschien der Gemeindevorsteher von Amts wegen und erklärte, wenn der Dichter nicht sogleich die Schule öffnen würde, wolle er ihn nicht allein bei der Schulkommission anzeigen und seine Entlassung fordern, sondern ihn durch den Gemeinderat zwangsweise nach seinem Geburtsort abschieben und ihn von der Obrigkeit bestrafen lassen. Diese Worte gingen dem Dichter sehr nahe, obgleich man sich kaum eine härtere Strafe vorstellen kann, als kranke und blaugefrorene Kinder, die obendrein schwer von Begriff sind, in einem Haus zu unterrichten, wo alle Winde des Nordens Thing halten. – Er wußte gar nicht, bei wem er in seiner Not Hilfe suchen sollte. Schließlich kam er auf den Gedanken, daß er durch Pastor Janus vielleicht wegen seiner Verwandtschaft mit Thora Mooshals und dem britischen Königshaus Nutzen haben könnte; und er beschloß, ihn aufzusuchen.

«Was soll ich nur anfangen, Ehrwürden Janus? Aus allen vier Himmelsecken zugleich scheint der Schneesturm gegen das Thinghaus zu blasen, aber der Gemeindevorsteher will für diese Woche keinen Torf mehr liefern. Ich fürchte für das Leben der Kinder. Schließe ich aber die Schule, so soll ich entlassen werden, droht der Gemeindevorsteher. Ja, er will sogar das Gesetz und das Gericht gegen mich mobil machen.»

Der Pastor antwortete: «Ich wundere mich über nichts, was der Gemeindevorsteher sagt oder tut, mein Lieber; ich kenne seine Sippe nur zu gut. Er stammt nämlich von der sogenannten Sperdlingasippe*, die in Wirklichkeit überhaupt keine Familie war, obwohl man sie, wenn man Glück hat, von Thorgil Thufuskit** herleiten könnte, der aus Dänemark eingewandert ist, wie einige meinen. Mit diesen Leuten ist nie viel los gewesen. Hingegen gab es in ihrer Familie reichlich viele Verbrecher und Nichtsnutze, mein Lieber. Zum Beispiel den Thorgardur, der sich hinterher als Gespenst herumtrieb, und jenen Tumi, der alle Leuchter aus Somastadirs Kirche klaute und sie für ein Fäßchen Branntwein an holländische Fischer verkaufte, mit der sechsjährigen Tochter als Zugabe. Tumi war der Sohn von Thorgerd und dem Zwitter Smyrill, der auf Kullabudareyar gestäupt wurde. Und Smyrills Tochter war Hunda-Karitas, die allbekannt ist, was man in den Geschlechtsregistern der Kreisrichter nachlesen kann. Sie kam vors Große Gericht und wurde auf dem Allthing ertränkt. Ihr Sohn war Jon Sperdill, der bei Eysteinseyrarleiti den Mann erschlagen hat und außerdem ein berüchtigter Schafdieb und Tunichtgut gewesen ist, mein Lieber. Seine Eltern waren aber auch zwiefache Geschwisterkinder, und er selber ist, heißt es, ein untergeschobenes Kind gewesen.»

«Manche armen Leute tröstet vielleicht der Gedanke, daß mächtige Männer von geringer Herkunft sind», sagte der Dichter. «Um mir neuen Mut zu geben, gehört aber mehr

* Sperdlingasippe bedeutet Schafmastdarmsippe (Sperdill, isländ.).
** Thufuskit bedeutet etwa Dreckhügelchen.

dazu. War es schon schwer, in Svidinsvik Dichter und Mensch zu sein – da war ich fünf Jahre Dichter, ohne daß es mir gelang, auch Mensch zu sein –, so kommt es mir doch vor, daß es noch viel schwerer ist, in der Bervikschen Gemeinde Dichter und Mensch zu sein.»

«Wie du mit Recht betonst sind es zwei verschiedene Sachen, Dichter und Mensch zu sein; und darum bin ich so frei, dir auf beide Punkte getrennt zu antworten, mein Lieber», sagte der Pastor. «Primo: niemand kann in Abrede stellen, daß es schwer ist, in Bervik Mensch zu sein. Soviel ich weiß hat es auch niemand versucht, seit Island besiedelt worden ist. Anno 1705 schrieb der Pfarrer in Bervik über seine Pfarrkinder: ‹Die hiesige Einwohnerschaft gehört sowohl im Hinblick auf ihren Verstand wie auf ihren Lebenswandel zu den tiefststehenden Wesen des Menschengeschlechts.› Hier in Bervik werden wir früher als anderswo jene Tierart auftauchen sehen, die die Erde bevölkern wird, nachdem die Menschen wie Affen an ihren eigenen Taten zugrunde gegangen sind. Die Berviker haben es nie ausstehen können, eine Schule zu haben. Seit mehr als tausend Jahren waren Läuse und Erkältung ihre einzige Ausschweifung, während andere Leute sich mit Tabak und Branntwein befaßten. Darum darfst du es dir nicht nahegehen lassen, wenn sie mit Torf für die Schule knausern und drohen, den Schulmeister zwangsweise nach seinem Geburtsort schaffen zu lassen. Aber secundo, mein Lieber: in diesem Punkt bin ich mit dir gründlichst uneinig, nämlich daß es hier in Bervik ausgeschlossen wäre, ein gelehrter Mann und Dichter zu sein. Seit meiner feierlichen Einführung in mein Seelensorgeramt vor vierzig Jahren hier in Bervik habe ich dreißig Bücher geschrieben. Bücher schreibt man für sich selbst, weil man unter Geschöpfen lebt, die nicht den Menschen zugerechnet werden können. Findest du, es fehlt dir an Mut, hier in Bervik Bücher zu schreiben, so ist es heilsam, dich daran zu erinnern, daß justament hier, an dieser hafenlosen Küste, eines der berühmtesten Bücher der Länder des Nordens geschrieben und aufbewahrt worden ist: die

Korpinskinna, die Arni Magnusson selber die bedeutendste Handschrift nannte, die er in seinen Händen gehalten hat. Er sandte eigenhändig einen Schreibebrief hier nach Island, darin hieß es, daß nicht nur seine eigenen Reichtümer angeboten würden, sondern dazu alle Reichtümer der dänischen Krone, wenn nur die achtzehn Blätter, die am Schluß der Handschrift fehlten, aufgetrieben werden könnten. In diesem Buch, das man in der Küche eines armen Mannes in Bervik Anno 1680 aufgestöbert hat, sind mehrere der berühmtesten alten Sagas aufgezeichnet. Jetzt wird es in einem sicheren, unterirdischen Gelaß in Kopenhagen verwahrt. Dort sagt man, es sei ein solches Kleinod, daß es für Dänemark keinen größeren Verlust geben könnte als den Verlust dieses Buches.»

Das waren für den Dichter große Neuigkeiten. Wohl hatte er von der Korpinskinna gehört als einem der meisterhaftesten Bücher des Nordens. Aber daß es hier entstanden war, hatte er bisher nicht gewußt.

Nun zeigte der Pastor ihm seine eigenen Schriften: Geschlechtsregister, Historisches, Sprachwissenschaftliches, als Beweis, daß es noch möglich war, in dieser hafenlosen Gegend Bücher zu schreiben; und angesichts der vielen engbeschriebenen Bände hatte der Dichter bald alle Plackereien wegen der Schule vergessen. Bis tief in die Nacht hinein sprachen sie miteinander über Gegenstände, die schon immer die Gedanken der Dichter und der gelehrten Männer auf Island beschäftigt haben.

Im nächtlichen Mondschein ging der Dichter heim durch hartgefrorenen Schnee; es war hell wie am Tag. Vom Gipfel des Jökels kam ein Glanz, von dem man nur in geweihter Schrift lesen kann. Da fand der Dichter, es wäre schließlich einerlei, ob der Gemeindevorsteher in Bervik zu geizig sei, Torf und Schafmist für die Schule herzugeben. Er sah den winzigen Ort im Licht der Korpinskinna, von unvergleichlicher Schönheit umhüllt durch dieses Werk einer Dichtkunst, die leben wird, solange die Welt besteht. Wie verächtlich das

Menschenleben auch sein mag in seinem Abstieg zu Affen und anderen Tieren, ihm war es gleichgültig, solange es noch einen Dichter gab: das Menschenleben ist Nebensache, fast nichts. Die Schönheit ist das einzige, das Bedeutung hat. Und im Grunde hat ein Dichter gegen nichts anderes Pflichten als gegen sie. Und plötzlich glaubte er: seine schönsten Gedichte sollte er erst noch dichten.

3

Mit diesen Leuten ist nie viel los gewesen», hatte der Pastor von der Sippschaft des Gemeindevorstehers gesagt.

Hier an dem hafenlosen Strand war die Würde des Menschenlebens ein ungebührlicher Begriff, genau wie das himmlische Licht. Dummheit, Knechtschaft und Armut, sie waren die wahren Tugenden, der dreieinige Gott dieser ernsten Gemeinde. Diese finstere Allmacht hüllte jedes Kind in einen Panzer, hart wie aus Schienbein zusammengefügt, um es gegen alles Menschliche, das Gefahr bedeutet, zu schützen; besonders gegen jegliche Einwirkung der Schönheit.

Kein Wunder, daß der Dichter froh war, als er unter der Kinderschar ein Gesicht erblickte, das sich von all den anderen mit ihrem Schmutz, Sturmvogeltrangeruch, schlechtem Atem von verdorbenem Fisch, Skrofeln, Erkältung und Läusen unterschied; das wohltuend frisch wirkte mit seinen offenen, begeisterungsfähigen, nach Wissen hungernden Augen. Eine farbenprächtige, zarte Blume in dürrer Heide zwischen Riedgras und Sandrohr. Diese klaren, wenn auch ein wenig kühlen Augen schienen ohne Unterlaß auf der Suche zu sein nach einem Sinn in allem, was sie sahen. Das wache, etwas zu weiche Gesicht machte den Eindruck, als lausche es auf eine innere Stimme, auf einen Ton des Aufbegehrens gegen die dreieinige Gottheit, die diesen Ort beherrschte.

Dabei stammte dieser dreizehnjährige Junge ganz und gar nicht von vornehmen Eltern oder reichen Leuten, bei denen feinere Sitten gepflegt wurden. Er war ein uneheliches Kind, das bei seiner Mutter lebte, einer ortsfremden Frau, Magd beim Gemeindevorsteher in Storubervik. Der Vater wohnte seit langem im Süden des Landes, und es bestand zwischen ihm und dem Knaben und seiner Mutter keine Verbindung. Aber wie es sich auch mit der Herkunft des kleinen Sveinn in Bervik verhalten mochte, es konnte kein Zweifel daran bestehen, daß er aus einem anderen Holz geschnitzt war als die Menschen in dieser Gegend. Vielleicht kam alles von seiner sonderbaren Mutter, die ihm beigebracht hatte, sich wieder und immer wieder zu waschen, unablässig. Eines stand fest: Unsauberkeit war ihm etwas Fremdes, sogar seine Fingernägel waren peinlich sauber, sein Haar gekämmt; und wie ärmlich seine Kleidung auch war, so hatte seine Mutter ihr doch einen geschmackvollen Schnitt gegeben. Nie konnte man einen Fleck oder eine Falte an seinem Zeug sehen, und deshalb wirkte er stets gut angezogen. Schnupfen und Läuse schienen einen Widerwillen vor diesem Jungen zu haben und einen großen Bogen um ihn zu machen.

Sveinn in Bervik lernte leicht, ohne Anstrengung und Büffelei. Aber obgleich er mit seiner Auffassungsgabe die Mitschüler weit übertraf, hatte er ein ausgeprägt zurückhaltendes Wesen, das ihm geradezu verbot, sich vorzudrängen oder gar den vordersten Platz einzunehmen. Kennzeichnend für ihn war, daß er sah, ohne daß es auffiel; daß er eine reine Stimme hatte, mitten in dem rüden Lärm um ihn herum; daß er schlagfertig war, wenn die anderen die Antwort schuldig blieben, ohne überheblich zu sein. – Eines Tages fragte Olafur Karason den Jungen, ob er Lust habe, nach der Schule auf seinem Heimweg ein Stückchen von ihm begleitet zu werden; er sagte, er habe seit einigen Tagen den Wunsch, ihn unter vier Augen nach einer Kleinigkeit zu fragen.

«Ja», sagte der Knabe und errötete.

Als sie aber in der Dämmerung allein waren, konnte der Dichter zuerst kein Wort über die Lippen bringen. Sie gingen eine Weile stumm nebeneinander hin. Schließlich faßte sich der Dichter ein Herz und begann:

«Seit dem ersten Augenblick, als ich dich gesehen hatte, wollte ich dich nach etwas fragen. Ich hoffe, du verübelst es mir nicht, wenn dir meine Frage vielleicht auch seltsam vorkommen könnte. Hörst du manchmal, wenn du allein bist, einen eigentümlichen Klang?»

Der Knabe blickte zu seinem Lehrer auf, etwas verwundert über solche rätselhafte Frage, sehr ernst, ein wenig verlegen und vielleicht nicht ganz frei von Furcht.

«Klang?» sagte er. «Was für einen Klang? Etwa Vogelgezwitscher?»

«Etwa Vogelgezwitscher», sagte der Dichter und wurde nun selber ein wenig verlegen. «Und doch nicht wie Vogelgezwitscher. Nein, in Wirklichkeit durchaus nicht wie Vogelgezwitscher. Vielleicht überhaupt kein Klang, sondern eher ein Licht, ein inneres Licht, Freudenlicht, Allmachtslicht. EIN LICHT, EIN KLANG, wofür noch keine Worte geschaffen worden sind, um es auszudrücken.»

«Ach», sagte der Knabe.

Der Dichter war verstimmt; er war enttäuscht und fühlte auch, daß er sich lächerlich gemacht habe, alles das in einem Atemzug zu gestehen. Die Antwort des Knaben bedrückte ihn plötzlich.

Eine Weile gingen sie stumm nebeneinander weiter. Da sagte der Knabe:

«Willst du mich lehren, dieses Klingen zu hören und dieses Licht zu sehen?»

«So etwas kann man keinen anderen lehren, lieber Sveinn», sagte der Dichter. «Der Welt ganzer Reichtum und alle Freuden der Erde sind weiter nichts als armselige Nachahmung und dürftiger Ersatz. Aber manches Mal während der Schulstunden, wenn ich dein Gesicht betrachtete, kam es mir so vor, als wärst du dazu geboren, es zu hören und es zu sehen.»

«Ich bin so traurig, daß ich es nie gehört habe und nie gesehen habe», sagte der Junge. Und er kam sich wie ein mißratener Mensch vor.

«Mein Freund», sagte der Dichter, um einen neuen Versuch zu machen, «wenn du an einem stillen Sommertag vor dem Meer stehst und siehst, wie sich die Wolken in der Tiefe spiegeln; oder du liegst zur Mittsommerzeit in einer kleinen grünen Talmulde und siehst einem Bach zu, wie er dahinplätschert; oder du wanderst im beginnenden Frühling durch welkes Gras vom letzten Jahr am Fluß entlang und hörst den Schrei der ersten Wildgänse – fühlst du dann nicht etwas Seltsames?»

Da sagte der Knabe: «Immer wenn ich etwas Schönes sehe oder höre, vergebe ich allen alles; da sehne ich mich danach, einmal ein großer Mann zu werden, damit ich für alle Gutes tun kann.»

Jetzt ergriff der Dichter seinen Freund bei der Hand und sagte dankbar: «Gottlob, daß du mich wenigstens verstanden hast.»

Aber der Junge wußte nicht recht, was er verstanden hatte, und er wollte sich noch besser ausdrücken und fügte hinzu:

«Ich habe so großes Verlangen, ein gelehrter Mann und Dichter zu werden.»

Der Dichter verstummte wieder. Es war ja etwas ganz anderes, wonach der Dichter gefragt hatte. Aber wie enttäuscht er sich auch aufs neue fühlte, so wußte er doch, es wäre falsch gewesen, es sich anmerken zu lassen: im Grunde hatte er von dem Jungen etwas erwartet, das kein Dichter billigerweise von einem anderen Menschen verlangen kann.

«Komm nun mit zu mir und trink etwas Kaffee», sagte der Dichter, um seine Gedanken zu beschwichtigen.

«Ich muß den Pferden Spreu geben», sagte der Junge. «Sonst bekomme ich Schläge.»

«Ich verstehe», sagte der Dichter. «Auch ich bin von Göttern, Menschen und Pferden geschlagen worden. Aber du hast eine Mutter und vielleicht auch noch einen Vater. Es kann gut sein, daß du einmal ein gelehrter Mann und Dichter wirst.»

Obgleich also Olafur Karason von seinem Schüler ein bißchen enttäuscht war, besonders was den Klang betraf, so konnte er nicht anders, als sich des jungen Menschen etwas anzunehmen. Ihre Freundschaft wuchs und gedieh eine Weile wie ein Samenkorn, das in einer Wüste eine Handvoll saftige Erde gefunden hat. Nie zuvor hatte der Dichter erlebt, daß er derjenige war, der in einer Freundschaft der Schenkende sein durfte. Dieses Bewußtsein gab ihm in einer schweren Zeit ein wenig Selbstvertrauen. Wie hätte er ohne Sveinn den Winter in Bervik ertragen können? Alle anderen Schüler vergaß er; er sah nur Sveinn und sprach nur mit ihm. Das strenge Alte Testament und die übrigen Lieblingsbücher des Berviker Gemeindevorstehers legte er unbeachtet beiseite, statt dessen nahm er Sigurdur Breidfördś *Numa-Reime* und die Gedichte von Jonas Hallgrimsson vor, wobei er immer wieder von der aller Dichtung innewohnenden geheimen Heiligkeit und von der Allmacht der Schönheit sprach. Er vergaß auch nicht, von der Erhabenheit der Vergänglichkeit zu sprechen.

Eines Tages fiel dem Lehrer auf, daß der Junge nach dem Unterricht nicht auf ihn gewartet und sich ohne Abschiedsgruß auf den Heimweg begeben hatte. Als es auch an den folgenden Tagen geschah, lauerte der Dichter ihm nach der Schule auf und befragte ihn. Zunächst wollte der Junge nicht antworten; als der Dichter aber eindringlicher fragte, gestand er, er habe Schläge bekommen.

«Weswegen?»

«Weil ich vom Dichten gesprochen habe», sagte der Junge.

«Als ich so alt war wie du, bin ich auch geschlagen worden», sagte der Dichter, «und zwar von Göttern, Menschen und Pferden. Aber die Dichtkunst ist der Erlöser der Seele, und es ist mir nie im entferntesten eingefallen, sie im Stich zu lassen.»

Trotz seiner vielen Worte wollte der Junge davoneilen.

«Lauf nicht weg», sagte der Dichter. «Meine Frau gibt uns Kaffee. Und wir lesen ein Liebesgedicht von Sigurdur Breidfjörd.»

«Ich halte es nicht aus, Schläge zu bekommen», sagte der Junge.

«Es gibt keine Schläge, die einen Dichter treffen können», sagte Olafur Karason. «Dichter sind stärker als Götter, Menschen und Pferde.»

Zu dieser Zeit stand an einem Sonntagmorgen der Gemeindevorsteher vor dem Tun des Dichters in Litlubervik. Er sagte, er wolle ihn sprechen.

«Du verdirbst mir die Kinder», sagte der Gemeindevorsteher. «Da ist ein aufgeweckter Bursche, den hast du so mit Grillen vollgepfropft, daß er einem jetzt die wunderlichsten Antworten gibt, wenn man ihn fragt. Außerdem hat er angefangen, mit Tinte und Feder herumzupfuschen. Ich dulde in meinem Haus keine Tintenkleckserei! Ich erlaube in meinem Haus kein unnützes Spekulieren.»

«Ach so», sagte der Dichter.

«Wenn du es so weitertreibst, machst du aus dem Bengel einen Nichtsnutz, wie du selber einer bist, und außerdem einen Verbrecher wie Sigurdur Breidfjörd, der sein Eheweib für einen Hund verkauft hat und mit 27 Stockstreichen bestraft worden ist.»

«Ach, das möchte ich denn doch vielleicht nicht behaupten», sagte der Dichter.

«Aber ich bin gekommen, um dir zu sagen, daß du es am eigenen Leib zu fühlen bekommst, wenn du die Kinder auch weiterhin durch nichtsnutziges Grübeln auf Abwege führst, anstatt ihnen ein rechtschaffenes Benehmen beizubringen. Wir hier in Bervik glauben an Christus. Wir haben beschlossen, eine Kirche für zwanzigtausend zu bauen, und wir verlangen, daß andere auch an Christus glauben. Wir wehren uns mit Zähnen und Klauen gegen Leute, welche die Jugend verführen wollen, der Arbeit und Redlichkeit den Rücken zu kehren, und die Dichtkunst zum Vorwand nehmen, um aus ihnen Müßiggänger und Verbrecher zu machen.»

«Na», sagte der Dichter.

«Du sagst ‹Na›, du verdammter Dussel», brüllte der Gemeindevorsteher los, «kann sein, daß dir dieses Wort einmal teuer zu stehen kommen wird.»

Dies Gespräch sollte für Sveinn in Bervik nicht ohne Folgen bleiben. Das erste, was Olafur Karason tat, als er wieder in seiner Stube saß, war, etwas Wasser in seine eingetrocknete Tinte zu träufeln und zum erstenmal in seinem Leben einen Brief nach dem Süden zu schreiben.

Seit der Geburt des Knaben hatten die Eltern einander kaum eine Zeile in friedlicher Weise geschrieben; die Mutter hatte allein den Sohn versorgt. Olafur schrieb an den Vater nicht nur ohne Einverständnis von Mutter und Sohn, sondern schickte den Brief sogar gegen den Willen der Mutter ab. Er schrieb für eigene Rechnung, erzählte seine eigene Lebensgeschichte und bat einen ihm völlig Fremden, sein eigenes Leben zu retten – um es vor einer erneuten Fleischwerdung auf Fotur unter Fotafotur zu bewahren. Nie hatte dieser Dichter sich so warmherzig für eine Sache eingesetzt. Und dann geschah das Unglaubliche: einer dieser seltenen Zufälle im Leben, da ein Brief wirklich Frucht trägt.

Gut einen Monat danach konnte Olafur Karason Sveinn in Bervik zu einem Gespräch unter vier Augen einladen und dabei folgende Worte zu ihm sagen: «In deinem Leben wird sich das erfüllen, wonach ich mich seit meiner Jugend gesehnt habe.» Alsdann erzählte er ihm, daß sein Vater geschrieben und sich bereit erklärt habe, seinen Sohn auf eigene Kosten studieren zu lassen, was dieser sich nur wünsche.

«Wie kann ich dir danken, daß du das erreicht hast», sagte der Junge und wischte sich die feuchten Augen.

«Mein Lohn ist die Gewißheit, daß du die Wirklichkeit dessen erlebst, was mein Traum gewesen ist», sagte der Dichter. «Jetzt wirst du in eine Schule kommen und ein gelehrter Mann und Dichter werden.»

«Und sollte ich alle Schulen des ganzen Landes besuchen, so hat es für mich nur eine Schule gegeben: deine Schule», sagte Sveinn in Bervik.

Ihnen war zumute, als sei die Abschiedsstunde gekommen; und sie betrachteten einander wie aus schicksalsschwerer Ferne.

«Falls ein armer Gemeindedichter von einem entlegenen, hafenlosen Strand an deine Tür klopfen sollte, glaubst du, daß du ihn wiedererkennen wirst, Sveinn?» sagte Olafur Karason.

«Wenn du zu mir auf Besuch kommst, habe ich meine eigene Stube und eine Menge Bücher», sagte Sveinn in Bervik. «Diese Stube ist deine Stube, und alle Bücher sind deine Bücher. Alles, was mir gehört, gehört dir. Abends werde ich dich auf dem Sofa betten.»

«Nein, vielen Dank», sagte Olafur Karason Ljosvikingur mit seinem bescheidenen Lächeln. «Ich will mich nicht auf dem Sofa niederlegen und schlafen. Wir werden die ganze Nacht wachen. Wir bleiben auf und sprechen miteinander. Wir sprechen über das, was seit den ältesten Zeiten während der langen Abende das Julfeuer aller Isländer gewesen ist. Du bist ein gelehrter Mann und Dichter, ich bin ein Gast, der kommt, um sich an Belehrung zu ergötzen. Willst du mir geloben, daß du dich nicht schlafen legst, sondern zusammen mit mir aufbleibst und mit mir sprichst?»

«Ja», sagte Sveinn in Bervik.

«Willst du mir noch etwas geloben?» fragte Olafur Karason Ljosvikingur.

«Ja», sagte Sveinn in Bervik.

«Willst du mir geloben, daß du mich nicht mit Geringschätzung betrachten wirst, wenn ich auch unwissend und unglücklich bin und vielleicht schlecht gekleidet im Vergleich mit denen, die dein Umgang sind; und daß du mich auch nicht bedauern wirst?»

«Nie werde ich etwas anderes in dir sehen als den besten Menschen, den ich je kennengelernt habe», sagte Sveinn in Bervik.

«So ist da nur noch eines, worum ich dich bitten möchte», sagte Olafur Karason. «Darf ich sagen, was es ist?»

«Ja», sagte Sveinn in Bervik, «was ist es?»

«Wenn wir die ganze Nacht gewacht und zusammen gesprochen haben und die ersten Morgenstrahlen an deiner Wand sind, willst du dann mit mir zum Kirchhof gehen und mir ein Grab zeigen?»

«Wessen Grab?» sagte Sveinn in Bervik.

«Sigurdur Breidfjörds Grab», sagte Olafur Karason.

«Alles, was ich kann will ich für dich tun», sagte Sveinn in Bervik.

«Ich habe gehört, daß sein Grabstein eine steinerne Harfe mit fünf Saiten ist», sagte der Dichter.

4

Und dann sind fünf Jahre verstrichen, hinterlistig, wie sich die Zeit aus einem Menschenherzen wegstiehlt, nicht nur von einem Leben in Saus und Braus, sondern genauso von einem Leben nahe einer hafenlosen Bucht hinter hohen Bergen. Bis man aus langem Schlaf in dunkler Nacht verwundert fragend erwacht.

Im Abgrund der Nacht erwachte er, ein Fremdling in seinem eigenen Leben, ein Mann voll Reue über Sünden, die er nicht begangen hat, einer, dessen Taten schon lange in Mitleid ertrunken sind. Er erwacht weit fort von sich selbst; irregegangen in der Wüste des Lebens; der Weg zurück ist zu lang für ein Menschenleben. Niemand verlockt ihn mehr zu lächeln, und er weiß von keinem glückseligen Augenblick seit damals, als er unter dem Schrägdach gelegen auf Fotur unter Fotarfotur, krank und elend, und auf den Sonnenstrahl wartete. Könnte er sich entschließen aufzustehen, Licht zu machen und sich in einem Spiegel zu betrachten – er würde Angst bekommen vor dem Bettler, der sich bei einer fünfzehn Jahre älteren Frau und einem drei Monate alten Sohn als Gast aufhält.

«Wer bin ich?» fragt er. «Und wo?»

Und die Antwort: «Deine Wartezeit ist bald zu Ende, das Leben, das dir beschert – verloren.»

An dem Morgen, als Jon Olafsson geboren wurde, entdeckte er plötzlich, wie lange es her war, seit ihn sein Leben noch etwas anging. An dem Tag war das Haus voll von jenem stumpfsinnigen, wenn auch gutmütigen Hebammengeschwätz, das man überall dort zu hören bekommt, wo eine Frau gerade ein Kind geboren hat. «Nein», sagte er, «ich habe nicht das geringste Verlangen zu erfahren, was das Kind wiegt.» Als dann jemand bei Nachbarn eine Handwaage geborgt und man das Kind an die Waage gehängt hatte, weigerte er sich, das Gewicht des Kindes an der Laufstange der Waage abzulesen. Ein neugeborenes Kind war keine Neuigkeit mehr. Er hatte die Lebensgeschichte eines Kindes bis zum Überdruß kennengelernt. Von der Geburt des Kindes bis zu seinem Tod. Er kannte das erste Weinen, das erste Lächeln; das erste Mal, wenn es «Mama» lallt; den ersten Schritt; er wußte, wie es ist, wenn es erkrankt, leidet, dahinwelkt, den letzten Seufzer von sich gibt. Immer die gleiche Geschichte. Und er wußte, sollte man ihn eines Morgens auffordern auszugehen, um für den kleinen Jon einen Sarg zu leihen, er würde kaltblütig die bekannten Worte des Mannes von Nazareth wiederholen: Laß die Toten ihre Toten begraben.

Aber nun geschah es just an dem Morgen nach der Nacht, in der Olafur Karason Ljosvikingur in der Wüste erwacht war, daß ein Gast in sein Leben trat, gewiß an sich etwas völlig Gleichgültiges, im Grunde genommen überhaupt nichts. Und dennoch war es der Anfang von folgenschweren Geschehnissen, wie es meistens bei Zufällen zu sein pflegt. Später hat er sich oftmals gefragt, welch geheimer Zusammenhang wohl bestanden haben mochte zwischen jener nächtlichen Angst und diesem Besuch, der so gar nichts Auffallendes an sich hatte. Würde ich auf den unerwarteten Ruf des Lebens achtgegeben haben, fragte er sich, hätte nicht einige Stunden vorher aus der Leere eine Stimme mein Herz erreicht? Rüttelt uns das Leben denn mit dröhnendem Klang auf, ehe uns die Angst des Todes überfällt?

Es war, wie gesagt, in Wirklichkeit einer der vielen Zufälle, die mitten im ruhigen Strom der Jahre eines Menschenlebens eintreffen können: da kommt ein Mann von einer entlegenen Landzunge mit einem Mädchen in die Schule, der Leuchtturmwärter Jason von Taungum geht zum Lehrer und bittet ihn, sich seiner Deern besonders anzunehmen, denn seine bedauernswerte Kleine sei noch nie unter fremden Menschen gewesen und habe bisher noch keinen Unterricht bekommen. Nun solle sie im nächsten Frühjahr konfirmiert werden.

Ein großes, dralles Mädchen gibt dem Dichter die kräftige, schwielige Hand voller Warzen und Schrammen, und er sieht zwei dicke Zöpfe vor sich, struppiges Haar, das tief in die Stirn wächst; ein großes, rundes Gesicht mit riesigen Backenknochen und starken, vollzähligen, gut gewachsenen Zähnen; dicke, formlose Lippen, fettige Haut; Augen wie die eines wohlgenährten Kalbs; körperlich eher vollreif als halberwachsen. Als sie und der Vater dann in der Wohnstube des Dichters stehen, das Mädchen schnaufend mit herabhängenden Strümpfen, hat sie einen Dunst von Pferdefleisch, tranigen Seevögeln und Fisch mitgebracht.

«Jasina Gottfredlina hat etwas lesen und schreiben gelernt, aber sie konnte sich nur wenig darin üben», beginnt der Vater wieder, ein breitschultriger Riese mit grobem Mundwerk. «Und ein bißchen von den Sagas habe ich ihr beigebracht, damit sie immerhin etwas von den Hrafnismannen und den berühmtesten nordischen Königen aus der Vorzeit weiß. Nun soll sie also im Frühjahr zur Konfirmation», fährt der Vater fort, «und darum ist es wichtig, daß die Deern dies sogenannte Christentum zu lernen bekommt, damit sie sich vor anderen in diesem Fach nicht zu schämen braucht.»

Er hat sie bei seiner Schwester in Kost gegeben, einer Witwe auf einem der Eyrarhöfe jenseits des Flusses, nahe der Mündung, aber er bittet den Lehrer, die Tochter mitunter bei sich übernachten zu lassen; während der Schneeschmelze könne man nicht leicht über den Fluß rudern. Außerdem erklärt er sich bereit, dem Lehrer eine Vergütung zukommen zu lassen, wenn er dem Mädchen in der ersten Hälfte des Winters Nachhilfestunden im Christentum geben wolle, in der Hoffnung, die Deern würde ihre Altersgenossen in diesem Fach einholen und später im Winter mit ihnen Schritt halten können.

Olafur Karason betrachtet mit Verwunderung diese wilde Tochter von der Landzunge, dieses unnatürlich kräftige, durch und durch heidnische Mädchen. Und er streicht sich verlegen das Haar aus der Stirn. Ehrlich gestanden, es ist ihm völlig unfaßbar, zu welchem Zweck man etwas von der Weisheit des Alten Testaments und die wunderbaren Legenden über Jesus in solch ein Riesenweibsbild hineinpfropfen soll. Christentum ist das letzte, an das man als Unterrichtsfach für Jasina Gottfredlina denken kann.

Als sie unter den anderen Kindern der Klasse ihren Platz eingenommen hat, merkt man denn auch, wie sehr sie sich durch ihre Kräfte und ihre körperliche Reife von allen anderen Schülern unterscheidet. Sie muß den Urgewalten entsprungen sein; sie ist geradezu geladen mit einem Übermaß von unpersönlicher Kraft aus Erde und Meer und völlig unvereinbar mit jeglicher Vorstellung von Seele. Sie überwältigt die Schule; alle anderen Kinder verschwinden in ihrem Schatten, farblos und zerbrechlich, scheinen sich wie Schemen in Nebel aufzulösen.

Dieses Mädchen ist mit allen Tieren an den Küsten des Landes und in den Meeren ringsrum vertraut; sie weiß alles über sie, gleichgültig, ob sie warmes oder kaltes Blut haben, tot oder lebendig sind. Aber sie kann bedauerlicherweise nicht einmal die einfachsten Fragen im Naturgeschichtsunterricht beantworten. Mag dagegen auf ungezählten Gebirgshöhen oder Hochhalden der undurchdringlichste Nebel liegen, sie wird sich nicht einmal auf den schmalsten Felspfaden bei der Suche nach verlaufenen Schafen verirren. Sie kennt die Namen der unbedeutendsten Stellen – nicht nur in der Gegend ihres Vaters, sondern im weiten Umkreis –, in Einöden, auf Gebirgsweiden; Namen von Tälern, kleinsten Mulden, Bächen, Mooren, Sumpfland, Heiden, Schafhürden, verfallenen Hütten, Klippen, Steinen, Berggipfeln. Ebenso weiß sie mit allen Fischgewässern Bescheid. Aber es ist unmöglich, ihr in der Erdkunde auch nur die einfachsten Sachen einzutrichtern. Vielleicht steht sie geistig und seelisch auf keiner höheren oder tieferen Entwicklungsstufe – von den Grundbegriffen der Moral gar nicht zu reden –, als dieses Volk erwiesenermaßen zu jener Zeit gestanden hat, da es mit der Besiedlung dieses Landes anfing; aber ihre Denkfaulheit übersteigt alle Grenzen, als das Christentum vorgenommen wird: Christus, so meint sie, sei eine Art Ahnherr des dänischen Kaufmanns Kristinsen in Kaldsvik. Von Gott hat sie überhaupt nie das geringste gehört; sie ahnt nicht, daß es einen Gott gibt, glaubt es auch nicht, als man ihr davon erzählt. Dazu ist sie unfähig, sich ihrer Unwissenheit zu schämen, auch wenn die ganze Klasse um sie herum lacht; es kommt ihr nicht in den Sinn, daß sie die Ursache des Gelächters ist. Oft sagt Olafur Karason sich im stillen, im Grunde sei er ein Narr, wieder und wieder ein Menschenkind wegen nichtiger Dinge mit seinen Fragen zu quälen und zu plagen; ein Menschenkind, das nichts anderes verbrochen hat als ursprünglicher, lauterer zu sein als andere Menschen.

Während der Schulpause steht der Dichter am Fenster und betrachtet das Getümmel der Kinder, die bei dem uralten Spiel sind, in dem es darum geht, das Riesenweib von Berghexe zu fangen. Jasina Gottfredlina ist das Riesenweib. Wie schnell die anderen Kinder auch rennen mögen, um das Riesenweib zu fangen, gegen Jasinas überlegene, klotzige Gewandtheit kann niemand aufkommen. Nach dem Spiel steht sie auf dem Schulhof: von Gesundheit strotzend; die Augen glühend wie die eines Pferdes, erhitzt; ihre Zöpfe haben sich gelöst; die Strümpfe hängen herunter. Die Kinder rufen nach ihr, sie aber kümmert sich nicht darum, sie bleibt stehen und flicht ihre Zöpfe, hebt das Kleid über die groben Knie und bringt vor aller Augen ihre Strumpfbänder und Strümpfe wieder in Ordnung.

Abends nahm der Lehrer sie mit in sein Haus, um ihr die Erschaffung der Welt, den Sündenfall und jenen noch nie dagewesenen Regen als Ursache des Abfalls zu Noahs Zeiten auseinanderzusetzen, außer den übrigen Hauptzügen dieses Unterrichtsfachs, von denen sie weniger wußte als andere Mädchen ihres Alters.

Das Schulmädchen starrte in die Luft.

«Verstehst du, was ich sage?» fragte er.

«Ich weiß es nicht», sagte sie. «Ich denke nicht daran.»

Da wurde er ungeduldig und sagte: «Was wird dein Vater wohl sagen, wenn er hört, daß du nicht an das denkst, was du lernen sollst? Wer ging in die Arche?»

Doch sie hatte vergessen, wie der Mann hieß, ein so merkwürdiger Name – «Ach, der Kerl, von dem du geredet hast», sagte sie.

«Und weshalb ging Noah in die Arche?» fragte der Dichter.

«Es fing an zu regnen», sagte sie.

«Fing an zu regnen?» sagte der Dichter.

«Ja, aber nicht so schlimm, wie du gesagt hast. Ganz sicher nicht», sagte sie.

«Und weshalb hat es so geregnet?» fragte er.

«Das weiß ich nicht», sagte sie. «Es konnte wohl nicht länger trockenes Wetter bleiben?»

«Was wird wohl dein Vater sagen, wenn er erfährt, wie du antwortest?» fragte der Lehrer.

«Ich habe selber gehört, wie mein Papachen gesagt hat, daß alles Lüge ist, was in der Bibel steht», sagte sie. «Ich glaube an keine anderen Sagas als an die alten Sagas. Ich will nicht mehr in die Schule gehen. Ich will nach Hause.»

Ihr Gesicht hatte einen Ausdruck von Überdruß und Hoffnungslosigkeit bekommen. Sie tat ihm leid, aber zugleich ärgerte er sich, daß sie solch ein Dummkopf war. In diesem Augenblick erwachte der kleine Jon, das Kind, und weinte.

Sofort hatte sich Jasina Gottfredlinas Wesen verändert. Sie stand auf und ging zu dem Bett des Kindes, als sei sie hier plötzlich zu Hause. Sie nahm es in ihre Arme und begann es zu wiegen. Olafur Karason sah, daß in diesem Augenblick Gott und Noah aus dem Gesicht seiner Schülerin spurlos verschwunden waren, auch jener sonderbare Regen, mit dem diese beiden langweiligen Herren etwas zu tun hatten. Auch die Geistesträgheit war verschwunden, und die Widerspenstigkeit hatte sich in das Gegenteil verwandelt. Sie konnte auf jene ureigene, unsterbliche Weise ein Kind an die Brust legen; jenseits von Christentum, angelerntem Wissen und allem, was Sitte heißt, konnte sie sich zu einem Kind niederbeugen, den Fuß abwechselnd heben und senken, um ein Kind wieder einzuschläfern; konnte ein Wiegenlied summen, das im Tonfall mehr von dem geheimen Zauber unserer Abstammung birgt als alle Dichtungen. Das Kind war wieder eingeschlafen. Aber sie konnte es nicht übers Herz bringen, es wieder ins Bett zu legen, sondern sie wiegte es weiter, hob und senkte den Fuß – sie summte denselben wortlosen Kehrreim, in demselben Tonfall, ohne Melodie und Inhalt, wieder und wieder und immer wieder, als habe sie sich selber in Verzückung gewiegt. Der Dichter steckte die biblische Geschichte unter sein Kopfkissen und ging hinaus.

Einige Tage später geschah es, daß nach einem Schneesturm Tauwetter eintrat, und der Fluß hatte Hochwasser bekommen. Wie verabredet, sollte das Schulmädchen bei solchem Wetter in der Hütte des Lehrers übernachten und während dieser Zeit unter seiner besonderen Anleitung im Unterricht gefördert werden.

An einem solchen Tag sitzt sie nach Schulschluß wieder einmal in der Stube von Litlubervik und soll in den Zehn Geboten überhört werden.

«Du sollst keine anderen Götter haben neben mir», sagt Olafur Karason. «Was bedeutet das?»

«Weiß ich nicht», sagt das Schulmädchen.

«Der Gott der Juden war ein alleinbestimmender Gott, der wohl an andere Götter glaubte, aber den Leuten verbot, ihnen zu gehorchen, im Gegensatz zu unserem Glauben hier im Norden. Wir haben viele Götter, und wir gehorchen allen von ihnen und sie uns: da ist der Gott des Meeres und der Gott der Fluren, der Gott des Donners und der Gott der Dichtkunst –»

Sie starrt blöd in die Luft. Als er aber eine Weile die Zehn Gebote wiedergekaut hatte, verliert sie die Geduld und sagt:

«Kann ich nicht nach Storubervik hinübergehen und heute nacht bei einer Kuh wachen? Die Skjalda vom Gemeindevorsteher ist krank geworden.»

Er seufzt, steht auf und will eigentlich ein ernstes Wort mit ihr sprechen. Jedoch er läßt es sein und gibt seiner Schülerin einen leichten Klaps mit dem Katechismus.

«In Gottes Namen, mach, daß du fortkommst», sagt er.

Sie ohrfeigen, das war soviel, wie gegen eine Klippe schlagen. Sie versteht keinen Scherz, sie macht ein gekränktes Gesicht, als sei man ihrer Würde zu nahe getreten. Dann ist sie gegangen, und er steht allein, mit dem Katechismus in der Hand, und weiß nicht, was er sich vornehmen soll. Begreift sie nicht einmal das Alte Testament, das sich an einfachere Gemüter wendet, so gibt es nur wenig Hoffnung, daß es ihm glücken könnte, ihr einen Begriff von dem Neuen Testament beizubringen, zumal es die Seele anruft. Alle guten Geister schienen den Dichter verlassen zu haben, als man ihm solch eine Schülerin aufhalste. Es ist denn auch das erste Mal in seinem Leben, daß er Lust verspürt, ein lebendes Wesen zu schlagen.

Am nächsten Tag war das Land um den Fluß noch immer überschwemmt, und ehe er es recht wußte, hörte er schon wieder seine eigene Stimme, die ihr die Grundbegriffe des Glaubens zu erklären versuchte. Er redete wie ein aufgezogenes Uhrwerk, damit sie nicht merken sollte, wie gleichgültig ihm die ganze Sache war. Er berichtete die phantastischsten Dinge über die Gottheit, in der Hoffnung, sie in Erstaunen zu setzen, sowohl darüber, daß der Herrgott zu gleicher Zeit sein eigener Vater und Sohn und von einer unbefleckten Jungfrau geboren war, als auch darüber, wie nach jahrhundertelangem Kampf der Heilige Geist auf einer berühmten Kirchenversammlung bei der Abstimmung über die Dreieinigkeit mit einer einzigen Stimme Mehrheit gesiegt hatte. Aber weder göttliche Offenbarungen noch gewaltige Gotteswunder vermochten das Interesse dieses merkwürdigen Schulmädchens wachzurufen.

«Hörst du überhaupt, was ich sage?» fragte er schließlich.

«Sicher höre ich, was du sagst», erwiderte sie.

«Mir scheint, du denkst an etwas ganz anderes», sagte er. «Vielleicht erkläre ich nicht deutlich genug.»

«Warum soll man eigentlich immerzu über diese Götter reden», sagte sie.

«Wahrscheinlich bist du schon zu alt, mit dem Christentum anzufangen», sagte er. «Offenbar muß man schon als kleines Kind in die christliche Lehre eingeführt werden.»

«Glaubst du denn, ich könnte dir nicht ansehen, daß alles, was du sagst, von Grund auf gelogen ist?» sagte sie.

Er verlor die Sprache. Vielleicht lag die Ursache für ihre schwere Auffassungsgabe darin, daß seine Verkündigung nicht wahr war. Dieses einfältige, natürliche Mädchen fühlte seine Zwiespältigkeit: es hörte aus Höflichkeit zu, so lange es den Vortrag ertragen konnte, wie jemand, der einer langweiligen Hausandacht beiwohnt oder einem schlechten Theaterstück, aber es hatte ihn und seine Worte schon längst durchschaut. Er bekam einen förmlichen Lachkrampf und konnte sich nur mit Mühe das Lachen verbeißen; er stand auf, klappte den Katechismus zu und gab dem Mädchen wieder eine Ohrfeige, zum Zeichen, daß er's aufgab.

Aber das war ihr denn doch zuviel. Sie war vom Landzungenadel, Unterdrückung und Minderwertigkeitsgefühle waren ihr etwas völlig Unbekanntes, und sie war gewohnt, handgreiflich zu werden. Nicht nur gegen die jüngeren Geschwister, auch gegen den Vater, erzogen im Geiste der Sagakönige und Häuptlinge. Sie ging auf den Lehrer los und umfaßte ihn mit beiden Armen zum Ringkampf.

Damit hatte Olafur Karason nicht gerechnet. Tatsächlich hatte er noch nie an einer Schlägerei teilgenommen. Körperliche Kraftproben waren ihm zuwider, und er hatte stets versucht, ihnen aus dem Weg zu gehen. Mit einemmal aber stand seine Würde auf dem Spiel gegenüber einem jungen Riesenweib, dem Stärke mehr galt als Verstand, das nur begriff, was man mit Händen fassen konnte. Er hatte kein Recht, in dieser Auseinandersetzung den kürzeren zu ziehen, weder als Erwachsener einem Kind gegenüber noch als Lehrer einer Schülerin gegenüber, am allerwenigsten als Mann einer Frau gegenüber. Eines war sicher: Sie spaßte nicht. Nachdem es nun einmal zum Äußersten gekommen war, blieb ihm nichts anderes übrig, als sich zur Wehr zu setzen. Und so rangen sie miteinander.

Der Zwist konnte nicht auf andere Weise beigelegt werden. In einer Schlägerei siegen, das bedeutet, das Recht zur Seite zu haben. Sie war fest entschlossen, ihn unterzukriegen, entschlossen, sein Christentum zu zertrümmern; sie biß die Zähne zusammen und verzerrte das Gesicht. Ihr Vater hatte sie keine anderen Griffe beim Ringkampf gelehrt, als mit aller Kraft den Gegner zu umschlingen; langte das nicht, so war es für sie selbstverständlich, die Zähne zu gebrauchen. Und sie biß. Aber als er ihr ein Bein stellte, rutschte sie aus, fiel nach hinten über und riß ihn mit zu Boden.

Später hat er oft gegrübelt, ob dieser Fall nicht die Ursache zu allem folgenden Unglück war. Hätte er sich nicht vorsehen können? Hätte er es nicht verhüten können, sich von ihr zu Boden ziehen zu lassen? Deswegen hat er lange mit sich gestritten, aber das war vielleicht nur etwas Nebensächliches. Die Hauptsache war, daß er plötzlich ihren jungen, schwellenden Leib gegen seinen Leib drängen fühlte, ihr Leben gegen sein Leben. Seltsam jedoch, daß sie, als es soweit gekommen war, keinen Widerstand mehr leistete; im Gegenteil, ihr Körper umschloß seinen Körper auf die gleiche, natürliche Weise, wie sie sich früher über sein Kind gebeugt und es getröstet hatte. Genauso selbstverständlich, wie sie sich nach der Ohrfeige benommen hatte, schien es ihr jetzt, da sie zu Boden geglitten, die Verteidigung aufzugeben. Und sie erwartete, daß er ihren Fall ausnützen würde. Einen Augenblick später hörte man, daß draußen im Gang die Tür geöffnet wurde. Er erhob sich hastig, nahm den Katechismus vom Boden auf und setzte sich.

Das Schulmädchen Jasina Gottfredlina stand in der Mitte der Stube: blutrot, keuchend, mit heißen Augen; und sie hatte kaum ihr Kleid glattgestrichen, als Frau Jarthrudur Jonsdottir eintrat. Auf dem Rücken hatte sie den Staub vom Fußboden. Aber sie sagte nichts; sie schämte sich auch nicht.

Am nächsten Tag war der Fluß zugefroren.

5

Nach altem Brauch durfte Olafur Karason vor Weihnachten drei Tage von der Schule fortbleiben, um wie andere ordentliche Menschen im nächsten Handelsort für das Fest Einkäufe zu machen. Der Weg ging durch das Tal, über den Fluß, das Gebirge hinauf, durch den Paß Kaldsheidi nach dem anderen Kirchspiel und dann bis Kaldsvik bei Kaldur, einer recht ansehnlichen Stadt. Er führte ein Pferd am Zügel. Als er seine Einkäufe im Kaufmannsladen besorgt und alles auf den Gaul gepackt hatte, begab er sich wieder auf den Heimweg. Es war am Tag vor der Thorlaksmesse, das heißt, einen Tag vor dem Weihnachtsabend. Ein Unwetter war im Anzug, und bald öffnete der Himmel seine Schleusen mit einem so fürchterlichen Sturm, daß der Weg kaum passierbar wurde. Auf der Gebirgsheide überfiel ihn, noch am Tag, stockdunkle Finsternis. Er mußte gegen den Wind ankämpfen. Als er endlich abends wieder im Tal war, hielt er vor dem Berfluß zögernd sein Pferd an. Er wußte, wie sehr der Fluß bei solch einem Unwetter anschwellen konnte; ein unerfahrener Wandersmann im übrigen, entschloß er sich, auf dieser Seite des Flusses ein Unterkommen für die Nacht zu suchen. Er wollte es zuerst einmal dort versuchen, wo er nach seiner Meinung am ehesten willkommen sein würde, bei der Witwe auf dem Sudureyri-Gehöft, der Tante des Schulmädchens Jasina Gottfredlina.

Der Lehrer wurde denn auch mit offenen Armen von diesen Eyrar-Bauern empfangen, und man bewirtete ihn aufs beste. Das Wohnhaus hatte auf einer Seite ein Schrägdach mit zwei Wänden aus Holz und zweien aus Torf und stand auf einem Wall draußen bei der See. Die Witwe bewirtschaftete das Gehöft zusammen mit ihrem halberwachsenen Sohn und einer fünfzehn Jahre alten Tochter; außerdem hatte sie noch zwei kleine Kinder. Sie besaßen Schafe und eine Kuh, aber der größte Reichtum des Hofs war die Meeresbrandung mit ihrem ewigen, brausenden, taktfesten Wogenschlag.

Der Dichter war von dem Marsch recht mitgenommen, mit seinen Oberkleidern sah es sehr traurig aus; er hatte nicht einen trockenen Faden am ganzen Leib. Die Kinder der Bäuerin zogen seinen Gaul in den Stall und schafften seine Waren in den Beischlag; die Frau nötigte den Gast, sich sofort in der Stube ins Bett zu legen. Sie half ihm aus den Kleidern, die sie zum Trocknen beim Herd aufhing, gab ihm starken Kaffee und hatte obendrein noch einen Schluck Branntwein für ihn. Allmählich verschwand der Schüttelfrost, den sich der Gast unterwegs zugezogen hatte, aus seinem Körper. Eine Weile später brachte die Bäuerin Fleisch und Suppe, frischgemolkene Milch und kleine Plinsen. Sie war eine redselige Frau, sprach mit ihm aus der Küche, während des Kochens, dankte ihm wegen Dora, ihrer großen Tochter, die er in seiner Schule gehabt und die bei ihm so schöne Gedichte gelernt hatte. Und sie sagte, schöne Gedichte seien die beste Wegzehrung für jeden jungen Menschen, ob reich oder arm, ehe er ins Leben hinausgehe.

«Ja», sagte Olafur Karason, «die Dichtkunst ist der Seele Erlöser.»

«Solange Gott dem isländischen Volk Dichter beschert, haben wir keinen Grund zum Verzweifeln», sagte die Bäuerin.

Wie klein das Haus auch war, so konnte es bei der Unterhaltung auch dem Brausen des weiten Meeres Platz gewähren.

Das Schulmädchen Jasina Gottfredlina und Dora, ihre Kusine, saßen Seite an Seite, ihre Suppenschalen auf den Knien. Dora, blutarm und schwächlich, flüsterte halblaut und lehnte sich gegen ihre Verwandte, sie kicherte in einem fort. Aber das Schulmädchen konnte überhaupt nicht halblaut flüstern, sie lachte stets aus vollem Hals und mit dem ganzen Körper, ehrlich, aufrichtig, daß ihre hellen Zähne feucht glänzten und man ihr wie einem jungen Tier tief in den Rachen hineinblicken konnte. Der Junge, Sohn der Witwe, ein blöder Bursche, gegen alles abgestumpft, was um ihn vorging, hockte faul neben der Tür; er löffelte seine Suppe und kaute langsam das Fleisch. Die kleinen Kinder waren bereits zu Bett gebracht. Im Herd brannte Feuer, und es war warm in der Stube. Dann las die Witwe einige schöne Gedichte vor, was sie immer zu tun pflegte, wenn sie trostbedürftig war, bei Mangel im Hause, Krankheit und Verlust von guten Freunden. Und wenn das Leben ihr zulächelte, las sie heitere Gedichte.

«Ja», sagte sie, «sicher und wahrhaftig, die Dichtkunst ist der Erlöser des Menschengeschlechts.»

Je länger die Unterhaltung währte, desto spärlicher antwortete der Dichter. Es war wunderbar, eine trockene, warme Unterkunft für die Nacht gefunden zu haben nach dem schlimmen Unwetter oben auf Kaldsheidi und zu hören, wie hoch man die Dichtkunst hier schätzte; alle sitzen um einen herum, und das Brausen des Meeres herrscht im Haus.

Das Alltägliche und Nahe, das Ewige und Ferne, hier schmilzt es zusammen auf eine fast übernatürlich glückselige Weise. Er war eingeschlummert.

Es war der Schlaf eines sehr müden Menschen, still und tief und lang. Als er die Augen aufschlug, brannte ein mattes Licht in der Stube. Es war kein Feuer im Herd, und in der Stube war es ein wenig kalt. Das Unwetter war vorüber, auf dem Dach rührte sich kein Lüftchen, Stille ringsum, nur das einsame Brausen des Meeres. Er nahm seine Uhr unter dem Kopfkissen hervor und sah, daß es einige Minuten nach sechs war. Die beiden jüngsten Kinder schliefen ruhig in einem Bett etwas weiter fort von ihm, aber im Bett dicht neben seinem, an der Wand, hockte das Schulmädchen Jasina Gottfredlina, auf den Arm gestützt buchstabierte sie beim Schein einer kleinen Lampe in der «Christlichen Religionslehre für Kinder nebst Katechismus». Andere Menschen waren nicht in der Stube. Er sah sich vorsichtig um und überlegte, ob er merken lassen sollte, daß er erwacht sei, oder ob er die Bettdecke wieder über den Kopf ziehen sollte, um noch ein wenig zu schlafen. Eine Weile rührte er sich nicht und hörte auf das Murmeln des Mädchens; sie las, indem sie jedes einzelne Wort murmelte. Er fühlte, er könne nicht wieder einschlafen.

«Guten Tag», sagte er.

Aber Jasina Gottfredlina hatte nicht gelernt, guten Tag zu sagen.

Und nun geschah das Seltsame, daß Olafur Karason, nachdem er eine Weile still gelegen hatte, mit einemmal ein wunderliches Zucken in seinen Nerven verspürte – später brauchte er das Gleichnis: er habe an einem Faden gehangen –, ein bisher nie erlebtes Zittern ergriff ihn, es begann in den Leisten, breitete sich über seinen ganzen Körper aus und wurde schließlich zu einem unaufhörlichen Schütteln, daß ihm fast der Atem ausging. Er erhob sich halb im Bett, in der Hoffnung, sich davon befreien zu können, schnappte nach Luft und fragte:

«Wo ist die Bäuerin?»

«Sie ist im Stall», antwortete das Mädchen.

«Und die älteren Geschwister?»

«Die sind hinausgegangen zu den Schafen.»

Darauf kurzes Schweigen, Olafur Karason konnte das Zittern nicht loswerden. Das Mädchen las weiter in der Christlichen Religionslehre. Dann fragte er:

«Kommen die Leute bald zurück?»

«Nein, nicht so bald.»

«Aber die kleinen Kinder?»

«Die Blagen?» fragte das Mädchen. «Siehst du nicht, sie schlafen.»

«Glaubst du, daß sie fest schlafen?» flüsterte er.

«Die schlafen wie Widder», sagte das Mädchen. «Sie dürfen immer bis zum Morgenkaffee schlafen. Ich werde ganz früh geweckt, um Schularbeiten zu machen, während die Kleinen schlafen und die anderen draußen sind.»

«Ja, du bist ein gutes Mädchen.»

«Nein, ich bin kein gutes Mädchen.»

«Bald weißt du alles, was im Katechismus steht», sagte er.

«Ich bin ein Dämlack und verstehe überhaupt nichts», sagte sie. «Und am allerwenigsten den Katechismus. Wie ich's auch anstelle, ich kann nichts davon behalten. Ich werde sicher nicht konfirmiert.»

«Doch, liebe Jasina», sagte er. «Du wirst konfirmiert. Habe ich jemals gesagt, daß du ein Dämlack bist? Ich sage, du bist ein gutes Mädchen. Wenn da etwas in deinem Katechismus ist, was du nicht verstehst, so will ich versuchen, es dir zu erklären.»

«Nun?» fragte sie.

«Wenn du willst», sagte er.

«Ich weiß nicht, wie man fragt», sagte sie.

«Ich will es dir zeigen», sagte er.

Er stieg aus seinem Bett, schraubte die Lampe niedriger, daß es fast dunkel wurde, kroch zu ihr ins Bett und legte sich unter ihre Decke, nahm ihr den Katechismus weg und küßte sie. Sie wußte zuerst nicht, was das war, dann öffnete sie den

Mund. Sie hatte eine verschlissene, gestrickte Hose an, die ließ sie sich von ihm ausziehen, als wäre es ganz selbstverständlich. Sie machte überhaupt keinen Versuch, irgendwelchen Widerstand zu leisten, und ließ sich ohne Gegenwehr in den Arm nehmen; sie stöhnte bloß einen Augenblick und biß sich in die Lippen wie bei einem jähen, verhältnismäßig gelinden Magenkneifen, das bereits überstanden ist, ehe man aufschreien kann. Sie legte ihre jungen, starken Arme um die Schultern des Dichters. Einige Minuten danach stieg er wieder aus ihrem Bett und schraubte die Lampe hoch. Er sprach kein Wort, aber sie sagte:

«Wo hast du meinen Katechismus hingelegt?»

Er nahm den Katechismus vom Fußboden auf und gab ihr das Buch; sie begann sofort wieder darin herumzubuchstabieren und beim Lesen jedes einzelne Wort zu murmeln. Er legte sich in sein Bett und wartete, daß die Bäuerin mit seinen zum Trocknen aufgehängten Sachen kommen würde. Er zitterte nicht mehr, ihm war so wohl zumute. Die Kinder schliefen immer noch. Das einschläfernde Brausen der Meeresdünung war wie zuvor die ständige Stimme des Hauses. Dann kam die Witwe von draußen, wünschte guten Tag, fragte, wie der Gast geschlafen hätte, und begann Feuer zu machen.

Draußen war windstilles Wetter, und es hatte wieder gefroren; das Eis auf dem Fluß hielt, das Tauwetter war zu kurz gewesen, um das Eis zu zerstören. Die Frau gab dem Gast sein Zeug, es war trocken und angewärmt, und sie brachte ihm dampfenden Kaffee ans Bett. Er hatte vor, den Heimweg anzutreten, sobald er angezogen war, was aber die Witwe auf keinen Fall zulassen wollte. Vorher hätte er noch einmal gehörig zu essen; es wäre nicht so häufig, gute Gäste zu empfangen. Die jüngsten Kinder wurden angekleidet, und das Schulmädchen Jasina Gottfredlina war ebenfalls aufgestanden. Die beiden Mädchen halfen einander, die Betten zu machen und im Haus aufzuräumen. Die Frau begann wieder zu plaudern, aber Olafur Karason war jetzt etwas unruhig geworden, er fühlte sich ganz anders als am vorigen Abend. Er merkte, die Mädchen standen vor Jasinas Bett und tuschelten, als hätten sie darin etwas Unerwartetes entdeckt. Im nächsten Augenblick waren beide aus der Stube verschwunden. Als sie zurückkamen, konnte Olafur heimlich sehen, daß die Tochter der Witwe sehr erregt war und ihn sonderbar anguckte; Jasina dagegen war genau wie sonst. Dem Dichter wollte nichts munden. Als er aufbrach, glückte es ihm, Jasina allein bei der Tür abzufangen und ihr hastig zuzuflüstern: «Du darfst zu keinem etwas darüber sagen, was geschehen ist; unser beider Leben könnte auf dem Spiel stehen. Merk dir, daß nichts geschehen ist.»

Sie sah ihn erstaunt an, begriff nichts, war fast ratlos; aber er fand keine Gelegenheit, mit ihr noch weitere Worte zu wechseln. Die Frau und die Kinder kamen auf den Hofplatz und halfen, seine Waren aus dem Beischlag zu schaffen, das Pferd aus dem Stall zu ziehen, dem Tier den Saumsattel aufzusetzen und es zu bepacken. Dann nahmen sie Abschied von dem Dichter und wünschten ihm alles Gute. Und sie dankten ihm nochmals für seinen Besuch.

6

Zu früher Stunde am Weihnachtsabend kam ein Mann mit Lastpferden an dem kleinen Haus in Litlubervik vorüber, er war auf dem Weg nach Storubervik. Der Dichter stand draußen vor der Haustür. Er hatte die Gewohnheit, Fremden, die er in der Nähe seines Hauses sah, entgegenzugehen und sie einzuladen, bei ihm Kaffee zu trinken.

«Guten Tag», rief er.

Es war der Leuchtturmwärter Jason von der Landzunge. Er erwiderte den Gruß des Dichters nicht. Olafur Karason wünschte abermals einen guten Tag. Da hielt der Mann seine Pferde an, blieb stehen und rief als Antwort:

«Bei mir ist es nicht Brauch, Verbrecher zu grüßen. Du hast meine Tochter entehrt. Diese Schmach soll gerächt werden.»

«Ich verstehe nicht, wovon du sprichst», sagte Olafur Karason.

«Ich spreche von der Schande, die du mir und meinem Stamm angetan hast. Ich und mein Stamm, das ist ein Königsgeschlecht. Mein Geschlechtsregister beginnt mit Sigurdur Fafnisbane. Solange Isländer wirklich noch würdig waren, Isländer zu heißen, galt es als selbstverständliche Pflicht, solche Verbrechen, wie du sie gegen meinen Stamm begangen hast, mit der Waffe in der Hand zu rächen. Es ist hart, in einer Zeit leben zu müssen, wo man den Ehrenschänder seines Stammes nicht zum Zweikampf herausfordern und ihm nicht einen Blutaar eingraben darf.»

«Deine Rede richtet dich selber, Bauer», sagte Olafur Karason. «Ich will darauf nicht antworten.»

«Ist überhaupt noch eine Spur von Gerechtigkeit in diesem Land übriggeblieben, so wird dich deine Untat an den Galgen bringen.»

«Keine Gefahr, Bauer», sagte der Dichter. «Wir alle kommen noch zu rechter Zeit dorthin, wo wir hingehören. Darum eilt es also nicht. Laß uns lieber ruhig und in Brüderlichkeit miteinander sprechen wie Männer.»

«Ich müßte mich schämen, von Sagahelden abzustammen, wollte ich in Brüderlichkeit mit einem Schuft sprechen», sagte der Mann, trieb seine Pferde an und zog weiter.

Olafur stand noch auf seiner steinernen Türschwelle, als der Wanderer nicht mehr in Hörweite war. Dann ging er in sein Haus.

Frau Jarthrudur nahm ihre lange Hängebrust aus ihrer Wolljacke und gab dem Kind zu trinken.

Der Dichter ging in der Stube auf und ab. Schließlich strich er sich sein Haar aus der schweißtriefenden Stirn und begann zu ihr zu sprechen.

«Jarthrudur, ich muß dir eine kleine Sache anvertrauen, die mir schwer auf dem Herzen liegt.»

«Das muß wohl etwas sehr Erleuchtetes sein, wenn es dir der Mühe wert scheint, es mir anzuvertrauen.»

«Ich möchte dich bitten, eine menschlichere Miene zu machen, Jarthrudur.»

«Liebster, guter Jesus», sagte sie, «willst du mir einen Schreck einjagen?»

«Wenn du ein Gesicht aufsetzst, als wärst du ein Stellvertreter der Gottheit, so kann ich überhaupt nicht mit dir sprechen, Jarthrudur.»

«Ich habe schon immer gefühlt, du wirst ein Unglück über mich beschwören», sagte sie.

«Ja, ja», sagte er, «es ist schon am besten, ich sage nichts, überlasse es lieber den anderen. Mögen sie es dir erzählen.»

«Im Namen des Vaters, des Sohnes und des Heiligen Geistes!» sagte sie.

«Ja, von all dem Unvollkommenen, das Menschen geschaffen haben, sind die Götter das Unvollkommenste», sagte er gereizt.

Da nahm die Frau die Brust vom Mund des Kindes und fragte geradeheraus: «Was ist geschehen?»

Als sie endlich aufgehört hatte, die Dreieinigkeit anzurufen, herrschte für kurze Zeit Frieden zwischen ihnen. Und er begann zu sprechen.

Er berichtete ihr von seiner beschwerlichen Wanderung über die Hochheide bei Sturm und Regen, wie er von Finsternis überrascht wurde, und als er endlich das Gebirge hinter sich gelassen und die Furt über den Fluß ihm zu unsicher erschien, da sei es spät am Abend gewesen; er hätte sich nach Nachtherberge umgesehen und sie bei den Leuten auf Sudureyri gefunden. Er sei völlig ermattet und sehr müde gewesen, und die Witwe hätte ihn sofort zu Bett gehen lassen. Um seinen Schüttelfrost aus dem Leib zu treiben, hätte die Bäuerin ihm dann Branntwein in den Kaffee gegeben. Als er wieder erwachte, wäre ihm so wunderlich zumute gewesen, er hätte gar nicht recht gewußt, was mit ihm los sei; alles um ihn herum wäre beinahe unbegreiflich gewesen, und er hätte über sich eine völlige Öde gefühlt. Ihm wäre es gewesen, als hinge er an einem Faden; die brausende Meeresdünung sei das Herzpochen des Hauses dort, und er hätte gemeint, das Weltmeer sei der Herr des Gehöfts. Er hätte keine Gewalt mehr über sich gehabt; und er sei von einem Zittern befallen worden. Er wäre seiner Handlungen nicht länger mächtig und alles so unklar gewesen; nur eines wüßte er genau: daß er aus seinem Bett gestiegen und sich in ein anderes Bett gelegt hätte, darin ein junges Mädchen beim Christentumlernen gewesen sei. Er hätte die Lampe niedergedreht und dem Mädchen den Katechismus weggenommen.

«Und was dann?» fragt die Ehefrau.

«Sie war so gut wie nackt», sagt er, unfaßbar ruhig.

«Und dann?» fragt die Frau.

«Es ist in Wirklichkeit so unglaublich einfach, Mensch zu sein», sagt er. «Nie habe ich begriffen, wie man Schuld und Sünde und dergleichen mit dem Leben des Menschen in Zusammenhang bringen kann. Und doch finde ich es noch lächerlicher, den Zorn der Götter damit in Zusammenhang zu bringen.»

«Was tatest du?» fragt die Ehefrau.

«Tat?» wiederholt er. «Was tut man? Man lebt. Das ist das Ganze. Gibt es überhaupt etwas Selbstverständlicheres? Etwas Einfacheres? Eine andere Sache ist es, daß es nicht geschickt von mir war, zu dem Mädchen zu gehen. Gerade kam der Gemeindegeist vorbei und wollte mir einen Blutaar eingraben.»

«Wer war das Mensch?» fragt die Frau.

«Mein Schulmädchen – Jasina Gottfredlina.»

«Das überrascht mich nicht», sagt die Frau. «Habe ich nicht längst diese Stutenaugen in ihrem Gesicht gesehen! Solche Weibsbilder sollten im voraus Hiebe bekommen.»

«Es ist nicht recht, von diesem jungen Mädchen schlecht zu reden», sagt er. «Niemand darf Hiebe bekommen, weder im voraus noch hinterher. Etwas tun, das ist genauso richtig, wie etwas nicht tun; sein ist ebenso richtig wie nicht sein. Was schert es uns, daß die Götter, die sich die Menschen geschaffen haben, Toren und unvollkommen sind und ihre Gesetze dementsprechend? Die Schwierigkeit besteht nur darin, sich unter den Menschen geschickt zu benehmen. Das habe ich nie gekonnt, weder hier noch sonstwo. Diesen Mangel habe ich oft schmerzlich zu fühlen bekommen, aber selten hat es so schlimm für mich ausgesehen wie jetzt. Es kann sein, daß ein dunkler Schatten über unsere kleine Hütte fällt, Jarthrudur.»

Was den Dichter am meisten in Erstaunen setzte, als er seiner Frau zu Ende gebeichtet hatte, war, daß sie weder schimpfte noch tobte, noch die Götter beschwor, sondern diese Nachricht mit derselben gefaßten Ruhe hinnahm wie den natürlichen Tod eines Kindes. Nachdem sie eine Weile hin- und hergedacht hatte, fragte sie ihn, ob er glaube, die Sache könne üble Folgen haben.

Da sagte er, daß der Leuchtturmwärter wahrscheinlich bei seiner Schwester auf dem Wege nach Kaldsvik übernachtet habe; vor einer halben Stunde sei er hier vorbeigekommen, wohl um den Gemeindevorsteher aufzusuchen.

Frau Jarthrudur schwieg wiederum einige Augenblicke und fragte dann:

«Wie ist der Fluß heute?»

Er sagte, der Fluß sei fest zugefroren.

«So gehen wir nach Eyri hinüber», sagte sie, «und den kleinen Jungen nehmen wir mit. Wollen sie uns auch nicht schonen, so könnte es sein, daß sie das Kind schonen wollen.»

Lange soll ein Mensch geprüft werden. Mit einemmal war jedes Gotteswort in ihr verstummt, sie hatte auch kein Wort der Anklage gegen Jasina Gottfredlina mehr. Und er hörte sie zu seiner Verwunderung «wir» und «uns» wegen seiner Schuld sagen. Vielleicht sah er heute zum erstenmal den Menschen, der ihm seit zehn Jahren zur Seite gestanden hatte.

Dann wuschen sich die Eheleute, Jon Olafsson wurde ebenfalls sorgfältig gewaschen, und sie zogen ihre besten

Kleider an. Auch Jon Olafsson bekam sein allerfeinstes Zeug an.

Ein windstiller Tag mit hartem Frost, knirschendem Schnee und dickem Eis auf dem Fluß. Sie gingen in ihrem Festtagsstaat hinunter in das Tal, über den Fluß, ernst und ohne ein Wort. Der Mann trug seinen Sohn, der war in eine warme Decke gewickelt.

Die Witwe auf Eyri empfing die Eheleute von Litlubervik recht freundlich, wenn auch ihr freundliches Wesen seit dem Vortag etwas gedämpft war. Auch im Haus herrschte eine andere Stimmung; das Meer war tot. Die Witwe bat den Besuch, mit dem Kind nicht in der Kälte zu stehen, sondern so gut zu sein und hereinzukommen.

«Danke, keine Umstände unseretwegen», sagte die Frau des Dichters. «Aber wir möchten gern ein paar Worte mit der kleinen Jasina Gottfredlina sprechen, deiner Nichte, die bei dir wohnt.»

Dann gingen sie hinein. Die beiden Mädchen waren mit dem Reinemachen für Weihnachten beinahe fertig, nur eine kleine Ecke in der Wohnstube sollte noch aufgeräumt werden. Das Schulmädchen Jasina Gottfredlina nahm die Sackleinenschürze nicht ab, als sie zu der Frau des Dichters gerufen wurde. Sie hatte gerade Kaffee getrunken und wischte sich mit den Unterarmen den Mund trocken. Die Hausmutter schickte die kleinen Kinder hinaus und ging mit der großen Tochter in die andere Ecke der Wohnstube.

«Jasinachen», sagte die Ehefrau des Dichters, das Kind an die Brust hebend, als wollte sie es beschützen, «wir möchten dich so gern wegen einer kleinen Sache fragen, die vielleicht ganz unwichtig ist, aber dennoch für uns alle von Bedeutung sein könnte. Nicht nur für unser kleines, unschuldiges Kind und Olafur, sondern auch für mich und dich. Findest du, wenn du vor Gott Rechenschaft am Jüngsten Tag ablegen sollst, daß Olafur dir Verdruß bereitet hat und daß du deswegen Klage gegen ihn führen müßtest?»

Das Mädchen antwortete darauf mit lauter Stimme: «Klage

führen? Ich? Ich habe mich nicht beklagt. Ich habe nur gesagt, wie es war. Und es war überhaupt gar nichts.»

«Ja, ja, Jasinachen», sagte die Ehefrau. «Da es also nichts war, was ich auch meine, so macht es wohl nichts, wenn du mir genau erzählst, wie es war.»

«Du kannst ihn selber fragen», sagte das Schulmädchen und zeigte auf Olafur. «Ich habe keine Lust, in einem fort etwas zu wiederholen, das nichts war, wirklich nicht viel war. Mir ist es einerlei, wenn es auch dir einerlei ist, und ich bin nicht böse, wenn du nicht böse bist.»

«Bist du bereit, Jasinachen, überall und gegen wen auch immer zu erklären, sowohl vor Gott als auch vor der Obrigkeit, daß es gar nicht gewesen ist?»

«Ich will zu keinem mehr etwas davon sagen, am allerwenigsten zu Gott und der Obrigkeit», sagte das Schulmädchen. «Und ich hätte auch zu keinem etwas davon gesagt, wenn es etwas gewesen wäre; ich habe es nur aus Spaß erzählt, weil es gar nichts war.»

Da fragte Olafur Karason: «Wem hast du es gesagt?»

Das Schulmädchen: «Ich habe es nur meiner Kusine Dora gesagt.»

Er: «Warum?»

«Um darüber zu lachen», sagte das Mädchen. «Dora und ich, wir finden immer gern was, worüber wir lachen können. Wie konnte es mir einfallen, daß Dora quatschen würde? Ich erfuhr erst heute früh davon, als mein Pappchen, der über Nacht hier war, sagte, es wäre am richtigsten, mich öffentlich auszupeitschen. Und natürlich sagte ich zu ihm, wenn er Mut hätte, so könnte er versuchen, mich auszupeitschen.»

Da trat die Witwe einen Schritt näher und ergriff das Wort.

«Ich weiß, Olafur Karason, du bist nicht so einfältig, dir einzubilden, daß die einzelnen nach eigenem Willen und Gutdünken solche Sachen erledigen könnten. Du mußt doch wissen, daß in solchen Sachen das Gesetz entscheidet. Aber nicht aus Lust, jemand ins Unglück zu bringen, habe ich deswegen mit meinem Bruder gesprochen, sondern weil ich es für unverantwortlich halte, daß ein Mann, der solch einen Fehltritt begeht, Lehrer der Jugend ist.»

Der Dichter fragte, ob man beschlossen habe, ihn anzuzeigen und bei der Obrigkeit zu verklagen.

«Ich klage dich bei keiner Obrigkeit an», sagte die Witwe. «Aber das weiß Gott, lieber hätte ich eines meiner Kinder verloren, als zu erleben, daß so etwas unter meinem Dach geschieht. Ich fragte mich selber: was nützen alle guten Gedichte, wenn die Dichter schlechte Menschen sind? Und doppelt leid tat mir alles, als ich an dich dachte, Jarthrudur, und an dein Kind. Aber ich würde mich an diesem – Unglück, das sich unter meinem Dach zugetragen hat, mitschuldig fühlen, wenn ich nicht deswegen mit dem Vater des Mädchens offen gesprochen hätte.»

Da sagte Jarthrudur: «Was mich selber angeht, so ist das ganz einerlei, alle wissen, daß ich ein armseliges Geschöpf an Leib und Seele und seit Kindesbeinen sündig und verderbt bin. Aber wenn man vorhat, Olafur Karason zu einem Verbrecher zu machen, sein Heim zu zerstören und über sein kleines Kind einen unaustilgbaren Schatten zu werfen, so gibt es keine Gerechtigkeit mehr, weder auf Erden noch im Himmel, Gott verzeih mir. Denn hat es jemals auf Erden einen unschuldigen Menschen mit reinem Herzen gegeben, einen Mann, der keinem lebenden Tier etwas zuleide tut, der niemals von einem Menschen etwas Böses denkt, sondern alle mit Liebe und Milde umschlingen will, so ist er es.»

Zum zweitenmal an ein und demselben Tag sah Olafur Karason wie im Traum diese Unbekannte, die sein Kind mit ihren Armen schützte, als gälte es, seinen Sohn gegen Schwerter und Speere zu verteidigen. In ihren wie feuchter Seetang schimmernden Augen war eine neue Glut entfacht, ihr Eintreten für seine Sache wurde mit unerschütterlicher natürlicher Sicherheit und unbewußter Umsicht geführt, ohne Weinen und Jammern, etwas noch nicht Dagewesenes für ihren Mann. Bis zu diesem Augenblick hatte das Schulmädchen Jasina vor ihrer Nebenbuhlerin mit zurückgeworfener, erhobener Stirn gestanden, breitbeinig, den Leib etwas vorgeschoben, Trotz in den Augen und Elektrizität in den Haaren, ohne den tieferen Sinn des Besuchs eigentlich zu verstehen. Plötzlich aber wurde ihr klar, daß sie teil daran habe, wenn das Heim des Lehrers zerstört und über dieses kleine Kind ein unaustilgbarer Schatten geworfen würde, und alle ihre Hochnäsigkeit war verschwunden, sie senkte den Kopf, hob die sackleinene Schürze vor die Augen und begann laut zu weinen.

«Hätte ich gewußt, daß sie Olafur Karason deswegen leiden lassen wollen, nie im Leben hätte ich auch nur ein Sterbenswörtchen erzählt», sagte sie unter Tränen. «Olafur Karason, er darf mit mir machen, was er will, alles, alles; und niemals, niemals soll es was gewesen sein.»

Jedes weitere Wort war jetzt nutzlos. Die Lösung der Sache wurde dem Schicksal anvertraut, besser gesagt: jenen Mächten, die dafür zu sorgen haben, daß alles seinen vorgeschriebenen Gang geht.

Das Lehrerpaar wartete, bis die Witwe mit dem Kaffeekochen fertig wurde, und Jon Olafsson bekam ein großes Stück Kandiszucker in die Hand. Das Schulmädchen Jasina und die Kusine Dora sputeten sich, die letzte Ecke der Wohnstube reinzumachen. In einer Stunde begann der Weihnachtsabend. Die Mädchen sagten nichts, blickten einander nicht einmal an, sie schluchzten nur abwechselnd schnaubend.

Danach wurde nur noch wenig gesprochen. Alle waren bedrückt wegen der Zukunft, trotz des herannahenden Festes des Heilands.

Als die Gäste schweigend Kaffee getrunken und eingetunktes Festgebackenes gegessen hatten, standen sie auf und nahmen von allen Abschied und wünschten einander fröhliche Weihnachten und ein gesegnetes neues Jahr.

7

Zwischen Weihnachten und Neujahr erhielt Olafur Karason eine Vorladung, sich am nächsten Tag vor dem Kreisgericht in Kaldsvik einzufinden. Er machte sich früh am Morgen auf den Weg, ein gestricktes Wolltuch um den Hals, einige Butterbrote in der Tasche. Eigentlich wollte die Frau ihn mit dem kleinen Jon Olafsson begleiten, denn sie hatte den seltsamen Glauben, das Gericht würde gerührt, wenn es ein Kind zu sehen bekäme. Aber der Dichter lehnte dieses Gefolge bestimmt ab.

Gegen Mittag war er in Kaldsvik. Er ging zu dem Gerichtshaus, wie man ihm befohlen hatte. Es sah aus wie alle Gerichtshäuser Islands: rostiges Wellblech, krachende Wände, wacklige Treppen, beschädigte Türdrücker, schiefe, knarrende Türangeln. Drinnen hockten auf Bänken aus ungehobelten Brettern einige Leute. Ihr Atem hing in der Luft wie erstarrter Nebel. An den Fensterscheiben dicker, filziger Reif.

Olafur Karason nahm die Mütze ab und wünschte allen guten Tag, sein Gruß wurde nur zögernd erwidert. Er erkannte durch den eisigen Dunst undeutlich das Gesicht des Gemeindevorstehers, dann das Schulmädchen Jasina Gottfredlina, den Leuchtturmwärter und die Witwe vom Eyrihof mit ihrer Tochter. Alle froren.

«Ob der Kreisrichter noch nicht gekommen ist?» fragte Olafur Karason, als er eine Weile gesessen hatte und zu frösteln begann.

Der Gemeindevorsteher erklärte, der Kreisrichter sei heute früh den langen Weg von Adalfjord eigens wegen dieser Verhandlung gekommen. «Wann haben sich wohl Banditen und verdächtige Personen je gescheut, der Obrigkeit und anderen ehrbaren Menschen Scherereien zu machen? Mitten im Winter bei hartem Frost, sogar mitten in der heiligen Christwoche!»

Die Witwe vom Eyrihof sagte, daß die Obrigkeit im Augenblick beim Kaufmann Kristinsen esse. Der Leuchtturmwärter sagte, er könne nicht begreifen, daß das Volk, das jetzt auf Island wohne, von den Menschen der Sagazeit abstamme. Olafur Karason sagte nichts. Und man wartete und fror, die jungen Mädchen pusteten in ihre Hände. Schließlich begann der Gemeindevorsteher im Gerichtsraum hin und her zu gehen und zu fluchen und sagte, die Obrigkeit habe jetzt drei Stunden gegessen. Der Leuchtturmwärter sagte, die Dänen hätten das isländische Volk verdorben; er sagte, die dänischen Kaufleute hätten schon immer das schlichte Volk geknechtet und die Beamten auf Abwege geführt. Die Witwe vom Eyrihof wollte in allem etwas Gutes sehen und sagte, der Kaufmann Kristinsen habe nur von väterlicher Seite her dänisches Blut.

«Weshalb bekommen *wir* denn keinen Braten?» sagte ihr Bruder, der Leuchtturmwärter, empört.

«Sind wir hierhergekommen, um Braten zu essen?» sagte die Witwe.

«Es ist ganz gleich, was du sagst», entgegnete der Leuchtturmwärter. «In meinen Augen sind alle Kaufleute Dänen.»

Schließlich sagte der Gemeindevorsteher, er als Gemeindevorsteher könne es nicht verantworten, die Leute in dieser verfluchten Kälte länger warten zu lassen, ernannte den Leuchtturmwärter zu seinem Stellvertreter und ging fort, um die Obrigkeit aufzusuchen. Man wartete weiter.

Endlich hörte man schwere Schritte und aus dem Vorraum eine laute Stimme; die Tür wurde aufgerissen. Ein riesenhafter Kreisrichter mit einem Gesicht, das einem zusammengequetschten, rotfleckigen Lachs glich, stand in der Türöffnung, mit mehreren Mänteln, Pelzmütze und hohen Schaftstiefeln bekleidet. In seinem Gefolge befanden sich einige geringere Obrigkeitspersonen, darunter der Kreisschreiber mit Gerichtsbüchern unter dem Arm und der Kreisarzt. Die Obrigkeit setzte sich an einen Tisch, nahm die Pelzmütze ab und bedeckte ihre Glatze mit einem Käppchen, ließ die Bücher aufschlagen und befahl alsdann, daß die Zeugen im Vorraum

Platz zu nehmen hätten, um ihm einzeln vorgeführt zu werden.

Zuerst vernahm er die Witwe vom Eyrihof wegen des Schulmädchens Jasina Gottfredlina Jasonsdottir, darauf wegen des Besuchs des Lehrers Olafur Karason auf Eyri am Abend vor Weihnachten. In welchem Zustand befand sich der Gast an jenem Abend? Wie sah es am nächsten Morgen im Haus aus? Welche Worte hatte das Mädchen gebraucht über das, was geschehen war, während die übrigen Hausbewohner nicht im Haus waren? Wegen der letzten Frage sagte die Witwe aus, daß nach dem Aufbruch des Lehrers Olafur Karason ihre Tochter Dora zu ihr unter vier Augen folgendermaßen gesprochen habe: «Mutter, die Sina sagt, der Lehrer sei heute früh zu ihr ins Bett gekrochen. Zu ihr ins Bett? sagte ich da. Was ist das doch für ein Unsinn. Da sagte meine Tochter: In Sinas Bett ist Blut. – Das hört sich ja hübsch an, wie ihr redet, sagte ich da. Als ich aber nachsah, da stimmte es mit dem Blut. Und als ich danach anfing, das Mädchen auszufragen, sagte sie: ehe sie es recht gewußt hätte, hätte er bei ihr im Bett gelegen, und er habe ihr den Katechismus weggenommen und das Licht ausgemacht. Hat er dir Schaden zugefügt? fragte ich da, worauf sie sagte: Ich merkte eigentlich gar nichts, und er ist sofort wieder aus dem Bett gegangen.»

Als nächste Zeugin wurde die Kusine Dora hereingerufen und ausgefragt, wie das Schulmädchen sich über das geäußert habe, was zwischen ihr und dem Lehrer am Morgen vor dem Weihnachtsabend passiert sei. Das Mädchen Dora war vor Kälte und Angst mehr tot als lebendig, und ihr klapperten die Zähne im Mund. Allmählich wurden die Fragen des Kreisrichters denn doch etwas zu grobschlächtig für dieses blutarme Geschöpf, und da das Mädchen, kraftlos und bleichsüchtig, schließlich unter dem Blick der Obrigkeit weiter nichts als beben und zittern konnte, so blieb zu guter Letzt nichts anderes übrig, als sie hinauszuführen, damit sich andere ihrer annähmen.

Das Schulmädchen Jasina Gottfredlina Jasonsdottir, gerade vierzehn Jahre alt, sagte: sie habe am Morgen vor Heiligabend im Bett in ihrer «Religionsgeschichte für Kinder» gelernt, nachdem die Hausmutter und die älteren Kinder hinausgegangen waren, um die Schafe und Kühe zu füttern. Als sie so eine Zeit gelernt hatte, sei der nächtliche Gast, ihr Lehrer, erwacht und habe «guten Tag» gesagt. Sie habe darauf nichts geantwortet. Da habe er wieder einige Worte zu ihr gesprochen; sie wüßte aber nicht mehr, was es gewesen sei, mit Ausnahme, daß er sich erboten habe, ihr zu erklären, was im Christentum stehe. – Und dann? – Dann gar nichts. – Ob er nicht zu ihr gekommen sei? – So könnte man es kaum nennen; er habe etwas gefroren, er habe sie kaum angerührt, und dann sei er schon wieder in sein eigenes Bett gegangen und sie habe weiter in ihrem Katechismus gelernt. – Was sie denn zu Dora gesagt habe? – Weiter nichts als Schnack. Sie wären immer darauf aus, etwas ausfindig zu machen, worüber sie lachen könnten. – Da wurde die Obrigkeit kameradschaftlich und fragte, wie Jasina Gottfredlina denn über Olafur Karason als Lehrer und Mann dächte. Jasina Gottfredlina sagte, Olafur Karason sei ein sehr guter Mensch. Da fragte die Obrigkeit mit einem schleimigen Fischlächeln, ob sie nicht finde, daß Olafur Karason ein schmucker Mann sei.

Sie antwortete: «Das sage ich keinem andern.»

Nun verschwand im Handumdrehen das Lächeln der Obrigkeit aus dem feisten Gesicht, zugleich alle ansprechenden Eigenschaften des rotgefleckten Lachses, statt dessen kam ein roter Kaulkopf zum Vorschein. Er stierte sie mit kalten, liederlichen, quabbligen Augen an und begann Fragen an sie zu richten. Fragen solcher Art, die – milde gesprochen – einer landläufigen Notzucht nichts nachgaben; ein Teil von ihnen hätten sogar einer abgefeimten Dirne das Blut aus den Adern getrieben. Zuerst wußte das Mädchen weder aus noch ein und wurde völlig verwirrt.

Als sie aber fand, die Sache ginge zu weit, da antwortete sie einfach:

«Fällt mir nicht ein, auf solchen Quatsch zu antworten.»

Nun wollte der Kreisrichter ihr aber die Leviten lesen, und er fragte, ob die Zeugin sich darüber klar sei, daß sie hier der Obrigkeit gegenüberstehe?

Das Schulmädchen antwortete:

«Es gibt keine Obrigkeit über mir.»

Lehrer Olafur Karason sagte aus, er sei frierend und sehr mitgenommen in der Dunkelheit nach Sudureyri gekommen und habe um Nachtherberge gebeten. Die Witwe habe ihn sofort ins Bett geschickt und ihm Branntwein gegeben. Er sagte, er sei überhaupt nicht gewohnt, Branntwein zu trinken, die Folge davon sei gewesen, daß er zuerst mitten in der Unterhaltung mit der Witwe in Schlaf gesunken sei, dann wie ein Stein geschlafen habe, bis er unbegreiflich früh erwacht sei, und zwar mit einem vorher nie gekannten, sonderbaren Gefühl in den Nerven, als hinge er an einem Faden, dazu Schüttelfrost. Er sagte, er wolle nicht den Anschein erwecken, undankbar gegen empfangene Gastfreundschaft zu sein, aber es sei nicht zu leugnen, die Bettdecke ist ein wenig zu kurz und das Bett kalt gewesen. Weiter sagte er, daß das ganze Haus angefüllt gewesen sei von einem merkwürdigen, saugenden Brausen der fernen Meeresdünung. Um den Schüttelfrost loszuwerden, fuhr er fort, wäre er in das Bett seiner Schülerin gestiegen, aber kurz danach wieder in sein eigenes Bett zurückgekrochen, weil ihm eingefallen sei, dieser Schritt könne mißdeutet werden. Er bestritt jedoch bestimmt, sich an dem Mädchen vergangen zu haben.

Darauf fing der Kreisrichter an, ihn mit Fragen zu überhäufen.

Olafur Karason aber war ein Meister, wenn es galt, zudringlichen Fragen auszuweichen. Schließlich mußte er jedoch einräumen, es nicht auf seinen Eid nehmen zu können, daß er in der Wärme unter der Decke des Mädchens vielleicht nicht einen Samenerguß gehabt habe. Andererseits aber bestreite er mit Entschiedenheit, daß er sich gegen das Mädchen etwas Verbrecherisches habe zuschulden kommen lassen.

Jetzt ließ der Kreisrichter eine Erklärung vorlesen, die der

Kreisarzt nach einer Untersuchung am gestrigen Tag abgegeben hatte. Bei der Untersuchung war eine Beschädigung festgestellt worden, die man bei einem Mädchen dieses Alters nicht als natürlich voraussetzen konnte. Ein gewisser Bekleidungsgegenstand, ziemlich zerfetzt, und ein Bettlaken mit Blutflecken wurden auf den Gerichtstisch als Beweise gegen den Lehrer gelegt.

Danach wurde ein Zeuge nach dem andern vorgeführt. Jeder von ihnen mußte ein Kreuzfeuer von endlosen Fragen über sich ergehen lassen, bis alle völlig ermüdet waren und jeder von ihnen den letzten Rest Schamgefühl genauso gründlich verloren hatte wie die Obrigkeit selber. Das Mädchen Jasina hatte auf alle möglichen Fragen über frühere Vorfälle zwischen ihr und dem Lehrer zu antworten begonnen, Sachen, die mit der vorliegenden Angelegenheit überhaupt nichts zu schaffen hatten. Sie erzählte von seinen gelinden Ohrfeigen, die sie erhalten; von ihrem Ringkampf eines Abends, als sie ihn halb im Spaß und halb im Ernst angegriffen hatte, wie sie es bei ihrem Vater zu tun pflegte, daß er ihr aber ein Bein gestellt habe und sie so zu Boden gefallen sei. Die Obrigkeit fragte, ob er ihr dabei nicht unters Kleid gegriffen habe, aber da antwortete sie sofort mit einem entschiedenen Nein. – Die Obrigkeit fragte, ob er ihr denn nicht einen Knopf aufgeknöpft hätte, worauf sie jedoch antwortete, das sei gelogen. Als es mit dem Ausfragen so weit gekommen war, hatte ihr Widerstand bald sein Ende erreicht. Und als ihre Verschämtheit hinlänglich abgestumpft war und Kälte und Hunger sich mit der Obrigkeit gegen sie verbündet hatten, da platzte es plötzlich aus ihr heraus: doch, er habe das da am Morgen vor Heiligabend gemacht; und das andere ebenfalls; ja, zuerst das eine und dann das andere.

Doch nun kam sie zur Besinnung und begriff, sie hatte zuviel gesagt. Und sie beeilte sich hinzuzufügen, daß sie eigentlich gar nichts gemerkt habe, daß es nichts gemacht habe, daß es fast nichts gewesen sei. Daß es überhaupt nicht der Rede wert sei.

Dagegen hielt Olafur Karason bei seiner früheren Aussage fest, trotz Hunger, Kälte und Müdigkeit; nein, er habe das nicht getan, weder das eine noch das andere; es bestände nur in der Einbildung des Mädchens. Der Kreisrichter mußte noch immer an den prächtigen Rinderbraten des Kaufmanns denken. Selten war er so gut in Form gewesen wie jetzt. Seine Fragen hagelten richtig über die Zeugen und Olafur Karason nieder. Es war bereits spät am Abend. Schließlich antwortete Olafur Karason überhaupt nicht mehr, er ließ den Kopf auf die Brust sinken und schloß die Augen. Da erklärte der Kreisrichter ihn für verhaftet und vertagte die weitere Untersuchung.

8

Der Kreisrichter beschloss, noch am Abend durch das Gamlafellstal zurück nach Adalfjord zu reiten, und befahl, Leute und Pferde zu besorgen, um den Gefangenen zu transportieren, er wolle ihn mitnehmen. Er selber ging nach der geschlossenen Verhandlung zusammen mit seinem Gefolge zu dem Kaufmann, um dort zu Abend zu essen.

Er übertrug dem Bauern und Leuchtturmwärter Jason, während er selber beim Kaufmann tafelte, den Gefangenen zu bewachen.

Der Berg des Ortes heißt Kaldur – der Kalte. Es herrschte beißende Kälte mit etwas Schneegestöber, die Mondsichel beglänzte den Fjord und die vereisten Klippen, wo die Wellen traurig im Nachtwind brausten.

Der Gefangene und sein Wächter standen auf einem offenen Platz am Wasser vor dem Haus des Kaufmanns. Es war ihnen befohlen worden, sich nicht von der Stelle zu rühren, bevor der Kreisrichter sich satt gegessen hatte. Im Ort verbreitete sich das Gerücht, wer da auf dem Platz stand, und einige junge Mädchen machten auf ihrem Nachhauseweg einen Abstecher dorthin, um sich den Verbrecher anzusehen. Es war schwierig, auf den ersten Blick den Verbrecher herauszufinden, doch die meisten Mädchen waren der Meinung, daß der Bauer und Leuchtturmwärter Jason der Missetäter sein müsse. Es fanden sich auch einige junge Männer oben vom Handelsplatz ein. Der eine und der andere unter ihnen behauptete, die Männer wiederzuerkennen, und sie sagten, nicht der Bauer Jason sei der Verbrecher, sondern der lange Kerl. Da riefen die Burschen und Mädchen dem Dichter zu und beschimpften ihn mit schlüpfrigen Andeutungen, ja mit den gröbsten Unverschämtheiten. Aber immerhin, der Bauer Jason konnte letzten Endes nicht das Gefühl loswerden, daß er trotz allem mit diesem Dichter befreundet war und gewisse Verpflichtungen gegen ihn habe. Außerdem hatte ihm die königliche Obrigkeit das Vertrauen geschenkt, den Mann bewachen zu dürfen, so daß er sich in seinem vollen Recht zu befinden meinte, als er dieser Gesellschaft gegenüber nicht den allerhöflichsten Ton anschlug. Und er ersuchte sie, sich heim und zur Hölle zu scheren. Allmählich verschwanden die grobmäuligen jungen Menschen. Aber statt dessen tauchten zwei betrunkene Männer auf und fragten, was diese verfluchten Bauerntölpel hier zu suchen hätten; natürlich wollten sie dem Kaufmann auflauern und ihm die Jacke voll lügen, um bei ihm Arbeit zu kriegen, auf die einzig und allein anständige Leute und ehrbare Kaldsvikinger ein Anrecht hätten. Sie sagten, sie seien entschlossen, für Kaldsvik zu leben und zu sterben, und forderten die beiden Fremden zu einer Kraftprobe mit ihnen auf, über deren Ergebnis nur die eine Seite, aber nicht beide Seiten hinterher einen Reim machen sollten. Der Bauer und Leuchtturmwärter Jason prügelte sich mit beiden Männern, schlug sie zu Boden, bat sie alsdann, nach Hause zu gehen, und ermahnte sie, sich schlafen zu legen. Währenddessen lehnte der Gefangene an der Hauswand, pustete zum Zeitvertreib in seine

Hände und stampfte abwechselnd mit den Füßen gegen die Erde.

«Ja, ja», sagte der Gefangenenwächter, als er die Kaldsvikinger in die Flucht geschlagen hatte, «ganz schön, daß man sich mit Hilfe dieser verdammten Schufte etwas hat wärmen können. Um von was anderem zu sprechen, bist du denn nicht hungrig geworden, Kamerad?»

«Och, nicht so schlimm», sagte der Dichter.

«Hast du keine Reisekost mit?»

«Natürlich habe ich einige Stullen in der Tasche», sagte der Dichter. «Aber ich dachte, es würde nicht recht passend sein, jetzt zu essen – wie es nun einmal für mich aussieht. Jedenfalls nicht ohne besondere Erlaubnis.»

«Aber klar, man darf doch essen, ganz gleich, wie es für einen aussieht», sagte der Gefangenenwächter. «Mochten noch so große Dinge, gute oder schlechte, für Halldor Snorrason auf dem Spiel stehen, Appetit hat er stets gehabt. Speise und Trank hält Recken rank. Ich, dein Wächter, gebe dir unbegrenzte Erlaubnis zu essen.»

Dem Bauern Jason war es eine Ehrensache, sein neues Amt als Polizist mit vollkommenster Pflichttreue zu verwalten, wenn auch unter dem Vorbehalt, daß er Gerechtigkeit mit Barmherzigkeit temperieren könne.

Der Dichter zog seine Stullen aus der Tasche, ohne jedoch mit dem Stampfen seiner Füße gegen den Boden aufzuhören; seine Hände waren so steif gefroren, daß er beim Essen sein Butterbrot zwischen den geballten Fäusten halten mußte. Als er zu kauen begann, fühlte er, wie es in seinem Leib etwas warm wurde. Möwen vom Meer schwebten über dem Platz, und der Dichter brach Krumen von seinem Brot und warf sie den Vögeln hin. Der Wächter hatte seine Reisekost in seinem Sacktuch, reichlicher und besser als Olafur Karasons Stullen, und er gab dem Gefangenen ein Stück geräuchertes Hammelfleisch. Sie setzten sich auf die Haustreppe des Kaufmanns und aßen im Frost. Der Mond hatte einen Hof. Alle Fenster des Hauses waren erleuchtet, und drinnen ging es hoch her: mächtige Reden wurden gehalten; lärmende Unterhaltung; lustige Histörchen, Schnaufen des Gemeindevorstehers; Gesänge; Gerassel von Tellern und Messern und Gabeln und Löffeln, Klirren von Gläsern. Hin und wieder spürten sie den Duft von Braten, Kaffee und Tabaksrauch.

Als der Gefangene und sein Wächter eine Weile gegessen hatten, brach der Wächter aufs neue das Schweigen.

«Ja, ja, Kamerad», sagte er, «du bist Dichter, und darum möchte ich gern mal wissen, was du von Gunnar auf Hlidarendi hältst. Glaubst du nicht, daß Gunnar auf Hlidarendi der größte Mann ist, der jemals auf Island gelebt hat?»

«Das möchte ich nun vielleicht doch nicht behaupten», sagte der Dichter. «Aber er war ohne Zweifel in vielem einer von den großen Männern.»

«Oho, er war in allem ein großer Mann», sagte Jason. «Der einzige Mann, über den es in unseren alten Büchern klipp und klar geschrieben steht, daß er so hoch springen konnte, wie er selber war, in voller Rüstung, vorwärts wie rückwärts. Sogar die Stelle und der Zeitpunkt, wann er es vollbracht hat, sind aufgeschrieben worden. Irre ich mich nicht, so ist es östlich von Eysyssla vor sich gegangen, im Streit mit den Brüdern Hallgrim und Kolskegg; justament bei der Gelegenheit, als Gunnar sich seinen Speer eroberte. Er sprang, um einem todbringenden Hieb auszuweichen, rücklings über eine Spake im Schiff und rettete so sein Leben.»

«Ja», sagte der Dichter. «Und hier sitzen wir draußen vor den Haustüren des Volkes.»

«Was?» sagte der Wächter. «Wer schnackt von so was?»

«Niemand», sagte der Dichter. «Aber was kann einem nicht alles einfallen.»

«Ich muß oftmals an Gunnar auf Hlidarendi denken», sagte der Gefangenenwächter. «Jetzt im Mondschein, da muß ich daran denken, daß er einer von den wenigen Isländern gewesen ist, die im Leben wie im Tod gleich gut dichten konnten. Es war in einer Nacht wie heute, daß er sich auf der Höhe umkehrte, den Mond anblickte und dichtete:

So der goldaussä'nde
Sohn Hamunds sprach frohn Muts –
Tatenhart, im Herzen
Heiter, focht im Streit er –:
‹Nie›, der helmumhüllte
Heerschildschwinger wild rief;
‹Kann ich weichen, kühn eh'r,
Kampfherr, will ich sterben,
Kampfherr, will ich sterben!›

Das sind die besten Strophen, die es im Isländischen gibt, obgleich sie von einem toten Mann gedichtet worden sind. Und es ist eine wirkliche Seelenerquickung für einen Mann draußen auf einer einsamen Landzunge, daran zu denken, daß es einst eine Zeit gegeben hat, da hier im Land ein Volk lebte, das sich seines Namens als Volk würdig erwies. Jetzt aber wird nie mehr auf Island gekämpft, ausgenommen, wenn ehrlose Lumpen und mißratene Jämmerlinge sinnlos besoffen unschuldige Menschen belästigen.»

Da sagte Olafur Karason: «Und hier sitzen wir auf der Schwelle des Volks, vor Kälte zitternd in der Nacht, du ein Held und ich ein Dichter: zwei Bettler.»

«Was, bist du nicht richtig bei Trost?» sagte der Wächter. «Bin ich jemals ein Bettler gewesen? Und wenn du frierst, so habe ich hier für dich zwölf Jahre altes Haifischfleisch, oder richtiger gesagt, dreizehn Jahre altes.»

«Herzlichen Dank», sagte der Dichter. «Ich zweifle nicht daran, daß Haifisch eine bekömmliche Speise für andere ist, aber leider ertrage ich weder seinen Geruch noch Geschmack.»

Da wurde der Leuchtturmwärter fuchswild und sagte, das komme von der verfluchten neumodischen Zeit: lieber verrecken als riechen. «Es ist eine Schmach und Schande, solche Leute Isländer zu nennen, die nicht einmal Haifisch riechen mögen.»

«Ich hoffe, du wirst nicht wütend auf mich, lieber Jason,

wenn ich eine Frage an dich richte», sagte der Dichter. «Ich betone ausdrücklich, daß du nicht darauf zu antworten brauchst, wenn du es nicht willst. Glaubst du, daß Kjartan Olafsson an dem Tage als er um Gudrun Osvifursdottir* freite, zwölf Jahre alten Haifisch gegessen hat?»

«Das weiß ich nicht so genau», sagte der Leuchtturmwärter. «Aber eines weiß ich dafür, die Männer der Sagazeit hatten weder in der einen noch in der anderen Richtung etwas mit diesem heutigen großtuerischen Geldsackgelichter gemeinsam, diesem Pack, das das niedere Volk verachtet. Und Gudrun Osvifursdottir hielt sich nicht für zu gut, Kleider in einem Bach zu waschen, obgleich sie eine vornehme Frau war; und zwölf Ellen Garn hat sie an dem Morgen gesponnen, als Kjartan erschlagen wurde.»

Als sie gegessen hatten, saßen sie noch eine kurze Zeit auf der Treppe; aber das Fest im Haus schien kein Ende zu nehmen. Der Wächter wurde unruhig.

«Mir kann es natürlich ganz einerlei sein, was aus mir wird, so wie die Dinge nun einmal stehen», sagte der Dichter. «Aber ich möchte es nicht für ausgeschlossen halten, daß ich morgen Lungenentzündung bekomme.»

«Kein Mann durfte sich in Jonsborg aufhalten, der ein Zeichen von Mutlosigkeit zur Schau trug oder Angst hatte, wenn es auch noch so hoffnungslos aussah», sagte der Bauer Jason. «Latsch ein wenig am Strand herum, damit du Wärme in den Leib kriegst.»

Da fing der Dichter an, sich durch Schlagen mit den Armen zu wärmen und auf dem Platz einen wahren Veitstanz aufzuführen; der Gefangenenwächter ging unter den Fenstern des Kaufmanns auf und ab, ziemlich finster, aber nach dem Genuß des zwölf Jahre alten Haifischs war er unempfindlich gegen Kälte. Da war der Gefangene von seinem Laufen und Hopsen müde geworden, und er stellte sich wieder an die Leeseite des Hauses.

* Zwei der Hauptgestalten aus der altisländischen Laxdæha-Saga.

«Bist du etwas warm geworden?» fragte der Wächter.

«Das kann ich eigentlich nicht behaupten», sagte der Dichter. «Ich habe Stechen in der Brust.»

Nun fing Jason an, bedenklich zu werden. Als alter, erprobter, staatlich angestellter Leuchtturmwärter war er sich über die Notwendigkeit im klaren, ehrlich und rechtschaffen sein Wächteramt zu verwalten, das ihm von der Obrigkeit anvertraut worden war, und nach dem Buchstaben des Gesetzes hatte er diesen Gefangenen hier zu bewachen, ohne Rücksicht darauf, ob der Mann Lungenentzündung bekommen oder auf dem Platz vor dem Kaufmannshaus erfrieren könnte. Aber nichtsdestoweniger forderte nach wie vor das Mitleid seinen Anteil in der Brust des Gefangenenwächters. Die Pflicht des Menschen gegen einen anderen Menschen, jenseits von Gesetz und Amt, gleichgültig, ob es sich um einen Verbrecher und einen Schänder unseres Stammes oder um einen guten Freund und Schwiegersohn handelt.

«Kann sein, daß der Kreisrichter seinen Beschluß, dich heute nacht nach Adalfjord mitzunehmen, geändert hat», sagte der Wächter.

«Kann sein, daß er uns vergessen hat», sagte Olafur Karason.

«Jedenfalls könnte ich, wenn du willst, mal an die Tür klopfen und für dich als den direkt Beteiligten fragen, was der Kreisrichter tun will», sagte der Wächter.

Er mußte lange an die Tür klopfen. Endlich kam eine Frauensperson zwischen Tür und Angel zum Vorschein und fragte, was denn los sei, ob denn Himmel und Erde einstürzen und untergehen wollten? Der Gefangenenwächter erklärte im Beamtenton, daß draußen zwei Männer warteten, ein Gefangener und dessen Wächter, und daß der Ersterwähnte zu erfahren wünsche, ob der Kreisrichter noch entschlossen sei, heute nacht durchs Gamlafellstal zu reiten.

Die Frau versprach zu fragen, verschwand und schloß die Tür hinter sich ab. Bald danach kam wieder jemand im Türspalt zum Vorschein, öffnete sie sperrangelweit, torkelte hinaus. Es war der völlig bezechte Schreiber des Kreisrichters, der ziemlich aufgeblasen, wenn auch mit schwerer Zunge fragte, wer sich erdreiste, einen hohen königlichen Beamten zu so später Stunde zu stören.

«Der Gefangene bat mich, den Kreisrichter zu fragen –» sagte der Bauer Jason.

Aber der Schreiber fiel ihm sofort ins Wort und antwortete:

«Der Kreisrichter sagt, der Gefangene könne Scheiße fressen.»

Worauf der Schreiber die Tür wieder zuwarf und sie vor der Nase des Wächters abschloß.

Nach diesem knappen und gründlichen Bescheid vom Festgelage saßen die beiden kalten Männer noch lange friedlich auf der Haustreppe, ohne ein Wort zu wechseln. Die Brandung warf weißen Gischt gegen die leuchtenden Klippen und bekränzte mit ihm den seidenweichen Mondscheintang. Und das leichte Schneetreiben wirbelte über den vereisten Platz wie in einem Tanz, bei dem die Tänzerin sich in tollen Serpentinen dreht und in den Falten ihrer schneeweißen Schleier verschwindet. Schließlich brach der Wächter aufs neue das Schweigen.

«Du bist ein Dichter», sagte er, «und siehst daher die Dinge klarer und gründlicher als andere Menschen; packt dich nicht mitunter, wenn du allein bist, ein Schaudern bei dem Gedanken, welche Unterdrückung wir Isländer in Jahrhunderten von den Dänen haben erdulden müssen?»

«Wenn ich einen kleinen blauen Fleck am Himmel sehen kann», sagte der Dichter, «bin ich bereit, allen zu vergeben.»

«Meine Großmutter erzählte mir, was sie von ihrer Großmutter väterlicherseits erfahren hatte; als ihre Großmutter noch ein junges Mädchen war, sei vom König eine Verordnung gekommen, danach alles Kupfer von Island fortgeschafft werden sollte. Sie gingen in alle Kirchen in allen Gegenden des Landes und plünderten sie. Altarleuchter und Kronleuchter, die größten Kostbarkeiten, rissen sie an sich und schleppten sie auf ihre Schiffe. Aber das Allerärgste war denn doch, daß sie die Kirchenglocken von Berviks Kirche, die wegen ihres schönen Klangs in allen Landesteilen Islands berühmt waren, herunterholten. Diese Glocken hatten Bervik schon in der katholischen Zeit gehört. Diese herrlich klingenden Glocken haben die Dänen kurz und klein geschlagen, damit sie leichter von Tragpferden transportiert werden konnten, und sie so hinunter an die Küste geschafft. Später haben sie dann das Kupfer umgeschmolzen und damit die Dächer ihrer Schlösser in Kopenhagen gedeckt.»

«Ich habe weder eine Großmutter noch eine Urgroßmutter, noch eine Ururgroßmutter besessen», sagte der Dichter. «Ich hatte nicht einmal eine Mutter. Gewiß habe ich deshalb viel Liebe entbehren müssen, aber glücklicherweise hat mir das Schicksal dafür Ersatz gegeben, nämlich die Fähigkeit, niemand zu hassen, weder Nationen noch einzelnen Menschen. Hat man meinen Vorfahren Leuchter oder Kirchenglocken gestohlen, so bin ich dafür dankbar, daß ich gar keine Kenntnis der Geschlechterregister besitze.»

«Unter meinen Vorfahren gibt es einen Mann, der in einer Kätnerhütte unten bei Bervik gewohnt hat. In seinem Erbe befanden sich die letzten sechs Blätter der Korpinskinna. Nach langem Suchen war es geglückt, sie aufzustöbern. Jedes Blatt in dieser Handschrift wurde damals schon für hundert und hunderttausend in Landbesitz taxiert. Wären die Blätter weiter in meiner Familie geblieben, so würde ich heute der reichste Mann auf Island sein und könnte der Regierung meinen Willen diktieren. Aber der König ließ durch den Pastor in Bervik meinen Vorvätern diese Blätter für Dörrfisch abschnacken; und dann wurden die Blätter nach Dänemark geschickt, wo der übrige Teil des Buchs bereits war. Und heute hält man es für das berühmteste Buch, das jemals im Norden geschrieben worden ist, für die größte Kostbarkeit in Dänemark, und bewahrt sie eigens in einem Schloß in Kopenhagen auf. Aber die Isländer haben nichts dafür von Dänemark bekommen als Hunger.»

Nachdem der Bauer noch andere Übergriffe der Dänen

und die Schmach, welche dieses Volk den Isländern zugefügt, in seiner Erinnerung aufgefrischt hatte, packte ihn die Wut. Das Fest im Kaufmannshaus schien seinen Höhepunkt erreicht zu haben; Gesang, Lachen und anderer Lärm drangen wie Sturzseen in die Nacht und das stille, friedliche Zusammensein der Gestirne, an dem die beiden ewigen Isländer, der Dichter und der Held, teilnahmen. Schließlich hatte der Wächter aufgehört zu reden. Mit wenig freundlichen Augen spähte er hinauf zu den Fenstern. Mitternacht war längst vorbei. Da entschloß er sich, stieg zum zweitenmal die Stufen hinauf und pochte gegen die Haustür. Drinnen schien niemand geneigt zu sein, an die Tür zu kommen. Er begann mit voller Kraft gegen die Tür zu hämmern, bis nach geraumer Zeit ein wenig geöffnet wurde, und dieselbe Mamsell wie zuvor lugte durch den Türspalt und fragte, was denn das für ein Radau sei, noch dazu mitten in der Nacht.

«Wer hier gegen die Tür hämmert, das bin ich», sagte der Mann. «Ich heiße Jason Gottfredsson, Bauer und Leuchtturmwärter von Taungum. Ich wurde heute abend vom Kreisrichter beauftragt, einen Gefangenen zu bewachen, während er zu Abend essen wollte. Jetzt ist es bald Morgen, und der Kreisrichter hat die ganze Nacht gegessen. Und nun weigere ich mich, noch länger hier herumzulungern und will klaren Bescheid haben, was mit dem Mann gemacht werden soll.»

«Der Kreisrichter befaßt sich bestimmt jetzt in der Nacht nicht mit Amtsgeschäften», sagte die Mamsell. «Nachts ist er Privatmann.»

«Ich verlange den Kreisrichter zu sprechen, oder ich befasse mich nicht länger mit dem Gefangenen», sagte der Bauer Jason.

Die Mamsell ging wieder, nachdem sie die Tür geschlossen hatte; kurz danach erschien ein anderer an der Tür, der Reitknecht; er war gewaltig betrunken.

«Ich verlange den Kreisrichter zu sprechen», sagte Jason.

«Was, du unterstehst dich, eine grobe Schnauze gegen die Obrigkeit zu gebrauchen?» sagte der Reitknecht.

«Als Wächter des Gefangenen verlange ich mit dem Kreisrichter zu reden», wiederholte Jason.

«Der Kreisrichter läßt ausrichten, der Gefangenenwächter könne gefälligst seine Scheiße fressen», sagte der Reitknecht, fummelte wackelnd am Türdrücker herum und schmiß die Tür ins Schloß, wobei er rückwärts ins Haus torkelte.

Der Mann vor dem Haus ballte die Faust und streckte sie unter Begleitung entsprechender Flüche zu den Fenstern hinauf. Er sagte, ohne allen Zweifel seien die größten Galgenvögel am versessensten darauf, über andere Gericht zu halten, und er spucke auf jede Gerechtigkeit des ganzen Landes hier. Dann trottete er wutschnaubend seiner Wege, ohne sich besonders von seinem Gefangenen verabschiedet zu haben.

Olafur Karason blickte eine Weile erstaunt seinem Wächter nach, doch bei der Dunkelheit und dem Schneetreiben verlor er ihn bald aus den Augen. Als eine geraume Zeit verstrich, ohne daß der Wächter zurückkam, wurde der Gefangene unruhig und stapfte in den Ort hinein, um seinen Wächter zu suchen.

«Jason!» rief er. «Jason Gottfredsson, wo bist du?»

Aber wie oft und wie laut er auch rief, es war vergeblich. Vielleicht hatte der Mann sich auf den Heimweg gemacht. Was sollte Olafur Karason bloß anfangen? Nirgendwo gab es ein erleuchtetes Fenster, und er hatte hier keine Freunde, an die er sich wenden und bei denen er Nachtherberge finden konnte, am allerwenigsten jetzt, wie die Dinge nun einmal standen. Einsam und verlassen stand er da in der abgrundtiefen Nacht, ein Gefangener ohne Wächter, und die Schneeflocken wirbelten gespensterhaft um ihn im blauen Mondschein.

9

ALS DER KREISRICHTER AM MORGEN AUFWACHTE, ging es ihm nicht gut; der Kopf brummte ihm. Er setzte sich in seinem Bett auf, verschlang einige rohe Eier und drehte sich wieder auf die andere Seite. Aber da kam der Schreiber, jetzt noch benebelter als nachts, und sagte, der Gefangene sei ausgerückt und habe wahrscheinlich seinen Wächter um die Ecke gebracht und dessen Leiche versteckt.

«Die Leiche versteckt?» sagte der Kreisrichter, und er setzte sich wieder im Bett auf.

Eines sei jedenfalls sicher: beide Männer seien spurlos verschwunden; niemand habe sie seit gestern abend gesehen, als noch spät einige junge Mädchen auf dem Platz spazierengegangen seien, um sich den Verbrecher ein bißchen anzuschauen. Nun strengte sich der Kreisrichter an, schnell aus dem Bett zu kommen, und gab Befehl, im Ort Leute zusammenzutrommeln, die so schnell wie möglich den Gefangenen aufspüren sollten. Einige Leute wurden in die nächste Umgebung geschickt. Und man suchte nach der Leiche des Gefangenenwächters am Fjordufer.

Glücklicherweise aber erwies es sich bald, daß dieser Schrecken ein gelinder Anfall von Delirium tremens in der Gefolgschaft der Obrigkeit war. Um neun Uhr morgens fand man den Verbrecher schlafend auf einem kleinen, armseligen Gehöft eine halbe Stunde Wegs von Kaldsvik. Er hatte dort kurz vor Morgengrauen angeklopft, halbtot vor Kälte, und die Leute gebeten, sich seiner zu erbarmen. Als die Abgesandten der Obrigkeit erschienen, schlief er ruhig und hatte milde Träume. Aber in dieser angenehmen Beschäftigung wurde er ungnädig gestört, aus dem Bett gejagt und aufs neue den Händen des Kreisrichters ausgeliefert. Der Kreisrichter und sein Schreiber, ebenso der Reitknecht, befanden sich noch in einer derartigen seelischen Verfassung, daß sie vor ihrem eigenen Verbrecher Angst hatten und fest davon überzeugt waren, daß solch ein Mann wie Olafur Karason zu jeder Schandtat fähig sei. Der Kreisrichter befahl, den Gefangenen an den Schwanz eines Pferdes zu binden, damit man sicher sein könne, daß er nicht nochmals wegliefe. Weil jedoch die meisten Leute, welche ihn fesseln sollten, sich auf eine so ungewöhnliche Arbeit nicht recht verstanden, stellte sich der Kreisrichter neben sie und zeigte ihnen, wie man dabei vorzugehen habe: zuerst werden dem Mann die Hände auf dem Rücken gefesselt, alsdann legt man ihm ein Tau unter die Arme, rund um Brust und Schultern, und zum Schluß werden die Enden des Taus auf das sorgfältigste am Schweif des Pferdes festgeknotet.

Hat der Mensch eine bestimmte Grenze erreicht, so hört er auf, sich zu widersetzen, aber es entsteht bei ihm eine andere Fähigkeit, die gleichzeitig eine zweckdienliche Waffe und ein sicherer Schutz ist: die Fähigkeit zu leiden. Der Fisch zappelt an der Angel; man sagt, daß das Schaf um Gnade bittet, wenn es vor der Schlachtbank meckert; die Katze zeigt in der Schlinge die Krallen und spuckt ihren Mörder an. Aber es ist möglich, daß man einem Menschen den letzten Rest von Achtung und persönlicher Freiheit rauben kann, ohne daß es ihm schadet. Es kommt ein Augenblick, wo keine Gewalttat länger den Stolz eines besiegten Dichters überwältigen kann. Olafur Karason hat einen unsichtbaren Freund, dessen Namen kein Mensch auf Erden auch nur ahnt, der nicht allein sein Gefühl stumpfer macht, je schärfere Waffen man gegen seinen Menschen anwendet, sondern auch lebensspendenden Balsam auf jede Wunde träufelt. Das Antlitz des Gedemütigten verleiht ihm eine Würde, die über jegliche Kraft des Lebens erhaben ist, so daß selbst der mächtigste Feind machtlos erscheint.

Olafur Karason Ljosvikingur hegte gegen keinen Menschen Groll. Nichts war länger persönlich. Er sah nicht länger irgendeinen einzelnen Menschen, er sah die ganze Welt. Er faßte noch weniger irgendeine Handlung eines Menschen als etwas Schlechtes auf; er stand Auge in Auge vor der Gerechtigkeit, nicht vor den Menschen, am allerwenigsten dem einzelnen Menschen. Es war das erste Mal in seinem Leben, seitdem ihm ein Pferd einen Hufschlag versetzt hatte, daß er vor nichts mehr Angst hatte. Vielleicht war ihm das erste Mal in seinem Leben wohl zumute; das erste Mal fühlte er sich wie ein wirklich glücklicher Mensch, wie ein Mensch, dem kein Unglück mehr etwas anhaben kann.

Als sich die Reisegesellschaft in Marsch gesetzt hatte, die Zuschauer im Ort für eine Zeit genug Spaß gehabt hatten und wieder heimgegangen waren, und der Kreisrichter seinem Pferd die Reitgerte zu schmecken gegeben und sich mit seinem Schreiber und einem anderen Gehilfen an die Spitze des Zugs gesetzt hatte und vorneweg ritt, kehrten Olafur Karasons körperliche Empfindungen allmählich zurück; er konnte Einzelheiten in seiner Umgebung unterscheiden, Menschen, Pferde, Erde, ja sogar Staub sehen.

«Na ja, Freundchen, so übel ist es uns also doch nicht ergangen, daß wir nun abermals eine Reise zusammen machen sollen», sagte lachend sein Begleiter, der Pferdeknecht.

«Nein, sieh mal an! Einen schönen guten Tag, Reimar der Dichter», sagte Olafur Karason. «Und herzlichsten Dank für unser letztes Beisammensein. Wo hast du bloß während der ganzen Zeit gesteckt?»

Reimar Vagnsson, der Groß-Skalde, wie er sich selber gern nannte, war in vielen Fjordtälern zu Hause, denn der Mensch, und vor allem ein Dichter, ist keine Pflanze, sondern fahrender Gesell. Er war viel unterwegs, oft als berittener Postbote, stets bereit, über ein oder zwei Gebirge mit gefahrvollen Stegen zu kraxeln, wenn die Behörden den Beistand eines mutigen und zuverlässigen Mannes brauchten.

«Ich schäme mich, daß ich dich nicht sofort erkannt habe», sagte Olafur Karason. «Und ich hätte mich doch unserer ersten Fahrt erinnern müssen, schon wegen der Freude, die damals in der Welt herrschte.»

«Ja, damals kannte man keine täglichen Sorgen, mein Junge», sagte Reimar der Dichter.

«Ja, damals war schönes Wetter», sagte Olafur Karason.

«Warum will der Herrgott eigentlich nur ein einziges Mal denselben Tag erschaffen – solch einen glücklichen Tag wie damals – und ihn dann nicht unaufhörlich wiederholen? Weißt du noch, wie ich von den Toten auferstanden bin?»

«Oh, nie kann der alte Reimar bei Kambar vorüberziehen, ohne zu weinen», sagte der Dichter Reimar. «Wahrhaftig, dort gab es Mädchen, die Verbindung herstellen konnten. Dort gab es Verbindung – auf natürliche und auf übernatürliche Weise, mit dem Himmel und mit der Erde. Mit einem Wort: Verbindung. Was für ein Strom, welch ein Zittern, liebster Jesus. Ja, das waren herrliche Menschen.»

«Mir gaben sie Verbindung auf eine übernatürliche Weise», sagte Olafur Karason. «Aber ich bin mir nie darüber klargeworden, was sie mir gegeben haben. Doch glaub nur nicht, daß ich im Sinn habe, nach zehn Jahren an dich noch Gewissensfragen zu stellen, lieber Freund.»

«Siehst du», sagte Reimar der Dichter und wurde ernst, wie es unwillkürlich bei Menschen der Fall ist, sobald sie auf ihr Fach zu sprechen kommen. «Die Kambar-Deerns, die waren natürlich nichts anderes als andere Frauenzimmer und brauchten Zeit und die nötige Ruhe. Die Weiber sind keine Maschinen, die man in Gang setzen kann, indem man auf einen Knopf drückt. Weibsleute sind in erster und letzter Linie Menschen. Ich hatte mir Torunn gedacht, sie ist die putzigste, und ich habe verhängnisvollerweise immer mehr Vorliebe für putzige als für hübsche Mädchen gehabt. Aber ich muß dir ehrlich bekennen, jetzt, nach zehn Jahren: obwohl ich mir die ganze Nacht hindurch sowohl bei ihr als auch bei der zweiten Schwester die redlichste Mühe gegeben hatte, mußte ich mich schließlich damit zufrieden geben, bei der – gefallenen Schwester am Morgen vor Anker zu gehen, als die Sonne schon hoch am Himmel stand. Es war also nicht so verwunderlich, daß ich am Tag darauf etwas schläfrig und bei schlechter Laune war, wofür ich dich um Entschuldigung bitte, mein Junge, wenn die Entschuldigung auch spät kommt. Aber damals war ich noch in den Jahren, in denen man sich bemogelt vorkommt, wenn man bei einem gefallenen Mädchen liegt – als ob nicht alle Mädchen einmal zu Fall gebracht würden. Inzwischen sind sie längst alle gefallen.»

Auf diese Weise trotteten sie aus der Ortschaft hinaus, der Dichter Olafur Karason hinten an den Schwanz eines schwarzen Kleppers gebunden, Reimar vor ihm, den Gaul am Halfter; er mußte meistens rückwärts gehen, um die interessante Unterhaltung über die Übernachtung in Kambar in Gang zu halten. Der Kreisrichter hatte allmählich einen recht großen Vorsprung bekommen. Als sie nach und nach den einstigen Ruhm der Kambar-Mädchen beinahe durchdiskutiert hatten, und das Gespräch ins Stocken geraten war, sagte Olafur Karason:

«Ach ja, wenn wir uns nun an alte Tage erinnern, Dichter Reimar, ist es da zu verwundern, daß ich an Svidinsvik unter Othveginsenni denken muß, wo wir einmal beide Dichter gewesen sind? Du, der du so weit umherkommst und so viel siehst, kannst du mir nicht etwas Neues von Svidinsvik unter Othveginsenni erzählen?»

«Och, in Svidinsvik unter Othveginsenni geht es immer noch so unruhig zu wie damals», sagte Reimar der Dichter. «Pjetur Dreiroß, ja, mein lieber Pjetur hat immer noch sein unruhiges Blut.»

«Nein, er hat es nicht leicht gehabt, der Ärmste», sagte Olafur Karason. «Wenn ich mich recht besinne, so waren die Dänen und die Russen seine Erbfeinde; außer Dichtern – nicht zu vergessen. Ja, er hatte seine ewigen Kümmernisse.»

«Er hat wahrhaftig alle seine Tage viele Aufregungen gehabt, mein lieber Pjetur Dreiroß», sagte der Dichter Reimar. «Jetzt ist Ulfar mit seiner Tochter, der Begete, ins Ausland durchgebrannt, in ein Land, das ich kaum dem Namen nach kenne. Und sein Krieg mit den Dichtern hat dadurch ein Ende genommen, daß er jetzt selber angefangen hat, ein Schauspiel für die Gesellschaft der Wahren Isländer zu schreiben.»

«Ja, der gesegnete Pjetur, immer schon hat er danach getrachtet, ein Mann von Geist zu werden», sagte Olafur Karason. «Und selten hat jemand einen solch großen Abscheu gehabt vor allem, was Materialismus heißt, wie er. Die Dichter waren für ihn nie geistig genug, nie gleichgültig genug gegen alles, was auf Erden vor sich geht. Während meines letzten Winters in Svidinsvik war er meiner so überdrüssig, daß er mir einmal meine Hütte über dem Kopf umkippen ließ.»

«Ja, wahrhaftig, er hat wirklich viel für seinen Nachruf getan», sagte Reimar der Dichter. «Um von etwas anderem zu sprechen: du hast doch gehört, daß der alte Jon, der Schnupftabakhacker auf dem französischen Grund, tot ist? Ja, endlich ist er zur Hölle gefahren. Und selbstverständlich hat Pjetur Dreiroß sein ganzes Geld geerbt, die lumpigen 2000 Kronen ausgenommen, die er dem Propst für die neue Kirche geschenkt hat. Nun weiß ich nicht, ob du dich noch an eine bekannte Stelle oben auf dem Paß hinter Othveginsenni erinnerst, wo man in alten Tagen Verbrecher aufs Rad gespannt hat. Eines Tages kriegte Pjetur Dreiroß im Schlaf oder so eine Offenbarung, er solle ein paar Mordbrenner ausgraben, die dort oben seit ewiger Zeit eingekuhlt waren, und nun auf dem Kirchhof von Svidinsvik in geweihter Erde begraben. Als dann später der alte Schnupftabakhacker Jon verreckte, hatte Pjetur Dreiroß eine neue Gottesoffenbarung: nun wurde ihm befohlen, daß die alte Richtstätte für Mörder als eine heilige Stätte betrachtet werden sollte. Künftig sollen dort alle großen Männer von Svidinsvik ihr Grab bekommen. Und so ließ Pjetur den Kadaver des alten Jon nach oben, auf den Paß, transportieren und blökte drei Tage hintereinander Gottes Wort über Jons Grab. Danach verschaffte er dem Propst von der Regierung ein Dichterstipendium, dafür hat er eine zweibändige Biographie vom Schnupftabakhacker Jon zu schreiben. Und jetzt ist er darangegangen, für sich aus Beton eine wetterfeste Grabkapelle herzurichten, an derselben Stelle, wo er Satan und Mosa ausgraben ließ.»

«Ja, er ist schon immer ein Mann mit vielen Einfällen gewesen», sagte Olafur Karason, «und wohl ein größerer Dichter als wir beide zusammen, wenn er auch niemals einen Begriff vom Geheimnis der Form hatte.»

«Du hast doch hoffentlich etwas von dem ‹Nationalen Kulturhosenverein› gehört?» sagte Reimar der Dichter.

«Leider nicht», sagte Olafur Karason. Er hatte nicht das geringste davon gehört.

«Die Sache ging folgendermaßen zu», begann Reimar nun ausführlich zu berichten. «Im letzten Winter wurde in Svidinsvik ein Verein gestiftet zu dem Zweck, armen Kindern zu helfen, Strümpfe und Stiefel über Füße und Beine zu kriegen. Jens Färinger und seine Frau, die Jorunn von dem Hof Veghus, oder wie der nun heißt, stellten sich an die Spitze. Und auf diese Weise glückte es, durch den neuen Verein für arme Kinder und junge Mädchen und Burschen billiges Schuhzeug und billige Strümpfe anzuschaffen. Pjetur Dreiroß sah natürlich sofort, daß dieser Verein von Dänen, Russen und Dichtern gestiftet war, und eins, zwei, drei wandte er sich an Juel Juel und bat ihn um Geld, damit schnellstens ein anderer Verein gestiftet werden könne zu dem Zweck, allen Svidinsvikingern gratis Hosen zu verschaffen. ‹Wenn die Dänen und die Russen und die Dichter einen Sockenverein stiften, dann stifte ich einen Hosenverein›, erklärte Pjetur Dreiroß. ‹Ich verlange, daß alle, sowohl Alte wie Junge, Männer und Frauen, mit kostenlosen Hosen von mir gehen. Und mein Verein soll kein landesverräterischer Sockenverein aus grobem, schlechtem Wollgarn sein, sondern ein Wahrer Isländischer Hochkultur- und National-Verein. Mein Hosenverein soll alle Socken und Strümpfe und Schuhe und Stiefel in Svidinsvik zu Mus zerquetschen. Er soll alle Socken und Strümpfe und Schuhe dem Erdboden gleichmachen!› So ließ Pjetur Dreiroß es auf einem Plakat am Telefonpfahl verkünden.»

«Der Name von Pjetur Dreiroß wird leben, solange es auf Island Menschen geben wird», sagte Olafur Karason.

«Auf alle Fälle wird er sich lange den Ruhm mit dem alten

Jon Schnupftabakhacker zu teilen haben», sagte Dichter Reimar. «Oder hast du etwa nichts von der Abstimmung gehört, die sie im Herbst in Svidinsviks Verein der Wahren Isländer vorgenommen haben?»

Olafur Karason hatte allzuwenig von den großen Dingen, die sich in der Welt ereignet hatten, in dem entlegenen Winkel, der Bervik heißt, zu erfahren bekommen.

«Nicht zu glauben!» sagte Reimar der Dichter. «Sie ließen also die Leute im Verein darüber abstimmen, wer wohl der Nachahmenswerteste von allen auf Erden geborenen Menschen sei. Nun weiß ich, du denkst Pjetur Dreiroß habe die meisten Stimmen erhalten, aber da irrst du dich, mein Junge. Von knapp zweihundert Stimmen erhielt Jon Schnupftabakhacker einundsechzig und Pjetur Dreiroß nur sechzig. Napoleon der Große bekam siebzehn. Juel Juel fünfzehn, Pjeturs Prokurist fünf, Jesus Christus bekam nur eine.»

Als sie soweit gekommen waren, hatte Olafur Karason keine Lust mehr, Neuigkeiten von Svidinsvik zu hören, und er bereute, überhaupt den Namen dieses Platzes erwähnt zu haben, zumal er sich einmal so große Mühe gegeben hatte, ihn für immer zu vergessen.

«Ja, ja, Reimar Dichter», sagte er. «Sprechen wir jetzt von etwas anderem, nämlich von dir. Über dich hast du dich bis jetzt völlig ausgeschwiegen. Also was hast du Neues von dir und deiner Familie zu berichten? Und vor allem, was hast du gedichtet? Es könnte nichts schaden, jetzt einige gute Verse zu hören.»

«Da muß ich dich erst einmal von der Mähre losbinden», sagte der Dichter Reimar. «Ich sage keine Gedichte für einen gebundenen Mann auf. Freie Männer, freie Dichtung. Lassen wir erst den Kreisrichter außer Sicht kommen.»

Es dauerte eine Weile, bis der Kreisrichter und sein Gefolge hinter einem Bergrücken verschwunden waren. Da band der Reitknecht Olafur Karason vom Schwanz des Gauls los und befreite seine Handknöchel von dem Tauende.

Als er frei war, sagte Reimar der Dichter: «Nie ist es bei mir

Brauch gewesen, einen gebundenen Mann zu tadeln. Doch jetzt, wo du frei bist, kann ich frei von der Leber sprechen: was bist du für ein höllischer Erzdummkopf gewesen, Mann.»

«Nanu», sagte Olafur Karason und ahnte gar nicht, was er ausgefressen hatte.

«Du hast bei einer plappermäuligen Deern gelegen», sagte Dichter Reimar.

Da fühlte sich Olafur Karason tief enttäuscht über seinen Freund, und er sagte betrübt: «Auch du, Reimar?»

«Ja, und ich nehme kein Wort zurück. Alles verzeiht der Herrgott den Menschen, ausgenommen ihre Dummheit», sagte Reimar.

«Darf ich dich daran erinnern, daß erst vor ein paar Jahren in der Kirche von Grenivik ein schwangeres Mädchen konfirmiert worden ist? Obendrein ist es ein alter Glaube, daß Kinder von Kindern glückhafte Menschen werden.»

«Davon spreche ich gar nicht», sagte Dichter Reimar. «Im Grunde braucht einem solch ein Plappermaul von Mädchen nicht leid zu tun. Plappermäulige Deerns sind nicht gut, heißt es schon in den alten Büchern. Aber wenn man Lust hat, ein Verbrechen zu begehen, so soll man es nach gesetzlichen Bestimmungen tun; alle gewichtigen Verbrechen sind gesetzlich zulässig. Ein Mann in deinem Alter müßte wissen, daß Gesetz und Recht für keine anderen als Idioten Folgen haben. Ein erfahrener Mann hat stets eine Furt vor sich, durch die er über den Fluß kommen kann, mein Junge. Und soviel ich weiß hat niemand die Gewähr dafür, daß eine lütte Deern wegen einer lütten Sache dich halten kann.»

«Alle, die Gott schonen will, werden geschont», sagte Olafur Karason. «Ich bin nie geschont worden. Mir selber macht es nicht viel. Es ist nur so entsetzlich, wenn diejenigen, die ihr Leben auf einen gebaut haben, durch solchen Fehltritt zu leiden haben.»

Da sagte Reimar der Dichter: «Ich möchte dich bitten, mich nicht für eine alte Pastorenfrau zu halten. Der Fehltritt besteht nicht darin, daß einer untreu ist – ganz im Gegenteil, Männer, die nicht untreu sind, sind meistens Schubiaks und Hundsfötter gegen andere Menschen, ganz besonders und vor allem gegen ihre eigenen Frauen. Der Fehltritt besteht darin, auf solche Weise untreu zu sein, daß du dich an einen Pferdeschwanz gebunden findest, ehe du es ahnst.»

«Wie grenzenlos verschiedene Dichter wir zwei doch sind, Reimar Vagnsson», sagte Olafur Karason. «Ich habe immer ein Ideal in der Liebe gesehen. Das ist eine Frau. Ich liebe nur eine Frau und kann nie eine andere als sie lieben. Alle anderen Frauen sind ein Verbrechen oder ein Unglück in meinem Leben.»

«Wer ist sie?» fragte Dichter Reimar.

«Ich weiß es nicht», sagte Olafur Karason. «Das Glück will es nicht, daß ich sie finden kann.»

«Du findest sie nie», sagte Reimar der Dichter. «Kein Mann findet sie. Einehe ist eine Mischung von mönchischem Leben und Selbstbefleckung.»

«Jeder Mensch ist seine eigene Welt», sagte Olafur Karason. «Meine Welt mein Gesetz, deine Welt dein Gesetz. Ich liebe ein Mädchen und habe sie nicht gefunden, aber ich bin durch Mitleid an meine Frau gebunden, was vielleicht stärker ist als Liebe. Mein ganzes Leben ist die Sehnsucht eines Mannes, der sich auf einem in Nebel gehüllten hohen Berg verirrt hat.»

Da sagte Reimar der Dichter: «Ich bin nun so alt, wie man es an meinem Bart sehen kann, mein Junge; und doch habe ich mich noch nie vom rechten Weg im Leben verirrt, habe nie einen schlecht gereimten Vers gedichtet, habe nie vergeblich nach einem Reimwort gesucht. Und war ich manchmal ein wenig dreist in meinen Gedichten, so hatte das nicht seinen Grund darin, daß ich gegen einen Menschen etwas hatte, sondern weil sich irgendeiner mir allzu offenkundig als Zielscheibe darbot. Ich habe meine Frau bald dreißig Jahre gehabt und mit ihr sieben gesunde und fröhliche Kinder bekommen, die wir zu ordentlichen Menschen aufgezogen haben. Und ich möchte gern den Familienvater sehen, der besser zu seinen Jungen und zu seinem Weib gewesen ist als der Dichter Reimar. Zum Beispiel habe ich vor, diese Reise dazu zu benutzen, etwas Stockfisch in Adalfjord zu kaufen, und ein Mann draußen am Strand von Kaldsvik hat mir ein Rinderkeulestück versprochen.»

«Auch darin sind wir beide so grundverschieden», sagte Olafur Karason. «Ich habe nie Vorräte fürs Haus angeschafft. Ich habe mich nie dafür interessiert, Kinder zu mästen und dafür zu sorgen, daß sie gesund sind. Dagegen kann mich niemand, so wie ich nun einmal geschaffen bin, von dem Glauben abbringen, daß es nur eine wahre Liebe zwischen Mann und Frau gibt. Von dieser Grundlage aus betrachte ich die Pflichten – und beklage die Mängel.»

«Kann gut sein, daß du einmal ein einigermaßen tüchtiger Psalmendichter und Satirendichter wirst, lieber Olafur Ljosvikingur», sagte Reimar der Dichter, «aber einer, der keine Ahnung von den Pflichten eines Mannes gegen eine Frau hat, kann nie im Leben ein großer Dichter werden. Sofort, wenn ein Weib erblüht ist, will es Kinder und abermals Kinder haben; das ist es, was Frauen wollen. Des Mannes Liebe kann die Frau nicht zufriedenstellen, sondern einzig und allein Kinder; fünf Kinder, zehn Kinder, fünfzehn Kinder unter ihrem Herzen tragen und sie unter Wehgeschrei gebären, sie unter Lärm und Trubel erziehen; Kinder, bei ihnen nächtelang wachen, sie abwechselnd vermöbeln und verhätscheln; Kinder, die ins Land hinausziehen und es an entlegenen Plätzen zu etwas bringen oder sich mit tausend Krankheiten herumplagen und dahinsiechen; Kinder, die unter die Erde gebracht werden und für die gebetet wird. Ein verheirateter Mann hat nur eine Pflicht gegen seine Frau, damit sie glücklich sein kann: wachen, daß sie immerfort schwanger ist und ein Kind auf dem Arm hat.»

«Du bist wirklich ein guter Ehemann und hast es gut in deiner Ehe getroffen, Reimar Dichter», sagte Olafur Karason.

«Meine Frau ist eine gute Frau, die mich immer für einen großen Dichter und einen tüchtigen Fuhrmann angesehen hat und immer bereit war, den Handschuh für mich aufzunehmen», sagte Reimar der Dichter. «Sie hat alle Weibsbilder, die über mich die Nase rümpften, immer mit scheelen Augen angefunkelt; sie meinte, das zeuge von schlechtem Geschmack und sei eine Beleidigung gegen sie.»

Sie hatten den Wind im Rücken. Zwei altbekannte Dichter und Reisegefährten, die an diesem Tag ganz bestimmt einander ebenso fern standen wie zu der Zeit, als sie die erste Fahrt zusammen gemacht hatten. Dennoch, es war das zweite Mal, daß der Dichter Reimar daran Teil hatte, Olafur Karason von seinen Fesseln zu lösen: der letztere hatte mit der schwarzen Mähre die Rollen vertauscht, gegen den Willen der Obrigkeit.

«Ein Mensch versteht niemals das Leben des anderen Menschen», sagte Ljosvikingur. «Aber die Dichtung ist unser aller Erlöser.»

Dann begannen die Reime.

10

NACHDEM DER DICHTER OLAFUR KARASON IN Adalfjords kaltem, düsterem sogenannten Zuchthaus drei Tage und drei Nächte zugebracht und noch zwei Verhöre ausgestanden hatte, waren seine Kräfte erschöpft. Die gerunzelten Brauen des Kreisrichters und sein Branntweinbaß wurden Sieger in diesem Zweikampf. Zum Schluß war er bereit zu bekennen. Er leitete sein Geständnis damit ein, daß er nicht aus Furcht vor seiner eigenen Strafe gestritten habe – ein Mensch wie er könne alles ertragen –, aber er habe an seine Frau und seinen Sohn gedacht; und er sagte, daß er ihnen

Schande und Kummer habe ersparen wollen. Was Verbrechen im Grunde auch wären, menschliche Handlungen überhaupt, so müsse man Verbrechen beweisen und eingestehen, ehe man ihnen diesen Namen geben dürfe. Hingegen sei es eine Nebensache, ob man sich selber bewußt sei, ein Verbrechen begangen zu haben, oder ob andere wüßten, daß man es begangen habe, oder ob es überhaupt und in Wirklichkeit Verbrechen gäbe: erst mit dem Beweis und dem Geständnis würde die wirkliche Existenz des Verbrechens beginnen. Und Jarthrudur Jonsdottir und Joni Olafsson wurden geopfert.

Er sagte, es sei völlig richtig, daß er am Morgen vor Heiligabend aufgewacht sei, nachdem die Witwe vom Eyrihof zusammen mit ihren ältesten Kindern nach draußen gegangen sei, um das Vieh zu füttern. Jasina Gottfredlina, die er als ein erwachsenes Mädchen angesehen habe, gleichgültig, wie viel oder wie wenig sie im Christentum bewandert wäre, habe im nächsten Bett gelegen. Er sei in ihr Bett gestiegen, habe die Lampe niedergedreht, sich zu ihr gelegt und habe ihr beigewohnt. Sie habe sich ihm gern hingegeben, aus dem einfachen Grund, weil ein soeben erwachsenes Mädchen, das in einen Mann verliebt sei, das als die natürlichste und selbstverständlichste Sache der Welt betrachte.

Und alles war gesagt.

Er ist in der Hauptstadt dieses Landesteils; abends, die wenigen matt leuchtenden Straßenlaternen verbreiten ein trübes Licht.

Diese Stadt also war es, von der er vor langer Zeit geträumt hatte. Hier, so hatte er es sich damals ausgedacht, wollte er in die Schule gehen und ein gelehrter Mann und berühmter Dichter werden. Und nicht zu vergessen, hier war es, wo er gehofft hatte, eine Mutter zu finden, in einem schönen Haus, das auf jeder Seite der Tür ein Fenster hat. Zu ihr hatte er flüchten wollen, über ungezählte Gebirge, immer, wenn es ihm in der Fremde schlecht ging.

Er wanderte lange in dieser großen Stadt hin und her. Kein

weinendes Kind mehr, sondern ein erkälteter, unrasierter, hungriger Sträfling, der sein Recht auf eine Mutter verscherzt hatte. Unwiderruflich waren jene Tage verschwunden, da er so glücklich war zu glauben, zu schwere Eimer von der vereisten Quelle schleppen zu müssen, sei das allergrößte Unglück.

Aber wie schlimm auch seine Sache stand, so daß er keinen Anspruch mehr auf eine Mutter in einem schönen Haus machen konnte, in ihm regte sich doch wieder der alte Trotz gegen diese mehr oder weniger erträumte Frau; Verbitterung über die Behandlung des kleinen Knaben, der in einen Sack gesteckt und bei Schneesturm weggetragen worden war, eine Unlust, sie reinzuwaschen, wenn sie auch eine vornehme und bedeutende Frau und er ein Verbrecher war. Falls er bei ihr anklopfen und es ihr unangenehm sein würde, einer vergessenen Vergangenheit in einem Sohn zu begegnen, der auf seine Verurteilung wartete, dann, so dachte er, würde er sagen: wenn ihm solche Dinge im Schneesturm des Lebens zugestoßen waren, wer ist es denn gewesen, der ihn von sich, hinaus in diesen Schneesturm geschickt hatte? Weinend in einem Sack, obgleich er als hilfloses Kind nur den einen Wunsch hatte, eine Mutter zu besitzen und an ihrer Brust ruhen zu dürfen? So, nahm er sich vor, wollte er sich vor dieser Frau rechtfertigen.

Selbstverständlich hatte das Haus, in dem sie wohnte, nicht das geringste mit dem schönen Haus seiner Wunschträume zu schaffen; schon auf der Türschwelle des Hauses merkte er, daß er sich geirrt hatte und daß der Traum von einer Mutter nicht nur am besten, sondern auch am wahrsten war. Der Schatten des Hauses überzeugte ihn, daß es die Frau, die er in seinen Träumen gesehen hatte, überhaupt nicht gab. Aber er hatte bereits an die Tür geklopft, alle Ahnungen kamen zu spät.

Man zeigte ihm eine lange, schmale Stiege, und ein stickiger Fischgeruch von vielen Jahren schlug ihm entgegen. Auf einem unsauberen Bodengang wies man ihm die Tür der Frau, nach der er gefragt hatte.

Sie war von kleiner Gestalt, aufgedunsen; das Gesicht mit den großen, fettig glänzenden Wangen erinnerte an eine breiige Lehmmasse, die Augen an Bruchstellen in Eisen. Nie hatte sich Olafur Karason vorstellen können, daß seine Mutter beleibt sei. Er fragte, ob er den Namen richtig verstanden hätte, und sie sagte ja. Darauf reichte er ihr die Hand und sagte: «Guten Tag!» Sie erwiderte seinen Gruß kurz und fragte, wer er sei.

«Ich heiße Olafur Karason.»

«Olafur Ka –» sagte sie und machte große Augen.

«Ja, ich bin dein Sohn.»

«Nein, da muß ich denn doch staunen», sagte die Frau, und man konnte ihr ansehen, daß es ihr bei der unerwarteten Mitteilung des Fremden schwarz vor den Augen wurde; aber sie sammelte sich recht schnell wieder und gab ihm die Hand.

«Bitte, tritt ein», sagte sie.

«Danke vielmals», sagte er.

Sie schloß die Tür und betrachtete ihn.

«Ja, ich bin immer noch verblüfft», sagte sie. «Nimm doch bitte Platz.»

«Danke», sagte er und setzte sich. Und er strich sich das Haar aus der Stirn.

«Daß du so aussiehst, habe ich nie geglaubt. Wie alt bist du?»

«Ich bin einunddreißig.»

«Jesus, ich war nicht mehr als siebzehn, als ich dich bekam», sagte sie, und er faßte diese Worte wie eine Mischung von Selbstanklage und Entschuldigung auf. «Ist es wirklich richtig? Bist du rothaarig?»

Sie trat ganz dicht an ihn heran, berührte mit den Fingern sein Haar, und sie untersuchte es genau bis auf die Kopfhaut, ob es rot war.

«Ja, meiner Seel, du bist wahrhaftig rothaarig. Bei Jesus, niemand in meiner Familie ist jemals rothaarig gewesen. Ich habe gar keine Worte.»

«Wie steht es mit deiner Gesundheit?» fragte er.

«Gesundheit?» sagte sie. «Sprich nicht davon. Ich weiß gar nicht, was Gesundheit ist.»

«Hast du keinen Arzt aufgesucht?»

«Doch», sagte sie. «Alle Ärzte, die ich nur zu fassen bekommen konnte, habe ich aufgesucht. Sobald ich von einem neuen Arzt was zu hören bekomme, schreibe ich entweder sofort an ihn oder ich gehe selber zu ihm. Sie haben beinahe sämtliche Mixturen, die es gibt, bei mir ausprobiert, aber keine hilft. Oft denke ich daran, mir den Leib aufschneiden zu lassen. Ist das ein Leben?»

Sie hatte ein Bett, eine Chaiselongue, eine Kommode und eine unbrauchbare Nähmaschine, aber in der ganzen Stube gab es nicht die geringste Spur von Näharbeiten. An der Wand hing ein Bild einer vornehmen Dame mit einem ungewöhnlichen großen Hut, die an einer Gitterpforte am Weg einen Jäger begrüßte, außerdem noch einige ausländische, prachtvolle bunte Öldrucke; aber keine Familienbilder. In einer Ecke stand ein Petroleumkocher zwischen einigen leeren Konservendosen und Kochgeräten.

Sie richtete keine persönliche Frage an ihn, was er so auffaßte, daß sie über seine Lage Bescheid wußte und nicht mehr wissen wollte. Beide schwiegen verlegen.

«Du sollst Schneiderin sein», sagte Olafur Karason.

«Damit ist es aus. Einige sind in Mode. Ich bin nie in Mode gewesen. Ich bin nie verstanden worden. Alle meine Tage. Kein Mensch ist so wenig verstanden worden wie ich. In Wirklichkeit bin ich nie ein Mensch gewesen.»

«Ja, so können viele sprechen», sagte Olafur Karason.

«Dein Vater war der erste, der mich nicht verstanden hat. Oh, wie dieser Mann mich nicht verstanden hat; und das ganze Volk. Und sich selber hat er am allerwenigsten verstanden.»

«Das kann ich nicht beurteilen», sagte Karason. «Den Mann habe ich nie gesehen. Kannst du sonst etwas Neues von ihm berichten?»

«Neues? Von ihm? Nein, von ihm kann ich nichts Neues berichten, und zwar aus dem einfachen Grund, weil man nie von ihm etwas Neues berichten konnte. Und man wird es nie können. Er war eigentlich kein Mensch. Ich habe nie gewußt, was er war. Ich glaube, er war überhaupt nie etwas.»

«Oh, das möchte ich nun doch nicht sagen», meinte der Dichter.

«Jedenfalls sind mindestens zwanzig Jahre vergangen, seit ich seinen Namen zum letztenmal gehört habe», sagte die Frau. «Er ist gewiß längst tot. Oder er ist nordwärts gereist.»

«Als ich klein war, hatte er mir ein paarmal Schreibzeug geschickt», sagte Olafur Karason.

«Oh, das ist ja richtig», sagte sie. «Du sollst Dichter sein. Darf ich dich nicht zu einer Tasse Kaffee einladen?»

«Danke sehr. Aber das ist eigentlich ganz unnötig.»

«Mir hast du niemals ein Gedicht geschickt», sagte sie, als sie den Kessel mit Wasser aufgesetzt hatte. «Dabei hätte ich mich so gefreut, wenn ich ein Gedicht bekommen hätte.»

Sie hatte ein künstliches Gebiß wie eine wohlhabende Frau, und das trug noch dazu bei, das Meer zwischen ihnen weiter zu machen.

«Ich habe ein paarmal daran gedacht, dir ein Gedicht zu schicken», sagte er. «Ich habe manchmal sogar vorgehabt, zu kommen. Es ging mir oft nicht gut.»

«Du könntest doch jetzt, wo du in der Stadt bist, ganz gut ein Gedicht für mich machen. Wie lange denkst du hierzubleiben?»

«Ich reise morgen nach Hause», sagte er. «Wüßte ich bloß, wo ich die Nacht über bleiben kann.»

Merkwürdig, daß sie gar nicht danach fragte, wo er die vorhergehenden Nächte gewohnt hatte. An seiner Stelle, sagte sie, würde sie bei der Heilsarmee übernachten; sie hätte gehört, daß dort ein Bett nur 25 Aurar die Nacht kostete.

«Ich habe ein Poesiealbum», sagte sie. «Du könntest darin etwas dichten, während ich Kaffee koche. Viele Dichter haben darin etwas gedichtet.»

Er sagte, er brauche eine lange Zeit, etwas zu dichten; außerdem müsse er dann in einer ganz besonderen Stimmung sein.

«Ich kenne viele Dichter, die sofort dichten können, ganz gleich, wo sie sind.»

«Wirklich?»

«Ich halte so viel von Gedichten», sagte sie. «Ich glaube ganz bestimmt, daß du die dichterische Begabung von mir und meiner Familie geerbt hast. Du solltest morgen sofort zum Redakteur unserer Zeitung *Alfirding* gehen. Er hat einen schwarzen Bart. Er könnte einen Gedichtband von dir drukken, damit du berühmt wirst. Er hat eine große Druckerei.»

Der Gast antwortete nicht auf die ermunternden Worte, starrte nur gleichgültig vor sich in die Luft. Sie sah ihn von der Seite an, halb verstohlen: wie blaß er war, so hohlwangig, und obgleich seine Augen fast unnatürlich klar waren, wohnte in ihnen eine grenzenlose Traurigkeit, so daß man sich kaum vorstellen konnte, daß dieser Mann auch nur eine frohe Stunde erlebt hatte.

«Es ist wirklich nichts Sicheres, Dichter zu sein; nein, bestimmt nicht», sagte sie schließlich. «Warum hast du nie daran gedacht, etwas zu werden?»

«Das weiß ich nicht.»

«Du hättest etwas werden sollen.»

Er war sehr hungrig, denn er hatte außer Kaffee und einer Scheibe Brot im Zuchthaus, heute früh vor dem Verhör, nichts mehr zu essen bekommen. Mutter, gib mir einen Bissen Brot, das war in Wirklichkeit das einzige, was er gern zu ihr gesagt hätte. Aber zwischen ihm und dieser Frau lagen dreißig Winter mit dreißig Jahren, Frost und Schnee und unzählige Gebirge. Das Wasser im Kessel fing gerade zu brodeln an, sie war bereits dabei, Kaffee-Ersatz zu zerbröckeln und in die Kanne zu tun.

Da hörte man auf der Stiege und im Bodengang Gepolter. Der Lärm kam näher und näher, bis plötzlich die Tür aufgerissen wurde und ein fürchterlicher Trunkenbold in der Türöffnung stand. Zuerst brummte er nur ein wenig den Gast an, wankte dann fluchend in die Stube, drehte sich zu Olafur Karason, ging auf ihn los, packte ihn an der Brust und schüttelte ihn.

«Wer beim Satan bist du? Was beim Satan hast du hier zu suchen?»

«Ich heiße Olafur Karason», sagte der Dichter.

Da geriet der Ankömmling in eine derartige Wut, daß man ihn bis zu diesem Augenblick einen verhältnismäßig friedfertigen und wohlerzogenen Mann hätte nennen können. Jetzt aber überhäufte er den Dichter mit einem Schwall von gemeinsten Beschimpfungen und unflätigsten Beleidigungen, und er schloß seine Rede mit den Worten, daß ein Mensch, der solch unauslöschliche Schande über den Namen seiner Mutter gebracht hätte, so schnell wie möglich aus der Nähe dieser Frau verschwinden müßte.

Und der Mann ließ es mit leeren Worten nicht bewenden, er zog Olafur Karason vom Stuhl, wo er gesessen hatte, schleifte ihn quer durch die Stube und warf ihn zur Tür hinaus. Dann schmiß er ihn die Stiege hinunter.

Und Ljosvikingurs alter Traum von seiner Mutter war zu Ende.

11

Am nächsten Morgen suchte er den Redakteur auf, einen kleinen, stämmigen Mann mit gehörigem Schmerbauch, hervorstehendem Unterkiefer, schwarzem Ziegenbockbart und Fuchsaugen hinter einem Kneifer. Er grüßte und sagte, er heiße Olafur Karason; aber der andere wußte zunächst nicht recht, wie er sich zu diesem Wähler verhalten sollte, und er fuhr eine Weile im Schutz seines Kneifers mit seiner Schreiberei fort. Nachdem er sich so gute Zeit gelassen hatte, legte er den Federhalter hin und beschloß, Olafur Karasons Freund zu sein. Er sagte, daß er ihn vom Hörensagen kenne und daß er ebenfalls Dichter sei und Bücher herausgegeben habe. Er erklärte, Bruchstücke von Olafur Karasons Gedichten gehört zu haben, sie hätten ihm ganz gut gefallen, doch es könnte nicht schaden, wenn er etwas mehr Wind unter die Flügel bekomme, außerdem solle er sich die Formsicherheit eines Egil Skallagrimsson zum Vorbild nehmen.

«Ei – ein Bekannter von mir schlug gestern vor, daß ich zu dir gehen sollte und fragen, ob du wohl Lust hättest, auf deine Kosten alles, was ich verfaßt habe, zu drucken und herauszugeben», sagte Olafur Karason.

Der Redakteur bat den Gast, einen kurzen Überblick seiner Werke zu geben. Und der Gast begann aufzuzählen: Romane, Gedichtsammlungen, Lebensbeschreibungen, Erzählungen von Eigentümlichen Männern, Register über Dichter – engbeschriebene Bände alles, mehrere Dutzend, viele Tausende von Seiten. Der Redakteur machte schließlich eine auffallend mathematische Miene und begann zu rechnen. Die Rechnung wurde von schwerem Stöhnen und Seufzen sowie hohem Ernst begleitet. Zum Schluß legte er den Bleistift hin, lehnte sich im Stuhl zurück und fragte: «Kannst du 250000 Kronen auf den Tisch legen?»

«Oh, das wäre für mich wohl nicht so schwer», sagte der Dichter.

«Wenn es sich so verhält», sagte der Redakteur, «daß du mit Unsummen von Geld in der Tasche herumläufst, möchte ich als älterer und mehr erfahrener Mann dir den wohlgemeinten Rat geben, dieses Geld auf eine vernünftigere Art anzuwenden, als dafür Bücher zu drucken. Für 250000 Kronen könnte man sich mindestens sechs Wahlkreise von durchschnittlichem Umfang sichern, Kirchen und Stationen bauen – abgesehen von allen privaten Kautionsverbindungen – und dabei noch Geld übrigbehalten. Und wärst du hergeritten mit deinem Geld in Tonnen, um mich zu fragen, was du damit tun könntest, so würde ich dir eher geraten haben, dir ein Boot anzuschaffen und mit deinen Tonnen hinaus auf den Ozean zu rudern, wo das Meer endlos tief ist, und die Tonnen dort zu versenken, als Bücher zu drucken. Bücher drucken ist genauso, als wenn man sein Geld ins Feuer wirft und verbrennt und danach bis aufs Hemd ausgeplündert dasteht. Ich wurde gezwungen, zwei Bücher drucken zu lassen, einen Band Gedichte und eine Sammlung Novellen, weil ich vom Staat ein Schriftstellerstipendium bekommen hatte. Aber hätte ich nicht selber eine Druckerei gehabt, so säße ich heute noch wegen dieser Bücher in Schulden, und dabei bin ich nicht nur in der Gegend hier, sondern auch im Süden, in der Hauptstadt, ein berühmter Mann. Nein, Freund, ein Buch herausgeben ist das letzte, was du für dein Geld tun solltest. Darf ich dir eine Zigarre anbieten?»

«Danke schön», sagte der Dichter. «Ich kann leider keine Zigarren rauchen. Aber ich möchte sehr gern noch ein paar Worte zu dir sagen, wenn du mir erlaubst, hier eine kleine Weile sitzen zu bleiben. Ich bin voller Vertrauen zu dir gekommen, und darum möchte ich dich bitten, dich nicht über mich lustig zu machen. Ich will dir auch nichts verschweigen. Die Sache ist nämlich die, daß ich in ein großes Unglück geraten bin; ich bin wegen eines Verbrechens unter Anklage gestellt worden. Gewiß, ich leugnete bis zuletzt, es begangen zu haben, aus Furcht, über meine Frau und mein Kind Unglück und Schande zu bringen; ebenso über meine Mutter – ganz davon abgesehen, daß ich selber der Meinung bin, was ich getan habe, ist bestimmt kein größeres Verbrechen als vieles andere, das ich sonst in meinem Leben getan habe. Aber in der vergangenen Nacht konnte ich keinen Schlaf finden und dachte: wenn ich verurteilt und für immer und ewig in den Augen des Volkes gebrandmarkt würde, wie Sigurdur Breidfjörd einst, der zu 27 Rutenstreichen verurteilt wurde, so könnte es vielleicht eine kleine Genugtuung in den Augen der Zukunft sein, wenn ich gleichzeitig ein wenn auch noch so kleines Buch gedruckt bekommen würde.»

Unter dem Eindruck dieser vertrauensvollen Worte verschwand die mathematische Miene völlig aus dem Gesicht des Redakteurs, um dem schmalzigen Lächeln des regierungstreuen Politikers Platz zu machen: «Da wir beide Dichter und folglich Brüder sind», sagte er, «will ich dir gestehen: meiner Ansicht nach ist es nicht mehr als natürlich, wenn man ein gewisses Alter erreicht hat, daß man seiner Frau überdrüssig wird und anfängt, mit jungen Mädchen zu liebäugeln. Aber andererseits meine ich, daß es von dir ganz und gar unnötig war, den Kreisrichter mit dieser verfluchten Schweinerei eine ganze Woche aufzuhalten. Wie du wohl weißt, sind es nicht Verbrechen und Verstöße gegen die Gesetze, die heutzutage die Leute zu Fall bringen; man kommt zu Fall, weil man mit seinen Anschauungen auf der verkehrten Seite steht und sich der richtigen Politik der Gesellschaft widersetzt. Im übrigen, Olafur Dichter, wie sind die Aussichten für unsere Partei in Bervik?»

«Für andere Leute wage ich mich nicht zu äußern», sagte der Wähler, ohne sich darüber klar zu sein, was der andere mit seiner Frage beabsichtigte, und er begann unwillkürlich bei dem anderen auf den Busch zu klopfen. «Aber was mich selber betrifft, so kann ich ruhig behaupten, daß ich allzeit den heißen Wunsch gehegt habe, mit meinen Ansichten auf der richtigen Seite zu stehen und, soweit mein bißchen Verstand und mein geringes Gewissen ausreichen, die Politik der Nation zu unterstützen.»

«Wie du weißt», sagte der Redakteur, und er lehnte sich vor, Sonnenschein und Butter im Lächeln, daß es fettig in seinem kohlrabenschwarzen Bart, an dem hervorstehenden Unterkiefer und hinter dem Kneifer glänzte, «wie du weißt, können wir Redakteure und Parteileiter jeden reinwaschen, wer es auch sei, wenn derjenige nur das richtige Verständnis für die richtigen Kräfte hat.»

«Das richtige Verständnis für die richtigen Kräfte», sagte Olafur Karason, «das ist immer mein innigstes Verlangen gewesen.»

Nicht nur Butter, auch Honig tropfte aus dem Lächeln des Redakteurs, er klopfte seinem Gast auf die Schulter, küßte ihn fast und sagte: «Über kurz oder lang schickst du mir ein Gedicht – mit dem richtigen Inhalt. Es braucht nicht lang zu sein, drei Strophen genügen; gefällt es mir, so laß ich es auf einem guten Platz in der Zeitung drucken. Und uns beiden wird es von Vorteil sein.»

«Ich habe», sagte Olafur Karason feierlich, «lange vorgehabt, einen Lobgesang auf die Sonne zu dichten.»

«Liebet die Sonne und preiset sie über alles zwischen Himmel und Erde...» – Olafur Karason war fest davon überzeugt, daß niemand, weder Menschen noch Dichter, höher gelangen könnten mit dem richtigen Verständnis für die richtigen Kräfte hier auf Erden.

«Aber leider», fügte er hinzu, «kann ich nicht mit Sicherheit sagen, ob ich alles, was ich aussprechen möchte, in drei Strophen hineinbekomme.»

Der Dichter war verwundert, daß der Redakteur plötzlich keine Lust mehr zu haben schien, ihn zu küssen; Butter und Honig waren aus dem Redakteurslächeln verschwunden, als wären sie keine Freunde mehr. Er lehnte sich in seinen Stuhl zurück und machte eine ernste Miene.

«Wenn ich dir einen guten Rat geben darf», sagte er, ein wenig zurückhaltend, «so glaube ich, es wäre am besten für dich, kein Loblied auf die Sonne zu machen.»

Der Dichter sah den Redakteur verwirrt an. Offenbar war es ihm nicht geglückt, sich zu dem Lichtfunken in der Finsternis, die zwei Menschen voneinander trennt, hinzutasten.

«Du meinst also –» versuchte er zu sagen – «daß – daß – daß die So-Sonne vielleicht ziemlich weit entfernt ist.»

«Ja, meinst du nicht auch?» sagte der Redakteur und begann zum Fenster hinauszuschauen.

«Ich meine jedenfalls», sagte der Dichter mild, «daß trotz all der Kälte, die zuweilen in der Welt der Menschen zu herrschen scheint, die Sonne uns dennoch näher ist als alles andere.»

Jetzt war es der Redakteur, der plötzlich über das Gespräch in Verwunderung geriet, und Olafur Karason glaubte, in den Augen des Redakteurs in eine lächerliche Tiergestalt verwandelt zu sein, in eine Art phantastischen Fisch oder gar in ein Kalb mit zwei Köpfen.

«Bist du ein Idiot oder hältst du mich für einen Idioten?» fragte der Redakteur schließlich.

«Gott steh mir bei», sagte Olafur Karason.

«Wollen wir einander versprechen, wie Menschen zu reden, die ihre fünf Sinne in Ordnung haben», sagte der Redakteur, «oder wollen wir mit der Unterhaltung Schluß machen?»

Olafur Karason blickte den Mann mit ängstlichen Augen eine kurze Weile an und konnte kein Wort hervorbringen. Er sah ein, jeder weitere Versuch würde nutzlos sein, und er stand auf und sagte:

«Ich gehe jetzt.»

Aber jetzt tat dem Redakteur dieser unsichere Wähler leid, und er wollte ihn nicht gehen lassen.

«Um von etwas anderem zu reden», begann er in einem Ton wie ein Lehrer, der noch einmal versuchen will, einem weniger begabten Kind das Geheimnis des kleinen Einmaleins zu erklären, «bist du nicht ein Bekannter von Direktor Pjetur Palsson in Svidinsvik?»

Olafur Karason konnte es nicht leugnen, aber er sagte, es seien jetzt fünf Jahre her, seitdem sie etwas miteinander zu tun gehabt hätten.

«Wie standet ihr zueinander, du und Pjetur, während du in Svidinsvik gewohnt hast?»

«Ich habe ihn stets sehr gut leiden können», sagte der Dichter. «Er ist ein vortrefflicher Mann. Gab es manchmal Mißhelligkeiten zwischen uns, so war immer ich schuld daran. Er war ein Idealist und ein Nationalheld in einer Person, ich dagegen nie etwas anderes als ein unbedeutender Dichter.»

«Ich weiß nicht, ob du darüber unterrichtet bist, daß wir daran denken, Pjetur Palsson zum Allthingsmann für den Wahlkreis dort zu machen an Stelle von Juel, der jetzt auf sein Mandat verzichtet hat und Direktor der Nationalbank geworden ist.»

«Wahrhaftig, das freut mich, diese Neuigkeit zu hören», sagte Olafur Karason. «Direktor Pjetur Palsson hat es in vieler Hinsicht verdient, Allthingsmann zu werden. Wenige Männer haben so viele Interessen gehabt wie er. Und wenn man Leute danach einschätzt, wie viele Interessen sie zu gleicher Zeit haben können, so meine ich, Direktor Pjetur Palsson müßte den höchsten Ehrenposten erhalten, den es auf Island gibt.»

«Du hast vielleicht gehört, daß Direktor Pjetur Palsson beschlossen hat, jetzt alle Einwohner von Svidinsvik von den Fußknöcheln bis zum Zwerchfell hinauf gratis zu bekleiden», sagte der Redakteur.

«Ja, es ist kaum zu fassen, was dieser Mann alles zustande bringt», sagte Olafur Karason und versuchte dem Redakteur in die Seele zu blicken, quer durch die Gläser seines Kneifers und in seine Fuchsaugen, um vielleicht einen Wegweiser in dieser Wüste zu finden.

«Er hat bestimmt, daß alle bedeutenden Männer auf dem Paß hinter Othveginsenni begraben werden sollen, und dort läßt er eine riesige Kapelle bauen», sagte der Redakteur.

«Meiner Ansicht nach ist kein Grab fein genug für wirklich bedeutende Männer», sagte Olafur Karason.

«Verschiedene brave Männer haben bereits erklärt, daß er Präsident der Republik werden müsse», sagte der Redakteur. In seinem Lachen gab es wieder Butter.

«Das finde ich nicht mehr als recht und billig», sagte Olafur Karason; aber selbst wenn sein Leben auf dem Spiel gestanden haben würde, er hätte nicht sagen können, wieviel Aufrichtigkeit in diesem feierlichen Gerede über Direktor Pjetur Palsson enthalten war.

Schließlich sagte der Redakteur:

«Hast du schon daran gedacht, ob es nicht ganz vernünftig von dir sein würde, bei passender Gelegenheit einige Strophen für den Kerl zusammenzudichten?»

Da fuhr der Dichter zusammen und merkte, daß er in eine Falle gelockt worden war. «Eilt es damit sehr?» fragte er.

«Och nein, i bewahre; jedenfalls nicht, was Pjetur anbelangt», sagte der Redakteur. «Andererseits aber wäre es vielleicht ganz gut, wenn du es lieber heute als morgen schreiben würdest – bevor das Urteil fällt. Nun verstehst du hoffentlich, daß ich dein Bestes will.»

«Ja», sagte der Dichter mit gerührter Stimme. «Ich merke, daß ich zu einem guten Freund gekommen bin.»

«Da fällt mir dann noch ein, es könnte auch nichts schaden, wenn du für meine Zeitung einen kleinen Artikel über den vorbildlichsten Mann der Nation, die Führergestalt der neuen Zeit auf Island, schreiben würdest.»

«Ja, aber – wenn ich fragen darf – wer ist das denn?» sagte Olafur Karason und kratzte sich hinter dem Ohr.

«Wer das ist?» sagte der Redakteur erstaunt. «Wer denn sonst, glaubst du wohl, als unser neuer Direktor der Nationalbank.»

«Ja, daß mir das nicht sofort einfiel!» sagte der Dichter. «Ist ja wahr: natürlich müßte ich zu Ehren von Juel Juel ein Gedicht machen. Eine Schande, daß ich bisher nie über ihn gedichtet habe.»

«Es würde jedenfalls auch nichts schaden», sagte der Redakteur, «wenn du den Russen und den Dänen einen kleinen Gruß auf lateinisch schicken würdest; ebenso gewissen Dichtern, die in Wirklichkeit nichts auf Island zu suchen haben, sondern in anderen Ländern. Alle Stimmen, die bereit sind, die Sicherheit der Gesellschaft in diesen ernsten Zeiten zu stärken, sind willkommen.»

«Ich will versuchen, was ich tun kann», sagte der Dichter.

«Wenn du mit dem Gedicht kommst, wollen wir gründlicher darüber sprechen, auf welche Weise man am vernünftigsten in deiner Gegend für unsere Partei arbeiten könnte», sagte der Redakteur.

«Und das von der Sonne lassen wir überhaupt bleiben», sagte der Dichter, als er sich verabschiedete.

«Jeder, der sich untersteht, in diesen für die Gesellschaft so ernsten Zeiten von der Sonne zu dichten, der ist gegen Pjetur Dreiroß», sagte der Redakteur. «Er ist gegen die Bank. Er ist gegen die Politik der Nation. Er riskiert, verurteilt zu werden.»

12

Es war an einem Hochsommertag, die diesige Sonnenluft verwandelte die Nähe gleichsam in Ferne, alles Gestein neben dem Steig schimmerte bläulich; Ferne und Unwirklichkeit hatten sich mit jedem Ding vermischt. Da begaben sich drei Menschen auf die Reise: Mann, Frau und Kind, ein Saumtier am Zügel. Ihr Weg führte über Kaldsheidi; abwechselnd ritten sie mit dem Kind auf dem Schoß.

Ein schwerer Duft kam vom Heidekraut und dem niedrigen Gesträuch und den glücklichen Gewächsen am Steigrand. Das Zwitschern der Vögel tönte friedlich und hold durch die Hochsommerstille, die Natur war ein grenzenloser Glücksrausch.

Mitunter ist es, als sei der Mensch am ärmsten von allem in der Natur; aber heute verstummen alle Kümmernisse; heute wandern sie nicht durch das Menschenleben; heute pilgern sie durch den Traum des Landes. Dieser von Bläue funkelnde Traum, diese fast schwebende Glückseligkeit, wo die nächste Krümmung des Pfades das Gaukelspiel einer ewigfernen Luftspiegelung offenbart, hat keinen Raum für Sorgen.

Der Dichter trägt neue Festtagskleider. Frau Jarthrudur Jonsdottir hatte erklärt, man habe noch nie gehört, daß aus dieser Landesgegend ein Mann ohne Festtagskleider nach der Hauptstadt im Süden gereist sei. Und sie war plötzlich für diese Landesgegend von Ehrgeiz erfüllt und sagte, die Hraun-

Leute im Süden, die sie kurz und bündig Sklavenhalter in Hraun nannte, dieselben Wegelagerer, die in alter Zeit den gesegneten Hallgrimur Pjetursson selig fast zu Tode gepeinigt hatten, sie sollten in diesem Sommer etwas anderes zu tun bekommen, als sich über einen Mann aus Bervik ohne Festtagskleider lustig zu machen. Sie hatte sich durch Tausch die alte Jacke eines alten Mannes aus der Nachbarschaft besorgt, der im vorigen Jahr gestorben war. Über vierzig Jahre hatte der Mann dieses Sonntagskleid besessen, aber es nie getragen. Zwar war die Jacke ein wenig zu kurz und zu weit für einen langen und schmalbrüstigen Mann wie Olafur Karason; aber wer konnte denn genau sagen, was im Süden Mode war. Eines nur wußte man mit Bestimmtheit: Jacken, die einem passen, sind nie bei den Feinen in Mode, sie sind entweder zu lang oder zu kurz. Die Herkunft der Hose dagegen war unbekannt, doch der Dichter hatte eine leise Ahnung, daß sie von weit her gekommen war. Sie war, was ihre Farbe betraf, grau; von einem Stoff, der nicht jeder Kritik standhalten konnte; weit, wo sie eng, und eng, wo sie weit sein mußte. Und als sie zum erstenmal angezogen wurde, sprangen einige der wichtigsten Säume der Hose; als sie zum erstenmal zugeknöpft wurde, rissen einige Knöpfe ab. Aber der Zufall fügte es, daß der Dichter, kurz nachdem er die Hose erhalten hatte, einen Reisenden aus Svidinsvik traf, der trug eine Hose der gleichen Art; da wurde ihm klar, es müßten National- und Kulturhosen von Direktor Pjetur Palsson, dem Grabkapellenbauer und zukünftigen Präsidenten der Republik, sein. Aber woher diese Hosen auch stammen mochten, der Dichter war dankbar, eine so umsichtige und resolute Frau sein eigen nennen zu können. Zumal in diesen für die Allgemeinheit so ernsten Zeiten.

Als sie nach Kaldsvik gekommen waren, begnügte sie sich nicht mit Hose und Jacke für ihren Mann, sondern ging in einen Laden und kaufte für ihn Stiefel. Aber damit nicht genug: als er die Stiefel angezogen hatte, kaufte sie im Laden Stehkragen, Chemisett und Schlips, die sie ihm mit Hilfe des

Kommis anlegen ließ. Nie in seinem Leben war Olafur Karason so fein angezogen gewesen.

Das Boot war gekommen, um die Reisenden an Bord des Dampfschiffs zu bringen. Unten, auf der Anlegebrücke, standen einige Seelen in Festtagskleidern, Stehkragen, isländischen Schuhen; Menschen vom gleichen Schlag wie der Dichter Olafur Karason und seine Frau, die ebenfalls auf Reisen gehen wollten.

Jarthrudur Jonsdottir bat ihren Mann, ihr den Jungen zu geben; im Grunde war er sehr froh, das Kind loszuwerden. Aber als er ihr seinen Sohn reichte, fiel ihm auf, wie jämmerlich und verlassen der Kleine aussah, sein Gesicht war das eines alten Mannes. Und als er jetzt daran dachte, diese winzigen blauen Augen sollten vielleicht ein langes Leben leben, ohne daß die Menschen auf der Erde frei würden, da wurde er traurig, und er fühlte plötzlich etwas Warmes für diesen Knaben in der Stunde des Abschiednehmens. Er wünschte, der möge seinen Teil an der Sonne bekommen. Er küßte den Knaben, um sein Gewissen zu beruhigen, und hatte ihn in demselben Augenblick vergessen. Aber als er gerade damit fertig war, das Kind zu küssen, und es vergaß, da ereignete sich etwas Unglaubliches in dieser Familie: die arme Ehefrau des Dichters steckte die Hand in die Tasche ihres Unterrocks und zog daraus Geld hervor. Und sie gab es ihm, echte Geldscheine mit dem König darauf; sage und schreibe 25 Kronen baren Geldes.

«Das da hast du für deine Verpflegung», sagt sie.

Er starrt auf die Unmenge Geld und preßt die Finger um die Scheine, damit sie nicht wegfliegen können. Im Haushalt des Dichters ist Geld niemals eine alltägliche Erscheinung gewesen; Jahre sind vergangen, da dieses köstliche Gut an Stellen, die ihm unbekannt waren, von Hand zu Hand ging; er konnte mit knapper Not die verschiedenen Münzsorten unterscheiden. Seine Ökonomie bestand darin, daß er beim Kaufmann nie mehr einholte, als er mit seinem Gehalt als Lehrer im Winter und seinem Lohn als Gelegenheitsarbeiter beim Gemeindevorsteher in Bervik während des Sommers bezahlen konnte.

Bis zum letzten Augenblick bekommt er seine Ehefrau Jarthrudur Jonsdottir in neuem und wiederum neuem Licht zu sehen: außer allem anderen bewahrt sie heimlich Geld auf. Er meint, weder er noch irgendein Mann könne eine Frau haben, die umsichtiger und besser geeignet ist, in einer schwierigen Ehe bei bedenklichen Zeiten die Leitung zu haben, als sie. Männer, die hübsche Frauen besitzen, haben nie einen frohen Augenblick, erleben keinen ruhigen Tag; sie kennen keinen Frieden. Jarthrudur Jonsdottirs Fallsucht zeigt sich, je älter sie wird, seltener und seltener; außerdem ist sie ohne Zweifel einmal schön gewesen wie andere Frauen.

«So, nun steck die Kronen schnell weg, damit sie keiner zu sehen bekommt; sonst werden sie dir noch gestohlen», sagte seine Frau. «Jetzt fangen sie schon an, unten auf der Anlegebrücke zu rufen. Und bitte Gott, daß er unsere Seelen erlöst und mir vergibt. Und mein allmächtiger Jesus folge dir! Lebe wohl.»

Menschen segeln in die Welt hinaus unter ganz verschiedenen Umständen, aber immer ist es lustig und spannend, besonders das erste Mal, auch wenn man spät reisefertig geworden ist; das Unbekannte allein schon ist eine Verheißung. Die grünen Zungen der Gebirgshänge strecken sich zwischen Klüften und Erdschlipfen gegen die in der Sonne glühenden Ketten der Klippen; tief von Bergen umschlossen liegen grasreiche Täler mit ihren dahingleitenden Flüssen; glückselig, als sei das Menschenleben in ihnen eine Mythe oder ein Märchen. Die steilen Felspfade locken das Auge des Seefahrers. Jetzt fühlt sich der Dichter vollkommen frei, wie er da auf dem Deck steht mit Kragen und Stiefeln und vorüberzieht an neuen und wieder neuen Gegenden: gehört ihm auch nicht das Land mit seinem Boden, die Schönheit des Landes gehört ihm. In der Ferne steigt der Jökel empor, sein größter Reichtum, seine tausend Kronen, seine Million. Die Schönheit der Dinge ist höher als sie selber, köstlicher; die meisten Dinge sind wenig oder nichts, verglichen mit ihrer Schönheit. Am höchsten steht die Schönheit des Jökels. Der Dichter ist der reichste Mann Islands, denn er hat den Blick für die Schönheit und darum keine Angst vor der Welt; er fürchtet nichts. Einige Menschen besitzen viel Geld und große Gehöfte, aber keine Schönheit. Er besitzt die Schönheit des ganzen Island, des ganzen Menschenlebens. Er, gut gegen alle und mit niemandem uneinig. Der Klang, den seine Seele birgt, das ist der Klang, der in diesem Kampf zusammen mit der Nachtigall siegen wird.

Hier segelt ein reicher Dichter. Das Volk ist glücklich und wird viele Siege gewinnen, das reiche Dichter hat. Er begreift nicht, daß der Schöpfer der Welt ihm so viel gegeben hat. Gott, Gott, Gott, sagt er und sieht nach dem Land, Tränen strömen über seine Wangen. Und niemand sieht es. Ich danke dir dafür, daß du mir so viel gegeben hast.

Da zeigt sich eine langgestreckte Regenwolke mit feuchtnasser Brise, das Schiff ist frei vom Land und hat das offene Meer erreicht. Es beginnt ein wenig zu rollen. Zuerst empfindet der Dichter die Dünung als etwas Angenehmes, allmählich aber beginnt er zu frieren, wie er da an der Reling steht; dann wird ihm wunderlich im Kopf; etwas später fühlt er sich unwohl und kalter Schweiß perlt von seiner Stirn. Schließlich beugt er sich über die Reling und übergibt sich. Danach schleppt er sich krank und matt hinunter in den Laderaum, wo er seinen Schlafsack hat und andere Seelen in gleicher Verfassung liegen. Mühselig kriecht er in seinen Sack und legt sich nieder.

Die Freude des Lebens ist verschwunden.

13

Als die Reise sich ihrem Ende näherte, sah der Kragen des Reisenden recht erbärmlich aus, er war längst weich geworden; es war kein Stehkragen mehr. Sein Schlips war ihm während der Seekrankheit abhanden gekommen, er lag zertreten im Schmutz auf dem Boden des Laderaums. Sein Chemisett war, wie sich herausgestellt hatte, aus Pappe, und das Knopfloch am Hals entzweigegangen. Dann war das Chemisett in seine Hose gerutscht, worauf der Dichter es weggeworfen hatte. Den Kragen schmiß er gleichfalls weg. Aber sein Anzug, das war ein ausgezeichneter Anzug! Abgesehen davon, daß die vierzig Jahre alte Jacke recht staubig geworden war; und die National- und Kulturhose von Direktor Pjetur Palsson – sie besaß die Eigenschaft, sehr leicht faltig zu werden. Da hieß es, daß der Dampfer in den Hafen segelte. Es war früh am Morgen. Die Passagiere aus dem Laderaum stiegen auf das Deck: einige etwas mitgenommen von der Seekrankheit oder von Saufereien; andere, darunter Olafur Karason Ljosvikingur, mit einer feierlichen Miene, voller Erwartung vor der Tür ins Unbekannte, die sich öffnen sollte. Kurz darauf stieg er an Land.

Die Hauptstadt des Landes. Endlich hat dieser Dichter die Täler und Landspitzen der entlegensten Küsten verlassen, und er genießt das Glück, diesen Ort zu sehen, in dem Sigurdur Breidfjörds Grab liegt.

«Bauer, Bauer», schrien einige Kinder und zeigten mit Fingern auf ihn, als er mit seinem Sack an einer Straßenecke stand.

Kaum hatte er begriffen, daß er der Bauer war, da waren die Kinder verschwunden: hier hatte niemand Zeit, lange an dieselbe Sache zu denken. Er blieb eine Weile an der Ecke stehen, gedankenverloren. Da kamen zwei ansehnliche Männer langsam hin und her schwingend die Straße daher, blieben an der Ecke bei dem Dichter stehen, begrüßten ihn wie einen alten Bekannten und nannten ihn Freund. Ihre Gesichter waren aufgedunsen, mit rotunterlaufenen Augen, während der letzten Tage hatten sie sich weder rasiert noch ihre Schuhe putzen lassen. Der ansehnliche Mann Nummer eins betrachtet bald mit dem linken, bald mit dem rechten Auge die Leute auf der Straße und fragte verwundert:

«Junger Mann, kannst du mir verraten, warum diese Menschen nicht zu Bett gehen?»

«Das kann ich leider nicht mit voller Sicherheit sagen», antwortete der Dichter. «Aber ich nehme an, daß sie gerade aufgestanden sind.»

«Ja, was für eine Moral jetzt hier in der Stadt herrscht», sagte der ansehnliche Mann Nummer eins. «Das Pack schläft den ganzen Tag und geht dann abends auf Mädchenjagd, nicht einmal Kinder von fünf Jahren sind sicher. Hör mal, Freund, was hat die Sonne um diese Tageszeit oben in der Mosfellsgegend zu suchen?»

«Sie scheint», sagte der Dichter.

«Das kann keine echte Sonne sein», sagte der ansehnliche Mann Nummer eins. «Das ist eine künstliche Sonne. Ich verlange, daß die Kinder in ihre Betten gehen. Willst du ganz ehrlich zu mir sein und mir genau sagen, wie es ist: Gibt es hier in der Stadt eine Moral? Können die Vögel zu dieser Tageszeit recht haben? Und was für eine Sonne ist das? Und wie verhält es sich damit: Kann ich nicht aus den Himmelsrichtungen klug werden, oder bist du es, der von draußen vom Land kommt?»

«Ja, ich komme vom Land», sagte der Dichter.

«Mein Freund», sagte der ansehnliche Mann Nummer zwei und umarmte den Dichter. «Die Bank ist geschlossen. Die Engländer haben die Bank geschlossen.»

«Na», sagte der Dichter.

«Und wie kommt es, daß die Engländer die Bank geschlossen haben?» fragte der ansehnliche Mann Nummer zwei. «Das kommt daher, daß kein Geld mehr in der Bank ist. Juel hat die Bank ausgeplündert. Juel hat das ganze Geld vermöbelt, das die Engländer in ihrer Herzensgüte diesem unglücklichen Volk geliehen haben. Juel hat alles Geld der Engländer auf dem Meeresgrund versenkt. Deshalb ist die Bank geschlossen.»

«Na», sagte der Dichter.

«Was? Du sagst ‹Na›», fuhr der ansehnliche Mann Nummer zwei ihn an. «Wie kannst du dich erdreisten, hier ‹Na› zu sagen?»

«Er muß nach Hause gehen und sich schlafen legen. Er ist schläfrig», sagte der ansehnliche Mann Nummer eins.

«Er soll sich hüten, ‹Na› zu sagen», entgegnete der ansehnliche Mann Nummer zwei. «Weißt du, wer ich bin? Ich bin politischer Redakteur. Ich bin eine führende Persönlichkeit. Ich kann beweisen, daß du ein Landesverräter und Vaterlandsloser bist. Ich habe Material in den Händen. Jeder, der ‹Na› sagt, ist gegen unser Brudervolk, die Finnen; ich kann es beweisen. Hör mal, hast du eine Krone?»

Der Dichter fand eine Krone in seiner Tasche und gab sie dem Mann. Da fragten sie, ob er zwei Kronen habe. Er steckte die Hand in seine Tasche und fand zwei Kronen und gab sie den Männern; auf diese Weise hielt er unverzagt die Fahne hoch für den Darlehensbetrieb, dem die Engländer durch die Schließung der Bank ein Ende gemacht hatten.

«Jetzt nehmen wir ihn mit auf den Bummel», sagte der ansehnliche Mann Nummer zwei.

Aber der Dichter glaubte, der Bummel sei ein sehr hoher Berg, und sagte, daß er leider keine Zeit habe, mit auf den Bummel zu gehen.

«Was trinkst du denn?» fragte der ansehnliche Mann Nummer zwei.

«Milch», sagte der Dichter.

«Milch», wiederholte der ansehnliche Mann Nummer zwei. «Gott steh mir bei, ich erröte. So, du trinkst Milch. Mit anderen Worten, es gibt heutzutage keine Grenzen mehr für die Schamlosigkeit der Leute. Darf ich fragen: machst du dich über andere lustig oder läufst du mit einer wirklichen Geschlechtskrankheit herum?»

Da sagte der ansehnliche Mann Nummer eins: «Du als politischer Redakteur und Stadtradikaler verstehst die Landbevölkerung nicht; ich als Jurist und Kreisrichter und Mann von Geistesadel verstehe die Landbevölkerung. Laß mich reden. Mein Freund! Milch, das ist nicht nur das ordinärste und poesieloseste Getränk, von dem man jemals gehört hat, es ist auch das säuischste Gesöff, das man auf Erden erfunden hat. Kein Mensch, der noch einen unverdorbenen Sinn für Schönheit besitzt, darf erklären, daß er Milch trinkt; jedenfalls nicht öffentlich und ohne Vorbehalt. Milch ist etwas Verbotenes, lieber Freund. Milch ist ein unanständiges Wort, verstehst du mich? Dagegen könnte man sich darüber unterhalten, und ich bin bereit, mir das bei Gelegenheit zu überlegen, in welcher Partei man das Rindvieh unterbringen sollte. Als Mann von Geistesadel schließe ich mich in der Hauptsache der Ansicht an, Rindvieh ist eben Rindvieh – gewissermaßen also. Aber ich will gern zugeben: wenn ich eine Kuh beim Wiederkäuen sehe, würde es mir nicht einfallen zu leugnen, in diesen widerlichen Viechern könnte sich eine gewisse philosophische, ja, ich möchte fast behaupten, metaphysische Kraft verbergen, die –»

«Das ist eine schamlose Ansicht», sagte der ansehnliche Mann Nummer zwei. Gottlob, zum Glück für den Geldbeutel des Dichters vergaßen sie den Dichter und schwankten miteinander zankend fort.

Er nahm seinen Sack auf den Rücken und ging vorsichtig weiter in die Stadt hinein. Es herrschte etwas Sandtreiben wie in Spreingisandur mitten in Island, und jeder dachte nur an sich selbst. Ihm knurrte der Magen, aber er ahnte nicht, wie man sich in einer Hauptstadt etwas zu essen verschaffen konnte. Er sprach verschiedene Menschen an und fragte nach dem Vogt, aber die Angeredeten fragten ihn darauf, ob er einen Vogel habe.

Schließlich traf er einen Polizisten, das war sein Glück: dieser Riese mit den goldenen Knöpfen an seiner Jacke machte sich weder über ihn lustig noch luchste er ihm Geld ab, noch sah er ihn mißtrauisch an; er wandelte auf Gottes Wegen und reichte einem Fremdling die hilfreiche Hand im Geist des Evangeliums.

In der Polizeistation herrschte Hochsommerstille. Man hatte es nicht besonders eilig, an die Schranke zu kommen und diesen langen Schmachtlappen vom Land zu fragen, was er denn wolle. Der Gast durfte lange vor der Tür auf und ab stelzen. Aber als es schon so aussah, als sollte er wieder unverrichteterdinge seiner Wege gehen müssen, da erhob sich in dieser großen Vogtei ein älterer, vornehmer Mann, ging mit würdevollen Schritten an den Tisch hinter der Schranke, blieb dort stehen und klopfte auf den Deckel seiner Schnupftabakdose.

«Guten Tag», sagte Olafur Karason.

«Guten Tag», sagte der Mann.

Dann reichte Olafur Karason ihm die Hand.

«Sind Sie der Vogt?» fragte er.

«Hier gibt es keinen Vogt», sagte der Mann und nahm zögernd die Hand des Gastes. «Hier ist die Polizei. Was wollen Sie?»

«Ich bin der Mann aus Bervik», sagte Olafur Karason.

«Bervik», sagte der vornehme Mann. «Gibt es auch einen Ort, der Bervik heißt?»

«Wissen Sie nicht über mich Bescheid?» sagte Olafur Karason. «Das bin ich, der das Verbrechen begangen hat.»

«So, so», sagte der Mann ein wenig geistesabwesend. «Haben Sie ein Verbrechen begangen? Was war das für ein Verbrechen?»

Olafur Karason zog aus seiner Tasche eine Abschrift des Urteils und ein Dokument vom Kreisrichter als Beweise für seine Behauptung und gab beides dem Beamten.

Der Mann buchstabierte sich durch das Dokument und rief mehrere Männer hinzu; und alle buchstabierten sie sich durch das Dokument. Einige in Anzügen, wie sie gewöhnlich von vornehmen Leuten getragen werden, andere mit goldenen Knöpfen; sie nickten Olafur Karason freundlich zu, als sie sahen, worum es sich handelte. Einige fragten nach alltäglichen Neuigkeiten aus seiner Gegend, erkundigten sich nach dem Wetter dort, nach dem Graswuchs und dem Fisch. Der Dichter sagte, der Graswuchs in Bervik sei etwas über dem Durchschnitt und bislang hätten sie in diesem Sommer gutes Erntewetter gehabt; dagegen unser Platz, das ist kein guter Fischplatz. Ein Mann bot ihm eine Prise an. Es waren ausgezeichnete Leute. Sie fragten, ob er nicht morgen früh wiederkommen könne.

Olafur Karason machte enttäuschte Augen und antwortete: «Ich bin ganz unbekannt in der Hauptstadt und kenne kein anderes Haus hier außer dem einen Haus, wohin ich soll. Und ich habe nur begrenzte Geldmittel. Ich möchte am liebsten sofort mit dem Absitzen meiner Strafe beginnen.»

Sie erklärten, es sei mit mancherlei Schwierigkeiten verknüpft, ihm Einlaß in das große, mustergültige Haus zu gewähren, über das sie verfügten. Für dieses Haus gälte der Satz, daß viele berufen, aber nur wenige auserwählt seien; die Dokumente müßten vollkommen in Ordnung sein. «Haben Sie keine Freunde in der Stadt?»

Olafur Karason errötete. Ein Mann in der Hauptstadt sei wohl von früher her ein Bekannter von ihm; doch er kenne sich selber nicht mehr, noch weniger alte Freunde. Er wolle eine Begegnung mit diesem Mann hinausschieben, bis er seine Strafe verbüßt habe und wieder ein freier Mann sei. Aber nachdem alle Möglichkeiten untersucht worden waren, schien es für den Augenblick keinen anderen Ausweg zu geben; man ließ den Dichter von einem Polizisten begleiten, um seinen alten Bekannten ausfindig zu machen.

Sie gingen lange, bis sie zu dem Haus gekommen waren, in dem der Freund des Dichters wohnte. Der Polizist ging die Küchentreppe hinauf und wünschte guten Tag; eine Frau in mittleren Jahren kam an die Tür, ein wenig ängstlich, weil sie glaubte, daß jemand festgenommen werden sollte. Aber dann war es nur ein fremder Mann, der nach Sveinn aus Bervik fragte. Sie sagte, ihr Stiefsohn sei zu seiner Arbeit gegangen und käme nicht vor 18 Uhr zurück. Die Frau fragte, wer der Gast sei; und als sie hörte, es wäre der Lehrer von Bervik, wurde ihr Gesicht buchstäblich starr vor Angst. Der Polizist sagte, daß der Mann völlig fremd in der Stadt sei, und er bat die Frau, ihn aufzunehmen, bis der Freund kommen würde. Dann verschwand der Polizist. Die Frau stand in der Tür und sah entsetzt diesen fürchterlichen Mann Olafur Karason an. Sie rief drei halberwachsene Mädchen und sagte, sie sollten so schnell wie möglich aus dem Haus verschwinden. Danach führte sie Olafur Karason durch die Küche in eine Stube. Er fragte, ob sie wohl so freundlich sein wolle, ihm etwas Essen zu verkaufen. Sie sagte, hier sei kein Wirtshaus, aber vielleicht könne sie ihm etwas zu essen geben. Er war dankbar, tagsüber in ihrer Stube sitzen zu dürfen, denn als fremder Mensch, Idiot und Verbrecher hatte er nicht den Mut, in dieser Stadt herumzustreifen; obgleich darin das Grab Sigurdur Breidfjörds liegen mußte.

Der Tag, als er in der Stube saß und auf seinen Freund wartete, war unendlich lang. Die Frau brachte ihm mit ängstlichen Augen etwas zu essen. Als er versuchte, ein Gespräch zu beginnen, wurde sie noch ängstlicher. Alles, was er sagte, schien auf sie wie wirres Gerede zu wirken; ohne Zweifel, er war in ihren Augen nicht nur ein verstockter Verbrecher, sondern obendrein noch ein Geisteskranker. Er blickte zum Fenster hinaus, sah Kinder in sommerlichen Kleidern auf der Straße spielen, und in seinen Gedanken war er längst ein Gefangener, Abschaum der Menschheit, ein Greuel für alle. Ein paarmal war er auf dem Sprung, sich davonzuschleichen, bevor der Freund kam.

Ungefähr gegen 18 Uhr hört er von draußen die fröhliche Stimme eines jungen Mannes, der irgend jemanden grüßt; der frische Bursche kommt von der Arbeit heim und ahnt nichts Böses. Aber die Stimme wird sofort gedämpft, man beginnt leise zu sprechen, und darauf herrscht im ganzen Haus Geflüster und unterdrückte Erregung. Heiße Wellen glühender Scham röten die Wangen des Dichters.

Endlich tritt sein Freund Sveinn aus Bervik in die Stube. Ein hochgewachsener, stattlicher Mann im blauen Anzug, mit einem bunten Hemd; ungewöhnlich sauber, nach Haarwasser duftend, sorgfältig frisiert; die Hände sind wohlgepflegt, man kann ihnen nicht die geringste Spur von Arbeit ansehen, die Schuhe spiegelblank. Er bietet seinem Gast mit ernster Höflichkeit die Hand zum Gruß, und als der Gast ihn genauer betrachtet hat, ist er ihm dankbar: er hat kein freundliches Lächeln vorgetäuscht. In einem einzigen Augenblick sieht der Gast: seine heimlichen Vorsätze, diesem jungen Sohn des Glücks sein Leben verständlich zu machen, waren lächerlich. Sich bei ihm für sein Handeln zu entschuldigen, wäre dasselbe, wie sich anzuklagen. Er verstand nie so gut wie in diesem Augenblick: siegen oder fallen muß man für sich allein.

«Sveinn, ich kenne niemanden, du brauchst mich nicht zu kennen, wenn du nicht willst», stammelt er und meint wie stets in den Prüfungsstunden des Lebens, er sei der Armenpflegling in Fotur unter Fotarfotur und hat unrecht gegen alle. Einmal vor langer Zeit haben diese beiden Menschen unter ähnlichen Verhältnissen gelebt, jetzt ist ein Unterschied zwischen ihnen, wie der zwischen einem Wunsch und der Erfüllung eines Wunschs; der eine war das, wovon der andere geträumt hatte. Deshalb kennen sie einander nicht mehr. Wer Wünsche hat, der sehnt sich nach einem Freund; wenn aber die Wünsche erfüllt sind, so sind die Freunde das erste, was wir vergessen.

«Jetzt bist du ein gelehrter Mann», sagt Olafur Karason. Und seine Augen können die Bewunderung nicht verbergen, wenn er diesen jungen, schmucken, begabten und gutgekleideten Mann betrachtet, den er in seiner Niedrigkeit im finstersten, entlegensten Winkel des Landes entdeckt und für den er das Seinige getan hat, um ihn vorwärtszubringen, damit er reifen konnte.

«Ich bin Abiturient», sagt Sveinn aus Bervik, vornehm etwas die Lippen kräuselnd.

«Und du bist sicher ein großer Dichter geworden», sagt Olafur Karason Ljosvikingur.

Vielleicht wirkt die grenzenlose Bewunderung in den Augen des Gastes auf den jungen Mann etwas hündisch, denn ein Schatten von Unbehagen gleitet bei diesen Worten über sein Gesicht. Und er betrachtet nicht ohne Widerwillen Olafur Karasons Festtagskleider.

«Ich habe mich entschlossen, Theologe zu werden», sagt der Abiturient.

«Theologe», wiederholt Olafur Karason. «Das ist wunderbar. Wie ich mich darüber freue! Ich habe immer gewußt, daß du etwas wirst; etwas Besonderes, etwas Ungewöhnliches.»

Er lächelt sein mildes, herzliches Lächeln, beglückt über seinen Freund. Aber es ist vergeblich.

«Hast du eine angenehme Reise gehabt?» fragt der Abiturient.

«Ja, danke», sagt Olafur Karason. «Am ersten Abend wurde ich zwar ein wenig seekrank. Und leider wurde mein Hemdkragen unbrauchbar, so daß ich jetzt keinen Kragen umhabe.»

«Wie gefällt dir die Hauptstadt des Landes?» fragt der Abiturient.

«Danke, gut», sagt der Dichter. «Gewiß, ich hatte noch keine Gelegenheit, mich etwas umzusehen, doch das tut nichts. Aber etwas gibt es hier in der Hauptstadt, das ich so gern sehen möchte: Sigurdur Breidfjörds Grab. Willst du es mir zeigen?»

«Ich weiß selbstverständlich, wo der Kirchhof ist», sagt der Abiturient. «Aber ich habe dort nie nach irgendeinem Grab gesucht. Für mich würde es nicht schneller gehen als für dich, das Grab zu finden. Willst du nach dem Kirchhof, so gehst du zuerst in westlicher Richtung und dann südwärts. Aber um von etwas anderem zu sprechen: wo gedenkst du heute nacht zu wohnen?»

«Ich muß zu meiner Schande bekennen, daß ich daran

überhaupt noch nicht gedacht habe», sagt der Dichter. «Ich kenne niemand.»

Man kennt einen Mann, ebenso eine Frau, nur ein einziges Mal. Der Freund, von dem du gestern Abschied genommen, ist heute ein anderer, du kennst ihn nicht länger, die Welt verändert sich in einer Nacht, nicht einmal die Treue kann die Zeit besiegen, was man besitzt, das besitzt man nur während des flüchtigen Augenblicks: einen Freund, eine Geliebte, das eigene Leben – einen Augenblick, den flüchtigen Augenblick; im nächsten Augenblick gibt es das nicht mehr. Und Olafur Karason Ljosvikingurs Festtagskleider sind lächerliche Lumpen verglichen mit dem Alltagszeug dieses Mannes.

«Weißt du etwas Neues aus Bervik?» fragt der Abiturient.

«Nichts, soweit ich mich erinnere.»

«Einigermaßen gutes Wetter?»

Daß er so gewöhnlich fragen kann, denkt der Dichter. Und er berichtet nach bestem Gewissen: der Graswuchs sei etwas über dem Durchschnitt und die Heuernte im vergangenen Teil des Sommers einigermaßen gut gewesen. «Aber vom Fisch ist selbstredend heute ebensowenig die Rede wie in früheren Jahren, das kannst du dir wohl denken. Dagegen haben sie in Kaldsvik ganz gut gefischt.»

Dann wird geschwiegen.

Der Abiturient wird etwas ungeduldig, er trommelt mit den Fingerspitzen auf den Tisch, hält einen Finger an den Mund und kaut an den Nägeln, sieht plötzlich auf seinen Schuhen etwas Staub, der weggewischt werden muß. Natürlich ist ihm nicht eingefallen, bei dem Bericht des Dichters über die Witterungsverhältnisse in Bervik zuzuhören; zwischen diesen Männern gibt es keine fahrbaren Wege. Keiner von ihnen weiß, was er sagen soll. Olafur Karason sieht seinen Freund mit bittenden Augen an, Schweiß rinnt von seiner Stirn; es ist wie ein Traum von einem schmalen Pfad zwischen steilen Klippen, von einem Boot, das ohne Ruder auf die See hinausgetrieben wird.

Schließlich sagt der Abiturient: «Leider habe ich für heute

abend eine besonders wichtige Verabredung. Ich wußte ja nicht, daß du kommen würdest –»

«Ja, jetzt gehe ich», sagt der Dichter. Er steht auf und trocknet mit dem Rockärmel den Schweiß auf seiner Stirn. «Aber ich konnte mir nicht helfen», fügt er hinzu, «ich hatte solche Lust, dich zu sehen.» Und er lächelt noch einmal mit seinem milden, fernen Lächeln seinem Freund zu, ein trockenes Gefühl im Hals.

14

Beim Abschied nannte sein Freund ihm die Adresse eines Hotels, das den stolzen Namen *Bergkönigin* hatte, wobei er sagte, eine Frau aus Svidinsvik sei die Wirtin des Hotels. Er wanderte abends in der Stadt umher und erkundigte sich bei vielen Leuten nach seinem Nachtquartier. Gut angezogene, vornehme junge Männer standen in Gruppen an den Straßenecken und kritisierten alle, die vorbeikamen. Da erblickten sie Olafur Karason in seiner vierzig Jahre alten Jacke und seiner National- und Kultur-Hose von Direktor Pjetur Palsson. Diese Bekleidung erregte nur mäßige Bewunderung, wurde aber desto härterer Kritik unterzogen. Der Dichter glaubte, wieder zum erstenmal in Svidinsvik zu sein, und er konnte kaum einen Fuß vor den andern setzen.

Über dem Eingang des Hotels hing ein großes Schild mit einer Malerei vom Hekla; oben auf dem Vulkan saß eine schöne Frau in Nationaltracht, die blickte über die ganze Welt. Darunter stand: *Bergkönigin Café*. Daraus schloß der Dichter, daß die Bergkönigin «Safé» hieß, wohl eine moderne Form des Namens Sofia. Er fühlte einen so großen Respekt vor dem Haus, daß er kaum durch die Tür zu gehen wagte. Aus einer feinen Halle kam er schließlich in einen feinen

Saal und traf ein feines Mädchen. Er nahm seine Mütze ab und sagte: «Guten Tag!» Das Mädchen musterte seine vierzig Jahre alte Jacke und die Kultur-Hose und beantwortete seinen Gruß nicht; als sie jedoch in seine Augen blickte, wurde sie freundlicher. Da faßte er sich ein Herz und fragte, ob es wohl möglich sei, daß er mit der Frau sprechen könne.

«Was für eine Frau?» sagte das Mädchen.

«Ist hier nicht eine Frau, die aus Svidinsvik stammt?» fragte er.

«Ich weiß nicht, was für eine Frau Sie meinen», sagte das Mädchen. «Sie wollen doch wohl nicht mit Frau Felgor sprechen?»

Nach und nach aber glückte es dem Fremden und dem Mädchen, einander zu verstehen, und das Mädchen ging, die Frau zu holen. Während er wartete, konnte der Dichter die Atmosphäre dieses Hauses ein wenig kennenlernen.

Im Restaurant saßen ziemlich laute Männer, ausländischer und inländischer Herkunft, die einigen beinahe übernatürlich schönen Frauen den Hof machten. Diese waren reich gelockt und ihre Wangen so gerötet, daß alle Schüchternheit zuschanden wurde. Aus einem anderen Saal hörte man das Lärmen seltsamer Musikinstrumente, das an Pferdegetrappel, eine Klapper und drei Eimer aus Blech, die eine Treppe hinunterrollen, erinnerte. Glückliche Völkerschaften schwebten tanzend an der Tür vorüber.

Da wird plötzlich eine andere Tür im Saal geöffnet, und heraus tritt eine Frau, die ohne Zögern auf Olafur Karason Ljosvikingur zugeht. Und bei ihrem Erscheinen geschieht das Seltsame: der Dichter weiß in demselben Augenblick, wo er sich befindet; er weiß, daß dieses Haus hier gewissermaßen die natürliche Fortsetzung jenes Elfenerlebnisses aus längst vergangenen Tagen ist. – Es war einmal ein Mann, oder richtiger gesagt, es war gar nicht ein Mann, sondern eine lebende Leiche, die auf einer Pferdebahre über eine Heide kam. Und es gab Elfenmädchen. Und er wurde von den Toten auferweckt.

Torunn von Kambar geht auf ihn zu: eine stattliche, resolute, schwarzhaarige Frau; gekräuseltes Haar; schwarz gefärbte Augenbrauen, rote Wangen, falsche Zähne und eine Brille mit dicken Gläsern als Schutz für ihre geheimnisvollen Albinoaugen, die nicht einmal der meisterhafteste Färber besiegen konnte; in rauschender Seide; ein bißchen fett; mit zwei oder drei Armbändern und vielen goldenen Ringen voll Edelsteinen; eine zur Hälfte aufgerauchte Zigarette zwischen den gelben Fingern.

Aber es zeigt sich bald, daß die Pracht der Hotelwirtin nicht einzig und allein Eitelkeit, sondern das äußere Symbol ihrer Tugenden ist, denn sie allein von allen Menschen in dieser Hauptstadt scheint sich nicht zu schämen, einen demütigen Gast zu begrüßen, der weder eine Jacke und Hose nach der neuesten Mode trägt noch die Kunst erlernt hat, mit feinen Menschen umzugehen.

«Olafur Karason, sei willkommen!»

Sie hat noch ihre wohlbekannte, seltsame Stimme mit zweitönigem Klang, der Nacht wie dem Tag verwandt, am meisten jedoch der Dämmerung.

«Ich kann wohl nicht erwarten, daß du mir erlaubst, heute nacht hier zu schlafen», sagte Olafur Karason.

«Aber selbstverständlich», sagte sie. «Ich bin so froh, dich zu sehen. Du bist beinahe unverändert geblieben. Laß uns schnell von diesem Lärm fortkommen und zu mir hineingehen.»

Da ist auch ihre Angewohnheit von früher, den Menschen die Hände aufzulegen; unwillkürlich liegen ihre Hände auf Olafur Karasons Knien, als sie ihn neben sich auf einem dunkelroten Plüschsofa placiert hat. Sie bietet ihm Tabak und Wein in einem Glas an, aber er sagt, er sei zu alt, um noch derlei lernen zu können. In ihrer Stube ist alles Plüsch und nochmals Plüsch: Kissen auf Kissen, eine Decke über der andern, Bild neben Bild, die Spiegel spiegeln sich ineinander.

«Erinnerst du dich noch, wie ich dich von den Toten erweckt habe?» sagt sie.

«Ja», sagt er. «Ich danke dir herzlich dafür. Leider bin ich nie imstande gewesen, es dir vergelten zu können. Aber wenn ich mich in deiner Wohnung umschaue, so sehe ich, es bewahrheitet sich wieder einmal: Gott bezahlt für die Raben.* Nach all den vielen Jahren besitze ich heute nicht viel mehr als damals, da ich tot zu dir kam. Und ich habe wenig zu dem hinzugelernt, was ich damals gekonnt habe.»

«Dafür hast du seit damals auch nichts verloren», sagt sie. «Du hast dieselben Augen; und diesen Goldglanz im Haar; und deine schmalen, feinen Hände.»

Sie nimmt seine Hände – wie damals vor vielen Jahren – und betrachtet sie lange. Dann sagt sie:

«Drüben, auf der anderen Seite, wohnt ein Friseur. Geh dorthin, laß dich rasieren und laß dir das Haar schneiden. Wenn du zurückkommst, gebe ich dir einen neuen Anzug; ich habe ihn seit dem Frühjahr liegen, als Ersatz für Zimmermiete von einem properen Mann. Dann wird das Abendessen aufgetragen.»

Bald ist er rasiert, sein Haar geschnitten; er hat gebadet. Nun ist er innen und außen neu gekleidet. Sie selbst bindet ihm einen Schlips um seinen Stehkragen. Dann schaut sie ihn an und summt eine Melodie, die man von unten im Haus hören kann; und er betrachtet sich im Spiegel.

«Genug damit», sagt sie schließlich. «Nun sollst du dich nicht länger im Spiegel betrachten. Komm und sprich mit mir. Erzähl mir, woran es eigentlich lag, daß du dich nie in mich verliebt hast.»

«Wie kannst du nur so etwas fragen, Torunn, ich hab dich ja immer furchtbar lieb gehabt. Dagegen habe ich dich nicht immer verstehen können. Du wußtest von mehr Welten als ich. Ab und zu bekam ich sogar beinahe etwas Angst vor dir. Aber du bist immer eine große Persönlichkeit gewesen. Ich war erst siebzehn Jahre.»

* Ein isländisches Sprichwort, das bedeutet: Gott bezahlt für den Armen jene Wohltaten, die der Arme empfangen hat, ohne aber imstande zu sein, sie wiedervergelten zu können.

«Und jemand anders kam zu dir durch ein Fenster. Mir wolltest du irgendeinen verfluchten Fetzen von einem Buch geben.»

«Was konnte ich machen?»

«Hättest du mich wirklich lieb gehabt, so wäre mir nie etwas geschehen», sagt sie, «und dir auch nicht.»

«Dir standen alle Wege offen, Torunn», sagt er. «Selbst diese Welt ist auch deine Welt.»

«Wenn du damit sagen willst, daß ich böse genug bin auch für diese Welt, so ist das nicht wahr», sagt sie. «Man kann nie böse genug für diese Welt sein.»

Ihre Augen ertranken in dem Lichtgefunkel ihrer Brillengläser, und sie summte ins Blaue hinein, etwas zerstreut; der Rauch ihrer Zigarette ringelte sich zur Decke empor.

Dieses Mädchen war vor Jahren nach England gereist, um als spiritistisches Medium weltberühmt zu werden; aber ihre Einfalt auf dem Gebiet der Mirakel war zu groß, so daß man sie schließlich nicht mehr gebrauchen konnte. Pjetur Dreiroß und Juel, von denen sie in einer nicht wiederzugebenden Weise sprach, vergaßen ihr Geld zu schicken. Ein mittelloses isländisches Mädchen vom Land stand einsam und allem preisgegeben in der Millionenstadt – «Vorhin sagtest du, ich sei begabt genug, um in dieser Welt zu leben. Ich war so wenig begabt, daß ich nicht einmal als Straßenmädchen in einer großen Stadt taugte; und solch eine Untauglichkeit ist der Gipfel von allem Unglück, das eine Frau treffen kann.»

Sie hatte wieder zu singen begonnen. Niemand wußte, wohin sie sah. Der Dichter ging in der Stube auf und ab. «Du bist stets etwas herzlos in deinen Worten gewesen, sowohl gegen dich selbst wie gegen die Welt», sagte er. «Willst du mir versprechen, nicht böse zu werden, wenn ich dich geradeheraus frage: hat Fridrik überhaupt existiert?»

Oft hörte sie nicht, was man zu ihr sagte, sie sang einfach weiter. Die Züge ihres Gesichts waren einmal von bestimmter Natur und nur für eine besondere Art Lebenserfahrung empfänglich gewesen; nun hatten sich seit langem die Erfahrungen in diesen Zügen festgesetzt und sie in Übereinstimmung mit deren Natur und Ursprung geprägt. Aber während er immer weiter über sie grübelte, hatte sie sich schon ihre Auffassung über ihn gebildet.

«Wenn der Satan den Felgor da einmal geholt hat, habe ich vor, mich mit einem Mann zu verheiraten, der deine Züge hat», sagt sie. «Deine Stirn, den Glanz deines Haares; deine Augen, deine Hände.»

«Vielen Dank», sagt er. «Aber wer ist der andere Mann, den du genannt hast?»

«Das ist mein Mann, den ich gerade ausgezogen und aufgebahrt habe, als du kamst. Er starb heute abend um sieben Uhr. Er liegt im Zimmer nebenan.»

«Gott steh mir bei», sagt Olafur. «Dein Mann ist tot?»

«Ja, er starb heute», sagt Frau Felgor. «Aber du brauchst kein trauriges Gesicht zu machen. Gestern ist er auch schon gestorben. Auch vorgestern. Er stirbt jeden Tag. Willst du ihn sehen?»

Sie führt den Dichter gegen seinen Willen in das Nebenzimmer; er wagt nur auf den Zehen zu schleichen, voller Ehrfurcht für dieses gewaltige, sich ständig wiederholende Sterben. Im Ehebett liegt eine mächtige, dickbäuchige Leiche: Glatze, blau im Gesicht, mit offenem Mund, das Gebiß auf dem Nachttisch; die fetten, quabbligen Schultern quellen unter der Bettdecke hervor, ein Arm hängt schlaff am Bettrand herunter. Es ist sicher und gewiß, dieser Mann ist unnatürlich und abnorm tot, und doch spukt irgendein Gespenst in ihm, das ein wunderliches Keuchen in Nase und Mund verursacht.

«Sieh dir das mal an», sagt Torunn von Kambar. «Ich will ihn dir sogar in seiner ganzen Größe zeigen –» und sie zieht die Bettdecke von dem Mann, als wolle sie ein frischgeborenes Kind zeigen. Der arme Kerl liegt da, splitternackt, tot wie ein Stein, und keucht, sehr kurz. Zwei Brüste und schwarzes, zottiges Haar zwischen den Brüsten; der Bauch ein Fettklumpen; die Schenkel wie bei einer Frau. Olafur Karason schüttelt sich vor Entsetzen.

«Kommt das vom Kognak?» flüstert er, denn er hat die eigentümliche Vorstellung, diese Flüssigkeit sei eines der gefährlichsten Gifte für das Menschengeschlecht.

Aber sie antwortet nicht auf Fragen, die von Nebensachen handeln, schweigend deckt sie ihren Mann wieder zu; die Vorführung ist zu Ende.

«Er war Steward auf einem dänischen Island-Dampfer», sagt sie, als sie sich wieder gesetzt haben. «Das arme Luder hat mir das Leben gerettet. Ich stand weinend auf dem Kai in Kopenhagen und konnte nicht zurück nach Island.»

«Weinend? Du?»

«Ja. Es waren echte Tränen. Man hätte sie ruhig untersuchen können. Was hast du denn geglaubt?»

Braten steht auf dem Tisch, ein silbernes Besteck und Porzellan, und es ist das erste Fest, das für den Dichter gegeben wird.

«Ich komme mir vor, als hätte ich keine Ahnung, wie man ißt», sagt er.

«Darf ich dir etwas Rotwein ins Glas gießen?» fragt sie.

«Glaubst du nicht, daß wir Schaden an unserer Seele nehmen könnten?» fragt er.

«Ich weiß genau, wo ich stehe», sagt sie, und die Armbänder klirren an ihrem weißen Handgelenk gegeneinander, als sie die Flasche nimmt und den Wein ins Glas fließen läßt. Sie schenkt ruckweise ein, so daß es sich anhört wie Herzklopfen.

«Wüßte ich nicht, daß all das Gold, das du anhast, ein Kennzeichen deiner Tugenden ist, so könnte mir angst und bange werden», sagt er.

«Dieser Wein soll es in sich haben», sagt sie, hebt ihr Glas und trinkt ihm zu.

Als er abends zu Bett gegangen ist, kommt sie in sein Zimmer und setzt sich in einen Lehnstuhl, ebenso unbegreiflich wie zuvor; und sie raucht und summt unentwegt. Ihr Blick hinter der Brille, in deren Gläsern sich das Licht rot und grün bricht, verwirrt ihn, noch dazu, weil er Wein getrunken hat.

«Ich darf dich wohl nicht bitten, so lieb zu sein, deine Brille abzunehmen.»

«Nein. Einmal habe ich dich gebeten, mir zu sagen, was Wahrheit sei, und du wolltest es nicht sagen.»

«Du selbst hast gesagt, Geld sei Wahrheit», sagt er. «Hätte ich 100 Kronen besessen, ich hätte sie dir gegeben.»

«Du hast mich vorhin gefragt», sagt sie, «ob Fridrik jemals existiert hat. Die Götter existieren, die wir uns selber erschaffen, aber keine anderen.»

«Ich weiß es», sagt er. «Und doch.»

«Und doch, was?»

«Es gibt einen Klang», sagt er. «Eine Stimme.»

«Warum sagtest du 100 Kronen? Ich hatte dich nur um fünf gebeten, allerhöchstens zehn. Aber du hast mir einen wertlosen Schmöker gegeben. Und jemand anders stieg durch dein Fenster.»

«Hast du mir immer noch nicht vergeben? Du hast alle Wünsche deiner Seele erfüllt bekommen. Darf ich fragen, wer der Mann ist, den man da auf dem Bild an der Wand sieht?»

«Oh, das ist wohl der Satan Napoleon der Große», sagt sie. «In allen mittelmäßigen Hotelzimmern haben sie ihn hängen.» Sie nimmt die Brille ab.

Im Zimmer ist es schummerig, das Licht der Eule. Draußen vor dem offenen Fenster hat es zu regnen begonnen. Der stille, zärtliche Nachtregen des Hochsommers mischt sich mit den Schritten auf der Straße, dem Sausen der Wagen, die in glückseliger, gleichgültiger Ferne vorbeieilen. Torunn von Kambars Augen sind grün.

«Sag einmal, Olafur», fragt sie, «was hast du von mir gedacht, als sie mich aus dem Land schickten?»

«Ich dachte: sie hat Kranke geheilt und Menschen vom Tod auferweckt. Sie wird in der ganzen Welt berühmt werden.»

«Du lügst», sagt sie. «Du hast gedacht: sie ist verrückt und hat Halluzinationen. Sie ist eine Verbrecherin. Sie hat sich benutzen lassen, ein Haus anzustecken. Sie ist eine Dirne. Sie – sie – sie – Das hast du gedacht.»

Sie drückt ihre brennende Zigarette in einem Aschenbecher aus, und dann sieht er es um ihren Mund zucken – er kann das nicht deuten. Alles das zwischen Haß und Kummer, zwischen Verstocktheit und Milde – und doch nichts von alldem.

Dann fängt sie an, sich langsam ihre goldenen Schmucksachen abzunehmen, ein Stück nach dem andern; und dann schmeißt sie alles auf den Boden. Dies ist die einzig wahre Torunn aus Kambar, von der man niemals weiß, von welcher Welt sie gelenkt wird; man weiß auch nicht, wann sie echt ist und wann sie sich verstellt, wo in ihr die Grenze zwischen Dichtung und Wirklichkeit verläuft.

«Wenn du es vorher nicht gewußt hast, was du von mir denken sollst, so weißt du's jetzt», sagt sie und gibt ihrem letzten Armring einen Tritt mit dem Fuß, daß er unter die Möbel rollt. Er ahnt genauso wenig wie je, was er von ihr denken soll. Wie wird sie wohl morgen früh aussehen, wenn ich längst fort bin und sie ihre Schmucksachen vom Boden aufsammelt? So denkt er, als sie neben seinem Bett auf die Knie fällt, schmucklos, und, wirre Worte murmelnd, sich an seine Brust lehnt.

15

In einem Dorf in Rumänien wohnt ein Mann, dessen Beruf darin besteht, Messer, Gabeln und anderes Tafelgeschirr zu verschlucken. In Australien ist neulich ein Kalb geboren worden, das acht Beine hat, sechs unten und zwei oben auf dem Rücken. Rama V., König von Siam, hatte 3000 Frauen und 370 Kinder, 134 Söhne und 236 Töchter. In England hat man einem Hund das Sprechen beigebracht, in Deutschland einem Pferd das Schreiben. In einem Staat in

Afrika sperrt man Mädchen während der Verlobungszeit, die drei Jahre dauert, in einen pechfinsteren unterirdischen Raum, und es ist ihnen streng verboten, ein Wort zu sprechen.

Nie hatte Olafur Karason sich auch nur träumen lassen, daß in der Welt von heute sich solche großen Sachen ereignen, wie man sie in dem Familienblatt *Das Heim* lesen kann, ein Wochenblatt, das im Gefängnis ganz besonders beliebt war. Während der ersten Tage grübelte der Dichter unaufhörlich über die Wunder und merkwürdigen Vorkommnisse, von denen diese Zeitschrift berichtete, um das Familienleben des Landes zu unterhalten und zu stimulieren. Genau wie Chronisten das Erscheinen von Kometen aufzeichnen, genauso notierte er sich für später einen Teil der ungewöhnlichen Neuigkeiten, die das Familienblatt enthielt; und er machte dazu in Klammern eigene Anmerkungen zwecks gründlicherer Untersuchung bei geeigneterer Gelegenheit.

Im Familienblatt *Das Heim* konnte man auch ausführliche Berichte von Bankausplünderungen, Einbrüchen, Vergiftungen und Doppelmorden finden, das alles miteinander schienen unumgängliche Voraussetzungen für ein glückliches Familienleben zu sein. In den ersten Tagen war es dem Dichter ganz und gar nicht gleichgültig, wer wen umgebracht hatte. Er las diese großen Begebenheiten mit Spannung, und manchmal lag er die ganze Nacht bei einem Kerzenstummel wach und hoffte, daß man den richtigen Mörder und den wahren Dieb zu fassen bekäme. Und ehe er es recht wußte, war ein neuer Tag für einen schlaflosen und übermüdeten Mann angebrochen, der beinahe auch Blut an den Händen hatte. Aber je mehr Jahrgänge dieses Familienblatts er verschlang, desto weniger überraschten ihn die Ereignisse, für die sich eine gewöhnliche Familie interessiert. Bald machte er sich überhaupt nichts mehr aus einem Mord; es ging so weit, daß ein dreifacher Mord im Gesicht dieses Dichters nur ein schläfriges Gähnen hervorlockte. Zum Schluß war es dahin mit ihm gekommen, daß er nur noch ein bißchen kribblig wurde, wenn er von einem Mord hörte; und unwillkürlich nahm er für den Mörder und gegen den Ermordeten Partei.

Da bekam er es mit der Angst zu tun, denn er glaubte, er sei auf dem Weg, ein schlechter Mensch zu werden; er beschloß, das Lesen von Familienliteratur aufzugeben.

Der Sommer vergeht. Er beginnt, an die Blumen des Spätsommers zu denken, und malt sich aus, wie herrlich es jetzt sein müsse, den Duft der süßen Spierstaude einzuatmen, sich ein Vergißmeinnicht ins Knopfloch zu stecken und Hopfenblüten zu kosten.

«Heute ist Ruhe und Frieden und eine gesegnete Stille über Gottes ganzer Natur», die Stimme klingt tief und warm, wenn auch ein wenig spröde und sehr alt. «Und doch gibt es noch einen viel größeren Frieden und eine tiefere Ruhe in der Seele eines Christenmenschen, der sich in der Stunde der Prüfung zu seinem Heiland bekennt.»

Darauf öffnet sich die Tür. Und nach der Einleitung tritt ein bejahrter, vornehmer Herr in die Zelle, trotz des Sonnenscheins in einem schwarzen Überrock und trotz des trockenen Wetters in hohen Gummistiefeln, mit einem blendendweißen Vatermörder um den faltigen Hals, einige kleine Hefte in der Hand.

«Mein Bruder», sagt er und gibt Olafur Karason seine blaue, seidenweiche Greisenhand, und er sieht ihm ins Gesicht mit milder, unpersönlicher Liebe. Das Licht in seinen alten Augen ist von der Art, die keinen Schatten kennt. Er hat eine große, stolze Adlernase und buschige dunkle Augenbrauen, Haut wie altes Pergament, silberweißes Haar. Olafur Karason findet, der Gast sei ein schöner Mann.

Er greift die Hand des Gastes und sagt unwillkürlich: «Ich kann Ihnen ansehen, daß Sie ein Freund des Himmels sind.»

«Das ist ein zu großes Lob für mich, mein Bruder», sagt der alte Mann. «Ich bin nur ein armer Domkirchenpastor. Doch es ist wahr: der Himmel ist herrlich. Und der Herr hat den Menschen seine Gnade zuteil werden lassen.»

Er fragt den Gefangenen, woher er stamme und wer sein Pfarrer sei; und er bittet Olafur Karason, ihn zu grüßen, wenn er wieder nach Hause käme. Er sagt, diesmal könne er sich nicht lange bei ihm aufhalten, aber als kleine Zugabe zu seinem allzu kurzen Besuch wolle er ihm die kleine Schrift eines berühmten Mannes in Norwegen überreichen. Wenn die Seele heimgesucht werde, so sei es oftmals gut, ein kleines Buch mit köstlichem Inhalt bei sich zu haben. Der Dichter dankt ihm.

«Gott führt den Menschen oftmals auf unerforschliche Wege, damit er seinen Erlöser finden kann», sagt der Domkirchenpastor. «Die Natur in ihrer Hochsommerpracht ist voller Wärme und Milde und gesegnetem Frieden, und dabei kann Gottes Gnade am größten hinter kalten Mauern sein. Es ist wunderbar, mein Bruder.»

«Auf jeden Fall sehr sonderbar», sagt Olafur Karason. «Und ich habe auch oft gedacht, wie groß die Disharmonie zwischen Gott und der Natur sein kann.»

«Wenn die Natur auf Gottes Stimme lauscht, so ist der Himmel unser Reichtum, mein Bruder», sagt der Domkirchenpastor mit seinem guten, geistesabwesenden Lächeln. Ein milder Wandersmann, der es trotz Eile und Amtspflichten in der Stadt nie so eilig hat, daß er vergißt, zu seinem Bruder im Vorbeigehen ein warmes Wort zu sprechen. Und er verspricht, bald wiederzukommen, damit sie ausführlicher miteinander über die Gnade sprechen können.

Das kleine Heft des Domkirchenpastors mit dem Titel *Komm zu Jesus* bleibt in Olafur Karasons Händen zurück. Er schlägt zwei, drei Stellen darin auf, ehe er es auf das Wandbrett zum Neuen Testament legt. Es ist eines jener christlichen Büchlein, darin alles auf Rechnung von Matth., Luk., Kreuzig. und Auferstbg. geschrieben wird, und nach diesen Namen usw. stehen seltsame Zahlen, Kommata dazwischen, wie eine Art Dezimalbrüche mit Klammern vorn und hinten, als sei es Algebra. Weit entfernt davon, gegen Schriften dieser Sorte irgendwelchen Unwillen zu hegen, hat er doch seit der

Zeit, da er auf Fotur unter Fotarfotur im Schatten der Postille aufgewachsen ist, die Gewohnheit, alle Bücher, in denen von Gott und Jesus die Rede war, nicht als richtige Bücher anzusehen.

Die Mitglieder der Familie, welche dies Haus bewohnten, waren vielleicht etwas unglückliche Menschen, weil die Spierstaude und die Hopfenblüte für sie augenblicklich nicht erreichbar waren, aber sie waren nicht unglücklicher als der Rest des Menschengeschlechts, im Gegenteil, und sicherlich auch keine schlimmeren Menschen als der Durchschnitt der Leute außerhalb der Zuchthausmauern – mit Ausnahme von Saufbolden. Saufbolde – das war ein Kapitel für sich. Niemand hatte weniger in diesem friedlichen, wohldisziplinierten Haus zu suchen als das verdammte Gesindel, das nachts unter Lärm und Flüchen hineingeschmissen wurde und das ganze Haus auf den Kopf stellte. Hatten die Liederjans ihren Rausch ausgeschlafen, so fühlten sie sich hoch über alle übrigen Hausbewohner erhaben und ließen sogar durchblicken, im Grunde seien sie nur durch die Ungerechtigkeit der Obrigkeit und die Böswilligkeit der Polizei hier gelandet. Diese Ungeheuer, die man überhaupt nicht zu den Menschen und noch weniger zu den Tieren rechnen konnte, hatten dazu noch die Frechheit, zu behaupten, dieses Haus sei ihrer unwürdig und sie als Nicht-Zuchthäusler seien besser als andere Leute. Saufbolde – darin waren sich alle übrigen einig – seien die einzigen Verbrecher, die ohne Gericht und Urteil erschossen werden müßten – vorbehaltlos.

«Oh, das möchte ich vielleicht denn doch nicht behaupten», sagte der Neuankömmling.

Es war der erste Tag.

Sie standen draußen im Hof an einem hellen Sommertag und unterhielten sich nach dem Mittagsmahl, ehe jeder von ihnen wieder zu sich hineinging. Saufbolde hatten sie in der vergangenen Nacht am Schlafen gehindert, und sie waren etwas ärgerlich, Olafur Karason ausgenommen, er wollte das Gespräch auf etwas anderes hinlenken. Unten vor der Zuchthausmauer wuchsen Grasbüschel, dort erhaschte der Dichter den Blick eines kleinen Löwenzahns. Er griff den nächsten Mann beim Arm und zeigte auf den Löwenzahn:

«Sieh mal dort den Löwenzahn. Das ist der erste Herbstlöwenzahn, den ich in diesem Sommer gesehen habe. Ganz sonderbar, daß man Löwenzahn nie früher als im Spätsommer zu Gesicht bekommt. Ob es wohl daran liegt, daß er so langsam wächst, oder daran, daß die anderen Blumen so hübsch sind und man auf den Löwenzahn erst achtgibt, wenn die anderen Blumen verwelkt sind?»

Aber der Mann, den er angesprochen hatte, war der Mörder; der Stolz des Hauses. Es war ein Mann unter dreißig, mit rostfarbigem Haar, bleich, ein hübscher Mensch; er trug eine Lederschürze, denn er war der Schuster des Hauses.

«Was, glaubst du wohl, macht der sich aus Blumen?» sagte der heimliche Schnapsbrenner der Gesellschaft. «Es hat gar keinen Zweck, mit solchen Leuten von poetischen Dingen zu sprechen. Die sehen nicht mal die Sonne, wenn sie vom wolkenlosen Himmel leuchtet.»

Ein paar Augenblicke herrschte Schweigen.

Da betrachtete Olafur Karason die Gefängnismauer und sagte: «Was für eine mächtig hohe und solide Mauer!»

«Ja, hol mich der Teufel, Mensch, was», sagte ein wichtigtuerischer kleiner Dieb. Es war das einzige, was er konnte.

Da sagte der Mörder trocken: «Das muß ein erbärmlicher Kerl sein, der nicht über die Mauer da kommen kann, wenn er will. Die Mauer – ein Kinderspiel.»

«Er hat vor nichts Respekt», sagte der heimliche Schnapsbrenner zu Olafur Karason. «Ganz gleich, wovon du sprichst: Blumen – er antwortet nicht; Mauer – ein Kinderspiel. Er ist so eingebildet darauf, daß er einen Kerl um die Ecke gebracht hat, und läßt sich von nichts mehr imponieren.»

Der Mörder verzog keine Miene und antwortete nicht, aber Olafur Karason tat es leid, daß sie ihm ständig den Mord vorhielten, und er war sogleich bereit, für ihn Partei zu nehmen.

«Ein teurer Luxus. Man muß zwanzig lange Jahre dafür zahlen», sagte er. «Meiner Ansicht nach hat er recht, stolz zu sein.»

«Jedes Wort stimmt», sagte der Falschmünzer. «Es gehört viel Mut dazu, sich zu verheiraten, aber noch viel größerer Mut, einen Menschen umzubringen. Der Schnapsbrenner soll bloß nicht so laut reden. Er riecht. Er brennt seinen Sprit hinter Kuhärschen, vergräbt ihn im Misthaufen, damit ihn die Obrigkeit nicht findet, und dann verkloppt er das Gesöff direkt aus der Kuhscheiße an die Leute.»

«Pfui Deibel, was für 'n Mensch», sagte der Spitzbube und schüttelte sich vor Wohlbehagen.

«Schweig du man bloß», sagte der Falschmünzer. «Es ist erbärmlich, im Zuchthaus zu sitzen, wenn man Idiot ist.»

«Er ist ja nur ein Junge», sagte Olafur Karason, und er nahm den kleinen Langfinger in Schutz. «Ihr sollt nicht schlecht gegen ihn sein.»

«Ja, eine feine Jugend, die heutzutage hochgepäppelt wird», sagte der Falschmünzer. «Ich rotze auf solches Geschmeiß, das in Läden einbricht und Keks, Malzextrakt und Schuhsenkel klaut oder nachts in Werkstätten steigt und sich eine Feile und einige drei Zoll lange Nägel stibitzt oder aus einem Vorplatz schäbige Mäntel maust. Aber da hört sich denn doch alles auf, wenn solches Lausepack sich einbildet, Verbrecher zu sein. Solche Stümper von Langfingern gehören in Krankenhäuser für Verrückte und Idioten.»

Der Schnapsbrenner war ein freisinniger Mann und Literaturfreund, wie es oft bei Leuten dieses verbotenen Gewerbes der Fall ist. Er fragte Olafur Karason, ob es stimme, daß er Dichter sei.

«Och, kaum der Rede wert», sagte Olafur Karason.

«Was kostet es, über uns ein Gedicht zu machen?» fragte der Gelegenheitsdieb.

«Für Freunde und Brüder dichte ich gratis», sagte der Dichter.

«Mach ein Gedicht für mich», sagte der Gelegenheitsdieb.

«Lieber Freund, Männer anzudichten, dazu habe ich kein Talent», sagte der Dichter. «Wenn du aber ein Gedicht für ein hübsches Mädchen brauchst, das dir gehört –»

«Teufel auch, heute morgen hat ein neues Mensch die Gänge geschrubbt», sagte der kleine Dieb.

«Es ist ein Schimpf und eine Schande, daß ordentliche Menschen mit solchen Leuten zusammen sein müssen», sagte der Falschmünzer. «Solche Leute sollte man zusammen mit Saufbrüdern einlochen.»

Bald war der Dichter der Mittelpunkt dieser lichten Gesellschaft im Hof hinter der Mauer geworden. Alle kamen zu ihm; nur der Mörder nicht. Er hielt auf Abstand, der kleine Dieb zog ihn am Ärmel, um ihn mit zu den anderen zu schleppen.

«Er kann Gedichte machen», sagte der kleine Dieb.

«Wenn schon», sagte der Mörder.

Olafur Karason fühlte sich befangen, er hätte sich am liebsten zurückgezogen. Aber viele erboten sich, eigene Gedichte aufzusagen, wenn Olafur Karason den Anfang machen würde. Der Mörder wollte gehen.

«Bleib doch», sagten sie zu dem Mörder. «Hör zu! Jetzt gibt es ein richtiges Gedicht.»

«Gedichte langweilen mich», sagte der Mörder und ging ins Haus, an seine Arbeit.

«Warum?» riefen sie.

«Fauler Zauber», sagte der Mörder und verschwand.

Keine Blume, keine Mauer, nicht einmal Gedichte! War denn alles menschliche Tun, ja sogar die Schönheit der Welt so wenig wert, verglichen mit einem Mord? Waren selbst Blumen verächtlich im Vergleich mit dieser gewaltigen und mystischen Erfahrung? Er war die Rechtfertigung des Hauses wie dessen Existenzberechtigung, dessen vornehmste Person, Bischof, Millionär und innere Autorität; sein Schicksal ein verschwiegenes Geheimnis, das andere Menschen gering machte.

Es ist seltsam, wie sehr die Menschen im Zuchthaus den Menschen außerhalb des Zuchthauses ähnlich sind: als die Glocke läutete, hatten alle begonnen, miteinander um die Wette eigene Gedichte aufzusagen, und sie vergaßen, daß sie eigentlich Gedichte des Dichters Olafur Karason hören wollten. In Wirklichkeit war jeder in sein eigenes Gedicht verliebt und gab keinen Pfifferling für die Gedichte des Dichters. Der Mörder war anders: er hatte so getan, als wolle er Olafur Karasons Gedichte nicht hören, aber er hatte auch nichts gedichtet, das er bei dieser Gelegenheit hinterlistig an den Mann bringen wollte.

Einige Zeit danach kam der Domkirchenpastor wieder. Er trug immer noch den dicken schwarzen Mantel, Gummischuhe und Vatermörder, trippelte eilig mit kurzen, kraftlosen Schritten durch die Korridore und sank beim Laufen vor Alter fast in die Knie.

«Wie hell und warm die Tage werden», murmelte er freundlich, wenn der Gefängniswärter öffnete. Er lächelte mit seinen guten Augen und schlechten Zähnen; ein Mensch, der es inmitten der rasenden Hast des Tages als seine erste Pflicht ansah, ja als eine Lebensbedingung, die vor allem andern den Vorrang hatte, im Haus des Bruders kurz zu verweilen, um ihm ein aufmunterndes Wort zu sagen. Nicht nur sein Lächeln, sein ganzes Benehmen, seine liebenswürdige, automatische Rede, die nicht an eine einzelne Person gerichtet zu sein schien, wirkte wie ein Herd in einem kalten Haus, in dem plötzlich ein duftendes Holzfeuer zu flammen beginnt. Der Dichter erhob sich.

«Wie hell und warm die Tage werden, so voller Segen und Frieden – wenn man weiß, daß die Gnade Gottes ihr wahrer Inhalt ist», sagte der Domkirchenpastor. «Darf ich mich etwas setzen, da in die Ecke auf deine Pritsche? Ich habe zwar im Grunde keine Zeit zum Verweilen; aber wenn man alt geworden ist, mein Bruder, da werden die Füße unfügsam wie kleine Kinder.»

«Wenn ich alt werde, möchte ich gern ein Gesicht haben

wie Sie», sagte Olafur Karason und blickte hingerissen den Domkirchenpastor an.

«Wenn ich ein Gesicht habe, das sich der Gnade geöffnet hat, mein Bruder, so kommt es daher, daß ich mehr von denen gelernt habe, die sich innerhalb dieser Wände aufhalten, als von denen, die außerhalb dieses Hauses leben», sagte der Domkirchenpastor. «Ich habe mehr gelernt von denen, die gestrauchelt sind, als von denen, die sich aufrecht halten konnten. Deshalb fühle ich mich so wohl in diesem Haus. Gott segne dies Haus.»

«Wie denken Sie über den Mörder?» sagte Olafur Karason.

«Nun, nun», sagte der Domkirchenpastor. «Christus sieht die Menschen nicht danach an, was sie getan haben, mein Bruder, sondern danach, ob sie tief in ihrer Seele den wahren Inhalt der Tage finden. Ich bin ein alter Mann geworden. Wenn die Jahre zu einem müden Mann kommen, spricht er nicht mehr von Sünde, mein Bruder. Die Freude darüber, daß man die Gnade gefunden hat, das ist die wahre Freude. Diejenigen, welche verstehen, daß Prüfung und Gnade zwei Schwestern sind, deren Haus ist ein großes Haus; es ist ein schönes Haus; es steht auf einer Klippe.»

Er nahm aus seiner Tasche eine kleine Schrift und gab sie dem Dichter. «Ich darf wohl eine kleine Schrift von einem berühmten Mann aus Dänemark bei dir lassen», sagte er. «Sie heißt *Komm zu Jesus*.»

«Herzlichen Dank», sagte der Dichter. «Sie haben mir bereits neulich dieses Buch geliehen.»

«Wirklich? Das freut mich, mein Bruder», sagte der Domkirchenpastor. «Ich bin fest davon überzeugt, daß Sie die gesegnete Wärme gespürt haben, die das kleine Buch ausstrahlt.»

Da mußte der Dichter gestehen, er habe leider noch nicht angefangen, das Buch zu lesen.

«Vielleicht machst du dir nicht viel aus Büchern, mein Bruder», sagte der Domkirchenpastor.

«Ich bin mit einer so langweiligen Hauspostille aufgewachsen, daß ich zweifle, ob ich mich jemals davon erholen kann», sagte der Dichter.

«Oh, welch ein Mißgeschick», sagte der Domkirchenpastor im gleichen Ton wie zuvor, aber bereit, allen zu vergeben. «Es ist offenbar die Postille von Bischof Arne gewesen. Er war manchmal etwas langatmig, der Gute. Einige brauchen viele Worte, wenn sie von Jesus sprechen, andere wenige. Aber das ist Nebensache. Du darfst jedoch nicht verzweifeln, sind einige auch etwas langatmig, wenn sie von Jesus sprechen. Die Hauptsache ist nicht, ob man viele oder wenige Worte macht, wenn man von Jesus spricht, sondern daß man sich im stillen nach ihm sehnt; daß man ihm in seinem Haus Platz gibt und froh ist.»

Olafur Karason saß lange da und schwieg, hingerissen von dieser Rede; er bewachte immer wieder dieses alte, verwitterte Pergamentgesicht unter dem silbernen Haar, in dem sich schon seit langer Zeit alle Leidenschaft in Dankbarkeit verwandelt hatte. Gab es etwas Seligeres auf Erden? In der Nähe dieses Mannes war es Lee vor allen Stürmen.

«Ich hoffe jedenfalls», sagte der Domkirchenpastor, und er erhob sich, «daß ich das Büchlein bei Ihnen liegen lassen darf, bevor ich gehe. Es ist von einem berühmten Mann in Schweden und heißt *Komm zu Jesus*. Genauso wie schlechte Bücher schlecht sind, wenn sie schlecht sind, genauso sind gute Bücher gut, wenn sie gut sind, mein Bruder.»

«Ich danke Ihnen herzlich», sagte der Dichter, nahm das Büchlein und legte es zu dem anderen Exemplar neben das Neue Testament oben auf das Wandbrett.

«Nun wird es wohl so sein, daß wir uns eine Zeitlang nicht sehen werden», sagte der Domkirchenpastor. «Ich habe eine Tochter in Kopenhagen. Jetzt haben sie und ihr Mann sich ein Haus gebaut in dieser Stadt, und beide haben mich nach Kopenhagen eingeladen, damit ich mir ihr neues Haus ansehen kann.»

«Ich weiß wohl, Ihnen kann nichts als Gutes geschehen; aber trotzdem erlauben Sie mir bitte, daß ich Ihnen eine glückliche Reise wünsche», sagte der Dichter und nahm die Hand des Domkirchenpastors. Seine Augen wurden etwas feucht aus lauter Freude darüber, daß der Domkirchenpastor eine Tochter in Kopenhagen hatte und verreisen und das Haus sehen sollte.

«In Wirklichkeit habe ich jetzt zwei lange Reisen vor», sagte der Domkirchenpastor, indem er sich ein wenig schüttelte; der Schalk guckte ihm aus den Augen. «Die eine Reise, die vor mir liegt, geht nach dem Himmelreich. Und die andere Reise, die vor mir liegt, geht nach Kopenhagen. Um bei der Wahrheit zu bleiben, ich freue mich noch mehr auf die Reise nach Kopenhagen. Hast du einen Freund in Kopenhagen, an den ich Grüße von dir ausrichten könnte, mein Bruder?»

«Sollten Sie einmal auf Ihrer langen Reise einen mißachteten Dichter und armen Mann treffen wie mich, so ist er mein Freund; ich bitte Sie, ihn von mir zu grüßen», sagte Olafur Karason Ljosvikingur.

«Vielen Dank, ich werde daran denken», sagte der Domkirchenpastor, vielleicht ein bißchen zerstreut. «Und nun lebt wohl und Gott befohlen. Ich wünsche Ihnen von ganzem Herzen, daß es Ihnen wohlergehen möge an Leib und Seele in Zeit und Ewigkeit. Und fröhliche Weihnachten. Unseres Herrn Jesu Christi Gnade sei mit euch allen.»

Das war Mitte August.

Olafur Karason war traurig darüber, daß der Domkirchenpastor fortgereist war. Er begann sich darauf zu freuen, daß er zurückkommen werde.

16

Und es dauerte nicht lange, bis das Zuchthaus für den Dichter den Reiz der Neuheit verloren und alle Anziehungskraft eingebüßt hatte, nicht einmal mehr der Mörder schien ihm noch eine interessante und begehrenswerte Gesellschaft zu sein. An Stelle des Domkirchenpastors kam nun hin und wieder ein hagerer und langweiliger Hilfsgeistlicher. Alle fühlten, er besuchte dies Haus einzig und allein aus christlichem Pflichtgefühl und nicht deshalb, weil er seine Brüder auf eine selbstverständliche und natürliche Weise liebte, aber noch weniger deshalb, weil er geglaubt hätte, mehr von den Leuten im Zuchthaus als von den Leuten außerhalb des Zuchthauses lernen zu können, oder weil er sich in diesem Haus wohler gefühlt hätte als in anderen Häusern, wie der Domkirchenpastor. Ab und zu kam auch ein knochendürrer Missionar, der Gott verstand, aber nicht die Menschen, und viel weniger von den Menschen als von Gott wußte.

Eines Nachts erwachte der Dichter von heftigen Schmerzen im Innern. Er war überzeugt davon, er müsse bald sterben. Plötzlich fiel ihm ein, daß er ein unfreier Mann war. Er setzte sich im Bett auf und beobachtete entsetzt den Schmerz in seinen Eingeweiden: ja, solch ein Schmerz mußte zum Tod führen. Was ihn aber vor Entsetzen geradezu erstarren ließ, war, daß die Hoffnung, leben zu dürfen, bevor man stirbt, verschwunden war. Vielleicht schätzte er in diesem Augenblick zum erstenmal den Wert der Freiheit nach Gebühr. Dieses verantwortungslose Leben im Zuchthaus, ohne Sorgen, auf Kosten anderer wie das Leben eines Kapitalisten, was war das im Vergleich damit, ein mißachteter Dichter und Mensch außerhalb des Zuchthauses zu sein? Ohne Freiheit kein Leben. In Not leben, ein Gemeindepflegling zu sein, ein Bettler, ein Versemacher und eine verachtete Person mit befleckter Ehre, ja, sogar siech – all das kann dir nichts anhaben, wenn du frei bist. Die Freiheit ist die Krone des Lebens, der wertvollste aller Werte, die Freiheit, den Himmel betrachten zu dürfen, die Freiheit, in einem grünen Grund bei einem Bach liegen zu können, die Freiheit, von ferne ein Mädchen zu sehen, die Freiheit zu singen, die Freiheit zu betteln. Und nun sollte er plötzlich sterben. Er stieg aus dem Bett und berührte mit den Fingerspitzen die kalte Fensterscheibe und schaute lange zu den Sternen empor, die vom Himmel leuchteten, ein armes Kind, das kein Geld hat und vor einem Ladenfenster mit teuren Spielsachen steht.

Seit dieser Nacht belastete ihn eine drückende Furcht vor der Leere um ihn: allein zu sein, niemanden in der Welt zu kennen, keinen Menschen zu lieben, zu wissen, daß kein Mensch ihn liebt, und noch mehr als alles andere: die Furcht davor, daß es überhaupt keine wahre Liebe gibt, nur einen Krug Wasser in heißer Sonne.

Seine Tage vergingen im Schatten des Todes. Er versuchte seine Angst zu ertränken, indem er mit der Sprache rang, in gebundener und ungebundener Form. Aber die Gesichte, die sich dicht neben der Wirklichkeit erheben, sie wollten sich ihm nicht offenbaren; und die sonst so leicht fließenden Wortverbindungen waren geflüchtet.

Als er endlich einen Brief von seiner Frau Jarthrudur Jonsdottir erhielt, standen seine Augen voll Tränen. Nicht deshalb, weil sie so ergreifend schrieb, sie schrieb ihre Briefe nicht selbst – auch nicht deswegen, weil es edel von ihr war, einem Ehemann seiner Sorte treu zu bleiben, sondern aus dem einzigen Grund, weil Geld die Wahrheit ist; aus dem Brief rollten zwei Kronen in Silber heraus. Diese Frau, die nicht vergessen konnte, wie die Hrauna-Männer einst Pastor Hallgrimur Pjetursson behandelt hatten, begriff, wie notwendig es war, hier im Süden ein wenig Taschengeld zu haben. Aber wie die ärmste Frau in der ärmsten Gegend des Landes es fertigbrachte, gemünztes Silber aus dem Ärmel zu schütteln, das war ein Mirakel, das sogar den Falschmünzer zu einem Dummkopf und lächerlichen Pfuscher von einem Dieb machte.

Diese Frau, die steif und fest glaubte, Sünden von der Größe eines Elefanten begangen zu haben, sie erwähnte sein Vergehen nicht mit einem Wort. Dagegen berichtete sie, daß Helga, die Tochter des alten Bauern bei der Berar-Kluft, jetzt im Herbst, als sie zum Reisigsammeln ausgegangen war, nicht zurückgekommen sei. Die Leute meinten, daß sie ein Kind kriegen würde, aber niemand wisse mit Bestimmtheit, ob sie mit Mannsbildern etwas zu schaffen gehabt habe. Gewiß, seit dem Frühjahr wäre beim Berar-Bauer ein Junge in Pflege gewesen, aber der sei erst neulich konfirmiert worden; keiner halte es für glaublich, daß der schon bei einer Frau gewesen sein könne. Aber wenn es sich dennoch so verhalten sollte, so sei das Verschwinden des Mädchens ein Beweis dafür, daß über uns Menschen ein furchtbares Schwert der Gerechtigkeit hinge. Zum Schluß sagte die Frau, wenn der Gemeindevorsteher sich unverhohlen weigern sollte, Olafur Karason bei seiner Rückkehr wieder als Lehrer einzusetzen, so würde sie versuchen, den Pastor dazu zu bewegen, ihm ein öffentliches Amt als Hundearzt der Bervik-Einwohner zu geben.

Gegen Weihnachten, als die größten Schatten über der Welt lagen, glaubte er, es könne vielleicht für ihn ein Heilmittel sein, wenn er mit dem Gedicht von der Sonne beginnen würde, das er seit langem hatte schreiben wollen, wenn auch gegen den Rat des weisen Mannes in Adalfjord. Aber Wochen vergingen, ohne daß er auch nur eine Zeile zusammenfügen konnte, die des Gegenstands würdig gewesen wäre, die Angst des Herzens war stärker als der Glaube an die Sonne, der Dichter lag Nacht für Nacht ohne Schlaf, schweißtriefend, mit Herzklopfen und Schüttelfrost. Oft war er fest davon überzeugt, er werde sterben, ehe er das Gedicht von der Sonne fertigbekommen habe. Selten hat ein ferner Himmelskörper einem Dichter so qualvolle Stunden bereitet. Seine Gedanken wanderten allmählich auf immer gefahrvolleren Bahnen. Schließlich begann er sich zu fragen, ob denn das gewaltige Feuer unseres Erdballs nicht etwa ein durch Fahrlässigkeit angelegter Brand sei, durch eine Explosion oder durch andere Störungen im Urstoff verschuldet oder gar durch irgendeinen Zusammensturz im leeren Raum; diesem geistlosen leeren Raum, diesem Ewigkeits-Nichts, das im Grunde der einzig vernünftige und berechtigte Zustand des Zustands zu sein schien. Er fragte sich, ob nicht das Sonnensystem durch eine Kette mystischer Unglücksfälle entstanden sei; ob das Leben, das aus dieser Unglücksesse sprühte, nicht irgendeine Erkrankung des Urstoffs sei und ob es nicht im Laufe eines berechenbaren, ja fast absehbaren Zeitraums erlöschen müsse und damit auch die Butterblume auf dem Tun und die schönen Gedichte des Dichters. Er kam in seinem Spintisieren zu dem Punkt, wo man aufhört, die Sonne zu verstehen.

Weihnachten ging unbemerkt an diesem elenden Dichter vorüber. Er sah wie durch einen Nebel alte, sündige Weibsbilder vom Missionsverein durch das Schlüsselloch schnüffeln oder fromme Lieder um Weihnachtslichter blöken, ebenso den hageren, langweiligen Hilfsgeistlichen, aber es gab keinen Klang und kein Licht. Und am Morgen des ersten Weihnachtstags erhob sich der Dichter und sagte mit einem fremden Ton in der Stimme zu dem Gefängniswärter.

«Bald bin ich tot.»

Da bekam es der Gefängniswärter mit der Angst zu tun.

«Kommt der Domkirchenpastor nicht bald zurück?» fragte der Dichter.

«Er bleibt ein Jahr fort. Er ist in Kopenhagen bei seiner Tochter.»

«Gott sei gelobt», sagte der Dichter. Und er wurde etwas froher bei dem Gedanken, dieser wunderbare Mann sei an einem Ort, der besser war, als bei Gott zu sein.

Aber kurz danach konnte der Dichter eines Morgens nicht aufstehen, er lag still. Und er sagte, er habe unerträgliche Schmerzen im ganzen Leib, und meinte, die alten Krankheiten, an denen er in seiner Jugend gelitten hatte, seien jetzt wieder ausgebrochen. Er aß nichts, sprach nicht, drehte sich gegen die Wand. Ein Arzt kam, der behorchte seine Lungen und untersuchte seine Temperatur. Man fragte ihn, ob er keinen Freund in der Stadt habe; aber er sagte, er habe keinen Freund. Der Arzt sagte, es sei am besten, den Mann in ein Krankenhaus zu bringen.

Er wurde auf einer Bahre hinaus in einen Krankenwagen getragen, aber er hatte leider keinen Sinn dafür, das Leben in einem etwas höherem Maße zu genießen, während man ihn vom Zuchthaus ins Hospital fuhr. Er wurde mehrere Tage hindurch untersucht, mit Methoden, die reinste Zauberei waren, mit Hilfe von Hunderttausend-Kronen-Instrumenten und fürchterlichen Mixturen; Körper und Seele wurden fotografiert, aber die Wissenschaft konnte keine nennenswerte Krankheit finden, mit Ausnahme der einzigen Krankheit dieses Urstoffs, herrührend von jenem Unglücksfall im Äther, jenem Mißverständnis im leeren Raum, genannt das Leben. Er fragte höflich, ob die Wissenschaft glaube, daß er zu seinem Vergnügen im Bett läge.

«Schön, also was fehlt dir?» fragte die Wissenschaft.

«Ich kann die Sonne nicht mehr verstehen», sagte der Dichter.

Da gab die Wissenschaft ihm eine Menge neuer Mixturen und schickte ihn ins Zuchthaus zurück.

Und der lange, düstere Winter fuhr fort zu vergehen.

Die Familie des Hauses machte sich große Sorgen um ihren Dichter; alle wollten ihm eine Freude bereiten, ihm gefällig sein: der Dieb kam mit einem Spiel Karten und wollte um Geld «Katze» mit ihm spielen, als dritten Mann hatte er einen anderen Dieb mitgebracht; der Schnapsbrenner brachte selbstgebrauten Sprit aus dem Misthaufen eines seiner Kollegen, einem Nichtzuchthäusler, den dieser in einer Flasche ins Haus geschmuggelt hatte. Sogar der Mörder kam, um mit ihm zu schweigen und ihn anzublicken aus seiner unerreichbaren Ferne, aus der alles miteinander nichts als Kinderspiel war, ausgenommen die eine Sache. Aber nichts half. Der Dichter war ganz gewiß weder schwer umgänglich noch unfreundlich, nur wortkarg und völlig ermattet wie ein Lungenkranker. Mit einem milden, aber fremden Lächeln dankte er und sagte, nein, er wolle mit dem jungen Dieb, seinem Schützling, nicht «Katze» spielen, ebensowenig wollte er Mistsprit mit seinem poetisch veranlagten Freund, dem Schnapsbrenner, trinken; ja, nicht einmal der Stolz des Hauses und der innere Ballast der Gesellschaft, der Mörder, war imstande, die kranke Seele seines Bruders und Dichters in höhere Regionen zu erheben.

Da geschieht es eines Tages, soweit man überhaupt noch von Tagen im Leben dieses Dichters sprechen kann, daß er einen Traum träumt. Gewiß, er träumte viele Träume, wenn er schlief, aber es waren drückende Träume. Selbst der gleichgültigste Gedanke, wie zwerghaft er auch sein mochte, den er in wachem Zustand hatte, bekam den Schatten eines Riesen, sobald er schlief. Aber dieser Traum heute ist ein einzig dastehender Traum, ein Traum in des Wortes schönster Bedeutung, ein inspirierter Traum; vielleicht nicht nur ein Traum, sondern eine Ankündigung und Offenbarung; eine Eingebung von oben, eine wahre Wirklichkeit; und doch nur drei Worte, richtiger gesagt: ein Name.

Er weiß nicht, wie spät es ist, auch nicht, welcher Tag; er hat lange schon aufgehört, nach dem Gang der Stunden und den Namen der Tage zu fragen. Ein gebundener Mann, mit erfrorenem Herzen, mitten in dem endlosen Tod, der über dem geringsten und kleinsten Leben der Welt brütet, wird er plötzlich von einer Ahnung gepackt, Sigurdur Breidfjörd sei nach langem Aufenthalt vom Himmel gefahren.

Befreit von seinem Mantel, der ihn unsichtbar gemacht hat, ist der Dichter zurückgekehrt. Vielleicht wohnt er jetzt in einem höheren Himmel als zuvor, dort, wo weder Farbe noch Form herrschen. Aber in welchem Himmel er jetzt auch sein mag: sein goldener Wagen ist hier. Und er spricht drei Worte. Er nennt einen geheimnisvollen Namen. Dieser Name klingt durch den göttlichen Traum, und plötzlich wird er von einem funkelnden Blitz auf den Himmel der Seele geschleudert:

«Sie heißt Bera.»

Da war der Traum zu Ende. Er setzte sich wach im Bett auf und blickte um sich. Der erste Sonnenstrahl des Jahres lag auf der Gefängniswand über seinem Bett.

«Heißt sie Bera?» fragte er.

Er legte sich im Bett auf die Knie, preßte beide Handflächen gegen die Wand und berührte den Sonnenstrahl. Er erhob sich ganz, und er ließ den Sonnenstrahl auf sein Gesicht fallen.

«Darauf wäre ich nie gekommen, daß sie Bera heißt», sagte er.

Er vergaß den Schatten des Todes, seine Gedanken verweilten bei diesem erlösenden Wort, bei diesem Namen, diesem Schlüssel zur Zukunft; diesem unbekannten Glück, diesem Leben.

Es war dunkel geworden, aber seine Gedanken verweilten noch immer bei der Botschaft von dem goldenen Wagen des Dichters. Und als an seine Tür geklopft wurde, erwartete er, daß er eine Frau sähe mit weißer Kopfbedeckung und goldenem Stirnreif. Aber es war nur der Gefängniswärter mit seinem Abendbrot.

«Hat heute schon jemand nach mir gefragt?» fragte der Dichter.

«Nein», sagte der Gefängniswärter, froh darüber, daß der Mann endlich nach monatelangem Schweigen mit ihm gesprochen hatte. «Erwartest du jemanden?»

«Ja», sagte der Dichter. «Wenn eine Frau nach mir fragen sollte, die Bera heißt, sag ihr, daß ich warte.»

17

Es ist wieder ein Hochsommertag. Olafur Karason Ljosvikingur steht in seinem neuen Anzug, Torunn von Kambars Geschenk, draußen vor dem Tor des Zuchthauses, ein freier Mann. Er ist sehr bleich, aber die Augen sind blau und klar wie je zuvor, der Schimmer der Haare golden wie immer, sein Gang genauso schwingend wie damals, als er zum erstenmal in Svidinsvik war, ohne Verbindung mit dem festen Erdboden, über den er geht. Dieser Mensch kann, ehe man sich's versieht, fliegen.

Er achtet genau darauf, sich so nahe wie möglich an die Hauswände zu halten, wahrscheinlich aus Furcht, umzingelt zu werden. Im Kontor der Dampfschiffsabfertigung erfährt er, daß der Küstendampfer am nächsten Morgen absegelt, aber der segelt nach der verkehrten Richtung, und es würde mindestens zehn Tage dauern, ehe der Dichter zu Hause sein könnte. Falls er eine günstigere Verbindung abwarten will, muß er vierzehn Tage warten; man spürt es jedoch am schmalen Geldbeutel, Nichtzuchthäusler in der Hauptstadt zu sein; und Torunn von Kambar ist mit ihrem Mann aufs Land in die Sommerferien gefahren, niemand kennt in der Bergkönigin Sofia den Dichter. Er beschließt, die Schiffsgelegenheit morgen früh zu benutzen.

Sein Weg geht in vielen Windungen vom Zuchthaus nach dem Kirchhof. Den Freund, seinen ersten Freund, der zu ihm in einem goldenen Wagen gekommen war, als ihn alle vergessen hatten, den wollte der Dichter finden.

Nichts, was der Dichter in der Hauptstadt gesehen hatte, konnte sich mit diesem Kirchhof messen. Wie großartig, daß solch ein Lustgarten rings um tote Gebeine blühen konnte. Man vermochte kaum zu glauben, daß diese Blumen echt waren, so schön waren sie. Und man konnte sich schwerlich vorstellen, daß es irgendwo auf Erden eine größere Sammlung von gutem Ruf gab, als man hier in goldenen Buchstaben auf meisterhaft behauenen Steinen lesen konnte. Es gab keinen Kirchhofsbewohner in der Stadt, der nicht zu seinen Lebzeiten mit Leichtigkeit und vollkommener Meisterschaft die Riesenlast der als richtig anerkannten durchschnittlichen Lebensführung hatte bezwingen können. Es war wunderbar! Und mehr, als man hätte ahnen können, hatten das Adelszeichen wahrer Größe getragen: hohe Ämter bekleidet, Titel und Orden erlangt, einzig dastehende Großtaten im Dienst des Vaterlandes verrichtet. Die Frauen waren nicht nur schmuck, sondern auch ehrbar gewesen. Vor Scham über die Bedeutungslosigkeit seines eigenen Rufs grüßte dieser armselige Dichter das Volk der Gerechten, das diesen Lustgarten bewohnte.

Aber wie er auch suchte, er konnte das Grab seines Freundes Sigurdur Breidfjörd nicht finden. Lange und viele Male hatte er den Kirchhof durchwandert, war vor jedem einzelnen Grabstein stehengeblieben. Zuletzt hatte er alle Hoffnung aufgegeben, ihn zu finden, und meinte, seine Reise sei nur halb geglückt, wenn er unverrichteterdinge heimreisen würde. Die Sonne stand schon tief im Westen. Da traf er eine arme Frau, die saß vor einem schlichten Grab und schien vor sich hin zu sprechen. Und er dachte bei sich, sie müsse eine Witwe sein, die ihren Sohn verloren und sonst niemanden mehr auf Erden habe. Er nahm eine Krone aus seiner Tasche, gab sie ihr, und sagte, sie solle dafür Kaffee kaufen. Sie dankte und fragte:

«Bist du einer hier vom Kirchhof?»

«Nein», sagte er, «ich bin einer von außerhalb des Kirchhofs, oder wie soll ich mich ausdrücken?»

Da fragte er sie, ob sie ihm wohl das Grab des Dichters Sigurdur Breidfjörd zeigen könne.

Die Frau: «Liegt er unter einem Stein oder liegt er nicht unter einem Stein?»

Olafur Karason Ljosvikingur: «Ich habe gehört, daß er unter einem Stein liegen soll.»

«Da ist er einer von denen, mit denen ich im vorigen Jahr gesprochen habe», sagte die Frau. «In diesem Jahr spreche ich nicht mit ihm.»

«So?» sagte der Dichter. «Darf ich dich fragen, warum du in diesem Jahr nicht mit ihm sprechen willst?»

Die Frau: «Im vorigen Jahr habe ich mit allen gesprochen, die unter einem Stein liegen. In diesem Jahr spreche ich mit denen, die nicht unter einem Stein liegen.»

Da sagte der Dichter: «Ich hoffe, es ist nicht zu aufdringlich, wenn ich aus Neugier frage, worüber du mit ihnen sprichst?»

«Ich versuche, ihnen klarzumachen, daß es keinen Tod gibt», sagte die Frau.

«Mag schon sein, daß du recht hast, gute Frau», sagte der Dichter. «Ich kenne nur einen einzigen hier, und der ist nicht tot, jedenfalls nicht auf gewöhnliche Weise.»

«Keiner von ihnen ist tot», sagte die Frau. «Oder hat vielleicht ihre Mutter sie nicht geliebt? Wenn du denen in die Augen siehst, die du liebst, verstehst du, daß es keinen Tod gibt.»

«Wie kann das möglich sein?» sagte der Dichter. «Eines Tages erlischt doch jedes Auge.»

«Die Schönheit selber wohnt in den Augen, die du liebst», sagte die Frau. «Und sie kann nicht erlöschen.»

«Die Schönheit?» sagte der Dichter verblüfft. «Was für eine Schönheit?»

«Die Schönheit des Himmels», sagte die Frau.

Er lüftete seine Mütze vor der Seherin und eilte weiter und hütete sich, mehr Worte von ihr zu hören, aber in seinen Gedanken ließ er diese Worte widerhallen, überzeugt, mehr könne nicht gesagt werden, wieviel man auch hinzufügen mochte. Und er wanderte noch lange in diesem Lustgarten umher. Aber als er schon fast am Ausgang war, einer kleinen Pforte in der Mauer, ohne Hoffnung, das Grab seines Freundes zu finden, da blickte er zufällig nach links, und dort lag das Grab. Es war aber auch so unansehnlich, daß man es nur durch einen Zufall finden konnte: ein gabelförmiger Doleritblock, der einem Mann bis etwas über Kniehöhe reichte. Alle anderen Grabmäler auf dem Kirchhof waren aus kostbarerem und haltbarerem Gestein. Dieser Stein war verwittert und überwachsen von gelbgrünen Flechten, die Natur allein hegte dieses Grab; wildes Gras wuchs auf ihm. Auf der Vorderseite des Steins waren mit tiefer, altertümlicher Schrift diese Worte eingeritzt, die mit der Verwitterung des Steins immer undeutlicher wurden: Sigurdur Breidfjörd 1799–1846; und oberhalb des Namens war eine Harfe in den Stein gehauen, und sie hatte fünf Saiten.

Er war der größte aller armen Dichter aus dem Volk auf Island. Während andere nach Kopenhagen reisten, um an der Universität tiefsinnige Wissenschaften und die schönen Künste zu studieren, wurde er als Faßbinder nach Grönland geschickt. Während Männer, die wegen ihres ehrsamen Lebenswandels hochangesehen waren, große Werke verrichteten, sich verehelichten, ein glückliches Heim mit einer schönen Frau und wohlerzogenen Kindern gründeten, verkaufte er seine Frau für einen Hund. Während andere die höchsten Ruhmesgipfel erklommen und Ämter und Titel und Auszeichnungen einheimsten, wurde er zu 27 Rutenschlägen verurteilt. Und die großen Männer des Volkes, die großen Dichter und Hüter des Geistes, bewiesen mit Gelehrsamkeit und Beredsamkeit, daß er ein erbärmlicher Reimedrechsler und Narr war. Während gute Landsleute einen friedlichen Tod im Schoß der Familie fanden und liebevolle Hände ihnen die Augen zudrückten, starb er verhungert in einer kalten Scheune, und die Gemeinde ließ den Kadaver wegfahren. Aber der Geist des armen Dichters aus dem Volk, den die gelehrten Männer für nichts rechneten und die großen Dichter verachteten, er hat tausend Jahre unter dem isländischen Volk gelebt, in den räucherischen Katen entlegenster Täler, in der kargen Fischerhütte unter dem Jökel, auf einem Haifischfänger vor der Nordlandküste, nachdem alle Seezeichen in den Mittwinternächten des Eismeers verlorengegangen waren, in den Lumpen des Landstreichers, wenn er im Weidengestrüpp neben den Lämmern auf der Hochgebirgsheide schlummerte, in den gefesselten Sträflingen auf Bremerholm. Dieser Geist war das nackte, hautlose Fleisch im Leben des Volkes durch seine ganze Geschichte, und das ist es, was diese arme Insel im Westen des Weltmeers zu einer großen Nation, einer Großmacht, zu dem unüberwindlichen Vorposten der Welt gemacht hat. Die fünf Saiten der Harfe des Dichters, es sind die Saiten der Freude, des Kummers, der Liebe, des Heldenmuts und des Todes.

Olafur Karason Ljosvikingur strich zuerst behutsam mit den Händen über den kalten Stein, dann ließ er seine Fingerspitzen die fünf Saiten des Instruments berühren im Namen aller armen Dichter aus dem Volk, die auf Island gelebt haben, und er dankte dem Dichter, daß er zu ihm gekommen war in einem goldenen Wagen aus dem Himmel, wo er zu Hause ist.

18

Als der Dichter Olafur Karason am nächsten Morgen mit seinem Bündel zu dem Schiff hinunterging, schickte sich die Sonne gerade an, die weißen Nebel der Nacht fortzuschmelzen. Das Land, das grün und blau aus seiner Verhüllung hervortrat, war kein Land, das einem Gebrauchsgegenstand gleicht; es war ein Land, das vor allem ein Schmuck ist. Der Lärm auf dem Kai und das Rasseln der Schiffswinde hatten nicht teil an dieser Welt. Es glitzerte auf den Brüsten der weich über dem spiegelglatten Wasser schwebenden Möwen, als wären sie silberne Vögel. Die Götter erschaffen ganz gewiß die Welt Tag für Tag neu, aber selten hatten sie einen Morgen erschaffen wie diesen. Es war der einzig wahre Morgen. Der Dichter hielt sich abseits vom Getümmel und schaute bezaubert hinaus in das grüne und blaue Gaukelspiel des Lichtdunstes, aus dem dieses unsterbliche Morgenland erschaffen wurde.

Und wie er da in der Gewalt des Morgens stand und sich umblickte, mitten im Lärm des Menschenlebens und ihm doch so fern, da erschien plötzlich zu seiner Seite ein Geschöpf, jung und hell. Das starrte stumm hinaus ins Blaue wie er. Und in diesem Augenblick, als er sie zum erstenmal sah, wußte er, daß sie und der Morgen eins waren, daß sie der Morgen selber war.

Das junge Mädchen war aus dem Gedränge herausgetreten und stand nun still da, als warte es auf jemanden. Sie hatte einen hellen Mantel an, war barhaupt, und neben ihr stand ein recht großer Reisekoffer. Was vor allem sofort seine Aufmerksamkeit fesselte, das war die jugendfrische Farbe ihrer Wangen, ihr unfaßbar gesunder Teint; und dabei war ihr Gesicht eher blaß als rotwangig. Obgleich die Tönung ihrer Haut irgendwie an die zarte Sahne von erstem Frühlingssprießen erinnerte, war sie dennoch mehr den Kräutern verwandt, besonders solchen, die so empfindliche Blüten tragen, daß schon der leiseste Fingerdruck Spuren an ihnen hinterläßt. Um sie zu schützen, hatte die Natur gleichsam eine magische Hülle um sie gelegt: ihre Schönheit war nicht jene alltägliche Schönheit, die sich unmittelbar jedem Auge darbietet, die Umgebung beherrscht, solange sie währt; die verlangt, geliebt und bewundert und umworben zu werden, augenblicklich, ungeduldig, von allen, als fürchte sie, verwelkt zu sein, ehe die Sonne schwindet; ihr Haar hatte nicht jenen Goldschimmer, der sofort Freude erweckt, aschblond legten sich die Locken in langen, ungekünstelten Wellen um Hals und Wangen, ohne jegliche Gefallsucht, ungleich von der Sonne gebleicht, die äußersten Haare waren es am stärksten. Es gibt Augen, die beim ersten Anschauen Entzücken erregen, wild aufjubelnde, gleich siegreichen Heerscharen; die Eigenart dieser Augen war eine stille, reine Tiefe, gemischt mit einer Ahnung angeborener Trauer.

Als er sie eine Weile betrachtet hatte, sprach er sie an und fragte: «Fährst du auch mit diesem Schiff?»

Sie bemerkte ihn jetzt erst, blickte ihn erstaunt an, ein wenig verwundert, von einem fremden Mann angesprochen zu werden; aber sie verstand es nicht, gegen Menschen abweisend zu sein, erwiderte seine Frage mit einem klanglosen Ja – und schaute nach der entgegengesetzten Richtung.

«Darf ich mich nicht deines Koffers annehmen?» sagte er.

«Danke, ich kann selber –» antwortete sie.

Sie schien nicht ganz ruhig zu sein, die Abfahrtszeit des Dampfers rückte heran, und er, den sie erwartete, war noch nicht gekommen. Sie strich eine Locke hinter ihr Ohr, und der Ausdruck in diesem jungen Gesicht wurde immer trüber. Schließlich ertönte das dritte Abfahrtssignal. Sie schrak zusammen, griff nach ihrem Koffer, um ihn eilig an Bord zu tragen; da stand der Fremde neben ihr, bereit zu helfen.

In der Hast, die alle beim letzten Abfahrtssignal überfallen hatte, vergaß sie, seine Hilfe zurückzuweisen. Er nahm ihren Koffer, und sie gingen an Bord. Ein Getümmel von Menschen, die einander Lebewohl sagten. Sie ging an die Reling und wartete noch immer auf jemanden an Land. Er stand etwas entfernt von ihr und betrachtete ihr luftiges Profil, den schlanken, weichen Hals und die Rundung ihres Busens, der gewiß mehr gedacht als wirklich war, dennoch war sie kein Kind: die Linie ihres Beines war so vollendet schön, von oben bis hinab zum Fuß, daß jeder andere daneben plump erscheinen mußte. Aber gerade die Form von der Hüfte bis zu den Fußknöcheln verriet, dieses junge Geschöpf gehörte nicht mehr der Welt kindlich geschlechtsloser Visionen an, es hatte Anteil an unserer Welt, in der alle Vorstellungen von Schönheit Ketzerei sind, ausgenommen auf dem Hintergrund des Häßlichen. Schönheit wirkt um so bezaubernder, je mehr sich ihre Grenzen der Übermacht des eigenen Gegensatzes nähern.

Da konnte er sich nicht länger zurückhalten, er mußte sie wieder ansprechen, und er fragte:

«Heißt du Bera?»

Nun erst entdeckte sie zu ihrem Leidwesen, daß dieser lästige Mensch immer noch dicht neben ihr stand; aber sie wußte nicht, wie man böse wird. Sie beantwortete seine Frage nur mit einem gleichgültigen Nein, wiegte ein wenig den Kopf und blickte unverwandt und bekümmert weiter über die Reling nach dem Kai.

Der Dampfer hatte sich nach dem Abfahrtssignal noch nicht von der Stelle gerührt. In demselben Augenblick aber, als die Vertäuungen losgemacht und aufs Land geworfen wurden, atmete das Mädchen erleichtert auf, streckte sich weit über die Reling und fing an zu rufen.

«Papa, Papa», rief sie. «Ich habe so lange auf dich gewartet. Warum kommst du so spät? Jetzt kann ich dir nicht einmal richtig Lebewohl sagen.»

Es war ein recht stattlicher, schlanker Mann in mittleren Jahren, an den Schläfen etwas ergraut. Obgleich sein Gesicht aufgedunsen und unbarbiert war und er einen schäbigen Hut trug, den man ihm wahrscheinlich irgendwo verwechselt hatte, obgleich er angetrunken zu sein schien, konnte man sofort merken, daß er bessere Tage gesehen hatte. Kleidung, Gesichtszüge und Haltung verrieten Reste von Bildung und guter Herkunft, die kein noch so ausschweifendes Leben gänzlich austilgen konnte. Er war bis an den äußersten Rand der Kaimauer getreten, nahm den Hut ab, zerknüllte ihn, preßte ihn gegen die Brust, wand ihn krampfhaft zwischen den Händen; er war außer sich und Tränen strömten über sein Gesicht.

«Mein geliebtes Kind», rief er weinend, «einzige Freude meines Herzens, ich flehe dich an im Namen des allmächtigen Gottes; verlaß mich nicht, reise nicht fort –» und den zerknüllten Hut zwischen den Händen, streckte er seine Arme nach dem Schiff aus. Aber Menschen in der Nähe packten ihn und rissen ihn zurück, sonst wäre er ins Wasser gestürzt.

«Was soll ich bloß tun!» schrie der Mann, sich an die Leute wendend, die ihn vor dem Ertrinken bewahrt hatten. «Ihre Mutter ist gestorben; sie ist das einzige, was ich habe. Und jetzt soll ich sie auch noch verlieren.»

«Papa», rief das Mädchen mit einer Eindringlichkeit, die man von ihr kaum erwartet hätte, «darf ich nicht Onkel von dir bestellen, daß du im Herbst zu uns nach dem Nordland kommst?»

Entweder hatte er nicht gehört, was sie gefragt, oder er wollte darauf nicht antworten, denn er rief hinter dem Schiff her:

«Sie ist mein Goldschatz, mein Edelstein! Das Licht meines Herzens, beim heiligen Namen von Gottes Sohn! Seid gut zu ihr, geht schonend mit ihr um, erhaltet ihr Leben, bewahrt sie! Jesus Christus, beschütz das einzige, was ich habe; beschirme meinen unschuldigen Liebling, das Teuerste von allem, allem, was in der Welt erschaffen ist.»

Bald hatte das Schiff das Land weit hinter sich gelassen, und der Vater war im Menschengedränge auf dem Kai verschwunden. Dagegen stand der wunderliche Mensch, der ihren Koffer getragen hatte, noch immer neben ihr. Und als sie ihren Vater nicht mehr hören konnte, sagte er:

«Bera, willst du mir erlauben, dir statt seiner zu helfen?»

Zum erstenmal sah sie ihn an, um ihn zu betrachten; ohne jede Neigung, eine Bekanntschaft mit ihm einzuleiten, nur mit fragenden Augen; verwundert. Zum Schluß sagte sie:

«Weshalb nennen Sie mich Bera?»

«Man hat es mir erzählt», sagte er.

«Das muß ein anderes Mädchen sein», sagte sie.

«Nein. Du bist es», sagte er.

«Wer sagt das?» fragte sie.

«Eine nicht gewöhnliche Stimme», sagte er.

«Stimme?» fragte sie.

«Die Stimme sagt nie etwas Unwahres», sagte er.

«Sie müssen Halluzinationen haben», sagte sie.

«Das wäre dann jedenfalls ganz neu», sagte er.

«Woher kommen Sie?» sagte sie.

«Von Bervik.»

Sie kannte seinen Wohnort nicht, hatte auch keine Lust, mehr zu wissen; sie lehnte sich über die Reling, ohne sich weiter um ihn zu kümmern, und war mit ihren Gedanken weit fort.

«Du fragst nicht, wie ich heiße», sagte er.

«Weshalb sollte ich Sie danach fragen?» sagte sie.

«Es ist nicht nötig, Sie zu mir zu sagen», sagte er. «Ich mag mich nicht siezen lassen.»

Sie sagte nichts mehr, wußte nicht, wie sie ihn loswerden konnte.

«Man nennt mich Ljosvikingur.»

«So.»

Aber als sie eine Weile gedankenvoll auf den Glanz der Wasserfläche gestarrt hatte, fiel ihr plötzlich der Koffer ein. Der stand noch dort, wo der Dichter ihn im Gedränge stehengelassen hatte, als alle Menschen eilig an Bord gelaufen waren.

«Du fährst wohl erster Klasse?» sagte er.

Er stand noch immer neben ihr und hatte den Koffer bereits genommen.

«Nein», sagte sie.

«Darf ich deinen Koffer unter Deck tragen?» fragte er.

Gedränge und Lärm. Schließlich fand sie heraus, in welcher Kabine sie wohnen sollte. Er trug ihren Koffer dorthin. Sie hatte vergessen, ihm für die Hilfe zu danken. Sie war nicht zum Frühstück gegangen; und er wanderte wieder und immer wieder an ihrer Tür vorbei, aber diese blieb geschlossen. Dies junge, empfindsame Herz, wie müde es war, und er wünschte ihm gute Träume.

19

FRÜHMORGENS HATTE SICH HERUMGESPROCHEN, DASS unter den Passagieren ein Herzensbändiger aus dem Ostland war, und die Damenwelt forderte ihn selbstverständlich auf, sofort Spukgeschichten zu erzählen. Der Herzensbändiger erklärte jedoch, daß davon keine Rede sein könne, solange noch die Sonne am Himmel zu sehen sei. Im Laufe des Nachmittags hatte sich dann das Gerücht verbreitet, der Herzensbändiger sei heute abend zum Erzählen von Spukgeschichten gut aufgelegt. Mit Spannung erwartete man den Beginn der Dämmerung.

Als sie im Schein der Abendsonne wieder auf Deck kam, war ihr Teint wunderbarer als zuvor, um ihr Haar und ihre Wangen lag ein geheimnisvoller Goldflimmer. Ehe der Dichter sich versah, erblickte er sie zwischen anderen Frauen. Die Wehmut des Morgens war aus ihrem Gesicht verschwunden; und das Lächeln, das ihre Miene erhellte, war die Jugend selber, unpersönlich und ohne Schatten. Es kam ihm vor, als wären ihre Formen während der Ruhe voller und weicher geworden.

«Wie lange du geschlafen hast», sagte er, als sich der Mädchenschwarm zerstreut hatte und sie allein zurückgeblieben war – «und wie schön du geträumt hast.»

«Wie können Sie wissen, ob ich geschlafen habe und ob ich geträumt habe?» sagte sie.

«Verzeihung, daß ich dich immer wieder anrede», sagte er. «Aber es kommt daher, weil ich fühle, ich verstehe dich.»

«Mich verstehen?» sagte sie verwundert. «Das ist unmöglich. Außerdem habe ich ja gar nichts gesagt.»

Da sagte er: «Wenn du mir ins Gesicht siehst und mich gründlich betrachtest, fühlst du dann nicht, daß ich der Mensch bin, der dich versteht – selbst wenn du nichts sagst?»

Sie schaute ihn mit zusammengepreßten Lippen an; forschend. Es war wieder das Gesicht der Trauer und Wehmut, der Spannung und Unruhe wie am Morgen, als sie auf ihren Vater wartete. Aber als sie ihm eine Weile in die Augen geblickt hatte, strahlte das Lächeln wieder und alles war gut. Die Sonne schien.

«Was habe ich also geträumt?» sagte sie zum Schluß.

«Das kann man nicht mit wenigen Worten berichten», sagte er. «Die ganze Natur ist in diesen Traum verflochten. Auch der Himmel.»

«Ich habe überhaupt nichts geträumt», sagte sie und lachte. «Ich träume nie.»

«Du verstehst nicht, wer du bist», sagte er. «Im Traum bist du ein anderes Wesen. Ich bin es, der dich versteht.»

«Nein», sagte sie ein wenig heftig. «Du weißt gar nicht, wer ich bin. Warum machst du mich ängstlich?»

Er berührte mit den Fingerspitzen ihren Arm, um sie zu beruhigen; und er sagte wie in Verzückung:

«Bera, es darf dir nie etwas Böses geschehen! Hörst du, nichts anderes als Gutes. Niemals.»

Dieses feingeschnittene Gesicht mit den dichten, aschblonden Brauen über dem klaren Blau der Augen; einer leichten Oberlippe, die immer die weißen, gleichsam gemeißelten Zähne zur Hälfte in einem unbewußten Lächeln entblößte – je länger er es betrachtete, desto mehr wurde er an diesen glückseligen, verschwenderischen Traum der Natur selber gefesselt, und er war überzeugt davon, nur ein Dichter könne die Kraft besitzen, diesen Anblick bis auf den Grund zu begreifen; diesen ätherisch flüchtigen Strahl inmitten des Glanzes von Erzen, diese Quint mitten zwischen Trompete und Baß.

Um die Dämmerstunde des Sommerabends saßen die Passagiere im Salon versammelt und warteten auf den Erzähler, vor allem Damen mit ihren Bewunderern. Das Licht wurde ausgedreht, die Rouleaus heruntergezogen, denn man traute der Nacht nicht.

«Jetzt beginnt es bald mit den Gespenstergeschichten», sagte der Dichter. «Hast du nicht Lust zuzuhören?»

«Nein», sagte sie. «Ich will lieber hinuntergehen und mich

schlafen legen und vorher noch in einem netten Buch etwas lesen.»

«Der Mann, der erzählt, ist ein Herzensbändiger», sagte er.

«Pah», sagte sie.

«Jedenfalls steht es fest, daß es Gespenster gibt», sagte er, «wenigstens in der Seele.»

«Nein», sagte sie.

Dann gingen sie in den Salon, um Spukgeschichten zu hören. Sie setzte sich in eine Sofaecke zu anderen jungen Mädchen. Er besaß die Fähigkeit, sich zwischen anderen hindurchzuschlängeln, unbemerkt und ohne Ärgernis zu erregen; und ehe sie es recht wußte, saß er neben ihr.

Der Herzensbändiger war ein linkischer Mensch vom Land. Er hatte sich auf Volkskunde gelegt, um darüber Bücher zu schreiben, die, wie er hoffte, das Interesse der Gelehrten in der Hauptstadt finden würden. Er verfocht die Ansicht: Leute, die nicht an Thorgeirsboli glaubten, seien mit ihrem Verstand nicht in Ordnung. Im übrigen hätte er besser in eine gewöhnliche Wahlversammlung hineingepaßt. Er erzählte Spukgeschichten auf populäre Weise, wie man es auf Island kennt: mit eingeflochtenen Geschlechtsregistern, Beschreibungen von den Gegenden, in denen die Geschichten spielen, Ausführungen über die Geschichte des Erwerbslebens, über Nationalökonomie, Meteorologie, Nachahmung von Menschen und Tieren, wobei er ohne Unterlaß auf bekannte Männer und ehrbare Frauen hinwies. Er besiegte jedes Mißtrauen der Zuhörer durch genaues Ausmalen von Gebirgsheiden und Tälern, deren Richtigkeit man unmöglich in Frage stellen konnte, gab genaue Einzelheiten über die Abstammung aller Menschen, die in seiner Erzählung erwähnt wurden, so daß man überzeugt war, hier handelte es sich nicht nur um wahrhafte und ehrenhafte Menschen, sondern auch um wirkliche Menschen, die sehr gut mit seinen Zuhörern verwandt sein konnten, gab genauesten Bescheid über die Witterungsverhältnisse und die Lage der Landwirtschaft in den Ortschaften und deren Umgegenden, in denen die

Spukgeschichten vorgingen, und vergaß weder das Jahr nach Christi Geburt noch den Kalendermonat, den Tag und die genaue Stunde, wann der und der wohlbekannte Mann und die und die ehrenwerte Frau von einem Gespenst geritten worden waren. Hatte diese Mittelschulbildung mit ihren geisttötenden Tatsachen sich allmählich ausgegeben, so befanden sich die Zuhörer in einer derartigen geistigen Verfassung, daß sie bereit waren, als Gipfel aller Wirklichkeit ohne Augenblinzeln hinzunehmen, daß Männer ohne Köpfe und Weiber ohne Leiber ihre kalten, bluttriefenden Gurgeln an den Nasen lebender Menschen reiben.

Die Gemütsstimmung des Dichters war zu heiter, als daß er einer so langatmigen, realistischen Literatur, einer Geschichtsforschung solcher Art bis zu Ende hätte folgen können. Die Nähe der Schönheit machte ihn vergeßlich, soweit es sich um mehr realistische Dinge handelte, Gespenster nicht ausgeschlossen. Er hörte mit halbem Ohr von einem Mann, der zur Herbstzeit zu Pferde unterwegs zu seiner Geliebten war und, ehe er den Hof der Geliebten erreicht hatte, mit seinem Pferd im Fluß ertrank; seitdem nun spuke er in Gesellschaft seines Pferdes und mit dessen Geschirr, insbesondere mit einem ganz ungewöhnlich laut klirrenden Stangenzaum. Herbst für Herbst und, während dieser Jahreszeit, Abend für Abend reitet er zu dem Hof der Geliebten, über den Hofplatz, geht in ihre Stube; das Pferd bleibt draußen stehen und prustet und wiehert; man hört Hufschlag auf dem Hofweg, es klirrt in den eisernen Stangen des Zaums, im eisernen Gebiß des Pferdes. Der Herzensbändiger hatte eine unvergleichliche Fertigkeit erreicht, das Klirren vom Zaumzeug des Spukpferds nachzuahmen, ebenso das Wiehern und Prusten des feurigen Gespensterpferds und das Brausen und Toben des Sturms in dem Augenblick, da die Vorplatztür zu dem Haus der Geliebten vom gespensternden Ertrunkenen aufgerissen wird. Die Frauen im Salon schrien laut. Das Mädchen zuckte ein wenig zusammen und rückte etwas näher zu ihrem Nachbarn auf dem Sofa hin.

Die Zeit ging und verging, und der Dichter wußte nicht, was geschah. Nicht mehr und nicht weniger als ein Kindermord war nötig, um ihn wieder zu sich selber zu bringen. Die Geschlechtergeschichte samt der landschaftlichen, topographisch-historischen, nationalökonomischen und meteorologischen Detailschilderung als Einleitung dieses fürchterlichen Verbrechens war spurlos am Ohr des Dichters vorbeigegangen, bis er unvorbereitet zu hören bekam, daß die Mutter ihr Kind ermordet und die Leiche in einer Schublade ihrer Kommode versteckt hatte. Da aber dieser Dichter durch das Studium christlicher Familienblätter seit langem mit Morden und anderen gräßlichen Missetaten sattsam vertraut war, hatte er den Faden des vorliegenden Falls schnell wieder verloren. Er hatte überhört, daß die Mutter entweder ermordet wurde oder sich selbst entleibt hatte. Soviel stand jedoch fest: des Nachts pflegte sie seitdem als Gespenst durch verschlossene Türen zu gehen, sich zu der Kommode zu begeben, dort niederzuknien und sich mit der Leiche in der Schublade zu beschäftigen. Sowohl achtbare Männer als auch glaubwürdige Frauen hatten diesen ungewöhnlichen Verkehr zwischen Mutter und Kind jeden Abend im Laufe von mehr als hundert Jahren bekräftigt. Der Dichter gähnte ein bißchen. Sobald Licht gemacht wurde, löste sich die Mutter in ein Nichts auf. Die Damen stießen Schreie aus. Das Mädchen bekam eine Gänsehaut und rückte noch ein Stückchen näher an den Dichter heran.

Ein Bauer war unterwegs in einer ihm fremden Gegend zur Herbstzeit. Lange Geschlechterregister; ausgepinselte Beschreibung eines ganzen Landkreises; Aufzählung von Örtlichkeiten und Siedlungen an wenig befahrenen Wegen; Erwerbsleben; Verdienstmöglichkeiten; Jahreszahlen, Monat, Wetter. Es wird Abend, die Nacht mit ihrer Finsternis ist da. Er stößt auf ein kleines Gehöft unten am Fjord, klettert aufs Dach, öffnet die Fensterluke und ruft:

«Gott sei mit Euch!»

Nach langem Schweigen wird von innen geantwortet:

«Hier ist kein Gott.»

«Aber sicher ist Gott hier», antwortet er ärgerlich und geht in das verlassene Bauernhaus hinein. In einer Stube bereitet er sich auf dem Fußboden ein Lager und schläft ein. Als er eine Weile geschlafen hat, erwacht er plötzlich, weil ihm etwas gegen die Brust geworfen worden ist. Er fühlt, was es wohl sein mag, und da ist es ein Katzenkopf. Das läßt er sich nicht gefallen, er schmeißt den Katzenkopf sofort in die Richtung zurück, aus der er gekommen ist; danach legt er sich wieder hin und schläft ein. Nachdem er eine Weile geschlafen hat, erwacht er aufs neue; und wieder hat man etwas gegen seine Brust geworfen. Diesmal ist es ein beträchtlich schwererer Klumpen als das vorige Mal. Er fühlt, und da ist es ein Seehundskopf! Nun wird der Mann zornig, er packt den Seehundskopf mit beiden Händen und pfeffert ihn wutschnaubend in die gleiche Richtung, aus der er gekommen ist; dann legt er sich wieder lang und schläft ein. Beim drittenmal wird eine Sache gegen seinen Brustkasten geschmissen, die sehr viel schwerer ist als der letzte Klumpen. Der Bauer wacht auf und jappt nach Luft, fühlt – und jetzt ist es ein Frauenkopf, den man ihm in den Schoß geworfen hat, mit langen, aufgelösten Haaren, die er sich um die Finger wickeln kann! Da gibt der Bauer folgende Worte von sich: «Meint der Teufel es jetzt ernst?»

Dann steht er auf, kriegt den Frauenkopf zu fassen, knallt ihn in die Richtung, aus der er gekommen, und legt sich wieder nieder. Aber die Geschichte berichtet nicht, ob der Bauer im restlichen Teil der Nacht sehr viel Schlaf bekommen hat.

Eine weiche und schwache Hand, kalt und feucht, hatte Schutz in der Hand des Dichters gesucht wie ein Sperling vor einem Raubvogel. Das Mädchen saß dicht neben ihm, er spürte den Duft ihres Haares. In demselben Augenblick öffnete der Steward die Tür weit und sagte: «Mitternacht! Der Salon wird geschlossen!» Viele standen sofort auf, froh wie Vögel am Morgen, ohne darauf zu warten, wie die Geschichte zu Ende gehen würde. Oder war die Geschichte zu Ende? Bera war verschwunden. War es nur die Einbildung des Dichters gewesen, daß sie hier gesessen und ihre Hand in seine Hand gelegt hatte?

20

Am nächsten Morgen sah sie ihn an mit ihren blauen, tiefen Augen, diesem Frühlingshimmel ohne Zeichen, der unendliche Verheißungen birgt, ohne zu verraten, was in Worten ausgedrückt werden kann. Es war, als habe sie ihn nie zuvor gesehen. Der Dampfer lag am Kai eines kleinen Handelsortes, am Fuß eines Gebirges. Er begann mit ihr zu sprechen.

Sie hatte zwei Elternpaare gehabt, keine Geschwister; sie war in der Hauptstadt geboren, aber seit ihrem dritten Jahr in einem entlegenen Landesteil bei der Schwester ihres Vaters und deren Mann, den sie Onkel nannte, aufgewachsen. Es waren Pfarrersleute. Im Frühling hatte sie nach der Hauptstadt reisen dürfen, um ihre Mutter zu besuchen. Bei ihr war sie dann eine Zeitlang geblieben. Mehr erzählte sie nicht. Aber der Dichter erriet die Fortsetzung: sie hatte am Sterbebett der Mutter gesessen, bis es zu Ende war.

«Deine selige Mutter ist gewiß kränklich gewesen», sagte er.

«Mein Vater trinkt», sagte sie.

Sie sprach knapp und unsentimental, ohne Verlangen, sich einem anderen anzuvertrauen, und blickte über einen fremden Fjord. Hinter den Abschiedsworten ihres Vaters ahnte Olafur Karason eine lange Geschichte: ein begabter, gebildeter Mann verfällt dem Trunk und zieht eine junge Frau mit sich in Elend und Verderben. Das kleine Mädchen wird, als sie drei Jahre alt ist, aus dem Morast gerettet und im Heim von redlichen Pfarrersleuten weit fort erzogen. Aber weshalb hatte die Mutter sich nicht vom Vater scheiden lassen, ehe es zu spät war, um ihr Kind bei sich zu behalten und ihre eigene Gesundheit zu retten? Vielleicht hatte sie ihren Mann zu heiß geliebt, ihr Kind vergessen und hatte sich, gleich ihm, dem Trunk ergeben. Gott sei gelobt, daß das kleine Mädchen aus diesen traurigen Verhältnissen herausgeholt wurde; daß es dem Kind erspart blieb, Zeuge häßlicher Vorgänge zu werden.

Der Dichter betrachtete sie von der Seite, wie sie da an der Reling stand und nach dem fremden Fjord mit den fremden Bergen ringsum blickte. Hatte ihre Mutter vielleicht einmal vor langer, langer Zeit genauso ausgesehen wie sie? Konnte die Welt etwas verderben, das seinem Wesen nach schön war? Oder waren solche zarten Wesen, die von den Göttern vor allen anderen Menschen geliebt und zur Schönheit auserwählt wurden, gefährdeter, in den Schmutz niedergetreten zu werden – gerade deshalb, weil die Schönheit dem Häßlichen näher war als alles andere? Sollte dieses Mädchen vielleicht auch einmal einen schlechten Mann lieben?

«Wollen wir an Land gehen?» fragte er.

«Ich warte auf zwei Mädchen», sagte sie.

«Wohin wollt ihr gehen?» fragte er.

«Ich weiß es nicht», sagte sie. «Willst du an Land gehen?»

Sie sagte du zu ihm, aber ohne irgendein Zeichen von Vertraulichkeit. Er wußte nicht, wohin er gehen sollte – ein unerfahrener Reisender, der überall ein Fremdling war. Dann kamen die Mädchen. Er fragte nicht, ob er sich anschließen dürfe, denn er meinte, sie könnten es aufdringlich finden. Aber als sie auf den Kai gekommen war, blickte sie einen Augenblick schnell zurück. Er stand noch auf dem Deck und sah ihr nach. Dann ging er allein an Land. Kurz danach fand er sie auf einem Platz draußen vor einem Schaufenster.

«Bist du allein?» fragte er.

«Sie sind in den Laden gegangen», sagte sie.

«Weshalb bist du nicht mitgegangen?» fragte er.

«Weil –» sagte sie.

«Hattet ihr etwas Bestimmtes vor?» fragte er.

«Ja», sagte sie.

«Na, dann adieu», sagte er und lüftete seine Mütze.

Da sagte sie: «Ich kann ebensogut mit dir gehen.»

Lange Zeit danach noch grübelte er darüber nach, ob die anderen Mädchen wirklich in den Laden gegangen waren oder ob sie sich von ihnen weggestohlen und vor dem Ladenfenster gestanden hatte, um auf ihn zu warten.

In diesem Ort gab es keine ebene Stelle.

«Wollen wir nach oben auf den Berg gehen?» fragte er.

«Nicht lange», sagte sie.

«Laß uns einmal sehen, ob wir nicht Blumen finden, die wir kennen», sagte er.

Er nahm zu große Schritte; sie mußte sich Mühe geben, ihm zu folgen, und oft mußte sie trippeln, vielleicht hatte sie zu hohe Absätze.

Er konnte nicht anders, er mußte sie betrachten, wie sie da neben ihm auf dem Weg ging: zart und ernst und dabei so licht und neu, mit diesem beglückenden Schimmer von Sonne und Frühling über Haar, Lippen und Wangen.

«Findest du nicht, daß es unglaublich ist: wir hier allein in einem fremden Ort?» sagte er.

«Nein», sagte sie. «Und du?»

«In Wirklichkeit sind wir vor diesem Augenblick noch nicht gewesen», sagte er.

«Ich verstehe dich nicht», sagte sie.

«Du und ich sind sicherlich früher irgendwo dagewesen; aber nicht wir», sagte er. «Auch dieser Ort nicht. Heute ist die Welt geschaffen worden.»

«Jetzt machst du mich wieder ängstlich», sagte sie. Aber sie blickte ihn an und lächelte; er sollte nicht glauben, daß sie ihm böse sei.

Sie hatte von dem Meister zu der sonstigen Meisterschaft jenes Etwas bekommen, das man manchmal das Unerreichbare nennt: jenen mystischen Pinselstrich, von dem alle wissen, aber niemand sagen kann, wo er im Bild verborgen ist, dieser Klang, der nicht gedeutet werden kann, weil er zwischen allen Erklärungen liegt und jede Definition unsinnig macht und dennoch das Ein und Alles ist. Sie selbst hatte keine Ahnung von diesem Wunder, sie tat nichts, um es sich zunutze zu machen, in ihrem Wesen gab es keine Andeutung von Gefallsucht, keine Spur von Leichtfertigkeit. Der erste Mann, fürchtete er, der ihr eine Schmeichelei sagen würde, müßte mit einem Schlag diesen Zauber brechen.

Auf dem Frauenmantel lag noch Tau. Jeder setzte sich auf einen Stein, dann schauten sie: über die Dächer dieser fremden kleinen Stadt, den stillen Fjord, über die blaugrünen Berge und den klaren, fremden Himmel.

«Es ist köstlich, die Welt zum erstenmal an einem Morgen wie heute zu sehen», sagte er.

«Nun», sagte sie.

Er stand wehrlos vor ihren vollkommenen Augen, die jedes poetische Wort albern machten.

«Bera», sagte er. «Willst du mich lehren, mit dir zu sprechen?»

«Nein», sagte sie.

«Manchmal scheint es mir, als sei deine Welt über menschliches Fühlen erhaben», sagte er.

Da verbarg sie ihre Augen vor ihm, preßte ihre Lippen zusammen und schloß den Mund. Und wieder hatte sie dieses ängstliche, verlassene Gesicht, das ebensogut der Beginn einer unglücklichen, kummerbeladenen Frau sein konnte, von allen im Stich gelassen, um alle Hoffnungen betrogen. Einen Augenblick schien sie etwas sagen zu wollen, aber sie konnte keine Worte finden; sie stand auf und ging allein fort.

«Nun habe ich etwas Törichtes gesagt», sagte er. «Was soll ich tun?»

«Ich möchte zurück zum Schiff», sagte sie. «Meine Absätze sind zu hoch für diesen holprigen Weg.»

Er war recht unglücklich über sein linkisches Benehmen und bat sie wieder und wieder, ihm zu vergeben. Da fand sie einige Blumen, die sie pflückte; sie zeigte sie ihm und sagte: «Labkraut, Ehrenpreis, wildes Veilchen.»

«Wer hat dich diese seltsamen Namen gelehrt?» fragte er.

«Mein Onkel.»

«Welches Glück du hast», sagte er, «solch einen gebildeten Onkel zu besitzen. Ich bin in Fotur unter Fotarfotur aufgewachsen. Auf dem Hof gab es zwei Brüder, die sich darum schlugen, wer der Herr über mich sein sollte. Mitunter war ich es, der die Schläge bekam. Einmal mußte ich zwei Jahre lang im Bett liegen. Als Jüngling war ich der unglücklichste Mensch auf Island.»

Aber als sie ihm in die Augen blickte, fand er, es sei schon der Mühe wert gewesen, alles das durchgemacht zu haben, um zum Schluß diesen Augen zu begegnen. Und er wunderte sich darüber, daß Jugend solche Milde und Ruhe haben konnte. Als sie in seine Seele geblickt hatte, berührte sie seinen Arm und sagte:

«Laß uns irgendwohin gehen, wo es eben ist. Wir wollen nicht gehen, wo es uneben ist.»

«Vergib, daß ich aufhörte, von den Blumen zu sprechen, und von mir selber zu sprechen begann», sagte er.

«Sprich von dir», sagte sie.

«Nein», sagte er. «Nicht mehr. Es ist häßlich.»

«Häßlich? Warum?»

«Deshalb, weil angesichts deiner mein Leben zu Asche brennen, verwehen und verschwinden soll», sagte er.

Da legte sie die Handflächen gegen seine Brust, als wollte sie ihn von sich schieben, und sagte: «Nein, du machst mich ängstlich.»

Als sie schweigend Seite an Seite ein gutes Stück gegangen waren, fragte sie wie in Gedanken:

«Weshalb bist du so sonderbar?»

Er antwortete: «Im Winter, als Götter und Menschen mir alles genommen hatten, nicht nur die Sonne, auch die Freiheit, da glaubte ich eine Zeitlang, nicht einen Freund mehr zu haben. Aber gerade, als ich fast sterben sollte, bekam ich plötzlich einen Sonnenstrahl geschenkt, der wurde vom Himmel an meine Wand geworfen; und ich hörte eine Stimme, die von dir sprach.»

«Von mir?» sagte sie. «Das ist unmöglich. Weshalb sprichst du nicht ernsthaft?»

«Bera, sollte ich vorher nie ernsthaft gesprochen haben, so tue ich es jetzt», sagte er.

«Ich heiße wirklich nicht so, wie du glaubst», sagte sie.

«Was sind Namen?» sagte er. «Der Klang der Kraftoffenbarung der Gottheit, Sigurdur Breidfjörd, Ymir, Der Unsichtbare Freund, Bera – es ist dasselbe für mich. Ich frage nicht nach Namen.»

«Ich weiß nicht, wovon du sprichst», sagte sie. «Ich weiß auch nicht, wer du bist.»

«Ich bin Dichter.»

«Das habe ich mir gedacht», sagte sie, es klang wie erleichtert.

«Weshalb hast du das gedacht?»

«Ich merkte es an deinen Händen», sagte sie, ohne auf seine Hände zu sehen.

«Bera», sagte er. «Darf ich schöne Gedichte von dir dichten?»

«Ja», sagte sie schlicht, als sei das eine ganz unbedeutende Bitte – so gering, daß man ja dazu sagen konnte, wenn man auch mit seinen Gedanken ganz woanders war, und ohne den Bittenden anzusehen. Er wollte so gern darüber Klarheit bekommen, ob sie wirklich gefühllos war. Und als sie eine Weile gegangen waren, fragte er:

«Hast du nicht sehr geweint, Bera, als deine Mutter starb?»

«Nein», sagte sie.

«Bera», sagte er, «du bist sicher ein wenig gefühllos.»

«So?» sagte sie.

Nach einer kleinen Weile fragte sie: «Warum glaubst du, daß ich geweint hätte?»

Er sagte: «Wenn ich meine Mutter in deinem Alter verloren hätte, würde ich geweint haben, auch wenn sie mich im Winter in einem Sack von sich geschickt hätte. Aber als ich entdeckte, daß ich nie eine Mutter gehabt habe, da war ich zu alt, um noch weinen zu können.»

Nach einigem Nachdenken sagte das Mädchen: «Ich hätte vielleicht geweint, wenn ich weit fortgewesen wäre und nicht einiges über sie gehört hätte. Aber ich fuhr in die Hauptstadt, um bei ihr zu sein. Und ich sprach mit ihr, ehe sie starb. Ich war bei ihr.»

Nach diesen einfachen Worten verstand er die ganze Geschichte: eine hilflose, verlassene Mutter in der Stadt, eine Tochter, die mitten im Jubel des Frühlings weit fort ein wohlbehütetes Heim verläßt, um zu der Mutter zu reisen und die Sterbenskranke zu pflegen, ihre Beichte zu hören und, als die Schmerzen aufhörten, Abschied von ihr zu nehmen, an ihrem Bett zu sitzen, bis sie ihren letzten Seufzer ausgehaucht hatte, ihre Leiche einzukleiden, ihr das letzte Geleit zu geben.

«Vergib», sagte er schließlich. «Ich vergaß einen Augenblick, daß man ein größerer Dichter sein muß, seine Gefühle zu verbergen, als ihnen Ausdruck zu geben.»

Sie lächelte ihn an, es war, als würde sich das ganze Spektrum plötzlich in einem Kristall zeigen, vorbehaltlos; und er wurde aufs neue von derselben Trauer ergriffen, die die Schönheit stets in seiner Brust erweckte.

«Es waren wahre Worte, die dein Vater dir zurief, als wir fortsegelten», sagte er. Er wollte die Worte wiederholen, aber sie legte ihm die Hand auf den Mund.

«Nein», sagte sie. «Es ist nicht richtig von dir, sie zu wiederholen. Meine Mutter ist glücklich, die tot ist. Mein Vater ist derjenige, der zu leiden hat.»

Sie gingen auf einem steinigen Weg; er faßte sie unter und stützte sie. Sie setzten sich hoch oben auf einen mit Gras bewachsenen Hügel, oberhalb des Wegs, wo die ganze Welt sie sah. Sie sahen die ganze Welt, die Berge, das Meer, den Himmel. Er saß ihr zu Füßen und betrachtete ihre Fußknöchel, während sie stumm hinaus in das Unbekannte schaute.

«Warum heißt du Ljosvikingur?» fragte sie schließlich.

«Als ich klein war, stand ich manchmal bei schönem Wetter unten am Wasser und sah den Vögeln zu. Es war eine kleine Wiek. Sie hieß Ljosavik.»

«Ich glaubte, du hättest ein kleines Haus bei einer kleinen Wiek, die Ljosavik heißt, und darum heißt du Ljosvikingur», sagte sie.

«Nein», sagte er. «Von meiner Tür aus sieht man den Jökel. Und der Gott wohnt im Jökel.»

Sie fragte nicht, welcher Gott das sei, sondern sie fragte nach dem Jökel. Als er ihr den Namen gesagt hatte, lächelte sie und sagte: «Das ist ja unser Jökel.»

Sie fanden heraus, daß jeder von ihnen auf einer anderen Seite des Jökels wohnte. Aber als sie sagte: unser Jökel – was mochte sie damit gemeint haben? Hatte sie damit ihren Jökel und den Jökel ihres Onkels und ihrer Tante gemeint? Oder hatte sie ihn, den Dichter, zum Mitbesitzer gemacht? Hatte sie vielleicht damit gemeint, es sei der Jökel der beiden: Bera und Ljosvikingur?

«Ja», sagte er, «es ist unser Jökel.»

«Wie glücklich du bist, daß du so nahe bei ihm wohnen darfst», sagte sie. «Zwischen mir und ihm sind es zwei Tagesreisen durch Einöden; man sieht ihn von mir wie eine ferne Wolke.»

«Eines Tages komme ich trotzdem zu dir über den Jökel», sagte er.

«Nein, wir wollen uns dort oben treffen», sagte sie und lächelte.

21

Je mehr Passagiere das Schiff nach und nach in den Häfen an Land setzte, desto leichter wurde es, die verschiedenen Menschen zu unterscheiden. Sie bildeten Gruppen. Anfangs waren meist große Herrschaften von der Sorte des Herzensbändigers beachtet worden, nun traten Leute geringeren Formats auf den Schauplatz.

Auf Deck zwischen Bera und einem anderen Mädchen geht ein fetter und lustiger Student aus der ersten Klasse. Er redet. Ljosvikingur hält sich entfernt und beobachtet die drei; er sieht, daß sie ihr Lächeln und ihre Blicke an diesen kleinen Mann verschwendet, als habe sie endlich den gefunden, der sie versteht. Es ist etwas überraschend für den Dichter, aber es ist nicht zu leugnen: in der Gesellschaft dieses Mannes fühlt sie sich zu Hause, weder Mißtrauen noch Zurückhaltung, weder Zweifel noch Furcht, nichts als rückhaltloses Wohlbehagen. Selten hat Olafur Karason so klar begriffen, wo sein Platz ist. Ein Dichter und gelehrter Mensch, was ist der schon wert? Die fetten Schwätzer sind es, die in der Welt siegen, in dieser Welt mit den prachtvollen Frauen, das ist ihre Welt; diese Selbstzufriedenheit in ihrem Auftreten, in ihrem Gang, übel kann einem davon werden, aber was macht das? Gott ist begeistert von ihnen, deshalb hat er so viele von ihnen erschaffen, und niemals kommt es vor, daß er jemanden von dieser Sorte in die Hölle schickt.

Der Dichter ging unter Deck und starrte lange in seine leeren Hände. Als er nach geraumer Zeit an der Tür zu ihrer Kabine vorüberkam, hörte man von innen frohe Stimmen und Lachen; junge Männer und Mädchen und Branntwein. Er konnte sich nicht irren. Bera war es, die am wildesten lachte. Ihm wurde schwarz vor den Augen. So sollte also sein Wintertraum in Erfüllung gehen. Ein leichtsinniges und gedankenloses Mädchenlachen, so viel und nicht mehr ist das Leben eines Dichters wert.

Abends lag das Schiff wieder in einem Hafen. Es regnete. Der Dichter stand auf Deck und sah dem Regen zu. Straßenlaternen. Im dämmerigen Sommerabend schimmerte es auf dem von Fischabfall glitschigen Kai. Fröhliche Passagiere warteten darauf, daß der Dampfer festmachte. Sie wollten an Land.

«Wir wollen in ein Café gehen», sagte Bera. «Willst du nicht mitkommen?»

Sie legte einen Augenblick ihre Hand auf den Arm des Dichters.

«Nein, danke», sagte er. «Ich habe keine Ahnung, wie man in ein Café geht. Ich bleibe hier und sehe zu, wie es regnet.»

«Er ist Dichter», sagte der Student. «Einige nennen ihn Ljosvikingur, andere Bervikingur. Dichter, wer von beiden bist du?»

«Komm», sagte sie.

«Wo bist du den ganzen Tag über gewesen?» sagte die Freundin.

«Bei mir selbst», sagte er.

«Er ist bei sich selbst gewesen», sagte der Student. «Er ist Dichter, hi-hi-hi!»

Ein Mädchen kam und sagte: «Ist es nicht amüsant, Dichter zu sein?»

Eine andere sagte: «Willst du mich nicht andichten?»

«Komm», sagte Bera, «wir gehen in ein Café.»

«Plünnenbutjer, hei und hopp», sagte der Student, «hopsassa, du alter Knopp! Kannst du das nicht weiterdichten?»

Allgemeines Gelächter. Die Gesellschaft war an Land gegangen.

Er steht an der Reling und sieht nach der Stadt und ihren vielen Lichtern. Es regnet immer weiter auf den schmutzigen Kai. Sie hat einen neuen Regenmantel an, fast weiß, auf dem Kopf eine schwarze Kapuze; wie schlank sie ist; sie trippelt ein ganz klein bißchen beim Gehen. Oben auf dem Kai im Schein einer Straßenlaterne blickt sie sich um. Es glänzt im Regen um sie, als würde sie mitten in einer Harfe mit silbernen Saiten stehen. Weshalb sieht sie sich um? Einen Augenblick kommt es ihm vor, als wolle sie rufen. Aber sie ruft nicht. Ist es möglich, daß sie sich nach ihm umgeblickt hat? Nein, das ist unmöglich. Sie geht mit den anderen weiter.

Aber nachdem sie an Land gegangen war, wurde er von Unruhe ergriffen; er ging allein von Bord und bummelte in die Stadt hinein. Zuerst ging er durch die Hauptstraße, dann durch Nebenstraßen. Wenn er hie und da ein hübsches und gut erleuchtetes Haus sah, glaubte er jedesmal aufs neue, es sei das Café, denn er verband derartige Lokalitäten mit Lichterpracht und Luxus. Er spähte in Fenster hinein, schlich Treppen hinauf, horchte; nirgends hörte er ihre Stimme. Er wurde immer unruhiger, begann zu laufen, trat in Pfützen, beschmutzte sich; es regnete und regnete. Ein Mann trat aus einem Garten mitten in seinen Weg und fuhr ihn an:

«Nanu?»

Der Dichter blieb auf der Straße stehen, als sei er angeschossen, atemlos; er blickte den Mann an, schuldbewußt wie ein Verbrecher, Blut an den Händen.

«Warum rennst du denn so, Bursche?» sagte der Mann.

«Ich suche», antwortete der Dichter.

«Wen denn?» sagte der Mann.

«Einen Mann», sagte der Dichter.

«Was für einen Mann?» sagte der Mann.

«Du hast wohl nicht eine Gesellschaft junger Menschen in ein Café gehen sehen: einen jungen, dicken Mann und ein hellblondes Mädchen mit einer Kapuze auf dem Kopf?»

«Kapuze?» sagte der Mann. «Nein. Und das Café ist vor langer Zeit wegen Konkurs geschlossen worden. Es lohnt sich nicht, ein Café zu haben. Eine schwere Zeit für die Gesellschaft. Dagegen kann ich dir ausgezeichnete getrocknete Flundern verkaufen; weiß wie ein frisch gefallener Engel! Zum halben Preis im Vergleich mit der Hauptstadt. Du könntest bannig viel Geld dabei verdienen. Und wenn du Kaffee haben willst, hol ich meine Alte aus dem Bett, gratis. Ich kann dir auch den herrlichsten Frühjahrsschellfisch zeigen, Mann, rosa, durch und durch, wie 'ne unschuldige Jungfrau; der beste Fisch, den Gott geschaffen hat.»

Der Dichter mußte seine ganze Geschicklichkeit im Umgang mit Leuten aufbieten, um ohne Stockfisch aus den Händen dieses bilderreichen Mannes zu entweichen. Als es ihm schließlich geglückt war, entschloß er sich, sehr langsam zu gehen, um weder sich selbst noch anderen Schrecken einzujagen. Ein Fluß lief durch den Ort. Die Gesellschaft stand auf der Brücke und sprach um die Wette mit dem Brausen des Wassers.

«Ljosvikingur», sagte Bera, und griff seinen Arm, ihre Freundin den anderen. «Warum bist du nicht mit uns gekommen?»

«Plünnenbutjer, hei und hopp, hopsassa, du alter Knopp», sagte der Student. «Wo ist der Schluß, Dichter?»

Dann zog die Gesellschaft weiter, ohne die beiden Mädchen und den Dichter, sie blieben auf der Brücke; er hatte später nie herausbekommen, wer diesen Entschluß gefaßt hatte – aber hier standen sie, lehnten sich über das Geländer. Er zwischen den Mädchen, und sie sahen in dem Dämmerdunkel der Mitternacht zu, wie der Fluß dahinbrauste und der Regen fiel. Er wünschte, die Stunde möge ewig währen. Ein Vogel, den er nie vorher gesehen hatte, flog an ihnen vorbei. Lehnte sie sich an ihn? Hätte sie es getan, nichts wäre natürlicher und selbstverständlicher gewesen. Er war der stolzeste Dichter der Welt.

Kurz darauf wurde gerufen, die Gesellschaft wartete auf sie. Ob sie vorhätten, hier zu bleiben? Das Schiff würde hier nicht lange liegenbleiben.

«Verzeihung, wie alt seid ihr?» sagte der Student. «Habt ihr vergessen, was ich zu euch gesagt habe: kleine Mädchen müssen sich vor Berviker Dichtern in acht nehmen.»

Olafur Karason zuckte zusammen, als hätte der Student ein Messer gegen seinen nackten Leib geführt. Was hatte dieser Mann zu ihnen gesagt? Jetzt erst kam es ihm zum Bewußtsein, daß die Mitreisenden natürlicherweise wissen mußten, was mit ihm geschehen war; das Land ist klein: alle wissen alles von allen, er allein hatte es vergessen. Er ließ den Arm beider Mädchen los.

«Geht weiter», sagte er, «ich bleibe hier.»

«Du könntest zu spät zum Schiff kommen», sagte Bera.

«Das macht nichts», sagte er.

Sie griff seinen Arm und sagte: «Komm.»

Da flüsterte er: «Bera, darf ich mit dir nachher unter vier Augen sprechen?»

Es war keine Gelegenheit, mehr Worte zu wechseln. Als die Gesellschaft an Bord gekommen war, verschwand sie unter Deck; kurz darauf hatte das Schiff den Hafen verlassen.

Er war unruhig. Es war weit über Mitternacht, die Passagiere waren schlafen gegangen. Er ging noch immer in der nächtlichen Dämmerung auf Deck hin und her; es hatte aufgehört zu regnen, ein Stern stand am Himmel.

In Wirklichkeit hatte er kein Recht zu meinen, er würde auf jemanden warten; er hatte nichts verabredet, wußte nicht einmal, ob sie seine Bitte gehört, sie ernst genommen hatte. Aber er war zu ruhelos, um unter Deck zu gehen und sich schlafen zu legen. Und er versuchte, sein Gemüt mit diesem einen Stern zu besänftigen, der über dem Kielwasser leuchtete; aber nicht einmal ein Stern konnte ihm Frieden bringen.

War sie eingeschlafen?

Wenn der Student es ihr erzählt hatte, was mochte sie jetzt denken? Weshalb hatte sie einem Verbrecher erlaubt, auf der Brücke ihren Arm zu drücken? Vielleicht hatte sie sich gegen ihn gelehnt? Wenn sie eingeschlafen war, so mit welchen Gedanken? Wie konnte Gott ihm noch das aufbürden, außer allem anderen? Ihn zu diesem Bild führen, gerade jetzt – in diesem Wellental des Lebens?

In der kühlen Brise war schon der Atem eines neuen Morgens; ihn fröstelte. Aber wie er gerade nach unten gehen wollte, stand sie plötzlich an seiner Seite. Sie hatte ihren Regenmantel lose umgehängt; die Brise ließ ihre langen Locken wehen; das Gesicht war blasser als vorher; aus ihren Augen leuchtete eine fremde Mystik im Dämmerlicht vor Tagesgrauen, das Weib der Nacht, hinter ihr das Land ohne Schlaf. Vielleicht hatte sie lange dort gestanden und hinaus über das Meer geblickt, von ihm unbemerkt.

Sie sah ihn nicht an, ehe er nicht ihren Namen zum zweitenmal geflüstert hatte.

«Bist du es», sagte er, «oder habe ich Gesichte?»

«Ich konnte nicht schlafen», sagte sie langsam.

«Kannst du an meiner Seite stehen, Bera, nach dem, was du gehört hast?»

«Was habe ich gehört?»

«Verachtest du mich nicht?» fragte er.

«Für was hältst du mich eigentlich?» sagte sie.

«Was hat der Student über mich gesagt?»

«Ich habe nicht hingehört.»

Sie schaute ihn mit ihren tiefen, ruhigen Augen an. Lange. Hatte er vorher gemeint, es sei notwendig, ihr seine Sache zu erklären, so fühlte er vor diesem Blick, wie nichtig alle Anklagen und Entschuldigungen waren. Mit einem einzigen Blick können die Augen der Schönheit, die weiser sind als alle Bücher, Unruhe, Schuld und Reue eines Menschenlebens zerstreuen. Sie hatte ihn in der Verborgenheit dieser Nacht aufgesucht, um ihn ehrlich zu machen, ihm das Bürgerrecht in einem neuen Leben zu schenken, in dem allein die Schönheit herrschen wird. Er legte die Hand um ihre schmalen Hüften und küßte ihre warmen Lippen in der Brise der Nacht. Dann blickte er sich ängstlich um. Sie war nicht ängstlich, blickte sich nicht um. Aber in demselben Augenblick war sie verschwunden.

Zurück blieb der einsame Stern, bleich im falben Licht der Dämmerung – und die Erinnerung an die Stunde, da er sie gefunden, vor drei Tagen in der Morgenfrühe, verklärt im Leuchten eines neuen Lichtes.

Wir beide, Schiffe, die sich nachts begegnen
(das Land lag still im herbstlich falben Frieden).
Wer traurig schied, wird froh die Heimkehr segnen
und auch das Los, das dir und mir beschieden.

Wir standen schweigend, du und ich, und schauten,
wie Nebel vor der Sonne sich ergaben,
bis alle wieder ihre Wege haben,
ob heim – ob sie der Ferne mehr vertrauten?

O meiner Augen Licht, ich grüße dich!
Ist dies nun des Verdammten Abschiedsklage,
der stetig sich entfernt von dir und sich?
Bin ich es denn, der kommt? – der geht, bin's ich?
Nur eines weiß ich: sie begleitet mich,
oh, deine Schönheit, alle meine Tage.

22

Die schönste Blume lebt im Verborgenen, nur wenige bekommen sie zu sehen, einige verstehen gar nicht ihren Wert; wer sie entdeckt, für den gibt es keine andere Blume mehr. Alle Tage denkt er an sie. Wenn er schläft, träumt er von ihr. Man stirbt mit ihrem Namen auf den Lippen.

Der lustige Student hatte sie gefunden und wich den ganzen Tag nicht von ihrer Seite. Er war mit den Gaben ausgezeichnet, die Ljosvikingur fehlten, sein Humor schien nur in Pferdekräften meßbar zu sein, seine Gesundheit näherte sich der Grenze der Epilepsie, er war stets zu Witzen aufgelegt, konnte sich mit vielen zu gleicher Zeit unterhalten, seine Art zu sprechen war von Natur fließend und geschliffen, ohne innere Anstrengung – wohingegen ein Dichter seine einfachsten Phrasen mit langdauernden Schmerzen bezahlen muß, seine Gedichte, auch die schlecht gereimten, mit drückendem Kummer, mit unsagbaren Entbehrungen. In der Nähe dieses Mannes litt der Dichter körperliche Schmerzen wie ein Kind, das zum erstenmal in ein Sägewerk gerät; er flüchtete, sobald sie sich näherten; aber er konnte sie nicht aus den Augen lassen.

Wer konnte dieses Herz verstehen? Gestern abend war sie freiwillig auf der Brücke stehengeblieben, um seiner Gesellschaft ledig zu werden, am nächsten Morgen begegneten ihre Blicke den seinen ohne Falsch, und jeder ihrer Blicke bedeutete Reichtum, sie lächelte ihn an mit einem ehrlichen, alltäglichen Lächeln, gab den goldigweichen Schimmer ihrer Wangen und die luftigen Wellen ihres Haares seinen verliebten Blicken preis, nur der Anstand des Tages schien zu hindern, daß sie ihm ihren Mund bot. Muß denn Treulosigkeit gleich der Barmherzigkeit ein unzertrennlicher Begleiter der Schönheit sein? Ist denn die Treue nur eine Entschuldigung der Häßlichkeit? Oder war es nur in seiner Phantasie geschehen, daß sie im Geheimnis der Nacht zu ihm aufs Deck gekommen war?

Am Abend fuhr der Dampfer in einen langen Fjord und legte am Kai einer großen Stadt an. Hier gingen viele Passagiere an Land. Olafur Karasons letzter Kabinengefährte schickte sich an, Lebewohl zu sagen. Es stellte sich heraus, daß in einem dieser grünen und roten Häuser mit Ziergärten der Student sein Heim hatte. Olafur Karason hörte, daß er die Mädchen zu einem Fest in sein Haus einlud. Seine Mutter, eine stattliche Frau, war erschienen, um ihren Sohn abzuholen, es waren feine Leute. Im Geist sah der Dichter, daß Bera in großen Sälen wie eine Königin willkommen geheißen wurde, von reichen Menschen, die nicht wußten, wieviel Gutes sie ihr antun könnten. In seiner Phantasie verband er die Einladung des Studenten mit dem Gastmahl der Kalifen in tausendundeiner Nacht; er selber war einer der Bettler draußen.

Die Abendsonne verlieh den Fenstern in der Stadt metallischen Glanz, die verschwenderische Pracht des Sonnenuntergangs trug das ihre dazu bei, die Vorstellungen des Dichters über die orientalischen Herrlichkeiten dieser Stadt zu rechtfertigen; zudem war Neumond. Am Ende des Fjords öffnete sich ein breites Tal mit weiten, grasbewachsenen Triften, der Fluß in diesem Tal strömte silberklar der Abendsonne entgegen, das Grün der Berghänge und die gelben, frischgemähten Fluren erröteten in der Glückseligkeit des Abends.

«Ich hole euch um zehn Uhr ab», sagte der Galan, lüftete den Hut und verbeugte sich. Und Bera sagte ihm Lebewohl mit ihrem stillen Lächeln, bei dem jeder Gedanke von Verstellung eine Unmöglichkeit und jedes Versprechen unerschütterlich zu sein schien.

Wie leichte Daunen fiel die Dämmerung des Sommerabends über die warmen Berge und das spiegelglatte Wasser, der Mond und die Sterne brachten den Himmel und die Erde um alle Macht. Er sann hin und her, ob er nicht allein an Land gehen und sich die Stadt ansehen sollte, aber ehrlich gestanden, er hatte zu nichts Lust. Selten war seine eigene Bedeutungslosigkeit durch ein schwereres Gewicht vom Glück anderer Menschen zu Boden gepreßt worden.

Und da sieht er das Mädchen dort in der Nähe stehen, barhaupt, in ihrem hellen Mantel. Zuerst sah es nicht so aus, als habe sie ihn bemerkt. Sie lehnte sich über die Reling und blickte nach dem Land. Es war beinahe 22 Uhr, bald mußte der Galan erscheinen, um seine Gäste abzuholen. Olafur hatte keinen Mut, zu zeigen, daß er sie sah, noch weniger, sie anzusprechen. Aber da war sie es, die sich nicht für zu gut hielt, ihn zu bemerken. Und weil er nicht zu ihr kam, ging sie zu ihm.

«Ljosvikingur», sagte sie. Und ihr Lächeln, ihre Stimme, dieses luftige Haar, die Blässe ihrer Wangen, und dazu die Dämmerung des Hochsommerabends und das junge, halbe Licht des Neumonds – das alles war eins.

Er sagte nichts.

«Warum hast du den ganzen Tag nicht ein Wort zu mir gesprochen?» sagte sie.

Sie hatte eine besondere Art zu sprechen, etwas eifrig, verwandt ihrem trippelnden, ein wenig eigensinnigen Gang, aber ungekünstelt, völlig unbewußt, ihre Mundart volkstümlich vornehm, geprägt von ihrem Leben auf dem Land.

«Du hast einen gefunden, der mir überlegen ist», sagte er schwer.

«Ach, was soll das nun!» sagte sie vorwurfsvoll, aber ohne im geringsten böse zu sein.

«Er ist begabt, gebildet, amüsant, gut angezogen und sicherlich reich», sagte der Dichter.

«Von wem sprichst du?» sagte sie.

«Von dem Studenten», sagte der Dichter.

«Ja», sagte sie, «er ist nicht so übel.»

«Und er will ein Fest für dich geben», sagte er.

«Wie spät ist es?» fragte sie.

Der Dichter: «Er dürfte bald kommen.»

«Ich habe keine Lust hinzugehen», sagte sie. «Übrigens gibt er dies Fest nicht eigens meinetwegen.»

«Du nahmst die Einladung dankend an», sagte er.

«Ich habe nichts versprochen», sagte sie, «die anderen Mädchen dagegen haben fest versprochen.»

Er fragte etwas erregt: «Willst du denn nicht zu seinem Fest gehen?»

Sie sah den Dichter mit ihren tiefen, vollkommenen Augen an und sagte: «Nein.» Nur dieses eine Wort.

«Willst du nicht an Land gehen?» sagte er.

«Ich weiß nicht», sagte sie. «Willst du?»

«Willst du zusammen mit mir an Land gehen?» fragte er.

«Ja», sagte sie.

Aber als sie an Land gegangen waren, fiel es ihm schwer zu sprechen; er war zu erregt. Außerdem konnte er ihre Sprache nicht, sie schien nicht einmal zu hören, wenn er sprach, obgleich es ihr so leicht fiel, mit anderen zu lachen und zu sprechen, es war, als würde sich ihr Wesen in seiner Nähe verändern.

Als sie eine Weile stumm zusammen gegangen waren, begann er wieder:

«Ich dachte, du wärst von dem Studenten begeistert.»

Sie, kurz und tonlos: «Wieso glaubst du das?»

«Du hast den ganzen Tag mit ihm gesprochen.»

«Er ließ mich nicht in Frieden.»

«Was für einen Eindruck macht er auf dich?»

«Oh, eigentlich gar keinen.»

«Dann macht er jedenfalls keinen schlechten Eindruck auf dich.»

«Nein, eigentlich nicht.»

«Na, da er also keinen schlechten Eindruck auf dich macht, so könntest du dich ja ebenso gut in ihn verlieben.»

«Weshalb redest du so?» sagte sie.

«Verzeihung.»

«Wenn du es durchaus wissen willst», sagte sie, «er langweilt mich gottsjämmerlich. Er benimmt sich, als gehöre man ihm, und das kann ich nicht ertragen. Und nun werden wir nicht mehr davon sprechen. Sag etwas Hübsches.»

So viele Worte hatte sie noch nie auf einmal zu ihm gesagt, und er war verblüfft, so viel von ihr gehört zu haben.

«Bera», sagte er. «Wenn ich neben dir gehe, besonders wenn ich dich ansehe, dann scheint es mir, als würde alles, was ich sagen möchte, nichtig und inhaltslos. Und doch verstehe ich jetzt erst, warum wir eine Sonne haben.»

«Warum haben wir eine Sonne?»

«Deinetwegen», sagte der Dichter.

Sie antwortete eine lange Zeit nicht; aber ihr Bild war reicher als jede Sprache, ihr Mienenspiel beredter als Worte, und wieder bekam sie diesen ängstlichen, fragenden Ausdruck, dieses andere Gesicht, diese Vorahnung der langen Trauer. Schließlich sagte sie:

«So darf man nicht zu einem Menschen sprechen.»

«Ich bitte dich, mir noch einmal zu verzeihen», sagte er. «Vielleicht bin ich es, der kein Mensch ist.»

«Ja», sagte sie, «du bist anders als alle anderen. Ich dagegen bin wie jedes andere gewöhnliche Mädchen, ausgenommen, daß ich ganz bestimmt nicht hübsch bin. Siehst du nicht, wie häßlich ich bin, wenn ich den Mund schließe? Alle sagen, daß ich flach bin und daß ich zu lang über den Hüften bin, daß meine Beine plump sind und daß ich gar keine schönen Hände habe.»

«So?» sagte er. «Vielleicht bist du einäugig und hast eine Warze an der Nase und klotzige Fingernägel. Dann sind es also nur meine schlechten Augen, die dir die Schönheit geschenkt haben; meine Unwissenheit, die sagt, daß die Sonne wegen der Schönheit geschaffen worden ist; mein Wahnsinn, der meint, daß die Schönheit der Sphäre angehört, wo die Vorstellung vom Tod unbegreiflich ist. Sollte es sich wirklich so mit mir verhalten, dann laß mich nie geheilt werden.»

«Sprich nicht von Wahnsinn», sagte sie. «Das ist häßlich.»

«Meine Liebe ist es, die sich nicht damit versöhnen kann, an weniger als an Unsterblichkeit zu glauben», sagte er.

«Nicht sprechen», sagte sie und legte ihre Hand einen Augenblick in die seine. «Einige glauben, es sei nötig zu sprechen; aber es ist nicht nötig zu sprechen.»

Weite, ebene Fluren mit Duft von Heuhaufen, der Abendstern und die Mondsichel spiegelten sich in Wassertümpeln zwischen Riedgras und Schilfteichen oder glitzerten im ruhigen Geriesel des Flusses, und dieser schlichte Schmuck herrschte über dem Land, aber von den Tümpeln und Teichen stiegen weiße, dünne Dünste in die Dämmerung des Sommerabends empor und breiteten sich sacht über die feuchte Flur. In einem Licht wie diesem wurde die Seele geboren.

Auf einem Brink am Fluß blieben sie stehen und sahen einige Krickenten im Mondschein schwimmen; aus der Ferne hörte man den Ruf der Eisente: Ao, aoll! Immer wieder und wieder, mit einem langen Ao.

«Ein wunderlicher Vogel», sagte der Mädchen. «Was, glaubst du wohl, sagt er?»

«Er sagt: man soll», sagte der Dichter.

«Nein», sagte das Mädchen. «Wie kannst du nur darauf kommen, daß der Vogel solch dummes Zeug sagt.»

«Vögel sind wunderlich», sagte er.

«Ja, aber so wunderlich, wie du meinst, sind sie doch nicht.»

Als sie sich auf dem Brink in einen Heuhaufen gesetzt hatten, den Sommerduft der Erde in ihren Sinnen, da wollte er sie küssen, aber sie wollte es nicht.

«Man soll», sagte er.

«Nein», sagte das Mädchen, «man soll nicht.»

Dann küßten sie sich.

Der Abend senkte sich tiefer und tiefer.

«Du sprichst gar nicht mit mir», sagte sie nach langer Zeit. «Warum sagst du nichts?»

«Du hast mir verboten zu sprechen», sagte er.

«Ich will jedenfalls lieber, daß du etwas sagst, was ich verstehe, als daß du mich soviel küßt», sagte sie. «Ich kann nicht soviel küssen. Du großer Gott, wenn das mein Onkel wüßte.»

«Verstehst du, wenn ich dir sage, daß ich dich liebe –»

«Willst du so lieb sein und mich in Frieden lassen?»

Man soll, man soll, sagte der Vogel mit längerem und längerem Ao.

Ein so einfaches und selbstverständliches Ding die Liebe auch ist, so ist die Natur doch unglaublich zurückhaltend gegen den ersten Geliebten. Vielleicht liebt die Frau nur ihren ersten Mann. Ihren ersten Mann liebt sie trotz ihres Schmerzes, er ist der Ursprung der Wöchnerin, sie liebt ihn gegen ihren Willen, es ist ein Opfer. Wer danach kommt, empfängt gewiß ihre Freude, aber nicht ihr Opfer, nichts ist obendrein wahrscheinlicher, als daß sie sich selbst mehr liebt als ihn. Mehrere versuchten sie zu besiegen, nur einem hat sie sich gegeben, einem fürs ganze Leben, wie viele auch später kommen. Sie, die später kamen, was waren sie? Gelegenheit, Zufall, Trieb, Ort, Augenblick, Genuß. Der erste, er war nicht dein Genuß, noch weniger dein Drang, wie die späteren, sondern der Gesang selbst, der nackte Gesang über allen Gesängen, deine Liebe als Schmerz, deine Liebe im Gewand des

Blutes, tiefste Demütigung deines Leibes, Opfer deines Gewissens, stolzeste Gabe deiner Seele. Du bist eine andere, als du vor einem Augenblick gewesen, und du wirst nie dieselbe.

«Oh, mein Onkel», sagte sie.

Sie weinte und wehklagte einige Augenblicke, dann wandte sie sich von ihm und verbarg das Gesicht in den Armen und war ganz still, zuckte nur schluchzend mit langen Zwischenräumen, wie das Meer, das sich nach wilder Brandung wieder besänftigt. Er saß neben ihr und versuchte sie zu trösten und sagte ihr schöne Worte; je schönere Worte, desto stumpfer das Gewissen. Auf dem Weg zum Schiff lehnte sie sich an ihn und hielt sich bei ihm fest, ihr Gang war so, als sei sie nicht fähig, sich ohne Stütze aufrecht zu halten.

«Nimm eines als Zeichen meiner Liebe», flüsterte er. «An dem Tag, wo du mich nicht mehr sehen willst, werde ich von dir gehen, völlig und für immer.»

«Der Tag kommt nie», sagte sie. «Nach einem Tag und einer Nacht fahre ich fort von dir, und wir sehen uns nie mehr.»

Statt ihren Griff zu lockern, hielt sie ihn noch dichter an sich gepreßt, als wollte sie ihn von dieser Stunde an nie mehr lassen; sie schmiegte sich dicht an ihn, wie sie da in der fremden Stadt durch die helle Sommernacht gingen, sie sah nicht, daß Menschen sie betrachteten, die Menschen waren nicht vorhanden.

In der nächsten Nacht kam sie zu ihm in seine Kabine und blieb bei ihm. Am Morgen sagte sie:

«Ich bin froh, daß ich jetzt gehen muß. Bliebe ich noch länger bei dir, es würde noch schwerer für mich sein, von dir zu gehen.»

«Darf ich an dich denken?» fragte er.

«Ja», sagte sie.

«Immer?» fragte er.

«Nicht im Dunkel», sagte sie, «wenn die Sonne scheint. Denk an mich, wenn du viel Sonne um dich hast.»

An diesem Morgen warf das Schiff Anker in einer öden Bucht vor einem kleinen Handelsort, und man hatte ein Boot vom Land ins Wasser geschoben. Im Boot saß ein hochgewachsener, würdiger Mann mit einem schwarzen Rock, grauem Lippenbart und einem Stock, der eine silberne Krücke hatte. Er kam einige Augenblicke an Bord, umarmte sein kleines Mädchen, nahm ihren Koffer und half ihr, ins Boot hinunterzukommen. Sie setzte sich neben ihn zum Hintersteven, ernst und wortkarg, und die Morgenbrise spielte in ihren Locken. Dann legten die Bootsmänner sich in die Ruder.

Als sie fort war, entdeckte der Dichter, daß sie ihren Spiegel bei ihm vergessen hatte. Es war ein kleiner, runder Spiegel, den man bei sich trägt oder in die Handtasche steckt. Er hatte sicher nicht viele Aurar gekostet; aber dieser Spiegel hatte das schönste Bild im Leben eines sterblichen Mannes gespiegelt. Davon dichtete der Dichter den ganzen Tag.

Ich fand ihn, deinen Spiegel, schönes Bild,
schönstes im Leben eines Erdenmanns,
o Antlitz meines Traums und Träumelands,
o teurer Sternenblick, o Quelle mild –
Ich fand ihn, deinen Spiegel, schönes Bild.

In diesem Spiegel wohnt das Ein und All:
das Ein, wonach ich dürst' aus weher Brust,
das All – dies All heißt Gnade, Trost und Lust,
und hundert-, tausend- und millionenmal,
in diesem Spiegel wohnt das Ein und All.

In deinem Spiegel lacht die Sonne rein,
am reinsten, wo dein Kindheitsauge tief
und fern, als ob Unendlichkeit ihn rief,
den Dichter, der dort möcht zu Gaste sein;
in deinem Spiegel lacht die Sonne rein.

Und diesen Spiegel ließ'st du gestern hier,
du edles Bild, bei mir, dem ärmsten Mann,
o reiches Leben, wie mein Herz zerrann
vor Freude, daß dein Spiegel lag bei mir.
... Und diesen Spiegel ließ'st du gestern hier.

23

Olafur Karason war schon immer ein Mensch gewesen, der sich nicht in die Angelegenheiten anderer Leute mischte. Es kam vor, daß seine eigenen Angelegenheiten ihm fremd waren. Nachdem er aus der Hauptstadt zurückgekehrt war, sah er nicht einmal die Wände der Wohnstube in Litlubervik. Ganze und halbe Tage war er verschwunden, versteckte sich in Heidegründen und in Klüften oder wanderte oben am Jökel umher. Sprach man zu ihm, gab er rätselhafte Antworten, man konnte ihn bei sich haben und wußte doch nicht, wo man ihn hatte.

Ein neuer Lehrer war gekommen. Im Gemeinderat wurde besprochen, ob Olafur Karason der rechte Mann sei, Hunde zu kurieren, aber Thordur zu Horn weigerte sich auf das bestimmteste, ihm seinen Hund anzuvertrauen, da er seine Schwiegermutter nicht angedichtet habe, und sagte, der Mann sei kein Dichter, sondern weiter nichts als ein armer Tropf, der höchstens dazu tauge, Anfänger im Christentum und Rechnen zu unterrichten, als Hilfslehrer. Der Pastor sagte, eines der größten Unglücke, von denen diese Gemeinde heimgesucht würde, sei, daß man diesen Mann zur Strafe nach der Hauptstadt geschickt habe; er sei in den Händen der Obrigkeit so verdreht und verdorben worden, daß er hinfort weder zum Unterrichten im Christentum zu gebrauchen sei noch dazu, Hunden Pulver zu geben.

Manchmal begab sich der Dichter mitten in der Nacht auf Wanderung, dann ging er über Kaldsheidi nach Kaldsvik. Als man anfing nachzuforschen, was er in Kaldsvik zu tun habe, stellte sich heraus, daß er Briefe auf die Post brachte. Im Zusammenhang damit erfuhr man, alle seine Briefe seien an ein und dieselbe Person gerichtet, mit einem weiblichen Vornamen, die Adresse sei ein Pfarrhof in einem fernen Kirchspiel. Als es Herbst geworden war, ging er öfters bei unsicherem Wetter lange Wege, um den Mann mit den Postsachen abzufangen.

Einmal hörte man, daß er einen Brief bekommen hatte.

Zu Beginn des Winters wurde erzählt, der Dichter Reimar Vagnsson habe in einem anderen Kirchspiel während der kommenden Wintermonate das Amt des Postschaffners übernommen. Bei dieser Neuigkeit brach Olafur Karason sofort von zu Hause auf. Er fand seinen Reisegefährten und Dichterbruder in einem Kaufmannsladen in Kaldsvik, wo er mit einigen Männern vor dem Ladentisch kunstfertige Dichtungen und praktische Lebensphilosophie diskutierte. Reimar begrüßte seinen Freund herzlich und bat ihn, mit ihm hinaus auf den Platz zu gehen, wo sie in Ruhe miteinander sprechen könnten. Sie hatten sich seit zwei Jahren, als sie zusammen eines Wintermorgens nach Adalfjord gewandert waren, nicht mehr getroffen.

«Ich danke dir dafür, daß du mich vom Pferd losgebunden hast», sagte der Dichter.

«Oh, erinnere mich nicht an diese Kleinigkeit», sagte Reimar der Dichter. «Hoffentlich geht es einem nie so übel, daß man nicht imstande ist, einen Bekannten von einem Pferd loszubinden –» und er wollte von wichtigeren Sachen sprechen.

«Ja, von mir gibt es jetzt nur eine Sache zu berichten, und viele würden es nicht einmal für etwas Neues halten», sagte Olafur Karason mit diesem fernen Lächeln, das ihm immer mehr zur Gewohnheit geworden war. «Und was weiß ich, was du davon denkst. Und doch, du als Dichter, finde ich, müßtest es verstehen. Ich habe die Schönheit gesehen.»

Da lachte Reimar der Dichter und sagte: «Da machst du mich ganz baff.»

«Und das Merkwürdige geschah», sagte Ljosvikingur, «an dem Tag, als ich die Schönheit sah, verstand ich plötzlich die Unsterblichkeit.»

«Ja, Teufel auch, mein Freundchen», sagte Reimar der Dichter, juckte sich am Nacken und guckte seinen Freund mit einem Auge an.

«Wenn man die Schönheit gesehen hat, hört alles andere auf zu existieren», sagte Ljosvikingur.

«Ja, das Feuer, das in einem brennt, ist am heißesten», sagte Reimar der Dichter. «Ist es ein Frauenzimmer?»

«Lange habe ich geglaubt, die Schönheit sei nur ein Traum von Dichtern. Ich glaubte, die Schönheit und das Menschenleben seien zwei Liebende, die einander nie treffen könnten. Solange du das glaubst, ist alles verhältnismäßig einfach. Du kannst die härtesten Mißhandlungen ertragen; jedes Verlies; Dunkel und Kälte können dir nichts anhaben: die Schönheit wohnt nicht auf Erden. Aber an einem Hochsommerabend in weißen Nebeln, bei strömenden Wassern und Neumond, da erlebst du dies Wunder, das stofflos ist und unvergänglich – obwohl es sich in menschlicher Gestalt offenbart, und alle Worte sind tot; du wohnst nicht länger auf Erden.»

Zum erstenmal sah Reimar der Dichter seinen Freund voll Ernst mit seinen schmalen, klaren Augen an: er hatte diesen Dichter auf einer Pferdebahre, behaftet mit dreißig Krankheiten, übers Gebirge geführt, und als einen Verbrecher an ein Pferd gebunden, von einer der größten Städte des Landes zu einer anderen großen Stadt, aber jetzt war er davon überzeugt, daß da etwas nicht mehr in Ordnung war.

«Hör mal, mein Junge, dies Frauenzimmer mußt du zu fassen kriegen, und zwar so schnell wie möglich, sonst geht es schlecht mit dir», sagte er.

Olafur Karason steckte die Hand in seine Tasche und zog ein Heft heraus, nahm aus dem Heft einen kleinen Brief mit feiner, jedoch nicht sehr geübter Schrift; aber sie schrieb fehlerfrei. «Ljosvikingur», stand in dem Brief, «ich danke Dir für die Gedichte, die Du mir geschickt hast. Ich verwahre sie an einer sicheren Stelle. Aber schreib nicht zu oft, denn Tante und Onkel können es schwer verstehen. Vergib mir, daß ich kurz schreibe. Mir geht es ein wenig schlecht. Das einzige, was ich Dir sagen kann, ist, daß ich zu oft an Dich denke. Du sagtest einmal, daß ich gefühllos sei. Das ist nicht richtig. Willst Du das zurücknehmen? Bera.»

«Man hat es schon manchmal wärmer gesehen», sagte Dichter Reimar, als er den Brief überflogen hatte. Aber richtig, dieser Pfarrhof war eine von den Stellen, wo sein Weg im kommenden Winter vorbeigehen würde: er sollte gerade nach diesem Kirchspiel aufbrechen, hatte dort ein Amt übernommen, wahrscheinlich für immer; im Frühjahr wollte er auf kurzen Besuch hierher zurückkommen, um seine Familie zu holen. Olafur Karason bat ihn, einen Brief und Gedichte an sich zu nehmen und Vermittler und Vertrauensmann zu sein, falls sie Schwierigkeiten haben sollte, wieder zu schreiben.

Dann war es voller Winter geworden. Reimar Vagnsson hatte sein neues Amt in einem entlegenen Landkreis angetreten. Olafur Karason unternahm noch einige Wanderungen nach Kaldsvik, aber er bekam nie mehr einen Brief. Allmählich wurde er trauriger und trauriger und immer wortkarger, bis er überhaupt nicht mehr sprach, sich gar nicht mehr anzog und sich zur Wand umdrehte, wenn jemand ihn anredete. Mit dieser Angewohnheit brach er ein einziges Mal, als zu Neujahr der Gemeindevorsteher kam, um ihn im Auftrag der Gemeinde in Augenschein zu nehmen.

«Ich habe einen eigentümlichen Verdacht, und zwar auf Grund von Träumen», sagte der Dichter.

«Auf was?» fragte der Gemeindevorsteher.

«Daß die Schönheit von schlechten Dichtern bedroht ist.»

«Kaum von schlechteren Dichtern, als du einer bist», sagte der Gemeindevorsteher.

«Ich werde von der Furcht gepeinigt, daß gewisse Dichter die Schönheit ermordet haben», sagte der Dichter.

«Gott helfe einer armen Gemeinde, die einen jungen Menschen von solcher Sorte aufgehalst bekommen hat», sagte der Gemeindevorsteher. «Er kann dreißig, vierzig Jahre leben.»

Es waren schwere Zeiten für das ganze Volk.

Seitdem blieb der Dichter liegen. Ein Monat nach dem andern verging, und er hütete sich, in Gegenwart von Fremden Lebenszeichen von sich zu geben. Aber spät abends – doch nur, wenn niemand in der Stube war – nahm er etwas von dem Essen, das Frau Jarthrudur neben sein Bett gestellt hatte. Und in tiefer Nacht, wenn er sich sicher fühlte, niemand würde wachen, konnte es vorkommen, daß er ein kleines Talglicht neben dem Kopfende des Betts ansteckte. Dann holte er sich sein Schreibheft und schrieb mit langen Ruhepausen einige Worte hinein. Merkte er, daß die Frau oder das Kind sich rührten, so blies er sofort das Licht aus. Da war der Winter zu Ende.

Eine Woche vor Ostern war Reimar wieder in der Gegend, um seine Familie zu holen und mit seinem Hab und Gut nach seinem neuen Amt zu ziehen. Er machte sich nach Litlubervik auf den Weg, um mit Ljosvikingur zu reden, und bat die anderen in der Stube, hinauszugehen, damit sie unter vier Augen sprechen könnten. Der Grund seines Besuchs war, seinem Dichterbruder anzuvertrauen: das Mädchen, das er Bera genannt hatte, war gestorben. Als er diese Neuigkeit berichtet hatte und dann die näheren Umstände erzählen wollte, lachte Ljosvikingur nur kurz auf, als wollte er sagen: nein, Reimar Dichter, diesmal soll es dir nicht glücken, mich zum besten zu haben. Und er wollte von seinem Dichterbruder kein Wort mehr über diese Sache hören.

«Im Winter träumte mir, daß du sie ermordet hättest», sagte er und lächelte, als wollte er sich entschuldigen. «Aber jetzt bin ich von diesem Traum erlöst. Den Versemacher gibt es nicht, der die Schönheit des Himmels ermorden kann. Die Schönheit des Himmels kann nicht sterben. Sie wird herrschen über mich in Ewigkeit.»

Der Fuhrmann Reimar nahm Abschied von seinem

Freund, Dichterbruder und Reisekameraden und konnte zum erstenmal kein Wort finden; vielleicht war er ein bißchen niedergeschlagen. Jedes Verbrechen ist ein Spiel; alle Sorgen sind leicht zu tragen, nur nicht das: die Schönheit entdeckt zu haben. Dies ist das Verbrechen, das nicht gesühnt, und der Schmerz, der nicht gelindert, die Träne, die nicht getrocknet werden kann.

24

Ob auch ein Grab dich birgt, du zartes Bild,
und dunkler Mull bedeckt dein Augenpaar,
drin einst des Dichters ganze Schönheit war,
o teurer Sternenblick, o Quelle mild –

und ob die jungen Lippen starr und bleich,
die einen Mann in Fesseln einst gewärmt,
und ob auch deine Hände kalt, verhärmt –
der Dichter fühlt sie noch so warm und weich:

doch sein Gesang, verstummen kann er nicht,
denn was du warst, du bleibst es, ewig jung,
und wohnst in ihm, nicht nur Erinnerung,
du wohnst in ihm als helles, reines Licht.

Was macht es, daß ein Grab dich ihm entrückt?
Du leuchtest ihm, er weint und ist beglückt.

25

Während der Karwoche hatte es sich herumgesprochen, daß der alte Bauer an der Kluft des Berflusses in den letzten Zügen lag. Sogar in die Wohnstube von Litlubervik war das Echo von dem Gerede der Nachbarschaft gedrungen, welche Leidenszeit die alte Frau würde durchmachen müssen, wenn sie eines Tages allein mit dem gelähmten Mädchen dastehen werde. Es wurde auch noch erzählt, die Ärmste hätte ihren Spiegel zerbrochen und könne nicht mehr den Jökel sehen.

Das Wetter war still, kalte Nächte, Sonnenschein am Tag.

Gegen Abend am Sonnabend vor Ostern erhob sich der Dichter und bat um sein bestes Zeug.

Frau Jarthrudur Jonsdottir flehte den wiedergeborenen Hallgrimur Pjetursson an, nicht den Herrn, seinen Gott, zu versuchen.

«Ich habe gehört, daß die Arme ihren Spiegel zerbrochen hat», sagte er. «Ich habe versprochen, ihr einen Spiegel zu geben.»

«Es ist bereits Abend», sagte die Ehefrau. «Warte bis morgen.»

«Das Auferstehungsfest hat begonnen», sagte der Dichter. «Die Erde hat neues Leben bekommen.»

«Es ist Jesus Christus, der auferstanden ist», sagte die Ehefrau.

«Nein», sagte der Dichter. «Ich bin auferstanden.»

«Binde dir wenigstens ein Wolltuch um den Hals», sagte die Frau. «Und zieh zwei Paar Strümpfe an.»

Aber nichts von alldem, was diese Frau sagte, machte irgendeinen Eindruck auf den Dichter. Er lächelte wunderlich über ihre Ermahnungen, und sie war ein bißchen bange und wagte nicht, sich ihm zu nähern. Nein, er wolle sich keinen Hut aufsetzen.

Er wanderte das Hügelland hinauf mit seinem schwebenden Gang, bei dem man nie wußte, was geschehen würde: er konnte erschöpft zu Boden sinken oder sich frei erheben und dahinfliegen.

Eisfreies Wasser; ein kalter Aprilhimmel spiegelte sich in der klaren Tiefe des Flusses. Schreiende Wildgänse zogen hoch übers Land. Er blieb in der Felskluft stehen, lauschte dem Brausen des Flusses und hob die Augen empor in die erhabene Stille des Jökels unter der beginnenden Dämmerung. Der Wind wehte durch sein Haar, das während des ganzen Winters nicht geschnitten worden war.

Der alte Bauer hatte am Nachmittag den Geist aufgegeben, und die alte Frau war beinahe damit fertig, ihn mit Hilfe einer fremden Frau in sein Leichentuch zu hüllen. Das gelähmte Mädchen weinte und hatte ihren Spiegel zerbrochen. Der blonde Lockenkopf spielte auf dem Hof. Die alte Frau empfing den Gast mit lichter Miene, würdig und freundlich. Sie hatte sechzehn Kinder, und alle verloren. Sie hatte am Tag für sie gearbeitet und nachts bei ihnen gewacht. Und wenn sie ihrer Mutter zulächelten, war jede Wolke am Himmel verschwunden, und die Sonne, der Mond und die Sterne gehörten dieser Frau. Sie war etwas schwerhörig geworden, und als der Dichter an den Himmel und die Schönheit des Himmels erinnerte, glaubte sie, er wolle geringschätzig von der Erde sprechen, und sie beeilte sich, ihn zu unterbrechen: «Wenn Gott so gut gegen alle Menschen gewesen wäre wie gegen mich, so wäre das Erdenleben schön.» Da schien es dem Dichter, als höre er ein Echo im Haus: «Und herrlich war es für uns auf Erden.»

Wenn ihre Kinder den Geist aufgaben nach einem schweren Todeskampf, hüllte sie sie in ein weißes Leichentuch und glättete jede Falte mit gleicher Sorgfalt, als ob sie sie zu einem Fest kleidete. Sie weinte an ihren Gräbern und ging wieder heim zu denen, die lebten. Von den anderen nahm sie bei der Hofpforte Abschied, wenn diese halberwachsen waren und hinaus in die Welt zogen. Die Gebeine ihrer Tochter Helga wurden gut ein Jahr nach ihrem Verschwinden an den Strand des Flusses gespült. Die alte Frau ging hinunter an den Strand und sammelte die Gebeine; und es waren da andere kleine Gebeine; sie nähte alle in ein Tuch und legte sie in einen kleinen Sarg und geleitete sie zu Grabe. Dann ging sie wieder heim, um die, welche lebten, zu lieben. In diesem Haus herrschte die Liebe. So war das Menschenleben in Ewigkeit am größten: lächeln mit seinem Kind, wenn es lacht, es trösten, wenn es weint; es zu Grabe tragen, wenn es tot ist, aber die eigenen Tränen trocknen und aufs neue lächeln und alles hinnehmen, wie es kommt, ohne hin und her zu fragen, leben, gut sein gegen alle.

«Wenn ich zurückblicke auf mein vergangenes Leben», sagte die alte Frau, «so kommt mir alles vor wie ein langer, sonniger Morgen.»

«Und den Duft von den grünen Hängen spüren wir bis in den Schlaf», sagte das Echo.

«Ich bin nur ein Dichter», sagte der Dichter entschuldigend.

Er bat, einen kleinen Spiegel am Bettpfosten der Ärmsten befestigen zu dürfen, damit sie wieder den Jökel sehen und mit dem Weinen aufhören könnte.

«In diesem Spiegel wohnt das Ein und All», sagte er. Dann bat er, über Nacht hier liegen zu dürfen. Aber als der Tag graute, stand er auf, küßte die alte Frau und sagte:

«Nun kann ich nicht länger verweilen, denn bald geht die Sonne auf. Lebe wohl, alte Frau.»

Er küßte auch das arme, schlafende Mädchen auf die Stirn.

«Wenn sie aufwacht, wird sie die Sonne über dem Jökel sehen.»

Es war stilles Wetter, mit dem Mond gerade im Süden, und ein kaltes, bläuliches Licht. Er begann emporzusteigen. Zuerst gab es lange, steile Abhänge, weiter oben schroffe, moosbedeckte Halden, dann Geröll; schließlich nur Schnee. Das Bild des Mondes wurde mit dem zunehmenden Morgengrauen blasser. Über dem Meer zog sich schwarzes Unwettergewölk zusammen. Er wanderte weiter über den Jökel, der

Morgendämmerung entgegen, von Höhe zu Höhe; durch tiefen, neugefallenen Schnee, ohne auf das Unwetter achtzugeben, das ihn verfolgen könnte. Als Kind hatte er auf dem Strand bei Ljosvik gestanden und zugesehen, wie die Wellen den Strand hinauf und hinab gesogen wurden, aber jetzt wanderte er fort vom Meer. Denk an mich, wenn du viel Sonne um dich hast. Bald leuchtet die Sonne des Auferstehungstags über den hellen Wegen, wo sie ihren Dichter erwartet.

Und die Schönheit wird allein herrschen.

Inhalt

Rowohlt Jahrhundert

Herausgegeben von Bernd Jentzsch

Band 1 und 2
Robert Musil, Der Mann ohne Eigenschaften

Band 3
Anatole France, Die Götter dürsten

Band 4
Samuel Beckett, Murphy

Band 5
Aldo Palazzeschi, Die Schwestern Materassi

Band 6
Ludwig Tieck, Der Aufruhr in den Cevennen

Band 7
Jerzy Andrzejewski, Die Karwoche

Band 8
Romain Rolland, Meister Breugnon

Band 9
Johannes Tralow, Roxelane

Band 10
Charles Dickens, Harte Zeiten

Band 11
Arthur Miller, Brennpunkt

Rowohlt
Taschenbuch Verlag